RICHARD MORGAN

DAS ZEITALTER DER HELDEN I

ERWACHEN

ROMAN

WILHELM HEYNE VERLAG
MÜNCHEN

Titel der englischen Originalausgabe:
THE STEEL REMAINS
Deutsche Übersetzung von Alfons Winkelmann

FSC
www.fsc.org
MIX
Papier aus verantwortungsvollen Quellen
FSC® C014496

Verlagsgruppe Random House FSC® N001967

Überarbeitete Neuausgabe 04/2020
Redaktion: Karin Will

Printed in Germany
Umschlaggestaltung: Das Illustrat, München
Satz: Buch-Werkstatt GmbH, Bad Aibling
Druck und Bindung: GGP Media GmbH, Pößneck

ISBN 978-3-453-32038-3

HEYNE <

Das Buch

Für die meisten ist Ringil ein gefeierter Held und der beste Schwertkämpfer der Tieflande. Für alle, die ihn etwas näher kennen, ist Ringil lediglich ein heruntergekommener Haudegen, der in einem Provinznest seine Zeit mit Schaukämpfen und halbherzigen Affären totschlägt. Als eines Tages seine Mutter, die Herrin seines Klans, in der Tür steht, wird Ringil jäh aus seiner Tristesse gerissen: Er soll eine entfernte Kusine wiederfinden, die in die Sklaverei verkauft wurde. Doch Ringil muss schon bald erkennen, dass seine Kusine nicht nur in einer weit größeren Gefahr schwebt, als alle bisher glaubten – sondern dass diese Gefahr die ganze Menschheit bedroht. Im Verborgenen sind die Dwenda wieder erwacht, uralte, gottgleiche Wesen, und sie wollen die Herrschaft über die Menschen erneut an sich reißen. Ringils einzige Verbündete gegen die Dwenda sind seine alten Kampfgefährten: Archeth, Tochter eines längst verschollenen Volkes, und Egar, Barbarenhäuptling und Drachentöter. Denn so viel steht für Ringil fest – die Rettung der Welt wird eine blutige Angelegenheit …

DAS ZEITALTER DER HELDEN – Das furiose Fantasy-Abenteuer vom mehrfach preisgekrönten Bestsellerautor Richard Morgan:

Das Zeitalter der Helden 1 – Erwachen
Das Zeitalter der Helden 2 – Imperium
Das Zeitalter der Helden 3 – Dunkelheit

Der Autor

Richard Morgan wurde 1965 in Norwich geboren. Er studierte Englisch und Geschichte in Cambridge und arbeitete etliche Jahre als Englischlehrer im Ausland, bevor er sich entschloss, freier Schriftsteller zu werden. Seine Romane landen regelmäßig auf den internationalen Bestsellerlisten und wurden bereits mit dem Philip K. Dick Award, dem John W. Campbell Award und dem Arthur C. Clarke Award ausgezeichnet. Morgan lebt und arbeitet in Glasgow.

Dieses Buch ist für meinen Vater
John Morgan.
Dafür, dass er mich durch das Seegras trug

»Ich glaube, du hältst den Tod für deinen Freund«, murmelte sie. »Ein seltsamer Freund für einen jungen Mann.«
»Der einzige getreue Freund in dieser Welt«, erwiderte er bitter. »Allein der Tod ist stets an deiner Seite.«

Poul Anderson: Das zerbrochene Schwert

1

Wenn dir ein geistig vollkommen gesunder Mann erzählt, seine kürzlich verstorbene Mutter habe gerade versucht, in sein Schlafzimmer zu steigen und ihn aufzufressen, dann bleiben dir zwei Möglichkeiten: Du kannst an seinem Atem schnüffeln, ihm den Puls fühlen und anhand seiner Pupillen überprüfen, ob er irgendwelche Drogen genommen hat. Oder du kannst ihm glauben. Ersteres hatte Ringil bei Bashka, dem Schulmeister, bereits getan, und zwar ohne Ergebnis, also stellte er sein Bier mit einem ausgiebigen Seufzer ab und ging sein Breitschwert holen.

»Nicht schon wieder«, hörte man ihn brummeln, als er sich in die Bar drängte.

Anderthalb Meter gehärteter kiriathischer Stahl – das war Ringils Breitschwert. Es hing über dem Kamin in einer Scheide aus Legierungen, die keine Namen hatten, die jedoch jedes fünfjährige kiriathische Kind auf Anhieb erkannt hätte. Das Schwert selbst trug einen kiriathischen Namen, wie alle in Kiriath geschmiedeten Waffen, aber es war ein blumiger Ausdruck, von dem in einer Übersetzung nicht mehr viel übrig blieb. *Willkommen im Horst der Raben und anderer Aasfresser in den Fußstapfen von Soldaten* – genauer hatte ihn Archeth nicht wiedergeben können. Also hatte Ringil das Schwert einfach »Rabenfreund« genannt, auch wenn ihm der Name nicht sonderlich gefiel. Aber er hatte den Klang, den die Leute bei einem berühmten Schwert erwarteten. Sein Wirt, ein geschäftstüchtiger Mann mit Kapital und dem Händchen dafür, es stetig zu vermehren, hatte seine Bar entsprechend umbenannt und das Ding auch verewigen lassen. Ein ortsansässiger Künstler hatte ein passables Porträt von Ringil gemalt, auf dem er den Rabenfreund in der Galgenschlucht schwang, und dieses Bild hing jetzt draußen, zur gefälligen Betrachtung für alle Passanten. Als Gegenleistung erhielt Ringil Unterkunft und Verpflegung und durfte die Geschichten seiner Heldentaten den Touristen in der Bar erzählen, als Gegenleistung für alles, was sie ihm in die Mütze warfen.

Und außerdem, hatte Ringil einmal ironisch in einem Brief an Archeth bemerkt, *drückt er beide Augen zu bei gewissen Praktiken im Schlafzimmer, die meiner Wenigkeit in Trelayne oder Yhelteth zweifelsohne einen langsamen Tod am Pfahl eingebracht hätten. Held der Galgenschlucht; ein solcher Status gewährt einem offenbar gewisse Privilegien, die dem gewöhnlichen Bürger in diesen selbstgerechten Zeiten verwehrt bleiben.* Hinzu kam, dass man sich nicht auf Schwulenhatz machte, wenn das Opfer dafür berüchtigt war, selbst geübte Schwertkämpfer zu Hackfleisch zu verarbeiten. *Ruhm,* kritzelte Ringil, *hat schließlich doch sein Gutes.*

Das Schwert über dem Kamin anzubringen war eine nette Geste gewesen, übrigens ebenfalls eine Idee des Wirts. Der Mann versuchte gerade, seine hier wohnende Berühmtheit zu überreden, im Stallhof hinter dem Haus Fechtunterricht zu geben. *Kreuze die Klinge mit dem Helden der Galgenschlucht – nur drei Reichsmünzen die halbe Stunde!* Ringil war noch unschlüssig, ob er schon so schlecht bei Kasse war. Er hatte gesehen, was Unterrichten aus Bashka gemacht hatte.

Wie dem auch sein mochte, er zog den Rabenfreund in einer einzigen schwungvollen Bewegung klirrend aus der Scheide, legte ihn sich lässig über die Schulter und trat hinaus auf die Straße, ohne das Publikum zu beachten, das ihn anstarrte und das er noch vor einer Stunde mit Geschichten von Mut und Tapferkeit unterhalten hatte. Vermutlich würde es ihm zumindest einen Teil des Wegs bis zum Haus des Schulmeisters folgen. Schaden würde das nicht, selbst wenn er recht behielt mit seinem Verdacht. Allerdings würden sie vermutlich bei den ersten Anzeichen von Schwierigkeiten die Beine in die Hand nehmen. Was man ihnen wirklich nicht verübeln konnte. Sie waren Bauern und Kaufleute und hatten nichts mit ihm zu tun. Etwa ein Drittel hatte er noch nie zuvor gesehen. Wie hatte er doch gleich in der Einführung seines Traktats über die Taktik bei Schlachten geschrieben (dessen Veröffentlichung unter seinem Namen die Militärakademie höflich abgelehnt hatte): *Kennt man die Männer hinter sich nicht mit Namen, sollte man nicht überrascht sein, wenn sie einem nicht in den Kampf folgen. Andererseits sollte man auch nicht überrascht sein, wenn sie es tun, denn es gilt zahllose andere Faktoren zu berücksichtigen. Führung erfordert Fingerspitzengefühl und lässt sich nicht leicht herstellen oder verstehen.* Was schlicht und einfach der Wahrheit entsprach – eine Erkenntnis, gewonnen an der blutigen Front einiger der hässlichsten Schlachten, die die freien Städte seit Menschengedenken geschlagen hatten. Die Sache war jedoch, wie es der zuständige Lektor, ein Lieutenant aus Trelayne, in seinem freundlichen Antwortbrief ausgedrückt hatte, *einfach zu vage, um für die Akademie als brauchbares Übungsmaterial infrage zu kommen. Diese Ambivalenz veranlasst uns, Euer Traktat abzulehnen.* Angesichts des letzten Satzes auf dem Pergament hatte Ringil eine verwandte Seele dahinter vermutet.

Es war kalt draußen auf der Straße. Er trug lediglich ein Lederwams mit halblangen Ärmeln aus Segeltuch, und über den Grat des Hochlands von Majak kroch eine für die Jahreszeit ganz untypische Kühle herab. Die Gipfel der Berge, unter die der Ort sich duckte, waren bereits schneebedeckt, und die Galgenschlucht würde wahrscheinlich schon vor dem Padrow-Abend unpassierbar sein. Erneut ging das Gerede von einem Aldrain-Winter. Seit Wochen kursierten jetzt schon Gerüchte von Weidevieh, das in den Hochlanden von Wölfen und anderen, weniger natürlichen Raubtieren gerissen worden war, sowie von erschreckenden Begegnungen und Sichtungen auf den Bergpässen. Das, mutmaßte Ringil, würde sich als Ursache des Problems erweisen. Das Häuschen von

Bashka, dem Schulmeister, stand am Ende einer der Durchgangsstraßen, direkt am hiesigen Friedhof. Als der weitaus gebildetste Mann in dem winzigen Ort Galgenwasser – der hier lebende Held nicht mit eingerechnet – hatte Bashka zwangsläufig das Amt des Tempelofficiators erhalten, und das Haus gehörte gewissermaßen zur Ausstattung des Priesters. Und bei schlechtem Wetter waren Friedhöfe eine hervorragende Fleischquelle für Aasfresser.

Du wirst ein großer Held sein, hatte eine yheltethische Wahrsagerin einst aus Ringils Speichel gelesen. *Du wirst viele Kämpfe austragen und viele Feinde besiegen.*

Kein Wort davon, dass er Kammerjäger in einer Grenzsiedlung spielen würde, die nicht viel größer als eines der Slums von Trelayne war.

An den Hauptstraßen und der Uferstraße von Galgenwasser standen Gestelle mit Fackeln, aber die übrige Stadt musste mit dem Bandlicht vorliebnehmen, das sich in einer so stark bewölkten Nacht wie dieser sehr rar machte. Wie von Ringil erwartet lichtete sich die Menge, sobald er eine unbeleuchtete Querstraße betrat. Nachdem deutlich wurde, wohin er wollte, verringerte sich seine Eskorte um mehr als die Hälfte. Als er in Bashkas Straße einbog, hatte er immer noch eine lockere Gruppe von sechs oder acht Männern im Schlepptau, aber als er dann vor dem Häuschen des Schulmeisters befand – dessen Tür immer noch sperrangelweit offen stand, so wie sie ihr Bewohner bei seiner Flucht im Nachthemd zurückgelassen hatte –, war er allein. Er drehte sich zu den Gaffern am Ende der Straße um, ein sarkastisches Lächeln auf den Lippen.

»Bleib zurück!«, rief er.

Zwischen den Gräbern erhob sich ein leises Knurren, und Ringil überlief eine Gänsehaut. Er nahm den Rabenfreund von der Schulter und ging, das Schwert wachsam vor sich gehalten, um das kleine Haus herum.

Die Gräberreihen zogen sich den Hügel hinauf, wo die Stadt an den Granitfelsen endete. Die meisten Grabsteine waren schlichte

Platten, aus demselben Gestein gehauen, und spiegelten die stoische Haltung wider, mit der die Bewohner dem Sterben begegneten. Hier und da jedoch war das reicher mit Schnitzwerk verzierte Grabmal eines Einwohners von Yhelteth oder einer der Steinhügel zu sehen, unter denen die Bewohner des Nordens ihre Toten begruben. Die Hügel waren mit schamanischen Talismanen aus Eisen behängt und mit den Klanfarben der Vorfahren des Verblichenen bemalt. Gewöhnlich kam Ringil nicht allzu häufig hierher; er kannte zu viele der Namen auf den Steinen, konnte allzu zu vielen der Toten mit den fremd klingenden Namen ein Gesicht zuordnen. Es war eine bunte Mischung gewesen, die unter seinem Kommando in der Galgenschlucht gestorben war, an jenem schwül-warmen Sommernachmittag vor neun Jahren, und nur wenige der Ausländer hatten Familien gehabt, die wohlhabend genug waren, ihre gefallenen Söhne für ein Begräbnis heimzuholen. Überall auf den Friedhöfen entlang dieses Teils der Berge waren ihre einsamen Zeugnisse zu finden.

Geduckt drang Ringil Schritt für Schritt auf den Friedhof vor. Die Wolken am Himmel rissen auf, und auf einmal funkelte die kiriathische Klinge im Bandlicht. Das Knurren kam nicht wieder, aber jetzt vernahm Ringil leisere, verstohlenere Laute. Von jemandem, so vermutete er wenig begeistert, der grub.

Du wirst ein großer Held sein.

Aber sicher.

Er entdeckte Bashkas Mutter, die in der lockeren Erde am Fundament eines vor Kurzem aufgestellten Grabsteins wühlte. Ihr Leichenhemd war zerrissen und schmutzig, und darunter sah man verwestes Fleisch, das er aus einem Dutzend Schritte Entfernung gegen den Wind riechen konnte, trotz der Kälte. Ihre Fingernägel, die nach dem Tod noch ein Stück gewachsen waren, kratzten mit einem unangenehmen Geräusch über den Sarg, an dem sie sich zu schaffen machte und den sie zum Teil freigelegt hatte.

Ringil verzog das Gesicht.

Zu Lebzeiten hatte ihn die Frau nicht ausstehen können. Als Officiator und Priester des Tempels hätte ihr Sohn ihn als nichtswürdigen Degenerierten und Verführer der Jugend verachten sollen. Doch als Schulmeister und Mann von einiger Bildung erwies sich Bashka als allzu aufgeklärt. Sein lockerer Umgang mit Ringil sowie gelegentliche philosophische Dispute spätnachts in der Kneipe hatten ihm scharfe Ermahnungen von den Oberpriestern eingebracht. Noch schlimmer war, dass seine mangelnde Missbilligung Ringils ihm in der Kirchenhierarchie einen Ruf eingebracht hatte, durch den er stets einfacher Lehrer in einem Kaff bleiben würde. Die Mutter gab selbstverständlich dem degenerierten Ringil und dessen schlechtem Einfluss die Schuld daran, dass ihr Sohn nicht weiter aufstieg, und daher war er zu ihren Lebzeiten im Haus des Schulmeisters nicht willkommen gewesen. Diese Zeiten hatten jedoch im vorangegangenen Monat ein jähes Ende gefunden, nach einem plötzlichen Fieber, das nicht weichen wollte und das wahrscheinlich ein gedankenloser Gott geschickt hatte, dem ihre große Rechtschaffenheit in religiösen Dingen entgangen war.

Ringil bemühte sich, nicht durch die Nase zu atmen, und klopfte mit der flachen Seite des Rabenfreunds auf einen Grabstein in seiner Nähe, um ihre Aufmerksamkeit auf sich zu lenken. Zunächst schien sie ihn nicht zu hören, aber dann verdrehte sich ihr Leib nach hinten, und er blickte in ein Gesicht, dessen Augen schon vor langer Zeit von irgendwelchen Tieren aufgefressen worden waren. Die Kinnlade hing schlaff herab, der größte Teil der Nase war verschwunden und das Fleisch der Wangen war fleckig und eingefallen. Es war erstaunlich, dass Bashka sie überhaupt erkannt hatte.

»Komm raus da!«, forderte Ringil und hielt sein Schwert bereit.

Er kam.

Mit einem knackenden, schlürfenden Geräusch kam er durch den Brustkasten der toten Frau, ein Leichenfresser von einem vollen Meter Länge, nicht eingerechnet die rankenartigen Auswüchse, mit denen er die Gliedmaßen des Leichnams bedient hatte. Er war grau und erinnerte in vielerlei Hinsicht an eine glatthäutige Made. Die stumpfe Schnauze des Dings besaß Kiefer mit hornigen Rändern, die einen Knochen zermalmen konnten, und das Schwanzende sah ähnlich aus. Ein Leichenfresser schied seine Exkremente nicht aus. Stattdessen sickerten sie aus Poren entlang des schneckengleichen Leibes; eine Substanz, die wie sein Speichel ätzend und tödlich war.

Niemand kannte die Herkunft dieser Kreaturen. Dem Volksmund nach waren sie ursprünglich ausgehustete Klumpen von Hexenschleim. Die bösartigen Hexen hatten sie dann aus Gründen, die in den meisten Geschichten vage blieben, zu unersättlichen Wesen geformt. Die »offizielle« Religion beharrte darauf, sie seien entweder gewöhnliche Schnecken oder Maden und besessen von den Seelen böser Verstorbener oder dämonische Heimsuchungen aus irgendeiner Friedhofshölle, in der die Unwerten bei vollem Bewusstsein in ihren Gräbern verrotteten. Archeth verfocht eine etwas vernünftigere Theorie: die Fresser seien Mutationen, Ergebnis kiriathischer Experimente mit niederen Lebensformen, die vor Jahrhunderten stattgefunden hatten. Damals hatte man eine Kreatur schaffen wollen, welche die Toten effizienter entsorgte als übliche Aasfresser.

Die Wahrheit sah so aus, dass niemand genau wusste, wie intelligent die Leichenfresser wirklich waren. Aber irgendwie hatten sie während ihrer Evolution – natürlich oder nicht – gelernt, die Leichname, von denen sie sich nährten, zu anderen Zwecken zu nutzen. Ein Leichnam konnte ein Versteck oder eine Brutstätte für ihre Eier sein, und wenn er nicht allzu sehr verrottet war, darüber hinaus ein Mittel zur Fortbewegung oder zur Tarnung, und im Falle von Menschen oder Wölfen auch ein Grabwerkzeug. Es war der Gebrauch menschlicher Leichname, der immer wenn die Winter hart waren, zu den vielen Sichtungen Untoter im ganzen Nordwesten führte.

Hin und wieder hatte Ringil sich gefragt, ob die Leichenfresser die Kadaver nicht zu einer Art Spiel benutzten – eine makabre Idee, die ganz und gar auf seinem eigenen Mist gewachsen war. Gekommen war sie ihm, als er zum ersten Mal Berichte von Reisenden gelesen hatte, die die kiriathischen Wüsten durchquert hatten. Schließlich, so argumentierte er gegenüber dem Bibliothekar seines Vaters, würde sich das eigene Sekret eines Leichenfressers fast ebenso schnell durch das Holz eines Sarges fressen, wie ihn die verwesenden Hände eines Leichnams öffnen könnten – warum sich also damit abplagen? Der Bibliothekar, und später auch sein Vater, fanden, dass Ringil ein krankhaft veranlagter junger Mann war, der sich, gleich seinen älteren Brüdern, mit natürlicheren Dingen beschäftigen sollte, wie Reiten, Jagen und die hiesigen Mägde zu verführen. Seine Mutter, die zweifelsohne bereits einen Verdacht hatte, äußerte sich nicht dazu.

Von einer oder zwei früheren Begegnungen mit diesen Kreaturen her wusste Ringil auch, dass sie sehr …

Der Leichenfresser wand sich vollständig aus dem einengenden Brustkasten heraus und sprang ihn an.

… *schnell* sein konnten.

Mit einem wenig eleganten Schwerthieb schleuderte Ringil das Ding nach links, wo es gegen einen Grabstein prallte, zu Boden fiel und zappelnd liegen blieb, durch den Streich fast in zwei Hälften zerteilt. Mit einem weiteren Hieb vollendete Ringil mit angewidertem Gesicht sein Werk. Die beiden getrennten Hälften der Kreatur wanden sich noch ein wenig, zitterten und rührten sich dann nicht mehr. Dämonen und die Seelen der Bösen waren anscheinend nicht in der Lage, einen solchen Schaden zu beheben.

Ringil wusste auch, dass Leichenfresser in Rudeln auftraten. Als ihn daher das schleimige Ende eines Rankenauswuchses zart an der Wange berührte, wirbelte er bereits herum. um sich dem nächsten zu stellen. Die Sekrettropfen brannten. Keine Zeit, sie abzuwischen. Er entdeckte die Kreatur, die zusammengerollt auf einem yheltethischen Grabmal lag, und spießte sie reflexartig auf. Die Ranken zogen sich zurück, und das Ding stieß im Sterben ein wütendes Zwitschern aus. Von der anderen Seite des Grabmals antwortete ihm ein Rasseln, und Ringil nahm eine Bewegung wahr. Er schlug einen großen Bogen um den behauenen Stein und sah, wie die beiden kleineren Fresser sich aus den Überresten eines verrotteten Sargs und dessen ebenso verwestem Inhalt herauswanden. Ein einziger Abwärtshieb schlitzte sie beide auf, und Körperflüssigkeit schoss wie helles Öl aus den Wunden. Er wiederholte die Sache, um auf Nummer sicher zu gehen.

Der fünfte Leichenfresser landete auf seinem Rücken.

Er handelte ohne zu zögern. Im Rückblick trieb ihn wohl nackter Ekel. Mit einem Aufschrei ließ er das Schwert fallen, löste mit beiden Händen die Schnürung seines Wamses und streifte es noch mit der gleichen Bewegung halb ab, noch bevor der Leichenfresser gemerkt hatte, dass das Leder nicht die echte Haut war. Das Wams wurde vom Gewicht der Kreatur nach unten gezogen, wodurch Ringil es sich vom Leib zu reißen konnte. Die Ranken um seine Taille und über den Schultern krochen nach wie vor aufeinander zu, doch sie hatten keine Zeit, ihn zu umklammern. Sein linker Arm kam frei, und wie ein Diskuswerfer wirbelte er herum und schleuderte das Bündel aus Wams und Leichenfresser von sich weg, mitten in die Grabsteine. Er hörte den Aufprall, als es auf etwas Hartem landete.

Die Ranken hatten ihn an Brust und Rücken berührt – später würde man Striemen sehen. Jetzt schnappte er sich wieder den Rabenfreund und machte sich auf den Weg zu seinem Wams, mit wachen Sinnen. Schließlich konnte es noch weitere Mitglieder des Rudels geben. Er fand das teilweise aufgelöste Kleidungsstück am Fuß einer moosüberwachsenen Grabplatte ganz hinten auf dem Friedhof. *Kein schlechter Wurf, so aus dem Stand.* Der Leichenfresser versuchte immer noch, sich von dem Leder zu befreien, und schlug konfus nach Ringil. Er fletschte die und zischte wie ein frisch geschmiedetes Schwert in der Kühlwanne.

»Ja, ja, schon gut«, murmelte Ringil, ließ den Rabenfreund heruntersausen und pfählte den Leichenfresser. Mit düsterer Befriedigung sah er ihm beim Sterben zu. »Das Wams war frisch gewaschen, du Stück Dreck.«

Er blieb zwischen den Gräbern, bis er die Kälte allmählich wieder spürte, und musterte grübelnd den kleinen, jedoch deutlich erkennbaren Bauch, der seine ansonsten makellose schmale Taille bedrohte. Es kamen keine Leichenfresser mehr. Mit einem unversehrten Fetzen seines Wamses reinigte er sorgfältig die bläuliche Oberfläche des Rabenfreunds von den Körperflüssigkeiten. Archeth beharrte darauf, dass die kiriathische Klinge immun gegen sämtliche ätzenden Substanzen sei, aber sie hatte sich schon einige Male geirrt.

Zum Beispiel, wie der Krieg ausgehen würde.

Dann endlich fiel Ringil ein, dass ihn die Kreatur berührt hatte, und wie aufs Stichwort begannen die Blasen auf seiner Haut zu brennen. Er rieb an der Blase auf seiner Wange, bis sie platzte, und zog ein grimmiges Vergnügen aus dem leichten Schmerz. Nicht gerade eine heldenhafte Verwundung, aber mehr hatte er für die Vorfälle dieses Abends nicht vorzuweisen. Bevor es richtig hell war, würde niemand hier herauskommen und sich das Gemetzel ansehen.

Na schön, vielleicht kannst du die Geschichte in ein paar Pints und eine Geflügelplatte umsetzen. Vielleicht besorgt dir Bashka aus purer Dankbarkeit ein neues Wams, wenn er es sich leisten kann, nachdem er das zweite Begräbnis für seine Mutter bezahlt hat. Vielleicht wird dieser flachsköpfige Stallbursche hinreichend beeindruckt sein und übersieht den Bauch, den du dir gerade so eifrig zulegst.

Ja klar, und vielleicht hat dich dein Vater wieder in sein Testament aufgenommen. Vielleicht ist der Imperator von Yhelteth schwul.

Der letzte Gedanke war ein Grinsen wert. Ringil Engelauge, narbenübersäter Held der Galgenschlucht, kicherte auf dem kalten Friedhof ein wenig in sich hinein und sah sich unter den schweigenden Grabplatten um, als könnten seine vor langer Zeit gefallenen Kameraden den Witz würdigen. Die Stille und die Kälte gaben keine Antwort. Die Toten blieben ungerührt, wie schon seit mittlerweile neun Jahren, und Ringils Lächeln erlosch. Ein Schauder überlief ihn.

Er schüttelte ihn ab.

Dann legte er sich den Rabenfreund wieder über die Schulter und machte sich auf die Suche nach einem sauberen Hemd, einer Mahlzeit und einem wohlwollenden Publikum.

2

Inmitten der Wolkenfetzen von der Farbe eines Blutergusses stand eine sterbende Sonne tief an einem scheinbar endlosen Himmel. Aus dem Osten brach die Nacht über die Savanne herein, und die stete Brise kühlte sich ab. *Die Abende hier oben haben etwas Schmerzhaftes,* hatte Ringil einst gesagt, kurz vor seinem Weggang. *Es fühlt sich immer wie ein Verlust an, wenn die Sonne sinkt.*

Egar, der Drachentöter, der nie genau gewusst hatte, worauf sein schwuler Freund hinauswollte, wenn ihn eine solche Stimmung überkam, entdeckte auch jetzt, gut zehn Jahre später, keinen rechten Sinn in diesen Worten.

Er wusste auch nicht, weshalb sie ihm gerade jetzt einfielen.

Er schnaubte, bewegte sich leicht im Sattel und schlug den Kragen seines Schaffellmantels nach oben. Es war reiner Reflex, denn die Brise machte ihm eigentlich nichts aus. Er spürte die Kälte der Steppe zu dieser Jahreszeit schon längst nicht mehr *– ja, warte nur ab, bis der* richtige *Winter kommt und es Zeit wird, sich mit Fett einzuschmieren –,* aber die einstudierte Bewegung war eine jener Eigenarten, die er aus Yhelteth heimgebracht hatte, und er hatte keine Lust, sie sich wieder abzugewöhnen. Bloß ein Überbleibsel, wie die Erinnerungen an den Süden, die einfach nicht verblassen wollten, und das vage Gefühl von Distanziertheit, das Lara vor Gericht geltend gemacht hatte, als sie ihn verlassen hatte und in die Jurte ihrer Familie zurückgekehrt war.

Verdammt, wie ich dich vermisse, Mädel!

Er gab sich alle Mühe, diesen Gedanken mit echter Melancholie zu unterfüttern, war jedoch nicht mit dem Herzen dabei. Er vermisste sie nicht im Geringsten. In den letzten sechs oder sieben

Jahren musste er fast ein Dutzend schreiender Bündel von den Toren Ishlin-ichans bis zu den Außenposten der Tundra von Voronak im Nordosten gezeugt haben, und mindestens die Hälfte der Mütter stand ihm gefühlsmäßig so nahe wie Lara. Die Ehe hatte nie so funktioniert wie die Sommerromanze, die ihr vorausging. Um die Wahrheit zu sagen, war er bei der Anhörung vor der Scheidungskammer vor allem erleichtert gewesen. Er hatte nur pro forma Widerspruch eingelegt, und das auch nur, damit Lara nicht noch wütender wurde, als sie es ohnehin schon war. Er hatte die Abfindung gezahlt und binnen einer Woche mit dem nächstbesten skaranakischen Milchmädchen im Bett gelegen. Sie hatten sich ihm praktisch an den Hals geworfen, als sich die Neuigkeit herumsprach, dass er wieder zu haben war.

Trotzdem. Die hatte schon besonders wenig Anstand.

Er verzog das Gesicht. *Anstand* war kein Ausdruck, den er benutzte, verdammt! Es war überhaupt nicht *sein* Ausdruck, aber da lag er in seinem Kopf eingebettet wie alles andere. Lara hatte recht gehabt, er hätte niemals den Eid leisten sollen. Wahrscheinlich hatte er es nur wegen ihrer Augen getan, als sie sich ihm in dem dämmrigen Gras dargeboten hatte, wegen dieser überraschend jadegrünen Pupillen, bei der ihn Erinnerungen an Imrana und ihre musselinbehängte Schlafkammer durchzuckten.

Ja, diese Augen, und diese Titten, mein Sohn. Titten hatte die, für die hätte der alte Urann persönlich seine Seele verkauft.

Das war schon besser. Das waren die Gedanken eines majakischen Reiters.

Hör auf zu brüten, verdammt noch mal. Freu dich lieber an dem, was dir der Himmel geschenkt hat!

Er kratzte sich mit einem harten Fingernagel unter seiner Mütze aus Büffelhaut und beobachtete Runi und Klarn, die in der Dämmerung die Herde zurück ins Lager trieben. Jeder Büffel, den er sah, war sein Eigentum, ganz zu schweigen von den Anteilen, die er an den Herden Ishlinaks weiter westlich hielt. Auf den roten und grauen Klanstandern, die an ihren Fahnenstangen wehten, stand in majakischer Schrift sein Name. Er war in der ganzen Steppe bekannt; in allen Lagern, die er aufsuchte, machten die Frauen für ihn die Beine breit. So ungefähr das Einzige, was er heutzutage wirklich vermisste, waren heiße Bäder und eine anständige Rasur. Für beides hatten die Majaker wenig übrig.

Vor ein paar verdammten Jahrzehnten, mein Sohn, hättest du ebenfalls für beides wenig übrig gehabt. Schon vergessen?

Wohl wahr. Vor zwanzig Jahren hatte sich Egars Äußeres, soweit er sich erinnern konnte, kaum von dem der beiden Klangenossen unterschieden. War doch nichts falsch an kaltem Wasser, einem gemeinschaftlichen Schwitzbad alle paar Tage und einem prächtigen Bart! Nicht wie bei diesen verweichlichten Südländern mit ihrem parfümierten Gehabe und der weichen Haut. Weibisch war das.

Ja. Aber vor zwanzig Jahren warst du ein ahnungsloser Trottel. Vor zwanzig Jahren konntest du einen Schwanz nicht von einem Schwertgriff unterscheiden. Vor zwanzig verfluchten Jahren ...

Vor zwanzig verfluchten Jahren hatte Egar sich nicht von dem nächstbesten majakischen Viehjungen mit Bartflaum unterschieden. Er kannte nichts von den Ländern jenseits der Steppen, hielt sich für weltklug gehalten, weil ihn seine älteren Brüder nach Ishlin-ichan mitgenommen hatten, damit er dort seine Jungfräulichkeit verlor, und ihm wuchs ums Verrecken kein richtiger Bart. Er glaubte strikt an das, was ihm sein Vater und seine Brüder eingetrichtert hatten, und das war im Wesentlichen, dass die Majaker die rauesten und zähesten Trinker und Kämpfer auf Erden waren, von allen majakischen Klans die Skaranak die härtesten, und dass ein echter Mann niemals woanders leben wollte als in den nördlichen Steppen.

Diese Lebensphilosophie fand Egar mehrere Jahre später, eines Nachts in einer Kneipe in Ishlin-ichan, zumindest teilweise widerlegt. Als er seinen Schmerz über den vorzeitigen Tod seines Vaters bei einer Stampede in Alkohol ertränkte, geriet er, ganz kindisch, mit einem ernsten, dunkelhäutigen Mann aus dem Reich aneinander. Wie sich später herausstellte, war es der Leibwächter eines durchreisenden yheltethischen Kaufmanns. Die Prügelei war größtenteils Egars Schuld; der Mann hatte die Angelegenheit – und ihn – als »kindisch« bezeichnet und ihm dann mit einer ihm unbekannten Kampftechnik, und ohne das Schwert zu ziehen, eine kräftige Abfuhr erteilte. Seine Jugend, sein Zorn sowie die Wirkung des Alkohols hielten Egar eine Weile lang aufrecht, doch zum ersten Mal im Leben hatte er es mit einem professionellen Soldaten zu tun, und das Ergebnis war absehbar. Als er zum dritten Mal zu Boden ging, blieb er liegen.

Verdammte verweichlichte Südländer. Bei der Erinnerung musste Egar grinsen. *Ja, genau.*

Die Söhne des Kneipenbesitzers hatten ihn hinausgeworfen. Nachdem sich sein Rausch draußen auf der Straße wieder verflüchtigt hatte, hatte Egar immerhin eingesehen, dass ihn der dunkle, ernste Krieger verschont hatte, obwohl er alles Recht gehabt hätte, ihn zu töten. Er ging wieder hinein und bat mit gesenktem Kopf um Entschuldigung. Zum ersten Mal in seinem Leben hatte er sich so etwas gründlich überlegt.

Der yheltethische Soldat nahm seine Entschuldigung mit würdevoller ausländischer Eleganz an, und dann betranken sie sich mit der speziellen Verbrüderung zweier Männer, die gerade einen beinahe tödlichen Zweikampf überstanden hatten. Als der Mann von Egars Verlust erfuhr, nuschelte er eine Beileidszeugung und machte dann, vielleicht listigerweise, einen Vorschlag.

Ein Onkel von mir in Yhelteth, sagte er sehr sorgfältig artikulierend, *ist Rekrutierer für die Reichsarmee. Und die Reichstruppen, mein Freund, suchen in diesen Tagen verzweifelt Verstärkung. Wirklich. Gibt dort unten viel zu tun für einen jungen Mann wie dich, der nichts gegen 'ne Rauferei hat. Bezahlung ist gut, die Huren sind geradezu unglaublich. Ehrlich, die sind berühmt. Die Frauen aus Yhelteth verstehen sich am besten darauf, einen Mann zu erfreuen, da kannst du alle anderen vergessen. Du könntest da unten ein gutes Leben führen, mein Freund. Kämpfen, bumsen, abkassieren.*

Diese Worte gehörten zu den letzten, an die Egar sich erinnerte, als er sieben Stunden später allein auf dem Kneipenboden erwachte. In seinem Kopf hämmerte es, er hatte einen üblen Geschmack im Mund, und sein Vater war immer noch tot.

Wenige Tage später wurde die Familienherde aufgeteilt – was sein ausländischer Zechkumpan wahrscheinlich gewusst hatte. Als zweitjüngster von fünf Söhnen – und somit als Vorletzter in der Erbfolge – war Egar plötzlich stolzer Besitzer von etwa einem Dutzend räudiger Viecher, die mit der Herde kaum noch mitkamen. Die Worte des yheltethischen Leibwächters fielen ihm ein und klangen plötzlich verlockend: *Kämpfen, bumsen, abkassieren.* Arbeit für Männer, die nichts gegen eine Rauferei hatten, für ihr Geschick berühmte Huren. Auf der anderen Seite ein Dutzend räudiger Büffel und die Aussicht, von seinen Brüdern herumgestoßen zu werden. Die Entscheidung fiel ihm nicht schwer. Egar hielt sich an die Tradition und verkaufte seinen Anteil der Herde an einen älteren Bruder, packte dann jedoch, statt als bezahlter Hirte anzuheuern, seine Tasche, seine Lanze und ein paar Kleidungsstücke, besorgte sich ein neues Pferd und ritt in Richtung Süden, nach Yhelteth, allein.

Yhelteth!

Weit davon entfernt, von Entarteten und Frauen heimgesucht zu werden, die von Kopf bis Fuß in Tücher gehüllt waren, erwies sich die Hauptstadt des Reichs als Paradies auf Erden. In puncto Geld hatte Egars Zechkumpan recht gehabt. Das Reich rüstete zu einem seiner üblichen Raubzüge ins Handelsgebiet der Liga von Trelayne, und Söldner waren gefragt. Noch besser war, dass Egar mit seiner breiten Gestalt, dem hellen Haar und den blassblauen Augen für die Frauen dieser dunklen, feinknochigen Rasse offenbar nahezu unwiderstehlich war. Und die Steppennomaden – denn für einen solchen hielt er sich damals – erfreuten sich in Yheltath eines Rufs, der sich kaum hinter ihrer Selbstwahrnehmung zurückstand. Fast alle hielten sie für wilde Krieger, phänomenale Zecher und potente, wenn auch nicht gerade feinfühlige Liebhaber. In nur sechs Monaten verdiente Egar mehr Geld, nahm mehr üppige Speisen und Getränke zu sich und lag in mehr merkwürdigen, parfümierten Betten, als er bis zu diesem Zeitpunkt selbst in seinen wildesten jugendlichen Träumen für möglich gehalten hätte. Und dabei hatte er bis dato eine Schlacht nicht einmal *zu Gesicht bekommen,* ganz zu schweigen davon an einer teilgenommen. Das Blutvergießen begann erst …

Ein Schnaufen und ein Ruf rissen ihn aus seinen Erinnerungen. Blinzelnd sah er sich um. Dort am östlichsten Rand der Herde, sah es so aus, als würden die Tiere auseinanderstieben und Runi Probleme bereiten. Egar schob seine Gedanken beiseite und legte die schwieligen Hände an den Mund.

»Der Bulle!«, brüllte er verzweifelt. Wie viele Male musste er dem Burschen noch sagen, dass die Herde ihren Anführern folgte! Beherrsche die Bullen, und du kontrollierst den Rest. »Lass die verdammten Kühe in Ruhe, und hol dir diesen Bul…«

»Achtung, Kampfläufer!!!!«

Ein schriller, panischer Schrei, in dem das äonenalte Entsetzen des Steppenhirten lag, von der anderen Flanke. Egars Kopf fuhr herum. Klarn deutete in Richtung Osten. Als er die Augen zusammenkniff, sah er, was Runis Seite der Herde einen solchen Schrecken einjagte. Hohe, bleiche Gestalten, ein halbes Dutzend oder noch mehr, streiften durch das brusthohe Steppengras.

Kampfläufer.

Runi, der sie ebenfalls gesehen hatte, stellte sich vor die Herde. Inzwischen hatte sein Reittier jedoch die Kampfläufer gewittert und verweigerte den Gehorsam. Es preschte vor und zurück, widersetzte sich den Zügeln, und sein entsetztes Wiehern war über den Wind deutlich zu vernehmen.

Nein, so nicht.

Die Warnung blitzte in Egars Kopf auf, dicht gefolgt von der Erkenntnis, dass ihm keine Zeit dafür blieb. Es hätte ohnehin keinen Zweck gehabt. Runi war knapp sechzehn, und die Steppenghule hatten die Skaranak über ein Jahrzehnt lang nicht mehr ernsthaft belästigt. Näher als in den Geschichten, die der alte Poltar am Lagerfeuer erzählte, war der Bursche einem lebendigen Kampfläufer bisher nie gekommen. Er besaß nicht das Wissen, das Egar lange vor Runis Geburt in Fleisch und Blut übergegangen war. *Man kann gegen die Steppenghule nicht kämpfen, wenn man stehen bleibt.*

Klarn, älter und weiser, hatte Runis Irrtum erkannt, spornte rufend sein eigenes, alles andere als williges Reittier an und umritt die dunkle Masse von Büffeln. Er hatte seinen Bogen vom Rücken genommen und griff nach den Pfeilen.

Er würde zu spät kommen.

Das wusste Egar, ebenso wie er wusste, wann das Gestrüpp auf der Steppe trocken genug war, um sich zu entzünden. Die Kampfläufer waren keine fünfhundert Schritte von der Herde entfernt, eine Strecke, die sie in weniger Zeit zurücklegen konnten, als ein Mann zum Pissen brauchte. Klarn würde zu spät kommen, die Pferde würden durchgehen, Runi würde herunterfallen und dort im Gras sterben.

Fluchend nahm der Drachentöter seine Lanze zur Hand und trat seinem Streitross aus yheltethischer Zucht in die Flanken, sodass es wild losstürmte.

Er war fast angekommen, als der erste der Kampfläufer Runi erreichte, also bekam er mit, was geschah. Der Leitghul rannte an Runis schrill wieherndem Pferd vorbei, fuhr auf einem mächtigen Hinterfuß herum und trat mit dem anderen aus. Runi versuchte, das in Panik geratende Pferd zu wenden und stach hilflos mit seiner Lanze, dann rissen ihn sichelscharfe Krallen rückwärts aus dem Sattel. Egar sah, wie er sich hochrappelte, doch da fielen zwei weitere Kampfläufer über ihn her. Ein langer, qualvoller Schrei erhob sich aus dem Gras.

Bereits in vollem Galopp, spielte Egar die einzige ihm verbliebene Karte aus. Er legte den Kopf in den Nacken und stieß den wilden Schlachtruf der Majak, der Männern weltweit, auf Tausenden von Schlachtfeldern das Blut in den Adern gefrieren ließ. Den schrecklichen Ruf nach dem unausweichlichen Tod und danach, beim Sterben Gesellschaft zu haben.

Die Steppenghule hörten ihn, hoben die langen, spitzen Köpfe mit den blutigen Schnauzen und suchten nach der Bedrohung. Für die wenigen Sekunden, die sie dazu benötigten, glotzten sie mit leerem Blick die Gestalt an, die donnernd über die Steppe heranritt, dann war der Drachentöter über ihnen.

Den ersten Kampfläufer traf die Lanze voll in die Brust. Die Wucht des Angriffs riss ihn zu Boden, zuckend und Blut spuckend. Egar zügelte sein Pferd, drehte die Lanze und riss sie zurück, wodurch die Wunde viermal so groß wurde. Nasse, seilähnliche Organe blieben an den gezackten Rändern der Klinge hängen. Egar zog und zerrte, und als er die Waffe frei bekam, spritzte eine bleiche Flüssigkeit aus dem Körper. Der zweite Ghul griff nach ihm, aber der Drachentöter hatte sich bereits zu ihm umgedreht. Sein Streitross bäumte sich zum Angriff auf und schlug mit den massigen, stahlbeschlagenen Hufen um sich. Der Ghul jaulte auf, als sein sich heranschlängelnder Arm weggeschleudert wurde, dann tänzelte das Pferd einen Schritt vor – eine Übung, wie sie nur die yheltethischen Ausbilder lehren konnten –, und versenkte seinen Huf im Kopf des Kampfläufers. Egar brüllte, spannte die Oberschenkel an und drehte seine Lanze mit beiden Händen. Blut spritzte durch die Luft.

Zwei Meter lang war eine solche majakische Lanze, gefürchtet von jedem Soldaten, der sich jemals einer solchen zu tun gehabt hatte Traditionell wurde sie aus der langen Rippe eines Büffelbullen gefertigt, und an beiden Enden war eine dreißig Zentimeter lange doppelte Sägezahnklinge befestigt, die an ihrer Basis etwa handbreit war. In früheren Zeiten war das Eisen für diese Waffen unzuverlässig gewesen, voller Unreinheiten und schlecht verarbeitet in kleinen, transportablen Schmelzöfen. Später, als Söldner der Liga Trelaynes, hatten die Majak gelernt, einen Stahl zu fertigen, der ihren grimmigen Instinkten entsprach, und die Lanzenschäfte wurden aus dem Holz der naomischen Wälder gefertigt und besonders zugeschnitten und gehärtet. Als die Armeen von Yhelteth schließlich zum ersten Mal im Norden und Westen gegen die Städte der Liga vorgingen, wurden sie von der Lanzenfront der wartenden Steppennomaden wie eine Welle gebrochen. Es war eine militärische Wende, wie sie das Reich seit mehr als einem Jahrhundert nicht erlebt hatte. Anschließend, so hieß es, hätten sogar Yheltetheths erfahrenste Soldaten angesichts dessen, was die majakischen Waffen ihren Kameraden antaten, den Mut verloren. Als bei der Schlacht von Maynes Moor die Kampfhandlungen eingestellt wurden, um die Leichen der Gefallenen zu bergen, desertierte ein ganzes Viertel der zwangsweise rekrutierten Reichstruppen und erzählte Schauergeschichten über die wilden Majak, die angeblich Teile der Leichen gegessen hätten. Ein yheltethischer Historiker sagte später über das Gemetzel auf dem Moor, dass *die Aasfresser auf dem Schlachtfeld fieberhaft fraßen, weil sie befürchteten, dass bereits ein stärkerer Räuber bereits über den Fleischteppich hergefallen sei und sich auch noch über sie hermachen könnte.* Das war frei erfunden, aber es erfüllte seinen Zweck. Die yheltethischen Soldaten nannten die Lanze *Ashlan mber thelan,* den Dämon mit den zwei Fängen.

Die Kampfläufer griffen von beiden Seiten an.

Egar stieß bereits wie mit einem Bauernspieß zu, links oben, rechts unten, während sein Pferd noch die Hufe auf den Boden setzte. Der Stich nach unten schlitzte den von rechts angreifenden Läufer auf, der Hieb nach oben blockte einen herabsausenden Arm von links und zertrümmerte ihn. Der verletzte Ghul kreischte auf, und Egar ließ die Waffe wirbeln. Auf der linken Klinge klebte ein Auge und die Überreste eines Schädels, auf der anderen Seite nichts. Unten im Gras lag der aufgeschlitzte Läufer und schrie sich die Lunge aus dem Leib, während er verblutete. Der Ghul, dessen Auge und Arm er erwischt hatte, stolperte weiter vorwärts und schlug um sich wie ein Betrunkener, der sich in einer Wäscheleine verfangen hatte. Die übrigen …

Ein plötzliches vertrautes Zischen, ein festes *Dong,* und die verletzte Kreatur kreischte erneut auf, als ihr plötzlich einer von Klarns Stahlpfeilen aus der Brust ragte. Sie griff mit der unversehrten Hand danach, zupfte verwirrt an dem Ding herum, und ein zweiter Pfeil bohrte sich in ihren Schädel. Für einen Moment schlug sie mit der Klaue nach der neuen Wunde, dann erfasste ihr Gehirn, was der Pfeil angerichtet hatte, und der lange, bleiche Leib brach im Gras neben dem aufgeschlitzten Gefährten zusammen.

Egar zählte drei weitere Ghule, die auf der anderen Seite von Runis Leichnam kauerten und zögerten. Sie schienen unschlüssig, was sie tun sollten. Mit Klarn, der auf seinem Pferd von der Seite heranpreschte, einen neuen Pfeil auflegte und zielte, hatte sich das Blatt gegen sie gewandt. Niemand, dem Egar begegnet war, nicht einmal Ringil oder Archeth, wusste, ob die Kampfläufer eine vernunftbegabte Rasse wie die Menschen waren. Aber sie hatten die Majak und ihre Herden jahrhundertelang gejagt, und beiden Seiten war klar, was sie voneinander zu halten hatten.

In der jähen Stille stieg Egar ab.

»Wenn sie sich rühren, schießt du!«, befahl er Klarn.

Die Lanze in beiden Händen stapfte er durch das Gras auf Runi und die Kreaturen zu, die ihm nach dem Leben trachteten. Trotz seiner reglosen Miene spürte nagende Furcht. Falls sie sich jetzt auf ihn stürzten, würde Klarn höchstens Zeit für zwei Pfeile haben, und die Kampfläufer konnten sich zu einer Höhe von fast drei Metern aufrichten.

Er hatte gerade seinen Vorteil verschenkt.

Aber Runi lag auf dem Boden, vergoss sein Blut in die kalte Steppenerde, und jede Sekunde konnte darüber entscheiden, ob er ihn noch rechtzeitig zu den Heilern bringen konnte oder nicht.

Die Ghule strichen durch das Meer aus Gras herum, und die weißen Kehrseiten leuchteten wie die Wale, die er einmal vor der Küste von Trelayne gesehen hatte. Die schmalen Gesichter mit den Fängen schwebten über langen Schädel und muskulösen Hälsen und beobachteten ihn verschlagen. Irgendwo lag vielleicht noch einer auf der Lauer, wie er es bei ihnen schon gesehen hatte. Er konnte sich nicht daran erinnern, wie viele er zu Beginn gezählt hatte.

Plötzlich schien es kälter zu werden.

Er kam zu Runi, und das Entsetzen packte ihn noch heftiger. Der Junge war tot, Brust und Bauch aufgeschlitzt, die Augen in seinem schmutzigen Gesicht starrten blicklos zum Himmel. Wenigstens war es rasch gegangen; der Boden rings um ihn her war getränkt mit dem Blut, das er vergossen hatte und das im schwindenden Licht schwarz aussah.

Egar spürte, wie sein Puls durch die Sohlen seiner Füße wie Getrommel nach oben stieg. Er biss die Zähne zusammen und blähte die Nasenflügel. Das Getrommel schwoll an und spülte das Entsetzen heraus, schoss durch seine Kehle nach oben und explodierte hinter den Augen. Einen Augenblick lang stand er stumm da und fühlte sich, als hielte ihn etwas am Boden fest.

Sein Blick ging zu den drei Steppenghulen vor ihm in der Dämmerung. Mit zitternder Hand hob er die Lanze, warf den Kopf zurück und *heulte,* heulte, als könnte er so den Himmel zum Bersten bringen, als könnte er Runis Seele auf ihrem Weg über die Himmelsstraße erreichen und das Band, auf dem er schritt, zerreißen, sodass er zurück zur Erde fiele.

Die Zeit stand still. Jetzt gab es nur noch den Tod.

Er hörte kaum, wie Klarns erster Pfeil an ihm vorbeizischte, als er, immer noch heulend, auf die verbliebenen Kampfläufer zustürmte.

3

Die Fensterscheibe zerbrach mit einem klaren, hohen Klirren, und etwas schlug mitten im Zimmer auf dem abgewetzten Teppich auf.

Ringil regte sich unter dem zerwühlten Bettzeug und öffnete mühsam ein Auge. Die Kanten des zerbrochenen Glases glitzerten im Sonnenlicht viel zu grell, als dass er sie in seinem gegenwärtigen Zustand direkt ansehen konnte. Er wälzte sich auf den Rücken und tastete mit einem Arm nach seinem Gefährten aus der vergangenen Nacht. Seine Hand fand jedoch bloß einige feuchte Stellen des Bettlakens. Der Junge war verschwunden. Das war immer so. Immer suchten sie lange vor Sonnenaufgang das Weite. Im Mund hatte er einen Geschmack wie das Innere eines Fehdehandschuhs, und in seinem Kopf, so dämmerte ihm allmählich, pochte es wie eine majakische Kriegstrommel.

Padrow-Tag. Großartig.

Er wälzte sich weiter herum und tastete den Boden neben dem Bett ab, bis seine Finger ein schweres, unregelmäßig geformtes Ding streiften. Bei weiterer Untersuchung erwies es sich als ein Stein, der in etwas wie teures Pergament eingewickelt war. Er angelte ihn herauf, hielt ihn sich zur Bestätigung vors Gesicht und zog das Stück Papier herunter, das achtlos von einem größeren Bogen abgerissen worden war. Es roch nach Parfüm und war mit trelaynischen Worten bekritzelt:

Steh auf!

Die Handschrift kannte er.

Stöhnend setzte sich Ringil auf, hüllte sich in eines der Laken, kletterte mühsam aus dem Bett und stolperte zu der frisch zerbrochenen Fensterscheibe hinüber. Unten im schneebedeckten

Innenhof sah er Reiter. Alle trugen stählerne Kürasse und Helme, die gnadenlos in der Sonne blitzten. In ihrer Mitte stand eine Kutsche, und geschwungene Fahrspuren zeigten an, wo sie gewendet und angehalten hatte. Eine Frau daneben, mit fellgesäumter Kapuze und trelaynischen, herrschaftlichen Gewändern beschattete sich die Augen und schaute zu ihm herauf.

»Guten Tag, Ringil!«, rief sie.

»Mutter.« Ringil unterdrückte ein weiteres Aufstöhnen. »Was willst du denn hier?«

»Nun, vielleicht frühstücken, aber dazu ist es längst zu spät. Hast du deinen Padrow-Abend genossen?«

Ringil legte sich eine Hand an die Schläfe, wo das Pochen am schlimmsten war. Beim Wort ›Frühstück‹ hatte sein Magen unerwartet Kapriolen geschlagen.

»Hör mal, bleib einfach da unten«, sagte er schwach. »Ich komme gleich runter. Und wirf nicht noch mehr Steine. Das geht alles auf meine Rechnung.«

Er steckte den Kopf in die Schüssel neben dem Bett, rieb sich das Wasser übers Haar und Gesicht, säuberte sich die Mundhöhle mit einem Duftzweig aus dem Krug auf dem Tisch und machte sich auf die Suche nach seiner Kleidung, die er übers ganze Zimmer verstreut hatte. Dafür, dass es so klein war, dauerte die Suche länger als erwartet.

Nach dem Anziehen kämmte er sich das lange feine schwarze Haar aus dem Gesicht, band es streng mit einem Fetzen grauen Tuchs zusammen und trat hinaus auf den Treppenabsatz. Die anderen Türen waren fest verschlossen; niemand ließ sich blicken. Die meisten Gäste taten das einzig Zivilisierte: Sie schliefen sich von den Festlichkeiten des Padrow-Tags aus. Er steckte sich das Hemd in die Hose und polterte so schnell wie möglich die Treppe hinab, bevor Lady Ishil von den Feldern Eskiaths es leid war und ihre Wache anwies, die Tür zum Gasthof einzuschlagen.

Er schob den Riegel der Tür zum Hof zurück, trat hinaus und

blieb blinzelnd im Sonnenschein stehen. Die Reiter schienen sich nicht gerührt zu haben, seit er vom Fenster weggetreten war, aber Ishil stand bereits an der Tür. Sie warf ihre Kapuze zurück und legte die Arme um ihn. Der Kuss, den sie ihm auf die Wange drückte, war knapp und formell, aber in der Art und Weise ihrer Umarmung lag etwas Drängenderes. Er erwiderte die Geste mit so viel Begeisterung, wie er mit dem pochenden Kopf und dem flauen Gefühl im Magen aufbringen konnte. Gleich darauf trat sie zurück, hielt ihn auf Armeslänge vor sich und musterte ihn wie ein Gewand, das sie vielleicht anziehen wollte.

»Sei gegrüßt, mein wunderschöner Sohn, sei gegrüßt.«

»Woher hast du gewusst, welches Fenster du einwerfen musstest?«, fragte er mürrisch.

Lady Ishil deutete auf das Haus. »Oh, wir haben gefragt. Es war nicht weiter schwierig. In diesem Saustall hier weiß anscheinend jeder, wo du schläfst.« Sie kräuselte ein wenig die Lippen und ließ ihn los. »Und mit wem.«

Letzteres überhörte Ringil. »Ich bin ein Held, Mutter. Was hast du erwartet?«

»Ja, nennt man dich hierzulande immer noch Engelauge?« Sie spähte ihm ins Gesicht. »Ich glaube, heute passt Dämonenauge besser zu dir. Da drin ist mehr Rot als im Krater von An-Monal.«

»Es ist Padrow-Tag«, sagte er knapp. »Augen von dieser Farbe sind Tradition. Und überhaupt – seit wann weißt du, wie An-Monal aussieht? Du bist nie da gewesen.«

Sie schnaubte. »Woher willst du das wissen? Ich könnte jederzeit während der letzten drei Jahre dort gewesen sein. So lange ist es nämlich her, seitdem du deine arme, alternde Mutter besucht hast.«

»Mutter, bitte!« Kopfschüttelnd betrachtete er sie. *Alternd* war vermutlich eine zutreffende Bemerkung in Anbetracht ihrer knapp über vierzig Jahre, aber anzusehen waren sie ihr so gut wie gar nicht. Ishil hatte mit dreizehn geheiratet und war noch vor ihrem zwanzigsten Lebensjahr vierfache Mutter gewesen. Sie hatte die folgenden zweieinhalb Jahrzehnte Zeit gehabt, um etwas für ihren weiblichen Charme zu tun und dafür zu sorgen, dass Gingren Eskiath zu guter Letzt stets in sein Ehebett zurückkehrte, mochte er auch noch so viel Affären mit anderen, jüngeren Frauen haben, die ihm in die Finger gerieten. Sie legte Kajal im yheltethischen Stil auf, also um Augen und Lippen; das Haar hatte sie aus ihrer zierlichen, beinahe faltenlosen Stirn gekämmt und zu einem Pferdeschwanz zusammengefasst. Diese Stirn sowie die Wangenknochen schrien ihre südliche Herkunft förmlich heraus. Und wenn sie sich bewegte, umschmeichelten ihre Gewänder Kurven, die einer halb so alten Frau angemessener gewesen wären. Unter den oberen Zehntausend von Trelayne kursierten Gerüchte, dass dies auf Hexerei zurückzuführen sei und Ishil ihre Seele für ihr jugendliches Aussehen verkauft habe. Ringil, der ihr oft genug beim Anziehen zugesehen hatte, führte ihr Aussehen eher auf den Gebrauch von Kosmetika zurück, obwohl er beipflichten musste, was den Verkauf der Seele betraf. Ishils ehrgeizige Eltern, Kaufleute, hatten ihre Tochter ins Haus Eskiath verheiratet und ihr dadurch vielleicht ein Leben in Luxus ermöglicht, aber das hatte, wie jeder Handel, seinen Preis gehabt, und der war das Leben mit Gingren.

»Na ja, es stimmt doch, oder etwa nicht?«, meinte sie. »Wann warst du zum letzten Mal in Trelayne?«

»Wie geht es Vater?«, fragte er pflichtschuldig.

Ihre Blicke trafen sich. Sie seufzte und zuckte mit den Schultern. »Ach, du weißt schon. Dein Vater ist … dein Vater. Das Leben mit ihm ist nicht einfacher, seit er grau geworden ist. Er hat nach dir gefragt.«

Ringil zog eine Braue hoch. »Wirklich?«

»Nein, eigentlich nicht. Manchmal, wenn er am Abend müde geworden ist. Ich habe dass Gefühl, dass er vielleicht … etwas bedauert. Zumindest einiges von dem, was er gesagt hat.«

»Liegt er etwa im Sterben?« Es gelang Ringil nicht, die Bitterkeit aus seiner Stimme herauszuhalten. »Bist du deshalb hier?«

Wieder sah sie ihn an, und diesmal glaubte er, ganz kurz Tränen in ihren Augen schimmern zu sehen. »Nein, nicht deshalb. Dafür wäre ich nicht gekommen, und das weißt du. Es ist etwas anderes.« Plötzlich klatschte sie in die Hände und setzte ein Lächeln auf. »Aber was tun wir hier draußen, Ringil? Wo sind sie alle? Dieser Ort ist etwa so lebendig wie ein aldrainischer Steinkreis. Ich habe hungrige Männer und Frauen, Pferde, die gefüttert und getränkt werden müssen. Ich könnte übrigens selbst etwas zu essen vertragen. Möchte dein Gastwirt sich nicht ein paar Liga-Münzen verdienen?«

Ringil zuckte mit den Schultern. »Ich frage ihn. Und danach kannst du mir vielleicht erzählen, was los ist.«

Der Gastwirt, seinem Aussehen nach ebenso verkatert wie Ringil, wurde bei der Erwähnung von trelaynischer Währung etwas munterer. Er öffnete den Speisesaal hinten in der Bar, befahl verschlafenen Stallburschen, sich um die Pferde zu kümmern, und begab sich in die Küche, um nachzusehen, was vom Festschmaus der vorangegangenen Nacht noch übrig war. Ringil begleitete ihn, bereitete sich einen Kräutertrank zu und ging damit zu einem der Eichentische des Speisesaals, wo er in sich zusammensackte und den Dampf anstarrte, der aus dem Becher aufstieg wie ein heraufbeschworener Geist. Bald darauf trat Ishil ein, gefolgt von ihren Männern und drei Hofdamen, die vermutlich noch in der Kutsche gesessen hatten. Sie verursachten Unruhe und machten viel zu viel Lärm.

»Du reist mit leichtem Gepäck, wie ich sehe.«

»Oh, Ringil, sei still!« Ishil ließ sich auf der anderen Seite des Tischs nieder. »Es ist nicht meine Schuld, dass du gestern Abend zu viel getrunken hast.«

»Nein, aber es ist deine Schuld, dass ich so früh aufgewacht bin und mich jetzt mit den Nachwirkungen herumschlagen muss.« Eine der Hofdamen kicherte und schwieg dann errötend, als Ishil ihr einen eisigen Blick zuwarf. Ringil nippte an seinem Gebräu und verzog das Gesicht. »Würdest du mir also bitte mitteilen, worum es geht?«

»Könnten wir nicht zunächst etwas Kaffee haben?«

»Der kommt schon noch. Mir ist nicht sehr nach Plaudern, Mutter.«

Ishil vollführte eine resignierte Handbewegung. »Schon gut. Erinnerst du dich an deine Kusine Sherin?«

»Vage.« Er erinnerte sich an ein Gesicht aus seiner Kindheit, ein blasses kleines Mädchen mit langen Garben dunklen Haars, zu jung, als dass er mit ihr in den Gärten hätte spielen wollte. Er verband mit ihr Sommertage in Ishils Villa unten an der Küste von Lanatray. »Eines von Nerlas Kindern?«

»Dersins. Nerla war ihre Tante väterlicherseits.«

»Ah, ja.«

Ein Schweigen entstand. Jemand trat ein und machte sich daran, ein Feuer im Herd zu entzünden.

»Sherin ist verkauft worden«, sagte Ishil leise.

Ringil sah von dem Becher in seiner Hand auf. »Was du nicht sagst. Wie ist das denn passiert?«

»Wie passiert so etwas heutzutage?« Ishil zuckte mit den Schultern. »Schulden. Sie hatte einen, äh, Händler für Fertigerzeugnisse geheiratet. Du kennst ihn nicht. Er heißt Bilgrest. Das war von einigen Jahren. Ich habe dir eine Einladung zur Hochzeit geschickt, aber du hast nie geantwortet. Wie dem auch sei, dieser Bilgrest war offenbar ein Spieler. Auch hatte er eine Weile auf dem Getreidemarkt spekuliert, und das meistens mit Verlust. Das, und der Versuch, in Trelayne den Schein zu wahren, hat den größten Teil seines Vermögens verschlungen. Weil er sparen wollte, hat dieser Idiot seine Versicherungsbeiträge nicht mehr gezahlt, und dann hat ein Schiff mit seinen Waren vor Kap Gergis Schiffbruch erlitten, und dann, na ja.« Ein weiteres Schulterzucken. »Du weißt ja, wie das läuft.«

»Ich kann's mir vorstellen. Aber Dersin hat Geld. Warum hat sie Sherin nicht ausgelöst?«

»Sie hat nicht *viel* Geld, Ringil. Du gehst immer davon aus, dass …«

»Wir sprechen von ihrer verdammten *Tochter*, um Hoirans willen! Und Garat hat doch gut betuchte Freunde, oder? Sie hätten das Geld irgendwie auftreiben können. Übrigens, warum haben sie Sherin nicht einfach zurückgekauft?«

»Sie wussten es nicht. Bilgrest hat über die Lage der Dinge beharrlich geschwiegen, und Sherin hat bei der Scharade mitgespielt. Sie war immer so stolz, und sie wusste, dass Garat die Heirat eigentlich nie recht war. Anscheinend hat er ihnen oftmals Geld geliehen und nie zurückbekommen. Garat und Bilgrest hatten deswegen wohl einmal eine heftige Auseinandersetzung. Danach hat Sherin einfach nicht mehr gefragt. Ist nicht mehr zu Besuch gekommen. Dersin hat monatelang keinen von ihnen gesehen. Wir waren beide unten in Lanatray, bevor es uns zu Ohren kam, und als wir in die Stadt zurückkehrten – da musste inzwischen eine Woche verstrichen sein. Wir mussten ins Haus einbrechen.« Sie schauderte geziert. »Es war, als käme man in eine Grabstätte. Sämtliches Mobiliar war verschwunden, die Gerichtsvollzieher hatten alles mitgenommen, sogar die Vorhänge und Teppiche, und Bilgrest saß einfach bei geschlossenen Läden da und murmelte im Dunkeln vor sich hin.«

»Hatten sie keine Kinder?«

»Nein, Sherin konnte keine bekommen. Ich glaube, sie hat sich deshalb so sehr an Bilgrest geklammert, weil es ihm scheinbar nichts ausmachte.«

»Oh, prächtig. Du weißt, was das heißt, nicht wahr?«

Ein weiteres tiefes Schweigen. Der Kaffee wurde serviert, dazu das Brot von gestern, geröstet, damit man nicht merkte, wie hart es geworden war, außerdem verschiedene Marmeladen, dazu Öle und aufgewärmte Brühe. Die Bewaffneten und die Hofdamen fielen mit einer solchen Begeisterung darüber her, dass es Ringil erneut flau im Magen wurde. Ishil trank ein wenig Kaffee und betrachtete düster ihren Sohn.

»Ich habe Dersin gesagt, dass du sie suchen würdest«, sagte sie.

Ringil zog eine Braue hoch. »Wirklich? Das war voreilig.«

»Bitte, hab dich nicht so, Gil! Du wirst dafür bezahlt.«

»Ich brauche das Geld nicht.« Ringil schloss kurz die Augen. »Warum kann Vater das nicht tun? Er hat doch wohl die nötigen Mittel.«

Ishil blickte beiseite. »Du weißt, was dein Vater von meiner Familie hält. Alle Verwandten auf Dersins Seite sind praktisch reinblütige Sumpfbewohner, wenn du ein paar Generationen zurückgehst. Seiner Gunst kaum würdig. Und überhaupt, Gingren würde sich nicht gegen die Gesetze stellen. Seit dem Krieg ist schließlich einiges anders geworden. Sherin wurde legal verkauft.«

»Du hättest doch trotzdem Einspruch erheben können. Das ist in der Charta so geregelt. Soll Bilgrest auf den Knien zur Kanzlei rutschen, öffentlich Entschuldigung und Wiedergutmachung anbieten! Dann bist du sein Bürge, wenn Dersin die Mittel nicht aufbringen kann und Vater sich die Hände nicht schmutzig machen will.«

»Meinst du etwa, das hätten wir nicht versucht?«

»Und was ist dann passiert?«

Ein jähes, herrisches Aufblitzen von Ärger, eine Seite Ishils, die er fast vergessen hatte. »Was dann passiert ist, Ringil, ist, dass Bilgrest sich *aufgehängt* hat, statt sich zu entschuldigen. Das ist passiert.«

»Huch!«

»Das ist nicht komisch.«

»Nein, vermutlich nicht.« Er trank noch einen Schluck Tee. »Dennoch sehr edel. Tod anstelle von Ehrverlust und so. Und das bei einem Händler für Fertigerzeugnisse. Bemerkenswert. Vater muss wider Willen beeindruckt gewesen sein.«

»Es geht hier nicht um dich und deinen Vater, Ringil!«

Die Hofdamen erstarrten. Ishils Aufschrei hallte vom niedrigen Dach des Speisesaals zurück und lockte Neugierige an, die mit offenem Mund an der Schwelle zur Küche und draußen am Fenster zum Hof stehenblieben und glotzten. Die Wächter wechselten Blicke und überlegten offenbar, ob man von ihnen erwartete, sich aufzuplustern und diesen Bauern klarzumachen, dass sie sich um ihre eigenen Angelegenheiten kümmern sollten. Ringil fing einen ihrer Blicke auf und schüttelte leicht den Kopf. Ishil presste die Lippen aufeinander und holte tief Luft.

»Das hat mit deinem Vater nichts zu tun«, sagte sie leise. »Auf ihn verlasse ich mich lieber nicht. Es ist ein Gefallen, um den ich dich bitte.«

»Die Tage, in denen ich für die Sache der Gerechtigkeit, Wahrheit und Aufklärung gekämpft habe, sind vorüber, Mutter.«

Sie richtete sich auf ihrem Stuhl auf. »Es geht mir nicht um Wahrheit oder Gerechtigkeit. Sondern um die Familie.«

Ringil schloss erneut die Augen und massierte mit Finger und Daumen den Nasenrücken. »Warum ich?«

»Weil du diese Leute kennst, Gil.« Sie streckte die Hand über den Tisch aus und berührte mit dem Handrücken seine freie Hand. Er riss die Augen auf. »Als du noch zu Hause wohntest, hast du uns diese Tatsache oft genug unter die Nase gerieben. Du kannst in Trelayne Gebiete betreten, die ich nicht betreten kann, die dein Vater nicht betreten *würde*. Du kannst …«

Sie biss sich auf die Lippe.

»… das Gesetz beugen«, beendete er trocken ihren Satz.

»Ich hab's Dersin versprochen.«

»Mutter.« Sein Kater war mit einem Mal zum Teil wie weggeblasen. Er empfand das Ganze als äußerst ungerecht; Ärger wallte in ihm auf und verlieh ihm eine seltsame Stärke. »Weißt du, worum du mich da bittest? Du kennst doch die gewaltigen Gewinnspannen beim Sklavenhandel. Hast du auch nur eine Ahnung, wozu diese Leute dafür bereit sind? Die fackeln nicht lange.«

»Ich weiß.«

»Nein, du weißt es verdammt noch mal *nicht.* Du hast selbst gesagt, dass die Sache schon Wochen her ist. Wenn Sherin nachweislich unfruchtbar ist – und diese Leute haben Hexenmeister, die das ziemlich schnell herausfinden werden –, dann wird sie so gut wie sicher auf dem Markt für professionelle Konkubinen auftauchen, was wiederum bedeutet, dass sie wahrscheinlich bereits zu einem Ausbildungsstall in Paraschall verfrachtet worden ist. Ich könnte Wochen brauchen, um herauszufinden, wo der liegt, und bis dahin ist sie höchstwahrscheinlich schon auf dem Weg zu einer Auktion irgendwo in der Liga sein, oder vielleicht sogar weiter südlich im Reich. Ich bin keine Ein-Mann-Armee.«

»In der Galgenschlucht warst du es, heißt es.«

»Oh, *bitte!*«

Er starrte mürrisch in seine Teetasse. *Du kennst diese Leute, Ringil.* Wären seine Kopfschmerzen nicht so heftig gewesen, hätte er vielleicht gelacht. Ja, er kannte diese Leute. Er hatte sie gekannt, als Sklavenhandel in den Stadtstaaten formal immer noch illegal war und sie ihren Lebensunterhalt leicht über andere verbotene Unternehmungen konnten. Tatsächlich griff *kennen* ein wenig zu kurz – wie viele andere reiche Jugendliche aus Trelayne war er ein eifriger Kunde *dieser Leute* gewesen. Verbotene Substanzen, verbotene sexuelle Praktiken, Dinge, die immer einen florierenden Markt und undurchsichtige Mächte hervorbrachten. O ja, er *kannte* diese Leute. Kitsch-Findrich, zum Beispiel, mit seinen tiefliegenden Augen und dem Speichel, die er stets an den Pfeifen zurückließ, die sie miteinander teilten. Milacar von Gottes Gnaden, der abtrünnige Lakaien mit übermäßiger chemischer Großzügigkeit zu Tode brachte – durch den neurasthenischen Dunst nach einem Schuss Flandrijn war das alles nicht so schlimm erschienen, hatte tatsächlich hervorragend zu der dekadenten pubertären Ironie gepasst, die Ringil damals kultiviert hatte. Die rote Xanthippe, eine stark geschminkte Schönheit, die immer Überdruss und gelangweilte Geduld zur Schau trug, bevor sie eine der Strafen verhängte, für die sie berüchtigt war und die einen lebenslang zum Krüppel machten. Ringil hatte sie einmal geleckt, Hoiran allein kannte den Grund hierfür, aber damals hatte er es für eine gute Idee gehalten. Anschließend war er mit dem ungewohnten Duft einer Frau an Mund und Fingern sowie dem befriedigenden Gefühl vollkommener Selbstbefleckung heimgekehrt. Xanthippe und Findrich hatten ihre Finger bereits im Sklavenhandel gehabt, als er noch missbilligt wurde, und beide hatten sich darüber ausgelassen, was in dieser Branche möglich wäre, wenn der Gesetzgeber die Schraube nur etwas lockern und den Kreditmarkt ein für alle Mal öffnen würde.

Mittlerweile steckten sie vermutlich bis über beide Ohren drin.

Plötzlich überlegte er, wie Milacar von Gottes Gnaden wohl heutzutage aussah. Ob er nach wie vor sein Ziegenbärtchen hatte, ob er sich immer noch den Schädel rasierte, weil er ja später, wie er zu sagen pflegte, sowieso kahl werden würde.

Oh-oh.

Ishil merkte, wie er ins Schwanken geriet. Vielleicht wusste sie es schon, bevor er selbst es wusste. Etwas veränderte sich in ihrem Gesicht, ihre kajalgeschminkten Züge wurden kaum merklich weicher, als ob ein Künstler mit dem Daumen über die allzu harten Linien seiner Skizze gerieben hätte. Ringil blickte auf und sah es. Er verdrehte die Augen und setzte eine leidende Miene. Ishil öffnete den Mund.

»Nein, nicht.« Er hielt eine Hand hoch. »Sag. Einfach. Nichts.«

Seine Mutter schwieg, aber sie lächelte.

Gepackt hatte er im Handumdrehen. Er ging in sein Zimmer hinauf, fuhr wie ein Berserker hindurch und warf ein Dutzend Dinge in einen Rucksack. Hauptsächlich Bücher.

Wieder unten in der Bar, nahm er den Rabenfreund und die kiriathische Scheide vom Kamin. Inzwischen waren überall Leute, Kneipenpersonal und Gäste gleichermaßen, und diejenigen, die ihn kannten, sahen mit offenem Mund zu. Die Scheide fühlte sich fremd an, als er sie in der Hand wog; zum ersten Mal seit langer Zeit hatte er sie von der Aufhängung gelöst. Er hatte vergessen, wie leicht sie war. Er zog das Schwert etwa eine Handbreit hervor, hielt die Klinge ins Licht und sah kurz mit zusammengekniffenen Augen an der Schneide entlang, bevor ihm klar wurde, dass die Handlung keinem Zweck diente und er nur posierte. Seine Stimmung veränderte sich unmerklich. Ein winziges Lächeln spielte um seine Lippen, und dazu gesellte sich eine wachsende Erregung, die er nicht erwartet hatte.

Er legte Scheide und Schwert über eine Schulter, ließ den Rucksack an der anderen Hand baumeln und schlenderte zurück in den Speisesaal, wo gerade die Überreste des Mahls abgeräumt wurden. Der Wirt, ein Tablett in jeder fleischigen Hand, hielt inne und fügte der Sammlung von offenen Mündern noch den seinen hinzu.

»Was tust du da?«, fragte er wehleidig.

»Szenenwechsel, Jhesh.« Ringil hängte sich den Rucksack über die andere Schulter und tätschelte dem Wirt munter den beschürzten Rücken. Es war, als würde man auf einen Schinken klopfen. »Ich nehme ein paar Monate Urlaub. Werde in Trelayne überwintern. Sollte noch vor dem Frühjahr zurück sein.«

»Aber, aber, aber …« Jhesh rang nach Worten und einem Mindestmaß an Höflichkeit. »Ich meine, was ist mit deinem Zimmer?«

»Ach. Vermiete es. Wenn du's kannst.«

Die Höflichkeit begann zu schwinden. »Und deine Rechnung?«

»Ah, ja.« Ringil hob einen Finger – eine Bitte um Geduld – und ging zu der Tür, die zum Innenhof führte. »Mutter?«

Sie ließen Jhesh an der Tür zurück, wo er das Geld mit deutlich weniger Begeisterung zählte, als es bei dem Betrag angemessen gewesen wäre. Ringil folgte Ishils königlichem Zug zur Kutsche und schwang sich in den ungewohnten Luxus. Gewebte Seide bedeckte die Innenseite der Wände und Türen, es gab Fensterscheiben, und eine kleine verzierte Lampe hing vom Dach herab. Eine verschwenderische Anzahl von Kissen lag auf den beiden einander gegenüberliegenden Bänken, die breit und lang genug waren, um als Betten zu dienen, und darunter befanden sich gepolsterte Fußschemel. Neben einem Korb in der einen Ecke standen Flaschen und Becher. Ishil lehnte sich in eine Ecke und seufzte erleichtert, als die letzte Hofdame einstieg.

»Endlich! Was du an diesem Ort findest, Ringil, wird mir ewig ein Rätsel bleiben. Ich könnte schwören, dass diese Leute seit mindestens einer Woche nicht mehr richtig gebadet haben.«

Er zuckte mit den Schultern. So falsch lag sie gar nicht. Warme Bäder waren an Orten wie Galgenwasser ein unerhörter Luxus. Zu dieser Jahreszeit verlor das Baden unten am Fluss zunehmend an Reiz.

»Na ja, Mutter, so ist eben das gemeine Volk. Seit die Liga den Badehäusern Steuern auferlegt hat, haben sie einfach jegliches Interesse an Reinlichkeit verloren.«

»Ringil, ich wollte ja bloß sagen …«

»Lass es bitte, ja? Diese Leute sind meine Freunde.« Ein Gedanke kam ihm, das winzige Körnchen Wahrheit inmitten der Lüge. Er hinderte die Hofdame daran, die Tür zu schließen, hielt sich am oberen Türrahmen fest und beugte sich vor. Es gelang ihm gerade noch, dem Stiefelschaft des Kutschers einen Stoß zu versetzen. Der Mann fuhr auf, hob die Faust, mit der er den Peitschenstiel umklammert hielt, und sah sich nach dem Störenfried um. Als er erkannte, wer ihn berührt hatte, fiel der Arm herab, als hätte man ihn amputiert, und der Mann wurde blass.

»Oh, ihr Götter, Euer Erhabenheit, es tut mir so leid!« Er erstickte fast an seinen Worten. »Ich wollte nicht … ich meine, ich dachte … bitte, es tut mir *so* leid.«

Euer Erhabenheit?

Sich *daran* zu gewöhnen würde einige Zeit dauern.

»Ja, ja. Pass auf, dass es nicht noch mal vorkommt.« Ringil winkte unbestimmt mit der freien Hand. »Hör zu, wenn wir aus der Stadt hinausfahren, machst du einen Abstecher zum Friedhof. Da steht ein blaues Haus an der Ecke. Halte da an!«

»Ja, Euer Erhabenheit.« Der Mann konnte sich gar nicht rasch genug wieder den Pferden zuwenden. »Sofort, Herr. Gleich.«

Ringil hangelte sich in die Kutsche zurück und zog die Tür zu. Er übersah den fragenden Blick seiner Mutter, und als sie schließlich auf die Straße hinausfuhren, musste sie die Frage laut stellen.

»Und was genau tun wir auf dem Friedhof?«

»Ich möchte mich von einem alten Freund verabschieden.«

Sie tat so, als müsse sie erschöpft aufseufzen, und er war schockiert darüber, wie vollständig ihn dieser Seufzer ganze zehn Jahre in seine Jugendjahre zurückversetzte. Als Ishil ihn wieder einmal dabei erwischte, wie er sich mit den Dienerinnen in der Morgendämmerung durch den Lieferanteneingang ins Haus stahl. Als sie in ihrem Morgenmantel oben an der Treppe zur Küche stand, die Arme verschränkt, das blasse Gesicht sauber gewaschen, ungeschminkt, streng wie eine verärgerte Hexenkönigin.

»Gil, müssen wir so *entsetzlich* melodramatisch sein?«

»Kein toter Freund, Mutter. Er wohnt gleich neben dem Friedhof.«

Sie zog eine makellos gepflegte Braue hoch. »Wirklich? Wie entzückend für ihn.«

Die Kutsche rollte durch den kaum erwachten Ort.

Als sie Bashkas Haus erreichten, war die Sturmtür fest über dem Vordereingang geschlossen, was normalerweise bedeutete, dass der Schulmeister noch im Bett lag. Ringil sprang herab und ging über den Friedhof zum Hintereingang. Das Eis knirschte im Gras und glitzerte auf den Grabsteinen. Ein einzelner Trauernder stand inmitten der Gräber, eingehüllt in einen geflickten Ledermantel. Er trug einen breitkrempigen Hut, der sein Gesicht beschattete, sah auf, als Ringil von der Straße hereinkam und begegnete dem Blick des Schwertkämpfers mit trostloser Gleichgültigkeit und dem Anflug von etwas wie Unversöhnlichkeit sein mochte. Ringil ignorierte ihn mit der Gelassenheit des Verkaterten. Er suchte sich seinen Weg zwischen den Gräbern und sah durch das nächste Fenster ins Häuschen hinein. Auf der anderen Seite der schmierigen Scheibe hantierte der Schulmeister mit Pfannen und Küchenfeuer und, wie es aussah, selbst mit einem leichten Kater zu kämpfen. Ringil grinste und klopfte an die Scheibe. Erst beim zweiten Mal funktionierte Bashkas Richtungssinn und er begriff, woher der Lärm kam. Der Schulmeister winkte ihn zum Vordereingang. Ringil kehrte zur Kutsche zurück und steckte den Kopf durch die offene Tür.

»Ich geh für einen Moment rein. Möchtest du mitkommen?«

Seine Mutter richtete sich nervös auf. »Wer ist dein Freund?«

»Der hiesige Schulmeister.«

»Ein Lehrer?« Ishil verdrehte die Augen. »Nein, ich glaube nicht, Ringil. Beeile dich bitte!«

Bashka ließ Ringil ein und führte ihn am Schlafzimmer vorbei in die Küche. Ringil erhaschte einen kurzen Blick durch die offene Schlafzimmertür – eine kurvige Gestalt mit langem rotem Haar in den Laken. Er erinnerte sich vage, dass der Schulmeister in der Nacht zuvor zwischen zwei Huren die Straße entlanggetorkelt war, wobei er den Sternen priesterliche Glaubensbekenntnisse zugebrüllt hatte. Für die Götternamen hatte er die Bezeichnungen für unzüchtige Körperteile eingesetzt, was im allgemeinen Frohsinn allerdings kaum aufgefallen war.

»Du hast die Rote Erli da drin?«, fragte er. »Sie ist wirklich mit dir nach Hause gegangen?«

Bashka grinste von einem Ohr zum anderen. *»Beide,* Gil, *beide* sind mit mir nach Hause gegangen. Erli *und* Mara. Der beste Padrow-Abend, den du dir denken kannst.«

»Ja? Wo ist denn Mara?«

»Hat sich hinterher dünnegemacht. Mit meiner Börse.« Selbst dieses Eingeständnis konnte das Grinsen aus Bashkas ansonsten ernstem Gesicht nicht vertreiben. Er schüttelte milde den Kopf. »Der *allerbeste* Padrow-.«

Ringil runzelte die Stirn. »Soll ich sie dir zurückholen?«

»Nein, lass nur! War sowieso nicht mehr so viel drin.« Er schüttelte den Kopf wie ein Hund, der aus dem Regen kam, und schauderte geräuschvoll. »Und ich glaube, das Mädel hat sich jede einzelne Münze redlich verdient.«

Bei der Bezeichnung *Mädel* für Mara verzog Ringil das Gesicht.

»Du bist zu nachsichtig, Bash. So was hätte Mara bei ihren Stammkunden nie gemacht. Nicht in einem so kleinen Ort. Das hätte sie nicht gewagt.«

»Spielt keine Rolle, Gil, wirklich.« Bashka wurde kurz ernst. »Ich möchte nicht, dass du da was unternimmst. Lass Mara in Ruhe.«

»Weißt du, wahrscheinlich hat dieses kleine Miststück Feg sie dazu angestiftet. Ich könnte …«

»Gil.« Bashka sah ihn wehmütig an. »Du verdirbst mir meinen Kater.«

Ringil hielt inne. Zuckte mit den Schultern. »Na gut, wenn du meinst. Also, äh, dann brauchst du also rasch Bargeld. Damit du bis zum Ende der Ferien über die Runden kommst?«

»Ph.« Bashka schnaubte. »Als ob *du* es dir leisten könntest, mir was zu leihen, Gil. Komm schon, mir geht's gut. Ich hab doch immer was für Padrow zurückgelegt.«

»Ich habe Geld bekommen, Bash. Mich hat gerade jemand angeheuert. Schwert-Vertrag. Bezahlter Auftrag, verstehst du? Ich habe das Geld, wenn du möchtest.«

»Na ja, ich möchte es *nicht.*«

»Gut, gut. Hab ja bloß gefragt.«

»Dann hör auf zu fragen. Wie gesagt, mir geht's gut.« Bashka hielt inne, als ihm der wirkliche Grund für Ringils Besuch aufzugehen schien. »Also, äh, du gehst weg? Wegen diesem Schwert-Vertrag, meine ich?«

»Ja, für ein paar Monate. Bin bald wieder hier. Sieh mal, wirklich, wenn du das Geld brauchst, es ist ja nicht, als ob du mich in der Vergangenheit ausgenommen hättest und …«

»Nicht nötig, Gil. Wohin gehst du?«

»Nach Trelayne. Vielleicht weiter nach Süden.« Plötzlich war ihm nicht nach langen Erklärungen. »Wie gesagt, bin in ein paar Monaten wieder hier. Keine große Sache.«

»Werd dich vermissen, an den Mittwochabenden.« Bashka tat so, als würde er eine Schachfigur bewegen. »Wahrscheinlich muss ich mit Brunt oben in der Schmiede spielen. Kannst du dir vorstellen, was *das* für Gespräche werden?«

»Ja, ich werde …« Er geriet ins Stolpern – die alte Vorsicht, sogar hier. »… unsere Gespräche auch vermissen.«

Nein, wirst du nicht.

Die Erkenntnis flammte auf wie ein zerknülltes Stück Papier, das ins Feuer geworfen wurde. Helle Flammen sowie ein Funkensprühen, das kurz schmerzte und dann verschwunden war. *Du wirst deine Schach-Abende und das Geplauder mit Bashka nicht vermissen, Gil, und du weißt es.* Und er wusste auch, dass in den weiter oben am Fluss liegenden Distrikten von Trelayne eine Gesellschaft, die mindestens doppelt so schlau war wie der Schulmeister, in so ziemlich jedem Kaffeehaus zu finden wäre. Und er wusste, dass Bashka, trotz seiner Freundlichkeit und der wenigen gemeinsamen Interessen, nie wirklich sein Freund gewesen war, nie in irgendeinem Sinn, der zählte.

In diesem Augenblick begriff er, trotz der hartnäckigen Kopfschmerzen, zum ersten Mal mit voller schlagartig, dass er wirklich zurückging. Und nicht bloß zum Kriegshandwerk – das wäre ein alter, vertrauter Nervenkitzel, der rasch wieder verging, so als würde man nachfühlen, wie viele Münzen man in seiner Börse hatte. Das war's nicht. Es war mehr. Er würde in das brodelnde, schachernde Menschengewühl von Trelayne zurückkehren und zu allem, was damit verbunden war. Zurück in den überhitzten Schoß seiner Jugend, zurück in das Treibhausklima, das ihn geprägt und dann nur noch angewidert hatte. Zurück zu einem Teil seiner selbst, den er nicht mehr in sich vermutet hatte. Einem Teil, von dem er geglaubt hatte, er sei seit den Tagen de Gemetzels längst ausgelöscht worden.

Offenbar nicht, Gil.

Er verabschiedete sich vom Schulmeister, zwinkerte im Hinausgehen albern zur Schlafzimmertür hinüber und verschwand, so rasch es ihm der Anstand erlaubte.

Er hievte sich in die Kutsche und sank schweigend in eine Ecke. Der eifrige Kutscher knallte mit der Peitsche, und sie setzten sich in Bewegung. Sie fuhren durch die stillen Straßen, über die Stadtgrenze hinaus und an den niedrigen hölzernen Wachtürmen vorbei, die Straße an den Ausläufern des Gebirges und der Galgenschlucht entlang nach Westen zu den Wäldern, zur Naom-Ebene und zum Meer dahinter. Nach Westen, wo Trelayne ihn in der schimmernden Pracht der Küste erwartete, ihn in sich einsog, selbst von hier aus, nachdem das Bild der Stadt einmal in seinem Kopf verankert war.

Ringil starrte aus dem Fenster auf die vorübergleitende Landschaft.

»Wie war er also?«, fragte Ishil schließlich. »Dein Lehrer-Freund?«

»Verkatert und völlig abgebrannt vom Herumhuren. Warum fragst du?«

Ishil seufzte mit sorgsam aufgesetzter Geringschätzung, wandte dann betont das Gesicht ab und sah aus dem gegenüberliegenden Fenster. Die Kutsche rumpelte und polterte dahin, die Hofdamen grinsten höhnisch und unterhielten sich über Kleider.

Das neue Wissen hockte neben ihm wie ein Leichnam, den kein anderer sehen konnte.

Er kehrte zu dem zurück, was er einst gewesen war, und am schlimmsten war, dass er nicht überwinden konnte, es zu bedauern.

Tatsächlich konnte er es jetzt, da es losging, kaum noch erwarten.

4

Schafft mir Archeth herbei!

So lautete der Befehl des Imperators, und der Ruf breitete sich vom Thronsaal in alle Richtungen aus wie die Welle eines ins Wasser geworfenen Steins. Die Hofschranzen vernahmen ihn und erteilten nun ihrerseits eilig Befehle, im Wettstreit um die Gunst des Herrschers ihren Untergebenen, und die Untergebenen hasteten auf der Suche nach Lady kir-Archeth im Labyrinth des Palastes hin und her. Der Befehl wurde von den Untergebenen an die Diener und weiter von den Dienern an die Sklaven weitergegeben. Die gesamte Palasthierarchie konzentrierte sich auf die jähe Abweichung vom mühseligen Alltagstrott des Palastlebens. Die bloße Anweisung hatte Gerüchte aufkeimen lassen, die den Tonfall des Imperators irgendwo zwischen Gereiztheit und Zorn ansiedelten. Bei diesem Register war äußerste Vorsicht geboten, das hatten alle bei Hofe in den letzten Jahren gelernt, sogar altgediente Aufseher. Am besten für alle Beteiligten wäre es gewesen, wenn Archeth sich schleunigst eingestellt hätte.

Unglücklicherweise war, wie so oft in diesen Tagen, Lady Archeth wie vom Erdboden verschluckt. Seit der Expedition nach Shaktur, so ging das Geflüster, war sie launisch, wortkarg und noch unberechenbarer in Situationen, die Diplomatie erfordert hätten. Sie durchstreifte die Korridore des Palastes und die Straßen der Stadt zu merkwürdigen Stunden oder verschwand wochenlang allein in der östlichen Wüste, und zwar mit so geringen Vorräten an Nahrung und Wasser, wurde gemurmelt, dass es an Selbstmord grenzte. Im Alltagstrott des Palastes war sie ebenfalls völlig unbeeindruckt von tödlichen Risiken; sie vernachlässigte ihre Pflichten und reagierte auf Tadel mit einer Gleichgültigkeit, die an Frechheit grenzte. Ihre Tage bei Hofe, so hieß es, seien gezählt.

Schafft mir Archeth herbei!

Der Befehl hallte von den fernen Palastmauern der herrschaftlichen Gärten wider. Mehrere der Hofschranzen gerieten in Panik und gaben ihn von den Mauern weiter hinab in die Stadt, jetzt an imperiale Boten, den sogenannten Königsfängern, die für ihr Geschick im Aufstöbern und Zurückholen von Menschen aus sämtlichen Ecken innerhalb der weiten Grenzen des Reichs berühmt waren. Diese Männer in schwarzen und silberfarbenen Livreen schwärmten in Gruppen aus, schlängelten sich unter den farbenfrohen Kuppeln und Dächern im Herzen der Stadt durch die Straßen – eine Architektur, die Ringil einmal wenig freundlich als eine ›Party von Schnecken-Prostituierten‹ beschrieben hatte –, klopften an die Türen von Rauchsalons und Kneipen und versuchten mit beiläufiger Brutalität, Informationen aus einschlägig bekannten Verbündeten herauszuprügeln. Alles in allem war es ein gewaltiger Verschwendung von Mitteln, so als würde man mit einer Streitaxt Zwiebeln hacken, aber es war der Befehl des Imperators, und niemand wollte sich Untätigkeit vorwerfen lassen. Seit der Thronbesteigung waren allzu viele Exempel statuiert worden.

Die Königsfänger mit dem größten Glück hatten nach etwa einer Stunde von den Händlern auf dem *Boulevard des Unbeschreiblich Göttlichen* erfahren, dass Archeth zuletzt gesehen worden war, als sie entschlossen zu den imperialen Werften hinabging, einen langstieligen Schlosserhammer in der einen Hand und eine Krinzanz-Pfeife in der anderen. Von dort aus war es diesem halben Dutzend Kundschafter ein Leichtes, ihr bis zur Werft zu folgen, sich einen Weg durch die skelettartigen Kiele der im Bau befindlichen Schiffe zu suchen und bei jeder Abzweigung nach Archeth zu fragen. Und noch leichter war es für die Werftarbeiter, sich umzudrehen und ihnen wortreich den Weg zu erklären.

Am einen Ende der Werft stand abseits von seinen konventionelleren hölzernen Nachbarn ein mitgenommenes kiriathisches Feuerschiff auf Stützen, die im Lauf der Zeit ebenso stark verrostet waren wie der Schiffsbauch selbst. Es war eines der letzten, die mit Genehmigung Akals des Großen aus der Wüste hierher verfrachtet worden waren, und eine Aura der Verlassenheit sowie schwarzer, eiserner Bösartigkeit umgab es. Die Königsfänger, handverlesen und bekannt für ihren Mut in gefährlichen Situationen, beäugten das Schiff ohne Begeisterung. Kiriathische Erzeugnisse gab es überall in der Stadt, schon seit Jahrhunderten, aber bei einem so seltsamen Ding wie diesem lief es einem doch kalt den Rücken hinunter: ein gewölbter, hoch aufragender Korpus, wie ein wahnsinniges Seeungeheuer, das die Netze eines unglücklichen Fischkutters aus den Tiefen heraufgeholt hatten; überall ungewohnte Kiemen, Fühler und Augen, die samt und sonders eher zu etwas Lebendigem passten als zu etwas von Menschenhand Erbautem. Außen war das Schiff war von Narben und Blasen übersät, weil es wiederholt in eine Sphäre eingetaucht war, in der Fleisch und Knochen eines Menschen sich in einem einzigen sengenden Augenblick zu Nichts auflösten, eine Sphäre, in der wohl nur Dämonen leben konnten, und die Orte, die es aufgesucht hatte, hatten ihm eine rätselhafte, unterweltartige Aura verliehen.

Aus dem Innern der geschlossenen eisernen Röhre – genauer gesagt, aus der Öffnung einer der fünf aufgeworfenen Luken in der Unterseite des Rumpfs – ertönte wiederholt das wütende Scheppern von Metall auf Metall. Als würde da etwas zu fliehen versuchen.

Blicke wurden gewechselt, Hände legten sich auf die Griffe abgenutzter Waffen. Die Botschafter des Imperators rückten zwar näher, wurden aber langsamer bei jedem Schritt, der sie in den Schatten des aufgebockten Feuerschiffs brachte. Schließlich blieben sie kurz vor dem Gerüst sowie ein gutes Dutzend Schritte vor der besagten Luke stehen. Alle waren sorgfältig darauf bedacht, auf keinen der Fühler zu treten, die von der Hülle herabhingen und wie achtlos zu Boden geworfene Peitschen von Pferdekutschern im Staub der Werft lagen. Man konnte unmöglich wissen, wann *so etwas* – ungeachtet der vielen Jahre, die es nicht mehr in Gebrauch gewesen war – plötzlich zu mörderischem Leben erwachte, sich um eine Gliedmaße schlang, deren Besitzer umriss und ihn durch die Luft wirbelte, ihn hin und her schlug oder gegen den schmutzigen eisernen Rumpf schleuderte, sodass er zu Brei zerquetscht wurde.

»Syphilitischer Sohn einer dreckigen, Kamele fickenden FOTZE!«

Ein gewaltiges Scheppern begleitete das letzte Wort, konnte es jedoch nicht völlig übertönen. Die Kundschafter wichen zurück. Hier und da glitten die Klingen ein paar Zoll aus ihren Scheiden. Unmittelbar, nachdem das Echo verhallt war und bevor jemand auch nur einen Finger rühren konnte, erklang die Stimme erneut, mit ebenso obszönen Ausdrücken, ebenso rasender Wut, ebenso heftig unterstrichen vom Getöse des Konflikts, der da im Schiffsbauch verborgen ausgetragen wurde. Die Königsfänger standen wie angewurzelt da. Ihre Gesichter waren schweißüberströmt von der grimmigen Hitze einer Sonne, die fast den Zenit erreicht hatte, während halb vergessene Gerüchte von Magie sie erschaudern ließen.

»Ist das ein Exorzismus?«

»Das liegt am Krinzanz«, vermutete ein pragmatischeres Mitglied der Kundschafter. »Das verdammte Weib hat ihren Verstand verloren.«

Ein weiterer Kundschafter räusperte sich.

»Äh, Mistress Archeth …«

»… warum kriegst du den Mund nicht auf, du verdammter Scheißkerl …«

»Mistress Archeth?« Der Königsfänger setzte jetzt seine volle Lautstärke ein. »Der Imperator wünscht Euch zu sehen!«

Das Fluchen brach unvermittelt ab. Der metallische Höllenlärm erstarb. Einen langen Augenblick tröpfelte aus der gähnend weit offenen Luke ein Schweigen, das kaum weniger nervenaufreibend war als der Lärm zuvor. Dann drang Archeths Stimme heraus, leicht heiser:

»Wer ist da?«

»Aus dem Palast. Der Imperator ruft Euch!«

Unverständliches Gemurmel. Ein Klirren, als sie wohl den Schlosserhammer fallen ließ, und dann ein ungeduldiges Scharren. Augenblicke später tauchte Archeths ebenholzschwarzer Kopf umgekehrt in der Luke auf, das Gesicht umgeben von dickem, stramm geflochtenem Haar. Sie grinste ein wenig zu breit auf die Kundschafter herab.

»Na gut«, sagte sie. »Für heute habe ich genug gelesen.«

Bei der Rückkehr in den Palast ließ die Wirkung des Krins allmählich nach. Der Imperator wartete im geheimen Besprechungsraum – eine Tatsache, deren Bedeutung den Zeremonienmeistern, denen Archeth unterwegs begegnete, nicht entging. Sie erkannte es an den Blicken, die sie einander zuwarfen. Der geheime Besprechungsraum war ein Floß aus seltenen Hölzern mit einem Zelt aus Seide, das inmitten eines von allen Seiten umschlossenen Teichs von fünfzig Metern Durchmesser ankerte. Das Zelt hatte lediglich in der Decke ein Fenster. Wasser strömte an den raffiniert skulpturierten Marmorwänden des Saals herab, was Lauschen unmöglich machte, und im Teich lebten hochintelligente Kraken, die regelmäßig mit verurteilten Verbrechern gefüttert wurden. Was im geheimen Besprechungsraum verhandelt wurde, war entweder für die Ohren derer bestimmt, denen der Imperator voll und ganz vertraute, oder derjenigen, die den Raum nie mehr verlassen würden. Und in diesen unsicheren Zeiten war es nicht immer leicht zu sagen, welcher der beiden Gruppen jemand angehörte.

Archeth beobachtete mit drogenbedingter Gleichgültigkeit die beiden älteren Hofschranzen, die es auf sich genommen hatten, sie hierher zu begleiten, und die dabei verstohlene Blicke hinab in den Teich warfen. Unter den kleinen Wellen war nichts klar zu erkennen. Ein verschwommener Farbklecks konnte ein Krake sein, der seine Fangarme entrollte, oder auch ein Felsbrocken, ein Streifen im Wasser, ein Tentakel oder der Wedel eines Meeresfarns. Die Gesichter der Hofschranzen spiegelte jede Unsicherheit wider, so als litten sie unter Darmbeschwerden, und das wechselhafte blasse Licht im Raum verstärkte diesen Eindruck von Unwohlsein noch mehr.

Das Gesicht des Sklaven, der ihr Boot über den Teich stakte, war dagegen von steinerner Ausdruckslosigkeit. Er wusste nur, dass er den Imperator zurückbringen sollte. Zudem war er sowieso taubstumm, sorgfältig ausgewählt, vielleicht sogar speziell für diese Aufgabe verstümmelt worden. Er würde Geheimnisse weder hören noch verraten.

Sie erreichten das Floß und stießen sanft gegen den Rand mit dem komplizierten Schnitzmuster. Der Sklave ergriff eine der Stützen des Zeltdachs und brachte das Boot zum Stillstand, während die Hofschranzen mit offenkundiger Erleichterung hinauskletterten. Archeth kam als Letzte und nickte ihm im Vorübergehen zu. Eine unwillkürliche Geste – kiriathische Angewohnheit, sogar jetzt schwer abzulegen. Der Sklave reagierte darauf wie ein Möbelstück, nämlich gar nicht. Sie verzog das Gesicht und folgte den Hofschranzen durch das Labyrinth aus Schleiern im Zeltinneren in die vom Kerzenschein erhellte Pracht, wo der Imperator sie erwartete. Sie sank auf ein Knie.

»Mylord.«

Seine Lichtgestalt Jhiral Khimran II., erster Sohn von Akal Khimran, genannt der Große, und gegenwärtig aufgrund der Thronfolge Oberster Hüter von Yhelteth, Überwacher der Sieben Heiligen Stämme, Anwalt des Propheten, Lordprotektor der Meere und rechtmäßiger Imperator aller Lande, sah nicht sogleich von der jungen Frau auf, die vor ihm lag und mit der er gerade spielte.

»Archeth«, murmelte er und blickte stirnrunzelnd die geschwollene Brustwarze an, die er zwischen Daumen und Zeigefinger drehte. »Ich warte schon seit fast zwei Stunden.«

»Ja, Mylord.« Sie würde sich nicht entschuldigen.

»Das ist eine lange Zeit für den mächtigsten Mann der Welt, Archeth.« Jhirals Stimme war ruhig und ausdruckslos. Er strich mit der freien Hand über den weichen, flachen Bauch der Frau bis hinab in die Schatten zwischen ihren aufgestellten Schenkeln. »Zu lang, haben einige meiner Ratgeber mir gesagt. Sie haben das Gefühl, dir …« Seine Hand wanderte tiefer, und die Frau versteifte sich. »… mangelt es an Respekt. Kann das sein, frage ich mich?«

Archeths Aufmerksamkeit galt größtenteils der Frau. Wie viele Frauen des Harems stammte auch diese aus dem Norden. Sie hatte lange Gliedmaßen und helle Haut. Große, wohlgeformte Brüste, ohne Spuren der Mutterschaft. Haarfarbe oder Gesichtszüge waren nicht zu erkennen – das schwarze Musselin des Haremsschleiers bedeckte sie vom Hals an aufwärts –, aber Archeth wäre jede Wette eingegangen, dass sie aus den sogenannten freien Handelsstaaten stammte. Auf den Märkten Yhelteths tauchten seit Kurzem viele solcher Frauen auf, da es um die Wirtschaft im Norden schlecht stand und ganze Familien in die Sklaverei verkauft wurden, um ihre Schulden zu begleichen. Wie Archeth auf den Handelsrouten zu Ohren gekommen war, wurden die freien Städte immer schneller in die Heimat einer völlig neuen Klasse von Sklavenhändlern; gerissene Unternehmer, die rasch ein Vermögen anhäuften, indem sie das hiesige Menschenmaterial zu Dumpingpreisen einkauften und es dann weiter südlich im Reich verkauften, eine jahrhundertealten Tradition der Sklaverei für einen gewaltigen Markt und eine unersättliche Gier nach exotischen Produkten sorgte. Bei einer Frau wie dieser hier konnte der ursprüngliche Verkaufswert auf dem langen Marsch nach Süden in die Länder des Reichs um das Fünfzigfache steigen. Angesichts solcher Gewinnspannen, und weil die Kriegsreparationen in den meisten Städten nach wie vor unbeglichen waren, war es kaum überraschend, dass die Liga ihre Begeisterung für den Handel wiederentdeckt hatte. Heiter und vergnügt war sie fast zwei Jahrhunderte zurückgefallen, in die Zeit vor die Abschaffung der Sklaverei, damit der neue Reichtum besser fließen konnte.

Der Imperator sah auf.

»Ich verlange eine Antwort, Archeth«, sagte er milde.

Archeth überlegte kurz, ob Jhiral beabsichtigte, der Frau in ihrem Beisein Schmerzen zuzufügen, sie zum Sündenbock zu machen und für Archeths angeblichen Mangel an Respekt zu bestrafen. Eine ruhige, rationale Zurechtweisung der tiefschwarzen Frau, während die milchweiße Frau in seinem Schoß die körperliche Züchtigung als eine Art umgekehrter Avatar erdulden müsste. Archeth hatte so etwas bereits erlebt, als ein männlicher Sklave für einen angeblichen Regelverstoß blutig gepeitscht wurde und Jhiral vor dem Hintergrund der qualvollen Schreie und dem feuchten Klatschen der Peitsche einem seiner Stabschefs sanft Vorhaltungen machte. Er würde niemals der Krieger sein, der sein Vater gewesen war, aber Jhiral hatte dessen Gerissenheit und Intelligenz geerbt. Hinzu kam eine bei Hofe erworbene Blasiertheit, die zu entwickeln Akal Khimran, stets im Sattel und auf Reisen vom einen Ende seines Reichs zum anderen, sich nie Mühe gegeben hatte.

Oder die Frau war nur dazu da, um sie, Archeth, zu quälen. Nicht viel war im imperialen Palast geheim, und über Archeths Vorlieben wurde weithin geflüstert, wenn auch nichts bewiesen war.

Sie räusperte sich und senkte ehrerbietig den Blick.

»Ich habe gearbeitet, Mylord. Auf der Werft, in der Hoffnung auf einen Fortschritt, der dem Reich nützlich sein könnte.«

»Oh. Ach so.«

Etwas schien sich im Kopf des Imperators zu verändern. Er zog die Hand zwischen den Schenkeln der hellen Frau hervor, schnüffelte geziert an seinen Fingern wie ein Gourmet und schlug ihr dann damit auf den Rumpf. Mit so anerzogener Sittsamkeit schlängelte sie sich von seinem Schoß und entfernte sich, auf Knien rutschend, vom Imperator.

»Du darfst dich erheben, Archeth. Setz dich neben mich. Ihr beide.« Er nickte den Hofschranzen zu, die ebenso gut aus Holz hätten geschnitzt sein können, so viel Lebendigkeit zeigten sie. »Ihr verschwindet. Kehrt zurück zu ... den wichtigen Aufgaben, die euch in Anspruch nehmen. Oh, und ...« Eine nach oben gekehrte Hand, eine königliche Geste der Großmut. »Gut gemacht. Zweifelsohne wird eine Kleinigkeit für euch auf der Liste der neuen Jahreszeit stehen.«

Sie zogen sich unter Bücklingen zurück. Archeth ließ sich auf einem Kissen neben Jhirals linker Hand nieder und sah ihnen zu, zwischen Neid und Verachtung hin- und hergerissen. Sobald die Schleier hinter ihnen zugefallen waren, beugte sich Jhiral zu Archeth herüber und ergriff sie fest am Kinn. Seine Finger waren noch feucht und rochen nach der Möse der weißhäutigen Frau. Er zog Archeth zu sich heran und starrte sie an, als wäre ihr Kopf eine Kuriosität, die er von irgendeinem Basar heimgebracht hatte.

»Archeth. Du musst es endlich begreifen – die Kiriath sind *fort.* Sie haben dich zurückgelassen. Du verstehst das doch, nicht wahr?«

Jetzt kam also doch die Strafe. Archeth starrte über Jhirals Schulter hinweg und schwieg. Der Imperator schüttelte sie ungeduldig am Kinn.

»Nicht wahr, Archeth?«

»Ja.« Das Wort fiel aus ihrem Mund wie verdorbenes Fleisch.

»Grashgal weigerte sich, dich mitzunehmen, und er sagte, sie würden nicht zurückkehren. *Die Adern der Erde werden uns von hier wegtragen, wie sie uns einst hergebracht haben. Unsere Zeit ist vorüber, unsere Arbeit getan.«* Jhirals Stimme klang freundlich und gönnerhaft. »Waren das nicht die Abschiedsworte von An-Monal? So in etwa?«

Sie hatte einen Kloß im Hals. »Ja, Mylord.«

»Das Zeitalter der Kiriath ist vorüber, Archeth. Jetzt haben wir das Zeitalter des Menschen. Das vergisst du doch nicht, und du bleibst deinen neuen Verbündeten doch treu. Hm?«

Sie schluckte schwer. »Majestät.«

»Gut.« Er ließ ihr Kinn los und lehnte sich zurück. »Was hältst du von ihr?«

»Mylord?«

»Von dem Mädchen. Sie ist neu. Was hältst du von ihr? Soll ich sie in dein Schlafzimmer schicken, wenn ich mit ihr fertig bin?«

Archeth unterdrückte gewaltsam die heißen Tränen in ihren Augen und brachte mit trockener, beherrschter Stimme heraus:

»Mylord, ich verstehe nicht recht, mit welchem Grund ich um einen solchen Gefallen bitten sollte.«

»Ach, nun komm schon, Archeth! Siehst du hier drin einen Aufseher? Wir unter uns – und ganz welterfahren alle beide, durchdrungen von der Bildung und Erfahrung, mit der diese Welt uns bedacht hat.« Der Imperator wedelte mit der duftenden Hand. »So wollen wir wenigstens die Freuden genießen, die daraus erwachsen. In Stein gemeißelte Gesetze sind ja ganz nett für das gemeine Volk, aber stehen wir nicht über so läppischen Erwägungen?«

»Es ist nicht an mir, die Offenbarung in Frage zu stellen, Mylord.«

Eine rasche Anleihe bei den Worten des Propheten, die gewichtig und und daher nach barer Münze klang. Jhiral schien verstimmt.

»Ganz sicher nicht, Archeth. *Das ist niemandem in der Sphäre des Materiellen gegeben.* Aber bedenke – wie es sogar die Interpretationen Ashnals tun –, dass es gewiss einen Ausgleich für die Bürde der Führerschaft gibt, eine Lockerung der Fesseln für die Regenten derjenigen, die nicht in der Lage sind, sich selbst zu regieren.

Komm schon, ich werde dir das Mädchen schicken, gleich nach deiner Rückkehr.«

»Rückkehr, Mylord?«

»Oh, ja. Ich schicke dich nach Khangset. Anscheinend ist da etwas passiert. Räuber oder so. Die Berichte sind widersprüchlich.«

Archeth war verblüfft. »Khangset ist eine Garnisonshafenstadt, Mylord.«

»Genau. Weswegen es umso merkwürdiger ist, dass jemand so dumm sein sollte, sie anzugreifen. Normalerweise würde ich einfach einen Trupp vom Ewigen Thron hinschicken, auf den mein Vater so stolz war, und dann die Sache auf sich beruhen lassen. Aber der Überbringer der Nachricht war offenbar der Ansicht, dass dort Magie am Werk ist.« Jhiral sah den Blick, mit dem ihn Archeth bedachte, und zuckte mit den Schultern. »Wissenschaft oder Magie, der Mann ist ein Bauer und kann dazwischen nicht richtig unterscheiden. Ich kann übrigens selbst nicht behaupten, mir da so sicher zu sein. Wie dem auch sei, du bist meine Expertin in diesen Dingen. Ich habe dir ein Pferd satteln lassen, und du kannst die erwähnte Einheit vom Ewigen Thron mitnehmen. Natürlich mit ihrem eigenen und allerhöchsten Aufseher. Nachdem du neuerdings so fromm bist, sollte das ganz nach deinem Geschmack sein. Sie erwarten dich im Hof des Westflügels. Inzwischen ziemlich ungeduldig, könnte ich mir vorstellen.«

»Ihr wünscht, dass ich sofort abreise, Mylord?«

»Ja, ich wäre dir unendlich dankbar, wenn du es tätest.« Jhirals Stimme triefte vor Ironie. »Mit einem Gewaltritt könntest du Khangset morgen Nachmittag erreichen, nicht wahr?«

»Ich stehe Euch voll und ganz zur Verfügung, Mylord.« Die rituellen Worte schmeckten wie Asche in ihrem Mund. Bei Akal war das etwas anderes gewesen – dieselben Worte, jedoch nie derselbe Beigeschmack. »Mit Leib und Seele.«

»Führe mich nicht in Versuchung!«, sagte Jhiral trocken.

»Brauchst du jetzt noch etwas, abgesehen von den Männern, die ich dir zugeteilt habe?«

»Den Boten. Ich würde ihn gern vor meiner Abreise befragen.«

»Er kehrt mit dir zurück. Noch etwas?«

Archeth überlegte so lange, wie sie es wagte. »Wenn das ein Angriff von See her war, wüsste ich gern, was Mahmal Shanta von den Wracks hält, die wir vorfinden werden.«

Jhiral grunzte. »Na, das wird ihn aber gewiss entzücken. Ich glaube, er ist seit der Regatta von Ynval nicht mehr von diesem Hausboot heruntergekommen, und selbst das ja nur zur Inspektion der frisch vom Stapel gelassenen Kriegsschiffe. Er hat dieses Jahr bestimmt noch nicht auf einem Pferd gesessen.«

»Er ist im Reich die oberste Autorität im Schiffsbau, Mylord.«

»Belehre deinen Imperator nicht, Archeth! Das ist nicht gut für deine Gesundheit.« Die Drohung klang scherzhaft, aber Archeth wusste, dass sie einen wunden Punkt berührt hatte. »Ich weiß sehr genau, warum mein geliebter Vater gewisse Personen für gewisse Aufgaben ernannt hat. Na schön, ich schicke nach dem alten Giftzwerg, und er kann dich am Stadttor erwarten. Ihr werdet bestimmt hervorragend miteinander auskommen.«

»Danke Euch, Mylord.«

»Ja.« Jhiral rieb sich das Kinn und schnupperte erneut den Duft des Sklavenmädchens an seinen Fingern. Seine Nasenflügel blähten sich leicht, und er entließ Archeth mit einer Geste. »Nun, dann machst du dich wohl besser auf den Weg.«

Archeth erhob sich, bereit für die rituellen Worte.

»Ich eile, Euren Willen zu erfüllen.«

»Oh, bitte, Archeth! Geh mir einfach aus den Augen, ja?«

Auf dem Weg nach draußen kam sie an dem hellhäutigen Sklavenmädchen vorbei, das zwischen den inneren und äußeren Vorhängen hockte und darauf wartete, dass der Imperator sie rief. Sie hatte ihre Schleier gehoben, und Archeth sah, dass sie, vermutlich wenig überraschend, überaus schön war. Ihre Blicke trafen sich kurz, dann wandte das Mädchen rasch den Blick ab. Röte breitete sich über ihr Gesicht und ihre Brüste aus.

Von innen ertönte Jhirals Räuspern.

Das Mädchen ging wieder auf alle viere und kroch auf den Spalt in den Vorhängen zu, wobei ihre schweren Brüste hin und her schwangen. Archeth legte ihr eine Hand auf die Schulter und spürte, wie die glatte Haut sich spannte. Das Mädchen blickte auf.

»Dein Schleier«, hauchte Archeth auf Naomisch.

Geöffnete Lippen, ein leiser Paniklaut. Das Mädchen begann zu zittern. Archeth hob beruhigend die Hände, hockte sich neben sie und rückte sorgfältig den Schleier zurecht. Dann griff sie unter den Musselin und strich eine flachsblonde Strähne zurück.

Hinter den Vorhängen räusperte sich Jhiral erneut, diesmal lauter. Das Mädchen senkte den Kopf und kroch durch die Vorhänge auf die imperiale Lichtgestalt zu. Archeth sah ihr nach, die Lippen über den zusammengebissenen Zähnen fest aufeinandergepresst. Ihre Nasenflügel blähten sich, und ihr Atem ging hörbar. Einen verrückten Augenblick lang blieb sie stehen, zum inneren Vorhang gewandt.

Verschwinde von hier, Archidi. Auf der Stelle!

Bloß eine weitere Sklavin, mehr nicht. Der Gedanke kam zu rasch, um ihn aufzuhalten. Sie wusste nicht genau, worauf er sich bezog.

Sie wandte sich ab und ging.

Und kümmerte sich um die Angelegenheiten ihres Imperators.

5

Wo sich der breite, nach Westen strömende Trel in viele Nebenarme teilte und sich in den weichen Lehm der Küstenebene von Naom grub wie die Linien auf der Handfläche eines Mannes, wo die Kraft des Meeres durch gewaltige Schlammflächen und Marschland gebrochen wurde und Bauten von Menschenhand nicht so leicht bedrohen konnte, hatte einer der Altvorderen Milacars von Gottes Gnaden einsteine recht offensichtliche strategische Wahrheit entdeckt: Eine Stadt, die von einem derartigen Labyrinth aus Land und Wasser umgeben war, war letztlich so etwas wie eine Festung. Als ebenso bescheidener wie erfinderischer Geist gründete dieser Patriarch des Milacar-Geschlechts nicht nur eine raffiniert angelegte Siedlung, die man nur mit einheimischen Führern über den Sumpf erreichte, sondern verzichtete auch auf das Recht, die Stadt nach sich selbst zu benennen, und nannte sie stattdessen Trel-a-lahayn, nach dem alten myrlischen *lahaynir* – gesegnete Zuflucht. Aus dieser Vision sowie letztlich der Trägheit der menschlichen Zunge heraus enstand Trelayne. Und als im Lauf der Zeiten Stein das Holz ersetzte und die schlammigen Straßen gepflastert wurden, als Wohnblöcke und schließlich Türme sich anmutig über der Ebene erhoben und zu der Stadt wurden, die wir alle kennen und lieben, als die Lichter, eben jene Lichter dieser raffinierten Festung, für Karawanen und Schiffskapitäne bereits einen Tag und eine Nacht vor der Ankunft sichtbar waren, da ging das Wissen um die Ursprünge der Stadt verloren, und der Klanname Milacar wurde bedauerlicherweise nicht mehr wertgeschätzt wie alle anderen …

Das war zumindest in Milacars Version wie eh und je untermauert von erzählerischer Inbrunst, wenn auch nicht von echten Beweisen. Nur wenige hätten es gewagt, ihn frei heraus einen Lügner zu nennen, und noch weniger, ihn mit dieser Anschuldigung an seiner eigenen Tafel zu unterbrechen.

Ringil stand im Eingang unter dem Brokatvorhang und grinste.

»Nicht schon wieder dieser Bockmist«, sagte er laut und gedehnt. »Hast du keine *neuen* Geschichten auf Lager, Mil?«

Die Unterhaltung in dem von zahllosen Kerzen erleuchteten Speisesaal verrann wie der letzte Rest Sand in einem Stundenglas. Bandlicht tröpfelte kalt zwischen den Vorhängen an der gegenüberliegenden Wand in die Stille hinein. Blicke glitten über den Neuankömmling. Einige Männer an dem breiten ovalen Tisch sahen sich um, die Arme in der teuren, maßgeschneiderten Kleidung auf die Rückenlehnen der Stühle gestützt. Stühlen wurden gerückt und das schwere Gewänder streiften über den Boden. Wohlgenährte, zufriedene Gesichter wandten sich ihm zu, einige noch an den letzten Brocken kauend, ihrer Selbstsicherheit vorübergehend beraubt, die Münder offen, die Augen weit aufgerissen. Der Junge mit der Machete, der an Milacars rechter Seite kauerte, sah überrascht auf, und seine Hand umfasste den Griff des achtzehn Zoll langen Messers in seinem Gürtel fester.

Ringils Blick traf den des Jungen. Das Grinsen verschwand aus seinem Gesicht.

Milacar schnalzte ganz leise, die Zunge hinter der oberen Zahnreihe, es klang wie ein Kuss. Der Junge ließ die Machete los.

»Hallo, Gil. Ich habe schon gehört, dass du wieder da bist.«

»Da hast du richtig gehört.« Ringil sah von dem Jungen zu seinem Herrn. »Anscheinend bist du so gut informiert wie eh und je.«

Milacar – stets weniger schlank, als ihm wohl lieb gewesen wäre, weniger groß, als es seiner Behauptung nach, aus uraltem naomischem Blut zu stammen, zu erwarten gewesen wäre. Aber so wenig sich das alles verändert hatte, so wenig galt das für die muskulöse

Energie, die sogar im Sitzen von ihm ausging und die einem das Gefühl vermittelte, dass er jeden Moment aufspringen könnte, die großen, sehnigen angewinkelt, die Fäuste geballt und bereit, jeden, der es darauf anlegte, ohne Federlesens zu verprügeln.

Im Augenblick runzelte er nur gequält die Stirn und rieb sich das Kinn. Fältchen bildeten sich um seine Augen, als er lächelte, ein Lächeln, das seine Lippen unberührt ließ. Seine Augen waren von einem tiefen, strahlenden Blau, wie das im Sonnenlicht blitzende Meer vor der Landspitze von Lanatray, und spiegelten den flackernden Schein der Kerzen. Er hielt Ringils Blick fest, und seine Lippen bewegten sich unhörbar zu Worten, die allein für Ringil gedacht waren.

Dann war der Augenblick vorbei.

Milacars Türhüter, dem Ringil Mantel und den Rabenfreund einfach in den Arm gedrückt hatte, tauchte katzbuckelnd und mit rotem Gesicht hinter ihm auf. Er war kein junger Mann mehr und schnaufte, weil er seinem Schützling die Treppe hinauf und den Korridor entlang nachgejagt war.

»Äh, Seine Erhabenheit Meister Ringil von den Feldern Eskiaths, Ritter von Trelayne und …«

»Ja, ja, Quon, vielen Dank«, unterbrach Milacar säuerlich. »Meister Ringil hat sich bereits vorgestellt. Du kannst gehen.«

»Jawohl, Euer Gnaden.« Der Türhüter warf Ringil einen giftigen Blick zu. »Vielen Dank, Euer Gnaden.«

»Ach, und, Quon. Behalt die ungeladenen Gäste im Auge? Man weiß schließlich nie, ob der nächste nicht vielleicht ein Meuchelmörder ist.«

»Ja, Euer Gnaden. Verzeihung, Euer Gnaden. Es wird nicht wie …«

Milacar bedeutete ihm zu verschwinden. Quon brach ab und zog sich unter Bücklingen, die Hände ringend, zurück. Ringil unterdrückte den Anflug von Mitgefühl mit dem Mann, das sich in ihm geregt hatte, und zertrat es wie einen weggeworfenen Pfeifenanzünder. Dafür war jetzt keine Zeit. Er trat ein. Der Machetenjunge beobachtete ihn mit funkelnden Augen.

»Du bist kein Meuchelmörder, oder, Gil?«

»Heute Abend nicht.«

»Gut. Weil du nämlich dein großes Schwert anscheinend hast liegenlassen.« Milacar machte eine bedeutsame Pause. »Falls du es noch besitzt. Dein großes Schwert.«

Ringil trat an den Tisch, ungefähr gegenüber von Milacar von Gottes Gnaden.

»Ja, hab's noch immer.« Er grinste und vollführte einen Kratzfuß vor seinem Gastgeber. »Ist so groß wie eh und je.«

Einige Mitglieder der Gesellschaft schnappten empört nach Luft. Er sah sich unter den Anwesenden um.

»Tut mir leid. Wo bleiben meine Manieren! Guten Abend, edle Herren. Meine Damen.« Obwohl von Letzteren weit und breit keine Spur zu sehen war. Sämtliche Frauen waren bezahlt. Er betrachtete die reich gedeckte Tafel, sah eine der Huren an und sprach sie an.

»Nun, wie läuft's, Mylady?«

Erschrecktes Schweigen. Die Hure öffnete ungläubig den purpurrot geschminkten Mund und erwiderte fassungslos seinen Blick. Ringil lächelte geduldig. Vergebens sah sie sich unter ihren entrüsteten Kunden um, ob ihr nicht der eine oder andere zur Seite springen würde.

»Alles bestens, Gil.« Falls die Anwesenden über Ringils subtile Kränkung verärgert waren – schließlich hatte er statt einer der versammelten Persönlichkeiten eine Prostituierte angesprochen –, so zuckte zumindest Milacar nicht mit der Wimper. »Immerhin bezahle ich dafür. Aber warum probierst du nicht das Pumaherz da in der gelben Schüssel? Das ist besonders gut. Eine yheltethische Marinade. Ich könnte mir vorstellen, dass du so etwas in den vergangenen Jahren nicht sehr häufig kosten konntest, da draußen, wo sich Fuchs und Hase Gute Nacht sagen.«

»Nein, das ist wahr. Bei den Bauern gab's bloß Hammel und Wolf.« Ringil beugte sich vor und nahm mit den Fingern einen Brocken Fleisch aus der Schüssel. Soße tropfte herab und hinterließ eine Spur auf dem Tisch. Er biss in das Stück, kaute eine Weile darauf herum und nickte. »Das ist ziemlich gut für ein Bordellhäppchen.«

Wieder wurde nach Luft geschnappt. Neben ihm sprang jemand auf. Bärtiges Gesicht, knapp über vierzig und nicht so vollgefressen wie manch anderer am Tisch. Eine stämmiger Gestalt, darüber ein purpur- und goldfarbenes Gewand nach der Mode des Oberlaufs, darunter einige Muskeln, wie es aussah. Eine Hand legte sich auf einen Zierdegen, der nicht an der Tür abgegeben werden musste. Ringil sah einen Siegelring mit dem Emblem der Grasnelke.

»Das ist empörend! Ihr werdet diese Gesellschaft nicht straflos beleidigen, Eskiath. Ich fordere …«

»Es wäre mir lieber, Ihr würdet mich nicht so nennen«, antwortete Ringil mit vollem Mund. »Herr Ringil reicht schon.«

»Ihr, Sir, braucht eine Lektion in …«

»Setzt Euch hin!«

Ringil hob die Stimme nur leicht, aber sein veränderter Gesichtsausdruck wirkte wie ein Peitschenhieb. Er bohrte seinen Blick in den seines Herausforderers, und der andere wich zurück. Genau so hatte er dem Machetenjungen gedroht, doch dieses Mal sprach er die Warnung aus, für den Fall, dass der Empfänger der Botschaft betrunken oder einem echten Kampf noch nie nahe genug gekommen war, um Ringils Blick richtig zu deuten.

Der Stämmige setzte sich.

»Vielleicht solltest du dich auch setzen, Gil«, schlug Milacar milde vor. »Wir in den Niederungen essen nicht im Stehen. So etwas gilt hier als schlechtes Benehmen.«

Ringil leckte sich die Finger ab.

»Ja, ich weiß.« Er sah sich in aller Ruhe um. »Möchte mir jemand seinen Sitzplatz überlassen?«

Milacar nickte der Hure zu, die ihm am nächsten saß, einen Platz neben dem großen Stuhl, auf dem er Hof hielt. Die in Musselin gekleidete Frau erhob sich wortlos und mit geübter Bereitwilligkeit. Anmutig stellte sie sich in eine der Fensternischen, die Hände sittsam auf eine Hüfte gelegt, damit die anderen Gäste ihre Figur bewundern konnten.

Ringil schritt um den Tisch herum zu dem freien Stuhl, den Blick auf die Frau gerichtet, und ließ sich nieder. Der Samt war warm von ihrem Hinterteil, eine unwillkommene Vertraulichkeit, die durch seine Hose drang. Die Speisenden zu beiden Seiten sahen bemüht beiseite. Er widerstand dem Drang, seine Sitzhaltung zu verändern.

Am Strand von Rajal hast du sechs Stunden mucksmäuschenstill in deiner eigenen Pisse gelegen und dich tot gestellt, während die Schuppigen mit ihren Reptilien-Dienern das Brackwasser nach Überlebenden abgesucht haben. Da wirst du ja wohl eine halbe Stunde lang die Körperwärme einer Hure ertragen. Du kannst höfliche Niederungen-Gespräche mit den Mächtigen von Trelayne führen.

Milacar von Gottes Gnaden räusperte sich und hob einen Becher.

»Dann lasst uns anstoßen! Auf einen der größten Heldensöhne unserer Stadt, der heimgekehrt ist, und das keine Minute zu früh!«

Es folgte eine Pause, dann erhob sich ein Raunen am Tisch. Alle beugten sich eilig über ihre Getränke. Es war ein bisschen, als würde man Schweine am Trog beobachten, dachte Ringil. Nach dem Trinkspruch beugte sich Milacar zu dem Gast, der neben ihm saß, sodass sein Gesicht nur wenige Zentimeter von Ringil entfernt war. Sein Atem war süß vom Wein.

»Nachdem wir das Theater nun hinter uns gebracht haben«, sagte er, »erzählst du mir jetzt vielleicht was du hier tust, Gil.«

Um seine blassen Augen hatten sich Fältchen gebildet, ein Anzeichen von Heiterkeit wider Willen. Die langen, beweglichen Lippen zwischen dem gestutzten Schnauz und dem Ziegenbärtchen hatten sich amüsiert verzogen, und spannten sich in Vorfreude, sodass sich die Spitzen der Zähne gerade eben sichtbar waren. Ringil erinnerte sich an diesen Gesichtsausdruck, und er spürte dabei leisen einen Stich.

Milacar war kahl geworden, oder zumindest beinahe, wie er vorausgesagt hatte. Und er hatte sein Haar rasiert, wie er es immer vorgehabt hatte.

»Ich bin deinetwegen gekommen, Mil«, sagte Ringil, und das war fast die volle Wahrheit.

»Meinetwegen, hm?«, murmelte Milacar später, als sie oben in dem großen Bett mit den seidenen Laken lagen, erschöpft, verschwitzt und aneinandergeschmiegt, die Oberschenkel aufeinandergelegt. Er richtete sich leicht auf, packte Ringils Nackenhaare und zog dessen Gesicht spöttisch-grob zu seinem erschlafften Geschlecht zurück. »Von wegen! Du bist ein hochwohlgeborener verlogener Schweinehund, Gil, wie du es immer warst.« Er ballte die Finger zur Faust und zog schmerzhaft an den Härchen. »Genau wie damals, als du zum ersten Mal, zu mir kamst, vor fünfzehn Jahren, mein junger Eskiath.«

»Sechzehn.« Ringil schlug die Finger von seinem Nacken weg, verschränkte die Finger mit Mil und zog die Hand des anderen Mannes an seine Lippen. Er küsste sie. »Ich war fünfzehn, vergiss das nicht! Vor sechzehn verdammten Jahren, und nenn mich nicht so.«

»Was, *jung?*«

»Eskiath. Du weißt, dass ich das nicht mag.«

Milacar zog seine Hand weg, stützte sich leicht auf die Ellbogen und sah zu dem Jüngeren hinab, der auf seinem Schoß lag. »Es ist auch der Name deiner Mutter.«

»Sie hat ihn durch Heirat erworben.« Ringil drückte die Wange in Milacars feuchtes Geschlecht und starrte hinüber in das Dunkel neben der Tür zum Schlafzimmer. »Es war ihre Entscheidung, nicht meine.«

»Ich bin überzeugt, dass ihr nicht viel anderes übrig blieb, Gil. Wie alt war sie, als man sie Gingren übergab, zwölf?«

»Dreizehn.«

Eine kurze Stille. Das Bandlicht, das im Speisesaal durch die Vorhänge gedämpft wurde, drang hier ungehindert herein, eine eisige Flut, die sich vom breiten Balkon des Schlafzimmers, der zum Fluss hinausging, über den Teppich ergoss. Die Fensterflügel waren geöffnet, und die Vorhänge bauschten sich wie träge Geister in der kühlen herbstlichen Brise. Noch war es so schneidend kalt wie oben bei Galgenwasser, doch es fehlte nicht viel. Dem Winter würde er hier so wenig entgehen wie dort. Ringil veränderte seine Haltung, er bekam eine Gänsehaut, und die kleinen Härchen auf seinen Armen richteten sich auf. Er sog Mils säuerlichen, rauchigen Duft ein, der ihn wie eine Droge anderthalb Jahrzehnte in die Vergangenheit zurückversetzte. Wilde Nächte mit Wein und Flandrijn in Milacars Haus an der *Straße der schweren Lasten* im Lagerhallenviertel; wie er sich vorsichtig in all die Dekadenz gewagt hatte, erregt von dem unterschwelligen Zwang, Milacars Wünsche zu erfüllen, ob im Bett oder anderswo. Wie er mit Milacars Handlangern zu den Docks gelaufen war, um Schutzgelder einzutreiben, wie er für seine Lieferungen durch die Straßen der Niederungen und flussaufwärts geschlichen war; wie ihm hin und wieder die Wachen auf den Fersen gewesen waren, wenn jemand erwischt worden war und gesungen hatte; ab und zu eine Balgerei in einer dunklen Gasse oder in einem Unterschlupf; die seltenen Momente mit erzwungenem Schwertkamp oder Messerstechereien; doch alles, selbst die Kämpfe, war viel zu bunt gewesen, hatte verdammt noch mal viel zu viel *Spaß* gemacht, um es als echte Gefahr zu sehen.

»Jetzt sag mir, warum du wirklich hier bist!«, sagte Mil sanft.

Ringil drehte sich um und legte Kopf und Hals auf den Bauch des anderen Mannes. Die Muskeln waren noch da, unter der leichten Fettschicht der mittleren Jahre. Der Bauch gab kaum nach, als er das Gewicht seines schweißnassen Kopfs aufnahm. Ringil sah träge zu den gemalten Orgien an Milacars Decke hoch. Zwei Stallknechte und eine Dienstmagd, die etwas Unwahrscheinliches mit einem Zentauren anstellten. Ringil stieß einen resignierten Seufzer aus, hinauf in ihre perfekte ländliche Idylle.

»Ich muss der Familie aushelfen«, erwiderte er düster. »So 'ne Kusine von mir finden, die in der Klemme steckt.«

»Und du glaubst, ich bewege mich mittlerweile in den gleichen Kreisen wie der Eskiath-Klan?« Der Bauch, der Ringil als Kissen diente, bebte vor Milacars Gelächter. »Gil, du hast meine derzeitige Position gewaltig überschätzt. Ich bin ein Verbrecher, vergiss das nicht.«

»Ja, ist mir schon aufgefallen, wie du den Ursprüngen treu bleibst. Riesiges Haus in den Sümpfen, Tafeln mit der Bruderschaft der Niederungen und ihren einflussreichen Verbündeten.«

»Ich habe meine Wohnung drüben auf der *Straße der schweren Lasten* nicht aufgegeben, wenn dich das beruhigt. Und falls du es vergessen hast, ich stamme aus einer Familie der Bruderschaft.« Mils Stimme klang jetzt leicht gereizt. »Mein Vater war vor dem Krieg Hauptmann bei den Pionieren.«

»Ja, und dein Ur-Ur-Ur- und noch mehr Ur-Großvater hat die ganze verdammte Stadt Trel-a-lahayn gegründet. Ich hab's beim Hereinkommen gehört, Mil. Und trotzdem hättest du vor fünfzehn Jahren dieses Arschloch von heute Abend mit dem Duellierbesteck an der Hüfte keinen Fußbreit in dein Haus gelassen, mal ehrlich. Und du hättest auch nicht so weit oben am Fluss gelebt.«

Er spürte, wie sich die Bauchmuskeln unter seinem Kopf leicht spannten.

»Bist du enttäuscht von mir?«, fragte Milacar leise.

Ringil starrte weiter an die Decke. Er zuckte mit den Schultern. »Nach '55 ist alles den Bach runtergegangen. Wir alle mussten es irgendwie ausbaden. Warum sollte es bei dir anders sein?«

»Zu freundlich von dir.«

»Ja.« Ringil richtete sich auf, drehte sich ein wenig zu Mil herum, setzte sich in den Schneidersitz und legte die Hände in den Schoß. Er schüttelte sich das Haar aus dem Gesicht. »Also. Hilfst du mir bei der Suche nach meiner Kusine?«

Milacar machte ein Gesicht, als wäre das keine große Sache. »Natürlich. In was für einer Klemme steckt sie denn?«

»In einer, die aus Ketten besteht. Sie ist vor etwa vier Wochen auf das Auktionspodest von Etterkal gestiegen, soweit ich herausbekommen habe.«

»Etterkal?« Der wegwerfende Ausdruck schwand aus Milacars Gesicht. »Ist sie legal verkauft worden?«

»Ja. Zur Begleichung gewaltiger Schulden. Das Kanzleramt hat das Haus zur Auktion freigegeben und die Aufkäufer der Salzwüste haben Gefallen an ihr gefunden und sie offenbar noch am gleichen Tag abgeschleppt. Aber die Unterlagen sind durcheinandergeraten oder verloren gegangen, oder ich habe einfach nicht die richtigen Mitarbeiter geschmiert. Ich zeige diese Kohleskizze herum, die niemand wiedererkennen will, und kriege einfach keinen dazu, mit mir über Etterkal zu reden. Und so langsam hängt es mir zum Hals heraus, immerzu höflich zu sein.«

»Ja, ist mir aufgefallen.« Mil schüttelte amüsiert den Kopf. »Wie hat es eine Tochter des Eskiath-Klans überhaupt geschafft, in der Wüste zu enden, verdammt noch mal?«

»Zum einen ist sie keine richtige Eskiath. Wie gesagt, sie ist eine Kusine. Der Familienname ist Herlirig.«

»Oha. Also Sumpfblut.«

»Ja, und sie hat auch noch in die falsche Richtung geheiratet, zumindest vom Standpunkt der Eskiath aus.« Ringil hörte selbst, wie verärgert und angewidert er klang, gab sich jedoch nicht die Mühe, das zu überspielen. »Einen Kaufmann. Der Eskiath-Klan hatte damals keine Ahnung, aber er hätte bestimmt auch keinen einzigen Finger gerührt, wenn er's gewusst hätte.«

»Hmm.« Milacar betrachtete seine Hände. »Etterkal.«

»Ganz genau. Deine alten Kumpel Xanthippe und Findrich, unter anderem.«

»Hmm.«

Ringil legte den Kopf schief. »Auf einmal passt dir was daran nicht?«

Erneutes Schweigen. Irgendwo in den unteren Etagen des Hauses goss jemand Wasser in ein Gefäß. Milacar schien zu lauschen.

»Mil?«

Mil erwiderte seinen Blick und setzte plötzlich ein verhaltenes Lächeln auf. Diesen Ausdruck kannte Ringil noch gar nicht.

»Vieles hat sich seit deinem Weggang geändert, Gil.«

»Was du nicht sagst.«

»Auch in Etterkal. Die Salzwüste ist heutzutage eine völlig andere Gegend. Du würdest sie nach der Befreiung nicht mehr wiedererkennen. Ich meine, alle wussten, dass der Sklavenhandel florieren würde, das war offensichtlich. Xanthippe hat ständig davon gesprochen, ebenso Findrich, wenn man ihn überhaupt je zum Sprechen bringen konnte.« Die Worte aus Milacars Mund kamen jetzt merkwürdig überstürzt, als befürchtete er, unterbrochen zu werden. »Aber du würdest nicht glauben, wie lukrativ der Sklavenhandel geworden ist, Gil. Ich meine, da ist richtig viel Geld zu machen. Mehr als jemals beim Handel mit Flandrijn oder Krinzanz.«

»Du klingst neidisch.«

Einen Moment kehrte das Lächeln zurück, dann erlosch es wieder. »Diese Art von Geld erkauft einem Schutz, Gil. Du kannst nicht einfach nach Etterkal marschieren und sie da rausholen, wie wir es taten, als wir es nur mit Zuhältern und Straßengangs zu tun hatten.«

»Da, jetzt enttäuschst du mich schon wieder.« Ringil sprach immer noch in leichtem Ton, um sein wachsendes Unbehagen zu verbergen. »Es gab eine Zeit, da gab's nirgendwo in Trelayne eine Straße, die nicht begehbar war.«

»Ja, wie gesagt, die Dinge haben sich geändert.«

»Als sie damals versucht haben, uns aus der Ballonregatta rauszudrängen. *Meine Leute haben diese beschissene Stadt erbaut, ich werde mich von ihren verdammten Rüpeln in ihren Seidenuniformen nicht in die Ecke drängen lassen.«* Seine Stimme verlor ein wenig von ihrem Gleichmut, als sie den Tonfall des Milacar von damals nachahmte. »Weißt du noch?«

»Hör mal …«

»Natürlich *lebst* du jetzt in den Niederungen.«

»Gil, ich habe dir doch gesagt …«

»Die Dinge haben sich geändert, ja. Hab's schon beim ersten Mal kapiert.«

Und jetzt konnte er es nicht mehr länger verbergen, das Gefühl des Verlustes, *eines weiteren* verdammten Verlustes. Es vermischte sich mit dem alten, konfusen Gefühl des Verrats, Jahre über verdammte, beschissene Jahre des Verrats. Ein Gefühl, das jetzt bitter und eigentümlich auf der Zunge schmeckte, als hätte Mil in jenen letzten leidenschaftlichen, pulsierenden Sekunden Galle in seinen Mund gespritzt. Vergnügen wurde zu Verlust, Begierde zu Bedauern, und da, plötzlich, wieder der kranke Strudel aus beschissenen Schuldgefühlen, die sie einem in den Tempeln einimpften, mit ihrer strengen Ausbildung, den Familienwerten, Gingrens Lektionen und den ritualisierten Schikanen für die frischgebackenen Rekruten und der sterilen Männlichkeit der Akademie und *jede verdammte Sache,* über die jemals ein Mann im Priestergewand oder in Uniform gelogen und schwadroniert hatte, und …

Er sprang aus dem Bett, als ob Skorpione in den Laken wären. Der letzte Nachklang der Lust löste sich in Luft auf. Er sah zu Milacar hinunter, und plötzlich wollte er den an ihm Geruch des Mannes, der an ihm klebte, bloß noch abwaschen.

»Ich gehe nach Hause«, sagte er finster.

Er suchte seine Kleidung zusammen.

»Sie haben einen Dwenda, Gil.«

Er klaubte seine Hose, sein Hemd, die zerknüllten Strümpfe auf. »Natürlich.«

Milacar sah ihm einen Moment lang zu, und dann war er plötzlich über ihm wie eine yheltethische Kriegskatze. Seine Hände packten zu, bereit, ihn mit seinem Körpergewicht zu Boden zu drücken, wie ein Ringkämpfer. Ein zorniges Echo des Nahkampfs, den sie zuvor im Bett ausgetragen hatten. Mils säuerlicher Geruch und seine Kraft eines Straßenkämpfers.

Früher hätte es vielleicht gereicht. Aber in Ringil schwelte immer noch der Ärger, in seinen Muskeln kribbelte die Enttäuschung, ein verführerischer Nachhall von in den Kriegsjahren geschärften Reflexen. Er durchbrach Milacars Griff mit einer längst vergessen geglaubten Wildheit und wendete eine Nahkampftechnik an, die den anderen Mann zu Fall brachte. Er landete mit seinem ganzen Körpergewicht auf ihm. Pfeifend entwich Milacars Atem, sein wütendes Knurren verstummte. Ringil schob einen Daumen in Mils Mund und ließ den anderen einen Zoll vor Mils Augapfel schweben.

»Diese Stricherscheiße kannst du dir sparen«, zischte er. »Ich bin keiner deiner verdammten Machetenjungen. Ich bringe dich um!«

Milacar würgte und strampelte. *»Verdammte Scheiße,* ich will dir doch helfen! Hör mir doch zu – *sie haben einen Dwenda in Etterkal.«*

Sie starrten sich an. Die Sekunden dehnten sich.

»Einen Dwenda?«

Milacaras Augen sagten *ja,* sagten, dass zumindest er felsenfest davon überzeugt war.

»Einen verdammten *Aldrain,* meinst du?« Ringil entließ Mil aus der Daumenschraube. »Ein echtes Mitglied der Verschwundenen, direkt hier in Trelayne?«

»Ja. Sag ich dir doch die ganze Zeit.«

Ringil stieg von ihm herab. »Du lügst wie gedruckt.«

»Vielen Dank.«

»Na ja, entweder das, oder du hast ein bisschen zu viel von deinen Vorräten geraucht.«

»Ich weiß, was ich gesehen habe, Gil.«

»Sie heißen aus einem ganz bestimmten *Grund* die Verschwundenen, Mil. Sie sind *verschwunden.* Selbst die Kiriath haben außer ihren Legenden keine Erinnerung an sie.«

»Ja.« Milacar rappelte sich hoch. »Vor dem Krieg hat schließlich auch niemand an Drachen geglaubt.«

»Ist doch was ganz anderes.«

»Na gut, dann erklär du es mir!« Mil marschierte durch das Schlafzimmer zu einer Kleiderstange, an der eine Reihe prächtiger Kimonos im Reichsstil hingen.

»Was erklären? Dass ihr wegen irgendeinem Albinotaschenspieler mit pfundweise Augenschminke Schutzzauber anwendet und wie eine Horde majakischer Viehtreiber in Deckung geht, sobald es donnert?«

»Nein.« Milacar streifte sich brüsk die pflaumenblaue Seide über, zog die Schärpe zurecht und band sie fest. »Hör zu: Die Sumpf-Bruderschaft hat drei ihrer besten Spione nach Etterkal geschickt, Leute mit lebenslanger Erfahrung und Gesichtern, die niemand außer ihren Logenmeistern mit ihrem Geschäft in Verbindung brachte, und nach einer Woche kamen bloß ihre Köpfe zurück. Jetzt bist du dran!«

Ringil winkte ab. »Dann hat dieser verdammte Albinoarsch eben bessere Quellen als ihr, und er kann gut mit der Klinge umgehen.«

»Du verstehst mich nicht, Gil.« Mil setzte wieder dieses unsichere Lächeln auf. »Ich habe nicht gesagt, dass die Männer tot waren. Ich habe gesagt, dass bloß ihre Köpfe zurückgekehrt sind. Immer noch lebendig, jeder von ihnen auf einen Baumstumpf von sieben Zoll Länge gepfropft.«

Ringil starrte ihn an.

»Ja, genau. Kannst du mir *das* erklären?«

»Du hast das gesehen?«

Ein knappes Nicken. »Bei einer Logenversammlung. Sie haben einen der Köpfe mitgebracht. Haben die Wurzeln in eine Schüssel Wasser gesteckt, und etwa zwei Minuten danach hat das verfluchte Ding die Augen aufgemacht und den Logenmeister wiedererkannt. Man sah es ihm am Gesicht an. Es macht den Mund auf und will sprechen, aber weil weder Kehle noch Stimmbänder da sind, hörst du bloß dieses Klicken und siehst, wie die Lippen sich bewegen, die Zunge herauskommt und dem verdammten Ding die Tränen übers Gesicht laufen.« Milacar schluckte sichtlich. »Ungefähr fünf Minuten lang, dann haben sie das Ding aus dem Wasser geholt und es hörte auf. Erst der Tränenstrom, so als ob er austrocknen würde, dann wurden die Kopfbewegungen immer langsamer, wie bei einem alten Mann, der im Sterben liegt. Nur dass er nicht tot war, verdammt! Sobald du ihn wieder ins Wasser setzt ...« Er vollführte eine hilflose Handbewegung. »Dann geht es wieder von vorne los.«

Nackt stand Ringil stand da, und das Bandlicht, das durch die offene Loggia fiel, fühlte sich plötzlich kälter an. Er wandte sich um und blickte nach draußen in die Nacht hinaus, als würde ihn etwas dort rufen.

»Hast du noch Krin?«, fragte er leise.

Milacar nickte zu seiner Frisierkommode hinüber. »Natürlich. Oberste Schublade links, ein paar Joints sind bereits vorbereitet. Bedien dich!«

Ringil ging hinüber und öffnete die Lade. Drei aus vergilbenden Blättern gedrehte Zigaretten lagen in dem kleinen hölzernen Fach. Er holte eine heraus, ging zur Bettlampe und zündete sie am Docht an. Die Krinzanz-Flocken in dem Joint fingen knisternd Feuer, und der säuerliche Duft kitzelte ihn in der Nase. Er zog heftig, sog den alten, vertrauten Geschmack in seine Lungen. Beißender Brandgeruch, ausdünstende Kühle. Das Krin entzündete ein eisiges Feuer in seinem Kopf. Er sah wieder zum Balkon hinüber, seufzte und trat immer noch nackt hinaus, einen Rauchfaden hinter sich herziehend.

Kurz darauf folgte ihm Mil.

Draußen blickten sie über die Dächer und über die Niederungen hinaus zum Wasser. Die Lichter der benachbarten Herrenhäuser schimmerten durch die Bäume in den Gärten, und dazwischen wanden sich Straßen, von Laternen erleuchtete Straßen, die vor Jahrhunderten Fußwege durch den Sumpf gewesen waren. Rechts lag die geschwungene Flussmündung, die alten Dockbauten am anderen Ufer waren Ziergärten und kostspieligen Erntedankschreinen für die Götter von Naom gewichen.

Ringil lehnte an der Balustrade, unterdrückte ein höhnisches Grinsen und bemühte sich, angesichts dieser Veränderungen ehrlich zu sich selbst sein. In den Niederungen hatte es schon immer Geld gegeben. Aber früher war es hier nicht ganz geschniegelt gewesen. Hier hatten Klanhäuser gestanden, mit Blick auf den Reichtum, dem sie ihr Entstehen zu verdanken hatten und der am anderen Flussufer ausgeladen wurde. Jetzt, nach dem Krieg und im Wiederaufbau, waren die Docks weiter flussabwärts gezogen und nicht mehr zu sehen, und die einzigen Bauwerke am anderen Flussufer waren Schreine, langweilige, steinerne Manifestationen der wiederauflebenden Frömmigkeit der Klans sowie ihres Glaubens, zur Herrschaft berufen zu sein.

Ringil blies beißenden Rauch zu all dem hinüber. Ohne sich umzusehen, spürte er, dass Milacar ihm auf den Balkon gefolgt war.

»Dein Deckengemälde wird dich noch ins Gefängnis bringen, Mil«, sagte er geistesabwesend.

»Nicht in diesem Teil der Stadt, nein.« Milacar stellte sich neben ihn an die Balustrade und sog die Nachtluft ein wie ein Parfüm. »Das Komitee macht hier in der Gegend keine Hausbesuche. Das müsstest du doch wissen.«

»Dann haben sich einige Dinge doch nicht geändert.«

»Nein. Das Wesentliche ist gleich geblieben.«

»Ja, ich hab die Käfige bei meiner Ankunft gesehen.« Eine jähe, eisige Erinnerung, die er nicht brauchte, eine, von der er geglaubt hatte, er hätte sie begraben, bis vorgestern die Kutsche seiner Mutter über den Damm am Osttor gerollt war. »Hält Kaad immer noch oben im Kanzleramt die Fäden in der Hand?«

»Zum Beispiel, ja. Und sieht dabei jeden Tag jünger aus. Ist dir das je aufgefallen? Wie die Macht einige Menschen erhält und andere auslaugt? Nun, Murmin Kaad gehört ganz bestimmt zur ersten Sorte.«

Im Gerichtssaal lösen sie Jelim die Handschellen, fesseln ihn an den Armen und ziehen seinen sich windenden Leib vom Stuhl hoch. Er stöhnt ungläubig, stößt angesichts des Urteils lautes Gestammel aus, einen Strom von Bitten, bei denen es den Zuschauern auf der Galerie eiskalt den Rücken hinunterläuft, ihre Handflächen schweißnass werden, und spitze Nadeln des Erschauerns in Arme und Beine treibt, die doch mit warmem Stoff bedeckt sind.

Zwischen Gingren und Ishil sitzt Ringil stocksteif da.

Und als die Augen des verurteilten Jungen aufblitzen und sich verdrehen wie die eines panischen Pferdes, als sich sein Blick auf die Gesichter der über ihm versammelten Persönlichkeiten richtet, wie auf der Suche nach einer märchenhaften Erlösung, die sich irgendwie zu ihm durchgekämpft hat, sieht er stattdessen auf einmal Ringil. Ihre Blicke treffen sich, und Ringil ist zumute, als würde man ihn durchbohren. Wider alle Wahrscheinlichkeit kann Jelim einen Arm befreien, zeigt anklagend nach oben und kreischt: Er war's, bitte, nehmt ihn, ich wollte es nicht, er war's, ER WAR'S, NEHMT IHN, ER WAR'S, ER, NICHT ICH …

Und so schleifen sie ihn hinaus, und sein langsam verhallendes Kreischen ist entsetzlich, und alle Anwesenden wissen, dass dies nur der Anfang ist, ein Vorgeschmack auf die wahnwitzigen Qualen, die er morgen im Käfig erleiden wird.

Unten im Saal, auf dem erhöhten Thron der Gerechtigkeit, hebt Murmin Kaad, der den Vorgängen bisher mit gleichmütiger

Ruhe zugesehen hat, den Blick und lässt ihn gleichfalls auf Ringil ruhen.

Und lächelt.

»Das Schwein.« Es sollte beiläufig klingen, aber seine Stimme bebte wider Willen. Er zog an dem Krin-Joint, um sich zu fangen. »Hätte ihn damals, '53, abmurksen sollen, als ich die Gelegenheit dazu hatte.«

Er warf einen Blick zur Seite und merkte, wie Mil ihn ansah. »Was ist?«

»Oh holde Jugend«, erwiderte Milacar sanft. »Meinst du wirklich, das wäre so einfach gewesen?«

»Warum nicht? In dem Sommer damals herrschte das reinste Chaos, überall wimmelte es von Leuten, denen die Klinge locker saß. Wer hätte es schon erfahren?«

»Gil, sie hätten ihn einfach durch einen anderen ersetzt. Vielleicht jemand Schlimmeren.«

»Schlimmer? *Noch* schlimmer, verdammt?«

Ringil dachte an die Käfige, dachte daran, wie er schlussendlich außerstande gewesen war, im Vorbeifahren aus dem Kutschfenster zu sehen. Dachte an Ishils forschenden Blick, als er sich vom Fenster abwandte, an die Unmöglichkeit, ihn zu erwidern. An die Dankbarkeit, die er verspürt hatte, weil das Rumpeln und Poltern der Kutsche jedes Geräusch übertönte, das ansonsten seine Ohren erreicht hätte. Da hatte er gewusst, dass er sich geirrt hatte. Seine Abwesenheit, die Zeit, in der er sich im Schatten der Galgenschlucht und ihrer Erinnerungen vergraben hatte, hatte ihn nicht, wie erhofft, abgehärtet. Im Gegenteil – er war so weich und unreif wie eh und je, genau wie der Bauch, den er sich zugelegt hatte.

Milacar neben ihm seufzte. »Das Komitee für öffentliche Moral ist in Sachen Bosheit nicht von Kaad abhängig, war es noch nie. In den Herzen der Menschen wohnt ganz allgemein Hass. Du bist in den Krieg gezogen, Gil, du solltest das am allerbesten wissen. Er ist wie die Sonne. Männer wie Kaad sind nur die Brennpunkte, die Linsen eines Brennglases, welche ihre Strahlen bündeln. Man kann eine Linse zerschlagen, aber dadurch erlischt die Sonne nicht.«

»Nein. Aber es wäre dadurch deutlicher schwieriger, das nächste Feuer zu entzünden.«

»Eine Weile, ja. Bis zur nächsten Linse, oder bis zum nächsten heißen Sommer, und dann lodern die Flammen wieder auf.«

»Wirst auf deine alten Tage ganz schön fatalistisch, hm?« Ringil nickte zu den Lichtern der Herrenhäuser hinüber. »Oder liegt es daran, dass du weiter flussaufwärts gezogen bist?«

»Nein, es liegt daran, dass ich lange genug gelebt habe, um die Zeit, die mir noch bleibt, wertzuschätzen. Lange genug, um die Vergeblichkeit des Kreuzzugs zu erkennen, an dem du teilnehmen sollst. Bei Hoiran, Gil, du bist der Letzte, dem ich das sagen sollte! Hast du vergessen, was sie aus deinem Sieg gemacht haben?«

Ringil lächelte und spürte, dass sich das Lächeln auf seinem Gesicht ausbreitete wie vergossenes Blut. Ein Reflex, eine Verhärtung gegen den alten, alten Schmerz.

»Das ist kein Kreuzzug, Mil. Das sind bloß ein paar beschissene Sklavenhändler, die mit dem falschen Mädel abgehauen sind. Ich brauche bloß eine Liste mit Namen, wie ein paar Zwischenhändler in Etterkal, die ich mir vornehmen kann, bis einer mit Informationen herausrückt.«

»Und der Dwenda?« Milacars klang scharf. »Und die Magie?«

»Ich habe schon früher Magie erlebt. Sie hat mich nie daran gehindert, zu töten, was sich mir in den Weg stellte.«

»Die hier hast du noch nicht erlebt.«

»Na ja, so wird es nicht langweilig, nicht wahr? Neue Erfahrungen.« Ringil zog an seinem Joint. Die aufflammende Glut erhellte sein Gesicht und ließ seine Augen glitzern.

Er stieß den Rauch aus und sah Mil an. »Hast *du* denn diese Kreatur gesehen?«

Milacar schluckte. »Nein. Ich selbst nicht. Es heißt, er bleibt für sich, sogar innerhalb der Wüste. Aber es gibt Leute, die hatten eine Audienz bei ihm, ja.«

»Oder sie behaupten es jedenfalls.«

»Das sind Männer, denen ich vertraue.«

»Und was sagen diese vertrauenswürdigen Männer über unseren aldrainischen Freund? Dass seine Augen tiefschwarz sind? Dass er Ohren hat wie ein wildes Tier? Dass ihn Blitze umzucken?«

»Nein. Sie sagen, er ist …« Wiederum Zögern. Milacars Stimme war leise geworden. »Er ist wunderschön, Gil. Das sagen sie. Dass man seine Schönheit mit Worten nicht fassen kann.«

Für eine Sekunde überlief Ringil ein winziger Schauder. Mit einem Schulterzucken tat er ihn ab. Dann schnippte er den Stummel seines Krinzanz-Joints hinunter in den nächtlichen Garten und sah ihm nach.

»Na ja, auch ich habe Schönheit erlebt«, sagte er düster. »Und die hat mich nie daran gehindert, irgendwas zu töten, das mir in die Quere kam.«

6

Als sie das Lager der Skaranak erreichten, war es dunkel geworden und der Himmel über der Steppe dicht verhangen von Wolken.

Die Nachricht vom Angriff der Kampfläufer war ihnen zu den Zelten vorausgeeilt; unter den Viehhirten, die zu ihrer Unterstützung kamen, befand sich auch ein Vetter Runis, der sogleich zurückjagte, um seine Verwandten über seinen Tod zu informieren. Egar folgte ihm zu Fuß. Er führte sein Pferd, auf dem Runis Leichnam lag, während Klarn in respektvollem Abstand hinter ihnen einherritt und aufpasste wie ein Schießhund. Überall im Lager brannten Fackeln, und praktisch der gesamte Klan hatte sich mit Runis Familie an der Spitze versammelt. Selbst Poltar war da, der hagere Schamane mit dem rasierten Schädel. Seine Gehilfen standen abseits und hielten die Zutaten für die Einbalsamierung bereit. Unter den Wartenden lief leises Raunen hin und her, das jedoch beim Anblick der blutüberströmten Gestalt ihres Klanherrn erstarb.

Die Steppenghule hatten vor ihrem Tod heftig Widerstand geleistet, und der Drachentöter war am ganzen Leib von ihnen gezeichnet.

Egar senkte den Blick, um nicht Narma und Jural in die Augen sehen zu müssen. Weder Runis Mutter noch sein Vater hatte gewollt, dass ihr Sohn schon so jung bei den Herden mitritt, aber Egar hatte es im Rat nicht verbieten wollen. Schließlich war Runi volljährig gewesen, ein vielversprechender, ein leidenschaftlicher Junge, der ein Händchen für Tiere gehabt hatte, seitdem er laufen konnte.

Zudem war sowieso alles besser, als mit den Söhnen der ande-

ren Büffelbarone der Skaranak herumzulungern, Reiswein in sich hineinzuschütten und den vorbeikommenden Frauen fantasielose Obszönitäten hinterherzurufen. Nicht wahr, Klanherr? Besser, der junge Runi hörte damit auf und nahm sein Leben in die eigene Hand.

Und jetzt war Runi aufgeschlitzt und wurde bereits kalt, als Egar seinen grob festgebundenen Leichnam vom Pferderücken hob. Der Drachentöter barg die schwere Last in beiden Armen und zuckte zusammen, als sie gegen seine Schnittwunden auf Brust und Oberarmen drückte. Wie betäubt setzte er einen Fuß vor den anderen und hielt Runi seinen Eltern hin.

Narma sank weinend in die Knie und brach über dem Gesicht ihres Sohnes zusammen, sodass Egar ihn kaum halten konnte. Er hatte alle Mühe, nicht ins Schwanken zu geraten. Jural wandte das Gesicht ab und verbarg seine Tränen in der Dunkelheit, um sich vor dem Klan nicht schämen zu müssen.

Es waren Zeiten wie diese, in denen der Drachentöter sich von Herzen wünschte, er wäre nie, nie aus dem Süden zurückgekehrt und hätte nie, nie den Mantel des Klanherrn übergestreift.

»Er starb den Tod eines Kriegers.«, intonierte er die rituellen Worte und verwünschte zugleich die Idiotie des Ganzen. *Ein sechzehnjähriger Junge, verdammt noch mal!* Wenn ihm die Zeit geblieben wäre, ein Krieger zu werden, hätte er den Angriff vielleicht überlebt. »In unseren Herzen wird er auf immer als ehrenhafter Verteidiger des Klans in Erinnerung bleiben.« Dann zögerte er und murmelte, fast unhörbar: »Es tut mir leid, Narma.«

Ihr Jammern schwoll ein wenig an. Genau diesen Augenblick wählte Poltar, der Schamane, um seine eigene Rolle geltend zu machen.

»Frau, sei still! Werden die Himmelsbewohner wohlwollend auf einen Krieger schauen, um so viel weibliches Aufhebens gemacht wird? Schon jetzt blickt er von der Himmelsstraße auf dich herab und schämt sich vor seinen Vorvätern Ahnen wegen dieses

Geplärrs. Verschwinde und zünde Kerzen für ihn an, wie sich für eine Frau geziemt!«

Was als Nächstes geschah, begriff hinterher so niemandem richtig, am allerwenigsten Egar. Narma wollte Runis Leichnam nicht loslassen. Poltar trat zu ihr, um sie dazu zu zwingen. Es folgte ein kurzes Handgemenge, ein lauteres Weinen und ein flaches Klatschgeräusch von einer Hand auf einem Gesicht. Runi löste sich Egar aus den Armen und schlug, mit dem Kopf voran dumpf auf dem Boden auf. Narma begann zu kreischen, und Poltar gab ihr eine Ohrfeige. Wie ein schlecht verschnürtes Bündel Feuerholz brach sie über ihrem Sohn zusammen. Egar fuhr herum, auf der Suche nach einem Ventil für sein Schuldgefühl und seine Wut, und schlug mit aller Kraft, die ihm im rechten Arm verblieben war, nach dem Schamanen. Poltar wurde ganze fünf Fuß nach hinten geschleudert und ging zu Boden.

Erschrockene Stille trat ein, während alle sich zu fassen suchten.

Einer der Gehilfen ging auf Egar zu, überlegte es sich dann jedoch angesichts des Ausdrucks im blutverschmierten Gesicht des Drachentöters anders. Die übrigen drei eilten zu Poltar und halfen ihm, sich aufzusetzen. Ein Raunen ging durch die Menge, und ein Wort hing in der Luft. Der Schamane spuckte Blut und sprach es für sie aus:

»Sakrileg!«

»Jetzt halt mal die Luft an, ja?«, sagte Egar gedehnt, aber weitaus besorgter, als er sich den Anschein gab. Denn mit Poltar könnte es verdammten Ärger geben.

Wenn die Majak in den Steppen eine Macht als ebenbürtig anerkannten, dann war es die launische, Blitze schleudernde Macht der Himmelsbewohner. Diese Bewohner hatten keinerlei Ähnlichkeit mit dem Gott der Südländer und dessen kleinlicher bürokratischer Herrschaft. Sie waren eifersüchtig, launisch, von unberechenbarer Brutalität und hatten keine Zeit für buchhalterisches Abwägen – sie schickten Stürme und Seuchen nach Lust und Laune, um die Majak an ihren Platz im Plan der Schöpfung zu erinnern, sie hetzten Menschen zur eigenen Belustigung aufeinander und würfelten dann darum, wer leben und wer sterben sollte. Kurzum, sie verhielten sich ganz ähnlich wie die vornehmen Machthaber unter den Menschen, und der Schamane war ihr einzig legitimer Bote. Eine Beleidigung des Schamanen war gleichbedeutend mit einer Beleidigung der Himmelsbewohner, und wer sich dessen schuldig machte, so lautete der Konsens, musste rüher oder später einen hohen Preis für sein Vergehen zahlen.

Jetzt nahm der älteste Gehilfe die Sache in die Hand und hob seinen Zauberstab vor den versammelten Skaranak.

»Sakrileg! Ein Sakrileg wurde begangen! Wer wird dafür büßen?«

»Du wirst büßen, verdammt noch mal, wenn du nicht die Klappe hältst!« Egar ging auf den Sprecher zu, fest entschlossen, die Sache im Keim zu ersticken. Der Gehilfe blieb stehen, die Augen vor Furcht und fanatischem Glauben weit aufgerissen.

»Urann der Graue wird …«

Egar packte ihn an der Kehle. »Ich habe gesagt, *du sollst die Klappe halten!* Wo war Urann der Graue, als ich ihn da draußen brauchte? Wo war Urann, als der Junge seine Hilfe benötigte?« Er warf einen Blick auf die erschrockenen Gesichter im Fackelschein, und zum ersten Mal in seinem Leben empfand er eine überwältigende Verachtung für sein Volk. Seine Stimme tönte lauter. »Wo ist der verdammte Urann, wenn wir ihn brauchen, hm? Wo war er, Garath, als die Kampfläufer dir deinen Bruder nahmen? Als die Wölfe dir deine Tochter aus der Wiege raubten, Inmath? Wo war er, als das Hustenfieber kam, und von hier bis Ishlin-ichan der Rauch von den Scheiterhaufen überall am Horizont aufstieg? *Wo war dieser graue Scheißkerl, als mein Vater starb?«*

Da war Poltar wieder auf den Beinen und sah ihn an.

»Du sprichst wie ein Kind«, sagte er mit leiser, lebloser Stimme, die trotzdem bis hinüber zur Zuschauermenge trug. Hervorragend inszeniert – schließlich war das sein Beruf. »Der Süden hat dich verdorben, und jetzt wirst du mit deinem Sakrileg Verderben über die Skaranak bringen. Du taugst nicht mehr zum Klanherrn Der Graue spricht durch den Tod dieses Jungen.«

Aus der Menge erhob sich wieder Gemurmel, aber es klang eher verwirrt. Viele hier hatten wenig übrig für Poltar und den Müßiggang, der mit seinem Status einherging. Egar war nicht der einzige Zyniker in der Steppe, nicht der einzige Krieger der Skaranak, der in den Süden gegangen und mit einem erweiterten Horizont zurückgekehrt war. Drei oder vier der verbündeten Herdenbesitzer waren selbst Söldner für Yhelteth gewesen, und einer von ihnen, Marnak, hatte neben dem Drachentöter in der Galgenschlucht gekämpft. Er war mindestens zehn Jahre älter als Egar, aber nach wie vor pfeilschnell, wenn nötig, und seine Loyalität ging tiefer als alles, worauf der Schamane zählen konnte. Egar entdeckte sein grimmiges, wettergegerbtes Gesicht im Schein der Fackeln. Er wirkte wachsam und bereit, die Klinge zu zücken. Marnak fing den Blick seines Klanherrn auf und nickte kurz. Egar spürte wie ihm die Dankbarkeit das Wasser in die Augen trieb.

Doch es gab auch andere.

Die Schwachen und die Dummen scharten sich jetzt dutzendweise um ihre Genossen zusammen. Sie fürchteten die kalte Nacht jenseits des Feuerscheins und alles, was sich darin verbarg. Fast genauso fürchteten sie alles Neue, das ihre Sicht der Dinge ins Wanken gebracht hätte, die von dem weiten, leeren Himmel und dem immer gleichen Horizont der Steppe begrenzt wurde. Egar sah ihre Gesichter und erkannte sie daran, dass sie seinem Blick auswichen.

Und hinter ihnen standen die Neidischen und Verhärteten, die sich von diesen Ängsten nährten und damit spielten, deren Hass auf jegliche Veränderung in der eher nüchternen Sorge wurzelte, dass sie die alte Ordnung untergraben könnte und damit auch ihre privilegierte Stellung innerhalb des Klans. Es waren diejenigen, die die Rückkehr des Drachentöters als Held nicht bejubelt hatten, sondern ihr mit kühlem Misstrauen begegneten und die argwöhnisch darauf achteten, Besitz und Hierarchie zu wahren. Unter diesen, und er schämte sich, das zugeben zu müssen, befanden sich auch einige seiner Brüder.

Für alle diese Menschen repräsentierte Poltar, der Schamane, mit seinem sturen Glauben alles, wofür die Majak standen und alles, was in Gefahr war, sofern sich das Gleichgewicht verschob. Sie würden Egar nicht beistehen. Bestenfalls würden sie zuschauen. Und anderen war vielleicht sogar noch Schlimmeres zuzutrauen.

Eine Wolke franste über dem Band auseinander, als hätte seine Kante sie aufgescheuert – silbriges Licht ergoss sich über die Ebene im Süden. Egar richtete einen fronterfahrenen Blick auf die schwelende Unsicherheit, die er in seinem Volk spürte, und appellierte daran.

»Wenn Urann der Graue mir etwas mitzuteilen hat«, sagte er laut, »soll er herkommen und es persönlich tun. Er braucht dazu keinen flügellahmen Bussard, der zu faul ist, sich seine Trophäe selbst zu verdienen wie ein Mann. Hier bin ich, Poltar.« Er breitete die Arme aus. »Ruf ihn! Ruf Urann! Wenn ich ein Sakrileg begangen habe, soll er den Himmel aufreißen und mich hier und jetzt zerschmettern. Und wenn er's nicht tut, nun ja, dann wissen wir wohl, dass er nicht auf dich hört, oder?«

Einige zogen scharf die Luft ein, aber es klang eher nach Schaulustigen in einem Wanderzirkus, nicht nach entrüsteten Gläubigen. Und der Schamane funkelte ihn zwar giftig an, hielt jedoch den Mund. Egar unterdrückte ungezügelte Freude.

Reingelegt, du Scheißkerl!

Poltar saß in der Falle. Er wusste so gut wie Egar, dass es den Himmelsbewohnern gegenwärtig nicht häufig beliebte, sich zu manifestieren. Einige behaupteten, das läge daran, dass sie woanders seien, andere, sie hätten aufgehört zu existieren, und wieder andere, sie hätten nie existiert. Die wirklichen Gründe waren, wie Ringil es ausgedrückt hätte, *so was von scheißegal.* Falls Poltar Urann anrief und nichts geschah, machte er sich zum Narren, ganz zu schweigen davon, dass er damit seine Machtlosigkeit demonstrierte. Und die anderen Klansmitglieder würden Egars grenzwertiges Spiel mit dem Sakrileg zur Kriegerehre angesichts eines schäbigen, heruntergekommenen Scharlatans interpretieren.

»Nun, Schamane?«

Poltar zog sein mottenzerfressenes Wolfsfell enger um sich und ließ den Blick über die Menge gleiten.

»Der Süden hat den Verstand dieses Mannes verwirrt«, fauchte er. »Denkt an meine Worte –, er wird das Verderben des Grauen über auf euch alle bringen!«

»Geh in deine Jurte, Poltar!« Die Langeweile in Egars Stimme war aufgesetzt, doch ganz und gar künstlich. »Und sieh nach, ob du dort deine Manieren wiederfindest, die du offenbar verlegt hast. Denn wenn du noch einmal die Hand gegen trauernde Eltern erhebst, schneide ich dir deine verdammte Kehle durch und hänge dich für die Bussarde auf. Du!« Er zeigte auf den ältesten Gehilfen. »Wolltest du etwas sagen?«

Der Gehilfe erwiderte seinen Blickvoller Hass. Er verbiss sich das, was ihm offensichtlich auf der Zunge lagen. Poltar beugte sich zu ihm, murmelte ihm etwas ins Ohr, und er sackte in sich zusammen. Der Schamane warf dem Drachentöter noch einen hochmütigen Blick zu, dann drängte er sich durch die Menge und ging davon, gefolgt von seinen vier Begleitern. Ein paar Leute drehten sich um und sahen ihm hinterher.

»Helft der Familie dieses gefallenen Kriegers!«, rief Egar, und alle Blicke richteten sich auf Narma herum, die immer noch weinend über ihrem toten Sohn kauerte. Ein paar Frauen gingen zu ihr und spendeten ihr Trost. Der Drachentöter nickte Marnak zu, und der greise Hauptmann kam zu ihm.

»Gut gemacht«, murmelte Marnak. »Aber wer wird am Scheiterhaufen sitzen, wenn der Schamane in seiner Jurte schmollt?«

Egar zuckte mit den Schultern. »Wenn es sein muss, werden wir bei den Ishlinak um einen Magier bitten. In Ishlin-ichan sind sie mir noch etwas schuldig. Einstweilen behalt diese spezielle Jurte im Auge. Wenn er sich auch nur eine Pfeife darin anzündet, möchte ich es erfahren.«

Marnak nickte und ließ den Drachentöter stehen, der grübelte, was wohl als Nächstes geschehen würde. Doch in einem Punkt war er sich sicher.

Die Sache war noch längst nicht ausgestanden.

7

Schlecht gelaunt und mit vom Krin brennenden Augen kehrte Ringil nach Hause zurück.

Die Niederungen boten in der Zeit vor der Morgendämmerung ihren gewohnten Anblick, passend zu seiner Stimmung – Bodennebel war vom Fluss heraufgekrochen und an den verzerrten schwarzen Silhouetten der Mangroven hängen geblieben, hohe Fenster sahen aus wie Lichter von Schiffen, die vertäut vor Anker lagen oder auf Grund gelaufen waren; hinzu kam das wolkenbekleckste gewölbte Band, dessen nächtlicher Schimmer im nahenden Tag verblasst und verbraucht war; der bleiche, unwirkliche Glanz der gepflasterten Fahrbahn unter seinen Füßen, daneben andere, ähnliche Straßen, die sich durch die Bäume davon schlängelten. Jahrzehntealte Erinnerungen, die nur von den letzten paar Tagen seit seiner Rückkehr überlagert waren, halfen ihm dabei, den Heimweg mit schlafwandlerischer Sicherheit zurückzulegen. Nicht viel hatte sich auf dieser Seite des Flusses verändert – abgesehen natürlich, von Mils sich geschickten Einflüsterungen der Nachbarschaft –, und im Augenblick hätte es jeder beliebige Morgen seiner vergeudeten Jugend sein können.

Das heißt, abgesehen von diesem verdammten prächtigen Schwert auf deinem Rücken, Gil. Und dem Bauch, den du dir zugelegt hast.

Der Rabenfreund war für seine Größe keine schwere Waffe – an den Klingen der Kiriath hatte man unter anderem wegen der leichten und elastischen Legierungen, die ihre Schmiede bevorzugt nutzten, solche Freude –, aber an diesem Morgen hing es an ihm wie der Stumpf eines Schiffsmastes, an den er in einem Sturm festgebunden worden war und den er jetzt Schritt um Schritt einen schlammigen Strand hinaufschleppen musste, ohne zu wissen, ob ihm oben eine Atempause vergönnt sein würde. *Viele Dinge haben sich verändert, seitdem du gegangen bist, Gil.* Er war völlig erschöpft von der Droge und von Mils Niedergang. Er war leer. Die Dinge, an denen er einmal gehangen hatte, existierten nicht mehr, seine Genossen vom Schiff hatte der Sturm dahingerafft, und er wusste bereits, dass die Einheimischen hier in der Gegend ihm alles andere als freundlich gesonnen wären.

Jemand ist hinter dir.

Er blieb langsam stehen, und in seinem Nacken prickelte es.

Jemand bewegte sich, raschelte unter den Bäumen, links von der Straße. Vielleicht mehr als einer. Knurrend bog er die Finger der rechten Hand. Rief in die feuchte, stille Luft hinein:

»Ich bin nicht in der Stimmung dafür, verdammt!«

Und wusste, dass er log. Das Blut sang in seinen Adern, sein Herz war plötzlich voll von heftige, freudigen Erregung. Er hätte liebend gern gerade jetzt jemanden getötet.

Wieder eine Bewegung. Wer es auch war, ließ sich nicht abschrecken. Ringil drehte sich um und griff an seinem Kopf vorbei nach dem Rabenfreund. Das Schwert kratzte neben seinem Ohr, als er es zog, neun Zoll der mörderischen Legierung kamen aus der Kampfscheide und über seine Schulter, bevor der Rest der seitlich zusammengehaltenen Hülle auf seinem Rücken aufplatzte, genauso, wie es sein sollte, und die übrige Klinge frei gab – ein kaltes, klares Geräusch in der frühmorgendlichen Luft. Er legte die linke Hand ebenfalls auf den langen, abgenutzten Schwertgriff, die Scheide fiel leer zurück, schaukelte leicht an ihren Riemen, und dann hielt Ringil in der Bewegung inne.

Ein feiner Trick, voll kiriathischer Eleganz, ein unerwartetes Manöver, das unvorsichtige Angreifer öfter getäuscht hatte, als er sich erinnern konnte. Es gehörte zu der geheimnisvollen Aura um den Rabenfreund, war die Dreingabe zu dem Geschenk, das ihm Grashgal gemacht hatte. Noch besser war, dass ihn diese Bewegung direkt in eine seitliche Verteidigungsposition brachte, die Klinge hoch über dem Kopf, sodass die bläuliche Legierung gut sichtbar war. Jetzt lag es an ihnen, ob sie sich wirklich mit dem Besitzer einer kiriathischen Waffe anlegen wollten. In den letzten zehn Jahren waren mehr als eine Handvoll Angreifer vor dem Anblick der blau schimmernden Klinge zurückgeschreckt. Ringil blickte in die Richtung, aus der er gekommen war, und hoffte inbrünstig aufs Gegenteil.

Nichts.

Rasche Blicke ins Laubwerk zu beiden Seiten, Abschätzen von Winkeln und Raum. Dann nahm er eine etwas konventionellere Haltung ein. Der Rabenfreund teilte zischend die Luft.

»O ja!«, rief er. »Kiriathischer Stahl. Er wird dir die Seele nehmen!«

Er glaubte, Gelächter zu vernehmen, wispernd durch die Bäume strich. Wieder verspürte er etwas wie ein eisiges Halsband. Als wäre jegliche Verbindung zur irdischen Umgebung abgerissen, als ob er irgendwie *verschwunden*, von allem entfernt, das er kannte. Ein Gefühl der Distanz manifestierte sich, kalt wie die Leere zwischen den Sternen, und schob alles auseinander. Die Bäume beobachteten ihn. Der Flussnebel zog sich zusammen, als wäre er lebendig.

Gereiztheit und Wut durchströmten ihn, und er fröstelte nicht mehr länger.

»Ich hab verdammt noch mal keine Lust, meine Zeit zu verplempern! Wenn du es auf mich abgesehen hast, nur zu! Die Sonne geht auf, Zeit, dass Abschaum wie du sich ins Bett oder ins Grab legt!«

Etwas kreischte rechts von ihm auf und krachte durch die Zweige. Sein sah in die Richtung, aus der das Geräusch kam, erhaschte kurz einen Blick auf Gliedmaßen und eine geduckte, affenähnliche Gestalt zu sehen, die jedoch auf allen vieren davon krabbelte. Dahinter eine weitere Bewegung, eine zweite, ähnliche Gestalt. Er meinte, das Glitzern einer kurzen Klinge zu erkennen, aber genau ließ es sich nicht sagen – der frühe Morgen tauchte alles in bleiernes Zwielicht.

Wieder das Gelächter.

Dieses Mal schien es zu ihm herabzustoßen, wie eine Liebkosung dicht an seinem Ohr vorüberzustreichen. Er zuckte davor zurück, vollführte eine halbe Drehung, schaute …

Dann war es verschwunden, das Ding. In einer Weise, als würde Sonnenschein in seine Knochen sickern. In der Stille, die sich anschloss wartete er, dass es zurückkam, während er den Rabenfreund reglos vor sich hielt. Aber was auch immer war, es war, anscheinend mit ihm fertig, zumindest für den Augenblick. Auch die beiden krabbelnden, möglicherweise menschlichen Schatten kamen nicht wieder. Schließlich gab Ringil seine Pose auf, die sowieso bereits an Spannung und Standfestigkeit verlor, tastete nach der Scheide auf seinem Rücken und ließ das ungenutzte Schwert hineingleiten. Ein letztes Mal sah sich um, dann ging er weiter, jetzt leichteren Schritts, während die ungenutzte Erregung des Kämpfers in ihm pulsierte. Er schob die Erinnerung an das Gelächter beiseite, an einen Ort, wo er sie nicht allzu genau in Augenschein nehmen müsste.

Verdammtes Krinzanz! Er erreichte Haus Eskiath, als der Himmel von flussaufwärts her in immer helleren Grautönen leuchtete. Das Licht stach ihn in die Augen. Er spähte durch die massiven Eisenstäbe des Haupttors und fühlte sich merkwürdigerweise wie ein armseliges Gespenst, das sich an eine irdische Existenz klammerte, die ihm für immer verwehrt war. Die Tore waren mit Ketten gesichert und hatten oben vertraute Dornen, von denen er wusste, dass sie sich nicht so leicht überwinden ließen – w in seiner Jugend hatte er es häufig genug getan. So früh regte sich noch nichts; abgesehen von den Dienern, würde niemand auf sein. Einen Augenblick lang strich er über das dicke Glockenseil, dann ließ er den Arm sinken und trat einen Schritt zurück. Die Stille war zu undurchdringlich, um sie mit einem solchen Lärm zu zerstören.

Seine plötzliche Empfindlichkeit entlockte ihm ein unsicheres Grinsen. Er schlich sich am Zaun entlang, auf der Suche nach der Lücke, die er als Junge geschaffen hatte. Er quetschte sich – *gerade noch!* – hindurch, riss sich durch das störrische Unterholz, dann lief er zu der weiten, von Kies gesäumten Rasenfläche hinter dem Haus, ohne darauf zu achten, dass seine Schritte auf den Steinchen knirschten.

Das Geräusch rief einen Wächter auf die Terrasse, zu der sich eine Treppe hinaufschwang. Er hob mit einer Hand eine ziemlich überflüssige Laterne, in der anderen hielt eine Pike. Ringil hätte ihn erreichen und töten können, noch ehe der Mann die Lampe auch nur fallen gelassen und die Pike in Anschlag gebracht hätte; es war ein dumpfes, zorniges Wissen in ihm, ein zielloser Drang. Doch er hob er nur grüßend die Hand und ließ sich einer kurzen, gründlichen Musterung unterziehen. Dann erkannte der Wächter Gil, wandte sich wortlos ab und kehrte ins Haus zurück.

Die Tür zu den unteren Küchenräumen stand offen, wie üblich. Der rötliche Schein drang hinaus in die Dämmerung, als würde unten etwas Lebendiges aus dem düsteren Herrenhaus heraussickern. Ringil ging um die erhöhte Terrasse herum, wobei er die Finger müßig über das abgenutzte, moosgefleckte Mauerwerk gleiten ließ, stieg die drei Steinstufen hinab und betrat die Küche. Er spürte, wie sich die Poren seines Gesichts öffneten und die Hitze einsaugten, die der Reihe von Feuern entlang der Seitenmauer entströmte. Er lächelte sie an, atmete sie ein wie die Begrüßung eines Heimkehrers. Was sie ja gewissermaßen auch war. *Eine wärmere Begrüßung würde er hier ohnehin nie erhalten.* Er sah sich nach einer Sitzgelegenheit um. Die langen, abgewetzten Holztische waren noch leer, und noch war niemand herabgekommen, um die für den Tag vorzubereiten. Ein einzelnes kleines Dienstmädchen stand an einem der Heißwasserkessel; sie sah von ihrer Arbeit auf, lächelte ihn an und wandte den Blick dann fast ebenso rasch wieder ab. Angesichts ihrer Lautlosigkeit hätte sie ebenso gut ein Geist sein können.

Und in der Tür am anderen Ende der Küche erwartete ihn jemand.

»Oh, nein, *so eine* Überraschung!«

Er seufzte. »Guten Morgen, Mutter.«

Der Tag versetzte ihn allmählich wirklich in seine Jugendzeit zurück. Ishil stand auf der erhöhten Türschwelle am anderen Ende der Küche, zwei Stufen über dem Fliesenbodens, als würde sie auf einem Podest stehen. Sie war vollständig geschminkt und trug Gewänder, die sie zu Hause normalerweise nicht anlegte, doch davon abgesehen entsprach sie genau der Mutter, mit der er er es in all den Nächten zu tun gehabt hatte, nach denen er frühmorgens hereingeschlichen war.

Er zog einen Hocker heran und setzte sich. »Warst du auf einem Ball?«

Ishil stieg wie eine Königin in die Küche herab, wobei ihre Röcke über die Fliesen schleiften. »Eigentlich ist das mein Text. Du bist es doch, der die ganze Nacht über fort war.«

Ringil zeigte mit dem Finger auf sie. »Du bist selbst kaum so gekleidet, als wolltest du zu Hause bleiben.«

»Dein Vater hat Gäste aus dem Kanzleramt. Besprechung von Staatsangelegenheiten. Sie sind immer noch hier und warten.«

»Na schön, gut zu wissen, dass ich nicht der Einzige bin, der spät noch gearbeitet hat.«

»Wirklich?« Jetzt stand sie auf der anderen Seite des Tischs, ihm gegenüber. »Hast du gearbeitet?«

»In gewisser Weise, ja.«

Ishil bedachte ihn mit einem eisigen Lächeln. »Und da habe ich geglaubt, du würdest da draußen nur deinen ehemaligen Bekannten bespringen.«

»Es gibt verschiedene Möglichkeiten, Informationen zu bekommen, Mutter. Wenn dir eine traditionellere Herangehensweise lieber gewesen wäre, hättest du dich an Vater und seine Gangster halten sollen.«

»Dann erzähle mir doch«, sagte sie zuckersüß, »was deine unorthodoxen Methoden über Sherins Aufenthaltsort ans Licht gebracht haben!«

»Nicht sehr viel. Die Salzöde ist schwerer zugänglich als der Schließmuskel eines Priesters. Ich benötige Zeit, um da hineinzukommen.« Er grinste. »Mit Gleitmittel, sozusagen.«

Sie zuckte zurück, hochfahrend wie eine beleidigte Katze. *»Autsch! Musst* du so ungehobelt sein, Ringil?«

»Nicht vor der Dienerschaft, hm?«

»Was soll denn das schon wieder heißen?«

Ringil deutete hinter sich auf das Mädchen beim Kessel, aber als er sich umdrehte, sah er, dass sie sich wohl geräuschlos entfernt und ihn mit Ishil allein gelassen hatte. Er konnte es ihr wirklich nicht verdenken. Das Temperament seiner Mutter war legendär.

»Schon gut«, sagte er müde. »Sagen wir einfach, ich komme voran, und belassen es dabei.«

»Nun ja, er möchte dich sowieso sehen.«

»Wer?«

»Dein Vater, natürlich.« Ishils Tonfall wurde schärfer. »Hast du nicht gehört, was ich gesagt habe? Er ist da oben mit seinem Gast. Und erwartet dich.«

Ringil stützte die Ellbogen auf den Tisch, legte die Hände zusammen, schloss die Finger und betrachtete den Klammergriff. Er wahrte einen neutralen Tonfall.

»Ach wirklich?«

»Ja, wirklich, Gil. Und er ist nicht in bester Laune. Also los!«

Längeres Geraschel ihrer Röcke auf dem Boden. Mit einem Mal machte ihn das völlig kribbelig. Sie war schon fast am Tisch vorbei, bevor sie begriff, dass er ihr nicht folgte. Da drehte sie sich um und fixierte ihn mit einem harten Blick, den er von früher her kannte und nicht erwidern wollte.

»Kommst du nun oder nicht?«

»Rate mal!«

»Gil, das ist nicht *hilfreich.* Du hast versprochen ...«

»Wenn Gingren mit mir sprechen will, kann er hier runterkommen.« Ringil deutete auf den leeren Raum zwischen ihnen. »Das ist persönlich genug.«

»Er soll Gäste in die *Küche* mitbringen?« Ishil wirkte aufrichtig entgeistert.

»Nein.« Jetzt sah er sie an. »Er soll mich verdammt noch eins in Ruhe lassen. Aber da das offenbar nicht im Bereich des Möglichen liegt, schauen wir mal, wie dringend er mich wirklich sprechen will, nicht wahr?«

Sie blieb kurz stehen, aber als er weder den Blick senkte noch Anstalten machte, sich vom Fleck zu rühren, stöckelte sie wortlos die Treppe hinauf. Er sah ihr nach, veränderte ein wenig die Sitzhaltung, ließ die Schultern hängen und blickte sich in der leeren Küche um, als suchte er Zeugen oder ein Publikum. Er rieb sich die Hände und seufzte.

Das Mädchen vom Kessel erschien, diesmal unmittelbar neben ihm, still, blass und so plötzlich, dass er in die Höhe fuhr. In Händen hielt sie einen hölzernen Krug mit Klappdeckel, unter dem Dampfwolken hervorquollen.

»Ein Tee, Mylord«, murmelte sie.

»Ja, äh.« Blinzelnd schüttelte er einen Schauder ab. »Würdest du dich bitte nicht so heranschleichen, ja?«

»Tut mir leid, Mylord.«

»Schön. Dann stell ihn da hin!«

Sie stellte den Krug ab und zog sich dann so lautlos zurück, wie sie aufgetaucht war. Er wartete, bis sie verschwunden war, bevor er den Deckel aufklappte, sich darüber beugte und inhalierte. Bittere, krautige Düfte strömten heraus, Hitze entstieg dem Wasser, in das die Kräuter getaucht worden waren, und legte sich um seine verklebten Augen wie ein kühlendes Handtuch. Der Tee war viel zu heiß zum Trinken. Stattdessen starrte er hinab auf sein verzerrtes, dunkles Spiegelbild und legte die Hände darum, als hätte er Angst, es könnte verkochen und verdunsten wie der Dampf, der es einhüllte. Schließlich schob er den Krug vorsichtig beiseite, legte den Kopf auf die Tischplatte fallen, die Wange gegen einen ausgestreckten Arm gedrückt, und starrte über den Tisch in den dahinterliegenden Raum.

Er hörte sie kommen.

Stiefelbewehrte Schritte auf dem steinernen Fußboden, und plötzlich sagte ihm etwas, eine geflüsterte Ahnung magischer Hellsichtigkeit, die er vielleicht da draußen im Dunst des frühen Morgens aufgefangen hatte, ein Vermächtnis des unheimlichen Gelächters, das ihn gestreift hatte, als wollte es ihn einladen ihm zu folgen, und dessen Flüstern er immer noch zu hören glaubte – dieses Etwas sagte ihm, *was als Nächstes kam.* Vielleicht war es auch bloß die Nachwirkung des Krins, eine unter Süchtigen nicht unbekannte Halluzination. So oder so, ein nüchterner Ringil würde später außerstande sein, die Erinnerung an dieses dem Wissen so ähnliche Gefühl abzuschütteln. Ein Schatten fiel auf den Durchgang, und die Schritte kamen näher. Ahnungsvoll richtete er sich auf, doch in der ganzen Bewegung lag einer drogenbedingten Erschöpfung, die sich wie Resignation anfühlte …

»Nun, Ringil?«, dröhnte Gingren, als er in die Küche stapfte, aber in der Herzlichkeit schwang ein falscher Ton mit, ein disharmonischer Beiklang. »Deine Mutter hat gesagt, wir würden dich hier unten finden.«

»Sieht so aus, als hätte sie recht behalten.«

Vater und Sohn sahen einander an wie widerwillige Duellanten. Gingren wirkte groß und kräftig in der Küche mit den niedrigen Deckenbalken, die Taille vielleicht ein wenig voller, ähnlich wie bei Mil, das Gesicht vielleicht etwas aufgedunsen vom Alter und dem guten Leben – und im Augenblick wohl auch, weil er die ganze Nacht aufgeblieben war –, aber abgesehen davon, war er noch immer ganz der Alte. Keinerlei Nachgiebigkeit in seinem harten Blick, kein echter Platz für Bedauern. Und bei seinem Sohn, nun, da hatte sich auch nicht viel verändert, so sehr Gingren auch danach suchen mochte, und in den paar Tagen seit Ringils Rückkehr hatte er, um die Wahrheit zu sagen, auch nicht sonderlich viel gesucht. Zwangsläufig waren sie einander im Haus mehrmals über den Weg gelaufen, normalerweise, wenn der andere gerade mit jemandem im Gespräch war, was als Puffer und Barriere diente und letztlich sogar als Ausrede, um nur einen kurzen Gruß zu knurren, wenn sie einander begegneten. Ihr Tagesablauf hatte kaum mehr Gemeinsamkeiten als in Ringils Jugend, und niemand im Haus, nicht einmal Ishil, sah irgendeinen Sinn im Versuch, die beiden einander näher zu bringen, als sie es wollten.

Jetzt hingegen …

Jetzt wurde ihm endlich alles klar, und es war, als würde eine Fuge reißen. Leichtfüßig und schlank, trotz seiner Jahre, die seine Schläfen hatten ergrauen lassen, betrat Murmin Kaad den Raum.

»Guten Tag, Master Ringil.«

Ringil richtete sich auf.

»Ha! Jetzt hat's ihm die Sprache verschlagen.« Aber Gingren war ein Krieger gewesen – war vielleicht irgendwie immer noch –, und er wusste, was das plötzliche Schweigen seines Sohns zu bedeuten hatte. Er gab Kaad einen Wink, sich zurückzuhalten. »Lordrichter Kaad ist als mein Gast, Ringil. Er möchte mit dir über etwas reden.«

Ringil sah bewusst vor sich.

»Soll er also reden.«

Kurzes Zögern. Gingren nickte, und Kaad ging zum anderen Ende des Tischs. Umständlich und mit angesichts der schlichten Sitzgelegenheit gespielter Großartigkeit zog er sich einen der Hocker heran und nahm darauf Platz. Er drapierte seinen Umhang darum, rückte näher zum Tisch und verschränkte locker die Hände auf der zernarbten Platte. An einem Finger trug er einen klotzigen Silberring mit ziselierter Goldeinlage sowie dem Wappen des städtischen Kanzleramts.

»Es ist stets gut«, begann er förmlich, »wenn einer der ehrenwerten Söhne der Stadt heimkehrt.«

Ringil warf ihm einen kurzen Blick zu. »Ich habe gesagt, reden, nicht, mir in den Arsch kriechen. Macht schon, ja?«

»Ringil!«

»Nein, nein, Gingren, ist schon in Ordnung.« Aber es war eindeutig nicht in Ordnung – Ringil sah den flüchtigen Ärger auf dem Gesicht des anderen Mannes, der ebenso rasch wieder verschwand und durch ein diplomatisches Lächeln ersetzt wurde. »Dein Sohn und das Komitee waren nicht immer einer Meinung. Jugend. Sie ist schließlich kein Verbrechen.«

»Bei Jelim Dasnel schon.« Die alte Wut schwelte in ihm, ein wenig gedämpft durch die Ernüchterung. »Wenn ich mich recht erinnere.«

Eine weitere kurze Pause. Hinter Ringil gab Gingren einen Laut von sich, überlegte es sich dann anscheinend anders und schwieg lieber.

Kaad setzte wieder das dünne Lächeln auf. »Wenn *ich* mich recht erinnere, hat Jelim Dasnel die Gesetze von Trelayne gebrochen und die Moral zum Gespött gemacht, der wir alle unterliegen. Wie Ihr, Ringil, obwohl es mich traurig macht, diese Tatsache im Haus Eurer Familie zur Sprache bringen zu müssen. *Ein* Exempel musste statuiert werden.«

Die Wut fand ihre Schärfe wieder, schüttelte die Benommenheit der Ernüchterung ab und strahlte in neuem Glanz. Ringil beugte sich über den Tisch und sah Kaad mit Augen an, feurig wie die eines Liebhabers.

»Sollte ich Euch dafür dankbar sein?«, flüsterte er.

Kaad hielt seinem Blick stand. »Ja, ich denke, das solltet ihr. Es hätten leicht zwei Käfige am Osttor sein können, statt nur einem.«

»Nein, nicht *leicht.* Nicht für einen kleinen Speichellecker wie

Euch, Kaad, der in der Gesellschaft etwas werden möchte. Nicht angesichts der großen, fetten Chance, bald an der Titte von Eskiath zu hängen.« Ringil setzte seinerseits ein Lächeln auf – ein Gefühl, als würde eine Obszönität über sein Gesicht kriechen oder eine Wunde sich öffnen. »Habt Ihr noch nicht genug gesaugt, kleiner Mann? Was wollt Ihr denn noch?«

Jetzt hatte er ihn getroffen. Die Wut eroberte wiederum das Gesicht des anderen Mannes, und dieses Mal zog sie sich nicht mehr zurück. Das Lächeln verpuffte, die Maske des Patriarchen trat um Mund und Augen schärfer hervor, die Wangen mit dem gepflegten Backenbart wurden rot vor unverhülltem Zorn. Kaads Vorfahren stammten alle aus dem Hafenviertel, und während seines Aufstiegs innerhalb der Legislative hatten die hochgestellten Familien aus ihrer Verachtung nie einen Hehl gemacht. Den Ring und die Rangabzeichen hatte er sich mühsam errungen, das steife Lächeln und die Einladungen zu den Festen der Gesellschaft der Niederungen hatte er sich erkämpft wie ein Raubtier, das seinem Gegenüber die Krallen in die Brust schlägt, um sich an dessen Blut zu laben; das lügnerische, aristokratische Herz Trelaynes brachte ihm vorsichtigen Respekt entgegen, doch keine Akzeptanz, das hatte er mit List und kaltem, langsam vorantastendem Kalkül erreicht, durch einen Kuhhandel, ein verschleiertes Ränkespiel nach dem anderen. In Ringils höhnischem Grinsen hörte der andere das Quietschen im Gebälk dieses Baus, und das plötzliche Wissen kam wie ein kalter Guss und offenbarte, dass das alles flüchtig und menschengemacht war und dass sich auf der Ebene der Abstammung, die nichts mit materiellem Wohlstand oder zur Schau gestelltem Rang zu tun hatte, nichts geändert hatte oder jemals ändern würde. Kaad war nach wie vor der tolerierte, jedoch wenig geschätzte Gast des Hauses, der schmutzige Eindringling aus dem Hafenviertel, der er stets gewesen war.

»Wie könnt Ihr es wagen!«

»Oh, ich wage es einfach.« Ringil rieb sich mit einer Hand beiläufig über den Nacken, neben der Spitze des Rabenfreunds »Ich wage es.«

»Ihr schuldet mir Euer Leben.«

Ringil warf seinem Vater einen Seitenblick zu und widmete sich der Überlegung, wie er Kaad weiter in Wut versetzen könnte, ohne ihn als ständige Bedrohung im Auge behalten zu müssen.

»Was muss ich mir noch alles anhören?«

Gingren kochte vor Wut. »Das reicht, Ringil!«

»Ja, das finde ich auch.«

»Ihr sagt ...« Kaad erhob sich, auf seinem Gesicht prangten nach wie vor rote Zornesflecken. »... Eurem degenerierten, Eurem verdammt *undankbaren* degenerierten Sohn, Ihr sagt ihm ...«

»Wie hast du mich genannt?«

»Ringil!«

»Ihr sagt ihm, wo die Grenzen liegen, Gingren! Gleich jetzt. Oder ich gehe und nehme meine Stimme mit.«

»Seine Stimme?« Ringil starrte seinen Vater an. »Seine verdammte *Stimme?«*

»Maul halten!« Es war ein Gebrüll wie auf einem Schlachtfeld, und es hallte donnernd im eng begrenzten Raum der Küche wider. »Alle beide! Haltet einfach den Mund und benehmt euch wie erwachsene Männer! Kaad, setzt Euch. Wir sind noch nicht fertig. Und Ringil, was du auch denken magst, du bedienst dich einer höflichen Sprache, solange du unter meinem Dach weilst! Hier ist keine Kneipe an irgendeiner Straße, in der du dich herumprügeln kannst!«

Ringil spuckte aus. »In den Straßenkneipen meiner Bekannten sind die Gäste längst nicht so schmutzig. In den Hochlanden hat man nicht viel für Folterknechte übrig.«

»Was ist mit den Mördern kleiner Kinder?« Kaad setzte sich wieder und achtete dabei wie zuvor auf den Faltenwurf seines Mantels. Er warf Ringil einen bedeutsamen Blick zu. »Wie reagieren sie darauf?«

Ringil schwieg. Die alte Erinnerung stieg in ihm auf, ein Strom, dem er Einhalt gebot, noch bevor er richtig zu fließen begann. Er legte die Hände um den Krug mit dem dampfenden Tee und hielt den Blick gesenkt. Nach wie vor zu heiß zum Trinken. Gingren sah seine Chance.

»Wir versuchen, dir zu helfen, Ringil.«

»*Wirklich,* Vater?«

»Wir wissen, dass Ihr in den Salzwüsten herumgeschnüffelt habt«, sagte Kaad.

Ringil sah abrupt hoch.

»Ihr habt mich beschatten lassen?«

Kaad zuckte mit den Achseln und machte eine weltmännische Handbewegung. Ringil musste daran denken, wie er nach Hause gegangen war. Die Geräusche einer leisen Verfolgung. Das Prickeln im Nacken. Unter den Bäumen davonhuschende Beobachter.

Er setzte wieder das Lächeln auf, das wie eine klaffende Wunde war.

»Ihr seid besser vorsichtig, Kaad. Wenn Ihr Eure Schläger vom Komitee zu dicht an mich herankommen lasst, werdet Ihr sie wahrscheinlich stückweise aus dem Hafenbecken fischen müssen.«

»Ich gebe Euch den Rat, nicht die Angestellten des Kanzleramts zu bedrohen, Master Ringil.«

»Das ist keine Drohung. Es ist eine Ankündigung.«

Gingren schnaubte ungeduldig. »Die Sache ist die, Ringil, wir wissen, dass du mit Etterkal nicht weiterkommst. Dabei können wir dir helfen. Beziehungsweise Lord Kaad.«

Etwas wie Verwunderung überkam Ringil. Er spürte vage, was vor ihm lag, und betastete es vorsichtig.

»Ihr wollt mich in die Salzwüste bringen?«

Kaad räusperte sich. »Nicht direkt, nein. Aber drücken wir es so aus: Es gibt aussichtsreichere Möglichkeiten der Ermittlung für euch.«

»Wirklich?«, fragte Ringil tonlos. »Und welche wären das?«

»Ihr sucht Sherin Herlirig Mernas, Witwe von Bilgrest Mernas, letzten Monat verkauft nach dem Schuldenbürgschafts-Gesetz.«

»Ja. Ihr wisst, wo sie ist?«

»Im Augenblick nicht. Aber man könnte Euch die Mittel des Kanzleramts in einer bisher noch nicht dagewesenen Weise zur Verfügung stellen.«

Ringil schüttelte den Kopf. »Mit dem Kanzleramt habe ich nichts mehr zu schaffen. Dort oben gibt es nichts Wissenswertes, was ich nicht schon weiß.«

Zögern. Gingren und Kaad wechselten Blicke.

»Da ist noch die Frage der personellen Ausstattung«, setzte Kaad an. »Wir könnten …«

»Ihr könntet mir genügend Wachsoldaten zur Verfügung stellen, um die Salzwüste auf den Kopf zu stellen. Und ein paar Leuten den Schädel einzuschlagen und einige Antworten zu bekommen. Wie ist's damit?«

Wiederum der Blickwechsel, wiederum die grimmigen Gesichter. Ringil, der wusste, wie die Antwort lauten würde, stieß ein ungläubiges Lachen heraus.

»Bei den verdammten Eiern Hoirans, was *ist* mit Etterkal?« Auch wenn er es, wenn er Milacar glauben durfte, bereits wusste und allmählich begriff, dass die Sache letztlich doch ernst zu nehmen war. »Bei meinem letzten Aufenthalt hier war das ein verdammter *Slum.* Und jetzt haben alle zu viel Angst, um da an die Tore zu klopfen?«

»Ringil, daran ist mehr, als dir klar ist. Mehr, als deiner Mutter klar war, als sie dich kommen ließ.«

»Ja, das scheint mir allmählich auch so.« Ringil zeigte auf seinen Vater. »Als Sherin verkauft wurde, wolltest du keinen Finger für die rühren, aber jetzt, da ich an das Tor zur Salzwüste poche, verdient die Sache Aufmerksamkeit. Was soll das, Papa? Soll ich aufhören? Scheuche ich die falschen Leute auf? Beschäme ich dich mal wieder?«

»Ihr nehmt diese Sache allzu sehr auf die leichte Schulter, Master Ringil. Ihr versteht nicht, in was wir da wegen Euch hineingeraten.«

»Das sagte er bereits, Kaad. Was seid Ihr – sein verdammter Papagei?«

»Euer Vater ist in erster Linie um Euer Wohlergehen besorgt.«

»Ehrlich gesagt, möchte ich das bezweifeln. Aber selbst wenn dem so wäre, bleibt da immer noch Ihr. Was habt Ihr damit zu tun, Ihr Ränke schmiedender alter Sack?«

Kaad schlug mit der Faust auf den Tisch und erhob sich halb von seiner Sitzgelegenheit.

»*Das* lasse ich mir nicht von Euch bieten!«, sagte er gepresst.

Gleich darauf kreischte er auf und stürzte rücklings vom Hocker, die Hände vors Gesicht geschlagen, über das ihm der heiße Tee lief. Ringil stand auf und stieß den leeren Krug hinter ihm her. Er fiel auf die Fliesen und blieb dort liegen, aus der Öffnung dampfte es immer noch leicht.

»Ich rede so mit Euch, wie es mir passt, Kaad.« Jetzt war er seltsam kühl und ruhig, denn ihm war klar, dass das hier und alles, was damit zusammenhing, unausweichlich gewesen war, sobald er sich mit der Heimkehr einverstanden erklärt hatte. »Wenn du ein Problem damit hast, tragen wir das auf den dem Brillin-Hügel aus.«

Kaad wälzte sich schmerzerfüllt auf dem Boden, die Hände immer noch vors Gesicht geschlagen, und zwischen seinen Fingern drang ein Wimmern hervor. Gingren stand stumm und ungläubig da und blickte von dem Lordrichter zu seinem Sohn und wieder zurück. Ringil beachtete ihn nicht.

»Das heißt, *falls* du jemanden auftreibst, der dir zeigt, an welchem Ende man ein Schwert hält.«

»Hoiran soll deine verdammte Seele zur Hölle fahren lassen!«

»Wenn du wirklich glaubst, was du predigst, dann hat er das bereits getan. In Anbetracht all meiner fleischlichen Sünden wird es den dunklen König kaum beeindrucken, wenn ich etwas grob mit der örtlichen Behörde umspringe. Tut mir leid.«

Mittlerweile war Gingren um den Tisch herumgegangen und kniete neben Kaad. Der Richter wehrte seine Hilfe ab. Er kam mühsam auf die Beine. Seine Gesichtshaut wurde bereits rot, und um seine Nase und auf die Wange, wo ihn der Tee am schlimmsten verbrüht hatte, schälte sie sich schon. Bebend zeigte er auf Ringil.

»Dafür seid Ihr verantwortlich, Eskiath. Und zwar voll und ganz.«

»Das ist immer so.«

Kaad raffte seine Gewänder zusammen. Irgendwie brachte er ein höhnisches Grinsen zustande. »Nein, Master Ringil. Wie es immer bei Euresgleichen ist, müssen andere die Folgen Eurer Taten tragen. Von der Galgenschlucht bis zu den Käfigen sind es die anderen, immer die anderen, die Euer Verhalten ausbaden müssen.«

Ringil machte eine winzige Bewegung. Hielt sich zurück.

»Jetzt verschwindet Ihr wirklich besser«, sagte er ruhig.

Kaad ging. Vielleicht sah er etwas in Ringils Augen, vielleicht sah er auch einfach nur keine Möglichkeit, diese Situation noch irgendwie für sich auszunutzen. Er war schließlich Vollblutpolitiker. Gingren bedachte seinen Sohn statt mit Worten mit einem wütenden Blick und eilte Kaad hinterher. Ringil stand ein paar Augenblicke da und sackte dann unter der zunehmenden Ernüchterung in sich zusammen. Er stützte sich auf den Tisch und schaute auf den leeren Becher hinunter.

»Hätte nicht geglaubt, dass der Tee noch so heiß war«, murmelte er und kicherte ein bisschen. Er sah sich nach dem Dienstmädchen um, aber sie war nicht mehr aufgetaucht. Mit zusammengekniffenen Augen blickte er durch die Tür in den Garten hinaus, wo es mittlerweile so hell war, dass es ihn in den vom Krin betäubten Pupillen schmerzte. Er erwog, ins Bett zu gehen, aber schließlich setzte er sich bloß wieder an den Tisch und legte den Kopf auf die Hände. Ein letzter Rest der Droge wimmerte in seinem Hinterkopf.

So saß er immer noch da, als Gingren gefühlte Stunden später zu ihm kam.

»Na, jetzt hast du's geschafft«, knurrte er.

Ringil fuhr sich mit den Händen übers Gesicht und sah zu seinem Vater auf. »Hoffentlich. Ich will nicht mehr dieselbe Luft wie dieses Arschloch atmen.«

»Oh, *bei Hoiran!* Was ist nur los mit dir, Ringil? Sagst du mir ausnahmsweise mal, *was mit dir nicht stimmt, verdammt!«*

»Was mit mir nicht stimmt?« Plötzlich war Ringil vom Hocker aufgesprungen und stand nur wenige Zoll außerhalb der Reichweite seines Vaters. Er zeigte nach Osten. *»Er hat Jelim aufspießen lassen, verdammt noch mal!«*

»Das war vor *fünfzehn Jahren.* Und Jelim Dasnel war sowieso ein Degenerierter, er ...«

»Dann bin ich das auch, Papa. Ich bin's auch!«

»... hat den Käfig *verdient!«*

»Ich dann auch!«

Der Schrei brach aus ihm hervor, der Druck des dunklen Gifts, derselbe nagende Schmerz, der ihn hinauf zum Pass der Galgenschlucht getrieben hatte. Ein Gefühl, als würde er auf einem faulen Zahn herumkauen und dahinter den Schmerz und das süße Hervorquellen des Eiters spüren, den Geschmack des eigenen Hasses im Mund und ein Zittern, das er, wie er jetzt entdeckte, nicht zu unterdrücken vermochte. Gingren sah es und erzitterte unter dem Sturm, der in seinem Sohn tobte.

»Ringil, es war das *Gesetz!«*

»Ach, Echsenscheiße!« Aber seine Wut war abrupt verraucht, die schwindende Wirkung des Krins ließ sie verpuffen. Der Entzug wurde mit jeder Sekunde stärker und beraubte ihn der Konzentrationsfähigkeit. Er setzte sich wieder auf den Hocker, und was er jetzt über die Schulter zu Gingren sagte, klang flau und desinteressiert. »Es ging nur um Politik, und du weißt es. Glaubst du, sie hätten Jelim am Osttor aufgehängt, wenn sein Name Eskiath gewesen wäre? Oder Alannor oder Wrathrill oder der Name irgendeines Kaspers aus den Niederungen? Du glaubst doch nicht etwa, irgendeiner dieser Sadisten, dieser Vergewaltiger da oben in der Akademie, würde jemals das spitze Ende eines Käfigs zu Gesicht bekommen?«

»Darüber«, erwiderte Gingren steif, »müssen wir nicht …«

»Ach, *hör auf!* Lass es einfach gut sein.« Ringil stützte das Kinn in die Hand fallen und starrte blicklos auf das Muster der hölzernen Tischplatte. Er spürte die Entzugserscheinungen immer stärker. »Ich werde es nicht tun, Vater. Ich werde nicht mit dir über die Vergangenheit streiten. Wozu auch! Es tut mir leid, wenn ich deine Verhandlungen mit dem Kanzleramt ruiniert habe.«

»Nicht bloß meine. Kaad hätte dir helfen können.«

»Ja. Hätte, aber er wollte nicht. Er wollte mich bloß – ihr *beide* wolltet mich bloß – von der Salzwüste fernhalten. Der Rest ist doch Augenwischerei. Es wird mir bei der Suche nach Sherin nicht helfen.«

»Und du hältst es für hilfreich, dich nach Etterkal hineinzuprügeln?«

Ringil zuckte mit den Schultern. »Sie ist nach Etterkal gebracht worden. Antworten gibt es dort.«

»Bei Hoiran, Ringil! Ist das die Sache wirklich wert?« Gingren stützte sich neben seinem Sohn auf die Tischplatte, über ihn gebeugt. Die Anspannung und der mangelnde Schlaf ließen seinen Atem säuerlich riechen. »Ich meine, die Tochter eines verdammten Kaufmanns, noch dazu unfruchtbar, und zu dumm, sich beizeiten um ihr Wohlergehen zu kümmern? Sie ist nicht mal eine richtige Kusine!«

»Ich erwarte nicht, dass du das verstehst.« *Ich verstehe mich ja selbst nicht.*

»Inzwischen ist sie versehrte Ware, Ringil. Das weißt du, nicht wahr? Du weißt, wie der Sklavenmarkt funktioniert.«

»Wie gesagt, ich erwar…«

»Gut, weil ich *es nicht verstehe!*« Gingren schlug mit der Faust auf den Tisch, aber aus Verzweiflung und deswegen nur mit halber Kraft. »Ich verstehe *nicht,* wie derselbe Mann, der mitgeholfen hat, diese ganze verdammte Stadt vor den Echsen zu retten, mir erzählen kann, dass es ihm wichtiger ist, eine vergewaltigte und misshandelte Frau zurückzuholen, als die Stabilität eben jener Stadt zu sichern, um die er so sehr gekämpft hat!«

Ringil sah zu ihm auf. »Also geht es jetzt um die Stabilität, stimmt's?«

»Ja. Darum geht es.«

»Möchtest du das genauer erläutern?«

Gingren sah beiseite. »Das untersteht der Geheimhaltung des Rats. Ich kann kein Geheimnis …«

»Gut.«

»Ringil, ich verspreche es dir. Ich schwöre es beim Namen Eskiath. Es mag zwar nicht wie eine große Sache wirken, wenn du in Etterkal Ärger machst, aber der Kern des Ganzen ist eine Bedrohung, wahrscheinlich ebenso groß wie die durch die verdammten Echsen, die du damals im Jahr '53 von den Stadtmauern geworfen hast.«

Ringil seufzte und rieb sich die Augen, um das sandige Gefühl loszuwerden.

»Daran, dass die Belagerung aufgehoben wurde, hatte ich nur einen geringen Anteil, Vater. Und ehrlich gesagt hätte ich dasselbe für jede Stadt getan, sogar für Yhelteth, wenn wir dort gekämpft hätten. Ich weiß, dass wir so etwas heutzutage nicht sagen sollten, weil wir ja wieder verschworene Feinde des Reichs sind. Aber es ist die Wahrheit, und für die Wahrheit habe ich eine Schwäche. Nenn es Überspanntheit.«

Gingren richtete sich auf. »Wahrheit ist keine Überspanntheit.«

»Nein?« Ringil kratzte seine restliche Energie zusammen und erhob sich zum Gehen. Er gähnte. »Ist anscheinend hier in der Gegend nicht mehr so populär wie damals, als ich wegging. Komisch, damals hieß es immer, sie wäre eines der Dinge, für die wir kämpften. Aufklärung, Gerechtigkeit und *Wahrheit.* Ich erinnere mich genau, dass mir das gesagt wurde.«

Ein paar lange Augenblicke standen sie da und sahen einander an. Gingren atmete hörbar ein, als würde es ihn schmerzen. Sein Gesichtsausdruck veränderte sich.

»Du gehst also trotzdem? Nach Etterkal? Trotz allem, was du gerade gehört hast?«

»Ja, werde ich.« Ringil dehnte seinen Hals, bis sich die Anspannung darin mit einem Knacken löste. »Richte Kaad aus, er soll mir nicht in die Quere kommen, ja?«

Gingren hielt seinem Blick stand. Nickte, als wäre er gerade von etwas überzeugt worden.

»Weißt du, ich mag ihn genauso wenig wie du, Ringil. Ich mag ihn genauso wenig wie jedes andere Schwein aus dem Hafenviertel. Aber Schweine haben ihren Nutzen.«

»Vermutlich.«

»Wir haben gerade nicht die ehrbarsten Zeiten.«

Ringil zog eine Braue hoch. »Wirklich?«

Erneutes Schweigen, dann stieß Gingren einen Laut aus, der vielleicht ein Gelächter mit geschlossenem Mund war. Ringil verbarg seine Ungläubigkeit. Sein Vater hatte gut zwei Jahrzehnte lang nicht in seinem Beisein gelacht. Unsicher ließ er selbst ein winziges Lächeln um seine Lippen spielen.

»Ich muss ins Bett, Papa.«

Gingren nickte erneut und tat einen weiteren Atemzug, der ihn zu schmerzen schien.

»Ringil, ich …« Er schüttelte den Kopf. Gestikulierte hilflos. »Du, du weißt … wenn du nur … Wenn du nur …«

»Nicht so gern anderen Männern den Schwanz lutschen würdest. Ja, ich weiß.« Ringil setzte sich in Bewegung und ging rasch an Gingren vorbei zur Tür, um nicht sehen zu müssen, wie sich das Gesicht seines Vaters vor Ekel verzog. Hinter Gingren blieb er stehen, beugte sich zu ihm und murmelte: »Aber das Problem ist, Papa, dass es nun mal so ist.«

Sein Vater zuckte zusammen, als hätte er einen Schlag erhalten. Ringil seufzte. Dann hob er die Hand und klopfte Gingren auf die Schulter.

»Schon in Ordnung, Papa«, sagte er ruhig. »Du hast zwei andere blaublütige Söhne, auf die du stolz sein kannst. Beide haben sich bei der Belagerung ziemlich gut gehalten.«

Gingren schwieg, tat nichts, gab keinen Laut von sich. Er hätte eine gute Statue abgegeben. Erneut seufzte Ringil, ließ die Hand von der Schulter seines Vaters sinken und ging davon.

Schlaf. Schlaf wäre hilfreich.

Ja, klar.

8

Khangset schwelte noch immer.

Auf dem Grat oberhalb der Stadt saß Archeth im Sattel und starrte hinunter auf den Hafen und die Zerstörung, das Fernrohr vergessen in ihren Händen. Verstört vom feuchten, ätzenden Gestank der Asche, den die Windstöße herübertrugen, tänzelte ihr Reittier hin und her. Die Abteilung vom Ewigen Thron stellte sich links und rechts von ihr auf, ihrem Ruf entsprechend bewusst unbeeindruckt und professionell. Aber Archeth hatte in der Brise bereits etliche unterdrückte Flüche vernommen – beim Anblick dessen, was da unten lag. Sie konnte es den Männern wirklich nicht verdenken. Trotz aller Vorwarnungen hatte selbst sie es kaum glauben können.

Sie kannte Khangset ein wenig, denn sie war mit den kiriathischen Pionieren im Krieg mehrmals dort gewesen. In den ersten Jahren war das schuppige Volk überall an der Küste an Land gegangen und hatte alles gemetzelt und niedergebrannt, was es vorfand. Dabei war es mit beinahe menschlicher Effizienz vorgegangen und hatte sich jedes Mal wieder in die Tiefen zurückgezogen, bevor die Legionen des Reichs reagieren konnten. Akal, in taktischen Angelegenheiten stets Realist, hatte seinen Stolz hinuntergeschluckt und Kiriath um Hilfe gebeten. Grashgal hatte die Pioniere geschickt.

Jetzt waren die kiriathischen Festungsmauern an einem halben Dutzend Stellen durchbrochen, glasglatte Schutzwälle wiesen Furchen auf, deren ausgefranste Kanten in der frühen Nachmittagssonne in allen Regenbogenfarben glitzerten. Was den Schaden auch angerichtet haben mochte, es hatte nicht dort aufgehört – auf der anderen Seite der Breschen setzte sich die Schneise der Zerstörung in einem Ausmaß fort, wie es Archeth seit dem Krieg nicht mehr erlebt hatte. Von Steinbauten standen bloß noch die Grundmauern, Holzbauten waren schlicht verschwunden. Nur Asche und verkohlte Überreste von Balken deuteten darauf hin, dass sie überhaupt jemals existiert hatten. Das Hafenbecken war übersät mit gekappten, schief stehenden Masten gesunkener Schiffe. Die Trümmer eines umgekippten Leuchtturms lagen über den Kai verstreut. Der ganze Ort sah aus, als wäre die gewaltige Klauenhand eines Reptiliengottes darüber hinweggefegt.

Es gab hier Hunderte von Toten.

Sie hätte es nach dem Blick durch das Fernrohr vielleicht bereits erraten können, aber inzwischen erübrigte sich das. Auf den landeinwärts gelegenen Hängen des Grats war sie auf ein wildes Durcheinander von flüchtenden Stadtbewohnern und geschlagenen Soldaten gestoßen, die einer der wenigen verbliebenen Offiziere der Marinegarnison Khangsets befehligte, wenn man dieses Wort überhaupt verwenden wollte. Zitternd und bebend und mit zusammengepressten Lippen hatte ihr der junge Lieutenant von dem Überfall berichtet. Unirdisches Gekreisch draußen vom Meer, Kugeln lebendigen blauen Feuers und geisterhafte Gestalten, die über die raucherfüllten Straßen stolzierten und dabei alles mit Waffen aus schimmerndem Licht niedermähten. *Nichts hat gewirkt,* hatte er ihr wie erstarrt berichtet. *Ich habe gesehen, wie unsere Bogenschützen aus fünfzig Fuß Entfernung Pfeile in sie hineingejagt haben. Die Stahlspitzen hätten auf diese Entfernung den Panzer eines Mannes durchschlagen sollen. Die verdammten Pfeile schienen sich einfach* in Luft aufzulösen. *Als sie zwanzig Fuß entfernt vor unserer Barrikade standen, ließ ich eine Salve auf sie abfeuern. Es war, als würde man in einem Albtraum kämpfen. Fühlte sich an, als würde man sich unter Wasser bewegen, und sie waren schnell, sie waren so* verdammt *schnell …*

Bei der Erinnerung daran starrte er vor sich hin wie jemand, der dreimal so alt war wie er.

Wie heißt du?, fragte ihn Archeth sanft.

Galt. Noch immer starrte er ins Leere. *Parnan Galt, Pfauenkompanie, Fünfzigste Einheit der Reichsmarine, 73ste Brigade.*

73ste. Wie der Botschafter, der die Nachricht nach Yhelteth überbracht hatte, war er bei Kriegsende ein Knabe gewesen. Aller Wahrscheinlichkeit nach hatte er nie eine Schlacht erlebt, von der üblichen Piratenjagd und dem gelegentlichen Niederschlagen von Aufständen einmal abgesehen. Das war nur bei wenigen Soldaten nach der 66sten anders. Archeth drückte seine Schulter, stand auf und ließ ihn mit seinen Erinnerungen sitzen. Sie bat ihn nicht, sie zur Stadt zu begleiten.

Sie teilte einen Sergeanten vom Ewigen Thron und dessen Schwadron dazu ein, sich um die Flüchtlingskolonne zu kümmern, und eilte mit den übrigen weiter, wobei ihre innere Skepsis mit dem wachsenden Gefühl im Widerstreit lag, dass hier wirklich etwas oberfaul war. Dass der junge Lieutenant und der Botschafter tatsächlich etwas mitangesehen hatten, das sich nicht so leicht wegerklären ließ. Dass ihre entsetzten Berichte nicht bloß das Geschwätz von Männern waren, die nie eine Schlacht in all ihrer schmutzigen Glorie erlebt hatten.

Nein? Die Skepsis gewann die Oberhand. *Erinnerst du dich denn noch an* deine *erste Schlacht? Majakische, berserkerhafte Krieger durchbrachen die Reihen in Baldaran. Jagten heulend über das Feld, Panik in den Reihen. Gras, das vom Blut so glatt gekämmt war wie das gegelte Haar eines Zuhälters. Damals bist du runter, hast Arashtal beim Arm gepackt und entdeckt, dass du den Arm in der Hand hieltest, ohne den Rumpf. Du hast gekreischt, doch niemand hat es gehört, du hast dich bewegt wie Schlamm. War* das *nicht wie ein Albtraum?*

Und geisterhafte Gestalten? Glitzernde, unbekannte Waffen? Sich auflösende Pfeile? Subjektive Eindrücke. Schrecken des nächtlichen Kampfs. Die Bogenschützen, durchgedreht wie alle anderen, haben übers Ziel hinausgeschossen oder die Sehne nicht richtig gespannt.

Hmm.

Und jetzt lag Khangset unter ihr, zerrissen, zerfetzt und rauchend wie ein frisch ausgeweideter Bauch oder ein eisiges Schlachtfeld im Norden, wer oder was die Angreifer nun auch gewesen sein mochten.

»Verdammte Mutter der Offenbarung!« Mahmal Shanta neben ihr versuchte vergebens, sein tänzelndes Pferd zu zügeln. Es war unklar, ob er das Tier oder das Werk der Zerstörung unten verfluchte. »Was zum Teufel ist da passiert?«

»Ich weiß es nicht«, erwiderte Archeth nachdenklich. »Sieht nicht gut aus, stimmt's?«

Shanta sah sie funkelnd an, sehr darum bemüht, sich mit wenigstens einem bisschen Würde auf seinem Reittier zu halten. Im Sattel war er schon immer nutzlos gewesen. Seine vom Alter knotigen Hände umklammerten die Zügel, als wäre es ein Seil, an dem er hinaufklettern wollte.

»Sieht verdammt nach einem zweiten Demlarashan aus«, knurrte er.

Archeth schüttelte den Kopf. »Das waren keine Drachen. Es ist zu viel übrig.«

»Kennt Ihr etwas *außer* Drachenfeuer, das kiriathische Bauwerke dermaßen zerstören kann? Zum Teufel mit diesem verdammten Pferd!«

Archeth legte dem nervösen Tier beruhigend eine Hand auf den Hals. Murmelte Worte und schnalzte mit der Zunge, wie ihr Vater es sie gelehrt hatte. Das Pferd beruhigte sich ein wenig, anscheinend überzeugt, dass hier zumindest einer wusste, was los war.

Wenn es nur so wäre. Sie ertappte sich bei dieser Überlegung, die vielleicht bitterer war, als es die gegenwärtigen Umstände verdient hatten. *Oder wenn sich Menschen wenigstens ebenso leicht täuschen ließen wie Pferde.*

He, Archidi, soviel ich weiß, stimmt das doch.

O ja, diese alte Distanziertheit des Kriegers. Der trübsinnige schwarze Humor überfiel sie jetzt mit voller Wucht. *Während rings-umher Häusertrümmer rauchen und die unbewaffneten Zivilisten ihre Verluste beweinen, damit du es nicht tun musst. Streif dir den alten, klirrenden Kettenpanzer deiner professionellen Distanz über, Archeth Indamaninarmal, bleib darin, bis er sich warm und gewohnt anfühlt, und schon bald wirst du vergessen, dass du ihn überhaupt trägst. Du wirst ihn nur bemerken, wenn er seine Funktion erfüllt, wenn du nicht mehr den stahlharten Biss von etwas spürst, das dir ansonsten wehgetan hätte. Und dann wirst du einfach nur grinsen und zittern und den Schlag abtun wie ein Krieger.*

Es war ein Teil von ihr, den sie nie so ganz hatte verabscheuen können.

Was vielleicht ein Glück war, weil sich seit Kurzem eben jene amüsierte Distanz bei Hofe als nützlich erwies.

Sie warf einen Blick über die Schulter, den Grat hinab. Pashla Menkarak, allerheiligster und allerverehrtester, allerhöchster Aufseher der göttlichen Offenbarung (angeschlossen dem Ewigen Thron), hockte dort auf seinem Sattel wie ein Geier in dem schwarz-goldenen Umhang, dem Zeichen seines Rangs. Er hielt den Kopf zur Seite schief, weil ihn die Sonne blendete, und schien direkt zu ihr hinaufzustarren.

»Verdammt!«, murmelte sie.

Shanta war ihrem Blick gefolgt. »Ihr passt besser auf, was Ihr in seiner Gegenwart äußert«, sagte er leise. »Was ich bislang so mitbekommen habe, ist das ein scharfer Hund.«

»Ja«, erwiderte Archeth höhnisch grinsend. »Tja, die fangen alle so an. Noch ein paar Monate bei Hof, und dann sehen wir weiter. Wälzt sich in einem Bett voller Titten und Ärsche herum und lässt sich den Schwanz schmieren wie alle anderen auch.«

Shanta schnitt eine Grimasse über ihre obszöne Bemerkung. »Ja, oder er lässt sich von der Blasiertheit bei Hofe genauso wenig beeindrucken wie Ihr, Archeth. Je daran gedacht?«

»Ein Knabe wie der da? Dem fehlt mein moralischer Kern.«

»Vielleicht auch nicht. In letzter Zeit höre ich aus der Zitadelle, dass es dort jetzt anders zugeht. Es heißt, dass eine völlig neue Generation die religiösen Universitäten durchläuft. Strenggläubige.«

»Oh, schön.«

Bewegung unten an der Linie. Sie lenkte ihr Pferd herum, und da fegte ihr der Aschenwind ins Gesicht. Faileh Rakan, Befehlshaber der Abteilung vom Ewigen Thron, trabte auf seinem Pferd die Reihen seiner Reiter entlang und kam auf sie zu. Seufzend setzte sie die Maske der Kommandierenden auf. Shanta zügelte sein Pferd in erwartungsvollem Schweigen. Vor Archeth stieg Rakan respektvoll ab. Er fasste den Schwertgriff mit der rechten Hand, legte die linke darüber und verneigte sich.

»Kommandantin, meine Männer haben sich formiert. Wir erwarten Eure Befehle.«

Archeth nickte.

»Also gut«, sagte sie gelassen. »Wir reiten wohl besser runter und nehmen die Sache näher in Augenschein.«

Einmal jedoch bei den Ruinen angekommen, wurde die vorgetäuschte Begeisterung zu etwas fast Echtem.

Dieses Gefühl war ihr seit Langem vertraut. Es war eben jener Drang nach Reinigung, der ihre Expeditionen in die Wüste sowie, in früheren Zeiten, in die kiriathischen Einöden genährt hatte; eben jener Durst, der sie immer wieder zu den unkooperativen Steuermännern in den wenigen verbliebenen Feuerschiffen getrieben hatte. Dort draußen gab es etwas von Bedeutung in Erfahrung zu bringen, eine Transzendenz über die Oberfläche der Dinge hinaus. Eine Transzendenz, die strahlte wie die Leuchtfeuer eines Hafens, die man des Nachts durch den Umhang aus schlechtem Wetter sah. Man erkannte eine Antwort, ließ sich von ihrem Signalfeuer leiten, und vorübergehend erschien einem die Welt weniger sinnlos. Man hatte, nur für diese kurze Zeit, das Gefühl, vielleicht irgendwohin zu gelangen.

Mit diesem Gefühl, das immer stärker wurde, stieg ein weiteres, wesentlich weniger selbstsicheres Gefühl in ihr auf. Eines, das Faileh Rakan und die Seinen spüren mussten; sauber, direkt und, wie praktisch, hinter den versteinerten Mienen der Männer vom Ewigen Thron glühend:

Empörung.

Langsam wuchs er, hell und strahlend: der mächtige und majestätische, verletzte Stolz des Reichs. *Wut* darüber, dass es jemand *gewagt,* dass sich jemand in dieser Zeit des *Friedensvertrags* die Freiheit herausgenommen hatte, Gewalt anzuwenden und einen designierten Reichshafen zu überfallen und Männern und Frauen unter dem *von der Offenbarung gewährten Schutz* seiner Lichtgestalt Jhiral Khimran II. etwas anzutun.

Archeth hatte damals weitaus mehr, als ihr lieb war, vom Zustandekommen des *Friedensvertrags* miterlebt, daher war dieses Gefühl für sie unausweichlich vergiftet. Aber vorhanden war es, ein wenig wie der Muskelkater nach einem langen Ritt oder die Melasse an den Rändern eines schlecht gereinigten Backtrogs. Sie wusste genug, um, trotz allem, ihren Zynismus zu zügeln.

Sieh mal:

Yhelteth vereint im Vergleich zu sämtlichen seiner politischen Mitstreiter ein gewaltiges Territorium. Im Großen und Ganzen behandelt es die Menschen innerhalb seiner Grenzen mit einem Grad an kodifiziertem Respekt, der anderswo seinesgleichen sucht.

Das weiß ich.

Also gut. Es mochte nicht die zivilisierte allumfassende Gemeinschaft sein, als die sie Grashgal stets anpries, es mochte nicht die Zukunft sein, die er angeblich in seinen Träumen sah. Aber es ist ein nicht gerade schlecht funktionierender Ersatz. Yhelteth strebt *zumindest in diese Richtung.*

Immerhin das war zweifelsohne vorhanden: Eine plumpe, unter den Einwohnern des Reichs weit verbreitete, alles vereinnahmende Haltung, zu gleichen Teilen gestützt durch den religiösen

Universalismus der Offenbarung, eine asketische, kriegerische Gleichheit in der ursprünglichen Kultur der neun Stämme – *ja, ja, ich weiß, jetzt sind's nur noch sieben, frag nicht danach!* – sowie ein klug eingesetztes intelligentes Selbstinteresse. Nimm die Staatsbürgerschaft an und bekehre dich, schicke ein paar deiner Söhne zum Militär, wenn sie volljährig sind, zahle Steuern, die so bemessen sind, dass sie dich und deine Familie nicht in die Armut oder in die Berge und ein Banditenleben treiben. Ach, und wenn du schon dabei bist: Halte dich von Schuld und Krankheit fern. Dann stehen die Chancen gut – *meistens, jedenfalls* –, dass du niemals verhungern wirst, dass dein Haus niemals niedergebrannt wird, dass deine Kinder nie vor deinen Augen vergewaltigt werden und dass du niemals ein Sklavenhalsband tragen wirst. Mit etwas Glück lebst du sogar lange genug, dass du deine Enkel noch groß werden siehst.

Ist das so schlimm, Grashgal? Wirklich?

Sie hatte bisher im Versuch gelebt, zu glauben, es sei nicht so schlimm.

Das hier – wehender Rauch und Aschewölkchen bei jedem Schritt sowie der zerquetschte, verkohlte Brustkorb eines Kindes unter einem herabgestürzten Balken – *gehört nicht Teil zur Abmachung. Das lassen wir nicht zu,* verdammt!

Sie stand dort neben dem zersplitterten und glänzenden schwarzen Balken, wo er mit dem letzten aufrecht stehenden Balken des dachlosen Hauses verbunden war. Die Empfindung stieg in ihr auf, überraschend, und traf sie völlig unvorbereitet. Ihre Fähigkeit, kühl und analytisch zu denken, wurde von ihren Gefühlen vollständig überlagert. Die Ruine nahm sie mit ihrem Schweigen wie im Sturm. Der Gestank von den Überresten der Leichen in den Trümmern rings umher, unangenehm vertraut, trotz der verstrichenen Jahre. Asche und weniger gut bestimmbarer Schlamm klebten an ihren Stiefel bis weit über die Knöchel. Ihre Messer waren ein sinnloser Ballast an Schuhwerk und Gürtel. Der Wind wechselte die Richtung, und Rauch quoll durch den Trümmerhaufen und brannte ihr in den Augen.

»Da seid Ihr also.«

Mahmal Shanta stand draußen vor dem Gebäude, eingerahmt von einer steinernen Türschwelle, die irgendwie der Zerstörung der restlichen Mauer entgangen war. Nachdem er vom Pferd gestiegen war, schien der Ingenieur ein wenig seiner guten Laune zurückgewonnen zu haben. Er betrachtete den Phantomeingang mit einer hochgezogenen Braue und trat hindurch, sah sich mit zusammengekniffenen Augen in der Trümmerlandschaft um und schnitt ein Gesicht. Sie konnte nicht beurteilen, ob er die Leichen schon entdeckt hatte oder nicht, aber der Gestank konnte ihm nicht entgangen sein.

»Genug gesehen?«

Sie schüttelte den Kopf. »Nicht genug, um in dem Ganzen einen Sinn zu erkennen.«

»Geht es hier darum?« Shanta trat näher und sah ihr ins Gesicht. »Ihr habt geweint?«

»Es ist der Rauch.«

»Natürlich.« Er räusperte sich. »Na ja, da Ihr verwegen genug seid, tatsächlich eine Erklärung für das alles hier zu verlangen, interessiert es Euch vielleicht zu erfahren, dass Rakans Burschen eine Überlebende gefunden haben. Vielleicht können wir sie befragen.«

»Eine Überlebende? Hier?«

»Ja, hier. Während alle Übrigen aufs Land geflohen sind, war die hier anscheinend schlau genug, sich ein Versteck zu suchen und darin zu bleiben.« Shanta zeigte zurück zur Straße. »Sie haben sie zum Hafen runtergebracht und versuchen, ihr etwas zu essen zu geben. Anscheinend hat sie die letzten vier Tage von Käfern und Regenwasser gelebt, hat ihr Loch seit dem Überfall nicht verlassen. Sie ist im Augenblick nicht gerade das, was Ihr ruhig nennen würdet.«

»Großartig.« Archeth schaute sich ein weiteres Mal betont in dem zerstörten Haus um. Aus dem Augenwinkel sah sie wieder den zerquetschten Brustkorb des Kindes. Es war, als ob jede hervorstechende, abgebrochene Rippe ein extra zu diesem Zweck hergestellter Stachel wäre. »Also, machen wir mal den Abgang.«

»Nach Euch, Mylady.«

Draußen auf der Straße ließ der Druck etwas nach. Das Licht der nachmittäglichen Sonne fiel schräg über die Schutthaufen, und Vogelgezwitscher versüßte die Luft. Das Meer unten war ein brennendes, glitzerndes Vlies bis zum Horizont. Die Hitze des Tages begann abzuklingen.

Aber die Ruine stand in ihrem Rücken wie ein Vorwurf. Sie kam sich vor wie ein unwürdiger Gast, der gekränkte Gastgeber zurückließ.

Shanta ging an ihr vorüber, weckte sie aus dem Augenblick und befreite sie daraus.

»Kommt Ihr?«, fragte er.

Auf halbem Weg die Straße zum Hafen hinab fiel es ihr wieder ein.

»Was war das da hinten? *Verwegen genug sein, tatsächlich eine Erklärung für all das hier zu verlangen* – was sollte das heißen?«

Shanta zuckte mit den Schultern. »Ach, Ihr wisst schon. Wir sind Leute, die nicht lange nach der eigentlichen Ursache fragen, nicht wahr? Zeigt die Flagge, schickt das Militär los. Bestraft *irgendwen,* dann ist uns allen wohler. Kommt nicht so drauf an, wen wir bestrafen. Erinnert Ihr Euch an Vanbyr?«

Archeth blieb stehen und starrte ihn an. »Als ob ich das jemals vergessen könnte!«

»Na ja, da habt Ihr's!«

»Ich bin nicht hier, um Flagge zu zeigen und nach Sündenböcken zu suchen, Mahmal. Wir sind auf einer Mission, die Licht in die Geschehnisse bringen soll.«

»Hat Euch Jhiral das gesagt?« Der Marineingenieur verzog das Gesicht. »Ihr müsst ihn an einem guten Tag erwischt haben.«

Sie standen reglos auf der ascheverschmierten Straße, lauschten Shantas Worten in der Brise nach und suchten in dem Gesicht des jeweils anderen, was als Nächstes zu tun wäre. Schweigen breitete sich zwischen ihnen aus. Ihre Beziehung reichte schon weit zurück, aber hierfür kannten sie einander nicht gut genug.

»Ich glaube«, sagte Archeth schließlich leise, »dass wir beide uns am besten auf das konzentrieren, wozu wir hergeschickt wurden, und unsere Sorge um unseren Imperator eine Sache für private Überlegungen und Gebete sein lassen.«

Auf Shantas faltenreichem Falkengesicht zeigte sich ein abgenutztes höfisches Lächeln.

»In der Tat, Mylady. In der Tat. Es vergeht kein Tag, an dem Jhiral Khimran nicht besondere Beachtung in meinen Gebeten findet.« Eine leichte, jedoch formelle Verneigung vom Brustkasten an aufwärts. »Was für Euch ebenfalls gilt, da bin ich mir gewiss.«

Er ließ unerwähnt, wofür er in seinen Gebeten zugunsten des Imperators bat. Archeth, die überhaupt nicht betete, stieß einen undefinierbaren Laut der Zustimmung aus.

Gemeinsam gingen sie weiter über die aschebedeckten Straßen, schweigend und jetzt ein wenig eiliger, als würde ihnen die Zweideutigkeit von Shantas Worten hinterherschleichen nach – die Nase am Boden, die Zähne gefletscht.

9

Als er aufstand, war es immer noch hell.

Etwas überrascht darüber durchstreifte Ringil gähnend das Haus, suchte Diener, fand ein paar und orderte ein heißes Bad. Um die Wartezeit zu überbrücken, ging er hinunter in die Küche, stellte sich mit einem Teller Dörrfleisch und Brot ans Fenster und aß beides, wobei er geistesabwesend zu den spätnachmittäglichen Schatten auf dem Rasen hinaussah. Das Küchenpersonal, das in den Dampfschwaden eifrig beschäftigt war und einander Anweisungen zurief, übersah seine Anwesenheit geflissentlich, als wäre er eine teure, zerbrechliche und ziemlich lästige Statue, die in ihrer Mitte thronte. Er sah sich nach dem Mädchen um, das ihm den Tee serviert hatte, entdeckte sie jedoch nicht. Als das Bad fertig war, ging er wieder nach oben und aalte sich im Wasser, bis ihm kalt wurde. Er trocknete sich ohne Hilfe ab, zog sich akribisch die neuen Kleider an, die Ishil ihm spendiert hatte, schnallte den Rabenfreund um, setzte sich einen Federhut auf und verließ das Haus zu einem Spaziergang.

Die Niederungen waren von bernsteinfarbenem Sonnenlicht durchflutet, und viele Spaziergänger genossen die letzte Wärme des Herbstes. Eine Weile lang gab er sich damit zufrieden, zwischen ihnen dahinzuschlendern, die Blicke zu übersehen, die das Schwert auf seinem Rücken auf sich zog, und im Schein der untergehenden Sonne die letzten Reste des Krin auszudünsten. Hoch am östlichen Himmel war der Rand des Bandbogens vor dem Blau gerade noch zu erkennen. Ringil ertappte sich dabei, wie er blicklos hinaufstarrte, und wie aus dem Nichts kam ihm eine Idee.

Shalak.

Er nahm den Weg hinunter zum moosgrünen Kai der Niederungen, Tische und Stühle standen, an denen man die Aussicht bewundern konnte. An den Buden servierte man Limonade und Kuchen zu überhöhten Preisen, und es herrschte ein reger Bootsverkehr. Kleine Schiffe nahmen Picknick-Gesellschaften teuer gekleideter Menschen aus den Vierteln am Oberlauf auf und spuckten sie auch wieder aus. Schließlich trieb er einen Bootsführer auf, der halbwegs gewillt schien, ihn flussabwärts nach Ekelim zu bringen, und sprang leichtfüßig in den Kahn, bevor es sich der Mann anders überlegen konnte. Als sie vom Ufer wegruderten, stellte er sich ins Heck und beobachtete, wie die Niederungen entschwanden. Er hielt das Gesicht dem warmen, farbigen Licht des Sonnenuntergangs entgegen, badete es darin und war sich kaum bewusst, dass er eine Pose eingenommen hatte. Dann ließ er sich nieder, rückte mit der gebührenden Achtsamkeit seine neuen Kleider und den Rabenfreund auf dem feuchten Holz zurecht, bis er mehr oder weniger bequem saß, und blinzelte die Sonne weg.

»Gibt nicht mehr viele solche Tage in diesem Jahr«, bemerkte der Bootsführer über seinen Riemen. »Es heißt, uns steht ein Aldrain-Winter bevor.«

»Wer sagt das?«, fragte Ringil abwesend. Es wurden immerzu Aldrain-Winter vorausgesagt. Das war ungefähr dasselbe wie bei den Wahrsagerinnen am Strov-Markt, die aus den Eingeweiden ständig den Weltuntergang voraussagten, nachdem der Krieg jetzt vorbei und gewonnen war.

Der Bootsführer war erpicht darauf, die Sache näher zu erläutern. »Alle glauben das, Mylord. Die Fischer unten am Hafen sagen, dass sie seit Menschengedenken nicht mehr so viel Mühe hatten, den Silberhai zu fangen. Die Strömungen an den Hironischen Inseln sind kälter. Und es hat böse Vorzeichen gegeben. Hagelkörner von der Größe einer Männerfaust. In den Marschebenen südlich von Klist hat man morgens und abends in der Dämmerung seltsame Lichter gesehen, und in der Nacht hört man einen schwarzen Hund bellen. Mein Schwager ist Ausguck auf einem von Majak Urdins Walfängern, und er sagt, dass sie dieses Jahr viel weiter nach Norden fahren mussten, um den Wal blasen zu sehen. Ende letzten Monats sind sie an einem Tag über die Hironischen Inseln hinaus, und da sind feurige Steine vom Band ins Wasser gestürzt. In jener Nacht war Sturm, und …«

Und so weiter.

Als Ringil in Ekelim an Land ging, klangen all die Geschichten immer noch in seinem Kopf nach. Vom Hafen aus begab er sich zur Kutscherstraße, in der etwas verspäteten Hoffnung, dass Shalak in den letzten zehn Jahren nicht umgezogen war. Wegen der vielen Menschen kam man jetzt am frühen Abend mühsam voran, aber Schnitt und Stoff seiner neuen Kleidung halfen, eine Schneise zu schlagen. Die Leute wollten keinen Ärger, selbst an diesem Ende des Flusses nicht. An den Straßenecken standen jeweils zwei Mitglieder der Wache, beobachteten die Menge und spielten mit langen Holzknüppeln; wenn es galt, Streitigkeiten zu schlichten, würden sie in Ringils Kleidung dasselbe sehen wie alle anderen auch. Im Zweifelsfalle bekäme er den Bonus des reichen Mannes, und alle anderen würde man durch eine Seitengasse schleifen und mit ihnen mit dem Knüppel Manieren einbläuen.

Er erreichte die Ecke Kutscher/Speckstraße und grinste ein wenig. Dass die Zeit hier weiterging, hätte ihm keine Sorge machen müssen. In zehn Jahren hatte sich Shalaks Haus so wenig verändert wie die Überzeugungen eines Priesters. Die Front bestand aus derselben sauberen Steinmetzarbeit und denselben dunklen, kaffeebraun gefleckten Fenstern, die schwach von innen erleuchtet wurden, denselben schweren Dachtraufen, die so tief über den Vordereingang herabhingen, dass man sich daran den Kopf einschlagen konnte, wenn man in seiner Jugend hinreichend gut ernährt worden war und die entsprechende Größe erreicht hatte. An der verrosteten Eisenhalterung hing immer noch dasselbe kryptische Schild:

Tritt ein und sieh!

Damals, in den frühen Jahren vor dem Krieg, hatten andere Worte auf diesem Schild gestanden: *Tritt ein und sieh dich um – du könntest etwas entdecken, das dir gefällt.* Umgeben waren diese Worte von einem Ring geheimnisvoller – und, wie Ringil stets geargwöhnt hatte, falscher – aldrainischer Hieroglyphen. Aber dann waren die fünfziger Jahre gekommen, der Krieg, das Drachenfeuer und die feindliche Invasion vom Meer. Was einst eine harmlose Aufforderung für Leute gewesen war, die sich für das verschwundene Volk begeisterten und mit denen Shalak seinen Lebensunterhalt bestritt, war jetzt eine Verlautbarung magischer Intentionen, die an Verrat grenzten. Einige sagten, die Aldrainer seien im Westen verschwunden, und aus dem Westen kam jetzt das schuppige Volk; mehrmals hatte ein wütender Mob Shalak die Fensterscheiben eingeworfen, hatte ihn zu unzähligen Gelegenheiten auf der Straße mit Steinen beworfen, und er wurde wiederholt vor das Komitee für öffentliche Moral zitiert. Die Botschaft war angekommen. Das Schild kam weg, sämtliche Wände und Decken des Geschäfts wurden von den Hieroglyphen befreit, und die Behauptung, dass Shalaks Waren magische Kräfte hätten, wurde von Behauptungen ersetzt, keine der Waren sei mit Sicherheit aldrainischer Herkunft, niemand habe seit Menschengedenken einen Dwenda gesehen und ihre Existenz sei aller Wahrscheinlichkeit nach ein Märchen, weiter nichts. Ringil hatte stets vermutet, wie sehr es Shalak schmerzen müsse, diese kleinen Disclaimer eigenhändig zu verfassen – was immer seine Kunden auch davon hielten, der Mann selbst war immer ein wahrer Gläubiger gewesen. Aber als er in jugendlichem Ungestüm das Thema einmal zur Sprache gebracht hatte, hatte Shalak nur mit einem gequälten Lächeln und ein paar Plattitüden reagiert.

Wir müssen alle Opfer bringen, Ringil. Wir haben Krieg. Wenn ich nicht mehr zu leiden habe, so wirst du von mir keine Klagen hören.

Ach, komm schon! Ringil nahm aufs Geratewohl einen Zettel von einer Skulptur. *Dieser Quatsch hier? »Niemand hat seit Menschengedenken einen Dwenda gesehen.« Alles Blödsinn, Shal. Seit Menschengedenken hat niemand Hoiran sehen, aber mir ist nicht aufgefallen, dass sie deswegen etwa die verdammten Tempel geschlossen hätten. Was für ein Haufen Heuchler!*

Die Menschen haben Angst, Ringil. Links hatte Shalak ein dickes Veilchen. *Das ist verständlich.*

Die Menschen sind Schafe, tobte Ringil. *Schwachsinnige verdammte Schafe!*

Shalak hatte ihm nicht widersprochen.

In den zurückliegenden Jahren hatte er sich kaum verändert. Der kurz geschnittene Bart war jetzt eher weiß als grau meliert, und dafür gab es über der faltigen Stirn zum Ausgleich einiger Haare, aber als Ringil die Tür des kleinen Ladens öffnete, sich bückte und eintrat, sah ihm von dem ledergebundenen Wälzer dasselbe etwas traurige Buchhaltergesicht entgegen.

»Ja, edler Herr? Wie kann ich Euch zu Diensten sein?«

»Na ja, fürs Erste kannst du diese gedrechselten Floskeln sein lassen.« Ringil setzte seine Mütze ab. »Und dann könntest du mich wiedererkennen.«

Shalak war verblüfft. Er nahm die Brille ab, die er zum Lesen benutzt hatte, und starrte seinen neuen Kunden an. Ringil machte einen Kratzfuß.

»Alish? Nein, warte mal. *Ringil?* Ringil Eskiath! Bist du's wirklich?« Shalak sprang von seinem Stuhl auf, kam vor und packte Ringil bei den Armen. »Bei Hoiran, machst tust *du* denn hier?«

»Dich besuchen, Shal.«

Shalak schnitt eine Grimasse und ließ ihn los. »Oh, bitte! Du weißt, dass Risha dir die Augen auskratzt, wenn sie sieht, wie du mit den Wimpern klimperst!« Aber ihm war anzumerken, wie sehr er sich freute. »Wirklich, warum bist du zurückgekehrt?«

»Lange Geschichte, ziemlich uninteressant.« Ringil setzte sich auf die Kante eines Tischs, der mit seltsamen Steinen, Halbedelsteinen und obskuren Metallarbeiten übersät war. »Könnte jedoch einen Rat brauchen, Shal.«

»Einen Rat von mir?«

»Kaum zu glauben, hm?« Ringil hob ein Ding auf, das aus einem Gewirr aus Eisendrähten bestand, in dessen Mitte eine Hieroglyphe eingearbeitet war. »Woher hast du das?«

»Aus einer Quelle. Was für einen Rat brauchst du denn?«

Ringil sah sich ausgiebig um. »Kannst ja mal raten.«

»Du willst einen *aldrainischen* Rat?« Kichernd verzog Shalak das Gesicht. »Was ist los mit dir, Gil? Hast du plötzlich zu viel Geld? Ich hätte gedacht, ein Mann wie du würde mehr auf dieses kiriathische Zeug stehen.«

»Ich habe alles kiriathische Zeug, das ich brauche.« Ringil wies auf den Schwertknauf, der ihm über die Schulter ragte. »Ich werde sowieso nichts kaufen. Ich möchte bloß zu ein paar Dingen deine Meinung wissen.«

»Und die wären?«

»Wenn du einen Dwenda töten müsstest, wie würdest du das am besten anstellen?«

Shalak fiel die Kinnlade herab. »Was?«

»Komm schon, du hast gehört, was ich gesagt habe.«

»Du willst wissen, wie man einen *Dwenda* tötet?«

»Ja.« Ringil machte eine gereizte Bewegung, hob einen losen Faden seiner, ja, verdammt, *neuen* Tunika auf, was für eine verdammt miese Qualität hatte Ishil da … »Ja, genau.«

»Nun, ich weiß nicht. Zunächst mal musst du einen *finden*, um ihn zu töten. Niemand hat das verschwundene Volk seit …«

»Menschengedenken gesehen. Ich weiß, was auf dem Schild steht. Aber nehmen wir mal an, rein theoretisch, ich *hätte* einen gefunden. Nehmen wir mal an, er wäre mir im Weg. Wie würde ich ihn erledigen, Shal?« Ringil neigte den Kopf und deutete auf Rabenfreund. »Ginge es damit?«

Shalak schürzte die Lippen. »Hab ich meine Zweifel. Da müsstest du verdammt schnell sein.«

»Nun, das hat man mir bei Gelegenheit schon nachgesagt.« Er fügte nicht hinzu, dass diese Gelegenheiten in den letzten Jahren zunehmend zu Erinnerungen verblasst waren. Natürlich gab es immer noch die Geschichten, die Kriegslegenden, aber wer – außer ihm selbst in Jheshs Kneipe, und das auch zunehmend lustloser – erzählte die noch?

Shalak drehte eine Runde durch das vollgestopfte Geschäft. Er rieb sich die Stirn, wich einem herabhängenden hölzernen Windspiel aus und schnitt eine Grimasse.

»Die Sache ist die, Gil, dass wir wirklich nicht viel über die Dwendas wissen. Ich meine, dieses Zeug, das ich hier verkaufe, das ist größtenteils Schrott …«

»Wirklich?«

Der Kaufmann warf ihm einen säuerlichen Blick zu. »Na gut, na gut. Ich lebe von Andeutungen und Halbwahrheiten und von dem, was die Leute verzweifelt glauben wollen. Du musst mich nicht daran erinnern. Alldem liegt jedoch etwas zugrunde, das nicht einmal die Kiriath umreißen konnten. Sie haben einst mit den Dwendas um den Besitz dieser Welt gekämpft. Aber wenn du ihre Aufzeichnungen genau studierst, lässt sich klar erkennen, dass sie eigentlich nicht wissen, was sie bekämpft haben. Da ist von Geistern die Rede, von Gestaltwandlern, Besessenheit, Steinen, Wäldern und Flüssen, die auf aldrainische Befehle hin lebendig wurden …«

»Ach, nun mach mal halblang, Shal!« Ringil schüttelte den Kopf. »Mach mir doch nicht weis, dass du so naiv bist! Ich will eine Antwort, die Hand und Fuß hat, nicht etwas, das mir jeder brabbelnde Idiot unten in Strov auch erzählen könnte.«

»Genau das kriegst du von mir, Gil. Eine Antwort mit Hand und Fuß. Abgesehen von mündlich überlieferten Legenden und ein paar wenigen Runen auf Menhiren an der Westküste wissen wir nur aus der indirathischen M'nal-Chronik, wie die Aldrainer wirklich waren. Sie ist die einzige glaubwürdige Quelle. Alles, was die Kiriather sonst noch über dieses Thema verfasst haben, beruht darauf. Und das indirathische M'nal sagt unter anderem, dass die Dwenda Wasser, Stein und Holz zum Leben erwecken konnten.«

»Ja, und ich kannte damals majakische Hirten, die alle Kiriather für feuergeschwärzte Dämonen hielten.« Ringil ahmte mit der Hand einen plappernden Mund nach. »Abgewiesen von der Hölle, wandeln sie in ewiger Verdammnis auf Erden. Bla bla bla. Solche Scheiße wird jeden Tag von Leuten erfunden, die zu blöd sind, den Tatsachen ins Auge zu sehen. Du hättest den Bootsführer hören sollen, der mich von den Niederungen hier raufgebracht hat. Feuer an den nördlichen Himmeln, Lichter in den Sümpfen, ein schwarzer Hund, der in der Nacht bellt. Stellt sich denn niemand die Frage, wieso es ausgerechnet ein *schwarzer* Hund sein soll, nur weil er irgendwie *bellt?«*

Shalak legte den Kopf schief und runzelte die Stirn. »Was soll das, Gil? Worüber bist du so wütend?«

Das brachte ihn zum Schweigen. Er starrte auf den sauber gefegten Fußboden des kleinen Ladens und zog eine Braue hoch, erstaunt über die Anspannung in seiner eigenen Stimme.

»Was ist los, Gil?«

Er schüttelte den Kopf. Seufzte. »Ist egal. Nichts. Spät geworden, zu viel getrunken, du kennst mich doch. Tut mir leid. Mach weiter. Du hast gerade was gesagt.«

»Du hast gerade was gesagt. Dass die Leute zu blöd für die Wirklichkeit sind und sich stattdessen im Aberglauben verstecken. Und das ist schon wahr, aber dir entgeht der springende Punkt. Du sprichst von Menschen und noch dazu von unwissenden Menschen. Die Verfasser des indirathischen M'nal waren nichts von beidem. Sie waren die Creme der kiriathischen Kultur, hoch gebildet, und sie hatten bereits Orte bereist, die sich die meisten von uns nur schwer vorstellen können. Und die Dwendas haben diesen Leuten *Angst eingejagt,* das ist die Wahrheit, so steht es in ihren

Texten. So eindeutig wie das Gesicht einer Hure aus dem Hafenviertel.«

Ringil dachte an die Kiriather zurück, die er gekannt hatte: Grashgal, Naranash, Flaradnam und all die anderen, Namen, die über die Jahre verblasst waren. Er dachte an den ungerührten Machtwillen, den sie in den Krieg mit dem schuppigen Volk mitbrachten, die methodische Grausamkeit, mit der sie kämpften. Es war eine Maske, hatte Archeth ihm gegenüber einmal beharrt, Teil der höfischen Würde, die die kiriathische Kultur von Grund auf beseelte; aber wenn sie recht gehabt hatte, war es eine Maske, die keiner je abnahm, nicht einmal Naranash, als er am Strand von Raja verblutete und ihm beim Grinsen das Blut durch die Zähnen sickerte, während Ringil nutzlos neben ihm hockte.

Sieht so aus, als müsstest du den Rest ohne mich erledigen, was? Gewinnen wir, Kumpel?

Ringil sah sich um – die eingedellte yheltethische Flanke, vom wiederholten Ansturm der Reptilien aufgeschlitzt wie eine billige Rüstung, dazu die panisch kreuz und quer rennenden Soldaten aus den zerschmetterten Reihen und am ganzen Strand das Gekreisch derer, die mit Brüchen, Verbrennungen oder abgerissenen Gliedmaßen dalagen, die Landungsschiffe, die zurück über die Bucht flohen und all jene mitnahmen, die glücklich genug waren, bis in die Untiefen vorzudringen …

Ja, sagte er zu Naranash. *Wir gewinnen. Sieht so aus, als würde Flaradnam den Wellen standhalten. Wir treiben sie zurück.*

Der kiriathische Ritter spuckte Blut. *Das ist gut. Er ist ein guter Kamerad, der 'Nam, er wird nachrücken. Eine Schande, dass mir dieses Vergnügen entgeht.* Er hustete rau. *Das Schwert behältst du, ja? Der beste Freund, den du je haben wirst, Freund der Raben, vergiss das nicht. Pass gut darauf …*

Und dann stürzte sich ein Reptiliensoldat auf Ringil, ein langgezogenes Kreischen und der schuppige Aufprall auf seinem Harnisch. Er stolperte und fiel rücklings in den Sand. Der lange, stachelige Schwanz peitschte herum, die Klauen bohrten sich in ihn hinein, und Ringil schrie der Kreatur vor Schmerz ins Gesicht und drückte ihm den Knauf des Rabenfreunds ins Auge. Auch sein Gegner schrie auf, und die Fänge schnappten nur wenige Zoll vor seiner Kehle zu. Ringil brachte den linken Unterarm vors Gesicht, ließ den Rabenfreund fallen und stach der Kreatur zwei ausgestreckte Finger seiner rechten Hand in die Augen, vorbei am Augapfel und ins Gehirn dahinter. Der Reptiliensoldat schlug um sich, brüllte und schnappte. Während er mit dem Schwanz Sandfontänen aufpeitschte, wälzte sich Ringil über ihn. Er hielt ihn mit seinem Körpergewicht am Boden, während er mit den Fingern grub und schob, bis hinauf zur Wurzel. Das Augenlid schlug an seinen Knöcheln auf und nieder wie der Flügel einer gefangenen Motte, der an der hohlen Hand eines Jungen kratzte. Der Schwanz peitschte hin und her, Wagenladungen an feuchtem Sand flogen hoch, fegten Ringil übers Gesicht, Sand geriet ihm in den Mund, als er Atem holte, knurrte und kämpfte, und dann, endlich, *endlich,* starb das verdammte Ding mit einem hohen, kehligen Wimmern und einem Zittern, das es erbeben ließ.

Und als er schwankend wieder auf die Beine kam, war auch Naranash tot.

Er würde nie erfahren, ob der kiriathische Ritter in jenem letzten Augenblick den Angriff des Reptiliensoldaten erlebt hatte, ob er verstanden hatte, was da los war und seine eigenen verblassenden Schlüsse über den Stand der Schlacht gezogen hatte. Ob er begriffen hatte, dass Ringil ihn angelogen hatte.

Aber Ringil hatte nie erlebt, dass er sich gefürchtet hätte.

»Interpretierst du die Texte auch wirklich richtig?«, fragte er Shalak. »Ich meine, vielleicht ist die Sprache …«

»Ich bin sowohl mit Tethannisch als auch Naomisch aufgewachsen, Gil. Meine Mutter hat mich auch gelehrt, die Sprache zu lesen. Ich habe Abschriften der Übersetzungen des indirathischen M'nal in Yhelteth gesehen, ich habe die Kommentare darauf gesehen, und ich kenne genug vom Original in Hochkir, um diesen Kommentaren folgen zu können. Und ich sage dir, Gil, an dem Tag, als sich die Kiriather gegen die Verschwundenen wandten, da haben sie sich gefürchtet.«

Shalak verschränkte die Hände auf Hüfthöhe und warf den Kopf zurück. Ringil erinnerte sich an diese Pose von den sommerlichen Versammlungen der Aldrain-Anhänger, an denen er in seiner Jugend teilgenommen hatte. Sie hatten zusammengesessen und im frühen abendlichen Dämmerschein geplaudert und in den winzigen Gärten hinter dem Laden Wein aus kleinen, falschen, aldrainischen Kelchen getrunken. Jetzt kam ein Zitat:

»Wie sollte man gegen einen Feind kämpfen, der nicht ganz von dieser Welt ist?«, deklamierte Shal. *»Sie kommen zu uns in Geistergestalt, schlagen schlangengleich zu aus dem Nebel, und wenn wir uns wehren, werden sie wieder zu Nebel und lachen höhnisch im Wind. Sie …«*

Aber der Rest ging unter, wurde davongetragen von der kühlen Brise, die wie aus dem Nichts kam und Ringil am Hals streifte. Mit einem Mal war er wieder in der vergangenen Nacht, auf dem krintrunkenen Heimweg von Mils Wohnung, als Gelächter sein Gesicht wie eine Liebkosung streifte. Da war wieder dieser Schauder, und unwillkürlich hob er die Hand zur Wange, wo ihn das Gelächter scheinbar berührt hatte …

»Ziemlich überzeugend, findest du nicht?«

Shalak, der gerade fertig deklamiert hatte, sah ihn erwartungsvoll an. Ringil blinzelte.

»Äh … ja.« Er bemühte sich, seine Geistesabwesenheit zu überspielen. »Vermutlich. Äh, dieser Teil von wegen *nicht ganz von dieser Welt.* Es heißt, die Aldrainer kamen ursprünglich vom Band, nicht wahr? Und sind dorthin zurückgekehrt. Hältst du das für möglich?«

»Bei den Aldrainern ist alles *möglich.* Aber wahrscheinlich?« Shalak schüttelte den Kopf. »Frag einen seriösen Astronomen, hier oder im Reich, und er wird dir sagen, dass das Band aus einer Million verschiedener beweglicher Partikel besteht, die alle die Sonnenstrahlen einfangen. Deswegen leuchtet es, ähnlich wie Staubteilchen im Sonnenschein. Das Band ist nicht einfach ein fester Bogen, wie es erscheint. Kaum vorstellbar, dass dort etwas leben kann.«

Ringil überlegte. »Die Majak glauben, dass das Band ein Weg ist, der zur Himmelsheimat der ehrbaren Toten führt. Eine Geisterstraße.«

»Ja, aber sie sind Wilde.«

Ringil dachte an Egars vernarbte und tätowierte Züge und war leicht überrascht über die jähe Zuneigung, die dieser Gedanke in ihm auslöste. So hätte sich der Steppennomade fröhlich selbst beschrieben. *Ich bin nicht zivilisiert, Gil, verdammt noch mal,* hatte er eines Nachts auf dem Marsch nach Hanliahg am Lagerfeuer gesagt, *so was werd ich nie im Leben sein müssen* – und trotzdem traf ihn Shalaks höhnische Bemerkung wie ein Stachel. Er unterdrückte ein Aufwallen von unvernünftig selbstgerechtem Ärger.

»Ich weiß nicht«, sagte er vorsichtig. »Wenn du so weit im Norden bist, siehst du am Himmel die seltsamsten Dinge. Du solltest irgendwann mal hinfahren. Und wir sprechen hier sowieso über die Aldrainer als Geisterkrieger. Also weißt du, vielleicht ist da was dran.«

»Ringil, du glaubst doch nicht im Ernst, dass du einen Haufen schamanistisches Gequatsche neben die gesammelten Schriften der hellsten Köpfe Kiriaths legen und einen gleich hohen Stapel erwarten kannst.«

»Na schön. Also sag mir – wie haben diese hellsten Köpfe von Kiriaths die Aldrainer geschlagen?«

Shalak zuckte mit den Schultern. »Anscheinend mit Maschinen. Wie die Kiriather die meisten Dinge erledigen. Es gibt eine Vielzahl von Hinweisen auf …«

Draußen auf der Straße ertönten Rufe. Etwas prallte hörbar gegen die Mauer. Shalak zuckte zusammen, vielleicht wegen der Erinnerungen, und trat rasch zu einem der trüben Ladenfenster. Einen Moment lang spähte er hinaus, dann entspannte er sich.

»Es ist bloß Darby«, sagte er. »Spielt wohl mal wieder verrückt.«

»Darby?« Ringil erhob sich und ging seinerseits zum Fenster, wobei er den Windspielen auswich. »Wer ist das, ein Nachbar von dir?«

»Zum Glück nicht.« Shalak machte Ringil Platz und nickte zu der Szene hinter der Scheibe hinüber. »Sieh mal!«

Im Licht der frühen Abendsonne hatte sich die Menge geteilt und war zurückgewichen, ein schemenhafter Vorhang, der auf der gepflasterten Straße einen großen Bogen bildete. Inmitten dieser improvisierten Arena stand eine einzelne, isolierte Gestalt. Ihre Kleidung unter dem langen, schmutzig blauen Mantel, der Ringil irgendwie bekannt vorkam, bestand offensichtlich aus Lumpen, und sie schwang einen grob zurechtgeschnitzten Knüppel beidhändig wie eine Axt. Ihr zu Füßen wälzten sich zwei elegant ausstaffierte Gestalten auf den Pflastersteinen, die ihre Hände auf die Stellen drückten, wo die Hiebe sie offenbar getroffen hatten.

»Darby«, wiederholte Shalak, als wäre das eine hinreichende Erklärung.

»Und die anderen?«

Der Ladeninhaber schnitt ein Gesicht. »Keine Ahnung. Ihren Mänteln nach zu urteilen Justizangestellte. Wahrscheinlich kommen sie von den Gerichten am Lindenkreuz. Die Sitzungen dürften jetzt beendet sein. Darby hat für Juristen nicht viel übrig.«

Das war offensichtlich. Darby stand drohend über den beiden Männern, die er gerade niedergestreckt hatte, die Zähne gebleckt, mit wildem Blick. Sein Haar war eine zerzauste, graue, fettige Masse, wohl schon seit einer Ewigkeit nicht mehr gewaschen, und der dazu passende Bart reichte ihm bis auf die Brust. Er sagte etwas zu den Männern, aber durch die Scheibe konnte man nichts verstehen.

Trotz allem hielt er die Waffe völlig ruhig.

In den Strahlen der sinkenden Sonne blitzte eine Epaulette auf, und in Ringils Gehirn, das durch das Krinzanz überempfindlich geworden war, wurde aus dem Gefühl von »irgendwie bekannt« plötzlich ein Wiedererkennen. Er fluchte leise.

Da tauchte die Wache auf.

Sechs Mann stark, drängte sie sich gewaltsam mit den Schultern und gut bemessenen Stößen ihrer Knüppel durch den Vorhang der Zuschauermenge. Darby sah sie kommen. In lockerer Formation traten sie auf den freien Platz, sahen die Keule und erkannten vielleicht den Mantel, wie es Ringil gerade getan hatte. Blicke wurden gewechselt. Die betäubten Männer lagen im hereinflutenden Sonnenlicht immer noch zu Darbys Füßen und waren sich bestenfalls halb bewusst, was gerade vor sich ging. Niemand sprach ein Wort. Die Wachmänner verteilten sich vorsichtig um den Rand des freien Platzes wie Kaffee am Rand einer gekippten Untertasse, umzingelten ihr Opfer, um es einzukesseln und zu überwältigen.

Darby sah es und grinste in seinen Bart.

Ringil war bereits auf dem Weg zur Tür.

Der erste Angreifer ging von hinten auf Darby los, knapp neben dessen linker Schulter. Diese Taktik war allzu offensichtlich und überraschte ihn nicht im Geringsten. Schließlich konnten die Wächter vor ihm schlecht über den noch eben ehrbaren Bürger hinwegkämpfen. Außerdem kündigten die langen Schatten auf den Pflastersteinen den Angriff vorher an. Der Wachmann ließ seinen Knüppel niedersausen, aber Darby war ausgewichen, seitlich nach hinten zurückgetreten, eine merkwürdige, unerwartet elegante Bewegung, fast ein Tänzeln. Als der Wachmann die Arme mit der Keule wieder hochhob, unterlief Darby den Angriff und ließ seinen Knüppel quer in den ungeschützten Bauch und die unteren Rippen des Mannes sausen. Es hörte sich an, als würde eine Axt auf Holz knallen. Der Wachmann stieß einen erstickten Schrei aus.

Die anderen eilten herbei, so schnell sie konnten.

Darby zog den Knüppel zurück wie ein Schwert, aber es war eben doch nur eine grobe und stumpfe Waffe, die noch dazu das

Gewicht des Wachmanns tragen musste. In dem einen Augenblick, den ihn dieser Unterschied kostete, traf ihn eine Keule auf die Schulter. Das war ein Fehler – nicht auf den Kopf zu zielen. Darby knurrte, geriet ins Stolpern, ging jedoch nicht zu Boden. Der Wachmann wollte ihm die Füße unter dem Leib wegziehen. Darby stach mit dem Knüppel nach hinten und erwischte den Mann im Gesicht. Blut spritzte durch die sonnenhelle Luft. Darb jubelte, sprang über die beiden Angestellten und landete katzengleich zwischen den anderen beiden Wachmännern, bevor diese erfassten, was vor sich ging. Der Knüppel wirbelte rasend schnell herum. Die Menge wich unter aufgeregten Rufen zurück, wie auf einem Jahrmarkt. Das Holz erwischte einen der Wachmänner am Kopf, sodass er taumelte, verfehlte jedoch den anderen, oder der Mann war ein geschickterer Kämpfer als seine Gefährten.

So viel erfasste Ringil, als er durch die Tür kam, so viel hatte er mehr oder weniger erwartet – der Mantel an sich war eine Prophezeiung, wie der Kampf enden würde. Aber jetzt mischte sich der noch unverletzte Wachmann ein, der den Knüppel beidhändig wie ein Schwert hielt. Er täuschte ab und blockte und brüllte jene Kameraden an, die noch auf den Beinen standen:

»Hinter ihn! Schlagt ihn zu Boden, verdammt noch mal!«

Er war um eine Generation jünger als Darby und schneller. Er wehrte dessen Knüppel ab, schleuderte ihn beiseite und landete einen Hieb auf dem Ellbogen des älteren Mannes ein. Darby stieß Beschimpfungen aus, gab jedoch keinen *verdammten* Zoll an Boden preis und schlug zurück. Etwas in Ringil jubilierte bei dem Anblick. Der junge Wachmann wich dem Hieb mit einem Sprung aus und warf sich gleich darauf mit erhobenem Knüppel wieder nach vorn. Er drückte Darbys Schlagarm zu ihm hin, nagelte ihn fest und trieb ihn stetig rückwärts. Ein zweiter Wachmann erkannte die Chance, sprang herbei, legte die Keule von hinten um Darbys Hals, drückte ihm die Kehle zu und zerrte sein Opfer zu sich hin. Das alles vollzog sich wenige Meter von den beiden Justizangestellten, die sich endlich hochrappelten und Notiz von ihrer Umgebung nahmen. Darby würgte, schlug um sich und ging schließlich über dem gebeugten Knie seines Angreifers zu Boden. Der junge Wachmann wich Darbys Füßen aus und trat dem Mann fest in die Geschlechtsteile. Darby quiekte und krümmte sich.

Auch die anderen rückten vor. Keulen wurden gehoben und sausten herab.

»Das reicht! Er ist erledigt!«

Aber jetzt waren die Wachmänner in Fahrt. Der Ruf allein würde sie nicht aufhalten, und Ringil, der das deutlich erkannte, lief schon auf sie zu, während die Worte ihm über die Lippen kamen. Mit der linken Hand packte er eine der Keulen, die sich gerade hob, und riss sie zu sich hin. Der überraschte Wachmann verlor den Halt und geriet ins Stolpern. Mit der anderen Hand bekam Ringil den Kragen des Mannes zu fassen und schob ihn grob beiseite. Anschließend machte er dem Spuk mit der erbeuteten Keule ein Ende.

Ein Stoß in einen Bauch, er schlug sich die Knöchel an einer gegnerischen Keule auf, Beine verhakten sich ineinander – *Blocken! Stoßen! Zuschlagen!* Sein letzter Kampf nit dem Stock war schon eine Weile her – irgendein Dorfwettbewerb, zu dem ihn Jhesh vor einigen Jahren überredet hatte, als bei Ringil Ebbe in der Kasse herrschte und das Geschichtenerzählen noch nicht genügend einbrachte –, aber die Bewegungen verlernte man nicht. An der Akademie hatte er ausgiebig mit einer stumpfen majakischen Stablanze geübt, bevor er die richtige benutzen durfte, und dann gab es noch die yheltethischen waffenlosen Techniken, bei denen man einen simplen Bambusstab benutzte … Die Männer von der Wache waren natürlich auch ausgebildet, aber nicht besonders gut, und mit diesem neuen Angriff hatten sie als Letztes gerechnet. Ringil benötigte nur ein paar Sekunden, sie von dem Mann auf dem Boden abzudrängen, und dann bildeten sie wieder einen Kreis wie den, in dem sie sich anfangs Darby genähert hatten. Der einzige Unterschied war, dass diesmal zwei von ihnen dank Darbys früherer Bemühungen außer Gefecht waren, und die anderen vier, die ein paar kleinere Verletzungen abbekommen hatten, nicht wussten, was sie mit diesem Neuankömmling anfangen sollten. Allein der Anblick: ein blauer Umhang, weich wie Moos, der sie bestimmt ein ganzes Jahresgehalt gekostet hätte, ein Schwert auf dem Rücken, eine tödliche Ruhe in den Augen und die gestohlene Keule in der einen Hand, die er ihnen entgegenstreckte wie eine Klinge.

Ringil drehte sich ganz langsam um und nahm jeden Mann über seiner erhobenen Keule aufs Korn – eine Herausforderung, sich erneut auf ihn zu stürzen.

»Ich glaube, ihr habt eure Verhaftung vorgenommen«, sagte er gleichmütig. »Lassen wir es dabei bewenden, ja?«

»Ihr mischt Euch in Angelegenheiten der Wache ein«, tobte der junge, schnelle Wachmann, der Darby im Kampf festgesetzt hatte. »Dieser Mann ist bekanntermaßen ein öffentliches Ärgernis.«

»Mag sein.« Ringil ging seitwärts, den Blick nach wie vor auf den Kreis der Wachmänner gerichtet, und stieß mit seinem Stiefel Darby an, der mit dem Gesicht nach unten dalag. Darby stöhnte. »Aber ich glaube, in seinem jetzigen Zustand kann er nicht mehr sehr viel Unheil anrichten, oder?«

»Er hat andere angegriffen. Und das nicht zum ersten Mal, er hat eine Vorgeschichte.«

»Tja, aber keiner von uns ist Historiker. Wo sind die Verletzten?«

Unglücklicherweise waren die beiden Justizangestellten nicht weggelaufen, sondern versteckten sich nach wie vor in der Menge. Jetzt kamen sie angetrottet, die Kleidung unordentlich, die Gesichter gerötet und mit ein paar Kratzern. Ringil warf ihnen einen Blick zu.

»Ihr seid mit diesem Mann aneinandergeraten?«

»Er hat uns angegriffen«, platzte der elender Aussehende der beiden heraus. »Einfach so. Hat uns in die Menge geschubst, uns grundlos Beleidigungen an den Kopf geworfen.«

»Verlogene Ärsche«, ertönte es in verwaschenem Tonfall – Darby war es gelungen, sich auf einen Arm hochzustemmen. Mit der Bewegung kam ein überwältigender Gestank nach ungewaschener Haut, Pisse und billigem Wein. Der Mann musste schon seit Monaten nicht mehr gebadet haben. »Haben mich ein *Tier* genannt. Ein verdammtes Sumpf-Faultier. Noch gar nicht so lange her, da habe ich dafür gekämpft, dass eure Mamas nicht auf einem großen beschissenen Echsenschwanz aufgespießt wurden. Und was ist der Dank dafür? Ich habe meinen Lebensunterhalt mit ehrlichem Stahl, verdammt, bestritten und nicht damit, einem Mann mit Papier und Tinte Heim und Familie zu rauben.«

»Ich weiß nicht, wovon er spricht«, sagte der andere, der etwas ruhiger war als sein Begleiter. Er hatte, vielleicht mit einem durch seinen Beruf geschärften Blick, Ringils Haltung erfasst. »Aber der Zustand dieses Mannes lässt wohl klar erkennen, wem Ihr hier Glauben schenken könnt.«

»Er trägt den Mantel eines Rangers«, sagte Ringil, während er versuchte, nicht durch die Nase zu atmen. »Was bedeutet, dass er einmal gut genug war, für die Stadt sein Leben hinzugeben. Vielleicht ist was dran an seinen Worten.«

Der Angestellte wurde rot. »Beschuldigt Ihr mich der Lüge, Sir?«

»Wenn Ihr es so auffassen wollt.«

Kurze Stille. Die Menge wartete begierig. Die Angestellten sahen einander unbehaglich an. Keiner der beiden trug über den Zeremoniendolch hinaus eine Waffe, und von dessen Handhabung hatten sie offensichtlich keine Ahnung.

»Also …«, setzte einer von ihnen an. Ringil schüttelte den Kopf.

»Ihr scheint mir nicht sehr verstört zu sein. Keiner von euch beiden. Nichts, was der Besuch eines Bads nicht lindern könnte. An eurer Stelle würde ich es gut sein lassen und mich auf den Heimweg machen. Nehm die Sache als Lektion in anständigem Benehmen!«

Er blickte ihnen so lange in die Augen, bis er sicher war, dass sie auf ihn hören würden. Sie schoben sich durch die versammelten Zuschauer und verschwanden, wobei sie wütend miteinander brummelten und ein paar mal nach hinten sahen. Die Menge verschluckte sie, und Gemurmel setzte ein. Keiner der Zuschauer schien allzu bestürzt über die Entwicklung. Ringil wandte sich wieder der Wache zu.

»Offenbar sind die Opfer nicht geneigt, die Sache weiter zu verfolgen«, sagte er leichthin. »Was meint ihr, sollen wir diesem alten Soldaten ein bisschen Nachsicht erweisen? Ihn mit einer Verwarnung davonkommen lassen?«

Ein Raunen ging durch die Menge, das wie Zustimmung klang.

»Eh, verdammt!«, krächzte Darby und versuchte sich aufzurichten. Er versagte kläglich; er rutschte aus, fiel auf sein Hinterteil und blieb sitzen, wobei er aus einer Platzwunde über dem Auge blutete. Die Zuschauer lachten.

Zorn durchzuckte Ringil. Er unterdrückte ihn.

»Ehrt die Schuld«, murmelte Darby und sah sich blinzelnd unter dem Gelächter um. In der Luft hing sein Gestank, der bei jeder Bewegung heranwaberte. *»Das Leben und die Gliedmaßen, die in Ehren gegeben wurden.«*

Der junge Wachmann schnaubte. »Verdammter alter Soldat, meine Fresse! Er zitiert diesen Mist vom Grel-Denkmal. Jeder Bettler mit der Hälfte seines Verstandes kann das. Und der da ist ein betrunkener, verdammter Perverser, der rausgeschmissen wurde. Ihr könnt jeden fragen! Macht immerzu Ärger. Entblößt sich vor den anständigen Frauen in der Nachbarschaft, missbraucht die Bürgerschaft Tag und Nacht. Und was diesen Mantel angeht, so hat ihn der Mistkerl wahrscheinlich einem Leichnam unten an der Ausladestelle geklaut.«

»Ja.« Einer seiner Mitstreiter lachte höhnisch. »Und seitdem hat er sich nicht mehr gewaschen, wie mir meine Nase sagt. Wirklich ein toller Ranger!«

Ringil nickte zu den beiden Mitgliedern der Wache hin, die

nach wie vor auf dem Pflaster lagen und sich nicht rührten. »Für einen betrunkenen, abartigen Bettler hat er bemerkenswert gut gekämpft, meint ihr nicht?«

»Er hat uns angegriffen«, erwiderte der Jüngere. »Hat Glück gehabt.«

Ringil sah den jungen Wachmann an. »Wenn er eine Klinge gehabt hätte, wärt ihr jetzt alle tot. Ihr seid es, die Glück gehabt habt.«

Der Wachmann wandte den Blick ab.

»Wir tun nur unsere Pflicht«, murmelte er.

Ringil sah das Schlupfloch und nutzte es elegant. »Ja, und ich bin mir sicher, dass man dabei Durst bekommt. Hört zu, ich habe eine Idee. Ich bin ein begüterter Mann, selbst Soldat, und dieses alte Streitross hat mein Mitgefühl erregt. Deswegen sollten ehrbare Männer wie ihr noch lange nicht ihre Pflicht vernachlässigen, den Frieden aufrechtzuerhalten. Angesichts eurer Probleme wäre ich geneigt, euch allen einen Krug oder zwei in der Kneipe zu spendieren, die ich dort gegenüber sehe.«

Die vier Wachmännern wechselten zögernde Blicke. Einer der älteren nickte zu den beiden Kameraden hin, die auf dem Pflaster lagen.

»Was ist mit ihnen?«

»Ja, ich könnte mir vorstellen, dass sie ärztliche Hilfe brauchen.« Ringil nutzte den Stimmungswandel, warf die entwendete Keule auf das Pflaster und griff nach seiner Geldbörse. »Und ich würde mich mehr als glücklich schätzen, die Rechnung ebenfalls zu begleichen. Es ist nur rechtens.«

Und es ist bloß Ishils Geld. Das wiederum bloß Gingrens Geld ist.

Jemand in der Menge applaudierte, und der Applaus breitete sich aus. Ringil lächelte gezwungen, bis es sich echt anfühlte. Er öffnete die Börse und hielt ihnen eine Handvoll Münzen hin.

»Wer hat hier das Sagen?«, fragte er.

10

Poltar, der Schamane, erreichte bei Anbruch der Nacht auf einem unauffälligen Pferd die Tore von Ishlin-ichan. Er trug eine Robe und hatte die Kapuze über den Kopf gezogen. Zwei stämmige Ishlinka-Wächter schlenderten zu ihm hin – durchaus liebenswürdig, obwohl sie die Lanzen auf ihn gerichtet hielten. Ihr Hauptmann trat aus dem Wachhäuschen, in dem ein Kohlebecken einen flackernden Schein sowie Wärme spendete, grinste und pustete sich in die Hände.

»Zwölf«, sagte er gähnend.

»Die Abgabe beträgt sieben«, erwiderte Poltar steif.

»Tja, Nachttarif.« Der Hauptmann stampfte mit den Füßen, hustete und spuckte. »Wird kalt, nachts. Es kostet zwölf. Kommst du nun rein oder nicht?«

Unter normalen Umständen hätte der Schamane auf seinen Status gepocht und freien Einlass verlangt oder zumindest den Preis mit ein paar dunklen Drohungen gedrückt. Doch jetzt akzeptierte er den Wucherpreis und opferte die paar Münzen hin, weil er lieber anonym bleiben wollte. Er hatte in der Stadt etwas zu erledigen, das heiligen Männern normalerweise nicht zustand, und wusste zudem nicht genau, wie angesehen er noch war – selbst so weit von den Zelten Skaranaks –, nachdem die Geschichte seiner Demütigung durch den Drachentöter überall die Runde gemacht hatte.

Er würde sich nicht auslachen lassen, um keinen Preis.

Nachdem er die Abgabe entrichtet hatte, ritt er unter der hölzernen Mauer hindurch, trabte langsam durch die schmalen Straßen des Orts, verfluchte dabei im Stillen unablässig Egar und duckte sich, um den tief hängenden Wäscheleinen auszuweichen, die von Haus zu Haus gespannt waren. Ishlin-ichan konnte man, obwohl der Name ziemlich großspurig ›Stadt der Ishlinak‹ bedeutete, nur mit viel Fantasie diese Bezeichnung zugestehen. Es war weniger eine Stadt als vielmehr ein weitläufiges Winterlager mit Mauern, Umsetzung einer glorreichen Idee, die einem milderen Klima sowie einigen günstigen Verästelungen des Janarat zu verdanken war. Vor etwa einem Jahrhundert hatten ein paar hartgesottene Vorfahren der Ishlinak, ermutigt von diesen Faktoren sowie vom aufblühenden Handel mit dem Süden, ihre Zelte durch weniger mobile Bauwerke ersetzt. Im Lauf der Zeit gaben sie ihr Nomadenleben dann völlig auf. *Warum sich den Lebensunterhalt auf der eisigen Steppe verdienen,* mussten sie sich gedacht haben, *wenn die Beute doch direkt zu einem ans Lagerfeuer kommen und sich zur Schlachtung darbieten könnte?*

Sie sollten recht behalten. Ishlin-ichan war zum Brennpunkt geworden und zog Kaufleute sowohl aus der trelaynischen Liga als auch aus dem Reich an, die Handel treiben wollten und sich freuten, dabei nicht unter Zeltplanen kampieren zu müssen. Eine Entwicklung, die auch die andere Seite des Markts betraf, denn die Hirten der übrigen majakischen Klans brachten ihre Produkte ebenfalls lieber nach Ishlin-ichan über die Steppe, als näher gelegene, jedoch weniger lukrative umherziehende Märkte aufzusuchen. Ebenso rasant war die Entwicklung sekundärer Dienstleistungen, die den Strom der Menschen zunächst mit dem Allernötigsten versorgten; es entstanden Bäckereien, Fleischereien, Hurenhäuser und Kneipen. Darauf folgten Ställe, Pferdehändler und feste Schmieden mit entsprechend großen Öfen, die schließlich hochwertigen Stahl lieferten. Die jungen Männer der Majak kamen nach Ishlin-ichan, um sich auszustaffieren und in den Straßen herumzustolzieren. Rekrutierungsoffiziere aus dem Süden, die früher gezwungen gewesen waren, über die Steppe von einer Nomadengruppe zur nächsten zu reiten und vielversprechende Kämpfer über Mundpropaganda aufzuspüren, fanden es jetzt unendlich einfacher, ein Büro in dem aufstrebenden Ort zu eröffnen und darauf zu warten, dass die Rekruten zu ihnen kämen. Und so wichen die Hütten von Ishlin-ichan Häusern aus Stein und Lehm, die manchmal mehr als ein Stockwerk in die Höhe ragten. Die Straßen wurden nach und nach gepflastert – diese Technik hatten die Ishlinak von arbeitslosen trelaynischen Architekten gelernt, die vor einer weiteren wirtschaftlichen Rezession in der Liga flohen –, und als benachbarte Klans ein ungesundes Interesse an dem rasch angehäuften Wohlstand zeigten, wurde die gesamte Siedlung rasch befestigt. Schließlich trafen Diplomaten aus der Liga und dem Reich ein, die dem Ort ihren Stempel aufdrückten. Sie betrachteten den Aufenthalt in Ishlin-ichan gern als Knochenjob, der für eine Versetzung auf lohnendere Posten anderswo in Kauf zu nehmen war, aber während ihres Aufenthalts unterstützten sie alles, was ihre Unannehmlichkeiten ein wenig erleichtern könnte. Die Kanalisation verbesserte sich, öffentliche Ordnungskräfte wurden institutionalisiert; Fackeln erhellten des Nachts die bedeutenderen Straßen, oft über deren gesamte Länge.

Das Haus, zu dem Poltar wollte, lag an keiner dieser Straßen. Es stand in der Düsternis einer dunklen Seitengasse, die an einem Abschnitt der Stadtmauer entlang verlief. Grund hierfür war weniger ökonomische Notwendigkeit, sondern eher die abgeschiedene Lage. »Bei Madame Ajana« war zwei Stockwerke hoch und lehnte an der Brustwehr wie ermüdet von der Anstrengung, über die Ebene hinwegzuschauen. Höhe und Lage waren bewusst gewählt: Die roten, einladenden Laternen des Hurenhauses sah man draußen in der Steppe schon aus einer Meile Entfernung.

Zur Gasse hin zeigte sich das Bordell nicht weniger offenherzig. Die Fenster waren von innen hell erleuchtet, und die von Ajanas Mädchen, die gerade dienstfrei hatten, wurden dafür bezahlt, ihre Ware der Öffentlichkeit zu präsentieren. Weihrauch und leise pochende Musik drangen auf die Straße und verlockten Nase und Ohren derjenigen, deren Augen nicht bereits von den breitbeinig und mit durchgebogenem Rücken posierenden Mädchen in den Fenstern gefangen genommen waren. Ein luxuriöser Veloursvorhang vor dem Eingang sollte an eine Jurte erinnern, und darüber hing ein hölzernes Schild mit der Aufschrift *Bei Ajana*, ein Name, der auf Majakisch eine rüde und ziemlich offensichtliche Doppelbedeutung hatte.

Poltar stieg von seinem Pferd ab und ließ Münzen – *noch mehr* verdammte Münzen! – in die Hand der reglosen Türhüter gleiten, damit sie es wegführten. Er betrat das schwach erleuchtete Gemach und zog die Kapuze zurück. Einige der Mädchen erkannten ihn, aber keines lächelte ihn so an, wie sie es manchmal bei den anderen Kunden taten. Er nahm ihre scheuen Blicke mit einiger Befriedigung zur Kenntnis; so sollte es sein. Er war kein betrunkener Hirte, dem man den Mund mit einer fetten Titte stopfen konnte und der in den Armen einer Ersatzmutti einen blökenden Orgasmus bekam. Kein hirnloser Kindskopf, der damit zufrieden war, sich in einem Berg aus weiblichem Fleisch zu suhlen.

Er war Poltar Wolfsauge, oberster Schamane der Skaranak. Er war ein Mann der Macht, und er hatte schon vor langer Zeit, während seiner Initiation, das Netz zerrissen, das Frauen um Männer woben.

Ajana trat mit ihrem aufgemalten Lächeln auf ihn zu.

»Schamane, Ihr beehrt uns so bald schon wieder! Wonach steht Euch der Sinn? Möchtet Ihr den oberen Raum?«

Er nickte knapp seine Zustimmung.

»Dann lasse ich ein Mädchen vorbereiten. Kommt doch so lange mit mir! Ein Glas Wein? Ein paar Süßigkeiten?« Sie schnippte mit den Fingern, und ein weibischer Tabletträger eilte herbei. Poltar wandte angewidert das Gesicht ab. Ajana murmelte dem Mann etwas ins Ohr, als er das Tablett abstellte, woraufhin er sich mit einem Nicken zurückzog. Poltar ließ sich auf dem Sofa mit den

Kissen nieder und nahm den Kelch entgegen, den Ajana ihm darbot. Der unbestimmte, rastlose Ärger, der ihn seit seiner Konfrontation mit dem Drachentöter verzehrte, verfestigte sich zu etwas Greifbarerem. Er spürte einen erwartungsvollen Schauer.

»Die neuen Mädchen sind sehr eifrig«, sagte die Madame, die eifrig darauf bedacht war, sich der Stimmung ihres Kunden anzupassen, und ihn dort anpackte, wo es ihm wohltat. »Heiße junge Schlampen aus der Liga, auf der Suche nach einem großen majakischen Schwanz, den sie lutschen können.«

Der Schamane rückte ungeduldig hin und her. »Sorgt nur dafür, dass sie nicht unter Drogen steht wie die letzte. Sie soll spüren, was ich tue.«

»Ja, ja, das *war* ein äußerst beklagenswerter Irrtum.« Ajana hielt ihm eine Platte mit Gewürzkuchen hin. Ihre Stimme war weich und schmeichelnd wie Wein. »Aber es wird nicht wieder vorkommen. Ajana verschafft Euch Euer Vergnügen genau so, wie Ihr es haben wollt. Alle Vorbereitungen dienen einzig und allein dafür, dessen könnt Ihr Euch vollständig gewiss sein.«

Die Vorbereitungen nahmen eine halbe Stunde in Anspruch, und bis dahin war der Schamane leicht angetrunken und durch Ajanas subtile verbale Dienste fast bis zum Platzen angeschwollen. Die Madame führte ihn mit ritueller Langsamkeit drei Treppen hinauf. Auf jedem Absatz hielt sie inne, damit er wieder zu Atem kam und durch halb geschlossene Vorhänge Zeuge von Szenen orgiastischer Ausgelassenheit werden konnte, die seine Erregung weiter steigerten. Schließlich holte Ajana an der Tür zu einem der oberen Räume aus ihrem wallenden Gewand einen Schlüssel, den sie ihm reichte.

»Das Schloss ist geölt und bereit«, sagte sie. »Tretet ein und genießt!«

Sie ließ ihn vor der Tür stehen. Er zögerte kurz, dann steckte er den Schlüssel ins Schloss, drehte ihn und betrat den kleinen, wohlriechenden Raum.

In den Ecken brannten Räucherkerzen, die mehr Rauch als Licht verbreiteten. Die Schatten an den Wänden flackerten wie ungeduldige Beobachter, als die Flammen sich bei seinem Eintritt bewegten. Ein winziges Fenster zeigte schwachen Sternenschein über der Ebene jenseits der Stadt. In der Mitte des Raums war das Mädchen an ein Gestell gefesselt, der wie ein umgekehrtes Y aussah und seinerseits an einem Flaschenzug hing. Ihre Arme waren über ihrem Kopf zusammengebunden, die Beine entlang dem Y gespreizt. Ihre eingeölten Gliedmaßen glänzten, und das üppige schwarze Haar um ihr Gesicht war noch feucht. Sie war nach südlicher Art geschminkt: Die Augen waren dick mit Kajal nachgezogen und die Wangen mit yheltethischen Symbolen bemalt, obwohl sie eindeutig trelaynischer Abstammung war. Darunter war sie sehr jung und, wie er erkannte, verängstigt.

Ein befriedigtes Grunzen entfuhr ihm.

»Du tust gut daran, mich zu fürchten, Hure!«, sagte er heiser und schob die Tür mit dem Rücken zu. »Weil ich dir Schmerzen zufügen werde, wie du es verdienst.«

Auf der Treppe zuckte Ajana zusammen, als die ersten Schreie zu ihr herabdrangen, dann eilte sie weiter dorthin, wo sie sie nicht mehr hören musste.

Als Poltar schließlich gewaltsam in das Mädchen eindrang, keuchte er vor Anstrengung, und seine Handflächen schmerzten von den Schlägen. Er packte die Seile und zog daran, ließ sowohl den Rahmen als auch dessen Fracht so weit herab, dass er die sich rasch rötende Haut verzückt betrachten konnte. Aus den ersten Hilfeschreien des Mädchens war ein verzweifeltes Flehen geworden, als sie begriff, dass niemand kommen und sie vor diesem ehrbaren Kunden beschützen würde – aber sie stieß noch einen kleinen Schrei aus, als er in sie hineinstieß. Er kam fast sofort, der angestaute Druck entlud sich, bevor er auch nur ein Dutzend Mal zugestoßen hatte. Seine Hände, die die Brüste des Mädchens umklammerten, entspannten sich, und er sackte nach vorn. Speichel tröpfelte aus seinem Mund auf ihre Haut.

»Oh, Urann«, keuchte er und wischte sich den Mund ab. »Oh, ihr Götter!«

Der jähe Schmerz war so heftig wie unbegreiflich. Es fühlte sich an, als ob sein Schwanz in der Zwinge eines Schmiedes eingequetscht wäre und jemand weiter an der Schraube drehte. Er jaulte auf und versuchte, sich aus dem Mädchen zu befreien, aber besagter Teil seiner Anatomie wollte nicht mitkommen. Verwirrt sah er an sich herab, und was er in dem ungewissen Licht sah, ließ ihn einen aufkreischen wie eine Frau. Das Geschlecht des Mädchens war verschwunden, das Fleisch zwischen ihren Schenkel ersetzt von einer geballten Faust, deren Finger, wie er deutlich erkannte, seine schrumpfende Männlichkeit zerquetschten.

»Nicht so rasch!«, sagte eine Stimme aus dem Mund des Mädchens.

Er blickte auf. Sie hatte die Augen wieder geöffnet, und unter der mit Kajal und Schminke aufgemalten Maske der Erregung schwelte jetzt echtes Leben. Die überschatteten Augen sahen ihn verführerisch an, und dann hob sich der Hals des Mädchens geschmeidig von dem Rahmen, auf dem sie lag, und neigte sich zu ihm hin. Poltar beugte sich so weit zurück, wie er konnte, aber der Kopf folgte ihm wie der einer Schlange, und die Sehnen streckten sich unter einem leisen Knirschen und Schnalzen. Die Muskeln im Gesicht des Mädchens wanden sich in dem flackernden Kerzenlicht, als hätte das, was in sie gefahren war, seit langer Zeit keine menschliche Hülle mehr getragen.

»Du hast uns gerufen«, sagte die Stimme, die keinem jungen Mädchens gehörte, ironisch. »Weswegen?«

»Äh, ja, Urann?«, brachte der Schamane heraus, der wie ein Mann mit hohem Fieber zitterte.

»Nicht doch.« Das Gesicht kam Zoll um Zoll näher und zeigte Lächeln. »Aber nahe dran. Ich glaube, du kennst mich als Kelgris.«

Trotz allem Entsetzen und Schmerz war Poltar einen Augenblick verwirrt. Kelgris, Herrin des ersten Bluts und des Falken, gehörte zu den weinerlichen Ritualen der Voronak und wurde von jungen Liebenden, Schwangeren und den alten, weisen Kräuterfrauen angerufen. Bei den Skaranak war sie längst durch Kriegsrituale sie längst in Vergessenheit geraten. Ihr Name wurde als Schimpfwort von kleinen Kindern gebraucht und war zur Zielscheibe unanständiger Witze über das Leben nach dem Tod der Majak geworden, aber dahinter …

Das Mädchen zischte ihn an, ganz wie die Schlange, für die sie sich offenbar hielt.

»*Dahinter* liegt eine Intelligenz, o Poltar der zwölf machtvollen Schläge, die zu erreichen deine Art Jahrtausende benötigen wird. Wichtiger ist jedoch, dass du um die Einmischung der Himmelsbewohner gebeten hast. Du hast uns in deinen Gebeten und deinen Träumen angerufen, du hast zu jeder Gelegenheit kleinen Tieren die Kehle für uns durchgeschnitten – und ihr Blut getrunken –, du hast Töpfe voller Weihrauch verbrannt, der, wie du glaubst, unsere Aufmerksamkeit erregt. Du wolltest die Himmelsbewohner bei dir haben, und nun ja, jetzt bekommst du sie, und sie werden nicht die Spielgefährten sein, die du dir erträumt hast, *dessen kannst du dir vollständig gewiss sein.*« Das Ding in dem Mädchen äffte die Worte nach, die Ajana vor einer Stunde gesprochen hatte, mit offensichtlichem Vergnügen. »Ich bringe eine Botschaft von meinem Bruder Hoiran, den du Urann nennst. Sie lautet: *Warte ab und sieh zu!*«

Der Schamane ließ eine Hand auf den brennenden Schmerz zwischen seinen Beinen fallen. »Wird Urann sich am Drachentöter rächen?«, knirschte er. »Wird mir Genugtuung verschafft?«

»Das«, sagte Kelgris' liebliche Stimme, »hängt von deinem Verhalten ab. Wenn du dich so benimmst, wie es einem, äh, Wanderer auf der Himmelsstraße geziemt, könntest du einige Fortschritte erzielen. Wenn du uns missfällst, werde ich aus deiner Seele in der eisigen Hölle jenseits der Welt ein Spielzeug machen. Oder etwas in der Art. Und was *das hier* betrifft.« An der Faust zwischen den Schenkeln des Mädchens löste sich der Zeigefinger, ohne dass sich der schraubstockartige Griff um Poltars Schwanz lockerte. »Das mag zwar meinen Bruder an einem schlechten Tag amüsieren, aber mich tut es das mitnichten. Ein heiliger Mann muss keusch sein, wenn er seine Energie dorthin kanalisieren will, wo sie am dringendsten benötigt wird. Keusch. Kennst du noch die Bedeutung dieses Worts?«

»Ja!«, kreischte er. »Ja, keusch!«

»Du wirst deinen Samen ohne meine Erlaubnis nicht wieder auf diese Weise verschütten. Habe ich mich deutlich ausgedrückt?«

»Ja, ja, ja ...« Jetzt weinte er vor Schmerz. Die Hand ließ so abrupt los, wie sie zugepackt hatte, und der Schamane stolperte, mit den Armen rudernd, rückwärts und brach zusammen.

»Dann sei demütig!«, sagte die Stimme, immer noch lieblich. »Sei demütig und, äh, frohlocke, dass die Götter zu dir zurückgekehrt sind.«

Der Schamane warf sich vor dem Leib an dem Rahmen auf den Bauch. Die Berührung mit dem rauen Fußboden bereitete seinem misshandelten Schwanz heftige Schmerzen, aber er blieb reglos liegen, zitterte, plapperte, betete, bis Stimmen und nachdrückliches Hämmern an der Tür ihn wieder zu sich brachten.

Mit wildem Blick und zitternd sah er auf und entdeckte, dass Kelgris verschwunden war und nichts als Stille zurückgelassen hatte. Im Raum war es dunkel, die Kerzen waren erloschen. Vor dem Fenster zeichnete der Rahmen sich als dürre Silhouette ab, an die der Leib des Mädchens immer noch gefesselt war. Ihr seitlich verdrehter Hals war gebrochen, und in ihren weit aufgerissenen Augen stand eine stumme Anklage.

Um ihren toten Mund spielte immer noch Kelgris' Lächeln.

11

Es dauerte fast eine Stunde, bis alles wieder im Lot war. Wie nach jeder Auseinandersetzung kam es darauf an, die Sache nicht einschlafen zu lassen.

Du musst alles in Schwung halten, hatte ihm Flaradnam damals auf der Trage im Sanitätszelt gesagt. Röchelnd hatte er nach Luft geschnappt, das Gesicht verzerrt vor Schmerz. HInter der Zeltplane rauschte ein Sommerregen, der den Hang draußen in tückischen Schlamm verwandeln würde. *Sie dürfen keine Zeit zum Nachdenken bekommen, keine Zeit zum Nölen und Jammern. Von dir erwarten sie, dass du Befehle erteilst und Zuversicht ausstrahlst, sonst nichts. Du findest diese Zuversicht in dir, Gil. Spiele sie, wenn es sein muss. Aber du musst deine Leute hier rauskriegen. Du musst sie in Bewegung halten.*

Flaradnam hatte den Operationstisch nicht überlebt.

Und drüben auf der Bergflanke drängten sich die erbärmlichen Überreste des Erkundungscorps zum Schutz vor dem Regen zusammen. Rüstungen und ehemals farbenfrohe Uniformen wirkten in der Landschaft wie ein bunter Moderfleck. Umgeben von Zeltplanen, horchte Ringil auf die erstickten Schreie und die Operationsgeräusche hinter ihm, starrte in den prasselnden Regen und hatte keine Ahnung, wie er zustande bringen sollte, was Flaradnam von ihm verlangte. Die kiriathischen Kriegsmaschinen waren verloren, bei der wilden Flucht zurückgelassen. Es gab Hunderte von Verwundeten und Gefallenen, die Echsen rückten vor.

Galgenwasser lag zwei schwere Tagesmärsche südöstlich, und es ging über steiles, exponiertes Gebirgsterrain.

Du musst alles in Schwung halten.

Aha. Also bleibt alles beim Alten, nicht, 'Nam?

Die verwundeten Wächter wieder wachrütteln, die offensichtlich schweren Verletzungen, die Darby ihnen zugefügt hatte, herunterspielen. Kaltes Wasser aus Shalaks Wasserpumpe und ein paar wohldosierte Ohrfeigen. Die ganze Schar – inmitten lauter plötzlich erschienenen Gratulanten, Rückenklopfern und sonstigen Müßiggängern – in die Kneipe verfrachten. Den Wein in Strömen fließen lassen, so reichlich, dass alle hierbleiben. Musik bestellen! Von dem gottverdammten Zeug trinken, das die Kneipe zu bieten hat, und die ganze Zeit über lächeln. Den Huren zusehen, die sich geschmeidig durch die Menge schlängeln, wie Katzen auf der Suche nach einem guten Bissen. Die Rolle des großzügigen Edelmannes spielen, der die Verbindung zum Volk nicht verloren hat, bis sich die Erinnerungen an den Kampf ebenso im Nebel verlieren und in der allgemeinen Fröhlichkeit untergehen wie die Erbitterung darüber.

Verschwinden.

Als die Singerei begann, suchte Ringil unauffällig das Weite. Er trat ins Freie, wo eine sanfte blaue Dämmerung verstohlen vom Fluss heranglitt. Am Himmel stand das Band in all seiner schimmernden Pracht. Die Straße hatte sich jetzt mehr oder weniger geleert, nur eine Handvoll, die nach Hause eilten, sowie die Laternenanzünder mit ihren Leitern störten den Abend noch. Im Vergleich zur lärmenden Hitze der Kneipe war es sehr kühl und ruhig. Ringil ging wieder über die Straße zu Shalaks Laden hinüber, wo er Darby zusammengekauert auf der Türschwelle sitzen sah. Auf dem Weg zu dem Veteranen hob er eine vergessene Keule vom Pflaster auf und wirbelte sie mit geistesabwesender Geschicklichkeit durch die Luft.

»Ein Souvenir?«, fragte er und hielt ihm die Keule hin.

Darby schüttelte den Kopf und klopfte auf den Knüppel, den er zwischen Knie und Schulter hielt wie ein schlafendes Kind. »Ich bleibe bei der alten Lurlin hier. Sie hat mir oft genug geholfen.«

»Verständlich.«

»Ich bin Euer Ehren sehr verpflichtet. Für das Eingreifen, meine ich. Ich glaube, sie hätten mich fertiggemacht.« Er hob eine Hand und berührte das blutige Gesicht mit den blauen Flecken. Als er die Finger zurückzog, klebte Eiter daran. Darby verzog das Gesicht. »Ja. Haben mich voll erwischt, und ich würd sagen, die Rippen sind mal wieder gebrochen.«

»Kannst du laufen?«

»Oh, ja, Darby kann stets weiter, Sir. Gehe Euch gleich aus den Augen. Wollte Euch nur noch danken.«

»Das meinte ich nicht.« Ringil griff nach seiner dezimierten Börse und grub eine Handvoll Münzen heraus. »Hör mal, ich möchte dir …«

Der Veteran schüttelte nachdrücklich den Kopf.

»Nein, Sir. Davon möchte ich nichts hören. Die Freundlichkeit, die Ihr mir erwiesen habt, ist mehr, als die meisten heutzutage wagen würden. Diese affektierten rückgratlosen Jüngelchen und ihre ganzen verdammten sodomitischen Anwälte haben die Stadt fest im Griff. Keinem von denen bedeutet es was, wenn ein Mann einmal für sie gegen die Echsen gekämpft hat.«

»Ich weiß«, sagte Ringil ruhig.

»Ja, Sir, das weiß ich auch, Sir.« Der Ausdruck auf Darbys zerschrammtem Gesicht wurde ein anderer. Ringil brauchte einige Sekunden, um zu erkennen, was er bedeutete – Scheu. »Ich hab Euch bei Rajal gesehen, Sir, keine zwanzig Fuß von Euch entfernt in der Brandung gekämpft, als die Drachen kamen. Diesmal hat es was gedauert, bis ich Euch erkannt habe, mein Gedächtnis ist nicht mehr so gut, wie es mal war, Sir. Aber die Klinge da auf Eurem Rücken, die hätte ich überall erkannt.«

Ringil seufzte. »Kaum zu übersehen, hm?«

»Allerdings, Sir.«

Der Dunkelheit senkte sich herab. Auf der anderen Straßenseite verbrannte sich ein Laternenanzünder die Finger und fluchte in der Stille. Ringil drückte mit der Keule an einem Pflasterstein herum. Jetzt, da er daran gewöhnt war, konnte er den Gestank von Darbys ungewaschenem Leib leichter ignorieren. Im Krieg hatte er oft genug selbst so gerochen.

»Tut mir leid, an dich erinnere ich mich nicht«, sagte er.

»Warum auch, Sir! Dazu gibt's überhaupt keinen Grund. Damals hat's viele von uns gegeben. Ich wär gerne mit Euch in der Galgenschlucht gewesen.«

Jetzt war es an Ringil, das Gesicht zu verziehen. »Sei vorsichtig mit deinen Wünschen! Dort haben wir wesentlich mehr Männer verloren als in Rajal. Wahrscheinlich würdest du dir jetzt die Gänseblümchen von unten ansehen, wenn du da mitgekämpft hättest.«

»Ja, Sir. Aber in der Galgenschlucht haben wir gesiegt.«

Aus der Kneipe drang Gelächter und ein neues Lied. Ein Kriegslied, eines der Klassiker. *Echsenblut wie Waschwasser.* Dem rhythmischen, martialischen Stampfen nach zu urteilen, trampelten sie da drin auf den Tischen herum. Darby erhob sich schwerfällig und zuckte dabei ein wenig zusammen.

»Dann mach ich mal besser die Fliege«, sagte er mit gepresster Stimme. Ein wissendes Nicken in Richtung des Lärms, ein hämisches Grinsen. »Möcht nich gern den Sündenbock spielen, wenn die alte patriotische Leidenschaft nach mehr verlangt, als Huren zu betatschen und zu saufen. Bald werden sie Blut sehen wollen. Von wem, ist denen egal.«

Ringil warf einen Blick auf Shalaks Fenster. Wahrscheinlich sollte er besser hingehen und dem Ladenbesitzer helfen, die Lichter zu löschen.

»Du hast wahrscheinlich recht«, sagte er.

»Wahrscheinlich, Sir.« Darby wölbte die Schultern. »Na ja, dann geh ich mal. War wirklich ein Vergnügen, mit jemandem zu reden, der einen versteht. Nur schade, dass Ihr mich in so einer erbärmlichen Lage vorfindet. War nicht immer so, Sir.«

»Nein, davon gehe ich auch nicht aus.«

»Es sind nur die Erinnerungen, Sir. Dinge, die ich gesehen hab, Dinge, die ich zu tun hatte. Ein Gefühl, als wär'n sie mir ins Gedächtnis eingebrannt, Sir. Manchmal schwer abzuschütteln. Trinken hilft, auch das Flandrijn, wenn ich welches kriegen kann.« Er fummelte verlegen an seinem Knüppel herum und mied Ringils Blick. »Ich bin nicht mehr der, der ich mal war, Sir, das ist die schlichte Wahrheit.«

»Keiner von uns ist mehr der, der er mal war.« Ringil schob seine eigenen trübseligen Gedanken mit einiger Mühe beiseite und suchte nach ein paar freundlichen Worten. Etwas, das Flaradnam gefallen hätte. »Allerdings hast du dich alles in allem tapfer geschlagen, scheint mir. Einer dieser Wächter hat mit Sicherheit gebrochene Rippen, und der andere kann sieht nicht mehr richtig. Ich würde sagen, du hast ihm die Lurlin da verdammt gut über den Schädel gezogen.«

Wieder sah der Veteran auf. »Na ja, tut mir leid, Sir. Sind keine schlechten Männer. Vor Jahren war ein Onkel von mir selbst bei der Wache. Ist 'n raues Geschäft. Aber sie wollten mich fertigmachen, Sir. Das habt Ihr gesehen.«

»Ja, habe ich. Und wie gesagt, du hast dich tapfer geschlagen.«

Diese Worte brachten Darby zum Lächeln. »Ah, aber Ihr hättet mich in Rajal sehen sollen, Sir. Die mussten mich auf diese Trage da *zerren.*«

Ein paar Augenblicke standen sie da. Der kriegerische Gesang ging weiter, zwar gedämpft von den Kneipenmauern, doch lauter werdend. Darby schulterte den Knüppel und schlug sich zum Gruß mit der Hand auf die Brust.

»Gut, Sir, ich geh jetzt.«

Ringil wühlte erneut in seiner Börse. »Warte.«

»Nein, Sir. Ich möchte Eure Freundlichkeit nicht noch mehr ausnutzen.« Er ballte die freie Hand vor der Brust zur Faust. »Auf keinen Fall.«

»Es ist nicht viel. Nur für was Warmes zu essen besorgen oder vielleicht ein heißes Bad. Eine Unterkunft.«

»Sehr freundlich von Euch, Sir. Aber wir beide wissen, dass ich es nicht dafür ausgeben würde.«

»Nun gut.« Ringil machte eine hilflose Geste und holte das Geld dennoch heraus. »Gut, dann gib sie für Wein und Flandrijn aus, verdammt. Wenn du das brauchst.«

Die Faust löste sich. Etwas regte sich im Gesicht des Veteranen, und diesmal konnte Ringil nicht erkennen, was es war. Er hielt ihm die Handvoll Münzen hin.

»Komm schon, ein alter Soldat hilft dem anderen. Ist nur ein Gefallen in schweren Zeiten. Du tätest dasselbe für mich.«

Darby nahm das Geld. Es war eine jähe, zuckende Bewegung. Seine Hand war rau vor verkrustetem Dreck, und ein wenig heiß war sie auch, wie vom Fieber. Als er das Geld in seinen Lumpen verstaute, sah er beiseite.

»Bin Euch sehr verpflichtet, Sir, wie ich bereits gesagt hab.«

Aber sein Tonfall war nicht mehr derselbe, und er mied Ringils Blick. Und als sie sich voneinander verabschiedet hatten und Darby die Straße hinauf davonging, wirkte er zusammengesunken, wie es zuvor nicht der Fall gewesen war. Ringil sah ihm nach und erkannte zu spät die Veränderung, die er im Gesicht des Veteranen gesehen hatte, und die er auf einmal benennen konnte:

Scham.

Scham und etwas wie Enttäuschung. Auf eine gewisse, für Ringil nicht recht fassbare Art und Weise hatte er den Mann doch enttäuscht.

Er stand in der Düsternis und sah Darby kurz hinterher, dann zuckte er gereizt mit den Schultern und wandte sich ab. Schließlich hatte er nicht nur dagestanden und die Wache den Kerl fertigmachen lassen, um Hoirans willen! Er hatte es wenigstens *versucht.* Er klopfte kurz an der Ladentür und horchte, während Shalak hörbar vom Fenster herüberschlurfte und den Riegel zurückzog.

»Alles in Ordnung?«, fragte der Ladeninhaber, nachdem er die Tür wieder geschlossen hatte.

»Ja, sicher. Warum auch nicht?«

Doch während er Shalak half, den Laden zu sichern, fiel sein Blick im Lampenschein auf seine Hand, und er sah, dass Darby einen schmierigen Streifen auf seiner Handfläche zurückgelassen hatte.

Der sich überraschend schwer abwaschen ließ.

Er kehrte später als beabsichtigt in die Niederungen zurück und hatte außer etlichen Schrammen an den Händen und im Gesicht sowie einer größtenteils leeren Börse kaum etwas vorzuweisen, dafür, dass er den ganzen Tag unterwegs gewesen war. Der Fährmann, der ihn flussaufwärts gefahren hatte, war jetzt wortkarg, wofür ihm Ringil überaus dankbar war. Er hockte im Heck des Boots, während der Mann zum Schutz vor der Feuchtigkeit des Flusses sich zusammengekauert an seinen Rudern zusammenkauerte, und brütete über Shalaks vagen Hinweisen und Tipps.

Sie kommen in Geistergestalt zu uns, schlagen schnell wie eine Schlange aus dem unwirklichen Dunst zu, und wenn wir zurückschlagen, kehren sie in den Dunst zurück und lachen, tief und spöttisch, im Wind.

Toll.

Als er die Einfahrt heraufkam, war Haus Eskiath durch Laternen hell erleuchtet, und eine Kutsche stand am Haupteingang, die reglosen Pferde noch angespannt. Der Kutscher teilte sich gerade eine Flasche mit einem anderen Diener. Ringil musterte die beiden, doch ohne die Livree zu erkennen, genauso wenig wie das Wappen auf der Seite der Kutsche. Etwas Farbenfrohes, eine stilisierte Welle auf einem Hintergrund aus Sumpfdotterblumen. Achselzuckend trat er durch die Tür, die ein wenig offen stand, wie es so früh am Abend üblich war. Einer der hauseigenen Diener kam ihm entgegen.

»Wer ist der Besucher?«, fragte Ringil, während er ihm Mütze, Rabenfreund und Mantel aushändigte.

»Der Lordverwalter der Gezeitenwache, Sir.« Der Diener raffte geübt Schwert und Kleidung zusammen. »Er wartet seit zwei Stunden in der Bibliothek, die zum Fluss hinaus geht.«

»Klingt wie eine verdammt entspannte Arbeit an«, bemerkte Ringil mürrisch. »Auf wen wartet er?«

»Auf Euch, Mylord.«

Ringil warf dem Mann einen Seitenblick zu. »Wirklich?«

»Da kommt er, Sir.«

Ringil folgte der Blickrichtung des Dieners. Ein teuer gekleideter junger Mann stürmte aus der Bibliothek auf ihn zu. Er hatte gerade noch Zeit, die rostbraune Tunika, die cremefarbenen Kniehosen, die vom Meersalz gefleckten Stiefel sowie einen Zierdegen zu erfassen, der an einer Hüfte hing. Das zornrote Gesicht mit dem sauber gestutzten Bart kam Ringil irgendwie bekannt vor.

»Eskiath!«, brüllte der junge Mann.

Ringil sah sich ausgiebig in der Eingangshalle um. »Meint Ihr mich?«

Der Lordverwalter der Gezeitenwache blieb vor ihm stehen und ließ die linke Hand vorschnellen. Die Bewegung überrumpelte Ringil, sie war unerwartet. Aber es war keine Waffe, sondern bloß ein Paar Handschuhe. Das raue, genoppte Leder streifte schmerzhaft seine Wange.

»Ich verlange Satisfaktion, Eskiath.«

Ringil versetzte ihm einen Fausthieb. Der Lordverwalter taumelte rückwärts und brach zusammen. Er blutete aus der Nase Er fasste sich an die Oberlippe, musterte verwundert das Blut und legte dann die Hand auf den Degengriff.

»Wenn du diesen Stahl in meinem Haus ziehst«, sagte Ringil grimmig zu ihm, »werde ich ihn dir abnehmen und stoße ihn dir in deine verdammte Kehle!«

Er hatte sich keinen Schritt gerührt, aber der Lordverwalter ließ die Waffe ohnehin los und kam stattdessen schnell wieder auf die Beine. Es war eine geschmeidige Bewegung, athletisch, in der Ringil den geschulten Fechter erkannte. Er machte sich bereit, das Ziehen des Degens nötigenfalls zu verhindern. Aber der jüngere Mann richtete sich lediglich auf und spuckte vor Ringil aus.

»Was ist von einem Degenerierten wie Euch auch anderes erwarten! Prügeleien anstelle eines echten Sinns für Ehre.« Erneut wischte er die blutige Nase, wobei etwas Blut zu Boden tropfte. Er sah darauf hinab, nickte und lächelte schmallippig. »Aber auch so werdet Ihr der Abrechnung nicht entgehen, Eskiath. Ich fordere Euch. Vor Zeugen. Der Brillin-Hügel, übermorgen bei Sonnenaufgang. Ohne Panzer, ohne Schild, leichte Waffen. Wir werden diese Sache mit sauberem Stahl bereinigen, ob es Euch gefällt oder nicht.«

Mittlerweile hatte sich eine kleine Menge in der Halle versammelt. Diener, die in der Nähe ihren Pflichten nachgingen und die von dem Lärm herbeigelockt worden waren, und hinter dem Lordverwalter ein weiterer livrierter Bediensteter, der seinem Herrn jetzt gelassen ein Taschentuch reichte.

»Vermutlich wollt Ihr mir nicht sagen, was das Ganze eigentlich soll?«, fragte Ringil. »Warum Ihr es so eilig habt, Euch umbringen zu lassen, meine ich.«

Der Lordverwalter nahm das Taschentuch und drückte es unter seine verletzte Nase. Der Diener versuchte zu helfen, wurde abgewehrt.

»Degeneriert und auch noch feige! Ihr glaubt wohl, Eure unerträgliche Arroganz könnte mich abschrecken?«

Die förmliche Sprechweise weckte eine unbestimmte Erinnerung bei Ringil aus, die zu den seltsam vertrauten Zügen passte. Er überspielte es mit einer Grimasse und einem gespielten Seufzen.

»Wenn wir uns an die Vorschriften halten, Lordverwalter, dann ist es bei einer Herausforderung Brauch, den Grund Eurer Klage anzuführen. Ich war seit dem Krieg nicht mehr in dieser Stadt, und

Eurem Aussehen nach habt Ihr damals noch in den Windeln gelegen. Da fällt es schwer zu erkennen, wie ich Euch beleidigt haben sollte.«

Der andere grinste höhnisch. »Eure schiere Existenz beleidigt mich, Eskiath. Und die Verderbnis und Schändlichkeit, die Ihr verströmt, indem Ihr trelaynische Luft atmet.«

»Macht Euch nicht so verdammt lächerlich!«

»Wie könnt Ihr es *wagen ...*«

»Unten im Hafenviertel gibt es genügend Strichjungen, an denen Ihr Eure Rechtschaffenheit austoben könnt, wenn Euch danach ist. Sie sind jung, verarmt und verzweifelt, leicht einzuschüchtern und leicht zu verletzen. Genau passend für Euch.«

»Ihr habt Hand an meinen Vater gelegt!«

Ein gequälter Schrei Qual, der vom gewölbten Dach der Halle widerhallte. Danach senkte sich ein Schweigen über sie wie Gänsedaunen aus einem zerrissenen Kissen, die zu Boden schwebten. In der Stille betrachtete Ringil das Gesicht des Lordverwalters erneut, wie zum ersten Mal. Sah die Ähnlichkeit und wusste nun, woher er die gekünstelte Sprechweise kannte.

»Verstehe«, sagte er ganz leise.

»Ich bin Iscon Kaad«, sagte der Lordverwalter der Gezeitenwache bebend. »Die Position meines Vaters im Rat erlaubt ihm nicht, Satisfaktion zu verlangen. Er ist nicht gewillt ...«

»Ja, natürlich, genau.« Ringils Gesicht verzog sich zu einem verächtlichen Grinsen. »Das ist ganz und gar nicht der Stil Eures Vaters – ein echtes Risiko einzugehen. Er versteckt sich lieber hinter den Stadtmauern und den formellen Gewändern und überlässt das Töten anderen. Wie damals in den fünfziger Jahren, als wir anderen in den Sümpfen bis zu den Knien in Echsenblut standen. Damals glänzte dein Vater durch Abwesenheit, genau wie heute. Vielleicht war er gerade dabei, Euch mit irgendeiner Putzfrau zu zeugen.«

Iscon Kaad stieß einen erstickten Laut aus und stürzte sich auf

Ringil. Leider erreichte er ihn nicht, denn der Diener packte ihn und hielt ihn fest. Der Türhüter von Eskiath machte eine Bewegung zu Ringil hin, doch der starrte ihn so böse an, dass er zurückwich. Kaad ergab sich dem Diener, riss sich dann jedoch herrisch los. Der Diener ließ ihn gewähren. In der Zwischenzeit waren der Kutscher und der andere Bedienstete von draußen hereingeeilt, und auch Lady Ishil war erschienen, um nachzusehen, was in ihrer Eingangshalle vor sich ging. Ihre Miene war unergründlich.

Ringil verschränkte die Arme und hob herausfordernd das Kinn.

»Ich soll Euch also töten, Iscon Kaad? Schön, ich akzeptiere. Brillin-Hügel, übermorgen zur Morgendämmerung. Als herausgeforderte Partei ist es wohl eigentlich mein Recht, die Einzelheiten des Duells festzulegen, und nicht das Eure.« Er hob die rechte Hand und musterte seine Fingernägel, eine Geste, die er in seiner Jugendzeit bei Ishil abgekupfert hatte. Seine Mutter auf der anderen Seite der Halle sah es, aber ihr Gesicht blieb unbewegt. »Aber natürlich erwarte ich nicht, dass Ihr so etwas wisst. Jemand von Eurer Herkunft, meine ich. Es wäre zu viel von Euch verlangt, sämtliche Kleinigkeiten im Kopf zu haben, nicht wahr?«

Einen Augenblick lang glaubte er, der jüngere Kaad würde sich erneut auf ihn stürzen, aber entweder war die Wut des Mannes vorübergehend verraucht, oder er konnte sie jetzt besser zügeln, nachdem er von Ringil das Verlangte erhalten hatte. Der Lordverwalter lächelte bloß bemüht, zeigte die Zähne und wartete ab.

Oder vielleicht, Gil, ist Iscon Kaad einfach völlig anders als sein Erzeuger. Je daran gedacht? Da er in Wohlstand und Geborgenheit aufwuchs, als Sohn eines bekannten und einflussreichen Stadtrats, ist er vielleicht nicht mehr so dünnhäutig wie sein Vater gegenüber gesellschaftlichen Beleidigungen und stattdessen geworden, was du einmal warst – ein arrogantes, allzu selbstsicheres, manieriertes junges Bürschchen mit Ritterfantasien.

Nicht nur Fantasien. Hast du gesehen, wie er sich erhoben hat?

Der hier hat die Akademie durchlaufen, oder zumindest etwas Ähnliches.

Na ja, genau wie du, du examinierter Ritter Eskiath. Genau wie du.

Ich frage mich, ob er ihn sich auch von seinem Hüter des Gelöbnisses in den Arsch schieben lassen musste. Eine flüchtige Musterung der schlanken Gestalt des Lordverwalters. *Ich frage mich, ob es ihm gefallen hat.*

Hör auf damit!

Trotzdem. Wäre nicht gut, ihn übermorgen am Brillin-Tag zu unterschätzen.

Wenn es dazu kommt.

»Habt Ihr Eure Fingernägel nun genügend inspiziert, Degenerierter?«

Ringil sah zu Kaad auf und musste ein jähes, ungewolltes Schwindelgefühl verbergen.

»Nun gut«, erwiderte er kalt. »Wie Ihr wollt. Keine Rüstung, keine Schilde, nur leichte Klingen. Mit Sekundanten. Jetzt trollt Euch aus meinem Haus, verdammt noch mal!«

Als Kaad fort war und das Geräusch seiner Kutsche auf der bekiesten Auffahrt verklang, winkte Ringil einen der Bediensteten in seiner Nähe heran, einen klug aussehenden Burschen, der nicht viel älter als zwölf sein konnte.

»Du da, wie heißt du?«

»Deri, Sir.«

»Schön, Deri, du kennst doch die *Eichhörnchenstraße* in Ekelim, ja?«

»Flussaufwärts? Jawohl, Mylord.«

»Gut. Da gibt's einen Laden, der aldrainischen Schrott verkauft, an der Ecke der *Speckstraße.* Da gehst du gleich morgen früh mit einer Nachricht für den Besitzer hin.«

»Jawohl, Mylord. Was für eine Nachricht?«

»Die schreibe ich dir später auf.« Ringil reichte ihm eine Münze vom Grund seiner fast geleerten Börse. »Komm nach dem Abendessen zu mir in die Bibliothek.«

»Gerne, Mylord.«

»Dann ab durch die Mitte!«

»Und«, verkündete Lady Ishil eisig von der anderen Seite der Halle aus, »wenn alle anderen vielleicht die Güte hätten, zu den Aufgaben zurückzukehren, für die sie in diesem Haus in Diensten gehalten werden. Und jemand soll dieses Blut wegwischen.«

Das löste emsige Geschäftigkeit aus. Die Diener zerstreuten sich durch die verschiedenen Türen und das Treppenhaus. Ishil trat gemessenen Schritts durch die sich leerende Halle, bis sie vor ihrem Sohn stand, und beugte sich zu ihm vor.

»Hast du die Absicht«, zischte sie, *»jeden* Mann von Rang und Namen in dieser Stadt zu beleidigen, bevor du fertig bist?«

Wieder musterte Ringil seine Fingernägel. »Sie kommen zu mir, Mutter. Sie kommen zu mir. Sie zu enttäuschen, würde nichts einbringen. Oder wäre es dir lieber, wenn der Name Eskiath in deinem eigenen Haus straflos beleidigt werden dürfte? Ich glaube nicht, dass Vater damit einverstanden wäre.«

»Wenn du nicht als Erster auf Kaad *losgegangen* wärst …«

»Mutter, zu deiner …« Er hielt inne, nahm den Zorn in seiner Stimme etwas zurück und durchbohrte die beiden verbliebenen Bediensteten an der Tür mit seinem Blick. Beiden fiel sogleich ein, dass sie dringend etwas draußen zu erledigen hatten. Als sie weg waren, setzte er erneut an, und zwar etwas ruhiger: »Zu deiner Information: Weder Murmin Kaad noch dein geliebter Gatte wollen mich auch nur in der Nähe Etterkals haben. Ich glaube nicht, dass das viel mit Sherin zu tun hat, aber wir haben mit unseren Nachforschungen eine Sumpfspinne in ihrem Loch aufgeschreckt. Dass Kaad gestern hier aufgekreuzt ist, war nur die Folge davon.«

»Du hättest ihm nicht *das Gesicht verbrühen müssen.* Und, und …« Ishil gestikulierte. »… den Mann halb *blenden.«*

»Er übertreibt.«

»Ach, meinst du wirklich? Gingren hat einen der Ärzte vom Kanzleramt bestochen, die Kaad untersucht haben. Er sagte, dass Kaad auf diesem Auge vielleicht nie mehr richtig sehen können wird.«

»Mutter, das war ein Krug *Tee!*«

»Nun, was es auch war, du hast sowohl mir als auch deinem Vater in eine Verlegenheit gebracht, auf die wir gut und gern hätten verzichten können.«

»Dann hättest du mich nicht zurück in dieses vermaledeite Loch zerren sollen, um deinen Willen an Orten durchzusetzen, die du selbst nicht betreten willst. Du weißt ja, was man über die Geister sagt, die man gerufen hat.«

»Oh, um Hoirans willen, Ringil! Benimm dich deinem Alter entsprechend!«

Wieder hatten beide die Stimme erhoben. Ringil nahm einen neuen Anlauf.

»Hör zu, Mutter. Kaad hasst mich für das, was ich bin. Daran lässt sich nicht das Geringste ändern. Und er ist in das verwickelt, was da in Etterkal vor sich geht. Früher oder später wären wir aneinandergeraten. Und um ehrlich zu sein, wenn das von Angesicht zu Angesicht geschieht und ich nicht warten muss, bis mir jemand einen Dolch in den Rücken stößt, wäre es mir lieber.«

»Wie du meinst. Aber das wird bei der Suche nach Sherin nicht helfen.«

»Hast du vielleicht eine andere Strategie?«

Und darauf hatte Ishil, wie er genau wusste, keine Antwort.

Später in der Bibliothek beschrieb er bei Kerzenschein ein Pergament, faltete es zusammen, versiegelte es und adressierte es an Shalak. Der Junge trat ein und blieb nervös im Schatten außerhalb des Kerzenlichts stehen. Ringil reichte ihm den Brief.

»Vermutlich kannst du nicht lesen, oder?«

Der Junge kicherte. »Nein, das ist was für Bürohengste.«

»Ja, und manchmal auch für Kuriere.« Ringil seufzte. »Also gut. Siehst du das hier? Das heißt Shalak Kalarn. Shalak. Kannst du dir das merken?«

»Natürlich, Mylord. Shalak.«

»Er öffnet nicht früh, aber er wohnt über dem Laden. Hinten herum gibt's eine Treppe, die erreichst du über eine Gasse auf der rechten Seite. Mach dich beim ersten Tageslicht auf den Weg und wecke ihn, falls nötig. Er muss jemanden für mich suchen, und dazu braucht er vielleicht den ganzen Tag.«

»Jawohl, Mylord.«

Ringil fasste den Jungen ins Auge. Er war ein Musterbeispiel unerprobten Eifers, hatte ausgeprägte Züge und noch nicht seine Erwachsenengestalt erreicht. Seinen Armen und Schultern fehlte es an Muskeln, und er wirkte unbeholfen, aber man konnte bereits erkennen, dass er groß werden würde. In einigen Jahren würde er ein echter junger Schlaks sein.

»Wie alt bist du, Deri?«

»Dreizehn, Sir. Vierzehn im nächsten Frühjahr.«

»Ziemlich jung für einen Diener in den Niederungen.«

»Jawohl, Sir. Mein Vater ist Stallwart im Haus Alannor. Ich wurde empfohlen.« Ein Anflug von Stolz. »Jüngstes Faktotum im ganzen Haus Eskiath, Sir.«

Ringil lächelte über die Protzerei. »Nicht ganz.«

»Doch, das bin ich, Mylord. Ich schwöre es.«

Ringils Lächeln schwand. Er mochte es nicht, angelogen zu werden. »Unten in der Küche ist ein Mädchen, das gerade mal halb so alt wie du ist, Deri.«

»Nein, Sir. Kann nicht sein. Ich bin der Jüngste.« Deri grinste, vielleicht immer noch von Stolz beseelt. »Ich kenne sämtliche Küchenmädchen, Sir. Keine von denen da unten ist so jung.«

Abrupt setzte sich Ringil auf und ließ die Faust auf den Tisch niedersausen. Ein dumpfer Schlag, der Tintenfass und Siegelwachs hochschleuderte. Der Junge zuckte zusammen. Schatten, von den Kerzenflammen geworfen, huschten über die Bücherwände.

»Deri, wenn du dabei bleibst, werde ich sauer. Ich habe dieses Mädchen mit eigenen Augen *gesehen.* Gleich heute früh. Sie hat mir unten in der Küche einen Tee serviert. Sie hat sich um die Kochfeuer gekümmert.«

Das Schweigen in der düsteren Bibliothek vertiefte sich. Deri biss sich auf die Unterlippe, sein Blick zuckte hin und her wie ein kleines Tiere in der Falle. Ringil blickte ihn an. Er erkannte die Wahrheit, wenn er sie sah, und plötzlich spürte er wie aus dem Nichts, eine kalte Hand, die über sein Rückgrat seine Schulter hinweg bis in die Haarwurzeln strich. Sein Blick löste sich vom Gesicht des Jungen und er sah hinter ihm vorbei in die dunkle Ecke des Raums, wo die Schatten zu hausen schienen.

»Du kennst dieses Mädchen nicht?«, fragte er ruhig.

Deri ließ den Kopf hängen und murmelte etwas Unhörbares.

»Lauter!« Das Frösteln ließ seine Stimme hart und nervös klingen.

»T... tut mir leid, Mylord. Ich will Euch nicht widersprechen, bestimmt nicht. Ist nur so, dass ich nie ein so junges Mädchen gesehen hab, das hier im Haus arbeitet.« In seiner Hast, stolperte Deri fast seine Worte. »Vielleicht ist es, ich meine, natürlich, Ihr müsst recht haben, Mylord, und ich habe unrecht. Natürlich. Hab sie bloß nie gesehen, das ist alles. Mehr wollte ich nicht sagen.«

»Also ist sie vielleicht nur neu, und du bist ihr noch nicht begegnet.«

Deri schluckte. »Richtig, Mylord. So muss es sein.«

Ringil nickte übertrieben nachdrücklich, als wäre jenseits des Kerzenscheins plötzlich Publikum erschienen.

»Na gut, Deri. Du kannst gehen. Beim ersten Morgenlicht nach Ekelim, nicht vergessen!«

»Ja, Mylord.« Der Junge schoss aus der Tür wie von der Tarantel gestochen.

Ringil wartete noch kurz, dann sah er sich sorgfältig in dem schattigen Raum um und ließ sich wieder in seinen Sessel nieder.

»Ich könnte noch einen Krug Tee brauchen«, sagte er laut in die Stille hinein.

Keine Reaktion. Aber die Erinnerung an das Gespräch mit seiner Mutter in der Küche legte sich über seinen Nacken wie kaltes, feuchtes Leinen.

Nicht vor der Dienerschaft, hm?

Was soll das wieder heißen?

Und das Mädchen, das nicht mehr da war. Das sich erst wieder gezeigt hatte, als Ishil gegangen und er allein gewesen war.

Könntest du dich bitte nicht so an mich heranschleichen!

Stirnrunzelnd wartete er ab und beobachtete die Schatten auf den Buchrücken in den Regalen, die kaum wahrnehmbar zitterten. Endlich überwand er das Kribbeln in seinem Nacken unter Kontrolle, beugte sich vor und blies die Kerze aus. Er saß in einer nach Pergament duftenden Dunkelheit und lauschte auf seinen Atem.

»Ich warte«, sagte er.

Aber das Mädchen, falls es ihn hörte, zeigte sich nicht.

Wie auch sonst nichts zu diesem Zeitpunkt.

12

Faileh Rakans Fund:

Ein wirrer Schopf kastanienbraunes, ergrauendes Haar, das Gesicht mehr von Mühsal zerfurcht als vom Alter, dazu erschrockene Augen. Sie folgten den Soldaten des Ewigen Throns, die um sie herumschlichen oder dastanden und ihre Waffen untersuchten, als ob sie bald Verwendung dafür hätten. Die Hände der Frau waren verschorft und zerkratzt und an mehreren Stellen immer noch blutig, ein derber Kontrast zu dem geschmiedeten Goldring an einem ihrer Finger. Ihre Lippen waren von der Zeit der Entbehrung aufgeplatzt und zitterten jetzt, da sie fast unhörbar Worte murmelte, und sie hatte den rechten Arm schützend um den linken gelegt, als würde sie ein Kind stillen. Ihre Kleidung stank

»Sie ist nicht verletzt«, sagte Rakan barsch. »Es ist etwas wie ein Schock.«

»Was Ihr nicht sagt.«

Sie hatten ihr eine Pferdedecke umgelegt und sie auf eine doppelt gefaltete Zeltplane in eine Ecke gesetzt, die von zwei zerborstenen niedrigen Steinmauern gebildet wurde. Mehr war von dem Vorratslager im Hafen nicht übrig geblieben; Mauern, aufgerissen von Kräften, die während des Angriffs entfesselt worden waren. Die restlichen Balken waren verkohlt, bloß noch schwarze Stümpfe über dem Kopf der Frau – Archeth musste unwillkürlich an einen Galgen denken. Der Gestank nach Verbranntem hing nach wie vor wie ein Geist in der Luft. Sie sah sich reflexartig um.

»Wo ist der Aufseher?«

»Seine Heiligkeit hat sich in das Lager zurückgezogen«, erwiderte Rakan tonlos. Er nickte zu dem Hang mit den leeren Bauten und Schutthaufen hinüber. »Auf dem Hauptmarktplatz, zusammen mit den restlichen Männern. Er ist gegangen, bevor wir sie fanden. Er hat gesagt, es sei wichtig, für uns zu beten. Außerdem wird es natürlich langsam dunkel.«

Das war vorsichtig ausgedrückt, ganz auf yheltethische Weise. Das dunkle Gesicht des Hauptmanns mit dem kurzen Bart blieb ausdruckslos wie gegerbtes Leder. Das einzige äußere Anzeichen für die Verachtung, die in den letzten Silben gelegen hatte, war die Vertiefung der Fältchen um die pechschwarzen Augen.

Archeth begriff, sah Rakan in die Augen, nickte und setzte den Gedankengang fort. »Dann soll er da oben bleiben. Sinnlos, seine Gebete wegen einer solchen Kleinigkeit zu stören, nicht wahr? Ich kann ihr auch hier alle Fragen stellen, auf die wir eine Antwort benötigen.«

»Wir haben sie bereits befragt, Mylady.« Der Hauptmann beugte sich vor, als ob er etwas demonstrieren wollte, und die zerlumpte Frau zuckte zurück. »Wir bekommen nichts Sinnvolles aus ihr heraus. Haben auch versucht, ihr was zu essen zu geben, aber sie nimmt bloß Wasser an. Vermutlich könnten wir …«

»Vielen Dank, Hauptmann. Von jetzt an übernehme ich wohl besser.«

Rakan zuckte mit den Schultern. »Bitte sehr, Mylady! Ich muss einen Vorposten für das Lager aufstellen, falls wir heute Nacht Besuch bekommen. Ich lasse Euch ein paar Männer da. Bringt sie zum Lager hoch, wenn Ihr fertig seid. Wir versuchen noch mal, ihr was zu essen zu geben.« Er nickte an den verbrannten Holzbalken vorbei zum Himmel. »Am besten lasst Ihr Euch nicht zu viel Zeit. Wie der Aufseher sagte, es wird bald dunkel.«

Er verbeugte sich knapp, drehte sich um und winkte drei Soldaten, die bleiben sollten. Der Rest folgte ihm die Straße hinab. Shanta blieb zurück. Er lungerte auf der anderen Seite der eingestürzten Mauer herum wie ein Käufer, der draußen vor einem

Geschäft steht und nicht so recht weiß, ob er eintreten soll. Archeth ging vor der Frau in die Hocke.

»Kann ich dir etwas bringen?«, fragte sie sanft.

Die Frau glotzte sie mit offenem Mund an. Wahrscheinlich war sie von der tiefschwarzen Haut gebannt.

»Kiriath«, murmelte sie. »Seht Euch Eure Mauern an, Kiriath! Seht, was sie getan haben! Geratet Ihr zwischen einen Sumpfhund und sein Fressen, so passt auf, passt bloß auf!«

»Ja.« Archeth hatte keine Ahnung, was ein Sumpfhund war. Der Akzent der Frau stammte nicht von hier, sie hatte so eine bestimmte Art, die Zischlaute auszulassen, was darauf hindeutete, dass Thetannisch nicht ihre Muttersprache war. »Könnt Ihr mir sagen, wie Ihr heißt?«

Die Frau sah beiseite. »Was würde das nutzen?«

»Wie du willst. Ich bin Archeth Indamaninarmal, Sondergesandte seiner herrschaftlichen Lichtgestalt Jhiral Khimran II.« Sie vollführte die Geste der thetischen Reiter zum Sammeln; rechte Hand über den Leib zur Schulter. »Dem Dienst an allen Völkern der Offenbarung verpflichtet.«

»Ich gehöre nicht den Stämmen an«, murmelte die Frau, die nach wie vor den Blick abgewandt hielt. »Mein Name ist Elith. Ich komme aus Ennishmin.«

Oha.

Ehe sie die reflexartige Bewegung unterdrücken konnte, presste Archeth die Lippen aufeinander, als hätte sie Schmerzen. Ihr Blick glitt rasch über die Kleidung der Frau und entdeckte die ausgefransten orangefarbenen Säume an der Brust, wo Elith den Kartagh, das aufgenähte Abzeichen für nicht konvertierte Bürger, abgerissen hatte. Es war kein Geheimnis, weshalb sie das getan hatte – Marodeure und Kriminelle im ganzen Reich nahmen den Nicht-Beitritt zur Offenbarung mehr oder minder als Freibrief für ihre Plünderungen; bei jedem Raubzug – auch bei weniger brutalen Unternehmen – waren die Ungläubigen ein leichtes Ziel. Imperiale Familien spielten dabei gerne mit; Gräueltaten gegen das Eigentum von nicht konvertierten Personen wurden immer viel zu milde bestraft, gelegentlich sogar völlig unter den Tisch gekehrt. Wenn Eisen klirrte und Hufe durch die Straßen donnerten, tat man gut daran, die von Gesetzes wegen geforderte Identifizierung der zweitklassigen Bürgerschaft rasch herunterzureißen, bevor irgendwer mit einer Klinge in der Hand und einem vor Blutlust steifen Schwanz sie entdeckte.

»Wir sind von Süden gekommen«, fuhr Elith fort, als würde sie Archeth für irgendetwas die Schuld geben. »Man befahl uns zu kommen, man sagte uns, hier wären wir sicherer. Der Imperator würde uns die Hand in Freundschaft reichen. Jetzt seht Euch das an!«

Archeth entsann sich der langen, dahinkriechenden Kolonnen aus Ennishmin, der trostlosen Rauchfahnen aus den brennenden Siedlungen, die sie zurückgelassen hatten. Rauchfahnen, an den bleichen Winterhimmel gekritzelt wie eine Anklageschrift. Sie ließ ihr Streitross auf einer versengten Erhebung stehenbleiben und beobachtete die vorüberziehenden, erschöpften Gesichter. Die meisten gingen zu Fuß, auf den seltsamen Karren türmten sich die Besitztümer, darauf kauerten die Kinder. Es sah aus, als würden die Karren wie Flöße von einem trägen Strom mitgeführt. Sie hörte den ausgelassenen Späßen und dem Geplapper einer Gruppe von Reichssoldaten hinter sich zu, die Haufen von Beute durchwühlten, Beute aus Hunderten von Häusern, bevor diese den Flammen übergeben worden waren. Sie spürte die Scham wie eine dumpfe Hitze auf dem Gesicht.

Sie entsann sich der Wut in Ringils Zügen.

»Höre mir zu, Elith«, begann sie erneut. »Wer das auch getan hat, er wird sich der Gerechtigkeit des Imperators stellen müssen. Deswegen bin ich hier.«

Elith lachte kurz verächtlich auf. Archeth nickte.

»Du vertraust uns nicht, dafür habe ich Verständnis. Aber sage mir bitte zumindest, was du gesehen hast. Dabei hast du nichts zu verlieren.«

Jetzt blickte ihr die Frau direkt ins Gesicht.

»Was ich gesehen habe? *Ich sah das Ende der Welt, ich sah Engel, die vom Band herabstiegen, auf dass die Prophezeiungen sich erfüllten und alles menschliche Streben und aller Stolz in Schutt und Asche gelegt würden.* Soll ich das etwa sagen?«

Das waren Worte aus der Offenbarung. *Über die Reue,* fünftes Lied, Verse zehn bis sechzehn ungefähr. Archeth ließ sich müde auf dem Mauerrest nieder.

»Du sollst überhaupt nichts sagen«, erwiderte sie milde. »Die Wahrheit könnte mir von Nutzen sein, wenn dir danach ist, sie zu erzählen. Ansonsten könnten wir einfach eine Weile lang hier sitzen. Dir vielleicht noch etwas Wasser besorgen.«

Elith starrte lange hinab auf ihre Hände, Der Himmel hinter den geschwärzten Balken wurde merklich dunkler. Eine leichte Brise strich durch den Hafen und wühlte das Wasser auf. Rakans Männer tummelten sich auf dem Kai.

Archeth wartete. Irgendwann öffnete Shanta den Mund, aber Archeth brachte ihn mit einem grimmigen Blick und einer knappen Geste zum Schweigen.

Falls die Frau aus Ennishmin etwas davon mitbekam, ließ sie es sich nicht anmerken.

»Wir haben für ihr Kommen gebetet«, sagte sie schließlich. Ihre Stimme war nur ein mühsames Flüstern; alles Gefühl war längst ausgebrannt. »Den ganzen Winter hindurch haben wir geopfert und gebetet, und stattdessen kamen Eure Soldaten. Sie verbrannten unsere Häuser, sie vergewaltigten meine Töchter, und als mein jüngster Sohn versuchte, sie daran zu hindern, stießen sie ihm eine Pike durch den Unterleib und hängten ihn in einer Ecke des Raums daran auf. Damit er zuschauen konnte.«

Archeth stützte die Ellbogen auf die Knie, legte die Handflächen aneinander und ließ das Kinn darauf ruhen.

»Als sie fertig waren, holten sie Erlo herab, weil der Soldat die Pike brauchte, und ließen ihn auf dem Fußboden liegen, wo er verblutete. Sie haben ihn nicht getötet, sie sagten, das wäre herrschaftliche Gnade. Und sie haben gelacht.« Elith sah beim Sprechen nicht von ihren Händen auf. Es war, als wäre sie fasziniert von ihnen, einfach weil sie noch an ihren Armen hingen. »Sie töteten Gishlith, meine Jüngste, weil sie einen von ihnen gebissen hatte, während er an der Reihe war, aber sie ließen die anderen am Leben. Ninea hat später Selbstmord begangen; sie war schwanger. Mirin hat überlebt, sie war immer die Stärkste.«

Ein langer, fast lautloser Seufzer entrang sich Archeths zugeschnürter Kehle. Sie schluckte.

»Hattest du einen Gatten?«

»Er war unterwegs. Kämpfte mit unseren Söhnen gegen das schuppige Volk. Er kehrte später verbrannt und gebrochen vom Drachenfeuer an der Rajalküste zurück. Er sah unsere Söhne sterben, das ist es, was ihn wirklich zerbrochen hat, nicht der Verlust seines Arms und Gesichts, wie es allgemein hieß. Das hätte er überstanden.« Elith hielt inne und warf einen Blick zu Archeth hinauf. »Mirin ist gegangen, sie lebt jetzt in Oronak, sie hat einen Seemann geheiratet. Wir haben nichts mehr von ihr gehört.«

Was nichts Gutes bedeutete, denn eine zuverlässige Post gehörte zu den Errungenschaften des Reichs. Die Kuriere liefen seit der Zeit von Akals Vater wie ein Uhrwerk, und Oronak war nicht so weit die Küste hinab. Archeth war mehrmals dort gewesen, es war ein mieses Kaff. Feuchte, vom Salz abgewetzte Holzgebäude und Brettersteige über grauem Sand, keine gepflasterten Straßen jenseits der Hafenfront. An jeder Ecke eine aufgedonnerte Hure und alle von ihnen hatten viel zu tun, wenn die Kundschaft von den Handelsschiffen hereinströmte, die sich um die Ankerplätze im Hafen schlugen.

»Er ist weggelaufen.« Diesmal wandte Elith den Blick nicht von Archeth ab, und mit einem Mal blitzten ihre Augen. Die schwarze

Frau sollte die Fassungslosigkeit mit ihr teilen, die sie noch nicht verstand. »Sie kamen, schließlich kamen sie, und er ist weggerannt. Mit den anderen in die Berge. Ich stand auf der Straße und schrie sie an. Ich schrie sie an, ich wollte eine Abrechnung, oder den Tod, wenn sie mir den gönnten, aber Werleck lief weg. Er lief weg.«

Archeth runzelte die Stirn. »Eine Abrechnung?«

»Wir *beteten.*« Wie zu einer Idiotin, wie zu jemandem, der überhaupt nicht zugehört hatte. »Das habe ich doch *gesagt.* Den ganzen Winter über beteten wir darum, dass sie kommen sollten. Das schuppige Volk kam von Norden, die Reichstruppen vom Süden und Osten. Wir beteten darum, dass sie eingreifen sollten, und sie *kamen nicht.* Wir opferten ihnen, und sie haben uns unserem Schicksal überlassen. Und *jetzt* kommen sie, *jetzt,* nach zehn Jahren, wo meine Söhne und Töchter tot in der geraubten Scholle von Ennishmin liegen, wo wir über die Länder unserer Eroberer in alle Winde zerstreut sind wie Flachssamen. *Was soll das denn jetzt noch nützen, verdammt?*«

Ihre Stimme brach bei den letzten Worten, als wäre etwas in ihrer Kehle gerissen. Archeth warf einen Blick zu Shanta hinauf. Der Ingenieur zog eine Braue hoch und schwieg. Rakans Männer standen herum und taten so, als hätten sie nichts gehört. Archeth beugte sich vor und hielt ihr die offene Hand hin; es war eine Geste, deren Symbolik ihr selbst nicht völlig klar war.

»Elith, hilf mir, das zu verstehen! Ihr habt für das Erscheinen dieser … Kreaturen … gebetet. Dann, äh … habt ihr sie also herbeigerufen? Zu eurem Schutz?«

»Zehn verfluchte Jahre dahin«, murmelte Elith verzweifelt in sich hinein. »Was soll das denn jetzt noch nützen, verdammt?«

»Ja, vor zehn Jahren, in Ennishmin. Und jetzt sind sie schließlich gekommen. Aber was sind sie, Elith? Wovon sprechen wir hier?«

Die Frau aus Ennishmin sah zu ihr auf, und in ihrem grimmigen, vergrämten, zerstörten Gesicht schien hinter den wässrig schimmernden Augen etwas fast Listiges, fast Bösartiges aufzublitzen.

»Ihr werdet sie nicht aufhalten«, sagte sie.

»Na gut, wir werden sie nicht aufhalten.« Archeth nickte unermüdlich und spielte die Vernünftige. »Ja, ja. Aber sag es mir einfach trotzdem, damit ich es weiß. Wer sind sie? Was habt ihr heraufbeschworen?«

Eliths Mund zuckte, sie zögerte. Sie schien am Ende eines Seils zu zappeln, das Archeth nicht sehen konnte.

Doch dann sprach sie.

»Dwendas«, artikulierte sie sehr deutlich, wie jemand, der einem anderen das Wort beibrachte.

Und lehnte sich zurück und grinste, eine zittrige, verzerrte Grimasse, und Archeth wusste, dass sie in dieser Nacht Krinzanz benötigen würde, um dieses Grinsen wieder aus dem Kopf zu bekommen.

13

Am nächsten Morgen ging er zum Osttor. Wahrscheinlich keine gute Idee, aber gute Ideen hatte er seit seiner Rückkehr sowieso nicht allzu viele gehabt.

Das Tor war eines der ältesten der Stadt, vor zwei Jahrhunderten zusammen mit dem prächtigen Damm erbaut, der dorthin führte, bevor Trelayne sich bis zum Meer ausgebreitet hatte. Damals hatte es als Haupttor für Besucher gedient. Auf eine ungeschliffene, altmodische Art und Weise war es sehr schön; ein beträchtlicher Teil der Einkünfte, welche die Stadt dem rasch aufblühenden Handel verdankte, war einst für die Finanzierung des glitzernden, im Süden gebrochenen Steins sowie für die besten Steinmetze in der Region verwendet worden, die ihn formen und behauen sollten. Zwillingsbögen wölbten sich zwanzig Fuß über den Köpfe derjenigen, die Trelayne durch das Tor betraten oder verließen, und links und rechts gab es lange, gepflasterte Höfe mit krenelierten Mauern, sowie an den einander gegenüberliegenden Ecken Statuen von Sumpfschutzgeistern. Wenn die Sonne daraufschien, glitzerte und blitzte das Mauerwerk, als läge eine Schicht frisch geprägter Goldmünzen darauf. Des Nachts im Bandlicht schimmerte es kühl und silbern, aber der Effekt war derselbe. Das ganze Ding war weit und breit als eines der architektonischen Weltwunder anerkannt.

Schade, dass sie es als Folterkammer nutzen müssen.

Ja, ja. Sie müssen die Besucher beeindrucken.

Dem höhnischen Gedanken lag eine grimmige Wahrheit zugrunde. Niemandem, der Trelayne zum ersten Mal durch das Osttor betrat, würden irgendwelche Zweifel an der Haltung der Stadt gegenüber Gesetzesbrechern bleiben.

Sobald Ringil unter dem inneren Tor hindurchgegangen war, wusste er, dass in letzter Zeit keine Exekutionen stattgefunden hatten – ansonsten wäre hier eine Menschenmenge versammelt. Stattdessen passierten Vieh, Karren und Fußgänger ungehindert den abgetretenen inneren Teil des Hofs. Stände waren entlang der Seitenmauern errichtet, schmutzige Kinder liefen herum und boten aufdringlich aufgeschnittenes Obst oder Süßigkeiten feil. In einer Ecke hatten zwei Sumpfbewohner eine leuchtend gefärbte Decke zum Weissagen ausgelegt, anderswo jonglierte man mit Messern oder improvisierte hiesige Legenden. Über allem lag ein erdrückender Gestank nach Dung und ranzigem Öl.

Könnte schlimmer sein, Gil.

Die zwiebelförmigen Käfige hingen im Sonnenschein von gewaltigen Kränen an den Mauern des Innenhofs herab, fünf pro Seite, und wirkten aus der Entfernung recht zierlich. Schmale Eisenstäbe wölbten sich von der Halterung, liefen an der Basis zusammen, wo sich das Kurbelgehäuse befand und der trostlose Mechanismus des Pfahls in den Korpus des Käfigs aufstieg. Beim Näherkommen erkannte Ringil, dass er sich geirrt hatte: Einer der Käfige barg immer noch die Überreste einer menschlichen Gestalt.

Unvermittelt verschwamm sein Gesichtsfeld, als wären Musselinvorhänge in Brand geraten. Die Vergangenheit blendete ihn wie der jähe Glanz einer Wüstensonne.

Jelim, der schrie und um sich schlug, als sie ihn in seinem Büßergewand in den Käfig trugen. Verurteilte Kriminelle wurden manchmal vor der Exekution unter Drogen gesetzt, aus Gnade oder weil jemand irgendwo genügend Geld in die rechten Hände gelegt hatte. Aber nicht bei diesem Verbrechen. Nicht wenn ein Exempel statuiert werden musste.

Und Gingrens Hand schloss sich fest um Ringils Handgelenk. Dicht umringt waren sie von seinen Bewaffneten in Kettenhemden und Leder, für den Fall, dass jemand in der aufgeregten Menge etwas flüstern gehört hatte und vielleicht eine Beziehung zwischen dem blassen jungen Mann der Eskiath, der dort auf der Aussichtsplattform für den Adel stand, und dem todgeweihten Jungen im Käfig herstellen wollte.

Du wirst dir das ansehen, Bürschchen! Du wirst hier stehen bleiben und dir die Sache bis zum verdammten Ende ansehen, und wenn ich dich persönlich hier festnageln müsste!

Ringil hatte nicht festgenagelt werden müssen. Bestärkt durch Selbstverachtung, ausgestattet mit den Reserven einer sarkastischen Geringschätzung, die er sich während seiner Zeit im Dunstkreis um Milacar angeeignet hatte, war er mit fest zusammengepressten Lippen und erfüllt von einer seltsamen, Übelkeit erregenden Energie zum Tor geschritten, als würde er nicht nur zu Jelims, sondern auch zu seiner eigenen Exekution gehen. Auf irgendeiner tiefen, kalten Ebene hatte er genau gewusst, dass er es aushalten würde.

Er hatte sich geirrt. Absolut.

Solange sie Jelim über dem abgesenkten Stachel festhielten, solange sie ihn nach unten drückten und er auf einmal nicht mehr um sich schlug, sondern die Augen aufriss, so lange hielt Ringil es aus. Aber als der lang gezogene, aus den tiefsten Eingeweiden kommende schrille Schrei aus Jelim herausfuhr, als der Henker unter dem Käfig den Mechanismus hochschraubte und die gezackte Stahlspitze Zoll um zahnbewerten Zoll aufstieg und Jelim zitterte im Griff der Männer, die ihn festhielten, als seine Schreie von unmenschlichen Lauten durchbrochen wurden, als würde er versuchen, dicken Schlamm einzuatmen, als Jelim sich langsam erhob, wie aus einer Art obszöner Achtung vor der Menge heraus, als das Beben ihn immer wieder überlief, als Blut, Scheiße und Pisse aus dem Käfig heraustropften …

Ringil war auf den Brettern der Plattform zu sich gekommen, die Kehle rau vom eigenen Erbrochenen. Einer der Eskiath-Söldner schlug ihm ins Gesicht. Sie hatten ihm Platz gemacht, da der Rest des versammelten Adels wahrscheinlich die schmucken Gewänder nicht durch sein Erbrochenes beschmutzt sehen wollte. Aber niemand sah angeekelt zu ihm herab.

Überhaupt blieb er völlig unbeachtet.

Aller Blicke waren fest auf den Käfig und den Ursprung der Geräusche gerichtet, die dort hervordrangen.

Gingren stand hoch aufgerichtet neben Ringil, die verschränkten Arme an die Brust gedrückt, und hatte das Kinn gereckt, als ob er einen steifen Hals hätte. Er gönnte seinem Sohn auf dem Boden keinen Blick, selbst dann nicht, als Ringil würgte und der Bewaffnete ihm einen behandschuhten Finger in den Hals steckte und ihm den Kopf grob zur Seite drehte, damit er nicht am eigenen Erbrochenen erstickte.

Die Geräusche, die Jelim von sich gab, waren zu ihm durchgedrungen, und er hatte erneut das Bewusstsein verloren.

»He! Was zum Teufel …?« Der Bauer verschluckte den Rest des Fluchs und fügte versöhnlicher hinzu: »Oh, entschuldigt bitte, Euer Ehrwürden. Hab Euch nicht gesehen.«

Bebend kehrte Ringil in die Gegenwart zurück. Er war auf einmal in der Durchfahrt stehen geblieben und hatte den Weg versperrt, außerdem hatte er die Augen unwillkürlich geschlossen, ohne dass es ihm aufgefallen wäre. Er schüttelte den Kopf und trat zur Seite, hinaus aus dem Verkehr und hinein in den Schatten des Käfigs. Der Viehtreiber mit seinem Eselgespann, der ihn mit dem Fluch bedacht hatte, eilte mit gesenktem Blick vorüber. Er wollte keine Schwierigkeiten. Ringil beachtete ihn nicht weiter, sondern zwang sich, nach oben zu sehen.

Der Mann in dem Käfig war noch nicht allzu lange tot. Es gab noch keinerlei äußere Anzeichen der Verwesung, auch hatten ihm die Vögel die Augen noch nicht ausgehackt – das geschah manchmal, noch bevor das letzte Fünkchen Leben aus dem Opfer gewichen war. Der Leichnam hatte etwas unangenehm Lebendiges. Abgesehen vom Kopf, der jetzt haltlos zur Seite hing, stand der Mann immer noch aufrecht da, wie es der stählerne Stachel verlangte, der ihn festhielt. Auf den ersten Blick, und abgesehen von dem verschmutzten, knöchellangen, cremefarbenen Büßergewand, hätte er ein Soldat auf Wache sein können, der den Kopf hin und herdrehte, um seinen Hals zu lockern. Sogar der Stachel, der durch das blutgetränkte Tuch an der rechten Schulter des Mannes hervordrang, hätte gut und gern der Knauf eines umgehängten Breitschwerts sein können.

Widerwillig trat Ringil ein paar Schritte näher heran, um durch die geschwungenen Stäbe das Gesicht in Augenschein nehmen zu können. Die Sonne stand hinter dem Kopf des Exekutierten und umgab ihn mit einem weichen Schimmer. Ringil verzog das Gesicht, als er in die erstarrten Augen sah.

»Verdammt, was gibt's 'n da zu glotzen?«

Starr vor Schreck fuhr er zurück, stolperte. Der Leichnam hob das Gesicht, um Ringils Bewegung zu folgen, und richtete, die Sonne weiterhin hinter seinem Kopf, den toten Blick auf ihn. Die Lippen hatte er von den schwärzlichen Zähnen zurückgezogen. Ringil sah eine eingetrocknete Zunge wie einen Lappen hervorzucken.

»Ja, du da, mein hübscher Junge! Dich meine ich. Bist gestern Abend in der trauten Umgebung deines Heims ganz schön tapfer gewesen, was? Und nun?«

Ringil biss fest die Zähne zusammen und atmete schwer durch die Nase. Es war ihm, als würde er den ersten Hauch der Verwesung riechen.

»Wer bist du?«

Der Leichnam grinste. »Weißt du das nicht?«

Ringils Hand glitt zu seinem Hals und hinauf zum Knauf des Rabenfreunds. Das Grinsen des Leichnams wurde breiter, er zog die Lefzen hoch, bis er absolut unmenschlich wirkte.

»Schon gut, Gil. Das ist ein Krinzanz-Flashback. Das weißt du doch.«

Und dann war es vorbei.

Der Leichnam stand reglos auf dem Stachel, der herabhängende

Kopf war wieder stumm. Herbstliches Sonnenlicht ergoss sich über seine Schulter durch den Käfig und zeichnete die Schatten der Stangen in Ringils Gesicht. Er holte tief und schaudernd Luft und ließ die Schwerthand sinken. Mehrmals blickte er sich um, aber niemand schenkte ihm Beachtung.

Na ja, fast niemand.

»Er war der Gatte meiner Tochter, Mylord.« Eine in ein Tuch gehüllte Frau, eine Sumpfbewohnerin, war neben ihm aufgetaucht – eine der Weissagerinnen aus der Hofecke. Sie brachte einen Geruch von Salz und Feuchtigkeit mit sich, und hielt ihm bereits auffordernd die offene Hand hin. Ringil schätzte sie kaum älter als Ishil, aber das Leben draußen im Sumpf hatte aus ihr ein altes Weib gemacht. Die charakteristischen feinen Gesichtszüge waren nicht völlig verschwunden, aber die Hand, die sie ausstreckte, war bereits zerfurcht und runzlig und ihre Stimme krächzend und heiser. »Wehe über uns! Er hat neun hungrige Mäuler hinterlassen, acht Kleine und meine eigene verwitwete Tochter, keine Hilfe für uns außer …«

»Wie hieß er?«

»Sein Name, ähm, war Ferdin.«

Aus dem Augenwinkel schien es Ringil, als würde der Leichnam heftig und ein wenig müde den gesenkten Kopf schütteln.

»Aber sicher.« Er übersah die ausgestreckte Hand und zeigte zu der Decke hinüber, die neben der Mauer ausgebreitet lag, sowie zu der anderen alten Frau, die darauf saß. »Ich bin neugierig, Madame. Könnt Ihr für mich die Zukunft lesen?«

»Oh, ja, Mylord. Für bloß …« Ihr Blick flackerte umher. »Sieben … Florins werde ich für Euch die weissagenden Knochen werfen.«

»Sieben Florins, hm?« Das grenzte an Wucher.

Die Frau hob einen schmuddeligen, sonnenverbrannten Arm, sodass ihr Tuch zurückfiel, und berührte eine lange Ader in ihrem Handgelenk. »Das Blut, das hier fließt, gehört zu den Sumpfklans in Ushirin, den Kindern von Nimineth und Yolar. Ich bin keine der billigen Sprücheklopferinnen von den Ständen am Strov!«

»Billig bist du bestimmt nicht, nein.«

Diese Bemerkung perlte völlig an ihr ab. Nachdem sie jetzt in Schwung war, ließ sie sich nicht daran hindern, ihre Vorstellung zu geben. Sie löste den anderen Arm aus dem Tuch und kreuzte die Handgelenke vor dem Leib, die Handflächen nach oben. »Ich verfolge meine makellose Ahnenreihe achtundsechzig Generationen zurück bis zu den Menschen, die sich mit den Aldrain paarten. Ich kann in die Zukunft sehen. Die Gestalt der kommenden Ereignisse liegt offen vor mir zutage, sie ist kein größeres Geheimnis als die Gestalt dessen, was bereits vergangen ist.«

»Hm. Dann ist es schade, dass du die Knochen nicht für deinen Schwiegersohn geworfen hast, nicht wahr?« Ringil nickte zu dem Leichnam hinauf. »Er hätte ein wenig Einblick in die Gestalt der kommenden Ereignisse brauchen können, meinst du nicht?«

Das stopfte der Frau den Mund. Sie kniff die Augen zusammen, und er sah den Hass, der allmählich darin aufstieg. Was nicht weiter überraschend war, es erfüllte ihn mit einer gewissen Befriedigung. Mit ihrer Fähigkeit zum Hellsehen mochten die echten Sumpfbewohner ja prahlen und sich groß tun, aber unter dem Mantel aus Prahlerei war ihnen ein dünner Stachel des Stolzes zu eigen, der in den übrigen naomischen Klans ausgestorben war. Sie lebten in mehr als nur dem äußerlichen Sinne vor den Toren der Stadt, was eine ganz eigene Art und Weise der Absonderung zur Folge hatte. Ihrem Verhalten, wenn sie sich den Insignien des Reichtums oder der politischen Macht gegenüber sahen, mangelte es stark an Respekt. Das war eine ihrer Eigenschaften, die Ringil bei alldem, das ansonsten bloß ein ziemlich zwielichtiges und brutales kulturelles Überbleibsel aus Naoms vorstädtischer Vergangenheit gewesen wäre, ziemlich bewundernswert fand. Wie die meisten Kinder hatte er, wenn er an den Folgen einer Tracht Prügel von Gingren oder einem seiner litt, davon geträumt, wegzulaufen und bei den Sumpfbewohnern zu leben. Oft genug hatte er die flackernden Lichter ihrer Lagerstätten draußen auf der Ebene gesehen und das Versprechen von Losgelöstheit und Freiheit unter offenem Himmel gespürt, genau wie alle anderen Kinder.

Schöne Vorstellung. Aber die Wirklichkeit war allzu zermürbend, feucht und stinkend, um sich weiterhin ernsthaft damit zu beschäftigen.

Und es war verdammt kalt im Winter.

Die Wahrsagerin ließ die gekreuzten Handgelenke abrupt sinken. Ihre Arme hingen seitlich herab, das Tuch fiel zurück und bedeckte die Hände. Ihr Blick bohrten sich in seinen. Nur ihre Lippen bewegten sich, als sie leise sagte:

»Ich erzähle dir etwas. Ich erzähle dir, was ich sehe, und das sogar kostenlos. Du weißt viel vom Krieg, du trägst den Stachel seines Geistes tief in dir, genauso wie der da oben den Stahl in sich hat. Ebenso tief ist er in dir vergraben, ebenso hart und unnachgiebig ist er allen weicheren Dingen gegenüber, die du bist, möchtest und besitzt. Und ebenso bitter ist seine Verletzung. Du glaubst, ihn eines Tages loswerden zu können, du trägst ihn, als ob die Wunde sich eines Tages schließen würde. Aber für dich wird es ebenso wenig eine Heilung geben wie für den da.«

»Wow!« Ringil fasste mit der linken Hand nach dem Rabenfreund und trommelte mit den Fingern darauf herum. »Gut geraten. Tut mir leid, Oma. So kommen wir nicht ins Geschäft.«

Die Stimme der alten Frau wurde lauter. »Nimm dich in acht! Ein Kampf steht bevor, eine Schlacht mit Mächten, wie du sie bisher noch nicht gesehen hast. Eine Schlacht, die dich vernichten, die dich in Stücke reißen wird. *Ein dunkler Herr wird sich erheben, und er kommt auf dem Wind der Sümpfe.*«

»Ja. Ich habe vor ein paar Wochen ein Taschenmesser verloren. Vermutlich weißt du nicht, wo es ist?«

Sie zeigte ihm die Zähne.

»Unter den Toten«, sagte sie wild. »Vergessen.«

»Bestimmt.« Er verneigte sich knapp und wollte sich abwenden. »Nun gut, ich muss gehen.«

»Du hast Kinder getötet«, sagte sie hinter ihm. »Glaube nicht, dass diese Wunde je heilen wird.«

Er blieb wie angewurzelt stehen.

Erneut war es, als würde etwas sein Blickfeld wegsengen und die Gegenwart durch etwas anderes ersetzen. Wieder stand er im Innenhof inmitten einer kleinen Menge Gaffer, die Jelim Dasnel beim Sterben zuschauten. Die Aussichtsplattform war abgebaut, der Käfig hochgezogen worden. Der Schmutz auf den Steinen darunter trocknete allmählich.

Tag zwei.

So lange hatte es gedauert, bis er dem Hausarrest entrinnen konnte. Ishils Entscheidung. Als ihn Gingren an jenem ersten Tag der Hinrichtung heimgebracht hatte, bleich und zitternd und vom Erbrochenen beschmutzt, hatte Ishil einen Blick auf ihren Sohn geworfen und war wütend geworden. Sie hatte Ringil mit eisiger Gelassenheit auf sein Zimmer, und sobald er verschwunden war, war sie wie eine Furie über ihren Gatten hergefallen. Das ganze Haus hörte, wie sie ihn anschrie. Es war das einzige Mal, bei dem sie nach Ringils Erinnerung ihrer Wut über Gingren wirklich die Zügel hatte schießen lassen, und obwohl er das Ergebnis nicht zu sehen bekam, war das Fehlen von Malen auf dem Gesicht seiner Mutter am folgenden Tag Anzeichen dafür, dass Gingren in dem Sturm ganz klein geworden war. Als Folge des Unwetters schlichen die Diener mit äußerster Vorsicht umher, und die Befehle waren mehr als eindeutig – Ringil durfte das Haus vor dem Ende der Woche nicht verlassen. Jelim war ein kräftiger Junge gewesen, und es war bekannt, dass Kaads Henker auf Anweisung das Leiden eines gepfählten Kriminellen um gut drei oder vier Tage verlängern konnten, wenn das Opfer stark war.

Ringil floh zur Morgendämmerung aus seinem Schlafzimmerfenster über den fingerbreiten Steinsims zur Ecke des Hauses, dann über die Dächer zu den Ställen. In einen unscheinbaren brauen Mantel gehüllt, dem sein Wert nicht anzusehen war, entkam er durch das Loch im Zaun und lief zum Osttor.

Bei seiner Ankunft dort war Jelim immer noch bei Bewusstsein.

Und die Kinder warfen Steine.

Von so etwas hatte man durchaus gehört, es war nicht einmal ungewöhnlich. Wenn man gut zielen konnte und dazu ein paar entsprechend große Steine hatte, konnte man den verurteilten Mann auf seinem Stachel hin und her ruckeln lassen und ihn zum Schreien bringen. In Abwesenheit der Wache hatten ein paar unternehmungslustige Bengel einen Vorrat an Steinen herangeschafft, die sie für ein paar Münzen pro Stück von einem Tablett verkauften.

Das erste Kind, das Ringel sah, war etwa acht Jahre alt und hatte ein freches Gesicht. Grinsend nahm es seinen Stein, trat vor und winkelte den Arm an. Kameraden ähnlichen Alters johlten Ratschläge. Betäubt und benommen begriff Ringil erst gar nicht, was da geschah, bis das Geschoss losflog und klirrend von einer Käfigstange abprallte.

Jelim stieß einen mädchenhaften, schrillen Laut aus. Ringil glaubte, das Wort *bitte* inmitten der Qual zu vernehmen.

»He, Kinder!«, rief jemand. »Lasst das sein!«

Gelächter ertönte, zum Teil sogar von den Erwachsenen.

»Verpiss dich doch, Opa!«, sagte der Junge mit dem frechen Gesicht und bereitete sich auf einen weiteren Wurf vor. Er holte aus.

Ringil brachte ihn um.

Es geschah so rasch, dass fast niemand, und Ringil ganz zuletzt, begriff, was er da tat. Er packte den gehobenen Arm am Ellbogen, schloss die Hand um den Hals des Jungen und verdrehte ihm den Arm. Der Junge kreischte, jedoch nicht laut genug, um das hohle, fleischige Geräusch zu übertönen, als sein Schultergelenk brach.

Das reichte nicht aus.

Ringil schleuderte den um sich schlagenden Jungen zu Boden und ließ sein Gesicht gegen das Pflaster donnern. Blut auf dem beschmutzten Stein, dazu feuchtes Gewimmer. Er dachte, das Kind wäre noch am Leben, als er den Kopf ein zweites und ein drittes Mal hochzog, dachte, den Jungen noch jammern zu hören, aber beim dritten Aufprall verstummte er unvermittelt. Und beim vierten und fünften Mal war mit Sicherheit alles vorüber.

Er ließ den Kopf weiter aufs Pflaster donnern.

Ein dünnes, hohes Kreischen im Ohr, wie ein Dampfkessel auf dem Herd.

Als sie ihn schließlich wegzerrten, war das Gesicht des Kinds eine konturlose Masse, kaum noch als menschlich zu erkennen. Erst da, erst als sie Ringil von dem Kind wegzerrten und er weiter um sich schlug und sich knurrend auf die anderen Bälger stürzen wollte, die mit offenem Mund dastanden, erst da erkannte er den schrillen Schrei in seinen Ohren als das, was er war – seine eigene Stimme, die klang, als würde man mit Nägeln über die Türen des Wahns kratzen.

Du hast Kinder getötet.

Er riss sich los. *Echsendreck und wilde Vermutungen, Gil, genau wie alles andere. Das mit dem Krieg gehört dazu – jeder körperlich taugliche Mann deines Alters hat daran teilgenommen.* Ein Mann mit einer Klinge auf dem Rücken und der Haltung eines Kriegers, ein Mann, dessen Augen so abwehrend wirkten wie seine. Jede scharfsinnige Wahrsagerin konnte das deuten, genauso, wie er einen Pfad durch den Sumpf erkennen konnte.

Er ging.

Die Frau hinter ihm schien ihn zu verfluchen.

Erst als er fast wieder in den Niederungen war, fiel ihm ein, wann er sein Taschenmesser zuletzt gesehen hatte.

Er hatte es in Galgenwasser in die Tasche seines Lederwamses gesteckt, in der Nacht der Leichenfresser. In dem Lederwams, das er auf dem Weg zum Friedhof getragen und dort im Kampf verloren hatte.

Unter den Toten.

14

Es war die Nacht des Einfettens – die Nacht der Maskierung und Demaskierung, die Nacht, in der Ynprpral umherging und die Kälte so schneidend war wie eine Klinge, die Nacht des Bekenntnisses zum Gang der Jahreszeiten und der unausweichlichen Veränderung. In dieser Nacht erhielt Poltar endlich das lang erwartete Zeichen. Auf eine gewisse Weise war die Symbolik wohl passend; das musste er widerwillig anerkennen.

Hauptsächlich war er jedoch einfach froh, dass das Warten vorüber war.

Nach seiner Begegnung mit Kelgris hatte er wochenlang den Himmel beobachtet und seinen Hass und seine düsteren Racheträume genährt. *Die Himmelsbewohner tun ihren Willen jenen kund, die mit verständigen Augen aufblicken,* hatte sein Vater ihn gelehrt, lange bevor Poltar richtig verstanden hatte, dass auch er eines Tages das Gewand mit dem Wolfsauge tragen würde. *Wo andere Männer nur den Rand der Welt erkennen, musst du lernen, darüber hinaus zu sehen. Du musst zum Himmel aufblicken.*

Nicht lange danach waren den Worten Taten gefolgt – Olgan war ein Schamane alter Schule, und sein Sohn sollte seine Gewänder eines Tages mit derselben inneren Überzeugung tragen. Von seinem Vater lernte Poltar alles über die Jahreszeiten und die Stimmungen der Himmelsstraße, ihre Färbungen und die Funken, die Uranns eisenbeschlagenes Ross manchmal aus ihrer Oberfläche schlug, wenn der Graue Meister persönlich eilig vom Himmelshaus zur Erde oder zurück ritt. Er lernte, weshalb das Band sich in Wolken hüllen und verbergen wollte, warum es sich zu anderen Zeiten klar und deutlich von Horizont zu Horizont schwang, wie ein Versprechen in funkelndem Gold. Er lernte alles über die Launen der Stürme und das Polarlicht, welche Absichten beide hatten und um wen es bei ihrem Erscheinen gewöhnlich ging, er lernte die Bedeutung eines jeden einzelnen Windes über der Steppe und was er jenen sagen konnte, die Ohren hatten zu hören. Er lernte, wo das Himmelseisen zu finden war, er lernte, wann es am wahrscheinlichsten auf die Erde herabfiel und in welcher Jahreszeit man es gefahrlos berühren konnte. Er lernte Namen und Geschichten und Anrufungen, und einmal – da war er immer noch sehr jung gewesen – sah er seinen Vater Takavach, den Vielgesichtigen, aus der Oberfläche eines Kristallspiegels herbeirufen, der in Richtung der Abenddämmerung an dem dunkel werdenden östlichen Himmel zeigte.

Blicke auf zum Himmel.

Jedoch hatte ihm der Himmel wochenlang nichts gezeigt.

Und dann suchte ihn Ergund auf.

»Mein Bruder Ergund?«, fragte Egar stirnrunzelnd. Er ließ sich jedoch nicht so richtig auf die plötzliche Ablenkung ein, wollte es auch gar nicht. »Na ja, Wieso sollte er das tun? Dir Respekt erweisen, meine ich? Du bist kaum sechzehn und noch dazu ein Milchmädchen, um Uranns willen! Du bedeutest ihm nichts.«

»Ihm vielleicht nicht, und auch nicht diesem verkniffenen Drachen, seiner Frau. Darum geht es nicht.« Sula verschränkte ihre Finger, die bis vor einem Augenblick anderswo – *und besser* – beschäftigt gewesen waren. Sie saß breitbeinig auf ihm, knapp oberhalb der Knie, und lehnte sich jetzt zurück. Der Anblick war prachtvoll – sie war nackt bis auf den Armreifen und das Halsband aus Knochen. Beides hatte er ihr vor ein paar Wochen geschenkt. Aber als Krönung des Ganzen hatte sie das Gesicht plötzlich zu einem Schmollmund verzogen. »Ergund weiß verdammt gut, was ich *Euch* bedeute. Verflucht, ich war auf dem beschissenen Weg zu Eurer verdammten Jurte, als ich ihm begegnet bin. Und, wie gesagt, er ist *einfach an mir vorbei,* verdammt, ohne ein beschissenes Wort. Der alte Arsch wollt mir nich' mal 'n beschissenen Blick zuwerfen. Hat so ausgesehen, als wär er völlig angeschissen von etwas, das *ich* ihm angetan hätt.«

Egar seufzte. Sein so plötzlich unversorgter Schwanz erschlaffte und fiel zur Seite über seinen Schenkel. Er griff nach der Reisweinflasche neben seinem Kopf, nippte daran, verzog das Gesicht und schluckte.

»Wahrscheinlich ist er bloß eifersüchtig«, sagte er. »Ich bezweifle, dass er in seinem ganzen verdammten Leben jemals die Hände auf zwei so prächtige Titten wie deine gelegt hat.«

Das schien Wirkung zu zeigen. Grinsend beugte sich Sula wieder vor und drehte den Oberkörper hin und her. Wie die meisten seiner Eroberungen war sie ein gut gebautes Mädchen. Ihre Brüste schwangen schwer in dem warmen, funkelnden Schein, der aus dem eisernen Kohlebecken der Jurte hervordrang. Eine tätowierte Schlange vom Schlüsselbein bis zum Brustansatz schien sich bei der Bewegung zu winden. Sie leckte sich die Lippen.

»Ja, und seine Frau hat so einen verkniffenen Mund, dass er zum Blasen auch nix taugt, was?« Sie kicherte entzückt. »Er hat Glück, wenn sie es ihm dreimal in einem verdammten Jahr macht.«

»Nur an Festtagen«, stimmte Egar zu und umschloss mit seinen schwieligen Händen die besagten Brüste. Mit den Daumen strich er über Brustwarzen, die so dick wie Tauenden waren, und drückte die Handflächen auf das schwere, weiche Fleisch. Winkte ein weiteres Mal mit dem Zaunpfahl. »Und natürlich ist sie eine Frau mit viel Freizeit, weißt du, sodass es ihr wahrscheinlich völlig an Kraft in den Fingern mangelt, anders als bei dir.«

Sula bekam vor lauter Geilheit erneut einen glasigen Blick. Sie schnappte sich seinen Schwanz und machte sich an die Arbeit, rauf und runter. Ahh, die Finger einer Melkerin! Binnen weniger Sekunden stand er ihm wieder. Sula sah es ebenfalls, grinste, beugte sich herab und streifte mit einer Brust sanft über die Spitze seines Schwanzes, dann über sein Gesicht. Er versuchte, die Warze mit dem Mund zu erhaschen, drehte den Kopf, um daran zu saugen, stemmte sich hoch und griff nach ihrer Hüfte. Sie richtete sich jäh auf und schüttelte den Kopf.

»O nein. Alles schön der Reihe nach! Wir werden erst mal 'n bisschen Dampf ablassen. Ich hab keine Lust auf einen Zwei-Minuten-Fick wie von einem betrunkenen Viehtreiber, nur damit Ihr frisch gestärkt zu den Zeremonien absausen könnt! Ihr bleibt schön da liegen, verdammt, und tut, was ich Euch sage, *Klanherr!* Ich ...« – sie sprach im Rhythmus ihrer langsamen, streichelnden Bewegungen – »... werde Euch *melken,* bis nix mehr in Euch drin is. Genau wie eine meiner verdammten Kühe, klar? Das gefällt Euch? *Danach* werden wir sehen, was wir für mich tun können.«

Egar kicherte. »Wenn du mich leiden lässt, du Luder, werde ich es dir heimzahlen, das weißt du! Ich lasse dich jaulen wie eine Steppenfüchsin.«

Sula nahm eine Hand weg und ahmte mit Daumen und Fingern einen Mund nach. »Ja, ja – bla, bla. Ihr verdammten Kerle seid alle gleich! Klanherr oder Viehhirte – wo is denn da der Unterschied, Mann!«

Der Klanherr warf vielsagend einen Blick auf die Insignien in der Jurte, auf die reichen Tapisserien und Teppiche, auf das Kohlebecken in der Ecke.

»Bisschen kalt, um sich in dieser Jahreszeit rauszuschleichen und mit Viehhirten rumzumachen, würde ich sagen. Das ist ein großer Unterschied.«

Ein Schatten ging über Sulas Gesicht, eine leichte, wachsame Anspannung, und ihre Hände ließen etwas in ihrer Tätigkeit nach. Sie kannte ihn noch nicht gut genug, um seine Launen einzuschätzen, um groben Witz von echtem Missfallen zu unterscheiden, ein Grollen von einem Brummeln. Er musste ein Lächeln aufsetzen, ihr die Zunge herausstrecken und den Moment mit Albernheiten überspielen, damit sie sich entspannte.

Letztendlich, musste er sich ins Gedächtnis zurückrufen, *ist die hier, ungeachtet ihrer Titten und den Fingern einer Melkerin, bloß ein weiteres skaranakisches Herdenmädchen mit Mundgeruch, das du hergeholt hast, damit es dir den Schwanz melkt, Klanherr.*

Was ihn unerklärlich traurig machte. Sula war prächtig, fügsam, voller Saft und Kraft in Mund und Händen, unbändig fröhlich und ausgelassen beim Ficken. *Aber hinterher, hinterher …*

Hinterher, wenn sie schweißbedeckt beisammen lagen, würde ihm unausweichlich die Wahrheit dämmern. Dass Sula nicht mal halb so alt war wie er, dass sie nirgendwo gewesen war, nichts gesehen hatte, von nichts außerhalb der weiten Grenzen des Steppenhimmels etwas wusste – und äußerst zufrieden damit war, es dabei zu belassen. Dass sie außer übers Viehtreiben, Ficken oder den üblichen Klanklatsch oder *die endlosen verdammten Streitereien* in ihrer ausgedehnten Familie nicht viel zu erzählen hatte.

Dass sie nicht mal lesen konnte. Und – er hatte das Thema einmal angeschnitten – dass sie nicht scharf darauf war, etwas zu lernen.

Oh, dann hast du vielleicht auf eine gebildete Muschi gehofft? Auf eine yheltethisch erzogene Kurtisane mit einem Astrolabium auf dem Balkon und einem illustrierten Band der Geschichten des Mannes und der Frau *auf dem Nachttisch neben dem Bett?*

Vielleicht hattest du auf Imrana gehofft?

Verflucht.

Ja, verflucht! Du kannst Sula nach Ishlin-ichan bringen, wenn die Zeremonien erledigt sind. Das wird ihr gefallen – in all diese Stoffgeschäfte auf der Rippenschnitzerstraße zu gehen, wenn ihr die Börse des Klanherrn zur Verfügung steht. Du kannst in ihrem freudigen Quieken schwelgen, während sie alles in Sichtweite kauft, und es Glücklichsein nennen.

Und jetzt hatte sie ihn seinem eigenen kurzen Vergnügen zum Greifen nahegebracht – die Hitze des Orgasmus pulsierte und sammelte sich in seinem Geschlecht, die Bewegungen der starken

Finger wurden rascher und härter, er hatte das eigene Knurren und Stöhnen im Ohr, und seine Gedanken verblassten in der Schlacht um Ekstase und Erleichterung.

Nun komm schon, wie schlimm kann's denn sein, Klanherr? Als ihn das Gefühl durchlief, die Säule seines Schwanzes hinaufstürmte und er explodierte, ihr heiß und weiß in die Hände spritzte, da gackerte sie und schmierte es sich mit einer Hand über Kehle, Brüste und Bauch, während die andere nach wie vor an seiner Härte auf und nieder fuhr. *Wie verdammt schlimm kann das Leben sein?*

»Ihr seht unglücklich aus, Ergund.«

»Nun ja …«

Poltar unterdrückte einen Seufzer. Er mochte Ergund nicht besonders, ebenso wenig wie die anderen Brüder des Klanherrn. Aber sie waren einflussreich, und man musste ihnen um den Bart gehen, und das umso mehr, seitdem Egar seine blasphemische Einstellung und seinen mangelndem Respekt vor der Tradition so demonstrativ zur Schau gestellt hatte. Und Ergund zeigte zumindest einen Funken Respekt. Der Schamane legte sein Flensmesser beiseite, gab seinem Gehilfen einen Wink, mit der Arbeit fortzufahren, und wischte sich die Hände an einem Tuch ab. Er deutete auf eine Nische mit Vorhang zu einer Seite der Jurte.

»Dann hier herein. Ich kann ein paar Minuten erübrigen. Aber die Zeremonien stehen unmittelbar bevor, und ich muss mich vorbereiten. Was benötigt Ihr?«

»Ich, äh.« Ergund räusperte sich. »Ich hatte einen Traum. Letzte Nacht.«

Diesmal konnte Poltar den Seufzer nicht ganz unterdrücken. Es kostete ihn sogar größere Mühe, nicht die Augen zu verdrehen. In ein paar Stunden musste er hinaus in den eisigen Nordwind und nur mit Büffelfett eingeschmiert und bekleidet mit seinem Gewand aus Wolfsfell und der Maske des Ynprpral vor dem Gesicht, die schwer war wie eine Axt, herumkaspern. Er würde sich heiser quäken und kreischen müssen, und er würde von kleinen Kindern herumgejagt werden und die zeremonielle Vertreibung aus dem Lager über sich ergehen lassen. Dann würde er mindestens eine Stunde lang in der Kälte hocken, bis das Fest voll im Gange war und alle zu betrunken waren, um zu bemerken, wie er zurückschlich.

Als sein Vater noch lebte, war der Schamane natürlich die ganze Nacht lang draußen in der Steppe geblieben. Aber damals hatte es auch noch Respekt gegeben. Damals waren eben die Kinder, die Ynprpral aus dem Lager gejagt hatten, später mit Essen und Wein sowie Decken für die nächtliche Wache zum Schamanen hinausgegangen. Noch später waren manchmal die jüngeren Krieger gekommen und hatten Olgan Gesellschaft geleistet, ihn scheu um Rat gefragt, wie man sich einen Ruf oder die Aufmerksamkeit dieses oder jenes Mädchens erwarb, wie man klug für ein Pferd oder Schwert bot, wie man knifflige Angelegenheiten der Ehre und Familie und des Rituals löste.

Aber Olgan war längst die Himmelsstraße hinaufgeschritten, und in den gegenwärtigen Zeiten hatte sich der einstmalige Respekt längst verflüchtigt. Wenn Poltar die ganze Nacht über auf Wache blieb, würde er allerhöchstens einen betrunkenen Hirtenjungen zu Gesicht bekommen, der torkelnd zum Pissen herauskam und irgendwelchen betrunkenen Unsinn brabbelte. Alle anderen würden mit Tanzen beschäftigt sein. Seit Egars Rückkehr aus dem Süden waren die alten Sitten und Gebräuche dahin. Es gab jetzt kein Gefühl für Ehre oder Tradition mehr, keinen *Respekt.* Ishlin-ichan lockte, die jungen Männer gingen oft dorthin, und die Mädchen im Lager benahmen sich wie Huren, was sie heutzutage ja auch größtenteils waren. Niemand hatte mehr das Bedürfnis, dem Schamanen zu lauschen, sie holten sich lieber billigen Rat und billige Geschichten aus dem Süden von jenen Skaranak, die dort gewesen und zurückgekehrt waren, als ob es eine verdammte

Errungenschaft war, mit dem Pferd über den Horizont und wieder zurück zu reiten.

Und dieser Trübsal blasende Idiot wollte über seine Träume sprechen.

Sie ließen sich beide in der Nische nieder, Poltar zog den Vorhang zu und zeigte sich betont geduldig, obwohl er ganz anders empfand.

»Träume sind der Pfad zu den Höhen, die wir von Weitem sehen mögen«, intonierte er müde. »Aber die Aussicht kann trügen. Ein Felsen sieht vielleicht wie Pferd und Reiter aus, ein Fluss wie Glasperlen. Erzählt mir, was Ihr gesehen habt!«

»Es war außerhalb des Lagers. Nachts.« Ergund war eindeutig unwohl. Wie Poltar wusste, war er ein stumpfsinniger, pragmatischer Mann, der sein ganzes Leben lang Viehhirte und sehr zufrieden damit gewesen war, und der auch weiterhin Viehhirte bleiben wollte. »Ich glaube, ich bin rausgegangen, weißt du, zum Pissen. Aber das Wetter war warm, wie im Frühling, vielleicht sogar im Sommer. Ich war barfuß, und ich ging weiter, ging weiter ins Gras auf der Suche nach einer guten Stelle.«

»Einer guten Stelle zum Pissen?«

»Na ja, so hat es sich angefühlt, ja. Dann drehte ich mich um, und die Lagerfeuer waren weg, es war nicht mal ein Schein am Himmel, wo sie gewesen waren. Es war bewölkt, also gab es kein Bandlicht oder zumindest nicht viel. Dann fegt da dieser kalte Wind, ich habe ihn die ganze Zeit über im Ohr. Und da ist was im Gras, und es beobachtet mich.«

»Beobachtet Euch?«

»Ja, ich spürte seine Augen auf mir. Zunächst war ich nicht besorgt, ich hatte ja mein Messer dabei. Und ich hatte das Gefühl, dass dieses Ding ein Wolf war, und im Allgemeinen lassen sie einen in Ruhe, außer in einem harten Winter.« Ergund starrte zu Boden und hielt die Hände vor sich, als ob er seine Gedanken mit ihnen fassen wollte. »Aber dann sehe ich es. Ich sehe die Augen im Dunkeln, und genau wie ich mir gedacht hatte, waren es Wolfsaugen, aber sie sind, na ja, viel höher als das Gras. Ich glaube, vier oder fünf Fuß über dem verdammten Boden.«

Er zitterte leicht. Versuchte es mit einem wenig überzeugenden dünnen Lächeln.

»Das musste der größte verdammte Wolf gewesen sein, den man je gesehen hat, stimmt's?«

Poltar stieß einen unverbindlichen Laut aus. Er hatte schon von Sichtungen aller möglichen Ungeheuer draußen in der Steppe gehört, angefangen von den langen Kampfläufern bis hin zu pferdegroßen Spinnen. Ein gigantischer Wolf war nicht sonderlich originell.

»Ich bin also beunruhigt. Ich ziehe mein Messer, ich stehe dort, und dann kommt dieses verdammte Ding einfach aus dem Dunkeln auf mich zugelaufen.«

»Und war es ein Wolf?«

»Ja. Nein. Ich meine …« In Ergunds Miene drückte immer noch Unbehagen aus. »… es sah wie ein Wolf aus, eine Wölfin, glaube ich. Aber sie *ging auf den Hinterläufen, Mann!* Wie einer dieser dressierten Bettlerhunde, die man in Ishlin-ichan zu sehen bekommt. Aber … groß. Groß wie ein Mann.«

»Hat sie dich angegriffen?«

Der Viehhirte schüttelte den Kopf. »Nein. Sie hat mit mir *gesprochen,* verdammt! Ich meine, ihre Schnauze hat sich nicht bewegt oder so, aber ich hörte diese Stimme in meinem Kopf, wie ein leises Knurren. Sie stand einfach da, hoch aufgerichtet auf den Hinterläufen, die Pfoten mir entgegengestreckt, als ob ich sie nehmen sollte, und sie sah mir die ganze Zeit in die Augen. So nah, dass ich ihr Fell riechen konnte. So nah, dass sie mir das verdammte Gesicht hätte ablecken können, wenn sie gewollt hätte.«

»Also hat sie gesprochen. Was hat sie Euch gesagt?«

»Sie hat mich geheißen, zu dir zu gehen. Mir gesagt, dass du auf eine Botschaft wartest.«

Jetzt spürte Poltar selbst einen leisen Schauder.

»Sie hat meinen Namen genannt?«

»Ja. Sie hat gesagt, sie würde dich kennen. Und dass du auf eine Botschaft wartest, eine zweite Botschaft, hat sie gesagt.«

Kelgris' Worte in dem schattigen Raum oben, aus der Kehle des toten Mädchens. *Ich bringe eine Botschaft von meinem Bruder Hoiran, derjenige, den du Urann nennst. Die Botschaft lautet: Warte ab und sieh zu!* Poltar entsann sich der Trägheit in jener Stimme, des sengenden Schmerzes, als sein Schwanz aufriss und blutete, der absoluten Hilflosigkeit. Bei der Erinnerung regte sich unerklärlicherweise etwas in seinen Lenden.

Er befeuchtete sich die Lippen.

»Richtet mir also die Botschaft aus!«

Ergund sah wieder auf seine Hände hinab. »Sie sagte …«

Seine Stimme erstarb nach den ersten Worten, der Atem entfuhr ihm zischend, ungenutzt. Der Schamane spürte ein leises Pochen in der Brust. Er hielt sich zurück und wartete.

Schließlich sah Ergund auf, und jetzt war da etwas fast Flehendes in seinem Gesicht.

»Sie hat gesagt, die Zeit meines Bruders als Klanherr sei vorüber«, murmelte er.

Die Stille schwebte wie feinstes Musselintuch herab und hüllte alles in der Nische und, wie es schien, auch jenseits davon ein. Poltar spürte sie in seinen Adern ticken, sich auf seine Ohren legen und alles Gewöhnliche vertreiben.

Stocksteif saß er da.

Ergund öffnete den Mund. Der Schamane bedeutete ihm zu schweigen, stand rasch auf und kehrte in den Hauptraum der Jurte zurück. Der Gehilfe sah vom Flensen auf, sah Poltars Gesichtsausdruck und legte sogleich seine Werkzeuge nieder.

»Herr?«

»Das Messer sieht so aus, als müsste es mal wieder geschärft werden. Warum bringst du es nicht zu Namdral hinüber und sorgst dafür, dass es wieder richtig scharf wird? Oder, besser noch, sorge dafür, dass er ein paar frische Klingen rausrückt und sie für uns schärft. Richte ihm aus, ich würde die Angelegenheit nach den Zeremonien begleichen.«

Der Gehilfe runzelte die Stirn. Die Flensausrüstung war völlig in Ordnung, und das wussten sie beide. Und neue Messer waren nicht billig. Aber er debattierte lieber nicht mit Poltar und erwartete auch keine Erklärungen. Er neigte den Kopf.

»Wie mein Herr wünscht.«

Poltar wartete, bis er gegangen war, und sah vom Eingang der Jurte aus dem Mann hinterher, der durch das vom Feuerschein erhellte, geschäftige Lager eilte, dann zog er das Zelt fest zu und kehrte zu Ergund zurück. Der Bruder des Klanherrn war inzwischen aufgestanden.

»Wohin geht Ihr?«

»Also, es ist … ich hätte nicht herkommen sollen. Grela hat mich dazu überredet, sie hat gesagt, du wüsstest, was zu tun wäre.«

»Ja. Sie hat recht. Ich weiß es.«

»Und?« Ergund verzog das Gesicht. »Ich meine, es war bloß ein Traum, nicht wahr?«

»Wirklich?«

»Es *fühlte sich an* wie ein Traum.«

Der Schamane trat näher zu ihm. »Aber?«

»Aber ich …« Ergund schüttelte den Kopf wie ein Büffel, den ein unfähiger Schlachter nur halb betäubt hatte. »Beim Aufwachen hatte ich Gras unter den Fußsohlen. Immer noch feucht. Als wäre ich wirklich draußen gewesen.«

»Ihr *seid* wirklich da draußen gewesen, Ergund.«

»In dieser Kälte?« Der Viehhirte schnaubte, als sich der gesunde Menschenverstand seinen Weg durch die geheimen Ängste bahnte. »Mit bloßen Füßen? Nun komm schon, da hätte ich inzwischen verdammte Frostbeulen. Meine Zehen wären schwarz geworden.«

Poltar schob ihn zurück zu seinem Stuhl und baute sich vor ihm auf. Sprach leise und hypnotisierend auf ihn ein.

»Die Traumwelt ist nicht diese Welt, Ergund. Sie spiegelt diesen Ort wieder, doch sie ist anders, ein anderer Aspekt unserer Welt. Sie hat ihre eigenen Jahreszeiten, ihre eigenen Naturgesetze. Ihr *seid* dort draußen gewandelt, das Gras an Euren Füßen beweist es. Es ist ein Hinweis, die Sache ernst zu nehmen. Eure Frau hat recht gehabt, Euch zu mir zu schicken. Dies ist ein Pfad, den wir gemeinsam beschreiten müssen.«

»Aber, ich meine, diese aufrecht stehende Wölfin. Sie war vielleicht eine Dämonin, ausgeschickt, mich zu täuschen. Ausgeschickt, Zwietracht in diesem Klan zu säen.«

Poltar nickte, als würde er diese Überlegung in Betracht ziehen.

»Ein gutes Argument! Aber Dämonen besitzen nicht die Macht, sich dem ausdrücklichen Willen der Himmelsbewohner entgegenzustellen. Wenn es eine Dämonin gewesen wäre, die Euch dort hinausgezogen und mit Euch gesprochen hat, dann hätte sie es mit dem Segen der himmlischen Wohnstatt getan.«

Ihm fiel etwas ein, das sein Vater einmal gesagt hatte, in einem achtlosen Augenblick, als sie in einer Frühlingsnacht gemeinsam draußen auf Wache gehalten hatten. Im Winter zuvor war Poltars Mutter an einem fiebrigen Husten verstorben, und Olgan hatte sich nach ihrem Hinscheiden auf eine Weise verändert, die der junge Poltar immer noch zu ergründen suchte.

Gewöhnliche Männer unterscheiden zwischen Göttern und Dämonen, Poltar, aber das geschieht aus Unwissenheit. Wenn die Mächte nach unserem Willen tun, verehren wir sie als Götter; wenn sie unsere Pläne vereiteln und uns enttäuschen, hassen und fürchten wir sie als Dämonen. Es sind dieselben Wesen, diese unredlichen unmenschlichen Dinger. Der Pfad des Schamanen ist die Verhandlung, mehr nicht. Wir pflegen die Beziehung zu den Mächten, damit sie uns mehr Segen als Unheil bringen. Mehr können wir nicht tun.

Und rasch, mit einem schuldbewussten Blick, hatte er hinzugefügt: *Sprich niemals darüber, mit niemandem! Die Männer sind nicht bereit, diese Wahrheit zu hören – allerdings glaube ich manchmal, dass es bei den Frauen anders ist. Manchmal glaube ich …*

Aber wiederum war er in brütendes Schweigen verfallen, hatte ins Feuer gestarrt und auf den Wind gelauscht, der unablässig über die Steppe wehte. Und diese Sache nie wieder erwähnt.

»Meinst du wirklich«, fragte Ergund unsicher, »dass die himmlische Wohnstatt sich gegen meinen Bruder verschworen hat?«

Poltar nahm sich vorsichtig Platz. Beugte sich vor. Sprach leise. »Was meinst *du,* Ergund? Was sagt dir dein Gewissen?«

»Ich … Grela sagt …« Ergund starrte auf seine Hände hinab, und sein Gesicht verhärtete sich jäh. »Verdammt und verflucht, er *verhält* sich nicht mehr wie ein Klanherr. Weißt du, als ich herkam, bin ich wieder dieser kleinen Schlampe Sula auf dem Weg zu seiner Jurte begegnet. Ich meine, wie alt ist sie, fünfzehn? Was macht er mit so einem Mädchen?«

»Für die Antwort braucht Ihr nun wirklich keinen Schamanen«, bemerkte Poltar trocken.

Ergund hörte ihn scheinbar nicht. »Ist nicht mal eine Sache von Dauer. Das wird genauso enden wie mit dieser halb-voronakischen Hure, die sich ihm letztes Jahr an den Hals geworfen hatte. Vor ein paar Monaten ist sie ihm langweilig geworden, und er hat sie fallenlassen. Wenn es ein Kind gibt, nutzt er seine Privilegien als Herr und sorgt aus den Klanherden für den Unterhalt. Und dann macht er mit der nächsten vollbusigen Schlampe weiter, die ihn an einer Festtafel mit großen Augen anschmachtet.«

Er unterbrach sich und fing sich wieder. Stand auf und versuchte, in der Nische auf und ab zu gehen. Warf resigniert die Hände hoch.

»Also, wenn Egar auf diese Weise seine Zeit vergeuden will, werde ich ihm keine Steine in den Weg legen. Ein Mann schlägt seine Jurte auf, wo er will, und muss dann darin liegen. Ich bin keiner von den verdammten Priestern aus dem Süden, die mit Argusaugen über jeden noch so langweiligen Augenblick im Leben eines Mannes wachen. Aber hier geht es nicht bloß um Egar und seinen Lebenswandel. Ich meine, es ist die verdammte Nacht des Einfettens, um Uranns willen, das ist ein feierlicher Brauch! Er sollte da draußen bei seinem Volk sein, sollte sich zeigen, ein Beispiel geben. Sollte den Kindern zeigen, wie sie ihre Gesichter in der Kälte behandeln sollen. Die Masken inspizieren. Nicht …«

»Sich privat zwischen den Beinen einfetten lassen?«

Das entrang Ergund schwaches Gelächter. »Genau. Er fasst die Nacht des Einfettens falsch auf, nicht wahr?«

»Er vernachlässigt seine Pflichten, ja«, sagte Poltar jetzt etwas ernsthafter. »Nicht alle Männer sind zum Führen geboren, das ist keine Schande. Aber diejenigen, die es nicht sind, müssen das akzeptieren und denen weichen, die Verantwortung besser tragen können.«

Ergund warf einen raschen Blick auf das Gesicht des Schamanen, dann sah er wieder beiseite.

»Ich will sie nicht«, sagte er rasch. »Ich bin kein … dies ist kein …«

»Ich weiß, ich weiß«, beschwichtigte Poltar ihn. »Ihr habt Euch stets damit zufriedengegeben, Euch um Eure Herden und um Eure Familie zu kümmern, Ergund.« *Und dich von diesem keifenden, bösartigen Weibsstück, deiner Frau, herumscheuchen zu lassen.* »Eure Stimme im Rat nur dann zu erheben, wenn es nötig ist, und Euch ansonsten aus solchen Angelegenheiten herauszuhalten. Ihr seid ein Mann, der um seine Stärken weiß, der die Wege kennt, welche die Mächte ihm vorgegeben haben. Aber seht Ihr denn nicht? Das macht Euch zur perfekten Übergangslösung für jene Mächte.«

Ein harter Blick. »Nein, das sehe ich nicht im Geringsten.«

»Nun.« Poltar drängte das nagende Gefühl zurück, dass ein schicksalhafter Augenblick gekommen war, der mit äußerster Sorgfalt behandelt werden wollte. »Angenommen, einer Eurer Brüder wäre mit dieser Sache zu mir gekommen. Sagen wir Alrag oder Gant. Dann hätte ich fragen müssen, ob dieser Traum der Wahrheit entspricht oder …«

»Meine Brüder lügen nicht!«

»Natürlich nicht. Ihr missversteht mich. Ich meine ›wahr‹ im Sinne von *bedeutsam.* Wahrhaftig von den Himmelsbewohnern gesandt. Alrag ist ein ehrenwerter Mann, selbstverständlich. Aber es ist ein offenes Geheimnis, dass er stets die Herrschaft über den Klan für sich beansprucht hat. Und Gant stellt wie Ihr Egars Eignung für die Führerschaft in Frage, aber er ist nicht so bedächtig wie Ihr. Er spricht offen von diesen Dingen. Im Lager geht das Gerücht, dass er schlicht eifersüchtig ist.«

»Ungezügelte weibliche Zungen«, sagte Ergund erbittert.

»Vielleicht. Aber dennoch gilt, dass sowohl Gant als auch Alrag einen solchen Traum träumen könnten, weil er ihren eigenen persönlichen Wünschen entspricht. Bei Euch weiß ich, dass es nicht so ist. Ihr wollt nur das Beste für die Skaranak. Durch Gefäße wie Euch tun die Himmelsbewohner am ehesten ihren Willen kund.«

Ergund saß mit gesenktem Kopf da. Vielleicht machten ihm Poltars Worten zu schaffen, vielleicht war es auch schlicht und einfach die unwillkommene Vorstellung, dass ein Steppenwolf sich tatsächlich auf die Hinterläufe erhoben hatte und aus der Dunkelheit auf ihn zugelaufen war. Als er schließlich das Wort ergriff, zitterte seine Stimme leicht.

»Was unternehmen wir also?«

»Im Augenblick nichts.« Poltar wahrte einen bewusst neutralen Tonfall. »Wenn dies der Wille der Himmelsbewohner ist, wie es der Fall zu sein scheint, dann wird es weitere Zeichen geben. Es gibt Rituale, die ich abhalten kann, um Anleitung zu erhalten, aber sie benötigen Zeit zur Vorbereitung. Habt Ihr sonst noch mit jemandem über diese Sache gesprochen?«

»Nur mit Grela.«

»Gut!« In Wahrheit war das überhaupt nicht gut – man konnte Grela etwa so weit vertrauen, wie man den Rauch eines Lagerfeuers zusammenhalten konnte. Aber Poltar wusste, dass sie wenig für Egar übrig hatte. »Dann belassen wir es dabei. Wir sprechen uns wieder nach den Festlichkeiten. Aber für den Augenblick wollen wir alle drei durch unser Schweigen Diener der himmlischen Wohnstatt bleiben.«

Später, nachdem die Kinder mit ihren grinsenden, frisch eingefetteten, vom Feuerschein erhellten Gesichtern, ihren halb entzückten, halb erschrockenen Schreien und ihrem Hin-und-her-Gerenne unter den anfeuernden Rufen ihrer Eltern die Machtprobe mit Ynprpral bestanden hatten, als sie den Eisdämon, der um sich schlagend um das große Feuer gezogen war, wieder in die kalte Nacht vertrieben hatten, wo er hingehörte, nachdem das alles geschehen war und die Skaranak sich wie üblich niedergelassen hatten, um zu trinken, zu singen, Geschichten zu erzählen und eulenhaft in die knisternde Wärme der Flammen zu starren …

… da hockte Poltar draußen im eisigen Wind der Steppe und blieb dem Lager länger fern, als er es wohl seit einem Dutzend oder mehr Jahren getan hatte. Er unterdrückte das Zittern und hüllte sich in den Umhang aus Wolfsfell, der schon seinem Vater gehört hatte, murmelte vor sich hin, wobei sein Atem in der Luft dampfte, und wartete …

Aus der Dunkelheit, den gebeugten Gräsern, dem Wind und der Kälte kam sie herangeschritten. Das Bandlicht brach durch die Wolken und streifte sie.

Grinsend, mit heraushängender Zunge, mit scharfen, weißen, spitzen Fängen, mit glühenden Augen, auf zwei Beinen, die nie zum aufrechten Gang bestimmt waren, von Kopf bis Fuß in Wolf gekleidet, wie sie in Ishlin-ichan in Hure gekleidet gewesen war.

Sie sprach kein Wort. Statt ihrer heulte der Wind.

Er stand auf. Vergessen war die Kälte in seinen Knochen und in seinem Gesicht, und er ging zu ihr wie ein Mann ins Brautbett.

15

Als Ringil das Haus betrat, schritt Gingren geräuschvoll im westlichen Salon auf und ab und brüllte jemanden an, der wesentlich leiser antwortete. Sie hatten die Tür offen gelassen, was hinreichend als Einladung zum Mithören verstanden werden konnte. Ringil blieb einen Moment im Korridor stehen und lauschte auf die barsche Stimme seines Vaters sowie eine leise, schüchterne Stimme, die er als diejenige seines ältesten Bruders erkannte, Gingren junior. Eine eisige Erinnerung stieg dabei in ihm auf.

Ein langer Korridor ...

Er wollte sich schon davonschleichen, aber Gingren zeigte einen bemerkenswerten sechsten Sinn, denn er sah auf und ertappte ihn.

»Ringil!«, brüllte er. »Genau der Mann, den ich brauche. Komm rein, ja?«

Ringil seufzte. Er ging einige Schritte und blieb kurz hinter der Türschwelle stehen.

»Ja, Vater.«

Gingren und Gingren junior wechselten einen Blick. Ringils Bruder lag auf einem Sofa am Fenster, ausstaffiert mit Stiefeln und einem Zierdegen. Offenbar war er von seinem Zuhause drüben in Linardin hergekommen. Es war das erste Mal seit fast sieben Jahren, dass ihn Ringil zu Gesicht bekam, und die Veränderungen waren alles andere als schmeichelhaft. Er hatte an Gewicht zugelegt und sich einen Bart wachsen lassen, der ihm nicht stand.

»Wir haben gerade über dich gesprochen.«

»Nett von euch.«

Sein Vater räusperte sich. »Ja, nun, Ging hat gesagt, wir könnten diese Idiotie wahrscheinlich gleich im Keim ersticken. Kaad legt genauso wenig Wert darauf wie wir. Anscheinend hat Iscon sich einfach hinreißen lassen. Es ist nicht die rechte Zeit für Streitereien um solche Trivialitäten zwischen ehrbaren Familien aus Trelayne.«

»Die Kaads sind jetzt also eine ehrbare Familie, ja?«

Gingren junior kicherte und verstummte abrupt, als ihn sein Vater mit einem funkelnden Blick bedachte.

»Du weißt, was ich meine.«

»Nein, eigentlich nicht.« Ringil sah seinen älteren Bruder an, und Gingren junior wandte den Blick ab. »Du willst dich als Sekundant anbieten, Ging?«

Ein unbehagliches Schweigen.

»Dachte ich mir.«

Sein Bruder wurde rot. »Gil, so ist es nicht.«

»Tatsächlich?«

»Dein Bruder will dir sagen, dass für diese lächerliche Scharade Sekundanten oder andere Dinge nicht erforderlich sind. Iscon Kaad wird nicht kämpfen, und du auch nicht. Wir werden die Sache auf intelligente Weise bereinigen.«

»Ja? Was ist, wenn ich das nicht möchte?«

Gingren stieß einen kehligen Laut aus. »Ich bin es allmählich leid, Ringil. Warum solltest du kämpfen *wollen?*«

Ringil zuckte mit den Schultern. »Ich weiß nicht. Es ist schließlich dein Familienname, den er mit seinem Auftreten in den Schmutz gezogen hat. Er hat mich im Haus mit seiner Waffe bedroht.«

Gingren junior wurde wütend. »Es ist auch deine Familie!«

»Gut. Dann sind wir ja einer Meinung.«

»Nein, wir sind *mitnichten einer Meinung, verdammt!*«, schrie Gingren. »Du kannst dir nicht überall mit deinem verfluchten Schwert einen Weg bahnen, Ringil. So regeln wir die Dinge in dieser Stadt nicht. Nicht mehr.«

Ringil musterte seine Fingernägel. »Na ja, ich war weg.«

»Ja.« Sein Vater ballte eine Faust an der Hüfte. »Vielleicht hättest du wegbleiben sollen.«

»He, das haben wir deinem huldvollen Eheweib zu verdanken!«

Ging stand auf. »Wage nicht, so über deine Mutter zu reden!«

»Ach, *halt den Mund!*« Ringil schloss kurz verzweifelt die Augen. »Mir steht dieser verdammte Mist bis hier oben! Steckst du in der Etterkal-Sache auch mit drin, Ging? Bist du ebenfalls scharf darauf, mich bei der Suche nach unserer Kusine zu behindern, weil das zu viele lukrative Hinterhofgeschäfte ans Tageslicht bringen könnte? Zu viele unserer schäbigen neuen Freunde vom Hafenviertel in helle Aufregung versetzen könnte?«

»Sherin war schon immer ein dummes kleines Flittchen«, sagte Ging schroff. »Wir alle haben ihr zugeredet, Bilgrest nicht zu heiraten.«

»Dummes kleines Flittchen oder nicht, deine verehrte Frau Mutter möchte sie zurückhaben.«

»Ich habe dir doch gesagt ...«

Ringil grinste wölfisch. »Eine Schande, dass sie sich an allen drei Brüdern abarbeiten musste, bevor sie einen fand, der den Mumm hat, ihre Bitte zu erfüllen.«

Gingren junior machte Anstalten, sich auf ihn zu stürzen. Ringil ging auf ihn zu. Er war immer noch aufgewühlt von dem, was sich am Tor zugetragen hatte, und endlich einmal zuschlagen zu können, kam ihm gerade recht.

»Ging! Ringil!«

Die Stimme ihres Vaters ließ beide Brüder innehalten. Sie standen auf Armeslänge voneinander entfernt mitten im Wohnzimmer und starrten einander an. Angesichts der zornigen Miene seines Bruders war Ringil sich vage bewusst, dass in seinem eigenen Gesicht nichts dergleichen zu sehen war – nichts als der Anflug eines Lächelns und das unverblümte Versprechen nackter Gewalt.

»Nun?«, fragte er sanft.

Ging wandte den Blick ab. »Sie hat mich nicht gefragt.«

»Tja, warum wohl?«

»He, *verdammt!*« Ging ballte die gesenkten Fäuste, ein unbewusstes Echo der Wut seines Vaters. Ringil fiel ein, dass Ging sich das in ihrer gemeinsamen Jugend angewöhnt hatte. »Ich bin hier, um zu sehen, ob ich helfen kann.«

»Du kannst mir nicht helfen, Ging, das hast du noch nie gekonnt. Du warst immer viel zu brav.«

Ein langer Korridor ...

Ein langer Korridor im Flügel des Schlafsaals der Akademie und kaltes, winterliches Nachmittagslicht, das schräg durch die Fenster hereinfiel. Ein muffiger Geruch nach dem gewachsten Holzfußboden, auf den er gepresst wurde, stach ihm in die blutige Nase. Die Fenster spiegelten sich in der polierten Oberfläche, wie blasse Pfützen, die entlang des Korridor, bis zu der unerreichbaren Tür an dessen Ende. Über sich spürte er das Gewicht mehrerer älterer Mitschüler, die zu Boden drückten. Es waren zu viele, um ihrer Herr zu werden, und sie zerrten ihn von der Türschwelle, die er hatte erreichen wollen, zurück in die Düsternis und Abgeschlossenheit des Schlafsaals. Er erinnerte sich daran, wie kalt es ihm an Oberschenkel und Arsch geworden war, nachdem sie ihm gewaltsam die Hose heruntergerissen hatten.

Und an seinen Bruder, der von der anderen Seite durch den Korridor gekommen war, wie angewurzelt stehen blieb und einfach nur glotzte.

Am besten erinnerte er sich an den Ausdruck des Widerwillens auf Gings Gesicht: als ob er gerade etwas gegessen hätte, das ihm nicht bekommen war. Angesichts seiner Miene wusste Ringil, dass er keinerlei Hilfe zu erwarten hätte.

Die älteren Schüler wussten es ebenfalls.

»Verdammt, was tust du denn hier, Gingren?« Mershist, der Stubenälteste und Anführer der Clique, stieg schnaufend von

Ringil herunter und baute sich im Korridor auf. Er kam wieder zu Atem und schien fast erheitert zu sein. »Das geht dich nichts an. Geh zurück zum Exerzieren, wo du hingehörst! Bevor ich dich melde.«

Gingren schwieg und rührte sich nicht. Er trug keine Waffe – außerhalb des Übungsgeländes und der Salons gestattete die Akademie den Kadetten das Tragen von Waffen nicht –, hatte jedoch ein wenig vom Körperbau seines Vaters, war stämmiger, als Ringil je werden würde, und machte sich, nach drei Jahren Ausbildung, gerade einen Namen als geschickter Fechter.

Der Augenblick dehnte sich zu Sekunden, wie bei einer Krähe, die im Moment vor der Landung die Flügel schlägt. Sogar Ringil hörte vorübergehend auf, sich zu wehren. Er blickte zu Gingren hinüber, und Hoffnung regte sich in ihm wie eine kleine, junge Flamme.

Dann stellte sich ein weiterer der älteren Schüler neben Mershist, und etwas veränderte sich, ohne dass es zu greifen war. Selbst Ringil spürte es, obwohl sein Gesicht zu Boden gedrückt wurde. Mit Mershist allein hätte Gingren möglicherweise fertigwerden können. Aber damit nicht. Die Waage neigte sich, der Augenblick kippte, kam ins Schleudern und landete auf seinem schwarz gefiederten Hintern. Mershist sah zu seinem Gefährten hinüber, dann wieder zu Gingren, und grinste. Er sprach im Plauderton, ganz sachlich.

»Sieh mal, Kumpel. Der kleine Gil hier erhält seine Initiation, ob ihm das gefällt oder nicht. Was dachtest du denn – dass das deinem kleinen Bruder aus irgendeinem Grund erspart bleibt? Du weißt, dass das nicht passieren wird. Du weißt, wie das hier läuft.«

Gings Mund zuckte. Er wollte es mit Reden probieren. »Es ist nicht …«

»Ich tu ihm einen verdammten Gefallen, Ging.« Mershist ließ seine Stimme ein ganz klein wenig gereizt klingen. »Seit er hier ist, hat sich Gil nicht gerade sehr viele Freunde gemacht. Drüben im Dolmenhaus wollen ein paar der Älteren ihn sich mit einem verdammten *Knüppel* vornehmen. Und um ehrlich zu sein, ich kann sie verstehen. Er hat Kerril glatt das Auge *rausgerissen*, weißt du.«

Ging schluckte. Es war deutlich hörbar. »Kerril hätte nicht …«

»Kerril hat getan, was getan werden musste.« Langsam schwand der sachliche Tonfall in Mershists Stimme. Die Zeit zum Spielen näherte sich ihrem Ende. Mershist zeigte mit dem Finger auf Ringil. »Dein kleiner Bruder hält sich für was Besonderes, aber da täuscht er sich ganz gewaltig. Das machen wir alle durch, Ging, und wir sind alle gestärkt daraus hervorgegangen. Das weißt du doch. Es verbindet uns, es macht uns zu dem, was wir sind. Bei Hoirans verdammten Eiern, ist doch nicht so, als hättest du nicht vor drei Jahren den Schwanz vom alten Reshin im Arsch gehabt, genau wie wir alle.«

Da veränderte sich etwas in Gingrens Gesicht, und Ringil verlor endgültig die letzte Hoffnung. Der Blick seines älteren Bruders flackerte zu seinem hinüber, glitt wieder weg. Er war schamrot geworden. Als er wieder das Wort ergriff, war es fast ein Betteln.

»Mershist, er ist erst …«

Mershist zermalmte seine Worte. Seine Stimme schnarrte wie Stahl, der aus der Scheide gezogen wurde.

»Er ist ein verdammter kleiner Schwuler, Ging. Das wissen wir doch beide. Also kriegt er jetzt das, was er sich wahrscheinlich schon die ganze Zeit wünscht, von uns allen. Und *du* wirst uns nicht daran hindern. Wenn du also nicht mitmachen oder zuschauen willst, dann machst du dich besser vom Acker!«

Und Gingren ging.

Nur noch einmal, als er zurückwich und sich abwandte, sah er Ringil an, und Ringil kam es vor – ob später oder in diesem Augenblick, das wusste er nicht mehr –, als würde man dem Blick eines anderen durch die Gitterstäbe einer Zelle begegnen. Gings Mund bewegte sich wieder, aber nichts kam über seine Lippen.

Ringil erwiderte seinen Blick. Er würde nicht betteln.

Und Gingren ging über das dunkle Holz des Korridors davon, langsam, wie ein Verwundeter, und das schwindende Nachmittagslicht beschien ihn bei jedem Fenster, an dem er vorüberkam.

Ringil schloss die Augen.

Sie zerrten ihn zurück in den Schlafsaal.

Jetzt, im Wohnzimmer zum Fluss hinaus, sah er Ging aus dem Wust seiner Erinnerungen heraus an und erkannte, dass sein Bruder ebenfalls dort festhing.

In jenen Erinnerungen und allem, was danach gekommen war.

Der Schmerz und die Blutung, von der er gedacht hatte, sie habe aufgehört, was jedoch nicht stimmte, wie dann feststellte. Er musste zwar nicht ins Lazarett, wie einige andere der Initiierten. Mershist und seine Mannschaft hatten zumindest so weit gewusst, was sie taten. Vermutlich musste er ihnen dafür sogar dankbar sein. Aber auf der Toilette hätte er eine Woche lang schreien können.

Dann war da noch das Gekicher. Das Raunen darüber, wie Ringil körperlich auf die Vergewaltigung reagiert hatte. Nicht weiter überraschend, es war ein ziemlich gewöhnliches Ereignis, und die Kadetten der Akademie waren an den Anblick gewöhnt. Aber gepaart mit dem Klatsch über Ringils Vorlieben führte es zwangsläufig zu einer Reihe kleiner Anekdoten. *Hättet ihn sehen sollen*, hatten sie gemurmelt, wenn Ringil auf der anderen Seite eines Hofs dahin humpelte. *Ist wie 'n verdammter Springbrunnen gekommen, Mann, hat alles vollgespritzt. Man konnte sehen, dass es ihm echt Spaß gemacht hat, jede Minute. Hat nicht mal geschrien.*

Zumindest das entsprach der Wahrheit. Er hatte keinen einzigen Schrei ausgestoßen.

Als sie brutal in ihn eingedrungen waren, einer nach dem anderen, als man ihm nur wehgetan, es ihn später dann zerrissen und dann für eine schier endlose Zeitspanne bei jedem Stoß wundgescheuert hatte, und als er dann zunehmend unempfindlich geworden war, als sie sich in seinem langen, dunklen Haar festgekrallt hatten, als sie beim eigenen Höhepunkt gestöhnt, auf ihn gespuckt und ihm erregt ins Ohr geflüstert hatten – da hatte er die Zähne zusammengebissen, Zunge dagegengedrückt, den Blick auf die Decke unter sich gerichtet, und in Gedanken war er bei Jelim gewesen, und irgendwie war er stumm geblieben.

»Ich bin hier, um zu helfen«, wiederholte Ging. Seine Stimme tönte hohl, erschöpft. Ringil sah ihn nur an.

»Unterschätze Kaad nicht«, polterte Gingren. »Das wäre ein gewaltiger Fehler. Ringil, durch den gemütlichen Posten, den sein Vater ihm verschafft hat, mag er zwar wie ein Fatzke aussehen, aber er hat im Tervinala-Salon letztes Jahr die Silbermedaille errungen. Da treten imperiale Leibwächter an. Es will etwas heißen, wenn man dort eine Medaille bekommt.«

»Na gut.«

Kurze Pause. Wieder wechselten Ging und sein Vater Blicke.

»Was soll das jetzt heißen?«, fragte Gingren.

»Es bedeutet, dass ich morgen kein Risiko eingehen werde und ihn beim ersten Deckungsfehler töte, den ich erkenne. Zufrieden?«

»Du erwartest wirklich von mir, dass ich bei diesem Duell dein Sekundant bin?«, fragte ihn Ging.

»Nein.«

Die Silbe hing zwischen ihnen und brachte diesmal Vater und Bruder länger zum Schweigen. Beide standen da und warteten darauf, dass eine Erklärung folgen würde, dachte Ringil.

Scheiß drauf.

Manchmal kam es ihm vor, als hätte sein ganzes Leben immer nur aus jenem wartenden Schweigen bestanden, den Blicken der Leute, die darauf warteten, dass er sich erklärte. Sein Innerstes nach außen kehrte.

Wenigstens das hatte das schuppige Volk nicht von ihm verlangt.

Die Szene löste sich beim Geräusch der Schritte eines Dieners auf. Ein schüchternes Gesicht erschien in der Tür.

»Mylord Ringil?«

Ringil seufzte erleichtert. »Ja.«

»Ein Botschafter für Euch. Aus dem Haus Milacar.«

16

Sie erreichten Yhelteth, als gerade die Lampen in der Stadt angingen. Archeth, wundgeritten und voller Fragen, auf die sie keine Antwort hatte, wäre gern direkt zu ihrer Wohnung auf dem *Boulevard des unsagbar Göttlichen* geritten und zu Bett gegangen. Aber so etwas tat man nicht, wenn man für den Imperator unterwegs war. Als Kompromiss schickte sie daher Shanta und die anderen zum Palast voraus und legte mit Elith an ihrer Wohnung einen Zwischenhalt ein. Sie überließ die alte Frau ihrem Haushofmeister und wies ihn an, sie im Gästezimmer unterzubringen.

»Mylady, da ist bereits …«, setzte der Mann an, aber sie brachte ihn mit einem Wink zum Schweigen.

»Später, Kefanin, später. Seine imperiale Lichtgestalt erwartet mich im Palast. Ich eile, seinen Willen zu erfüllen, wie du weißt.«

Sie schwang sich wieder auf ihr Pferd, verließ den Innenhof des Hauses und ritt unter dem Torbogen hindurch auf die Hauptstraße. Der Sonnenuntergang im Westen glühte wie ein Schmelzofen und bildete einen prächtigen Hintergrund für die dunklen Silhouetten der Minarette und Kuppeln der Stadt. Sie musste sich durch die dicht gedrängte Menge von Menschen schieben, die am Ende des Arbeitstags den Heimweg angetreten hatten, und verspürte einen neidischen Stich. Wenn überhaupt etwas feststand, dann, dass Jhiral sie wahrscheinlich mehrere Stunden warten lassen würde, bevor er sie auch nur empfing – einfach, um ihr ihre Schranken aufzuzeigen. Und selbst wenn er auf diese Kleinlichkeit verzichtete, stand seine imperiale Lichtgestalt gewöhnlich sowieso nicht wesentlich vor der Mittagsstunde auf, und es war nicht ungewöhnlich, dass er lange Besprechungen bis zum Tagesanbruch mit seinen Ratgebern abhielt, die bereits vor Müdigkeit trübe Augen hatten, und sie daraufhin sofort zu ihren üblichen Tagesgeschäften losschickte, während er sich zurückzog und zu Bett ging. Er würde Archeth alles wahrscheinlich immer und immer wieder und auf Dutzende Weisen erzählen lassen, bis in die frühen Morgenstunden hinein.

Mit dem Handrücken verbarg sie ein Gähnen. Wühlte in ihrem Beutel, bis sie ein Kügelchen Krinzanz fand, steckte es sich in den Mund und zerkaute es zu einem dünnen, speichelgetränkten Brei. Die Körner schmeckten bitter, und sie verzog das Gesicht und schluckte. Die Überreste zerrieb sie mit einem Finger, der in einem Lederhandschuh steckte, am Gaumen und wartete, bis die abendliche Düsternis ein wenig aus ihren Augen wich, die Droge die Erschöpfung verdrängte und ihr eine künstliche Munterkeit schenkte.

Türen sprangen für sie auf, und Pikeniere nahmen Habtachtstellung ein, wenn sie auf ihrem Marsch durch die langen Marmorkorridore an ihnen vorüberkam. Ungeduldig zerrte sie ihre Handschuhe von den Fingern und murmelte in sich hinein, während sie den vertrauten Weg zu ihrem Imperator hinabschritt. Darstellungen des Propheten und anderer bemerkenswerter Ereignisse aus der imperialen Geschichte funkelten von den Mauern auf sie herab. Durch den des Krin schien es, als würde in einigen der besseren Porträts falsches Leben in den Augen aufflackern. Es war eine Musterung, auf die sie gut und gern hätte verzichten können, und es half auch nicht, dass sich unter den Abbildungen kein einziges kiriathisches Gesicht befand.

Du musst es ohne uns schaffen, hatte Grashgal ihr gegen Ende gesagt. *Ich kann die Leute nicht mehr länger halten. Sie möchten raus. Sie haben die Steuermänner konsultiert, zumindest alle standhaften, und die Antwort ist so ziemlich immer dieselbe. Es ist Zeit zu gehen.*

Ach, komm schon! Ihre Verzweiflung unter einem höhnischen Schnauben. *Die verdammten Steuermänner werden dir sechzig verschiedene Antworten auf dieselbe Frage geben, je nachdem, wie sie gestellt ist. Das weißt du. Wir waren früher schon mal so weit, an wenigstens zweimal kann ich mich erinnern, und ich bin nur ein paar hundert Jahre alt. Es wird vorübergehen.*

Aber Grashgal stand bloß am Balkongeländer und starrte in das rote Glühen der Werkstätten hinab.

Die Ingenieure haben bereits Anweisung, alles instand zu setzen, sagte er ruhig. *Sie werden gegen Ende des Jahres eine funktionsfähige Flotte haben. Tut mir leid, Archidi. Diesmal ist es wirklich so weit.*

Aber warum? *Warum jetzt?*

Ein Schulterzucken, das einem Frösteln nahe kam. *Diese verfluchten Menschen, Archidi. Wenn wir bleiben, werden sie uns in sämtliche ihrer erbärmlichen Auseinandersetzungen mit hineinziehen und etwas aus uns machen, das wir niemals waren.*

Diese verfluchten Menschen.

»Lady kir-Archeth Indamaninarmal«, brüllte der Herold, als sich die letzten Türen vor ihr auftaten, und in dem Thronsaal mit der gewölbten Decke und den Säulen drehten sich sämtliche verfluchten Menschen um, als sie eintrat, und starrten sie an.

»Ah, Archeth, du beehrst uns schließlich doch noch mit deiner Anwesenheit.« Jhiral fläzte sich in einer süffisanten Pose auf dem grandiosen Kunstwerk des blank polierten Throns, einen Fuß auf dem Knie. Das Licht der von kiriathischen Ingenieuren entwickelten Leuchtsteine in der rückwärtigen Mauer des Saals verlieh ihm den Glanz göttlicher Autorität. Er grinste Archeth jungenhaft an. »Diesmal auch fast pünktlich. Natürlich musstest du erst nach Hause gehen, bevor du zu uns kamst. Hast du dort alles zu deiner Zufriedenheit vorgefunden?«

Archeth tat die Bemerkung mit einem Schulterzucken ab. »Ich hielt es für das Beste, vollständig vorbereitet vor Euch zu treten, Mylord. Ich bin bereit, meinen Bericht abzuliefern.«

»Oh, gut. Wir haben bereits meine anderen, getreuen Diener angehört.« Eine beiläufige Geste zu Mahmal Shanta, Faileh Rakan und Pashla Menkarak, die einen lockeren Halbkreis um ihn bildeten. Nur eine ganz kurze Pause nach *anderen*, eine ganz, ganz leise Betonung von *getreuen*. Meisterhaft subtil, und Archeth sah, dass sich die Kuriere verstohlen zulächelten. »Anscheinend gibt es Meinungsverschiedenheiten über den Umgang mit der Situation in Khangset. Solltest du etwa deine Befugnisse überschritten haben?«

Shanta warf ihr einen bedauernden Blick zu. Sie erriet bereits, woher der Wind wehte. Menkarak hatte den ganzen Rückweg gewütet, hatte in der Tat von dem Augenblick an geschäumt, als er im Lager in Khangset erwacht war und entdeckt hatte, dass Archeth die ganze Nacht über am Werk gewesen war, ohne sein Einverständnis einzuholen.

»Ich hatte es so verstanden, Mylord, dass die Expedition völlig unter meinem Kommando stand.«

»Innerhalb des Rahmens, den die heilige Offenbarung vorgibt«, fauchte Menkarak. »Der jegliche weltliche Regeln untergeordnet sind. *Es kann kein Licht geben, das heller als die Wahrheit strahlt, und die Diener der Wahrheit dürfen keines dulden.*«

»Ihr habt geschlafen, verdammt!«, sagte Archeth.

»Und Ihr habt die Nacht mit einer ungläubigen Zauberin verbracht.«

Jhiral lümmelte sich wieder in seinen Thron, grinste und zeigte dabei seine Zähne. »Stimmt das, Archeth? Eine Zauberin?«

Archeth holte tief Luft, hielt den Atem an, ließ ihn entweichen. Sie versuchte es mit ruhiger Autorität.

»Die Frau namens Elith *hält sich* für eine Zauberin, so viel ist wahr. Aber ihre Behauptungen sind, gelinde gesagt, fragwürdig. Ich halte sie für geistig nicht völlig gesund. Sie und ihre Familie haben im Krieg sehr, sehr viel durchgemacht, sie wurde gewalt… Sie wurde unter sehr schwierigen Umständen Bürgerin des Reichs. Sie hat im Krieg fast ihre gesamte Familie verloren. Ich würde sagen, sie war vor diesem Überfall wahrscheinlich halb wahnsinnig vor

Kummer. Was sie beim Angriff auf Khangset sah, hat ihr schlicht den Rest gegeben.«

Menkarak explodierte. *»Es reicht!* Sie ist eine Ungläubige, eine heidnische, Steine anbetende Nordländerin, die sich nicht bekehren lassen wollte, als ihr die Hand der Offenbarung in Freundschaft gereicht wurde, und die innerhalb der Grenzen unseres Reichs starrsinnig auf ihrem Unglauben beharrt. Die Beweislage ist eindeutig – sie hat sogar das Kartagh aus ihrem Gewand herausgerissen, um die Augen der Gläubigen zu blenden, unter denen sie lebt. Sie stinkt nach Täuschung!«

»Nun, das ist ein Verbrechen, Archeth«, gab Jhiral zu bedenken. »Und Verbrechen werden gewöhnlich von Menschen mit krimineller Neigung begangen. Bist du dir sicher, dass diese Frau nichts mit dem Überfall zu tun hat?«

Archeth zögerte. »Für eine direkte Verbindung gibt es keinerlei Beweis, nein.«

»Dennoch behauptet Pashla Menkarak, dass du sie dazu angestachelt hast, barbarische Rituale auf dem Felsen oberhalb der Stadt abzuhalten.«

»Na ja.« Sie setzte eine Miene eisiger Verachtung auf. »Seine Heiligkeit war eigentlich nicht dabei, als wir zum Felsen gegangen sind, Mylord. Also kann ich mir kaum vorstellen, woher er das wissen soll. Vielleicht leidet er unter einer zu lebhaften Fantasie.«

»Du schwarze Hure!«

Die Welt schien kurz auf irgendeiner unsichtbaren Achse zu schwanken. Das pochende Krinzanz in ihren Adern verlangte nach einem Ventil. Ihre Handflächen zuckten. Fast hätte sie ihre Messer gezogen.

Aber sie vernahm auch das Gemurmel unter den Höflingen und sah, dass sogar der weltliche Jhiral verblüfft war. Da wusste sie, dass Menkarak zu weit gegangen war. Sie wusste, dass sie auf eine schwer fassbare Weise das rituelle, von Jhiral angezettelte Duell gewonnen hatte.

Sie holte zum tödlichen Schlag aus.

»Genauso wenig kann ich mir vorstellen«, sagte sie gleichmütig, »wo seine Heiligkeit seine höfischen Manieren erlernt hat. Darf ich und darf die Erinnerung an mein Volk derart in den Schmutz gezogen werden, Mylord, und das auch noch in eben jenem Thronsaal, bei dessen Errichtung es geholfen hat?«

Aus der Menge rechts vom Thron löste sich ein älterer Aufseher und trat an Menkaraks Seite. Er fasste den jüngeren Mann am Arm, aber Menkarak schüttelte ihn wütend ab.

»Diese Frau …«, setzte er an.

Aber Jhiral hatte genug, zumindest für den Tag. »Diese Frau ist eine wertvolle Ratgeberin bei Hofe«, sagte er kalt. »Und Ihr habt gerade ihren Charakter auf eine Art und Weise verunglimpft, für die Ihr Euch möglicherweise vor einem Gericht verantworten müsst. Ihr seid mir sehr empfohlen worden, Pashla Menkarak, aber Ihr enttäuscht mich. Ich glaube, Ihr zieht Euch besser zurück.«

Einen wahnsinnigen Augenblick lang sah es so aus, als würde sich Menkarak sich dem Befehl des Imperators widersetzen. Archeth, die ihn genau beobachtete, entdeckte etwas in seinen Augen, das Zweifel an einem gesunden Selbsterhaltungstrieb weckte. Ihr fielen Shantas Worte ein, die er auf dem Grat oberhalb von Khangset geäußert hatte. *Es heißt, dass von den religiösen Universitäten eine völlig neue Generation kommt. Knallharte Gläubige.* Sie überlegte, ob dazu auch das Streben nach Märtyrertum gehörte, mit dem die Offenbarung in der Vergangenheit immer wieder geliebäugelt, das jedoch in letzter Zeit kaum noch eine Rolle gespielt hatte.

Der ältere Aufseher murmelte seinem Kollegen eindringlich etwas ins Ohr, und seine Finger bohrten sich knapp oberhalb des Ellbogens in Menkaraks Arm, dieses Mal hartnäckig wie eine Klaue. Archeth sah den Augenblick verstreichen, sah den Trotz in Menkaraks Augen erlöschen wie ein ausgetretenes Lagerfeuer. Der jüngere Aufseher ließ sich auf ein Knie sinken, vielleicht zwang ihn der Klammergriff um seinen Arm dazu dazu. Er senkte den Kopf.

»Meine aufrichtigste Entschuldigung, Majestät.« Die Worte drangen zwar kaum durch die zusammengebissenen Zähne, wirkten jedoch sehr bemüht – Menkarak hörte sich wie jemand an, der leicht außer Atem war. Überrascht entdeckte Archeth in sich ein jähes Mitgefühl für den Mann. Sie wusste sehr gut, wie erniedrigend es war, dort zu knien und sich solche Worte abzuringen. »Wenn mein Eifer, der Offenbarung zu dienen, Euch in irgendeiner Weise beleidigt hat, so bitte ich um Nachsicht für meine mangelnde Höflichkeit.«

Jhiral reizte die Situation bis zum Letzten aus. Er beugte sich vor und rieb sich in königlicher Nachdenklichkeit das Kinn. Setzte eine strenge Miene auf.

»Nun, Menkarak, es ist nicht an mir, Nachsicht zu üben.« Eine offenkundige Lüge – hier im Thronsaal war jegliche Missachtung der Etikette eine direkte Beleidigung des Imperators, ob er nun anwesend war oder nicht. »Eure beleidigenden Bemerkungen galten schließlich meiner Ratgeberin hier. Vielleicht könntet Ihr Euch stattdessen vor ihr in den Staub werfen.«

Wieder wurde im Saal nach Luft geschnappt. Der ältere Aufseher schien verblüfft. Menkaraks Kopf fuhr ungläubig hoch. Jhiral zog den Augenblick in die Länge wie eine Note auf dem Jagdhorn. Er war bekanntermaßen ein Virtuose auf diesem Instrument. Er hielt den Ton, dehnte ihn.

Und ließ ihn in sich verpuffen.

»Nun gut. Vielleicht lieber nicht. Das wäre vermutlich zu viel des Guten. Ihr könnt also Eure unwillkommene Gegenwart vielleicht einfach dorthin verlegen, wo sie keine Beleidigung mehr darstellt.« Jhiral nickte dem älteren Aufseher zu und sagte dann härter: »Schaff ihn mir aus den Augen!«

Der ältere Aufseher war nur zu glücklich, den Befehl zu befolgen. Er zerrte Pashla Menkarak praktisch wieder hoch und schleifte ihn, unter wiederholten Verneigungen, durch den Saal zu der Tür am anderen Ende. Jhiral beobachtete sie, stand dann unzeremoniell auf – ein kleinerer Verstoß gegen die Etikette, den sein Vater zur Verstörung des Hofstaats ebenfalls gern begangen hatte – und hob dann seine Stimme, sodass sie im ganzen Thronsaal zu hören war.

»Lasst uns allein! Ich will allein mit Archeth Indamaninarmal reden!«

Es dauerte eine Minute, oder sogar weniger, bis alle draußen waren. Einer oder zwei verweilten noch kurz und warfen neugierige Blicke in Richtung Thron; ein paar Männer unter ihnen hatten Sorgen, die tiefer reichten, als ihre Pfründe im Palast zu sichern, aber sie waren eine Minderheit, ausgedünnt in den Jahren nach der Thronbesteigung. Wo immer er es sich leisten konnte, hatte Jhiral die getreuesten Höflinge seines Vaters vertrieben oder auf Posten in den Provinzen versetzt. Hin und wieder waren sie im Gefängnis gelandet und in einem oder zwei denkwürdigen Fällen auf dem Schafott. Ein Rest an echter Kompetenz war verblieben, aber er war eingeschüchtert und mutlos, wie Jhiral es wahrscheinlich beabsichtigt hatte. Der weitaus größte Teil der Anwesenden war nur allzu froh, den herrschaftlichen Willen zu erfüllen und den Saal zu verlassen.

Faileh Rakan hatte sich nicht gerührt, er wartete auf einen direkten Befehl seines Imperators, wie es seinem Rang unter dem Ewigen Thron entsprach. Und Mahmal Shanta wurde ebenfalls nicht weggeschickt – er wollte gehen, aber Jhiral fing seinen Blick auf und forderte den Mann mit einer winzigen Geste zum Bleiben auf.

Das Knistern und Rascheln teurer Kleidung verklang in der Halle, die Türen wurden lautstark geschlossen, und Stille legte sich über den Thronsaal. Jhiral stieß theatralisch einen langen Seufzer der Erschöpfung aus.

»Seht ihr, damit muss ich mich heutzutage zufriedengeben.

Diese neuen Absolventen aus der Zitadelle! Ich werde mir etwas einfallen lassen müssen.«

»Erteilt nur den Befehl, Majestät!«, sagte Rakan grimmig.

»Ja, nun, vielleicht noch nicht gerade jetzt. In der Zeit vor dem Geburtstag des Propheten verlangt es mich nicht nach einem Blutbad.«

Ganz recht, Mylord. Ein Blutbad sollten wir lieber vermeiden. Das Krinzanz legte ihr die Worte in den Mund; es war eine bewusste Anstrengung, sie zurückzuhalten. *Nicht zuletzt, weil die breite kleinbäuerliche Masse der Gläubigen Yhelteths, hätte sie die Wahl, einfach zum Schluss kommen könnte, dass sie die Nase gestrichen voll hat. Sie würde sich fanatisch an die Lehrsätze der Offenbarung klammern, statt sich vom korrupten Thron und den dekadenten oberen Zehntausend ausbeuten zu lassen. Eine Hetzjagd würde sie veranstalten und sehen, ob dabei nicht etwas für sie herausspringen würde.*

Und wenn nicht, dann wäre es zu spät.

Sie erinnerte sich an Straßenschlachten in Vanbyr, an die vorrückenden Reihen der imperialen Hellebardiere, an das Geschrei der schlecht ausgerüsteten Rebellen, als sie besiegt und abgeschlachtet wurden. An die zerstörten Häuser der Kollaborateure und die Reihen kahl geschorener Gefangener hinterher. An das schrille Gekreisch von Frauen, die man wahllos herauszog und neben der Straße vergewaltigte, bis sie starben. An die Leichenstapel in den Gräben.

Nach dem Gemetzel von Ennishmin und Naral hatte sie sich geschworen, nie wieder an so etwas teilzuhaben. Als sie auf Ringil eingeredet hatte, hatte sie ihm geschworen, es sei das *verdammt letzte Mal.*

Sie war durch Vanbyr geritten und hatte ihre eigene Lüge wie die Asche in der Luft geschmeckt.

Und jetzt zog Jhiral in seiner eigenen Hauptstadt tatsächlich so etwas in Erwägung!

»Vielleicht, Mylord, täten wir gut daran, die neuen Tendenzen in der Zitadelle zu analysieren, um ihnen auf gesetzlicher Ebene Einhalt zu gebieten …«

»Ja, ja, Archeth, ich weiß sehr wohl, wie viel du für die Gesetzgebung übrig hast. Aber wie du eben gesehen hast, bringt die Zitadelle gerade Männer mit wenig Respekt für die Annehmlichkeiten einer zivilisierten Gesellschaft hervor.«

»Trotzdem …«

»Gott verdammt, Frau, wirst du wohl den Mund halten.« Es war unmöglich zu erkennen, ob Jhiral wirklich gekränkt war oder nicht. »Weißt du, ich erwarte ein wenig mehr Unterstützung von dir, Archeth. Schließlich hat er dich beleidigt.«

Ja, er hat mich beleidigt. Aber erst, nachdem du ihm Grund zu der Annahme gegeben hattest, dass ich nach deiner höhnischen kleinen Bemerkung über getreue Diener deine Gunst verloren hätte. Du hast Menkarak einen Brücke gebaut, die er für sicher hielt, und als er dann den Fuß darauf setzte, hast du ihn heruntergestoßen und zugesehen, wie er in den Fluss fiel. Du spielst deine Spielchen, Jhiral, du spielst uns alle gegeneinander aus, zur Sicherung deiner Macht und zu deiner Erheiterung. Aber irgendwann wirst du jemanden von der Brücke stoßen, der nicht allein fällt. Er wird dich bei den Fußknöcheln packen und mitnehmen.

»Ich bitte um Verzeihung, Mylord. Natürlich bin ich äußerst dankbar für den Schutz, den Ihr bei Hofe über meine Ehre ausbreitet.«

»Das sollte doch das Mindeste sein, verdammt! Ich gehe nicht leichtfertig gegen die Zitadelle vor, wie du weißt. Hier muss ein Gleichgewicht gewahrt bleiben, das selbst in den allerbesten Zeiten heikel ist.«

Sie senkte den Kopf. Alles andere wäre riskant gewesen. »Mylord.«

»Sie mögen dich nicht, Archeth.« Jhirals Tonfall war ein anderer geworden, gereizt, oberlehrerhaft. »Du bist eine letzte Erinnerung an die gottlosen Kiriath, und das beunruhigt sie. Die Gläubigen können Ungläubige, die sie nicht bezwingen oder herablassend behandeln können, nur schwer ertragen – so was wirkt nämlich wie ein hässlicher kleiner Makel in Gottes vollkommenem Plan.«

Archeth warf Rakan verstohlen einen Blick zu, aber der Hauptmann des Ewigen Throns zeigte keine Regung. Falls er die Worte des Imperators gehört hatte, die ja offenkundig hart an Häresie grenzten, schienen sie ihm nichts auszumachen. Und die zwei Wächter zu beiden Seiten des Throns hätten, an ihrer Reaktion gemessen, ebenso gut aus Stein gemeißelt sein können.

Dennoch ...

»Vielleicht sollten wir über Khangset sprechen, Mylord.«

»Allerdings.« Jhiral räusperte sich, und sie hatte den Eindruck, dass er für einen Augenblick fast dankbar für den Einwurf war. Sie überlegte, wie viel er bei seinem Ausbruch von sich selbst preisgegeben hatte, wie viel Selbstmitleid in den Anteil nehmenden Worten *Sie mögen dich nicht, Archeth* mitschwang. Das Regieren vom glänzenden Thron aus war trotz der Möglichkeit brutaler Gewaltausübung im Wesentlichen tatsächlich die heikle Angelegenheit, als die Jhiral sie beschrieben hatte.

»Wir sprachen, Mylord, über die ...«

»Ja, ich erinnere mich. Die Wahnsinnige, diese Elith, und über die Rituale, die sie, deinen Worten zufolge, nicht abgehalten hat. Also schieß los!«

»Sie hat die Rituale abgehalten, Mylord.«

»Das kann ich mir lebhaft vorstellen. Menkarak ist kein Lügner, welche Fehler er ja sonst haben mag. Alles andere hätte mich sehr überrascht. Und hat sie das auf deine Aufforderung hin getan?«

»Ja, Mylord.«

Jhiral ließ sich seufzend seinen Thron zurücksinken, stützte den Ellbogen die Lehne, legte die Hand an die Stirn und sah Archeth erschöpft an. »Du wirst das *irgendwann* einmal zufriedenstellend erklären können, nehme ich an.«

»Ich hoffe es, Mylord.«

»Dann könnten wir den Vorgang vielleicht beschleunigen? Weil ich im Augenblick anscheinend einem Mitglied meines inneren Hofs zuhöre, das eingesteht, magische Rituale mit einem Feind des Reichs durchgeführt zu haben.«

»Ich glaube nicht an Magie, Mylord.«

»Aha.«

»Khangset wurde von einer Macht angegriffen, der eine Technologie zur Verfügung stand, zu der wir keinen Zugang haben, so viel steht fest, und Elith glaubt, sie habe dabei geholfen, diese Macht herbeizurufen. Aber ihre Verwicklung in die Sache ist bestenfalls zufällig. Ich habe sie aufgefordert, die Rituale zu wiederholen, durch die sie angeblich mit den Angreifern in Verbindung tritt, und natürlich ist nichts geschehen.«

Soll heißen, wenn man das unheimliche Kribbeln im Nacken nicht mit einrechnet, als Elith in der Stunde vor dem Morgengrauen am Klippenrand hoch aufgerichtet vor der grob zurechtgehauenen Steinfigur stand, mit vorgestreckten Armen ihre einladende Geste nachahmend, und dazu eine wilde, arhythmische Anrufung sang. Fließende Silben der Nordländer-Sprache, zu einem Kreischen gedehnt und in den Jubel und das Gebrüll des Seewinds hinausgeworfen, bis kaum noch zu sagen war, wer denn nun die Laute hervorbrachte. Du hast in diesem Lied ein lebenslanges Leiden und einen ebenso langen Kummer vernommen, Archidi, und mehr als nur einen Augenblick oder zwei erschien es dir, als müsse etwas Steinernes und Gewalttätiges von jenseits des Vorhangs aus Düsternis und Sturm Antwort geben.

»Archeth, nun komm schon!« Jhiral schüttelte den Kopf. »Das beweist gar nichts. Vielleicht waren die Mächte, die sie herbeirufen wollte, einfach nicht an einer Wiederholung interessiert. Hm? Magie ist eine unzuverlässige Angelegenheit. Das hast du selbst oft gesagt. Und Rakan und Shanta erklären beide, dass die Zerstörung überwältigend war, dass es die schlimmste war, die ihnen seit dem Krieg zu Gesicht gekommen ist. Wer würde nach einem solchermaßen erfolgreichen Überfall schon zurückkehren? Welchen Zweck hätte das?«

»Mylord, welchen Zweck hätte es überhaupt, einen Garnisonshafen anzugreifen, wenn man nichts von Wert mitnimmt und kein weiterer Angriff erfolgt?«

Jhiral runzelte die Stirn. »Stimmt das, Rakan? Nichts wurde mitgenommen?«

»Ja, Majestät. Anscheinend nichts. Die Besitztümer in den Häusern waren unversehrt, soweit sie nicht vom Feuer vernichtet waren. Und die gepanzerten Räumlichkeiten der Hafenbehörde enthielten Silberbarren, Münzsäcke des Zahlmeisters sowie mehrere Kisten konfiszierter Wertgegenstände, die samt und sonders noch an Ort und Stelle waren.« Eine Spur von Gefühl kroch in die leidenschaftslose Stimme des Hauptmanns vom Ewigen Thron, ein leiser Hauch von Verwirrung. »Obwohl sämtliche Türen aus den Angeln gerissen waren, wie von einem Pferdegespann.«

»Und wenn ich es richtig verstehe«, sagte Jhiral trocken, »hätte man unmöglich ein Pferdegespann in die unteren Ebenen des Hafenamts mitnehmen können.«

»Ja, Majestät.«

»Shanta? Fällt dir eine andere Erklärung ein?«

Der Marineingenieur zuckte mit den Schultern. »Vielleicht ein Flaschenzugsystem. Ausreichend verankert könnte es …«

»Besten Dank, ich glaube, das können wir als Verneinung auffassen.« Jhiral bedachte Archeth erneut mit einem finsteren Blick. »Mir will scheinen, dass wir wieder bei der Magie angekommen sind, die es deiner festen Überzeugung nach nicht gegeben hat.«

»Ich behaupte nicht, dass es Magie – oder eine Form von Wissenschaft, die mir unbekannt ist – nicht gegeben hat, Mylord. Ich behaupte bloß, dass die Frau, Elith, nicht die Hand dabei im Spiel hatte, dass ich zu keiner Zeit gesehen habe, wie sie Magie benutzte. Auch glaube ich nicht, dass sie jemals die Fähigkeit dazu hatte. Sie ist bei diesen Vorfällen lediglich Zuschauerin, eine Zuschauerin mit gerade eben genügend kulturellen Kenntnissen, um den Eindruck einer Verstrickung zu erwecken.«

Jhiral stieß einen kleinen, erschöpften Seufzer aus und lehnte sich in seinem Thron zurück. »Ich habe kein Wort deines letzten Satzes verstanden, Archeth. Kannst du – *bitte* – die Sache so erklären, dass es ein reinblütiger Mensch versteht?«

Sie überhörte die verschleierte Beleidigung, schluckte sie hinunter, ordnete die ihr zur Verfügung stehenden Tatsachen und errichtete erneut die Fassade professioneller Distanz, die sie bei geistiger Gesundheit und dem Gefängnis fernhielt.

»Also gut. Wie viele der umgesiedelten Menschen aus den annektierten Gebieten glaubt auch Elith an ein breites Pantheon verschiedener Götter und Geister. Traditionell hat dieses Pantheon eine gewisse Ähnlichkeit mit dem Glaubensgerüst der majakischen Nomaden, ist jedoch weitaus geordneter. Es ist niedergeschrieben, modifiziert, ausgeschmückt und so lange unter den naomischen Stämmen verbreitet worden, dass daraus ein System entstanden ist. Inmitten dieses Pantheons existiert eine Gestalt, oder, korrekter ausgedrückt, eine ganze Rasse, die man Dwendas nennt.«

»Dendars?«, radebrechte Jhiral.

»Dwendas. Oder die Aldrain, je nachdem, welche Geschichten welchen Stammes Ihr bevorzugt. Es läuft auf dasselbe hinaus – Wesen, von Gestalt menschenähnlich, mit übernatürlichen Kräften und Zugang zu Sphären, die Menschen versagt sind, sowie enger Verbindung zu den Göttern oder sogar desselben Bluts.«

Jhiral lachte krächzend. »Nun ja! Ich meine, das könnten genauso gut die Kiriath sein! Dasselbe habe ich oft genug über sie gehört. Menschenähnliche Rasse mit unerklärlichen Kräften. Willst du damit sagen, dass die Kiriath oder irgendwelche ihrer Vettern zurückgekehrt sind und meine Städte plündern wollen?«

»Eindeutig nein, Mylord.« Obwohl es ihr plötzlich schwerfiel, diese Vorstellung zu verwerfen – die Vorstellung von der Rückkehr und dem endgültigen, verzweifelten Kampf gegen *diese verfluchten Menschen*. Und sie fragte sich flüchtig, wie Jhiral darauf gekommen war, aus welchem Schuldgefühl oder aus welcher halb unterdrückten Furcht vor der Rasse heraus, die seinem Vater gedient, ihm jedoch den Rücken zugekehrt hatte. »Die Kiriath sind gegangen, ja. Aber sie sind wahrscheinlich nicht die einzige fast menschliche Rasse, die jemals dieser Welt einen Besuch abgestattet hat. In der großen Chronik der Nordländer, der Indirath M'nal, findet sich die Erwähnung eines Feindes, der zur Beschreibung von Eliths Dwendas passt. Ich habe den Text nicht ganz parat, muss ihn mir noch einmal ansehen, aber an eines erinnere ich mich, und zwar, dass diese Dwendas angeblich eine besondere Beziehung zu den Elementen hatten – dass sie zum Beispiel Stürme herbeirufen oder der Erde den Befehl erteilen konnten, sich zu öffnen und ihre Toten hervorzuspeien. Und gewissen Typen von Steinen und Kristallen sollen Kräfte innewohnen, die sie ihnen entziehen konnten.«

»Kristalle?« Jhirals Gesicht war ein Bild der Geringschätzung. »Oh, nun komm schon, Archeth! Niemand, ich meine *niemand* mit einer halbwegs anständigen Bildung glaubt an diesen Mist – Kristalle mit besonderen Kräften. Das ist was für die Bauern der nördlichen Sümpfe, die nie lesen oder rechnen gelernt haben.«

»Ich bin ganz Eurer Ansicht, Mylord. Zugleich ist es jedoch bekannt, dass mein eigenes Volk erfolgreich gewisse strukturelle Eigentümlichkeiten der Geologie zu Navigationszwecken nutzte. Da stellt sich mir einfach die Frage, ob die Dwendas nicht vielleicht etwas Ähnliches taten.«

»Navigation, hm?« Jhiral warf Shanta einen durchtriebenen Blick zu. Dieser sah verlegen aus. Archeth hatte ihm ihre Theorie dargelegt, hatte aber nicht viel Zuspruch geerntet. »Sprich weiter! Ich höre.«

»Gern, Mylord. Auf dem nördlichen Felsen oberhalb des Hafens von Khangset steht – stand, ich habe es jetzt entfernt – ein steinernes Götzenbild. Von annähernd menschlicher Gestalt, etwa so groß wie kleine Frau oder eine Halbwüchsige. Es besteht aus einem schwarzen, kristallinen Fels, Glirsht genannt, der gewöhnlich in den nördlichen Ländern vorkommt, weiter südlich jedoch fast unbekannt ist. Elith brachte die Figur zusammen mit dem sonstigen Hab und Gut ihrer Familie auf einem Wagen aus Ennishmin mit. Sie stellte sie auf den Felsen und stieg regelmäßig den Küstenpfad hinauf, um ihr Opfergaben darzubringen.«

Der Ausdruck von Geringschätzung kehrte zurück, diesmal auch auf Rakans und Shantas Gesicht. Die Offenbarung und ihre Anhänger hatten wenig für die Anbetung von Götzenbildern übrig; bestenfalls galt sie als primitiver Unsinn, der mit einer mehr oder weniger harten kirchlichen Hand unterbunden werden musste; im schlimmsten Fall war sie eine Todsünde und verdiente den Tod. Die Eroberungen des Reichs basierten auf der jahrhundertealten Prämisse, dass man diese Praktiken unterdrücken und die eroberten Völker den Irrtum ihrer Gebräuche lehren durfte. Wie genau das geschah, unterschied sich lediglich von Imperator zu Imperator sowie darin, wie hoch der jeweils angesetzte Militäretat war.

»Meiner Ansicht nach, Mylord, diente dieses Götzenbild vielleicht als eine Art Richtfeuer. Elith glaubt, es wären ihre Gebete und Opferungen gewesen, die die Dwendas nach Khangset holten. Ich neige eher zu der Annahme, dass ihre Rituale damit nichts zu tun haben. Aber der Stein selbst, der Glirsht, besitzt vielleicht eine Art …« Ein Schulterzucken; sie hatte es noch nicht geschafft, sich selbst von alldem zu überzeugen, geschweige denn Shanta. »… strukturelle Resonanz. Etwas, mit dem die Dwendas navigieren.«

Selbst in den Ohren hörte sich das schwach an. Jhiral sah sie ein paar Augenblicke an, dann hinab auf seinen Schoß, dann blickte er auf. Als er wieder das Wort ergriff, klang seine Stimme schwach, fast wehleidig. Zudem schwang in den Worten die flehentliche Bitte um eine simple Erklärung mit.

»Sieh mal, Archeth – könnte es sich nicht einfach um einen Fall von Piraterie handeln? Eine besonders ausgefuchste Piraterie. Piraten mit einem Hang zur Verkleidung, um ie Ängste unserer weniger weltklugen Bürger auszunutzen? Vielleicht sogar Piraten, die einen Anhänger der Magie in ihrer Mannschaft haben.« Der Imperator schnippte mit den Fingern – eine jähe Inspiration. »Im Übrigen könnten sie vielleicht sogar mit dieser Hexe aus dem Norden, die du mitgebracht hast, unter einer Decke gesteckt haben – was, wenn die für sie an der Küste spioniert hat und den Felsen hinaufgestiegen ist, um ihnen Zeichen zu geben?«

»Sie haben nichts mitgenommen, Mylord«, erinnerte sie ihn. »Und ich habe noch von keinem Piratenschiff gehört, das Waffen gehabt hätte, die den kiriathischen Verteidigungsanlagen Schaden zufügen konnten.«

»Wenn es die Dwendas waren«, sagte Rakan, vielleicht um seinem Imperator zu Hilfe zu kommen, »dann haben sie gleichfalls nichts mitgenommen. Warum wohl?«

Jhiral nickte weise. »Das ist ein sehr gutes Argument. Archeth? Gibt es Wesen, die an Gold oder Silber kein Interesse haben?«

Sie unterdrückte einen Seufzer. »Ich weiß es nicht, Mylord. Ich bin nur wenig vertraut mit der Mythologie. Aber es scheint klar, dass diese Angreifer, ob es nun Dwendas oder Menschen waren, nicht zum Plündern gekommen sind.«

»Sondern? Nicht wegen ihrer dortigen Priesterin, das steht fest. Sie haben sie im Stich gelassen.«

»Rache, vielleicht?«, fragte Shanta leise.

Es folgte ein kurzes, angespanntes Schweigen, und es war deutlich zu erkennen, dass der Marineingenieur sich inständig wünschte, den Mund gehalten zu haben.

»Rache an wem?«, fragte Jhiral mit gefährlicher Ruhe.

Archeth räusperte sich. Jemand musste es aussprechen. »Elith hatte unter den imperialen Streitkräften im Krieg sehr zu leiden. Einige Mitglieder ihrer Familie wurden brutal misshandelt. Eines davon starb, und die Übrigen wurden gegen ihren Willen umgesiedelt.«

»Na ja, wir haben alle im Krieg leiden müssen«, sagte Jhiral kurz angebunden. »Wir hatten im Kampf alle unsere Rolle zu spielen. Das ist keine Entschuldigung für Verrat oder Treuebruch am Reich.«

Archeths Erinnerungen zufolge hatten sich Jhirals Rolle im Kampf sowie seine Leiden darauf beschränkt, dass er bei der Inspektion der Truppen hinter seinem Vater herritt und salutierte. Trotz seiner Ausbildung hatte er nie eine Schlacht miterlebt.

»Ich glaube nicht, dass Mahmal Shanta meint …«

»Es ist mir egal, was er deiner Ansicht nach meint, Archeth.« Jhirals Gekränktheit wuchs jetzt zu echtem Ärger. »Wir haben lange genug um den heißen Brei herumgeredet. Wenn auch nur der leiseste Verdacht besteht, dass diese Frau, Elith, unseren Feinden geholfen hat, auf magische oder andere Weise, muss sie befragt werden.«

Archeth überlief es kalt.

»Das wird nicht nötig sein, Mylord«, sagte sie rasch.

»Ach, wirklich nicht?« Jhiral beugte sich zu ihr herab. Er stand kurz vor einem Wutausbruch. Aggressiver hatte er sich an diesem Abend noch nicht verhalten, selbst bei der Konfrontation mit Pashla Menkarak nicht. »Wie erfrischend, dass du dir plötzlich einer Sache ganz sicher bist! Vielleicht könntest du uns erklären, wie du dir in diesem Durcheinander aus Mythologie und vagen Vermutungen *so verdammt sicher sein kannst?«*

Die Sekunden tickten dahin; sie konnte das Uhrwerk fast hören. Vor ihrem inneren Auge stieg die sengende Erinnerung auf, an die Befragungen in der Vergangenheit, denen sie hatte beiwohnen müssen. Sie zwang sich mit aller Gewalt, nicht zu schlucken.

»Ich habe das Vertrauen dieser Frau gewonnen«, erwiderte sie wahrheitsgemäß. »Seit wir sie gefunden haben, hat sich die Nacht um ihren Geist allmählich gelichtet. Sie spricht mit mir, nicht immer sinnvoll, aber auch das bessert sich. Ich glaube nicht, dass irgendein Maß an auferlegten Schmerzen bei diesem Prozess hilfreich wäre – im Gegenteil, es würde sie in ihren Wahn zurückwerfen. Ich brauche mehr Zeit, Mylord. Wenn ich die habe, werde ich alles Wertvolle aus ihr herauskitzeln, das sie mir sagen kann, da bin ich mir sicher.«

Wieder herrschte Stille. Aber das Ticken des Uhrwerks vernahm sie nicht mehr. Jhiral wirkte nach wie vor skeptisch, aber auch besänftigt.

»Rakan?«, fragte er.

Archeths Blick zuckte zum Gesicht Ewigen Thron hinüber. Sie hätte es besser wissen sollen – auf diesem ausdruckslosen Gesicht zeigte sich nichts, an das sie sich hätte klammern können. Faileh Rakan überlegte kurz, aber das einzige Anzeichen dafür, dass hinter den verkniffenen Gesichtszügen etwas vor sich ging, war die leichte Abwesenheit in seinem normalerweise wachsamem Blick.

»Die Frau spricht«, sagte er schließlich. »Die Lady kir-Archeth hat anscheinend ihr Vertrauen gewonnen.«

Ja, Rakan, du verdammter Schönling! Archeth hätte dem Hauptmann des Ewigen Throns dafür das ausdruckslose Gesicht küssen mögen, in die Luft springen und jubeln können.

Sie unterdrückte den Impuls und beobachtete ihren Imperator.

Jhiral sah es. Er machte eine matte Geste.

»Nun gut. Aber ich möchte regelmäßig Bericht erstattet bekommen, Archeth. Mit handfesten Ergebnissen.«

»Ja, Mylord.«

»Rakan, wen hast du in Khangset als Befehlshaber zurückgelassen?«

»Sergeant Adrash, Majestät. Er ist ein guter Mann, ein Veteran aus den Kriegszügen in den Norden. Ich habe zwei Drittel der Abteilung bei ihm zurückgelassen, und außerdem hat er noch die Überreste der Marinegarnison. Sie sind gebeutelt, aber er wird sie rasch wieder auf Zack bringen.«

»Wie viele Männer hat er also?«

»Etwa einhundertfünfzig, alles in allem. Genug, um einen Kordon um die Stadt zu ziehen und dafür zu sorgen, dass keine Gerüchte über den Überfall hinausdringen, bevor wir es gestatten. Wir haben überall bekannt gegeben, dass auf umstürzlerisches Gerede und ungenehmigte Versammlungen eine Strafe steht, einen Galgen auf dem großen Platz errichtet und eine nächtliche Ausgangssperre verhängt. Auf diese Weise sollte die Ordnung in ein paar Wochen wiederhergestellt sein.«

»Gut. *Das* wenigstens klingt nach einem handfesten Fortschritt.« Ein säuerlicher Blick zu Archeth. »Verstehe ich es richtig, dass wir von diesen Dwendas noch mehr hören werden?«

»Ich werde sogleich mit meinen Nachforschungen beginnen, Mylord.«

»Schön. Hoffen wir, dass die Steuermänner sich etwas mehr zur Kooperation geneigt fühlen als üblich, hm?«

Dieselbe Sorge hatte an ihr genagt, seitdem sie Khangset verlassen hatten. Sie verdrängte sie und ließ eine Zuversicht in ihren Worten anklingen, die sie nicht empfand.

»Dieser Überfall stellt einen schwerwiegenden Angriff auf das Reich dar, Mylord. Ich glaube, dass sich die Steuermänner unter dieser Voraussetzungen auf ihr Verhalten in den Kriegszeiten besinnen werden.« *Genau, Archidi – das heißt, die, die noch als geistig gesund gelten können.* »Ich erwarte rasche Fortschritte.«

»Rasche Fortschritte?« Eine hochgezogene Braue. »Nun, ich werde dich beim Wort nehmen, Archeth. Wie du selbst sagst, ist dies ein schwerwiegender Angriff auf das Reich, und das zu einer Zeit, da die Beziehungen zu unseren Nachbarn im Norden nicht die besten sind, um es milde auszudrücken. Wir dürfen nicht schwach wirken. Ich werde keine Wiederholung der Ereignisse in Khangset dulden!«

Archeth dachte an den Schaden an den kiriathischen Verteidigungsanlagen des Hafens und überlegte sarkastisch, wie Jhiral jenen speziellen Aspekt des herrschaftlichen Willens durchzuexerzieren gedachte, falls die Angreifer zurückkehrten.

»Nein, Mylord«, sagte sie.

Wenn die Dwendas, zum Beispiel, den Fluss nach Yhelteth hinaufsegelten, an Land gingen und über die Straßen der Stadt stolzierten, wie sie es offenbar in Khangset getan hatten, geisterhaft und allem Anschein nach menschlichem Ermessen nicht verwundbar; wenn sie sämtliche *verfluchten Menschen* in die verjagten oder abschlachteten und dann wie rachedurstige Dämonen vor den Toren des Palastes auftauchten und nicht draußen gehalten werden konnten:

Was würde dann mit Jhiral Khimran, Imperator aller Lande, geschehen?

Ihr plötzlicher Zwiespalt überrumpelte sie, durchzuckte ihre Adern und ihren Bauch wie eine frische Dosis Krin. Entnervt von diesen neuen Überlegungen beschwor sie mit aller Macht das Bild des Kindes mit dem zermalmten Brustkorb herauf, das unter den verkohlten und herabgestürzten Balken gelegen hatte. Zwang sich zu dem Gedanken, dass unter *diesen verfluchten Menschen* auch einmal ihre Mutter gewesen war.

Es half – jedoch nicht so viel, wie nötig gewesen wäre.

17

Milacar von Gottes Gnaden hatte zwei Leibwächter für ihn organisiert – sonnengebräunte, sehnige Männer undefinierbaren Alters, die mit verschränkten Armen im oberen Raum der Kneipe herumstanden. Eine latente Bereitschaft zur Gewalttätigkeit quoll langsam wie Rauch aus ihnen heraus. Ringil hielt sie für Gorillas von der Bruderschaft des Sumpfs. Zweifelsohne war die Ausleihe an Milacar von der Loge genehmigt worden, als eine Art Gefallen. Keiner von beiden war sichtbar bewaffnet, aber ihre weite schwarze Kleidung konnte eine Vielzahl Waffen für den Nahkampf verbergen – und tat es wahrscheinlich auch. Sie musterten den Rabenfreund mit überraschten Blicken, aber keiner der Männer äußerte sich weiter dazu. Später verhielten sie sich in der schummrigen Beleuchtung wortkarg und aufmerksam und sowohl Ringil als auch Mil gegenüber respektvoll, aber ohne es zu übertreiben. Über eine Bezahlung fiel kein Wort, und interessanterweise auch keines über den Dwenda.

»Das größte Problem wird sein«, warnte sie Milacar, »an den Gassenjungen vorbeizukommen.«

Was nicht weiter überraschend war, zumindest nicht für Ringil. Er hatte sich in jener ersten Nacht die Umgebung näher erläutern lassen. Von Mil, der mit ihm auf dem Balkon gestanden und hinausgesehen hatte, die Stimme mutlos und vielleicht mit einem neidischen Beiklang. *Anderswo müsstest du dir nur Sorgen wegen der Wache machen, und die lässt für einmal Schwanzlutschen sich im Hafenviertel kaufen. Seit der Liberalisierung hat sich alles geändert. Die Sklavereilobby hat die Wachen aus Etterkal vertreiben lassen, hat die Leute geschmiert wie das Kanzleramt.*

Ringil grinste. *Da war eine Menge Schwanzlutschen.*

Ja, ja. Säuerlicher Tonfall. *Nach allem, was ich gehört habe, hat Xanthippe die Sache in die Hand genommen, also bewegte sie sich auf vertrautem Terrain. Wie dem auch sei, die Wache steht pro forma an den Grenzen des Viertels, insbesondere drüben bei Tervinala. Hauptsächlich weil sich dort die imperialen Kaufleute und Diplomaten herumtreiben, und im Augenblick sollen wir, trotz der Fremdenfeindlichkeit des Mobs, in ihnen* immer noch *geschätzte Handelspartner sehen. Inzwischen haben Findrich und einige andere mir unbekannte Leute die Straßen von Etterkal den Banden der Gassenjungen überlassen; die müssen über alles Ungewöhnliche Bericht erstatten. Sonst bekommen sie heftig Ärger. Wenn du mit diesem Stück kiriathischen Stahls, das du dir auf den Rücken geschnallt hast, allein in die Salzwüste wanderst, marschiert der erstbeste Gassenjunge, der dich zu Gesicht bekommt, schnurstracks zu Findrich, und du wirst kurze Zeit später von einer Ehrengarde zu ihm geleitet.*

Ich werde mit Findrich reden, wenn das nötig ist.

Ja – wenn er das von dir will. Und den Gerüchten zufolge hat Findrich heutzutage auch nicht mehr für Gespräche übrig als früher schon. Wahrscheinlicher ist, dass er dich einfach einen verdammten Kopf kürzer machen lässt und ihn dann den Dwendas übergibt. Ein langer Seufzer. *Sieh mal, Gil, warum machst du uns allen nicht das Leben ein bisschen leichter und hältst dich von Etterkal noch ein paar Tage fern? Gib mir nur ein wenig Zeit. Ich verschaffe dir deine Liste.*

Also gut. Er achtete darauf, es beiläufig klingen zu lassen. *Aber ich geh trotzdem hin, Mil. Das weißt du, nicht wahr? So oder so, früher oder später, ob du mir nun hilfst oder nicht.*

Milacar verdrehte die Augen. *Ja, ich weiß. So oder so; das letzte Gefecht in der Galgenschlucht, und so weiter. Sieh mal, überlass das einfach mir, Gil! Ich werde sehen, was ich tun kann.*

Was Mil tun konnte, war, wie sich herausstellte, teure Kleidung besorgen und sogar ein paar gefälschte Dokumente, die Ringil als einen yheltethischen Gewürzhändler auswiesen, der im Winter in

Tervinala seinen Wohnsitz hatte und auf dem Markt mitmischte, um sich seinen Aufenthalt zu versüßen. Es war eine ziemlich gute Tarnung. Das Blut aufseiten seiner Mutter und die Jahre des Landlebens in Galgenwasser hatten Ringil dunkelhäutig genug werden lassen, um damit durchzukommen. Zudem würden yheltethische Kaufleute jeglicher Couleur selbstverständlich örtliche Leibwächter anheuern, die sie durch die Straßen begleiten würden, also würden Milacars Leih-Gorillas auch nicht fehl am Platz wirken.

»Und dein lächerliches Schwert fällt zum Glück auch nicht auf. Heutzutage läuft praktisch jeder Mann aus dem Reich in Tervinala mit irgendeinem kiriathischen Imitat am Gürtel durch die Gegend, und die meisten Leute können eine Fälschung sowieso nicht vom Original unterscheiden. Gibt's wie Sand am Meer. Die halbe Zeit verkaufen sie die Dinger, um Spielschulden zu begleichen oder die Miete bis zum Frühjahr zu bezahlen. Du hast doch eins, nicht wahr, Girsh?«

Der Stämmigere von Milacars beiden Söldnern neigte den Kopf. »Hab ihn in irgendeiner Prügelei dem Leibwächter von jemandem abgenommen. Ein beschissener Zeremoniendegen, damit kann man nich mal 'ne Zwiebel schneiden. Nich mal halb so schwer wie guter Stahl.«

Mil kicherte. »Was die Mode nicht alles so verlangt, nicht? Girsh ist von den Leuten aus dem Reich nicht sonderlich beeindruckt.«

Ringil zuckte mit den Schultern. »Na ja, Kaufmänner, weißt du. Die sollte man nicht zum Maßstab für das ganze Reich nehmen.«

»Pass auf, Eskiath! Du sprichst mit einem Kaufmann, nicht vergessen.«

»Dachte, es wäre ein Stadtgründer.«

Der andere Söldner wandte sich an Ringil. »Sprecht Ihr Tethanisch?«

Ringil nickte. »Gut genug, um durchzukommen. Und du?«

»Ein wenig. Ich kann zählen.«

Girsh warf seinem Kameraden einen Blick zu, offenbar überrascht. »Du kennst die thetannischen Zahlen, Eril?«

»Ja. Wie willst du sonst diesen Leuten das Geld beim Kartenspielen abknöpfen?«

»Du wirst es sowieso nicht brauchen«, war Milacars Meinung. »Die Kleidung und die Waffe sollten reichen, es sei denn, dir laufen ein noch mehr Leute aus dem Reich über den Weg, und das ist zu dieser Nachtzeit und in diesem Teil der Stadt nicht sehr wahrscheinlich.«

»Meinst du, die Wache wird uns durchlassen? Zu dieser Nachtzeit?«

Eril machte eine vielsagende Geste: Er rieb mit dem Daumen über die Finger. »Wenn wir es richtig anstellen, bestimmt. Sie werden sehr liebenswürdig sein.«

Ringil dachte kurz an sein Handgemenge auf der Kutscherstraße und wie er mit seiner Börse alles bereinigt hatte, was seinem Kampfgeschick nicht gelungen war. Er nickte.

»In dieser Stadt ändert sich nie etwas, hm?«

Das erwies sich als zutreffend. An einer der improvisierten Straßensperren auf dem Schwarzsegel-Boulevard, wo Tervinala nominell endete und die Salzwüste begann, stand eine Schwadron von sechs gähnenden Wächtern in ausrangierten Kettenhemden und Helmen mit offenem Visier. Die Männer wirkten so empfänglich, dass sie auch gleich die Hand hätten ausstrecken können. Ihre Sperre bestand aus ausrangiertem Mobiliar, das vor allem dazu diente, dass man sich daranlehnen und in den Zähnen herumstochern konnte. Das Licht, das die Straßenlaternen auf der tervinalischen Seite warfen, hob die Dellen auf den mehr als betagten Helmen der Männer hervor und tauchte ihre Gesichter in einen schwachen Gelbton. Größtenteils trugen sie kurze Schwerter, nur einer oder zwei hatten Piken dabei, und allen hing der Dienst sichtlich zum Hals heraus. Keine Schilde. Ringil, der so etwas automatisch einschätzte, war der Ansicht, dass er die ganze

Gruppe im Kampf aufmischen könnte und kaum ein paar Kratzer davontragen würde.

Eril sprach den befehlshabenden Sergeanten an, und ein paar Münzen wechselten den Besitzer, so raffiniert, dass es Ringil fast entgangen wäre. Er konzentrierte sich in erster Linie auf die Dunkelheit auf der anderen Seite des Schwarzsegel-Boulevards konzentriert, wo es keine Laternen gab und die altertümlichen Halterungen entweder leer waren oder Fackeln trugen, die schon längst zu einem schwarzen Stumpf heruntergebrannt waren. Die Wache hatte ein paar Kohlebecken neben der Sperre aufgestellt, wahrscheinlich um die herbstliche Kühle fernzuhalten und nicht als Beleuchtung, und ihr Schein reichte kaum über die gepflasterte Straße hinaus. Die Häuser dahinter lagen im Dunkeln. Verschwommene Schatten bewegten sich hinter den Fenstern des ersten und zweiten Stockwerks, aller Wahrscheinlichkeit nach Späher der Straßenbanden, aber Dunkelheit und Entfernung machte etwas Unruhiges, Unmenschliches aus ihnen: hingekauerte Gestalten, scharfe Züge und Knochen in seltsamen Winkeln.

Tja, da hast du schon deine Dwendas, Gil. Und mehr als eine überreizte Einbildungskraft braucht man dazu nicht.

Aber sein Lächeln schwand gleich wieder. Es gelang ihm nicht, die Erinnerung an Milacars Furcht abzuschütteln. Die Geschichte von den lebendig amputierten Köpfen.

Der Sergeant der Wache rief einigen seiner Männer Befehle zu. Eril drehte sich um und winkte Ringil und Girsh heran. Der Sergeant deutete zu einer Seite der Sperre, wo einer der Pikenträger beiseitetrat, um sie durchzulassen. Um des Effekts willen murmelte Ringil eine Reihe von Dankesfloskeln auf Thetannisch und rezitierte dann, an Eril gewandt, die ersten paar Zeilen eines yhelthethischen Kinderreims.

»Elf, sechs, achtundzwanzig«, erwiderte Eril mit unbewegtem Gesicht, und sie schritten hinüber auf die dunkle Seite des Boulevards.

Hinter ihnen stocherte ein Wachmann, vielleicht um hilfreich zu sein, heftig mit seinem Schwert in dem Kohlenbecken herum und wühlte die matt glühenden Kohlen auf. Doch er bewirkte nur, dass lange Schatten an ihren Füßen vorbei über das Mauerwerk vor ihnen tänzelten.

»Habt Ihr je ein Kind getötet?«, fragte Girsh beiläufig, als sie unter einer schmalen überdachten Brücke hindurchgingen – bislang die dritte oder vierte –, über deren unverglaster steinerner Brustwehr Gassenjungen Arme und Köpfe herabhängen ließen und sie berechnend anstarrten.

Ringil dachte ans Osttor.

»Vergiss nicht, ich war im Krieg«, wich er aus.

»Ja, aber ich meine nicht *Echsen*jungen. Ich meine Menschen. Kinder, wie die da hinter uns, die uns beobachten.«

Ringil sah ihn neugierig an. Vermutlich war es nicht Girshs Schuld. Die meistens Leute in Trelayne glaubten, dass der Krieg ein ehrlicher Kampf für die menschliche Rasse gewesen – mit etwas technischer Unterstützung seitens der Kiriath – und dass es gegen einen unversöhnlichen, bösen und fremdartigen Feind gegangen war. Und Girsh war vermutlich trotz seiner ruhigen militärischen Kompetenz nicht informierter oder gebildeter als der nächstbeste Straßendieb; aller Wahrscheinlichkeit nach hatte er in seinem Leben die Grenzen der Liga nie überschritten, vielleicht war er sogar nicht einmal außer Sichtweite Trelaynes gewesen. Und ganz bestimmt war er Naral oder Ennishmin oder einem anderen der Halbdutzend verpisster kleiner Grenzstreitigkeiten, zu denen der Krieg am Ende herabgesunken war, nie auch nur auf hundert Meilen nahegekommen. Weil er andernfalls nämlich …

Sinnlos, sich jetzt darin zu verlieren. *Lass es gut sein,* hatte ihn Archeth bei ihrer letzten Begegnung gedrängt, und er hatte sich alle Mühe gegeben. Wirklich.

Er gab sich immer noch alle Mühe.

»Ich hätte kein Problem damit, falls es dazu kommt«, sagte er ruhig.

Girsh nickte und ließ es dabei bewenden.

Andere waren weniger fügsam.

Nein, du hast nie ein echtes Problem gehabt, nicht wahr?, flüsterte etwas, das vielleicht Jelim Dasnels Geist gewesen sein mochte. *Nicht, wenn's drauf ankommt.*

Er schüttelte es ab. Versuchte, es ebenfalls dabei bewenden zu lassen.

Sie standen in Eingängen, schauten aus Fenstern heraus und von den niedrigsten Dächern herab, sie gingen ein paar Dutzend verstohlener Schritte hinter ihnen die Straße entlang – die Gassenjungen blieben ihnen auf den Fersen.

Als ob sie es wüssten.

Ah, nun komm schon! Hör auf mit diesem Scheiß!

Er konzentrierte sich auf die Straße, hielt sich wieder am Hier und Jetzt fest. Wenn sie heute Nacht beisammenblieben, würden sie niemanden töten müssen, erwachsen oder nicht. Etterkal war trotz Milacars Schauergeschichten nicht beängstigender als irgendein anderer heruntergekommener Stadtteil, den er des Nachts durchschritten hatte. Die Straßen waren schmal und anders als die Boulevards in Tervinala oder in einigen der Stadtviertel flussaufwärts nur teilweise beleuchtet, aber sie waren größtenteils nicht schlecht gepflastert, und die Fenster der Häuser sowie die Schaufenster von Geschäften, die zu dieser Stunde noch geöffnet hatten, spendeten genügend Licht. Alles Übrige bestand einfach aus Dunkelheit und den Bewohnern – den unausweichlichen grell geschminkten Huren, die ihre Brüste zeigten und die Röcke hoben und derart verlebte und grobe Gesichter hatten, dass selbst dick aufgetragene Schminke die Spuren der Verwüstung nicht überdecken konnte; hinzu kamen ihre Luden, die in Eingängen und Mündungen von Seitengassen herumlungerten wie halb heraufbeschworene dunkle Geister. Gelegentlich tauchte aus dem

Dämmer auch eine haifischartige Gestalt auf, die gut und gern ein Lude hätte sein können, jedoch keiner war, taxierte die Passanten und zog sich ebenso rasch wieder zurück, als klar wurde, worum es sich bei Ringil und seinen Begleitern handelte. Und dann gab es noch die kaputten, nach Pisse stinkenden, an Mauern zusammengesunkenen Gestalten, die zu betrunken, zu vollgepumpt mit Drogen oder zu heruntergekommen waren, um noch anderswo hingehen zu können, darunter zweifelsohne einige Leichname – Ringil entdeckte welche, die bei denen es kaum zu übersehen war –, die endlich aller Sorgen um Handel, Lebensunterhalt, Schutz oder chemische Flucht ledig waren.

Sie erreichten die erste Adresse auf Mils Liste.

Für einen Sklavenmarkt machte der Bau nicht viel her. Eine lange, verschachtelte Front, drei Stockwerke mit verrotteten, schlecht schließenden Fenstern, durch deren Ritzen hier und da Licht sickerte, die jedoch größtenteils in Dunkelheit lagen. Die Wände waren schmutzig, an einigen Stellen war der Putz bis auf die Ziegel dahinter abgeblättert, und das Dach reichte tief herab wie ein gesenktes Augenlid. Zu ebener Erde befanden sich einige Türen mit einem soliden Gitter davor. Eine große Einfahrt unmittelbar vor ihnen war fest mit schweren, eisenbeschlagenen Flügeltüren verschlossen. Sie sahen aus, als könnten sie Rammböcken standhalten.

Damals, bevor die erbärmlichen kleinen Fischerhäfen an der Mündung des Trel so richtig ausgehoben worden waren, war Etterkal ein Viertel mit Lagerhallen für die landeinwärts ziehenden Handelskarawanen gewesen, und was sie hier vor sich hatten, war das typische Beispiel eines Erbes aus dieser Epoche.

Im Lauf der Zeit hatte der zunehmende Seehandel den Karawanenhandel überflüssig gemacht, und Etterkal war zerfallen. Die Armut war gekommen und hatte das Viertel aufgefressen; dann hatte sich das Verbrechen auf die verbliebenen Reste gestürzt. Erlebt hatte Ringil das jedoch nicht direkt – der Vorgang war zur Zeit seiner Geburt bereits vollständig abgeschlossen gewesen und der Leichnam Etterkals durch und durch verrottet. Aber das Prinzip war ihm vertraut. So existierten beispielsweise in Yhelteth für jede kommunale Behörde schriftlich niedergelegte religiöse Vorschriften, dass für den Unterhalt sämtlicher Städte oder sämtlicher Viertel mit einer Bevölkerung, die überwiegend aus Gläubigen bestand, zu sorgen war. Aber hier in Trelayne neigten die Mächtigen mehr zu wohlwollender Vernachlässigung. Es hätte keinen Sinn und brächte auch nichts ein, gegen den Strom des Kommerzes zu schwimmen, argumentierten sie, und in Etterkal war dieser Strom rasch versiegt. Das Geld suchte sich einen anderen Ort zum Leben, und alle, die dazu in der Lage waren, gingen mit.

Aber die Lagerhallen blieben. Sie waren groß und düster und unmöglich zu vermieten. Einige teilte man auf und machte daraus lausige Wohneinheiten für die Arbeiter der frisch erblühenden Werften – nicht, dass eine solche Strategie jemals funktioniert hätte –, einige riss man ab, um die dort hausenden Vagabunden zu vertreiben. Ein paar brannten aus Gründen nieder, die niemand so recht kannte und die auch keinen interessierten. Bei Ausbruch des Krieges wurden die billigen Wohnungen kurzzeitig zur Einquartierung von Soldaten und zur Lagerung von Material genutzt, aber das Viertel konnte langfristig nicht davon profitieren. Der Krieg ging zu Ende, und die Soldaten kehrten heim. Niemand würde ohne ausdrückliche Anweisung nach Etterkal ziehen. Da blieben nur die Sklaven sowie diejenigen, die mit ihnen handelten.

Girsh entdeckte eine kleine Luke im Eingangstor und begann, mit einem kurzen, abgenutzten Knüppel, den er aus seinem Gewand hervorgezaubert hatte, darauf einzuschlagen. Ringil neben ihm gab sich aristokratisch-überheblich vor, falls jemand aus einem der Geschosse weiter oben herabsah. Girsh musste gut fünf Minuten klopfen, bis schließlich klirrend die Riegel zurückgeschoben wurden und die Luke sich nach innen öffnete. Ein mürrischer, narbengesichtiger Türhüter trat auf die Straße, das Kurzschwert gezogen.

»Was soll das, verdammt noch mal?«, brüllte er.

Eril hatte die Führung übernommen. Er wandte sich an Ringil und rasselte eine Reihe Zahlen auf Tethannisch herunter. Ringil neigte den Kopf, gab vor, zu überlegen, und äußerte dann ein paar sinnlose Sätze. Eril wandte sich wieder dem Türhüter zu.

»Dies ist Mylord Laraninthal von Shenshenath«, sagte er. »Er ist auf Empfehlung hier und möchte eure Waren in Augenschein nehmen.«

Auf das Gesicht des Türhüters trat ein höhnisches Grinsen. Er hob sein Schwert.

»Tja, mein Herr erledigt zu dieser Stunde keine Geschäfte«, sagte er zu ihnen. »Ihr werdet wiederkommen müssen.«

Mit ausdrucksloser Miene versetzte ihm Eril einen Fausthieb in den Magen.

»Und *mein* Herr«, informierte er den zu Boden gegangenen Lakaien, der nach Luft schnappte, »mag es nicht, wenn er wie ein gewöhnlicher Hafenarbeiter behandelt wird. Insbesondere nicht von Schweinen aus dem Hafenviertel wie dir.«

Würgend tastete der Türhüter auf den Pflastersteinen nach seinem Schwert. Girsh kickte es beiläufig weg. Eril ging in die Hocke und packte den Mann beim Kragen und bei den Eiern.

»Wir wissen«, sagte er im Plauderton, »dass dein Herr mit exotischen Waren handelt. Und wir wissen, dass er seine Geschäfte gern zu exotischen Stunden abschließt, wenn nur der Preis stimmt. Steh auf!«

Dem Türhüter blieb wenig anderes übrig. Eril zerrte ihn hoch und stieß ihn gegen das eisenbeschlagene Holztor.

»Mylord Laraninthal kennt sich im Markt für eure Ware aus, und er ist ungeduldig. Er ist gewillt, einen beträchtlichen Preis zu zahlen. Also geh jetzt, hol deinen Herrn und teile ihm mit, dass ihm eine ganz besondere Gelegenheit entgeht.«

Ächzend hielt sich der Türhüter das Geschlecht. »Was für 'ne Gelegenheit?«

»Die Gelegenheit, dass ihm sein Geschäft nicht unter dem Hintern abgefackelt wird«, erwiderte Girsh mit unbewegtem Gesicht. »Nun verpiss dich und sag's ihm. Nein, weg von der Tür. Wir kommen mit rein und warten drinnen.«

Der Türhüter ließ von seinem halbherzigen Versuch ab, ihnen die Luke vor der Nase zu schließen, und sie folgten ihm durch einen langen, hell erleuchteten Gang in einen dahinterliegenden Innenhof. Eine Seitentür in der Mauer des Gangs stand offen, und der Türhüter verschwand darin, humpelnd und in sich hineinbrummelnd. Die drei standen im Schein der Fackel und beäugten ihre Umgebung mit professionellem Interesse.

»Meint ihr, die schlagen zu?«, fragte Ringil.

Eril zuckte mit den Schultern. »Sie wollen überleben, genau wie alle anderen auch. Blutvergießen bringt nichts, wenn man auch handeln kann.«

Girsh schlug mehrmals mit seinem Knüppel auf seine Handfläche ein. »Sollen sie doch zuschlagen! Ein paar meiner Vettern haben seit der Freigabe ihre Familie an den Schuldblock verloren. Hätte nichts dagegen.«

Ringil räusperte sich. »Nichts überstürzen! Ich benötige Informationen von diesen Leuten, keine eingeschlagenen Schädel!«

»Jeder hat Vettern, deren Familie versteigert wurde«, sagte Eril ruhig. »Das ist die Zeit, Girsh. Daran kannst du nichts ändern.«

Danach warteten sie schweigend.

Der Türhüter kehrte zurück, begleitet von einem größeren und hässlicheren Kollegen, der einen Morgenstern an seinem Gürtel trug und in dessen Stiefel ein langes Messer steckte. Er sah nicht so aus, als würde er in einem Zweikampf eines von beiden benötigen.

»Mein Herr möchte euch jetzt empfangen«, sagte der Türhüter verdrossen.

Anscheinend hatten sie Terip Hale aus dem Bett geholt.

Der Sklavenhändler saß in seidenem Morgenmantel und Hausschuhen an den bloßen Füßen hinter seinem dunklen Eichenschreibtisch. Das ergrauende Haar war zerzaust und vom Kissen platt gedrückt. Der Schein der Lampe verlieh seiner Haut einen gelblichen Schimmer. Ringil kannte ihn nicht, aber er passte gut zu Mils kurzer Beschreibung. *Schmieriger alter Sack, hat Augen wie eine tote Schlange.* Das traf es genau. Einst ein armseliger Schmuggler, der über verbotene Wege durch den Sumpf einen Schwarzhandel betrieb, war Hale unter der Liberalisierung offenbar richtig aufgeblüht. Infolge seines früheren Erfolgs als Krimineller, der den Leuten alles besorgte, was sie brauchten, kannte er die Wünsche der Menschen in- und auswendig. Ein feines Gespür am Auktionsblock hatte ihm offenbar einen ersten Vorsprung verschafft, und durch ein dicht geknüpften Netzes von Außenkontakten in anderen Städten der Liga blieb er dem gemeinen Pöbel stets weit voraus. Auf seine Weise war er gefährlich, so schätzte ihn Milacar ein, andererseits jedoch kein unvernünftiger Mann.

Er richtete die ausdruckslosen schwarzen Augen starr auf Ringil.

»Da springt besser was bei raus«, sagte er milde.

»Ich danke Euch, verehrter Sir, für die …«

Um des Anscheins willen hatte Ringil auf Tethannisch angefangen. Jetzt hüstelte er verlegen und wechselte zu Naomisch mit einem gutturalen Beiklang, wie es bei Männern des Reichs üblich war, die Trelaynisch zwar gelernt, aber nie im Gebiet der Liga gelebt hatten. Er merkte, dass der Türhüter und der Gorilla mit dem Knüppel einander hämisch angrinsten.

»Verehrter Sir, ich danke Euch, dass Ihr mich zu dieser späten Stunde empfangt.« Er scharrte mit den Füßen und täuschte eine Zaghaftigkeit vor, wie er sie gern bei Spielen mit Mil einsetzte. Samthäutiger, aus Yhelteth entführter Junge bettelt seinen Fänger an, ihn nicht zu verderben – natürlich vergebens. »Ich, äh, wäre nicht so spät gekommen, seht Ihr, aber diesen Besuch würde mein Vater nicht gutheißen, wenn er davon erführe. Ich bin Laraninthal, ältester Sohn des Krenalinam von Shenshenath, Mitglied – äh, wir beide sind es – der yheltethischen Handelsmission in Tervinala und vor Kurzem in Eurer schönen Stadt eingetroffen, von der ich sagen muss …«

»Ja, ja.« Hale winkte das Geschwafel wie ein lästiges Insekt beiseite. *»Was* genau würde Euer Vater an Eurem Besuch nicht gutheißen?«

Ringil zögerte ein paar kalkulierte Sekunden lang. »Seinen Zweck, Herr.«

Hale verdrehte die Augen und gab dem Türhüter ein Zeichen, woraufhin dieser wortlos den Raum verließ. Der Sklavenhändler verschränkte die Hände.

»Ja. Reden wir von diesem Zweck, oder?«

»Gerne.«

Eine weitere Pause. Hale unterdrückte sichtlich einen Seufzer.

»Also, *worin* besteht er? Euer Zweck? Was *wollt* Ihr, Laraninthal von Shenshenath?«

»Ich wünsche …« Ringil räusperte sich und sah sich im Raum um »… eine Bettgenossin. Eine Frau, die ich hier in Trelayne benutzen kann.«

Ein kleines Lächeln spielte um Hales Mundwinkel.

»Verstehe. Und Eurem Vater würde das nicht gefallen?«

»Mein Vater ist ein konservativer Mann. Er möchte nicht, dass ich meinen Samen bei Frauen vergeude, die nicht von den Stämmen sind.«

»Tja, Väter können in dieser Hinsicht schwierig sein, nicht wahr?« Hale nickte weise. »Natürlich, zu einem gewissen Preis könnte ich Euch wahrscheinlich mit einem yheltethischen Mädchen versorgen. Vielleicht sogar von Eurem speziellen Stamm. Ihr wäret überrascht, wie leicht …«

Ringil hielt eine Hand hoch. »Ich fühle mich nicht … zu Frauen aus dem Süden … hingezogen. Ich möchte helle Haut, heller als meine. Ich möchte …«

Er zeigte es mit den Händen. Terip Hale grinste.

»Allerdings. Diesbezüglich sind die Mädchen hier oben normalerweise gut ausgestattet. Auch habe ich nicht zum ersten Mal von einem Eurer Landsmänner so etwas gehört. Abwechslung ist die Würze des Lebens, wie ich immer zu sagen pflege.« Ein leises Geräusch von der Tür. »Aha, apropos, seht mal da!«

Der Türhüter kam in Begleitung eines Mädchens zurück, das ein schreiend bunt bemaltes Holztablett mit Kelchen und einem Krug trug. Sie hatte kaum mehr als drei Hände Stoff am Leib, den ein paar dünne Schnüre zusammenhielten, und ihr Gang betonte das, was zur Schau gestellt werden sollte. Sie war zu jung für das Make-up, das sie aufgelegt hatte, und um ihre Augen lagen Sorgenfalten wie bei jemandem, der daran zu erinnen versuchte, wie eine komplizierte Aufgabe zu erledigen war, aber sie entsprach mehr oder weniger den eben besprochenen Einzelheiten. Ringil achtete darauf, dass sein Blick auch an ihren Rundungen hing, als sie durch den Raum ging. Hale sah es und lächelte.

»So. Gefällt sie Euch?«

»Ja. Die wäre, äh, passend, aber …«

»Oh, da bin ich mir sicher.«, sagte Hale träumerisch, der beobachtete, wie das Mädchen Krug und Kelche auf dem Schreibtisch abstellte. »Unglücklicherweise steht Nilit nicht zum Verkauf. Ich habe ein wenig Gefallen an ihr gefunden. Aber sie ist wirklich nichts Besonderes, und sie hat Schwestern.«

Er blickte auf.

»Ich meine das ganz wörtlich. Schwestern, zwei Stück. Alle zusammen verkauft. Aber die beiden anderen sind noch in der Ausbildung. Das kann eine Weile dauern, besonders, wenn die Mädchen … temperamentvoll sind.«

Nilit stieß gegen einen der Kelche, die sie bereits abgestellt hatte. Er kippte um, rollte über die Schreibtischkante und fiel mit hohlem Geklapper zu Boden. Hale presste verzweifelt die Lippen zusammen. Nilit kauerte sich hin, um den umherrollenden Kelch aufzuheben, und sah Ringil kurz in die Augen. Die Sorge darin war verschwunden, ausgelöscht von einem naheliegenderen Entsetzen. Sie stellte den Kelch zurück, ließ den Kopf hängen und murmelte Hale unhörbar etwas zu. Er hob einen Finger, und sie hielt sogleich den Mund.

»Verschwinde!«, fauchte er.

Das Mädchen eilte davon und vergaß dabei sogar ihren Hüftschwung. Hale schenkte aus dem Krug ein, nur zwei Kelche voll, und winkte Ringil herbei.

»Bitte, bedient Euch! Wählt einen Becher. Dies ist einer der besten Weine, welche die Liga auf ihrem Territorium zu bieten hat. Bevor jemand Kunde von Terip Hale ist, wird er ein geehrter Gast des Hauses. Wie sonst könnten wir eine vertrauensvolle Handelsbeziehung aufbauen?«

Ringil nahm einen der Becher und hielt ihn in die Höhe. Einen Augenblick lang ahmte Hale diese Geste nach und trank dann als Erster, wie es die Sitte vom Gastgeber forderte. Ringil folgte seinem Beispiel, schluckte und nickte anerkennend.

»Gute Lage, hm?«, brummte Hale.

Eigentlich war der Wein nichts Besonderes. Eine rote Jith-Urnetil-Traube, Spätlese, natürlich, *der* Geschmack konnte einem nicht entgehen, aber etwas zu süß für Ringils Gaumen und mit einem unangenehmen Nachgeschmack. Er war sowieso niemals ein großer Liebhaber der Weine aus der Küstenregion gewesen, und diesem hier mangelte es allzu sehr an Bouquet. Aber er war gewiss teuer gewesen, und das zählte für Männer wie Hale am meisten.

»Also.« Der Sklavenhändler leerte seinen Kelch und setzte ihn nieder. In seinen Augen lag ein erwartungsfroher Glanz. »Ich würde sagen, dass wir, da Eure Anforderungen ziemlich klar sind, einfach zusammen in die Ställe gehen und nachsehen, ob wir etwas haben, das Eure …«

Ringil hüstelte leicht. »Da wäre noch etwas.«

»Oh?« Ein höfliches Hochziehen der Braue. »Und die wäre?«

Ringil umfasste seinen Kelch und sah hinein. Setzte eine verlegene Miene auf. »Ich hatte ja schon erwähnt, wie mein Vater über meine ... Präferenzen denkt. Über dieses, äh ... Verhalten meinerseits.«

»Ja.« Es gelang Hale nicht so ganz, sich die Langeweile nicht anmerken zu lassen. »Ja, ich glaube, darüber hatten wir gesprochen. Fahrt fort!«

»Nun, is gibt da etwas, bei dem ich mir sicher sein muss, bevor ich bei Euch kaufe – es darf keine Nachkommen von dieser Frau geben. Sie muss unfruchtbar sein.«

Die Stimmung im Raum veränderte sich abrupt.

Es war schon bizarr. Ringil spürte die Veränderung so wie gewöhnlich das Vorspiel zu einer Schlacht: ein leichter Druck auf seinen unteren Rücken, ein ganz schwaches Kribbeln zwischen den Schulterblättern. Irgendwie hatte er anscheinend das Falsche gesagt. In der jähen Stille, die sich hinter seinen Worten auftat, blickte er von seinem Glas auf und sah, dass sich Terip Hales Haltung unmerklich verändert hatte.

Der Sklavenhändler hob erneut seinen geleerten Kelch und musterte ihn, als hätte er ihn nie zuvor gesehen hätte und könnte sich nicht vorstellen, wie er hierhergekommen war.

»Das ist eine sehr ... spezielle Bedingung«, sagte er leise. Er sah Ringil an. Seine Vorfreude verschwunden. »Also, Mylord Laraninthal, ich bin mir nicht ganz sicher, ob wir Eure Bedürfnisse so leicht erfüllen können.«

Ringil war verblüfft. Das hatte er nicht gewollt. So, wie er Laraninthal geschildert hatte – wohlhabend, jedoch schüchtern, erst vor Kurzem in Trelayne eingetroffen, voller Unbehagen über seine Wünsche und voller Furcht vor seines Vaters Meinung –, hätte er für Terip Hale eine unwiderstehliche Gelegenheit darstellen sollen, und zwar aus folgendem Grund: Wenn Laraninthal neu in der

Stadt war, hätte er kein rechtes Gespür für den hiesigen Markt und daher auch keine klare Vorstellung davon, was ihn seine hellhäutige, gut ausgestattete Sexsklavin kosten würde. Dass es ihm zunächst peinlich gewesen war, gab diesem Umstand noch mehr Gewicht. Hale könnte ihn beim Preis nach Strich und Faden übers Ohr hauen. Und das war bloß der Anfang – richtig eingefädelt, könnte der Sklavenhändler durch etwas untergründige Erpressung den Deckel zu einer ganzen Schatztruhe auftun. *Seht Ihr, Mylord, da sind wohl Gerüchte im Umlauf. Wir wollen doch nicht, dass sie Eurem Vater zu Ohren kommen, oder? Jetzt macht Euch keine Sorgen, wir können das Geschwätz bestimmt zum Schweigen bringen – aber das wird ein bisschen kosten, wie üblich in solchen Fällen …*

Und so weiter. Solange dieser Laraninthal in Trelayne war, ließe er sich diskret, aber beständig anzapfen.

Das würde Hale sich nicht entgehen lassen.

Ja, aber offenbar ist der alte Terip bereit, die Sache fallenzulassen. Und dich auch, Gil, wenn du das nicht verdammt schnell in den Griff bekommst.

»Wenn das …« Er war so überrascht, dass ihm der Akzent verrutschte – er holte ihn wieder zurück, räusperte sich und improvisierte einen beleidigten, pikierten Tonfall. »Wenn das ein Trick ist, um den Preis in die Höhe zu treiben, dann werde ich nicht …«

»Wir haben noch gar nicht über einen Preis gesprochen«, bemerkte Hale, immer noch mit seidenweicher Stimme. Aber Ringils vorgetäuschte Entrüstung hatte offenbar den gewünschten Effekt gehabt. Die Anspannung des Sklavenhändlers ließ ein wenig nach. Er setzte den Kelch ab und legte die Fingerspitzen aneinander. »Auf jeden Fall ist es nicht der Preis, der mir Sorgen bereitet. Es ist mir bloß nicht einsichtig, weshalb Euch die Fruchtbarkeit der in Frage stehenden Dirne so beunruhigen sollte. Wenn sie einen dicken Bauch bekommt, können wir Euch rasch Ersatz beschaffen, und zwar lange bevor sie unansehnlich wird. Und übrigens, der Nachkömmling, falls er überlebt, wird von Gesetzes wegen

Euch gehören. Ihr könnt ihn zusammen mit der Mutter verkaufen, wenn sie Euch nicht mehr gefällt, oder von ihr getrennt, wenn das Euren Erlös steigert. In dieser Angelegenheit ist der Markt flexibel.«

»Ich, äh, ich wüsste nicht, wie man da vorgeht ...«

»Oh, Ihr könnt Euch meiner Sorgfalt in einem solchen Fall sicher sein. Ich stehe Euch gern in jeder gewünschten Hinsicht zur Verfügung.«

Ja, da gehe ich jede Wette ein – gegen einen kleinen Obolus. Aber Hale schien zumindest wieder in die richtige Richtung zusteuern. Ringil räusperte sich zurückhaltend.

»Seht Ihr, imperialem Gesetz zufolge kann der Nachkömmling eines Sklaven nicht ...«

»Ja, stimmt.« Ein Hauch von Ungeduld schlich sich jetzt in den Ton des Sklavenhändlers. »Aber Ihr seid jetzt nicht *im* Reich, Mylord. Bei uns herrscht das Gesetz der Liga, und ich versichere Euch, dass ich es haargenau kenne, soweit es um mein Geschäft geht.«

»Na ja, dann.« Verstimmt. »Vermutlich ...«

»Ausgezeichnet!« Hale klatschte in die Hände. »Also, ich finde, wir sollten jetzt hinuntergehen, anstatt die ganze Nacht lang zu reden, und ein wenig Fleisch beschauen. Da habt Ihr dann etwas, das Ihr überschlafen könnt, nicht wahr, Lord?«

Ein obszönes Blinzeln. Ringil gab sein Bestes, Begeisterung zu zeigen.

»Ach, und zuvor könnte Mylord Laraninthal mir vielleicht einige weitere Besonderheiten mitteilen, die ihm vorschweben. Unser Bestand ist groß, und es erspart uns vielleicht Zeit, wenn wir ihn eingrenzen können. Bevorzugt Ihr vielleicht eine bestimmte Haarfarbe? Größe? Wie ich weiß, sind Eure Frauen im Süden ziemlich feingliedrig.«

Ringil rief sich Sherin ins Gedächtnis zurück, seine eigenen verblassten Kindheitserinnerungen und das, was Ishil ihm über ihre Herkunft gesagt hatte. Er hatte die Kohleskizze in der Tasche, die ihr gegenwärtiges Aussehen zeigte, wollte jedoch erst einmal abwarten und seine Karten nicht zu früh aufdecken.

»Ich habe gehört, dass Ihr in dieser Stadt eine Rasse habt, die draußen in den Sümpfen lebt. Stimmt das?«

»Ja.« Hale sah ihn argwöhnisch an. »Das stimmt. Was ist damit?«

Ringil räusperte sich. »Zahllose meiner Landsmänner haben mir berichtet, dass die Sumpffrauen sich, äh, nun ja, ... anders im Bett benehmen. Ihr wisst schon. Dass sie sich, äh, dem Akt hingeben. Völlig. Wie Tiere.«

Das war frei erfunden – die Sumpfbewohner hatten in Yhelteth keinen solchen Ruf; im Grunde wussten die meisten Reichsbewohner auch gar nichts von ihrer Existenz als selbständiger Gruppierung. Für das Reich war das gesamte Gebiet von Trelayne von rückständigen, im Sumpf buddelnden Bauern bewohnt. Nur wer sehr gut informiert oder viel herumgekommen war, verstand etwas von den Unterschieden. Aber wie dem auch sein mochte – es reichte als Begründung. Dasselbe Geraune von überbordender Sexualität gab es über Frauen jeder brutal misshandelten oder unterdrückten Rasse unter dem Band. Ringil hatte es von Soldaten am Lagerfeuer gehört, und zwar in jedem Landstrich, in dem er nach dem Krieg mit dem schuppigen Volk gekämpft hatte. Es war eine elementare Rechtfertigung für Vergewaltigung.

Manchmal hatte den Gedanken gehabt, man hätte es auch den Echsenfrauen nachgesagt, wenn das schuppige Volk nicht gar so unendlich fremdartig gewesen wäre.

Na ja, ausschließen würde ich auch das nicht, hatte ihm Archeth einmal gesagt, zusammengekauert gegen den Küstenwind in Gergis, und hatte zu dem Lager unter ihnen hinuntergeblickt. *Diese Männer würden den Schlamm ficken, wenn man ihn eine angenehme Temperatur brächte.*

Sie sprach über ihre eigene Truppe.

»Sumpfbewohner, hm?« Auf Terip Hales Gesicht zeichnete sich

langsam ein Lächeln ab. »Na ja, so habe ich das zuvor noch nicht gehört. Aber Ihr werdet ja wissen, was Ihr wollt. Janesh!«

Der Türhüter trat einen Schritt vor. »Mylord.«

»Wir statten den fröhlichen Langbeinern einen Besuch ab. Geh schon mal voraus und sorge dafür, dass alles weit offen steht. Gewissermaßen.«

Das Gesicht des Türhüters verzog sich zu einem breiten Grinsen. »Jawohl, Sir.«

Hale sah ihm mit einem todernsten Gesicht nach, das völlig im Widerspruch zu seinem Scherz stand. Er schien einen Gedanken zu wälzen.

»Wir handeln nicht viel mit vollblütigen Bewohnern«, sagte er nachdenklich. »Obwohl wir es vielleicht tun sollten, wenn es stimmt, was Ihr sagt. Aber das ist problematisch, versteht Ihr? Ihre Familien eint zumeist ein sehr starkes Band, und als Volk sind sie stur und geistlos. Ich habe Fälle erlebt, da wollte ein Mann im Sumpf lieber verhungern, als seine Kinder zu verkaufen. Ich meine, was soll man mit solchen Leuten machen?«

Ringil verbarg sein Gesicht hinter dem Weinkelch.

»Zum Glück ist es unter unseren gewöhnlichen Bürgern nicht ganz so ungewöhnlich, dass sie vom Blut der Sumpfbewohner abstammen …« Hale gestattete sich ein dünnes Lächeln. »… wie Euch eben jene Bürger weismachen wollen. Man weiß, dass es sogar in die vornehmsten Familien von Trelayne eingesickert ist. Macht Euch keine Sorgen, Laraninthal von Shenshenath, wir werden ein Mädchen mit geeignetem Blut für Euch finden.«

Danach plauderten sie, während Ringil seinen Kelch leerte, den schüchternen imperialen Fatzke gab und seine Gefühle hinter einer Maske verbarg. Vorsichtiger Optimismus breitete sich ihm aus. Er erwartete natürlich nicht, Sherin hier zu finden – selbst wenn sie in Hales Bestand gegangen war und nicht in einem der anderen, die sich auf Konkubinen spezialisiert hatten, wäre das einen Monat her. Trotz der Bemerkungen des Sklavenhändlers über die Schwierigkeiten bei der Ausbildung temperamentvoller Mädchen glaubte Ringil nicht, dass es so lange brauchen würde, ein junges Mädchen zu brechen, das sich wahrscheinlich bereits wegen seiner Unfruchtbarkeit wertlos fühlte, das von seiner ganzen Familie gemieden und dann, schließlich, von dem Mann verraten worden war, der es eben dieser Familie weggenommen hatte.

Aber wenn sie hier gewesen war, gäbe es Spuren. Erinnerungen der anderen Mädchen, der Diener und Händler. Es gäbe Verkaufsdokumente, irgendwo. Es war jetzt ein legaler Handel. Teil der schönen neuen Welt, für die sie alle gekämpft hatten. Wenn dies der richtige Ort war, stand die Tür halb offen, und Ringil konnte den Rest leicht erledigen – selbst wenn das bedeutete, Terip Hale an irgendeinen abgeschiedenen Ort zu bringen und das Nötige mit glühenden Kohlen und Eisen aus ihm herauszuholen.

Andernfalls ... na ja, er hatte die anderen Namen auf Milacars Liste. Er konnte wieder von vorn anfangen.

»Sollen wir hinuntergehen?«, fragte ihn Hale.

Er lächelte und nickte in eifriger, geckenhafter Zustimmung.

Anscheinend wurden die erquicklichen Langbeiner auf der anderen Seite des Gebäudes gehalten. Ringil folgte Hale hinab in den Innenhof. Eril und Girsh bildeten zusammen mit Hales knüppelbewehrtem Gorilla die Nachhut. Alle beobachteten einander mit abgebrühter Gelassenheit. Die Nacht war klar und kalt geworden, während sie im Haus gewesen waren – sie durchquerten den Innenhof schweigend unter funkelnden Sternen und dem langen, kühlen Bogen des Bands. Ringils Atem bildete weiße Eiswolken in der Luft.

Wenn die Kälte Hale in seinem seidenen Morgenmantel und den Hausschuhen zu schaffen machte, so ließ er es sich nicht anmerken. Er führte sie durch eine weitere Seitentür in der Hofmauer und drei Steintreppen hinab in einen halbkreisförmigen Kellerraum mit fünf verhangenen Nischen in der geschwungenen

Mauer. Janesh, der Türhüter, war bereits dort, das Grinsen immer noch im Gesicht – anscheinend hatte er seine Arbeit genossen. Bandlicht fiel durch kleine vergitterte Fenster hoch unterm Dach herein, aber der größte Teil der Beleuchtung stammte von zwei Lampen in der Mitte des Raums. Auf dem Boden lagen majakische Teppiche, unzüchtige Wandgemälde zierten die geschwungene Mauer – wenngleich inhaltlich ziemlich spröde, verglichen mit Mils Deckenbemalung –, und ein großer, gusseiserner Kandelaber hing von der gewölbten Decke herab.

Terip Hale drehte sich zu ihnen um.

»Gestattet mir«, sagte er würdevoll, »Euch die fröhlichen Langbeiner zu präsentieren!«

Die Vorhänge in den Nischen wurden zur Seite gezogen. Bewaffnete, grinsende Männer standen dort. Kurzschwerter und Kriegsbeile, Keulen und Knüppel. Zwei Männer pro Nische, mindestens. Ringil sah mindestens eine Armbrust, gehoben und gespannt.

Der Türhüter fing seinen Blick auf und blinzelte.

»Also«, sagte Hale. »Vielleicht, Laraninthal von Shenshenath, sagt Ihr mir jetzt, wer zum Teufel Ihr *wirklich* seid!«

18

Egar ritt mehrere Stunden vor Sonnenuntergang los.

Eigentlich benötigte er die zusätzliche Zeit nicht. Die Skaranak begruben ihre Toten ziemlich nahe an der Stelle, wo sie sich gerade aufhielten, wenn der Tod eintrat, und zogen im Rhythmus der Jahreszeiten über die Steppe. Egar fand Erkans Grab anhand der Veränderungen im Himmel sowie der wenigen windumtosten Landmarken auf der Steppe, wie der Todestag seines Vaters jedes Jahr näher rückte, so rückte auch das Grab näher. Er spürte es im Wechsel der Jahreszeiten hinter dem Horizont kreisen und langsam näher kommen, während die Wärme aus dem Jahr wich und der Winter herankroch und sich an ihn schmiegte wie der Jahrestag selbst.

Er benötigte die zusätzliche Zeit nicht.

Aber im Augenblick machte ihn Sula mit ihrer Jugendlichkeit und ihrer seichten, nomadenhaften Nüchternheit einfach wahnsinnig; sie trampelte in ihrer Beschränktheit plump auf seinen Gefühlen herum, sie wollte ihm keinen Freiraum lassen, sie glaubte, ihn zu lutschen wäre die Lösung für so ziemlich jedes Problem.

Kannst es dem Mädel kaum verargen. Hast ihr auch kaum Grund zur Annahme des Gegenteils geliefert, stimmt's?

Daher hatte er sie beim Ankleiden angelogen.

»Ich gehe das letzte Stück des Wegs zu Fuß », erklärte er. »Aus Respekt.«

»Aber das ist dumm.«

Mühsam zügelte er seinen Zorn. »Es ist Tradition, Sula.«

»Klar.« Ein kehliges Schnauben. »Nicht, seit mein verdammter *Großvater* gestorben ist.«

»Na ja, so lange ist das noch nicht her, oder?«

Verblüfft starrte sie ihn an. »Was soll das denn schon wieder bedeuten?«

Es bedeutet, dass ich mich an deinen Großvater als jungen Mann im Lager erinnere. Es bedeutet, dass ich leicht dein Vater sein könnte. Es bedeutet, dass du sechzehn verfluchte Jahre alt bist, Mädel, und in meiner Jurte sitzt, als würde sie dir gehören, und außerdem bedeutet es, dass ich es in meinem Alter wirklich besser wissen sollte, als so etwas immer wieder zu tun.

»Nichts«, murmelte er. »Es bedeutet gar nichts. Aber Traditionen sind, äh, wichtig, Sula. Sie halten den Klan zusammen.«

»Du denkst, ich bin zu jung für dich«, jammerte sie. »Du wirst mit mir Schluss machen, wie du es auch schon mit dieser voronakischen Schlampe getan hast!«

»Ich werde nicht mit dir Schluss machen.«

»Doch, wirst du!«

Und sie brach in Tränen aus.

Natürlich musste er dann zu ihr gehen und sie fest in die Arme nehmen. Er musste ihren Hals liebkosen und ihr Worte ins Ohr murmeln wie einem Pferd, dessen Willen er noch nicht völlig gebrochen hatte. Er musste sie mit einer Hand unterm Kinn fassen, ihr den Kopf in den Nacken legen und ihr mit der anderen Hand die Tränen abwischen. Musste die wachsende Trauer unter den eigenen Rippen zurückstellen, musste ein Lächeln aufsetzen, als sie zu weinen aufhörte, musste sie kitzeln und sie durch das rote Fellhemd begrapschen, das sie sich aus seiner Kleidertruhe geholt hatte. Sie hatte sich tatsächlich angewöhnt, es im Lager zu tragen, als wollte sie von den Dächern schreien, was sie in der Jurte des Klanherrn trieb.

Er musste mit ihr darüber reden.

Irgendwann.

»Sieh mal«, sagte er schließlich. »Draußen ist es arschkalt, stimmt's? Reiten hält einen nicht warm. Das ist der wahre Grund. Wenn ich zu Fuß gehe, werde ich warm. Gut möglich, dass die Tradition ursprünglich daher stammt, nicht wahr?«

Sie nickte zweifelnd, schniefte und rieb sich mit den Fingerknöcheln ein Auge. Er unterdrückte ein Grinsen. Wenn sie dabei doch nicht so verdammt kindlich aussehen würde.

Wie kommt's, dass sie alle anfangs glutäugige verführerische Biester sind und einem am Schluss alle ins Hemd plärren wie kleine Kinder?

Reicht es nicht, dass ich die Last des ganzen verdammten Klans zu schultern habe? Bei Uranns verfluchten Eiern, reicht es nicht, dass ich zurückgekehrt bin, *dass ich Yhelteth und alles verlassen habe, was es zu bieten hatte, und heimgeritten bin, um bei meinem verdammten Volk zu sein? Reicht es nicht, dass ich wahrscheinlich hier sterben werde, genauso wie mein verdammter Vater, und nie mehr Imranas Gesicht sehen werde?*

Es kam keine Antwort.

Du greinst wie ein Mädchen, Klanherr. Schlimmer als ein Mädchen – dieses Mädchen mit deinem Hemd weint wenigstens um seine Zukunft, um etwas, das es vielleicht verändern kann. Sie ist nicht diejenige, die wegen einer Vergangenheit, die sich nicht mehr ändern lässt, Trübsal bläst.

Jetzt reiß sich zusammen!

Er hob wieder ihr Kinn an.

»Sula, hör zu! Ich werde nach Sonnenaufgang so schnell wie möglich zurückkehren. Du wartest auf mich und hältst alles warm.« Er spielte den Clown, zog die Brauen hoch und griff erneut nach einer Hinterbacke und einer Brust. »Du weißt, was ich meine, nicht?«

Er entlockte ihr ein ersticktes Gelächter und dann einen langen, feuchten Kuss. Danach machte er sich rasch davon. Marnak hatte sein Pferd gesattelt und wartete draußen in der rötlichen Abendsonne, Schild, Lanze und Handaxt umgehängt, ein Bündel Decken, Feuerholz und Proviant fest verschnürt. Der ältere Mann stand in diskreter Entfernung von der Jurte des Klanherrn neben seinem eigenen Pferd und war in ein ernstes Gespräch mit zwei Lagerwachen verwickelt. Als Egar den Jurtenvorhang zurückschlug, sah er kurz herüber, überließ die beiden anderen sogleich ihren Angelegenheiten und kam zu ihm. Leidenschaftslos musterte er seinen Klanherrn.

»Alles in Ordnung?«, fragte er.

»Ging schon mal besser. Möchtest du immer noch mitreiten?«

»Mit dir in dieser Stimmung?« Marnak zuckte die Schultern. »Klar doch. Das wird ein Heidenspaß.«

Tatsächlich hellte sich Egars Stimmung etwas auf, als sie über die Steppe ritten und das Lager hinter ihnen verschwand. Das Licht der tiefstehenden Wintersonne tauchte das Grasland in einem trügerisches, warmes Rotgold, als würde der Abend würde vielleicht auf ewig so bleiben. Das schräg stehende Band wölbte sich unter einem klaren und blauen Himmel und zeigte, passend zum Sonnenuntergang, einen Hauch oszillierender rötlicher Schatten. Von Norden her blies ein scharfer Wind, aber das Fett auf ihren Gesichtern milderte die schneidende Kälte. Die Pferde schritten gemütlich dahin, hin und wieder klimperte das Zaumzeug sowie, wenn die Tiere den Kopf hoch warfen, die kleinen eisernen Talismane, die in ihre Mähnen geflochten waren. Ein- oder zweimal riefen Hirten, die zu ihrer Abendmahlzeit heimkehrten, ihnen einen Gruß zu.

Alles fühlte sich ein wenig nach Flucht an.

»Hast du den Süden je vermisst?«, fragte er Marnak schließlich, als das Schweigen zwischen ihnen sich zu dem zweier Reisender entspannt hatte. »Je daran gedacht, zurückzukehren?«

»Nein.«

Überrascht über den heftigen Tonfall warf er einen Blick hinüber. »Wirklich nicht? *Niemals?* Du vermisst nicht mal die Huren?«

»Hab ja jetzt 'ne Frau.« Marnak grinste in seinen Bart. »Und in Ishlin-ichan gibt's ebenfalls Huren, wie du weißt.«

»Ja, ich weiß.«

»Heutzutage sogar ein paar Mädels aus Yhelteth, wenn du darauf stehst.«

Egar grunzte. Auch das wusste er.

Marnak richtete sich leicht im Sattel auf und deutete über die Steppe. »Ich meine, warum sollte man hier nicht glücklich sein? Endlose Weiden, reichlich Wasserlöcher, langsam dahinfließende Ströme, um die wir uns nicht mit den Ishlinak streiten müssen, genug Platz für alle. Praktisch keine Raubzüge mehr, da die jungen Burschen sich jetzt stattdessen alle nach Süden aufmachen. So weit im Süden und Westen bekommen wir die Steppenläufer nicht allzu häufig zu Gesicht, die Wölfe und Steppenkatzen lassen uns ebenfalls meistens in Ruhe. Wir haben heutzutage so viel wohlgenährtes Vieh, dass wir nicht wissen, was wir damit anfangen sollen. Wir haben den Klan, die Leute um uns. Was hat Yhelteth dagegen zu bieten?«

Wo soll ich anfangen?

Die Aussicht über den Hafen, schier endloses welliges Blau, das bis zum Horizont im Sonnenlicht glitzert. Hohe weiße Türme auf der Landzunge, ein Dutzend große Flugechsen, die in langsamen Spiralen auf den Thermiken reiten. Das Gekeife der Seemöwen unten am Kai, das hölzerne Poch-Poch *der Fischer, die ihre Boote reparieren.*

Terrassen, sonnendurchflutet, umrankt von üppig purpurrot blühenden Kriechpflanzen, deren Namen man niemals richtig auszusprechen lernt. Verzierte Eisenbeschläge an Fenstern und Türen, enge Straßen mit weißen Mauern, die wie durch Magie die gnadenlos brennende Sonne vertreiben. Geschickt errichtete Nischen, wo man sich begegnen kann, und warme Steinbänke in tiefen Schatten, die Musik herabfallenden Wassers irgendwo hinter einer Wand.

Marktstände mit ihren hoch gestapelten, leuchtenden Früchten, die ihren Duft ein Dutzend Schritte weit verströmen. Philosophen und Verseschmiede, die in den Ständen der weniger teuren Ecken deklamieren, Teehäuser, aus denen das Hin und Her der Debatten dringt, Stimmen, die sich über alles und jedes unter der Sonne streiten: Die Zweckmäßigkeit des Handels mit den westlichen Ländern, die Existenz oder Nichtexistenz böser Geister, die städtische Pferdesteuer.

Bücher – das warme, schwere Gefühl von ledergebundenen Bü-

chern in Händen und der Geruch, wenn du dir sie nahe vors Gesicht hältst. Wie dir einmal fast das Herz stillstand, als ein Band schwer an einer häufig genutzten Seite auseinanderfiel, sich entlang des Rückens sauber in zwei Hälften teilte – und du voller Schuldgefühle warst, weil du dachtest, es wäre deine Schuld.

Die Aberhunderte von Zeilen schwarzer Schrift, die sich dahinschlängelten, und Imranas Finger mit den langen Nägeln, die dich an ihnen entlangführten.

Durchsichtige Gardinen, die sich regten und blähten, wenn eine Meeresbrise vom Balkon hereinströmte und ein wenig der mittäglichen Hitze mit sich nahm, ein wenig von dem Schweiß auf deiner und ihrer Haut kühlte.

Die nachlassende Geschäftigkeit des Tages, die Schreie der Straßenhändler, die irgendwie immer trauriger klangen, wenn das Licht trüber wurde und die Fenster in der ganzen Stadt gelb leuchteten.

Der traurige, über die dämmrige Horizontlinie steigende Ruf zum Gebet – und ihn in schlanken, dunklen Armen zu überhören, die nach Orangenblüten dufteten.

Die Ankerlichter der Fischerboote draußen in der abendlichen Dünung.

»Na ja«, sagte er.

Eine Weile lang konzentrierte sich Marnak auf das Weideland vor ihnen. Vielleicht spürte er, was Egar empfand.

»Im Süden wurde ich dafür bezahlt, andere Männer zu töten«, sagte er tonlos. »Das ist schön und gut, solange du jung bist. Es härtet dich ab und bringt deinem Namen und deinen Vorvätern in der himmlischen Wohnstatt Ehre. Es sichert dir die Aufmerksamkeit der Himmelsbewohner.«

»Es bringt dir Bettgenossinnen.«

Ein Kichern. »Es bringt dir Bettgenossinnen. Aber es kommt die Zeit, da bist du kein junger Mann mehr. Allmählich vergeht dir die Lust an all dem. In Wahrheit wäre ich schon viel früher heimgekehrt, wenn nicht das schuppige Volk gekommen wäre.«

»*Die Sternstunde der Menschheit,* hm?«

Das Zitat klang nicht so säuerlich wie von Egar beabsichtigt. Trotz allem schwang darin immer noch, wie ein fernes Echo, das Kriegerische mit, mit dem Akal der Große es erfüllt hatte. Marnak nickte in sich hinein, so leicht, dass es auch nur eine Bewegung des Pferds hätte sein können.

»Eine Weile lang war sie es.«

»Ja, bis am Ende dein eigenes verdammtes Volk mit Lanzen vor dir stand.«

Marnak zuckte mit den Schultern. »Das hat mir nie viel ausgemacht. Wenn du imperiales Geld nimmst, stehen die Chancen gut, dass du früher oder später gegen die Liga antreten wirst. Wenn du gegen die Liga kämpfst, siehst du dich früher oder später den Majak gegenüber. So ist das eben. Kein Unterschied zu der Kabbelei mit den Ishlinak hier oben bei uns. Ich habe selbst ein- oder zweimal für die Liga gekämpft, damals, bevor das Reich richtig anfing, Leute zu rekrutieren. Und ja, es war klar, dass wir im Falle eines Siegs gegen die Echsen wieder gegeneinander kämpfen würden, genau wie früher.«

»Warum also nicht dableiben und noch mehr Kohle machen?«

»Glaub nicht, dass ich darüber nicht nachgedacht hätte! Damals hatte ich ein Offizierspatent. Aber wie gesagt, es ist alles schön und gut, solange du jung bist. Ich war nur einfach nicht mehr jung, nicht einmal annähernd.« Marnak schüttelte amüsiert den Kopf. In diese Regionen verirrten sich seine Gedanken sonst nicht. »Ich weiß es nicht. Du wirst älter, und mit jeder überlebten Schlacht wächst das Gefühl, Glück gehabt zu haben. Du fragst dich, wie du den Tag überlebt hast, warum du immer noch auf den Beinen stehst, wenn doch das Schlachtfeld voll ist mit dem Blut und den Leichen anderer Männer. Warum die Himmelsbewohner dich am Leben halten, was die himmlische Wohnstatt mit dir vorhat. So was in der Art. Als das schuppige Volk kam, dachte ich, ich hätte diese Absicht verstanden. Ich dachte, ich wüsste, warum ich überlebt habe, ich dachte, dass ich wahrscheinlich im Kampf gegen das Volk sterben würde, und es hat mir nicht mal was ausgemacht, solange es ein guter Tod werden würde.«

»Aber du bist nicht gestorben.«

»Nein.« Egar meinte im Ton des anderen fast so etwas wie Enttäuschung zuhören. »Bin ich nicht. Nicht mal in der Galgenschlucht, und Urann weiß, dass es da knapp war. Tja, das war der perfekte Ort für einen guten Tod, wenn mir je einer vor Augen gekommen ist.«

Und jetzt war es an Egar, zu kichern. Aber es war ein grimmiges Gekicher, und viel Heiterkeit lag nicht darin.

Marnak verzog die Lippen in einem lautlosen Echo. »Stattdessen wurden wir alle zu Helden. Du, ich, sogar dieser verdammte schwule Freund von dir.«

»Hör mal, so richtig mein Freund war er …«

»Und ehe du dichs versiehst, kämpfst du wieder gegen Menschen. Und das ist in Ordnung, wie gesagt, aber …« Eine weitere hilflose Geste. »Es wurde *langweilig*. Es fühlte sich an, als würde ein gewaltiges Rad wieder zum Anfang zurückkehren. Da strömten all diese majakischen Kinder auf den Rekrutierungswagen nach Yhelteth und wollten die Lücken in den Reihen füllen, ohne einen Schimmer, worum es ging …«

»Ja, ich erinnere mich.« Am besten erinnerte sich Egar an den Wunsch, ihnen die leuchtenden, begeisterten Gesichter einzuschlagen. Dass sie ihn so sehr an ihn selbst erinnerten, nur ein Jahrzehnt jünger, machte alles nur schlimmer. »Seltsame Zeiten, hm?«

»Weißt du, wie es sich anfühlte?« Marnak setzte seine Mütze ab und kratzte sich heftig die Kopfhaut. »Erinnerst du dich noch an diese Maschinen, die die Kiriath in den Teegärten von Ynval aufstellten und die sich immer im Kreis drehten? Die mit den Holzpferden?«

»Ja. Hab einmal drauf gesessen.«

»Ja, nun, dann weißt du ja, wie es ist, wenn der Ritt zu Ende ist. Alles kommt zum Stillstand, du sitzt da, gewöhnst dich daran, dass sich nicht mehr die ganze Welt um dich dreht, und ganz neue Leute, zum größten Teil Kinder, umschwärmen dich und wollen weitermachen. Du weißt nicht, ob du deinen Platz räumen willst oder nicht, und dann trifft es dich wie ein Schlag.« Er setzte die Mütze wieder auf und warf Egar einen raschen Seitenblick zu. »Du begreifst, dass du nicht wieder im Kreis fahren *willst*. Tatsächlich weißt du auf einmal gar nicht mehr so genau, ob dir die erste Rundfahrt wirklich gefallen hat.«

Diesmal lachten sie beide, und zwar laut. Ein rasches Dampfablassen, gefolgt von echter, nachdenklicherer Heiterkeit, gemeinsam unter dem gewaltigen Himmel. Die schwachen, menschlichen Laute hingen kurz über der Landschaft und wurden dann von der weiten Stille und dem Wind aufgesogen wie Pisse vom Boden

»Weißt du«, sagte Marnak, vielleicht, um das Schweigen nicht gewinnen zu lassen, »ich habe mal eines dieser Pferde kaputt gemacht. Habe ich dir das je erzählt? Ich meine, den Hals richtig abgebrochen, weil ich mich drangehängt hatte, als ich mal völlig bedröhnt vom Krinzanz war. Ich sollte auch für die verfluchte Reparatur aufkommen, wäre ein halber Wochenlohn gewesen. Haben mir die Stadtwache auf den Hals gehetzt, als ich nicht blechen wollte. Habe ich dir je diese Geschichte erzählt?«

Hatte er, aber Egar schüttelte freundlich den Kopf, und der andere stürzte sich in die Erzählung. Es war ein harmloses Vergnügen, sich noch einmal dieses Abenteuer anzuhören: Wie er Mauern erklommen hatte, von Dach zu Dach gesprungen und in den Harem eingedrungen war, wie die Frauen erschrocken waren und ihn hinausgescheucht hatten. Natürlich schmückte er das Ganze ein wenig aus, damit die Geschichte spannend blieb. Es war, als würde man ums Lagerfeuer sitzen und einem talentierten Erzähler zuhören, der die Geschichte von Takavach und der tugendhaften Meerjungfrau zum Besten gab oder etwas ähnlich Abgedroschenes

Als die Geschichte fertig erzählt war, als Marnak vor dem Morgengrauen wieder sicher über den Fluss gekommen und in die Kaserne zurückgekehrt war, als ihr Gelächter erneut versiegt war, nickte der Klanherr und erzählte eine weitere yheltethische Geschichte aus seinem eigenen Fundus. Wie ein bekannter imperialer Ritter bei seiner Heimkehr einmal den jungen Egar im Bett mit seinen Ehefrauen vorgefunden hatte, mit allen vier gleichzeitig. *Und weißt du, darüber schien er aufgebrachter zu sein als über alles andere. Er stand da mit seinem verdammten Zeremonienschwert und schrie mich an. Anscheinend sagt die Offenbarung: Ja, du kannst bis zu sechs Frauen haben, aber sie verbietet streng, dass du es mit mehreren davon gleichzeitig treibst.* Egar ließ die Zügel fahren und breitete die Arme aus. *Teufel, woher hätte ich das denn wissen sollen?*

Noch mehr Gelächter.

Noch eine Geschichte.

Und so erreichten sie schließlich Erkans Grab. Sie beruhigten sich und sahen einander an. Eine Weile lang hatten sie vergessen können, wohin sie ritten, aber das war jetzt vorbei. Egar stieg ab.

»Vielen Dank für die Begleitung.«

»Ja.« Marnak blickte sich um. Eine leichte Erhebung, ein einzelner krummer, knorriger Baum, in dessen blattlosen Zweigen sich die untergehende Sonne verfangen hatte. Ein öder Ort, nicht geschaffen für die Lebenden.

»Mir wird schon nichts zustoßen«, sagte Egar leise. »Er war zu Lebzeiten ein guter Mann, und er wird mir auch jetzt nichts antun.«

Marnak verzog das Gesicht. Unter den Majak galt es nicht als ausgemacht, dass aus guten Männern auch gute Geister wurden. Ein Geist musste beschwichtigt werden, ungeachtet seiner Herkunft. Rituale waren einzuhalten. So sprach der Schamane. Niemand erklärte je genau, warum das eigentlich so sein musste, aber die Botschaft dahinter war, dass man einen gewaltigen Preis dafür zu zahlen hätte, sowohl man selbst als auch sein Volk, wenn dabei Fehler gemacht wurden.

»Los, setz dich in Bewegung! Wenn du einen Zahn zulegst, hast du es nach Einbruch der Dunkelheit geschafft.« Egar sah zu, wie der andere Mann sein Pferd wendete. »Ach so, falls Sula fragt – du hast mich eine halbe Meile vor dem Grab verlassen, damit ich die letzte Strecke zu Fuß zurücklegen konnte. Klar?«

Marnak grinste ihn über die Schulter hinweg an. »Klar.«

Er kicherte und gab seinem Pferd die Sporen, das zunächst im Trab, dann im Kantern und schließlich im vollen Galopp über den Weg jagte, den sie gekommen waren. Egar beobachtete ihn, bis Pferd und Reiter nur noch ein Pünktchen waren, das langsam im Dämmer verschwand. Dann wandte er sich seufzend dem Grab seines Vaters zu.

Viel gab es nicht zu sehen. Zu dieser Jahreszeit war es harte Arbeit, ein Loch in den Steppenboden zu graben, daher war das Grab flach, und sie hatten Felsbrocken darauf getürmt. Einen Tag hatten sie zum Sammeln der Steine benötigt. Zu Füßen des toten Mannes hatten sie den traditionellen Steinhügel errichtet und zum Schutz die Symbole in den Farben der Skaranak daraufgemalt und eiserne Talismane an Schnüren aus Büffelhaut an die Steine gehängt. Sie hatten zerriebene Tundrarosen und Krokusblüten über die Steine gestreut und dort, wo Erkans Kopf war, eine Zwergeiche gesetzt, damit er in ein paar Jahren Schatten hatte, wenn der Sommer kam.

Jetzt waren die Klanfarben ausgebleicht, und die Zweige des ausgewachsenen Baumes waren kahl und skelettartig. Nur die eisernen Ornamente waren geblieben, obwohl es – Egar kniff argwöhnisch die Augen zusammen – so aussah, als ob eines oder zwei im vergangenen Jahr gestohlen worden waren.

»Verdammte voronakische Kesselflicker«, brummelte er.

Ja, so weit südwestlich konnten es genausogut skaranakische Abtrünnige sein, oder sogar irgendeine Bande klugscheißernder Forscher aus dem Süden. Über die Jahre hatte er in mehr als einem imperialen Museum skaranakische Grabbeigaben gesehen und war niemals so ganz in der Lage gewesen, seinen aufflammenden Ärger an jemandem auszulassen. In Yhelteth, zumindest in der Stadt selbst, tolerierte man eine Vielzahl von Glaubensrichtungen; aber dahinter ging man immer von der zivilisatorischen Überlegenheit der Offenbarung aus, was ihn unausweichlich auf die Palme brachte. Letztlich war dem Reich ziemlich egal, auf wessen Empfindlichkeiten es herumtrampelte.

Bleiben wir doch unserer Aufgabe, ja?

Er ließ sein Pferd in der Nähe zurück, damit es grasen konnte, entkorkte die Flasche Reiswein, die er mitgebracht hatte und hielt sie in den Händen. Einen Moment stand er da und sah auf das Grab hinab.

»Hallo, Paps«, sagte er laut. »Hab dir diesmal was Besonderes mitgebracht.«

Ein leiser Wind pfiff. Eine andere Antwort erhielt er nicht.

»Gutes Zeug. Ich hab das immer im Süden getrunken. Diese Kneipe unten am Hafen hatte es, nicht weit von Imranas Wohnung. Ich glaube, dir hätte es da drin gefallen, Paps. Laut und voller rauer Burschen von den Docks. Durch die Tür konnte man das Meer sehen.« Er hielt inne und blickte auf den Steinhügel. »Ich hätte dir gern das Meer gezeigt, Paps.«

Er blinzelte mehrmals. Räusperte sich.

»Nicht zu fassen, dass sie dieses Zeug inzwischen in Ishlin-ichan verkaufen. Dass sie es bis hier rauf transportieren. Hat mich natürlich ein kleines Vermögen gekostet, aber, he, ich bin jetzt schließlich der verdammte Klanherr, stimmt's?«

Entspann dich, Eg. Mach dich locker. Du wirst 'ne ganze Nacht hier draußen sein, und die Sonne ist nicht mal untergegangen.

Er hob die Flasche hoch und kippte sie, goss den Inhalt langsam aus und ließ sie dabei in kreisen. Der Reiswein spritzte, die Steine verfärbten sich dunkel, und in den dunklen Ritzen dazwischen gluckerte und tröpfelte es. Als die Flasche leer war, stellte er sie auf den Kopf, schüttelte die letzten Tropfen heraus und stellte sie vorsichtig an die Fußseite des Hügels. Eine Weile ließ er die Finger darauf ruhen, das Gesicht leicht abgewandt und lauschte dem Wind. Dann richtete er sich abrupt auf. Verzog das Gesicht – ob es daran lag, dass er sich zu lange gebückt hatte, oder an etwas anderem, wusste er nicht so genau. Er räusperte er sich erneut.

»Also – dann entzünden wir mal das Feuer für die Nachtwache.«

Er sattelte sein Pferd ab und legte seine Waffen, Decken und den Proviant ordentlich hin, wie es ihm als Soldat eingebläut worden war. Löste das Bündel Feuerholz und schichtete es auf dem versengten und kahl werdenden Grasflecken auf, einem Überrest vorangegangener Nachtwachen. Die Sonne löste sich aus den Zweigen des Baums und hing immer tiefer am Horizont. Er fröstelte ein wenig und warf bei der Arbeit immer mal wieder einen Blick hinüber. Er holte ein paar vom Sturm herabgerissene Äste, die er zuvor im Gras bemerkt hatte, zertrat sie zu handlichen Stücken, brach die größten Zweige ab und stapelte sie neben der Feuerstelle. Das mitgebrachte Bündel würde vermutlich etwa bis zur Morgendämmerung reichen, aber ein bisschen mehr würde nicht schaden. Vor allem jedoch hatte die Arbeit ein wenig von der Kälte in seinen Knochen vertrieben.

Er kniete sich neben der Feuerstelle. Wie die meisten Majak trug er Zunder und Feuerstein in einem trockenen Beutel unter dem Hemd bei sich – jetzt kramte er beides hervor, nahm eine Handvoll drahtigen Zunder und schlug Funken, bis dieser Feuer fing. Dann stopfte er ihn vorsichtig in das hohle Herz des Scheiterhaufens, legte den Kopf zur Seite, fast bis zum Boden, und spähte hinein. Rauch und winzige Flammen leckten an der Unterseite des Holzes. Die kleineren Stücke fingen Feuer, glimmten und flammten auf. Ein warmer gelber Schein breitete sich auf seinem Gesicht aus, der sich fast wie Tränen anfühlte. Rasch richtete er sich wieder auf. Es wurde langsam dunkler und kälter. Er verstaute den Beutel und rieb sich den Rest Zunder von den Händen. Warf einen Blick zurück auf den knorrigen Baum und die sinkende Sonne.

»Also, Paps, ich …«

Eine Gestalt stand dort.

Es traf sein Herz wie eine Faust, eine eisige Umklammerung durch die der Furcht, und seine rechte Hand fuhr reflexartig zum Griff des Messers an seiner Hüfte.

Es war nicht sein Vater.

Zumindest nicht in einer Gestalt, die Sinn ergab. Er erkannte einen graubraunen, fleckigen, bodenlangen Ledermantel von der Art, wie ihn die Seekapitäne der Liga bevorzugten. Der Hut mit der weichen Krempe war so weit heruntergezogen, dass das Gesicht im Schatten lag, obwohl die Sonne von hinten kam und sowieso fast untergegangen war. Erkan, lebhaft, fröhlich, durch und durch ein Majak, hatte niemals etwas auch nur entfernt Ähnliches besessen.

Nein. Hätte auch nicht gewollt, dass man ihn als Toten in solchen Sachen sieht.

Egar spürte, wie seine Mundwinkel zuckten. Sein Humor siegte über den Schrecken, und das Kalkül des gewieften Zweikämpfers trat an seine Stelle. Die Gestalt im Mantel war offenbar allein. Keine sichtbaren Begleiter, keine Waffen, kein Pferd. Egar warf einen kurzen Blick zu seinem eigenen Reittier hinüber, das nach wie vor friedlich graste und den Neuankömmling anscheinend nicht wahrnahm, dann zu seinen ordentlich gestapelten Sachen – Lanze und Axt, beides außer Reichweite. Nicht zu fassen, dass er so leicht in einen Hinterhalt geraten konnte!

Er ließ die Hand locker am Griff seines Messers liegen.

»Ich bin nicht hier, um dir etwas anzutun, Drachentöter.«

Die Stimme schien aus weiter Ferne zu kommen, als würde der Wind sie herbeitragen. Egar war verblüfft.

»Du kennst mich?«

»In gewisser Weise ja. Darf ich nähertreten?«

»Bist du bewaffnet?«

»Nein. So was brauche ich nicht.«

Egar presste die Lippen fest zusammen. »Du bist ein Schamane?«

Plötzlich stand die Gestalt im Mantel keine zwei Fuß vor ihm. Es war so schnell gegangen, dass Egar hätte schwören können, dass der Ankömmling sich nicht einmal bewegt hatte. Eine Hand packte sein Handgelenk und drückte es nach unten, sodass er sein Messer nicht einmal hätte ziehen können, wenn es um sein Leben gegangen wäre. Das Gesicht unter dem Hutrand, das ihn mit seinem harten Blick durchbohrte, war hager. Ein säuerlicher, chemischer Gestank nach etwas Verbranntem hing in der Luft, ähnlich wie die Gerüche, die manchmal den kiriathischen Brauereien südlich von An-Monal entstiegen.

»Es ist nicht viel Zeit!«, mahnte die Stimme, die sich kaum näher anhörte als zuvor. »Deine Brüder sind auf dem Weg, um dich zu ermorden.«

Und weg war sie.

Egar machte einen Satz und wäre fast gestürzt, weil der Druck auf seinen Arm so plötzlich nachgelassen hatte. Etwas verspätet zog er sein Messer und wirbelte herum. Die Gestalt war nirgendwo zu sehen. Sie war verschwunden, hinein in die kühle Luft und das lange Gras, wie die Erinnerung an die Stimme vom Wind verweht wurde, wie der ätzende chemische Gestank durch den süßeren Geruch des Holzes vom Feuer vertrieben wurde.

Noch einmal fuhr er herum, angespannt atmend, das Messer auf dem Handteller balancierend.

Stille und dichter werdender grauer Dämmer über der Steppe.

Das Band wie ein Ring aus Blut. Der Grabhügel seines Vaters, die geleerte Flasche daneben. Die schwärzer werdende Silhouette des Baums.

»Meine Brüder sind in Ishlin-ichan«, sagte er in das Schweigen hinein. »Betrinken sich.«

Er drehte den Kopf nach Westen, ungefähr die Richtung, aus der man hierher gelangte. Sah in die sinkende Sonne.

Und entdeckte die Umrisse von Reitern, die rasch näher kamen.

19

Ringil versuchte es, nur dieses eine Mal, mit hochherrschaftlicher Entrüstung, jedoch ohne allzu große Hoffnung.

»Was hat das zu bedeuten? Ihr wollt mich *ausrauben* wie gewöhnliche Kriminelle? Mein Vater wird Euch …«

Terip Hale schüttelte den Kopf. »Lasst gut sein, mein Freund. Dieser Akzent wird wohl kaum echter sein als der Rest der Scharade, also hört auf damit, ja? Die Sache wird sowieso schmerzhaft genug für Euch enden. Also, ich habe Euch bereits gefragt: Wer, *verdammt,* seid Ihr? Was tut Ihr hier, und warum fragt Ihr nach unfruchtbaren Sumpfbewohnerinnen?«

Aha!

»Na gut«, erwiderte Ringil, weil er schätzte, dass ihm sonst nur noch eine halbe Minute blieb, bevor Hale das Naheliegende tat und sie entwaffnen ließ.

Ja, und danach geht's runter zu den Gerätschaften, die Hale zur Disziplinierung seiner aufmüpfigen Sklaven benutzt. Wo wir wiederholt befragt werden, bis Hale hat, was er von uns hören will, und dann erlösen sie uns, wenn wir Glück haben, von unserem Elend, indem sie uns die Kehle durchschneiden.

Toll gemacht, Gil.

Ringil überlegte, welche Möglichkeiten ihnen blieben. Eril und Girsh waren beide zur Salzsäule erstarrt, als die Falle zugeschnappt war, und hielten die Hände erhoben, um sich keinen Armbrustbolzen einzufangen. Die Gesichter waren starr vor Konzentration. Sie sahen wie Männer aus, die brusttief durch einen eisigen Fluss wateten und mittendrin zur Salzsäule erstarrt waren. Sie wussten, dass es schlecht für sie aussah.

Drei Armbrüste waren auf sie gerichtet, soweit er erkennen konnte. Alles andere waren Nahkampfwaffen.

»Na gut *was?*«, knurrte Hale.

»Na gut, Ihr gewinnt. Ich bin nicht Laraninthal von Shenshenath, und ich bin kein Mann des Reichs. Mein Name ist Ringil Eskiath.«

Hale war verblüfft. »*Der* Ringil Eskiath? Nie im Leben.«

Doch die bewaffneten Männer in den Nischen waren ebenfalls zusammengefahren, und ihre gleichgültigen Schlägermienen wurden neugierig. Einige murmelten etwas. Die Schlacht von Trelayne lag acht Jahre zurück, der Triumph in der Galgenschlucht noch ein Jahr länger. Der Krieg war jetzt seit über einem halben Jahrzehnt vorüber. Aber die Geschichten waren geblieben, vielleicht nicht mehr so verbreitet, aber im Gedächtnis der Stadt nach wie vor präsent.

»Eskiath ist in Ennishmin gestorben«, sagte jemand höhnisch. »Im Kampf gegen die Imperialen.«

Ringil zwang sich zur Ruhe.

»Das hab ich schon öfter gehört«, sagte er leichthin. »Und es stimmt auch fast. Hab immer noch die Narben. Aber es braucht mehr als drei yheltethische Meuchelmörder, um mich zu beseitigen.«

Einer der Männer ließ schwachen Beifall hören. Seine Gefährten stießen ihn heftig in die Rippen, damit er den Mund hielt. Ringil setzte so gut wie möglich nach. Vorsichtig hob er einen Daumen – ein Stück weit von seinem Leib, damit man die Geste nicht missverstehen konnte – und deutete auf seine linke Schulter.

»Das ist der Rabenfreund«, sagte er laut. »Kiriathischer Stahl. Geschmiedet in An-Monal für den Klan Indamaninarmal, ein Geschenk von Grashgal, dem Wanderer. Am Rajalstrand, in der Galgenschlucht und der Schlacht von Trelayne in Echsenblut gebadet. *Ich bin* Ringil aus dem Hause von den Feldern Eskiaths.«

Eine weitere Stimme aus einer der Nischen. »Er sieht so etwa aus wie …«

»Ja?« Terip Hale blieb skeptisch. »Weißt du, was ich gehört habe? Dass Ringil Eskiath ein verdammter Schwuler war. Stimmt das auch?«

Ringil schenkte ihm ein Lächeln. »Wäre ich dann wegen eines Sklavenmädchens zu dir gekommen?«

»Ich weiß nicht, warum du hier bist.« Hale nickte dem Gorilla mit dem Knüppel zu. »Aber wir werden's rausfinden. Varid!«

Der große Mann trat nahe genug zu Ringil, um jeden Versuch, den Rabenfreund zu ziehen, zu unterbinden, hielt jedoch ausreichend Abstand, um nicht mit einem Ringergriff überrumpelt zu werden. Es war professionelle Vorsicht – kein Grinsen wie beim Türhüter, kein Hohn. Nur eine langjährige Wachsamkeit. Durchaus möglich, dass Varid einmal Soldat gewesen war.

Er nickte zu Ringils Schwert hin. »Losmachen. Langsam.«

Eine winzige Brise wehte von irgendwo herein und ließ die Flammen hinter ihrem Metallgitter flackern. Schatten tanzten zittrig über den Boden.

Ringil ließ das Drachenmesser aus dem Ärmel gleiten und tat einen raschen Schritt nach links.

Die Majak hatten diese Waffen gefertigt, im letzten Jahr des Kriegs, sobald der Wind sich gedreht hatte. Sie waren vorwiegend zum zeremoniellen Gebrauch bestimmt und verkörperten den künftigen Sieg. Zum Kampf, selbst aus nächster Nähe, waren sie nicht ideal. Egar hatte ihm dieses Messer geschenkt, in einem betrunkenen Anfall von Zuneigung, eines Nachts am Lagerfeuer auf der Anarsh-Ebene. *Verdammt nutzloses Ding,* hatte er gemurmelt und weggesehen. *Kann ich genauso gut dir schenken.* Eigentlich war es der Reißzahn eines jungen Drachens, dreieckig im Querschnitt, gezackt an den beiden rückwärtigen Kanten, rasiermesserscharf und glatt an der Vorderseite. Der Künstler, wer es auch immer gewesen sein mochte, hatte einen brauchbaren Griff in die Basis geschnitzt, indem er auf beiden Seiten ein Karomuster eingearbeitet hatte, damit einem das Ding nicht aus der Hand rutschte. Insgesamt war es knappe neun Zoll lang – klein genug, um es zu verbergen, lang genug, um das Leben aus dem Herzen eines Mannes herauszustechen. Es funkelte im Lampenschein in einem schmutzigen Bernsteingelb.

Ringil vollführte eine Drehung aus der Hüfte und rammte Varid das Messer unters Kinn.

»Nein!!«

Jemand brüllte hysterisch vor Wut. Es war gewiss nicht Varid – dessen Zunge war mit dem Reißzahn am Gaumen festgenagelt; sein Mund fest verschlossen. Er brachte gerade noch ein ersticktes, qualvolles Grunzen heraus, und seine Augen verdrehten sich bereits nach oben, als ihm die Spitze des Drachenmessers das Gehirn von unten zerfetzte. Durch die zusammengepressten Zähne spritzte karminrotes Blut heraus. Ringil hielt ihn auf den Beinen, blieb dicht vor ihm stehen. Er blinzelte das Blut weg. Der Schrei war von Hale gekommen, erkannte er – niemand sonst hätte jetzt schon richtig sehen können, was vor sich ging, wahrscheinlich würde niemand außer ihm Befehl geben …

»Schießt, verdammt noch mal, schießt!«

Worauf Ringil gehofft hatte, trat ein. Er vernahm das markerschütternde Surren und Schwirren, als die Armbrüste dicht vor ihm abgeschossen wurden. Alle drei – aus alter Gewohnheit zählte er sie. Varid zuckte bei dem Aufprall zusammen. Eine rhombische Spitze fuhr durch die Schulter des großen Mannes und hätte Ringil fast die Nase abgeschnitten. Die beiden anderen landeten irgendwo anders. *Armbrüste – also die sind jetzt wirklich nutzlos.* Er grinste vor plötzlicher Erleichterung. Spürte mehr, als es zu sehen, wie Hales Männer aus ihren Nischen heranstürmten. Die Bolzen waren verschossen, die Überlegenheit dahin – jetzt ging es nur noch Stahl gegen Stahl. Er schob Varids Leichnam beiseite und ließ das Drachenmesser, wo es war. Gewann ein paar benötigte

Fuß Raum, als sie auf ihn zueilten. Die Augenblicke des Kampfs schienen getrennt voneinander zu existieren, in die Länge gezogen und unwirklich …

Seine Hände, nunmehr befreit, fuhren jetzt zum Schwertgriff, so natürlich, so geschmeidig wie kiriathische Maschinerie, als *wäre* er eine Maschine, eine geschickt fabrizierte automatische kiriathische Puppe, ein Gegenstück für das Schwert.

Er spürte den gewohnten Kuss des Griffs auf seinen Handflächen, und aus dem Grinsen auf seinem Gesicht wurde ein Zähneblecken.

Mit einem kühlen Klirren gab die Scheide das Schwert frei.

Und der Rabenfreund kam heraus.

Du möchtest wissen, wie es endet, Gil? Grashgal, kryptisch, lallend und mehr als nur ein wenig betrunken, an einem Abend in An-Monal. Er hielt den frisch geschmiedeten Rabenfreund in den zernarbten dunklen Händen und blickte aus zusammengekniffenen Augen kritisch die Rinne entlang. Der Feuerschein vom Schmiedeherd in dem großen Raum schien von den Kanten des Stahls herabzutropfen. Die geschnitzten grotesken Figuren an den Enden der Dachbalken lugten unheimlich aus dem Dämmer. *Ich habe gesehen, wie es endet. Eines Tages, in einer Stadt, wo sich die Menschen so mühelos in die Luft erheben, wie sie atmen, wo sie ihr Blut Fremden als Geschenk darbringen, anstatt es wie wir mit geschärftem Eisen zu rauben, eines Tages, an einem Ort wie diesem, wird dieses Scheißding hinter Glas hängen, und kleine Kinder können es anstarren.* Grashgal hatte den Rabenfreund mit einer Hand gehalten und einige müßige Streiche durch die Luft vollführt, und das Schwert flüsterte in dem vom Feuerschein erhellten Dämmer. *Ich hab's gesehen, Gil. Sie betrachten dieses Ding durch die Scheibe, hinter der es aufbewahrt wird, sie drücken sich die Nasen platt am Glas, sodass es von ihrem Atem beschlägt, und wenn sie fortrennen, um sich etwas anderes anzusehen, sieht man dort den kleinen, verblassenden Abdruck ihrer Hände. Und es bedeutet ihnen nicht das Geringste. Möchtest du wissen, warum das so ist?*

Ringil nickte gutmütig in dem Sessel, in dem er sich lümmelte. Er war selbst nicht gerade stocknüchtern.

Nein. Ich meine, ja. Keine Ahnung, sag's mir.

Niemand in dieser Stadt versteht es, Gil, weil es bei ihnen keine Rolle mehr spielt. Sie haben nie gelernt, den Stahl zu fürchten und die Männer, die ihn tragen, und keiner von ihnen wird es je lernen, weil sie es nicht lernen müssen. *Weil an dem Ort, den ich gesehen habe, solche Männer nicht mehr existieren. Wir existieren nicht mehr.*

Klingt nach einem verdammt schönen Ort. Wie komme ich da hin? Ringil grinste breit zu dem kiriathischen Klanoberhaupt hoch. *Oh, warte mal – du wirst mir erzählen, dass die Mieten himmelhoch sind, stimmt's? Und womit verdiene ich meinen Lebensunterhalt, wenn sie ihre Schwerter in einem Museum aufbewahren?*

Ringil hatte das Gefühl, dass Grashgal ihn lange ansah. Schließlich lächelte er.

Du kannst da nicht hin, Gil. Leider. Zu weit entfernt, und die Abkürzungen sind für die Menschen zu verschlungen. Sie können ihnen nicht folgen. Und auf dem direkten Weg, da werden du und ich nur noch Staub und Legenden sein, bevor sie auch nur anfangen, diese Stadt zu bauen. Aber sie wird kommen, und wenn sie kommt, wird dieses Schwert immer noch da sein, sodass man es betrachten kann. Kiriathischer Stahl – geschmiedet, um Schaden zuzufügen, geschmiedet, um zu überdauern. Wenn aller Schaden angerichtet und das dadurch entstandene Leid vergessen ist, selbst von den Göttern, wird das kiriathische Ding ... ungenutzt und harmlos dort hängen und von den Kindern mit offenem Mund bestaunt werden. So wird es enden, Gil. Keiner wird sich mehr daran erinnern, keinen wird es kümmern, keiner wird es verstehen, was dieses Ding anrichten kann, wenn es nicht hinter Glas liegt.

Ringil trat dem ersten von Hales Männern bereitwillig entgegen und vollführte einen weiten Bogen mit der stahlblauen Klinge.

Der Mann hieb mit einer Streitaxt zu, aber da hielt Ringil den Rabenfreund zur Deckung bereits hoch in die Luft. Er blockte beidhändig, hart, und zielte nicht auf das Beil, sondern auf den Arm, der es festhielt. Die kiriathische Klinge trennte die Hand des Mannes sauber am Gelenk ab. Blut spritzte aus dem Stumpf, regnete auf ihn herab, und etwas Wildes in Ringils Herz brüllte vor Freude auf. Der Arm vollendete seine Abwärtsbewegung, färbte sie beide rot, und das Beil fiel klappernd zu Boden. Sein Besitzer starrte benommen die eigene Hand an, die den Schaft immer noch umklammerte, sein Aufschrei erstarb ihm in der Kehle. Ringil hieb nach der Verbindung von Schulter und Hals, durchtrennte Arterie und Sehne und setzte der Sache damit ein Ende.

Der nächste Mann folgte sogleich, das Kurzschwert in der einen Hand, eine Keule in der anderen. Ringil fintierte nach oben und rechts, sodass sein Gegner die Waffen in die falsche Richtung hob, senkte den Rabenfreund und schwang ihn nahezu waagerecht auf Bauchhöhe. Kein Breitschwert aus menschlicher Legierung hätte den abrupten Richtungswechsel zugelassen; die kiriathische Mischung gestattete ihn nicht nur – sie *sang* dabei. Der Streich schlitzte den anderen Mann von einer Seite zur anderen auf und schlug sogar ein Stück aus seinem Rückgrat, bevor die Klinge sich wieder losriss.

Scheißdreck!

Jäher, kalter Schweiß – lausige Klingenführung, und gegen bessere Männer hätte es ihn vielleicht das Leben gekostet. Er war zu lange nicht mehr auf dem Schlachtfeld gewesen.

Aber das hier waren keine besseren Männer, und die Schneide der kiriathischen Klinge verzieh solche Irrtümer. Ringil ließ den aufgeschlitzten Mann hinter sich. Er schwankte hin und her und hatte noch nicht ganz begriffen, was mit ihm geschehen war; seine Innereien und der Inhalt seines entzweigeschnittenen Magens verteilten sich auf den Teppich. Er verhedderte sich darin und ging kreischend wie ein Kind zu Boden.

Ringils dritter Angreifer wich zurück, behindert von seinem eigenen ausgeweideten Kameraden. Er führte eine Axt und einen Knüppel, wusste anscheinend jedoch nicht so ganz, was er mit beiden anstellen sollte. Er war jung, kaum älter als siebzehn oder achtzehn, und sah auf einmal so aus, als wäre ihm übel vor Furcht. Ringil schoss vorwärts, setzte dem Sterbenden den Stiefel auf die Brust, um die Distanz zu überbrücken, und stieß dem jungen Mann die Klinge direkt in die Kehle. Dessen Gesicht verzerrte vor Schmerz. Blut schoss hervor und tränkte seine Kleidung vom Hals bis zur Taille. Dann, als ob das Gewicht dieser vollgesogenen Kleidung ihn herabzöge, sank er anmutig zu Boden, wobei er immer noch die Waffen umklammerte, die er nicht einmal ansatzweise benutzt hatte. Sein Blick suchte den von Ringil; sein Mund rang nach Worten.

Ringil wandte sich bereits ab.

Jetzt hatte er ausreichend Luft und konnte zum ersten Mal das Schlachtfeld abschätzen. Das Blut, das er vergossen hatte, schmeckte metallisch warm auf seiner Zunge und färbte ihm das Gesicht. Wildes Gebrüll rings umher, der Kampf wie aus abgerissenen Stücken. Eril war zur Wand zurückgewichen, ein Messer in jeder Hand. Er wehrte zwei Angreifer mit Tritten und Stichen ab. Ein dritter Mann lag blutend vor ihm auf dem Boden. Unweit davon Girsh, den Bolzen einer Armbrust im Oberschenkel. Eine stämmige Gestalt über ihm, das Schwert erhoben. Als die Klinge herabsauste, wälzte Girsh sich zur Seite, vollführte einen Rückhandschlag mit seinem Knüppel und traf seinen Gegner gegen das Schienbein. Der Mann heulte auf, geriet ins Stolpern und fuchtelte nutzlos mit seinem Schwert herum. Girsh stieß die Klinge beiseite, stemmte sich hoch und versetzte dem Angreifer einen seitlichen Hieb gegen das Knie. Immer noch heulend brach der Schwertkämpfer neben ihm zusammen. Erneut wälzte sich Girsh herum, richtete sich auf und schlug mit seinem Knüppel auf Gesicht und Stirn seines Angreifers ein.

Aus dem Augenwinkel sah Ringil eine Bewegung – er fuhr herum und sah Terip Hale, der mit etwas nach ihm stach, das wie ein verdammtes *Obstmesser* aussah, um Hoirans willen! Schlechter Winkel, keine Zeit. Er sprang zur Seite, löste die linke Hand vom Rabenfreund und wehrte den Stoß mit einem yheltethischen Hieb ab – waffenlose Kampftechnik. Gleichzeitig stieß er Hale den Griff des Rabenfreunds ins Gesicht. Der Sklavenhändler jaulte auf und ging zu Boden. Ringil ließ ihn liegen und wandte sich gerade rechtzeitig ab, um einen Angriff von Janesh, dem Türhüter, abzuwehren. Er fing den Knüppel mit der Klinge ab, nutzte den Schwung des Angriffs dazu aus, ihn zur Seite zu drehen, und trat Janesh die Füße unter dem Leib weg, als dieser ins Taumeln geriet. Der Türhüter ging ebenfalls zu Boden und wälzte sich verzweifelt weg, um außer Reichweite zu gelangen. Ringil folgte ihm ungeduldig und durchtrennte ihm mit einem Abwärtshieb das Rückgrat. Er sah sich nach Girsh um und entdeckte stattdessen zwei weitere Männer von den fröhlichen Langbeinern, die sich gleichzeitig auf ihn stürzten.

Er bleckte die Zähne und schrie ihnen etwas ins Gesicht, nutzte die Verwirrung, um zu Girsh hinüberzutänzeln, wodurch er das Gravitationszentrum des Kampfs mit sich zog. Die beiden Männer folgten ihm, aber man sah ihnen an, dass ihnen ein Gutteil ihrer ursprünglichen Kampfeslust bei diesem wilden Schrei abhandengekommen war.

»Dann los!«, fauchte Ringil. »Keine Lust zu erfahren, wie sich kiriathischer Stahl in euren Eingeweiden anfühlt? Muss ich ihn euch *bringen,* ihr verdammten *Hosenscheißer?«*

Da griffen sie an, wütend und schamrot über die Beleidigung, aber viel zu spät. Das kurzzeitige Aufblitzen von Furcht hatte sie bereits ins Straucheln gebracht, ihre Entschlossenheit, diesen blutbespritzten, höhnisch grinsenden angeblichen Helden mit der wirbelnden blauen kiriathischen Klinge in Händen zu töten war dahin. Sie waren unbeholfen und unsicher, schwenkten ihre

Waffen ohne jegliche Strategie, und Ringil machte sie fertig. Ein kreisförmiger Block brachte den Mann links ins Stolpern, sodass er seinem Kameraden in den Weg geriet. Ringil folgte seiner Bewegung, rammte den Mann mit Hüfte und Schulter und schickte ihn zu Boden. Dadurch stand der andere Kämpfer fast direkt mit dem Rücken zu ihm. Noch ehe der Mann herausfand, wohin Ringil verschwunden war, hatte dieser den Rabenfreund gehoben und ihm in einem flachen Winkel von der Seite her den Hals aufgeschlitzt. Der Mann wollte sich umdrehen, wie um nachzusehen, was *zum Teufel* da derart schmerzhaft war, aber bei der Bewegung fiel ihm fast der Kopf ab. Er war tot, bevor er auf dem Boden aufschlug.

Ringil sah sich um und entdeckte, dass der erste Mann langsam wieder auf die Beine kam; er trat ihn mit dem Stiefelrist ins Gesicht, dann noch einmal mit der Spitze. Das Geräusch eines brechenden Kieferknochens beim zweiten Tritt. Für mehr blieb keine Zeit – wenige Fuß entfernt war ein Riese gerade dabei, Girsh einen Morgenstern über den Schädel zu ziehen. Ringil ging näher heran, schlug nach unten, schnitt dem Mann die Achillessehne entzwei, sah ihn fallen ...

Und ganz plötzlich, bevor er es richtig begriff, war der Kampf vorüber.

Ringil sah sich um, während er allmählich wieder zu Sinnen kam. Es war wirklich vorüber. Eril hatte sich von der Wand gelöst und drängte einen einzelnen Gegner zurück. Girsh auf dem Boden tötete den Riesen mit seinem Knüppel. Ansonsten bloß noch ein Blutbad, umherkriechende Gestalten und Ächzen und Stöhnen. Sie hatten es mit wenigstens einem Dutzend Männern aufgenommen. Im wurde bewusst, dass er schwer atmete.

Genau.

Mit schweren Schritten trat er hinter Erils Gegner, hieb müde nach dem Schwertarm des Mannes und setzte dem Kampf ein Ende. Der Mann schrie auf, ließ die Waffe fallen und fuhr herum, sein Mund stand weit offen vor Entsetzen und Verrat. Da näherte sich Eril wie ein Tanzpartner, hakte sich mit einem Arm bei ihm unter und versenkte sein langes Messer mit der Schneide nach oben unter dem Brustbein. Der Mann würgte und schlug um sich, und Eril zog ihn noch näher zu sich, drehte das Messer, drückte zu, brachte die Sache zu Ende. Über die Schulter des Sterbenden hinweg, immer noch in erster Linie mit dem Tötungsakt, nickte er Ringil mit zusammengebissenen Zähnen zu.

»Danke, Mann. Hab schon gedacht, dass ich bei dem hier nie eine Deckungslücke finden würde.«

Ringil tat die Bemerkung mit einer Handbewegung ab und ging, sich um Girsh zu kümmern.

Der Armbrustbolzen war von oben durch das Fleisch des Oberschenkels gedrungen und stecken geblieben. Ganze zwei Zoll blutgetränkter Schaft waren hinter dem stumpfen Achteck zu sehen, das auf der anderen Seite herausragte. In Ringils schlachterprobtem Auge lag das entweder daran, dass die Waffe versagt oder der Schütze sie nicht genügend gespannt hatte – auf diese Entfernung hätte sie normalerweise ein ungeschütztes Bein direkt durchschlagen und ein Loch von der Breite der brutalen Eisenfeder des Dings reißen sollen. Stattdessen schien der Schaden begrenzt zu sein. Ein- und Austrittstelle der Wunde waren zerfetzt und nass, voller sirupartigem Blut, aber es floss nicht so tark, dass man von Verletzungen an größeren Blutgefäßen ausgehen musste.

»Sieht aus, als hättest du Glück gehabt.«

»Ja«, knirschte Girsh. »Das verdammte Gefühl hab ich auch.«

Ringil zog sein Drachenmesser aus Varids Kinn – ebenfalls eine klebrige, schmutzige Angelegenheit – und machte sich daran, mit den Sägezähnen Stoff aus dem Hemd des toten Mannes für eine Aderpresse herauszuschneiden. Eril ging nach oben zur Tür zum Innenhof und horchte, ob irgendwer etwas von dem Kampf mitbekommen hatte und etwas dagegen unternehmen wollte. Zufrieden kehrte er zurück.

»Alles ruhig. Sieht so aus, als ob wir sie alle erledigt hätten. Vermutlich bedeutet diese Nummer mit den fröhlichen Langbeinern: Alle Mann in den Schlachtraum. Süß.«

Ringil knurrte, zu sehr beschäftigt damit, die Aderpresse um Girshs Oberschenkel zu verknoten. Der Mann von der Sumpf-Bruderschaft unterdrückte ein Aufstöhnen. Eril kam herüber und sah zu.

»Wir müssen das da aus seinem Bein rauskriegen«, sagte er nüchtern. »Wenn da Rost dran ist ...«

»Ich weiß. Aber wenn du es so herausziehst, werden wir die Wunde aufreißen und vielleicht ein größeres Blutgefäß öffnen. Wir brauchen was, um die Spitze abzuschneiden.«

Eril nickte. »Na gut. Ist ein Sklavenhaus. Sie müssen hier irgendwo eiserne Werkzeuge haben. Bolzenschneider oder so.«

»Ich kann gehen«, krächzte Girsh und wollte sich aufrichten, um es zu beweisen. Er sackte jedoch gleich darauf leichenblass wieder zurück in die Horizontale.

»Wohl kaum sehr weit«, sagte Ringil zu ihm.

Er hockte sich auf die Fersen und blickte sich um. Überlegte, wie viel Zeit bliebe und weshalb sie hergekommen waren. Trotz des nachlassenden Pulsierens in seinen Adern, der relativen Ruhe nach dem Kampf, waren sie nicht mal im Entferntesten mit Hale und dessen Haushalt fertig. Er freute sich nicht allzu sehr auf das, was jetzt kam.

Doch er unterdrückte die aufsteigende Schwäche gleich im Keim.

»Na gut«, sagte er schließlich. »Eril, du kümmerst dich um die Verletzten. Ich werde mal sehen, ob wir nicht ein paar Antworten aus unserem großzügigen Gastgeber da drüben rauskriegen.«

Girsh grinste breit und verbiss seinen Schmerz. »Ja, *das* wird ein verdammtes Vergnügen!«

»Du hältst dich zurück!«, warnte ihn Ringil. »Ich möchte nicht, dass du diesen Bolzen noch mehr bewegst, als du es schon getan hast. Und ich brauche deine Hilfe nicht. Das sollte nicht allzu schwierig werden.«

Genau, Gil. Ein hartgesottener Menschenhändler aus Etterkal, sein Leben lang erfolgreicher Krimineller, bevor die Sache legalisiert wurde. Sollte ein Kinderspiel sein.

Während Eril umherging, nach Überlebenden suchte und ihnen die Kehle durchschnitt, hob Ringil den halb bewusstlosen Hale an und lehnte ihn gegen die gewölbte Rückwand des Raums. Der Sklavenhändler blutete im Gesicht, wo ihn der Knauf des Rabenfreunds getroffen hatte, und sein rechtes Auge schwoll bereits zu. Blut war auf seinen seidenen Morgenmantel und sein Brusthaar gespritzt. Mit dem Drachenmesser schnitt Ringil ein Stück des Gewands heraus, säuberte Hales Gesicht und schlug ihn dann systematisch so lange, bis er wieder zu sich kam. Auf der anderen Seite des Raums schrie jemand schwach auf, als Eril einen Kopf am Haar zurückzog und das Messer ansetzte. Es war Janesh, der Türhüter. Sein Rückgrat war durchtrennt, und er schlug jetzt verzweifelt zwischen den Stiefeln des Soldaten der Sumpf-Bruderschaft um sich.

Das hast du getan, Gil, flüsterte ein immerzu unbefleckter, ungläubiger Teil seiner selbst. *Das warst du.*

»Warte!«

Eril hielt inne und sah ihn erwartungsvoll an.

»Gib mir nur eine Minute!« Er betrachtete Terip Hale genau. Der Sklavenhändler kam gerade wieder zu sich, und Ringil schlug ihn noch einige weitere Male, um den Vorgang zu beschleunigen. »Könnte mir vorstellen, dass wir vielleicht hier den Hebel ansetzen können.«

»Kapiert.« Eril legte Janeshs Kopf fast sanft zurück auf die Erde und hockte sich geduldig neben den Verletzten. Der Türhüter rührte sich kaum, nur sein Arm zuckte ein paarmal. Durch den Schmerz in seiner Wunde hatte er vielleicht das Bewusstsein verloren, oder er war gerade in ein Delirium geglitten.

Terip Hale war inzwischen erwacht und erblickte ein Schlachtfeld voller Leichen, die über die Kammer der fröhlichen Langbeiner verstreut waren, sowie ein kleines Lächeln auf Ringil Eskiaths Gesicht.

»Willkommen zurück! Erinnerst du dich an mich?«

Eines musste man Hale lassen: Er wehrte sich, knurrte, ballte die Fäuste und brachte es in seiner Wut fast fertig, sich von der Wand zu lösen. Sein verzerrtes Gesicht zeugte von der lebenslangen Gehässigkeit eines Mannes, der sich auf der Straße hatte behaupten müssen. Er trat um sich, so dass der seidene Morgenmantel zurückrutschte. Aber er war kein junger Mann mehr. Ringil schob ihn mit einer Hand zurück.

»Du bleibst einfach da sitzen und benimmst dich.«

»Fick dich doch ins Knie!«

»Nein, vielen Dank. Aber ich habe einige Fragen, auf die ich eine Antwort möchte. Es läge wirklich in deinem Interesse, mir zu sagen, was ich wissen will.«

»Ich scheiße auf deine Fragen!« Hale klang jetzt geringschätziger. Er raffte seinen zerfetzten Morgenmantel zusammen und bedeckte seine Blöße. »Und ich scheiße auf dich, du beschissener Schwuler!«

Ringil sah sich unter den Leichen und dem Blut um. »Ich glaube, dir ist nicht klar, wer hier gewonnen hat.«

»Du meinst, du würdest damit davonkommen?«

Ringil legte den Kopf schief und legte eine Hand hinter das Ohr. »Hast du das gehört? Auf der Treppe? Da ist niemand, der hereinkommt und uns aufhält, Terip. Es ist vorbei. Du hast die fröhlichen langbeinigen Mädels auf uns losgelassen, und es hat nicht funktioniert.«

Er nickte Eril zu, der Janeshs Kopf wieder hochriss. Der Türhüter kreischte, als ihm aufging, was geschah. Vielleicht war er aus einem Traum erwacht, in dem er sich in ein besseres Leben geflüchtet hatte. Erils Messer schwang herab und durchtrennte die Kehle – ein dunkelroter Blutschwall, und Janeshs Gesicht erschlaffte schlagartig und wurde blass. Eril ließ den Kopf los, der mit einem vernehmlichen Laut auf den Boden schlug.

Ringil verbarg sich hinter einer Miene, die sich steinern anfühlte.

»Willst du am Leben bleiben?«, fragte er Hale ruhig.

Abgehärtet oder nicht, der Sklavenhändler war fast ebenso bleich geworden wie sein ermordeter Diener. Ehrbarkeit, oder vielleicht bloß das Alter, hatten ihm ein wenig von seiner Harschheit genommen. Sein Mund zuckte, als wollte er etwas sagen, bekäme es jedoch nicht über die Lippen.

»Entschuldige bitte, aber du musst lauter sprechen.«

»Die Kabale.« Hale leckte sich die Lippen. »Das werden sie nicht durchgehen lassen.«

»Die Kabale.« Ringil nickte. »Na gut. Warum erschreckst du mich nicht mit ein paar Namen? Wer sind sie? Wen repräsentieren sie?«

»Oh, ich glaube, das wirst du schnell genug herausfinden.«

»Ich bin kein geduldiger Mensch, Terip.«

Dem Sklavenhändler gelang es, ein schiefes Grinsen aufzusetzen. »Es spielt keine Rolle, was du mir antust, ob du mich umbringst oder nicht. Sie werden es so oder so herausfinden.«

Ringil gab aufs Geratewohl – vielleicht waren es seine Nerven, die sich nach dem Kampf langsam beruhigten, die allgemeine Erschöpfung oder etwas anderes – einen Schuss ins Blaue ab.

»Sie werden deinen Kopf auf einen Baumstumpf stecken, hm?«

Er sah den Ruck, der durch Terip Hale ging, fast als wäre der Sklavenhändler vom Armbrustbolzen eines seiner eigenen Männer getroffen worden. Er sah die Furcht in dem noch heilen Auge.

»Du …«

»Ja.« Nutze das Überraschungsmoment! »Ich weiß alles darüber. Deswegen haben sie mich geschickt. Sieh mal, Terip – ich habe mal meinen Lebensunterhalt verdient, indem ich Echsen umgebracht hab. Einmal, in Demlarashan, habe ich geholfen, einen ganzen verdammten Drachen zu erledigen, ich und nur ein anderer Bursche. Ich habe also kein Problem damit, deinen süßen kleinen Dwenda in die Tasche zu stecken, wenn er mir in die Quere kommt. Jetzt sage mir also – was ist so verdammt besonders an Sherin Herlirig Mernas, dass du mich töten wolltest, als ich nach ihr gefragt habe?«

»Wer?«

»Du hast mich gehört.«

»Ich kenne diesen Namen nicht.«

»Nein?« Ringil holte das Drachenmesser heraus und hielt es vor Hales gesundes Auge. Er holte tief Luft. »Du erinnerst dich genau, dass sie unfruchtbar ist, dass sie von Sumpfbewohnern abstammt, aber du kennst ihren Namen nicht? Das ist doch Echsenscheiße! Also, *wo zum Teufel steckt sie?*«

Etwas schien in Hale zu zerbrechen. Vielleicht lag es an dem Gerede von Magie, vielleicht an dem Mord an Janesh, oder er war vielleicht doch nicht mehr so zäh, wie er einmal gewesen war. Er zuckte vor der Reißzahnspitze zurück.

»Nicht ... warte, hör mir zu! Ich kann nicht ...«

Ringil tippte mit dem Messer auf sein Augenlid. »Doch, du kannst.«

»Ich *weiß* es nicht, verdammt. Na gut.« Hale schien einen Ausweg zu sehen. Die Verzweiflung in seiner Stimme ließ etwas nach. »Diese Sumpfschlampe, die du suchst, vor wie langer Zeit ist sie verkauft worden?«

»Vor etwa einem Monat.«

»Vor einem *Monat?*« Ein hartes, schrilles Gelächter – nach und nach kehrte die Kühnheit in den Sklavenhändler zurück. »Vor einem verfluchten *Monat?* Bist du wahnsinnig? Hast du eine Ahnung, wie viele Fotzen jeden Monat hier durchkommen? Meinst du, ich hätte nichts Besseres zu tun, als mir den Kopf mit ihren verfluchten *Namen* vollzustopfen? Vergiss es! Gib's auf, Mann!«

Ringil drückte Hales Kopf mit der Handfläche gegen die Wand, zog die Spitze des Drachenmessers an seiner Wange herab und schlitzte sie bis zum Knochen auf. Blut spritzte. Hale kreischte und schlug um sich. Ringil ließ ihn los wie eine heiße Kartoffel. Er spürte, wie sein eigenes Gesicht zuckte, spürte ein tiefes Pochen irgendwo in seiner Brust einsetzen. Der Augenblick war wie ein ungezähmtes yheltethisches Pferd, das unter ihm bockte, ihn mitriss, körperlich und seelisch. Mit zitternden Fingern fummelte er in seiner Tasche herum, fand die Kohleskizze von Sherin und entrollte sie mit beiden Händen, wobei er nach wie vor das Drachenmesser am oberen Ende des Pergaments festhielt. Er bemühte sich, wieder zu Atem zu kommen.

»Du *wirst* es mir sagen«, knurrte er. »So oder so. Also. Versuchen wir es noch einmal. Diese Frau. Du hast sie gekauft, ja?«

Hale hielt sich die verletzte Wange mit der Hand und starrte hin.

»Du weißt, dass sie unfruchtbar ist.« Jetzt brüllte Ringil. Er konnte sich nicht zurückhalten. Tatsächlich hatte er Mühe, Hale nicht wieder mit dem Messer zu bearbeiten. *»Du weißt, dass sie Sumpfbewohnerblut in sich hat. Du gibst sie mir, oder, Hoiran helfe mir, ich reiße dir hier und jetzt die Eingeweide raus!«*

»Sie ist es nicht.«

Ringil packte ihn an der Kehle. Die Skizze von Sherin flatterte davon. »Du verdammtes Stück Scheiße, das ist …«

»Nein, nein«, murmelte er und versuchte mit beiden Händen schwächlich, Ringils Griff zu lösen, die Stimme lahm vor Entsetzen. »Nicht, nicht … sie ist es nicht.«

»Was ist sie nicht?«

»Es ist nicht … Ich habe nicht gedacht, du … nicht ein Mädchen – es *sind alle, alle möchte er haben, verdammt. Er nimmt sie alle!«*

Etwas Schweres wie ein Fallgitter fiel hinter Ringils Augen herab. Abrupt verflüchtigte sich seine Wut, und er spürte einen erwartungsvollen Schauer, die er nicht einordnen konnte. Er ließ Hales Kehle los.

»Er? Du sprichst vom Dwenda?«

Hale nickte gebrochen und versuchte nach wie vor, sich an der gekrümmten Mauer entlang wegzurobben. Ringil packte ihn an seinem seidenen Morgenmantel und zog ihn zurück. Er beugte sich dicht zu ihm vor.

»Rede mit mir!« Seine Stimme zitterte nachdem seine Wut sich jäh verflüchtigt hatte. Das Blut rauschte in einen Ohren wie das Meer. »Wenn du leben willst, rede mit mir! Erzähl mir von diesem Dwenda.«

»Dann werden sie mich umbringen.«

»Und ich werde dich umbringen, wenn du nicht sofort redest! Du hast die Wahl, Terip! Der Dwenda. Was tut er hier?«

»Ich weiß es nicht.« Der Sklavenhändler machte eine eigentümlich mürrische Handbewegung. »Er spricht mit der Verschwörung, nicht mit mir. Anweisung von oben. Jede Sumpffotze, alles, was so aussieht, als könnte sie das Blut haben, muss von den Hexern überprüft werden. Wenn sie keinen Nachwuchs bekommen kann, schaffst du sie beiseite. Betrachtest sie als deinen Zehnten.«

»Aha. Und jedem, der nach einer solchen Frau fragt, zeigst du die fröhlichen langbeinigen Mädels. Stimmt's?«

Hale starrte zu Boden. Er wollte Ringil nicht in die Augen sehen. Das Schweigen dehnte sich. Blut tropfte vom Gesicht des Sklavenhändlers in seinen beschmutzten Seidenschoß.

Eril kam herüber und hockte sich neben Ringil.

»Wir sind hier fertig«, murmelte er. »Hier atmet keiner mehr. Soll ich ihn auch erledigen?«

Ringil schüttelte den Kopf. »Hol mir den Knüppel da! Wir brauchen einen Botschafter. Findrich und die anderen sollen keinerlei Zweifel daran haben, was hier passiert ist.« Er hob die Stimme. »Hörst du das, Terip?«

Der Sklavenhändler zuckte zusammen, als er seinen Namen hörte. Er wollte nicht aufblicken. Ringil packte Hales Schädel fest mit beiden Händen und zog ihn behutsam wie ein Liebhaber hoch, bis der Sklavenhändler gezwungen war, ihm in die Augen zu sehen.

»Du passt jetzt bitte auf«, sagte er ruhig. »Sag Findrich oder Xanthippe oder wem du in dieser idiotischen Kabale Bericht erstatten, Folgendes: Ringil Eskiath will seine Kusine Sherin zurück. Bald, und unversehrt – darüber wird nicht verhandelt. Wenn ich nicht bekomme, was ich will, komme ich wieder nach Etterkal zurück. Glaub mir, das möchten sie bestimmt nicht, und du auch nicht.«

Hale befreite seinen Kopf aus Ringils Händen. Die Entrüstung über die intime Geste oder vielleicht auch nur das Wissen, dass er nicht sterben würde, schien neues Feuer in ihm zu entfachen.

»Pack mich nicht an!«, brummte er. »Du beschissener Homo!«

Schweigend reichte Eril Ringil die Keule. Ringil lächelte schwach und schlug damit sehr sanft auf seine Handfläche.

»Du verstehst nicht richtig, Hale.«

»Und du bist völlig übergeschnappt!« Der Sklavenhändler brachte ein zittriges Gelächter zustande. »Das weißt du, nicht wahr, Eskiath? Kommst her und redest wie ein Relikt aus Vorkriegszeiten, wie irgendein Schlägertyp aus dem Hafenviertel. Kapierst du es nicht? So stehen die Aktien nicht mehr – wir sind jetzt *legal*. Du kannst nicht einfach so herkommen. Du kannst uns nichts anhaben.«

Ringil nickte. »Rede dir das ein, wenn's dir hilft! Einstweilen kannst du den anderen ausrichten, dass ich meine Kusine zurückhaben will. Sherin Herlirig Mernas. Es wird Aufzeichnungen geben, und ich überlasse dir die Skizze. Du sorgst dafür, dass sie die Nachricht erhalten. Wenn ich nämlich nach Etterkal zurückkehren und noch einmal fragen muss, werden dir die Geschehnisse der heutigen Nacht wie ein bisschen Zahnschmerzen vorkommen, das verspreche ich dir. Ich werde dich und deine ganze verdammte Familie töten, und anschließend brenne dieses Haus um die Leichen bis auf die Grundmauern nieder. Dann gehe ich weiter zu Findrich und Xanthippe und zu sonst allen, die sich mir in den Weg stellen. Ich fackele die ganze verdammte Nachbarschaft ab, wenn's sein muss. Du glaubst, die Dinge hätten sich nach dem Krieg verändert, du Arschloch?« Er griff dem Sklavenhändler zärtlich unters Kinn und hob den Knüppel. »Ich habe Neuigkeiten für dich. Das wurde gerade rückgängig gemacht.«

20

Jhiral ließ sie kurz nach Mitternacht heimgehen. Offenbar hatte er sich davon überzeugt, dass alles Mögliche getan wurde und dass er, was vielleicht noch wichtiger war, seine Ratgeber immer noch so fest im Griff hatte wie vor den erschütternden Ereignissen in Khangset. Er entließ sie mit einem Nicken und einem Minimum an Zeremonie. Faileh Rakan verschwand ohne ein Wort über die notwendigen Ehrbezeigungen hinaus in die Tiefen des Palasts, und Archeth begab sich mit Mahmal Shanta zu den Eingangstoren.

»Ist doch ganz gut gelaufen«, sagte der Marineingenieur, als sie draußen waren.

Sie konnte nicht so genau sagen, ob nicht ein Hauch von Ironie in seinen Worten lag. Krinzanz eignete sich zu vielem, jedoch nicht zum Erkennen von Feinheiten. Die leiseren Zwischentöne im menschlichen Umgang gingen unter seinem Einfluss gern verloren. Sie zuckte die Achseln, gähnte und überprüfte die unmittelbare Umgebung auf neugierige Hofschranzen, eine gewohnheitsmäßige Vorsicht, so tiefsitzend, dass sie schon ein Reflex war.

»Jhiral ist nicht dumm«, sagte sie. »Er weiß, dass wir diese Sache gleich im Keim ersticken müssen. Wenn es sich herumspricht, dass das Reich seine Häfen nicht schützen kann, steht uns eine Handelskrise im Süden bevor.«

»Und unsere Freunde und tapferen Mitstreiter, die kleinen Stadtstaaten im Norden, werden sie nur allzu erfreut ausnutzen.«

»Würdet Ihr das etwa nicht?«

Shanta überprüfte seinerseits automatisch die Umgebung. »Was ich täte, Mylady, ist für eine Unterhaltung in dieser Umgebung nicht geeignet. Vielleicht ein andermal, beim Kaffee an Bord meines Schiffs?«

»Vielleicht.«

»Meint Ihr wirklich, was Ihr über die Steuermänner gesagt habt? *Werden* sie die Sache unter dem Aspekt des Kriegs betrachten?«

»Woher soll ich das denn wissen, verdammt?« Sie war jetzt völlig erschöpft, trotz des angenehmen Gefühls, hellwach zu sein. Ihre Augen fühlten sich an wie wundgescheuert. »Der unten im Trockendock, den ich letzte Woche auszuquetschen versuchte, ist in etwa so redselig wie ein Mystiker aus Demlarashan in der Fastenzeit. Vollkommen sinnlos, mit ihm zu reden.«

Sie erreichten die Tore und mussten in der leicht kühlen Luft warten, bis Sklaven Archeths Pferd aus den Ställen geholt und eine Kutsche für Shanta herbeigerufen hatten. Archeth streifte sich die Handschuhe über und fröstelte ein wenig. Der Winter kam dieses Jahr früh. Es täte gut, nach Hause zu kommen, sich die schmutzige Reisekleidung abzustreifen und barfuß auf dem beheizten Fußboden in der wohligen Wärme ihrer Wohnung zu stehen. Den letzten Rest des Krin verbrennen lassen; sich dem Schlaf hingeben. Die sanft im Zickzack abfallende, kiriathisch gepflasterte Zufahrt war von matt leuchtenden Laternen gesäumt, die einen verführerischen Weg durch die Dunkelheit, in die der Palasthügel getaucht war, in den Lichterteppich Yheltehs zeigten. Die Stadt, wie von einer gewaltigen Schar Glühwürmchen erhellt, breitete sich weit in alle Richtungen aus und war durch den dunklen Arm der Flussmündung in der Mitte geteilt. Etwas näher lag der Boulevard des Unbeschreiblich Göttlichen, der, gesäumt von einer Doppelreihe Laternen, gerade wie eine Schwertklinge durch das eher planlose Muster der anderen Straßen führte. Scheinbar zum Greifen nahe.

Shanta beobachtete Archeth aufmerksam.

»Es heißt, dass die Zurückgebliebenen wütend sind«, murmelte er. »Die Steuermänner, meine ich. Sie fühlen sich im Stich gelassen und bedauern, dass die Kiriath sie nicht mitnehmen wollten.«

Sie sah zu den Laternen hinüber. »Ja, so heißt es.«

»Was ihre Haltung dem Reich gegenüber ebenfalls beeinflussen wird. Beeinträchtigt ihre Loyalität aus, soweit sie noch welche verspüren.«

»Oh, seht mal! Idrashan ist bereits draußen.« Archeth nickte zu einem Sklaven hinüber, der ihr Pferd aus dem Stall heranführte. »Das wär's dann für mich. Gute Nacht, Mahmal. Hoffe, Eure Kutsche braucht nicht zu lange. Vielen Dank fürs Mitkommen!«

Der Ingenieur lächelte sie freundlich an. »War mir ein Vergnügen! Es war auf jeden Fall aufschlussreich.«

Sie ließ ihn stehen und ging dem Sklaven auf halber Strecke entgegen. Stieg auf, winkte Shanta ein letztes Mal wortlos zum Abschied zu und dirigierte ihr Pferd zum Tor hinaus.

In der ersten abfallenden Kehre der Zufahrt stellte sie sich in die Steigbügel und schaute sich um. Der Marineingenieur war eine unbestimmte Gestalt hinter den Eisengittern des Tors über ihr, eine Silhouette vor den hell leuchtenden Fackeln an den Palastmauern. Aber zweifellos beobachtete er sie.

Nau und, verdammt? Der Palast verschwand hinter ihr, und sie überließ es dem Pferd, sich den Heimweg durch das Gewirr von Straßen auf der Südseite zu suchen. *Shanta unterscheidet sich nicht im Geringsten vom Rest der verdammten alten Wache. Eingeigelt in ihren privilegierten Stellungen und in ihren kleinen intriganten Nischen jammern sie darüber, wie viel besser es zu Zeiten Akals gewesen war.*

Und? War's nicht so?

Akal saß noch auf dem Thron, als wir die Rebellen bei Vanbyr vernichteten. Vergessen wir doch nicht diesen störenden kleinen Makel auf dem Antlitz unseres früheren Ruhms.

Damals lag er auf dem Krankenbett.

Dennoch hat er den verdammten Befehl gegeben.

Ja. Und du hast ihn ausgeführt.

Sie kam an einer schlafenden Gestalt vorüber, die im Hof einer abgedunkelten Schmiede in einer Ecke kauerte. Zerlumpter Mantel und Kapuze; darauf ein Abzeichen, das sie wiedererkannte: Es war das schwarz-weiße Pferd eines imperialen Kavalleristen. Schwer zu sagen, ob man dem Glauben schenken konnte oder nicht – die Stadt war voller heruntergekommener, kriegsversehrter Soldaten, die auf den Straßen schliefen, aber Militärkleidung erregte beim Betteln mehr Mitleid, ob man nun Soldat gewesen war oder nicht, also war lohnte es sich, sie zu stehlen, wenn sich die Gelegenheit dazu bot. Sie konnte einen ernähren, einem sogar in kalten Winternächten eine Unterkunft verschaffen, wenn der beißende Frost heftig genug war, oder bei Regen. Archeth kannte ein Bordell am Hafen, dessen Besitzerin sich damit brüstete, heruntergekommene Veteranen in ihrer Wäschekammer schlafen zu lassen. Sie war sogar dafür bekannt, an Festtagen Mädchen aus dem abgetakelteren Teil ihres Fundus loszuschicken, um ihnen kostenlos einen runterzuholen.

Patriotismus war an den merkwürdigsten Orten zu finden.

Sie zügelte ihr Pferd, musterte die in ihren Mantel gehüllte Gestalt und versuchte, einen Entschluss zu fassen. Etwas an der Haltung sah echt aus, an der lakonischen Effizienz, wie Mantel und Kapuze benutzt wurden. Aber ohne den Mann aufzuwecken …

Sie zuckte mit den Schultern, griff in ihre Börse und fand ein Fünferstück. Beugte sich hinüber und warf die Münze so, dass sie in der Ecke gegen eine Mauer prallte und von dort mit lautem Klirren auf die Pflastersteine fiel. Die Gestalt rührte sich knurrend, die rechte Hand kam unter dem Mantel hervor und tastete umher, bis sie das Geld fand. Ringfinger und kleiner Finger fehlten, dazu der größte Teil der Handfläche. Archeth verzog das Gesicht. Es war unter den Kavallerieregimentern eine absolut übliche Verwundung, da yheltethische Kavallerieschwerter notorisch mit einem schlechten Handschutz ausgestattet waren.

Ein kraftvoller, gut geführter Schwerthieb eines geschickten Gegners, und man war nicht mehr länger ein Kavallerist.

Sie warf eine weitere Münze auf den Mantel und schnalzte mit der Zunge, um Idrashan anzutreiben.

Ein paar Straßen weiter und schon fast daheim überquerte sie einen kleinen, belaubten Platz, der früher *Platz der Engelsflügel* geheißen hatte, aber nach dem Sieg an der Galgenschlucht umbenannt worden war. Es war ein Platz, den sie manchmal aufsuchte, wenn ihr im Haus die Decke auf den Kopf fiel, sowohl vor als auch nach dem Krieg, obwohl er ihr vor dem Krieg lieber gewesen war. Damals hatte er einen geschäftigen Obstmarkt beherbergt. Jetzt hatten sie ein bedeutungsschwangeres kleines dreiseitiges Steindenkmal dort in der Mitte errichtet. Grandiose Basreliefs zeigten ausnahmslos imperiale Soldaten über lauter toten Reptilien, und in der Mitte erhob sich eine Säule, die vage an ein Schwert erinnerte. In das Denkmal waren steinerne Sitzgelegenheiten eingelassen, dazu gereimte Hommagen an unseren *ruhmreichen imperialen Oberbefehlshaber, unsere beseelten Söhne der Stadt.* Archeth hatte die Verse oft genug gelesen, um sie unfreiwillig auswendig zu können. Sie war sogar einmal, bei einem Ball am Hofe, kurz dem Poeten vorgestellt worden, der sie verbrochen hatte.

Natürlich war man nicht tatsächlich dort *in der Schlacht gewesen,* hatte ihr dieser höhnisch grinsende Mann von niederem Adel erzählt und mannhaft geseufzt. *Wie sehr man es sich auch gewünscht hätte. Aber ich habe der Galgenschlucht letztes Jahr einen Besuch abgestattet, und man kann sich in solchen Fällen immer auf seine Muse verlassen, sodass man den Nachhall des Ereignisses in der stillen Melancholie vernimmt, die über dem Ort liegt.*

Allerdings. Aber auf ihrem Gesicht musste sich trotz all ihrer Bemühungen etwas gezeigt haben, denn das höhnische Grinsen verrutschte leicht, und der Poet klang auf einmal besorgt.

Ihr, äh, Ihr seid nicht persönlich dort gewesen, Mylady? Bei der Schlacht?

Oh, nein, brachte sie höflich heraus. *Aber mein Vater ist auf dem Rückzug der Expeditionskräfte ums Leben gekommen, und zwei meiner ausländischen Freunde haben den letzten Angriff an der Galgenschlucht angeführt.*

Daraufhin hatte er sie stehen lassen.

Daheim angekommen, übergab sie Idrashan im Innenhof der Nachtwache und betrat das Haus durch einen Seiteneingang. Die Lampen im Innern waren herabgedreht, und es war still – sie hielt die Zahl ihrer Diener möglichst klein und ließ die Sklaven, die sie hin und wieder kaufte, frei, sobald es Sitte und Stadtverordnung erlaubten. Kefanin würde vermutlich in seiner Kammer am Haupteingang dösen und auf ihre Rückkehr warten. Sie sah keinen Grund, ihn zu wecken, und ging sofort die Treppe hinauf zu ihren Gemächern.

Im Ankleidezimmer hängte sie ihre Messer auf, befreite sich von ihren Stiefeln, warf sie in eine Ecke und schüttelte die restliche Kleidung ab wie eine alte Haut. Dann stand sie eine Minute da und genoss das Gefühl von warmer Luft auf ihrer Haut. Als sie sich dann bückte, um sich eine juckende Stelle an ihrer Wade zu kratzen, rümpfte sie die Nase über den eigenen Geruch und warf einen Blick zu dem Glockenzug an der Wand hinü-
ber.

Ach, komm schon! Du Veteran der Schlacht gegen das verdammte schuppige Volk. Im Winter '51 hast du unter einem Wasserfall am Oberlauf des Trell gebadet. Ist das schon so lange her?

Um die Wahrheit zu sagen, war es zehn Jahre her, eine Zeit, die irgendwie verflogen war, ohne dass sie es merkte; aber die schwindende Wirkung des Krin war ein Segen, eine zuckende Ungeduld unter der Haut, und sie ließ sich davon tragen. Sie zog nicht an der Glocke, sondern ging ins Badezimmer. Der Vorstellung, sich mit kaltem Wasser zu waschen, konnte sie nicht viel abgewinnen, aber sie hatte auch keine Lust auf den ganzen Zirkus, den es bedeutete, ins Erdgeschoss Bescheid zu sagen, Sklaven den Herd schüren und die Kochtöpfe füllen zu lassen und abzuwarten, bis das Wasser warm wurde und sie es herauftrugen und …

Das Wasser in den großen Alabasterkrügen war nicht kalt.

Verblüfft steckte sie die Hand noch einmal in einen der Krüge, um sich zu vergewissern. Keine Frage, es war immer noch lauwarm. Wohl wieder mal Kefanin, der sein Gewicht in kostbaren Edelsteinen wert war. Grinsend wusch sie sich mit einer gewissen Erleichterung, säuberte die schmutzigsten Stellen ihres Leibes und spülte mit klarem Wasser nach. Sie wickelte sich ein Handtuch aus dem Regal um und wanderte weiter ins Schlafzimmer.

Jemand lag in ihrem Bett.

Als sie wie angewurzelt auf der Schwelle stehen blieb, holte der Duft des Handtuchs, das sie am Leib hatte, sie ein. Sie kannte ihn von irgendwoher, aber es war nicht der eigene.

»Hoy!«, fauchte sie. »Du solltest im Gästebe…«

Aber es war nicht Elith.

Sie benötigte einen Augenblick, das wachsfarbene Haar und die blassen Züge unterzubringen, als die Frau sich, immer noch schlaftrunken, im Bett aufrichtete. Es war der Duft, der die Erinnerung auslöste, der salzige, feuchte Duft des Sklavenmädchens, der auf den Fingern des Imperators getrocknet war. Bei der Erinnerung blähten sich Archeths Nasenflügel, und ganz plötzlich war sie gar nicht mehr so davon überzeugt, noch ein Wort herausbringen zu können.

»Ich …« Das Mädchen war sichtlich entsetzt. Sie wollte sich im Bett aufsetzen und rutschte dabei auf den Seidenlaken weg. Plapperte auf Naomisch: »Ich erhielt den Befehl, Mylady. Der Imperator persönlich, ich habe das nicht aus freien Stücken getan. Ich wollte nicht …«

Und jetzt fiel Archeth Jhirals selbstgefälliger Gesichtsausdruck ein, als sie im Thronsaal aufgetaucht war. *Natürlich musstest du erst nach Hause gehen, bevor du zu uns gekommen bist. Hast du dort alles zu deiner Zufriedenheit vorgefunden?* Seine lüsterne, Vertraulichkeit im geheimen Besprechungsraum fünf Tage zuvor. *Was meinst du? Sie ist neu. Was hältst du von ihr? Soll ich sie in dein Schlafzimmer schicken, wenn ich mit ihr fertig bin?* Und dann die wegwerfend ausgesprochene Entscheidung, die Laune. *Komm schon, ich werde dir das Mädchen schicken, gleich wenn du zurückgekehrt bist.*

Es brachte nichts, Jhirals Launen zu unterschätzen. Das mussten sie alle noch lernen, oben im Palast und unten in der Stadt. Man hätte denken sollen, dass sie die Lektion inzwischen verinnerlicht hätten, aber anscheinend war selbst bei Archeth Indamaninarmal, der gerissensten und pragmatischsten der imperialen Ratgeber, das Gegenteil der Fall.

Archeth empfand im Nachhinein kurz Mitgefühl für Kefanin. Sie erinnerte sich an das Gesicht des Hausverwalters, als sie ihm Elith übergeben hatte, seinen rasch übergangenen Versuch einer Warnung. *Mylady, da ist bereits …*

… ein unerwarteter Gast in Eurem Haus.

… eine unerwartete Sklavin, die Eure Anerkennung und Euren Befehl erwartet.

Ein winziges Kitzeln im Bauch bei diesem speziellen Gedanken.

Hör auf damit!

… ein unerwartetes und großzügiges Geschenk des Imperators, überbracht und aufgedrängt ohne die Möglichkeit, es zurückzusenden.

Das erklärte die Anwesenheit des Mädchens in ihrem Schlafzimmer. Jhiral wollte seine Befehle bis aufs i-Tüpfelchen erfüllt sehen und erläuterte gern in allen Einzelheiten, was andernfalls geschehen würde. Der imperiale Botschafter, der das Mädchen hergebracht hatte, hatte Kefanin vermutlich genauestens instruiert, und Kefanin, im Ausland geboren und Sklave seit dem Alter von fünf Jahren, mit fünfzehn im Schnellverfahren kastriert, kaum vier Jahre nach seiner Freilassung und der Eintragung der Bürgerrechte, hatte eilig gehorcht, Hausverwalter hin oder her.

Archeth räusperte sich. Murmelte: »Na gut, schön. Verstehe. Du kannst …«

Aber das Mädchen warf die Laken beiseite und verließ das Bett, nackt, wohlgeformte Hüften, weißes Hinterteil und weichen, schweren Brüste. Sie kroch über den Läufer zu Archeths und kniete vor ihr.

Archeth biss die Zähne zusammen.

»Mir wurde geheißen, Euch zu gefallen, Mylady.« Schwerer Akzent und betörend exotisch, denn die tethannischen Silben machten ihn weich. Das Haar fiel ihr übers Gesicht. »Auf jede Weise, die Euch gefällt.«

Es war so lange her, so, so lange her.

Sie ließ eine Hand auf den gesenkten Kopf des Mädchens sinken …

… *sie ist eine Sklavin, Archeth* …

… und riss sie zurück. Ihr Herz fühlte sich plötzlich wie ein panischer Vogel im Käfig an. Die Gewalt des Gefühls ließ sie die Augen schließen. Das Blut pochte in ihren Adern und, beschleunigt vom Krin.

Du bist kein Mensch, Archidi. Tränen in Grashgals Augen, als er auf der Gangway des Feuerschiffs im Dock von An-Monal stand. *Glaube nie, dass du ein Mensch bist, nur weil wir dich nicht mitnehmen können. Du bist Archeth, Tochter des Flaradnam vom kiriathischen Klan Indamaninarmal. Vergiss das nicht in Zeiten der Not! Du bist eine von uns, du wirst es immer sein. Du bist nicht wie sie.*

Und dann war es natürlich leicht.

Sie schluckte und öffnete die Augen. Legte eine trockene, beherrschte Ironie in ihre Stimme.

»Der Imperator ist über alle Maßen großzügig. Es ist wahrlich ein Glück, dass er nicht hier ist, denn ich weiß nicht, mit welchen Worten ich ihm danken sollte.«

Sie zog das Handtuch ein wenig fester um sich. Selbstbeherrschung oder nicht, sie vertraute sich nicht genügend, dem Mädchen zu befehlen es solle aufstehen und sich vor sie stellen.

»Ich werde gewiss eine Tätigkeit in meinem Haushalt für dich finden, aber sonst fällt mir im Augenblick nichts ein. Du solltest bis morgen früh schlafen, und dann werden wir miteinander sprechen. Wie heißt du?«

»Ishgrim.« Kaum mehr als ein Flüstern.

»Gut. Dann geh zurück ins Bett, Ishgrim. Es ist spät. Ich werde dich morgen rufen.«

Woraufhin sie kehrtmachte und rasch ins Ankleidezimmer zurückkehrte, damit sie nicht zusehen musste, wie sich dieses langbeinige, vollbusige Wesen vom Fußboden erhob und entfernte.

Sie warf sich einen Morgenrock über und zog Hausschuhe an. Musterte sich mürrisch im Spiegel und ging dann lautstark die Treppe hinab. Dadurch wurde Kefanin wach und verließ eilig seine Kammer neben der Tür.

»Oh, Mylady. Ihr seid bereits …«

»Ja. Bereits zu Hause, habe bereits gesehen, was in meinem Bett liegt. Der Imperator hat es äußerst eilig in seiner Großzügigkeit, nicht wahr?«

Kefanin reckte den Kopf. »So ist es, Mylady. Mir wäre es lieber gewesen …«

»Ja, mir auch. Hat sich unser anderer Gast gut eingerichtet?«

»Ich glaube schon. Sie hat kurz nach Sonnenuntergang gegessen und sich dann zurückgezogen.«

»Gut.« Sie gähnte. »Ich gehe ins Arbeitszimmer im Ostflügel. Kannst du mir eine anständige Flasche aus dem Keller sowie etwas zu essen bringen?«

»Sogleich, Mylady.«

»Sind die Lampen dort angezündet?«

»Nein, Mylady. Aber ich habe Laternen hier, die …«

»Das reicht.« Sie nahm die Laterne aus ihrem Gestell neben der Tür und fummelte an ihr herum, bis die Flamme aufleuchtete.

»Ach ja, besorge mir etwas Krinzanz, wenn du schon dabei bist, ja? Da steht eine Flasche mit der Tinktur auf dem obersten rechten Schränkchen in der Speisekammer. Die blaue.«

Kefanin musterte ihr Gesicht im Schein der Laterne. »Ist das eine gute Idee, Mylady?«

»Nein, ist es nicht. Worauf willst du hinaus?«

Eine würdevolle, tiefe Verneigung, die Kefanin nur dann vollführte, wenn er eine ihrer Entscheidungen zutiefst missbilligte. Knurrend schritt sie durch den Flur zum Ostflügel, den sie nach ein paar Minuten leicht außer Atem erreichte. Sie schob die Riegel zurück, und als sie die Tür aufzog, nahm sie einen muffigen, kühleren Geruch wahr. Es war eine Weile her, seitdem jemand hier gewesen war.

Schatten tanzten über die Wände, während sie weiterging und Lampen mit einem Papierfidibus vom Docht der Laterne anzündete. Ein warmer gelber Schein breitete sich über die staubigen Haufen von Büchern und den weniger leicht zu erkennenden Krempel aus, mit dem der Fußboden übersät war. Das Arbeitszimmer tauchte Stück um Stück aus der Düsternis auf. Ihr Schreibtisch in der Mitte, voller Papiere und weiterer Bücher. Die Fenster mit den Vorhängen. Gemälde von An-Monal an den Wänden, eine Karte, eingeätzt in kiriathisches Glas.

Der Steuermann.

»Hallo du, Archeth Indamaninarmal.«

»Hallo Angfal.« Sie räumte eine Seite des Schreibtischs frei, um die Füße darauflegen zu können, zog den Stuhl hervor und setzte sich. »Schon eine Weile her, nicht wahr?«

»Du solltest dir wegen mir keine Sorgen machen.« Die Stimme des Steuermanns war tief und melodiös, warm und onkelhaft und zugleich leicht enervierend, als ob sie sich jeden Augenblick zu einem unmenschlichen Gekreisch erheben könnte. »Wie du weißt, hat die Zeit für mich nicht dieselbe Bedeutung wie für … Menschen.«

Archeth grinste über die kalkulierte Beleidigung. Es war nicht das erste Mal. Sie legte die gekreuzten Füße auf den Schreibtisch und betrachtete durch das V zwischen ihnen das Ding, mit dem sie das Arbeitszimmer teilte.

»Tut dennoch gut, dich wiederzusehen.«

Es nahm den größten Teil der Wand ein, hatte eine Breite von fast zwanzig Fuß und eine Höhe von mindestens zehn. Am ehesten ähnelte es Eingeweiden: wirre Schlingen und Schlaufen dunkler eiserner Innereien über hellem Gips, die scheinbar ungeordnet bis zum Fußboden reichten. Aber da waren auch andere Teile, Abschnitte, die fett von der Wand herabhingen wie Lungen oder Tumore, und das ganze Ding war getüpfelt mit einer Anzahl schwach grüner oder gelblicher Lämpchen hinter etwas, das so aussah wie geschliffene Gläser, keines wesentlich größer als ein Daumennagel. Nahe der Mitte und hoch oben klammerten sich zwei symmetrisch angeordnete, gewinkelte Rippen an Wand und Decke, von außen umfasst durch ein aufgeblähtes Oval, breit wie die ausgestreckten Arme eines Mannes. Nicht zum ersten Mal dachte Archeth, dass die ganze Anlage unangenehm arachnoid wirkte – es sah aus, als würde sich eine riesige, dem Albtraum eines Kindes entsprungene Spinne irgendwie durch die Wand schieben, bevor sie den ansprang, der sich gerade zufällig im Arbeitszimmer aufhielt. Oder einfach wie eine monströse Kreatur, die man wie eine groteske Jagdtrophäe in den Gips eingebettet hatte.

Da half auch nicht, dass sich am unteren Ende des Ovals Bündel aus grünen und gelben Lämpchen befanden, wie Augen.

Weil die kiriathischen Ingenieure, die Angfal aus der Hülle eines abgewrackten Feuerschiffs herausgerissen und hier installiert hatten, es ihr gesagt hatten, wusste sie, dass das Bewusstsein des Steuermanns innerhalb des gesamten organisch aussehenden Wirrwarrs existierte, was allerdings ebenfalls keine große Hilfe war. Ob es ihr gefiel oder nicht, sie ertappte sich dabei, dass sie gewohnheitsmäßig, instinktiv, sich an diese herabhängende, spinnenähnliche zentrale Struktur wandte, sich immer dann darauf konzentrierte, wenn …

Sie tat es jetzt.

»Was willst du also?«, fragte er sie.

»Warum sollte ich etwas von dir wollen?« Sie löste den Blick von den Lämpchen und sah stattdessen bewusst zum Fenster. »Vielleicht bin ich nur für eine kleine Plauderei vorbeigekommen.«

»Wirklich?« Angfals Stimme veränderte sich kaum, aber Archeth glaubte, etwas wie Grausamkeit herauszuhören. »Dann wollen wir in Erinnerungen schwelgen, ja? Über die guten Zeiten sprechen, als dein Vater und Grashgal noch lebten und die Welt ein schönerer, edlerer Ort war?«

Sie unterdrückte den Schmerz, den alten, vertrauten Schmerz.

»Meines Wissens«, erwiderte sie tonlos, »ist Grashgal immer noch am Leben. Auch *deines* Wissens. Schließlich haben sie, als sie dich aus der Hülle des Wracks geschnitten haben, den größten Teil deiner Sinnesorgane dort zurückgelassen.«

Kurze Stille.

»Archeth, Tochter des Flaradnam, du bist mit erhöhtem Puls, erweiterten Pupillen und geschwollenen Brüsten und Schamlippen zu mir gekommen – obwohl das jetzt nachlässt –, dazu einer nicht ganz festen Stimme. Das sind alles deutliche Symptome sowohl von sexueller Erregung als auch des Missbrauchs von Krinzanz, eine Kombination, die für deinen Körper nicht optimal ist. Das gilt übrigens für jede Physiologie, außer der sehr jugendlichen. Und du starrst aus einem Fenster, das mit einem Vorhang zugezogen ist. Du siehst also, wie wir eigentlich beide bereits wissen, dass nicht alle meine Wahrnehmungsorgane im Wrack zurückgeblieben sind, und du bist nicht zu einer kleinen Plauderei hergekommen.«

Wieder breitete sich Stille aus. Sie glaubte zu sehen, wie ein oder zwei der Lämpchen in Angfals Windungen die Farbe wechselten oder vielleicht bloß heller wurden.

»Ich bin zweihundertsieben Jahre alt«, sagte sie. »Das ist jung für Kiriather.«

»Ja, aber nicht für einen Mischling.«

Ihr platzte der Kragen, stahlharte Wut, die hervordrängte. »He, du *Arschgesicht!* Grashgal ist am Leben und lacht sich eins, irgendwo, wo es besser ist als hier.«

»Grashgal ist tot«, erwiderte der Steuermann geduldig. »Alle sind tot. Die Kiriather haben schon die Reise durch die Abkürzungen auf der Herfahrt nur knapp überlebt, und damals waren sie bei vollen Kräften, ihre Wissenschaft stand in voller Blüte, und ihre Gehirne waren unbeschädigt. Die Gewalten, denen sie ausgesetzt waren, haben alles verändert. Sie wollten nicht hierher kommen, Archeth, auch wenn sämtliche Chroniken das Gegenteil behaupten. Sie sind hier gestrandet, und wenn sie viertausend Jahre blieben, so nicht deshalb, weil ihnen die Umgebung so gut gefiel. Sondern weil sie Angst hatten, dass die Rückkehr sie vernichten würde.«

Ihre Wut verrauchte – sie ertappte sich dabei, dass sie erschöpft und desillusioniert auf die glänzenden, gezackten Kanten sah. So würde sie nie bekommen, was sie wollte.

»Einige sagen, die Reise hätte ihr Bewusstsein geöffnet«, bemerkte sie. »Ihnen die Gabe einer neuen Perspektive verliehen, eine Einsicht über die Zeit hinweg. Es heißt, sie hätte nicht zerstört, sondern erweitert.«

»Ja, das stimmt«, höhnte Angfal. »So sehr, dass diejenigen unter ihnen mit der größten Erweiterung, die am meisten *Begabten,* wie du es nennst, in die Wüste gezogen sind, um über ihre Einsicht zu meditieren, und darüber die Nahrungsaufnahme vergaßen.«

»Nicht alle.«

»Die meisten.«

»Du sprichst von den Extremfällen. Als Rasse haben wir gelernt zu kooperieren.«

»Wir? *Wir* als Rasse?«

»Eine rhetorische Figur. Die *Kiriath,* als Rasse, haben sich angepasst. Und am Ende hat ihre Anpassung sie gestärkt, so dass sie den Effekten einer Rückreise besser widerstehen konnten.«

»Oh, ist das eine Theorie, die du entwickelt hast? Ich wäre sehr an den Beweisen interessiert.«

»Tut mir leid, dass sie dich zurückgelassen haben, Angfal.«

Worte, die den raschen Schlagabtausch besser zum Verstummen brachten, als wenn sie geschrien hätte. Diesmal folgte ein längeres Schweigen. Das Fehlen jeglicher Bewegung in den erstarrten eisernen Windungen und Wölbungen des Steuermanns wirkte plötzlich irgendwie falsch, lächerlich, wie die unmögliche Beschränkung eines natürlichen emotionalen Zustands und seiner Äußerungen. Sie suchte nach einer Veränderungen in den Lämpchen, aber sie sahen so aus wie immer; brannten stetig und gleichmäßig.

Die Steuermänner sind nicht menschlich, Archidi, hatte ihr Vater einmal zu ihr gesagt, als sie noch ein kleines Kind gewesen war. Er sprach Hochkir, und das Wort, das er für *menschlich* benutzte, war dasjenige, das die Kiriath für sich selbst benutzten. *Sie sind überhaupt nicht wie du oder ich oder deine Mutter, nicht einmal wie der Geist eines von uns in einer Flasche oder Schachtel. Sie sind etwas … anderes. Das darfst du nicht vergessen, wenn du mit ihnen zu tun hast. Sie sind nicht menschlich, obwohl sie manchmal so wirken können.*

Damals waren die Worte ihren ehrfürchtig lauschenden Kinderohren wie eine Warnung vor Dämonen erschienen.

»Sie haben dich auch zurückgelassen«, sagte der Steuermann schließlich.

»Ja, das stimmt.«

Noch mehr Schweigen. Erinnerungen strömten durch die Leere, die es hinterließ, und verschlimmerten den Krinzanz-Kater. Sie starrte das zerstückelte eiserne Monster an der Wand mit seinen Lichttupfern an, das dort in reglosen Schlingen hing, und sie versuchte, eine ähnliche Ruhe in sich zu finden.

»Na gut.« Angfals Stimme durchbrach geschmeidig die Stille, ganz als hätte das Gespräch überhaupt nicht stattgefunden. »Was kann ich für dich tun, Archeth Indamaninarmal? Worüber willst du mit mir reden?«

21

Sie zerschmetterten Terip Hale mit dem Knüppel beide Beine unterhalb des Knies, bekamen daraufhin sehr schnell den Aufbewahrungsort der Werkzeuge aus ihm heraus und ließen ihn dann in eine mehr oder weniger tiefe Bewusstlosigkeit sinken. Girsh lehnten sie so bequem wie möglich an die gegenüberliegende Wand, legten ihm eine frisch gespannte und geladene Armbrust in den Schoß und gingen den Bolzenschneider holen.

»Dann ist es also wahr?«, fragte ihn Eril, als sie rasch durch einen dunklen Gang auf der anderen Seite des Innenhofs liefen. »Dass du den Drachen getötet hast?«

»Mehr oder weniger. Warum?«

»Äh – aber man nennt dich nicht Drachentöter?«

»Nein.«

Kurze Pause. Der andere wollte die Sache nicht auf sich beruhen lassen, wusste aber auch nicht, wie er weiterbohren sollte, ohne beleidigend zu wirken.

»Hab noch nie einen Drachen gesehen«, sagte er schließlich.

»Daran wirst du auch bestimmt nichts ändern wollen, glaub mir.«

Wieder herrschte Stille. Sie erreichten das Ende des Gangs und fanden eine Treppe nach unten vor.

»He, äh, er hat dich ständig einen Homo genannt.«

»Ja.«

»Na ja, äh …« Mit einem hörbaren Seufzer gab es Eril auf. »Verdammtes Arschloch, was?«

»Allerdings.«

Am unteren Treppenabsatz befand sich, wie Terip ihnen gesagt hatte, eine Tür mit einem schlichten Vorhängeschloss. Eril öffnete sie mit geschickten, sparsamen Bewegungen, die auf lange Übung schließen ließen. Ein paarmal Tritte gegen den Schnäpper, und die Tür sprang nach innen auf. Sie fanden sich in einem langen unterirdischen Raum wieder, an deren einer Seite vergitterte Zellen lagen. Aus Fenstern hoch oben, nahe der Balkendecke, sickerte Bandlicht herein. Die Konstruktion ähnelte der in der Kammer der fröhlichen Langbeiner, und auch die Wirkung war die gleiche: gerade so viel blasses, silbriges Licht, um die Umrisse zu erkennen, die zusammengerollt an der Rückwand der Zellen auf dem Boden lagen. Überwiegend waren es junge Frauen, ein oder zwei androgynere Gestalten waren ebenfalls darunter, vielleicht Knaben – der Unterschied, verborgen unter krampfhaft umklammerten, mottenzerfressenen grauen Decken, wäre in dem schwachen Licht sowieso kaum zu erkennen gewesen. Die tief in den Höhlen liegenden, verängstigten Augen zusammen mit der Fötushaltung verliehen ihnen eine ungeschlechtliche Uniformität. Die Schritte vor ihren Zellen ließen die Gefangenen sichtlich zusammenzucken, sie klammerten sich noch fester an ihre Decken, als wollte man sie ihnen entreißen. Einer oder auch zwei stießen einen erstickten Klagelaut aus, aber man hätte wirklich nicht sagen können, wer es war – der Laut drang durch die Eisenstangen und erfüllte den ganzen Raum wie ein stetiges Tröpfeln. Es ging Ringil sofort an die Nieren. Seit dem Krieg war ihm so etwas nicht mehr zu Ohren gekommen.

»Gut, dass Girsh nicht hier ist und das sieht«, murmelte Eril. »Er würde sie wahrscheinlich alle freilassen wollen.«

»Ja.«

Sie fanden die Werkzeuge am Ende der Zellen, in einer langen Nische mit drei Werkbänken, die so breit waren, dass ein menschlicher Leib darauf liegen konnte. Entlang der Rückwand befanden sich Gestelle, an denen die Sachen hingen. Ringil ließ den Blick daran entlangschweifen und entdeckte ein paar fein gearbeitete

Brandeisen neben einigen anderen eindeutig geformten Dingen, über deren Verwendungszweck er lieber nicht nachdenken wollte, bis er dankbar an dem hängen blieb, weswegen sie hergekommen waren. Vier identische Bolzenschneider mit langen Griffen. Er nahm einen von seinem Haken und öffnete und schloss ihn mehrmals.

»Der sollte es tun.«

»Ja. Dann nichts wie raus hier.«

Ringil zögerte. Er warf den Bolzenschneider zu Eril hinüber, der ihn mit dem Geschick eines Messerwerfers einhändig fing.

»Verschwinde schon mal. Ich komm nach.«

»Was?« Eril sah von dem Bolzenschneider in seiner Hand zu Ringil und dann, als ihm die Erkenntnis dämmerte, die Reihe der Zellen entlang. »Oh *bitte!* Dafür haben wir keine Zei...«

»Ich habe gesagt, verschwinde! Es wird nicht lange dauern.«

Einen Moment sah es so aus, als wollte sich Eril mit ihm anlegen. Er sah Ringil mit undurchdringlicher Miene an und hob mehrmals den Bolzenschneider. Schließlich zuckte er mit den Schultern.

»Wie du willst. Aber Girshs Zustand erlaubt keine Trödelei. Sobald ich den Bolzen aus seinem Bein raus habe, verschwinden wir. Verpass den Anschluss nicht!«

»Werd ich schon nicht.«

Eril nickte, drehte sich um und eilte an den Zellen vorüber zur Tür zurück. Er beachtete die Gefangenen gar nicht, drehte nicht einmal den Kopf.

Bewundernswerte Konzentration.

Ja. Was tun wir dann hier?

Ringil holte einen weiteren Bolzenschneider vom Gestell und ging zur ersten Zelle. Das Schloss ließ sich leicht knacken, zwei Bolzen und ein Schließer mit Überwurf. In weniger als einer Minute hatte er es zerstört. Er öffnete die Käfigtür und trat zögernd ein. Augenblicklich wich das Mädchen auf dem Fußboden in die hinterste Ecke der Zelle zurück und drückte sich ungeschickt so dicht wie möglich an die Mauer. Es war, als wäre sie von einer Kraft, die von Ringil ausging, dorthin geschleudert worden. Selbst in dem schwachen Bandlicht erkannte er, dass sie heftig zitterte.

»Du kannst gehen«, sagte er und kam sich blöd vor.

Sie starrte zu ihm hoch, schien bloß aus Augen, Fingerknöchel und Deckensaum zu bestehen. Einer ihrer Oberschenkel war bis zur Hüfte entblößt, dazu ein kleines dreieckiges Stück der Hinterbacke und der Taille – bleiche, nackte Haut sowie die kleine Verfärbung des verschnörkelten Brandzeichens auf dem Hüftknochen. Die Decke war ihr einziges Kleidungsstück.

Scheiße.

Er verließ sie, ging mechanisch die Reihe der Zellen entlang und schnitt die Schlösser mit wachsender Wut auf, die ihn bei jedem Mal unbeholfener machte, sodass der Bolzenschneider abrutschte und sich drehte, als ob er einen eigenen Willen hätte. Er biss die Zähne zusammen, sein Atem ging schwerer, die Schlösser verbogen sich und rissen, hingen an den Türen wie ausgerissene Körperteile oder rutschten weg und fielen klirrend zu Boden. Und er wusste die ganze Zeit über, dass er seine Zeit vergeudete.

Was sollen sie denn tun, Gil? Die erschöpfte Stimme der Vernunft in seinem Kopf. *Sie sind nackt, traumatisiert, gefangen mitten in Etterkal. Sie werden draußen auf der Straße keine hundert Meter weit kommen, bevor irgendeine Bande von Bengeln sie auffliegen lässt.*

Halt's Maul!

Und selbst wenn *sie es bis Tervinala oder zum Fluss schaffen, selbst wenn sie einen Weg zurück in ihre Heimat* finden, *selbst wenn sie* nicht *vergewaltigt und ermordet oder erneut entführt werden, von irgendeinem Abschaum, der sie zu dieser Nachtzeit auf den Straßen findet, uniformiert oder nicht …*

Ich habe gesagt, halt's Maul!

… selbst wenn ihre Familien nicht gleichfalls verkauft oder auf die Straße geworfen oder von ihren Gläubigern aus der Stadt vertrieben

worden sind, selbst wenn sie sich immer noch irgendwie halten, wer sagt denn, dass ihre Familien sie wieder aufnehmen können oder wollen.

Halt's Maul, halt's Maul!

Die Sache ist die, Gil, sie wurden legal verkauft. Die Zeiten haben sich geändert, vergiss das nicht. Alle sagen es – Hale, sogar dein alter Bettgenosse, Mil. Es ist ein wunderbares neues Zeitalter. Sie kehren zu ihren Familien zurück, und die Schulden sind wieder da. Die Wache kommt sie wieder holen. Zurück ins Kanzleramt, zurück zur Auktion, alles wieder von vorne. Wobei die Zwischenhändler zweifelsohne Ausgleich für ihre Auslagen verlangen, und das auf dem Rücken der Familie.

Ich habe gesagt …

Ja, alles in allem sollte das ein paar wirklich schöne Familienzusammenführungen geben, Gil – natürlich nur, wenn es eine überhaupt jemals so weit schafft.

»HALT'S MAUL, VERDAMMT!«

Die Worte entfuhren ihm und hallten plötzlich von den Mauern des Raums wider. Metallisches Klirren, er hatte das letzte Schloss aufgeschnitten und warf den Bolzenschneider zurück in den Gang. Die Sklaven zuckten zusammen, kauerten sich stöhnend in ihre Zellen. Keine hatte es gewagt, auch nur bis zu den aufgebrochenen Türen vorzudringen.

Siehst du, du rebellierst hier gegen das System, Gil. Erneut die Stimme der Vernunft, die fast diejenige von Archeth hätte sein können, wie sie ihn damals in Ennishmin dazu überredet hatte, einem imperialen Kommandeur nicht den Dolch in die Kehle zu stoßen. *Es gibt einen endlosen Nachschub an Feinden, und du wirst sie zeitlebens nie alle erledigen können. Brennst du Hale nieder, wirst du ganz Etterkal abfackeln müssen. Und diese beschissenen Arschlöcher arbeiten jetzt ganz legal. Du fackelst Etterkal ab, und du hast es mit dem Kanzleramt zu tun, mit der Wache und Kaads beschissenem Komitee, wahrscheinlich auch mit dem größten Teil der Klans stromaufwärts.*

Teufel, Gil, und am Ende wirst du ganz Trelayne in den verdammten Sümpfen abfackeln müssen.

Einen flüchtigen Augenblick lang hätte er genau das am liebsten getan. Nicht mehr, nicht weniger. Er konnte es schmecken, wie altes Eisen im Mund. Er konnte den Rauch riechen.

»Ihr bleibt alle hier«, hörte er sich sagen. »Ich suche was zum Anziehen für euch.«

Er verließ die Zellen, stieg die Treppe hinauf und schritt den Gang entlang, ohne eine klare Vorstellung davon, wie er die Suche angehen würde. Die Stimme in seinem Kopf verhöhnte ihn jetzt ...

Und als er den Innenhof überquerte, hörte er Girsh brüllen.

Entsetzen und Schmerz, so laut, dass es aus dem Raum der fröhlichen Langbeiner herüberdrang, so schauerlich, dass sich seine Nackenhaare sträubten. Nichts, das mit Erils hastig improvisierte Operation zu tun hatte, dazu war der Schrei zu durchdringend.

Die Pläne, Überlegungen, Komplikationen, mit denen er sich beschäftigt hatte – das alles verflüchtigte sich wie Flussnebel in der Morgensonne. Er fand sich damit ab, was alle andere Überlegungen auslöschte. Es war, als würde man einen alten Freund sehen, als würde man eine alte, unglaublich geliebte Waffe zur Hand nehmen. Es war einfach. Die Einfachheit in Person, der alte, saubere, stählerne Ruf des Todes oder etwas, das ihm sehr ähnlich war.

Er nahm den Rabenfreund vom Rücken und legte die restliche Strecke über den Innenhof im Laufschritt zurück.

Grinste angesichts der Kälte.

Eril kam ihm an der Treppe entgegen. Der Gorilla der Sumpf-Brüderschaft hetzte die Treppe hinauf, das Gesicht war verzerrt von einer Panik, wie es Ringil noch wenige Minuten zuvor für unmöglich gehalten hätte. Eril schwenkte sein Messer wie ein Wahnsinniger, als er Ringil sah.

»Es hat ihn erwischt!«, rief er. »Es hat Girsh erwischt!«

Ringil lief es kalt den Rücken hinab.

»Was?«, fragte er.

»Es ist ein verdammter … ein Geist, ein Sumpfdämon, ein …« Eril hatte immer noch vor Augen, was er gerade gesehen hatte. Er versuchte, sich an Ringil vorbeizuschieben. »Es kam direkt aus der verdammten Wand, Mann! Girsh schoss mit der Armbrust darauf, der Pfeil ging glatt durch, verflucht, lass mich los!«

Ringil stieß Eril hart gegen die Wand. Er drehte den Kopf und nagelte den Gorilla mit seinem Blick fest.

»Du bleibst hier!«, zischte er. »Weglaufen wird dir jetzt nichts nützen. Du bleibst da stehen, reißt dich zusammen und erzählst mir, was passiert ist.«

Aber er wusste bereits, was passiert war. Wusste, was los sein musste.

Dwenda.

Er glaubte das geisterhafte Gelächter von unten zu vernehmen. Eril schluckte heftig, zitterte, beherrschte sich wieder.

»Hör mal, wir müssen hier raus«, sagte er bebend. »Du kannst damit nicht fertigwerden, das ist verdammte Magie, Mann! Der Bolzen ist glatt durchgegangen, hat es nicht aufgehalten, hat es nicht mal *berührt!* Es schimmert blau, verdammt noch mal.«

»Weshalb sollte uns dieses Ding laufen lassen?«

Wieder dieses Gelächter, diesmal eindeutig, und es kam von über die Treppe. Eril erschauerte.

»Das ist es«, zischte er. »Das ist das Geräusch, das es von sich gibt.«

Ringil musterte das Treppenhaus. Es war bestenfalls zum Messerkampf geeignet und bot nicht genügend Raum, um den Rabenfreund zu schwingen. Er nickte nach hinten.

»Zurück nach draußen. Wenn es durch Wände geht, brauchen wir offenes Gelände.«

»Offene Gelände?« Eril brachte ein ersticktes Gelächter zustande. »Ich habe dir doch gesagt, der Bolzen ist *glatt durchgegangen.* Was willst du da mit einem *Schwert* ausrichten?«

Ringil beachtete ihn nicht, sondern wich die vier oder fünf Stufen zurück, die er herabgestiegen war, und trat wieder hinaus in den Innenhof. Eril folgte ihm, aber Ringil sah sofort, dass der Gorilla einem Zusammenbruch viel zu nahe war, um ihm eine Hilfe zu sein. Es war ein Ausdruck, den er nur allzu gut kannte, den er auf zahllosen Gesichtern gesehen hatte, Leute der Liga und aus dem Reich, am Strand von Rajal und Demlarashan, als die Drachen kamen. Es war in ihren Augen zu lesen. Männer waren wie Klingen, sie zerbrachen alle früher oder später, er selbst eingeschlossen. Aber man sah sich die Männer an, die man führte, und in ihren Augen erkannte man, welche Art von Stahl er vor sich hatte, wie er geschmiedet war, welche Schläge er aushielt, wenn überhaupt.

Er seufzte.

»Los, verschwinde.«

»Was?« Eril umfasste sein Messer. Benetzte sich die Lippen. »Hör zu …«

»Ich habe gesagt, verschwinde! Du hast recht. Du kannst damit nicht fertigwerden.« Ringil überkam ein jäher, überwältigender Drang, Eril dort eine Hand auf die Schulter zu legen, wo sie sanft in den Hals überging. Er begnügte sich mit einem dünnen Lächeln. »Aber ich schon.«

Jetzt drang ein schwacher bläulicher Glanz durch das Treppenhaus, so weit er es überblicken konnte, und übergoss die Innenmauer mit seinem Schein. Ringil umfasste den Rabenfreund mit beiden Händen und machte sich zur Verteidigung bereit. Eril stand immer noch neben ihm, kurz davor, von seinem Entsetzen übermann zu werden.

»Na gut. Ich bleibe bei …«

»Nein.« Schärfer jetzt, denn die Zeit für Gesten war vorüber, und Ringils eigene Furcht fraß allmählich seine Entschlusskraft auf. »Du verpisst dich von hier, solange du es noch kannst. Kehre zu Milacar zurück und berichte ihm, was hier geschehen ist. Sorge dafür, dass die Bruderschaft Girshs Familie ihre Blutschuld bezahlt.«

»Du …«

»Jetzt *setz deinen Arsch in Bewegung,* ja?« Ringil warf ihm einen einzigen wütenden Blick zu. Mehr konnte er nicht von der Willenskraft erübrigen, die er benötigte, sich dem Eingang sowie dem zu stellen, was da hindurchkam. In der Luft lag jetzt ein schwaches, melodisches Summen, und das machte ihn ganz kribbelig. »Diesen Kampf hast du schon verloren. Spürst du es nicht? Wenn du bleibst, wirst du *sterben,* mehr nicht.«

Das Ding, das Girsh getötet hatte, ergoss sich auf den Innenhof.

In diesem Moment, da er keine Wahl mehr hatte, empfand Ringil eine Erleichterung, die er nur allzu gut von dem halben Hundert Schlachtfeldern aus seiner Vergangenheit kannte. Neben dieser vertrauten Empfindung spürte Ringil eisiges Entsetzen, das sein Rückgrat hinauf und in seinen Kopf kroch. Der Dwenda war so völlig anders, als er ihn sich vorgestellt hatte.

Bei Hoirans verdrehtem Schwanz, du solltest hier sein und dir das ansehen, Shalak. Du und dein Kreis von Aldrain-Fans. Sie würden sich vor Angst in die Hosen machen.

Der Dwenda kam auf ihn zu wie Feuer auf Papier, wie ein tanzender blauer Regenschauer von einem Dutzend Fuß Durchmesser, blaues Leuchten, das vom Boden zurückgeworfen wurde, und inmitten des Schimmers schossen kleinere Bruchstücke von hellerem Licht hoch und verschlangen die Normalität der Pflasterung des Innenhofs und die kühle Luft wie eine Sonne, die Schatten verjagte. Und er lachte, während er näher kam; er kicherte und summte in sich hinein wie ein Handwerksmann, der über eine Arbeit gebeugt war, die er gut beherrschte, wie ein Bergstrom oder ein gut geschürtes Feuer, wie alles davon – der Vergleich überkam Ringil fertig ausformuliert –, jedoch mit einer Schärfe, der ihm wie stechende Insekten ins Ohr drang, ein bösartiges, durchdringendes Echo hervorrief und einen undefinierbaren Schmerz unter den Rippen hinterließ.

»Lauf!«, kreischte er Eril zu. Es war der letzte Atemzug, den er erübrigen konnte.

Es war kein Mensch, es war nicht im Geringsten menschlich. Die unheimlichen, herrischen Wesen von Shalaks Manuskriptfetzen und Illustrationen fielen vor seinem inneren Auge zusammen wie die Marionetten, wenn der Puppenspieler sich hinter seinem Vorhang erhebt, um den Applaus entgegenzunehmen. Der Dwenda kam auf ihn zu, er murmelte, sang ihm etwas zu, und er zitterte; er wollte ihn vereinnahmen, und jetzt erkannte Ringil den Schmerz, der allem zugrunde lag.

Verlust.

Es war der blaugefärbte Geschmack einer Trauer von solcher Tiefe, dass man sie nicht ergründen konnte. Es war der Sieg bei Rajal, den es nie gegeben hatte, es war sein Bruder, der den langen, dunklen holzvertäfelten Korridor hinabging, es war ein Leben, das er vielleicht in Yhelteth hätte führen können, wenn nicht Ekel und Wut ihn stattdessen in Schimpf und Schande davongejagt hätten. Es waren die Sklaven, die er nicht hatte befreien können, die aufeinandergestapelten, schweigenden Toten und die zerstörten Häuser. Es war jede falsche Entscheidung, die er jemals getroffen hatte, jeder Pfad, den er nicht gegangen war, alles lag vor ihm ausgebreitet, damit er es verstand, und es *schmerzte.* Es fraß sich in ihn hinein wie Drachenspeichel, als er den Dwenda anstarrte, in dem er jetzt aber auch ein flackerndes Herz erkannte; Schatten flossen wellenförmig darüber hinweg, Kurven, die vielleicht tanzende Gliedmaßen sein mochten, vielleicht ein geschmeidiger, breiter Rumpf, vielleicht die lange, springende, gerade Kante von …

Der Rabenfreund flog herab.

Der Aufprall fuhr ihm stechend durch die Arme, riss an seinen Gelenken. Es war ein unheimliches Gefühl, als hätte das Schwert sein Werk ohne ihn getan. Funken regneten herab, flogen von etwas weg, das er in dem Glanz nicht so ganz erkennen konnte. Ein langer, hallender Ton drang über den Innenhof. Der Dwenda hörte auf zu singen.

Oho. Der Gedanke durchpulste ihn, ein wilder Jubelschrei. *Das hat dir das verdammte Maul gestopft, ja?*

Wie zur Antwort tauchte die kaum erkennbare gerade Klinge wieder auf, jetzt wie gewellt. Er drehte sich und blockte erneut. Diesmal fiel es ihm leichter, da ihm die Ohren nicht mehr klingelten. Diesmal erkannte er deutlich, wie die Klingen sich trafen. Der Dwenda war mit einem unwahrscheinlich schlanken Langschwert bewaffnet, dessen Kanten Licht abstrahlten wie der Pfosten einer Tür, die spaltbreit zu einem Raum voller blauem Feuer geöffnet war. Hinter der sausenden Klinge erkannte er eine hohe Gestalt mit langen Gliedern, fließendem Haar, vielleicht das Glitzern von Augen. Nach wie vor war überall der flackernde Glanz, aber Ringil hatte den Eindruck, dass er allmählich verblasste.

Und mit ihm verebbte der Schmerz, der Fächer verpasster Gelegenheiten faltete sich zusammen, schrumpfte zu einem abstrakter, flüchtiger Akzeptanz und verblasste dann völlig. Das Bedauern schwand, wellte sich wie brennendes Papier. Der Kampf flackerte in ihm auf wie ein geschürter Brennofen. Er bleckte die Zähne zu dem Knurren, das er Terip Hales Männern ausgestoßen hatte, und hielt den Rabenfreund bereit.

»Dann komm, du *koboldgesichtiges altes Arschloch!* Du glaubst, du könntest mich abservieren?«

Der Dwenda schrie – seine Stimme klang wie eine Silberglocke – und schwang seine Waffe von links. Ringil parierte, schob die Klingen hoch, duckte sich darunter und vollführte einen Tritt in Kniehöhe. Eine brutale Technik aus Kneipenschlägereien – inmitten des alles überstrahlenden blauen Glanzes spürte er, wie sein Stiefel irgendwo traf. Der Dwenda kreischte schrill und stolperte. Ringil zog die Klinge zurück und stach in Taillenhöhe zu. Sein Gegner sprang zurück, um dem Hieb auszuweichen. Ringil setzte nach, holte mit dem Schwert aus und schlug etwas höher zu. Der Dwenda blockte blitzschnell und hielt den Rabenfreund auf. Die Riposte erfolgte abwärts, rascher, als Ringil das eigene Schwert hätte in Position bringen können. Er riss den Kopf zurück und spürte die Klinge des Dwendas an seinem Gesicht vorbeipfiff. Sie hinterließ einen kühl Lufthauch und ein schwaches Knistern. Das geisterhafte Gelächter erklang – auch wenn Ringil darin jetzt eine härtere Note zu hören glaubte: die nachlassende Belustigung von jemandem, der zu unerwarteten Anstrengungen getrieben wurde.

Gewöhn dich besser dran, du Arschloch!

Ein langer Ausfallschritt, so schnell, wie es ging, in die Richtung der Augen oder dorthin, wo sie seiner Vermutung nach sein sollten. Sein Gegner parierte den Rabenfreund, lenkte ihn zur Seite und glitt an der Klinge entlang, dass die Funken sprühten – Ringil musste loslassen, um seine Hand zu retten. Er wich zurück. Der Dwenda kam erneut mit dem flackernden Langschwert auf ihn zu, spielerisch zustoßend und fintierend. Einem Ringil mit menschlichem Stahl wäre er weit überlegen gewesen. Dann hätte Ringil sich nur noch zurückziehen und weite Verteidigungsschwünge ausführen können. Aber der Rabenfreund schien an der Gelegenheit zu wachsen wie ein ausgebildeter Jagdhund. Die ausladenderen Hiebe des Dwendas blockte er ab, dass es klirrte. Es war wie eine Warnung; der Rabenfreund schlug das Langschwert mit den schimmernden Kanten zurück, er schenkte Ringil eine raschere, fieberhafte Wildheit im Zweikampf, die der unirdischen Gelassenheit seines Angreifers ebenbürtig war. Ringil keuchte vor Anstrengung, aber dahinter steckte ebenso wachsende Leidenschaft.

Er war, wie ihm mitten im Kampf einfiel, einmal *gut* darin gewesen.

Und der Glanz erlosch jetzt, keine Frage. Der Schatten im Herzen des Lichts wurde dichter, ähnelte weniger einer verschwommenen Gestalt als einem handfesten Gegner, den er töten konnte. Jetzt erkannte er Augen, seltsam geformte Augen, die nach wie vor schwach strahlten, jedoch als die Organe zu erkennen waren, die sie sein sollten. Die blau flackernden Ungewissheiten verschwanden langsam, das Licht von der Klinge des Dwendas verblasste zu einem hellen Schimmer. Mehr und mehr war es das kalte Bandlicht, das dem Duell als Beleuchtung diente. Immer mehr erkannte er das Gesicht seines Gegners hinter dem Klirren stählerner Klingen – starkknochig und blass, zusammengekniffene Augen, gebleckte Zähne, das starre Grinsen des Zweikämpfers; ein Spiegelbild seines eigenen Gesichts. Das Duell verließ den Bereich des Traumhaften und wurde zu dem, was es eigentlich sein sollte – einem Menschentanz, einem stählernen Messen der Klingen, einem Versprechen von Blut und Tod auf dem kaltem Pflasterstein eines Innenhofs.

Dann bringen wir's hinter uns!

Es schien fast so, als hätte der Dwenda ihn gehört. Inzwischen wirkte er im Bandlicht schattenhaft schwarz und silbrig, und er sprang Ringil mit verdoppelter Schnelligkeit an. Ringil wehrte die Hiebe ab, brachte schwache Riposten zustande, konnte den Schwung des Angriffs jedoch nicht aufhalten. Stolperte nach hinten. Die Klinge des Dwendas rutschte an seiner Schwertspitze vorbei, berührte sein Gesicht, fuhr nach unten und glitt über seine Schulter und seine Brust. Er spürte jähe Hitze und wusste, dass er getroffen worden war. Er schrie auf und schlug zurück, aber der Dwenda war ihm voraus, er hatte die Bewegung erkannt, und der Rabenfreund glitt an einem sauberen Aufwärtsblock ab. Ringil drehte sich, versuchte wiederum einen Hieb gegen die Augen, doch er ging daneben, er musste zurückweichen.

Der Dwenda drang auf ihn ein.

Wie mache ich ihn fertig, Shal?

Und der Mythenverkäufer in seinem Laden voller Krimskrams, grüblerisch, zweifelnd: *Du musst allerdings sehr schnell sein.*

Ohne Vorwarnung ging Ringil in den Gegenangriff über, aus einer Parierhaltung, die wie ein Rückzug aussah. Es war das Letzte, was man erwartet hätte, und dahinter steckte jedes Quäntchen an reflexartiger Schnelligkeit, das er aufbringen konnte. Klinge hoch und nach innen gerichtet, nach vorn gebeugt statt nach hinten, ein wilder Hieb nach einem Oberschenkel. Der Dwenda taumelte, auf dem falschen Fuß erwischt, sodass er den notwendigen Gegenangriff nicht ausführen konnte. Der Block kam spät, würde die Gewalt des Rabenfreunds jetzt nicht mehr abwenden …

Fast hätte es funktioniert.

Fast.

Stattdessen jaulte der Dwenda auf und sprang, geduckt wie eine Katze, nahezu brusthoch senkrecht in die Höhe. Der Rabenfreund fuhr zischend durch den leeren Raum darunter, Ringil geriet ins Stolpern, folgte linkisch dem Hieb, und der Dwenda wirbelte herum, kreischte schrill und trat ihm im Herabfallen gegen den Kopf.

Der Innenhof schwankte und wirbelte um Ringil, verblasste, durchsetzt mit winzigen purpurfarbenen Lichtpunkten. Aus dem Augenwinkel sah er, wie sich das Band über ihm auf einer Seite bog und dabei ein verschwommenes weißes Feuer hinter sich herzog. Der Steinboden kippte und kam hoch, erwischte ihn an der Schulter, schlug ihm gegen die Seite des Kopfs, riss ihm den Rabenfreund aus der Hand.

Lange, erschöpfte Momente klammerte er sich ans Bewusstsein.

Der Innenhof schien auf dem Kopf zu stehen und versuchte anscheinend, ihn in die wartende warme Dunkelheit unter sich zu schleudern. Ringil kämpfte dagegen an, mit verschwommener Sicht und nachlassender Kraft, er tastete auf den kalten Pflastersteinen nach seinem verlorenen Schwert, er drehte und wand sich wie ein halb zerquetschtes Insekt auf einem Kneipentisch.

Ein Schatten fiel über ihn.

Er schaffte es, den Kopf zu drehen; er kämpfte um klare Sicht.

Eine schwarze Gestalt ragte über ihm auf, umrissen vom Bandlicht und dem sanften blauen Schimmer von den Kanten des Langschwerts in ihren Händen.

Die Klinge hob sich.

Jemand blies die Kerzen aus.

22

Unmöglich, unmöglich, es kann nicht sein, verdammt …

Er wusste, dass es so war.

Wie vor den Kopf geschlagen sattelte Egar wieder sein Pferd, hängte sich Axt und Schild um und steckte die Lanze aufrecht in den Boden. Vor seinem geistigen Auge flackerte die Gestalt im Ledermantel. Er verdrängte sie. Dafür war jetzt ebenso wenig Zeit wie für die erschütternden Fragen, die sie mit sich brachte und die sich in seinem Kopf überschlugen. Er schaute erneut nach den Reitern und entdeckte sie jetzt weiter weg vom Horizont, kaum zu erkennen im dämmrigen Teil der Steppe, den sie gerade durchquerten. Sie trugen gedeckte Farben, was ungewöhnlich bei den Majak war, außer bei einem heimlichen Überfall.

Oder einem Brudermord.

Egar presste die Lippen fester aufeinander. Zählte die Köpfe. Sieben, vielleicht acht, in einer Reihe. Deutlich in der Überzahl, und die Zeit lief ihm davon. Die Reiter bewegten sich nicht sonderlich schnell, aber in der Bewegung und dem Weg, dem sie folgten, lag eine unerschütterliche Zielstrebigkeit. Und er musste sie nicht lange beobachten, um zu erkennen, dass ihr Ziel der Baum und Erkans Grab war.

Das Feuer knisterte gleichgültig vor sich hin. Es gewann jetzt an Kraft.

Oh, ihr ungetreuen Arschgesichter!

Einen Moment lang starrte er blind über den Pferderücken hinweg, und bei der Erinnerung an Ergunds Gesicht verschwamm ihm alles vor den Augen.

Ich gehe mit ihm, Eg. Du weißt, wie Alrag wird, wenn er an Vater denkt, wenn er sich betrinkt. Er wird im Handumdrehen in eine Schlägerei geraten, wenn ich nicht dort bin und ihn raushole.

Ja. Egar erinnerte sich jetzt an das eigene betrunkene Geplauder mit dem stillen imperialen Soldaten vor fast zwei Jahrzehnten. *Er wird ein bisschen alt für diesen Scheiß, nicht wahr?*

Ergund warf ihm einen merkwürdigen Blick zu. *Wir alle finden verschiedene Möglichkeiten, damit zu leben, Eg. Wer sagt denn, deine wäre die beste?*

Das habe ich nicht gesagt.

Nein, aber …

Na gut, vergiss es. Was soll's! Du behältst ihn im Auge.

Und ab zu einer Versammlung der Herdenbesitzer, die er hoffentlich auf ein paar Stunden würde beschränken können. Bis dahin sollte Sula ihre Pflichten erledigt und ihren heißen kleinen Leib zur Jurte hinüberverfrachtet haben, wo sie sich zweifelsohne in dem großen kiriathischen Spiegel bewundern würde, der dort hing. Er würde hinter sie treten und …

Er erinnerte sich jetzt daran, während er nach den Reitern Ausschau hielt, erinnerte sich daran, wie sich sein Bauch bei diesem Gefühl zusammengezogen hatte, und wie er Ergund hinterhergesehen hatte, als dieser nach Ishlin-ichan davonritt, und wie froh er gewesen war, ihn wegreiten zu sehen.

Er war froh darum gewesen, dass die Totenwache nach einem einzigen Sohn verlangte, einmal wenigstens froh darum gewesen, dass Rang und Tradition verlangten, er solle diese Aufgabe übernehmen. Er wollte keinesfalls die Nacht in der Gesellschaft Ergunds oder Alrags oder auch seiner anderen Brüder verbringen müssen, weder versumpft in dem stinkenden, dampfenden Chaos einer Kneipe in Ishlin-ichan, noch hier draußen in der kalten stillen Steppe, wo sie einander doch überhaupt nichts zu sagen hatten.

Er schwang sich in den Sattel, lenkte das Pferd herum und riss die Lanze aus dem Boden. Zog die Lippen zu einer Grimasse zurück.

Na ja, jetzt werden wir einander wohl jede Menge zu sagen haben.

Er trieb das Pferd den Hügel hinauf, bis er knapp hinter dem Baum stand, legte die Lanze schräg über den Sattelknauf und erwartete die Reiter.

Er sah Alrag, noch während die Neuankömmlinge gut hundert Meter entfernt waren – sein ältester Bruder saß großspurig wie ein junger Gockel auf einem Pferd, und obwohl er einen schweren Kapuzenmantel trug, hätte ihn Egar allein an seiner Haltung überall erkannt.

Die anderen – jetzt sah er, dass es sieben waren, nicht acht, *Urann sei gedankt für seine kleinen verdammten Gunstbeweise* – trugen gleichfalls Kapuzenmäntel. Ihre Waffen wölbten sich undefinierbar unter dem Stoff. Es hätte alles Mögliche sein können – Knüppel, Axt, wer weiß? Aber vier von ihnen hatten Breitschwerter dabei, deren bloße Klingen unter dem Saum ihrer Bekleidung hervorlugten. Also Söldner. Die Majak hatten nicht viel übrig für Breitschwerter; zu kostspielig, zu deutlicher südlicher Anstrich und wirklich bloß für eins zu gebrauchen – Menschen töten. Jeder Steppennomade wäre bis ins Mark beleidigt, müsste er eine Waffe tragen, mit der man nicht jagen oder die man nicht für Tätigkeiten im Lager benutzen konnte. Also hatte Alrag offenbar jemanden angeheuert – entweder Abschaum aus dem Süden, der zu tief stand, um dort zu arbeiten, oder majakische Möchtegern-Renegaten, die das Gehabe derjenigen nachäfften, die sie gern sein wollten.

Egar beruhigte sich ein wenig. Diese Männer könnte er wahrscheinlich ohne allzu große Mühe töten. Er saß reglos da, hielt den Kopf gesenkt und ließ sie herankommen. Als sie in Rufweite waren, blickte er auf. Nur seine Augen bewegten sich.

»Nun, *Bruder«,* rief er, »wirst du diese verdammte Priesterkapuze abnehmen und mir dein verdammtes Gesicht zeigen?«

Die Hände dreier Männer zuckten an den Zügeln, eine hob sich sogar halb und senkte sich dann wieder. Egar nickte düster in sich hinein. Die drei ohne Schwerter. Also war der Verrat fast vollständig. Alrag und Ergund, fraglos. Ein anderer, Gant oder Ershal. Es musste Gant sein. Er hatte in der Vergangenheit häufig genug herumgetönt, was Egar doch für ein beschissener Klanherr sei. Hier wollte er bestimmt dabei sein.

Die Gesellschaft kam schlecht abgestimmt zum Stehen, weniger als zwanzig Meter entfernt. Egar hielt die Stellung.

»Was ist mit dir, Ergund? Du bist gekommen, mich zu ermorden, willst mir aber nicht ins Gesicht sehen? Vater wäre stolz.«

Eine der Gestalten schlug die Kapuze zurück. Dahinter erschien Ergunds Gesicht, kampfbereit, mit Helm. In dem schwindenden Steppenlicht wirkte er unter dem Metall blass, jedoch entschlossen.

»Wir sind nicht gekommen, dich zu ermorden«, rief er. »Wenn du bloß …«

»Doch, sind wir.« Jetzt schüttelte Alrag die Kapuze gleichfalls ab. Auch er trug einen Helm. Dieser war etwas verschnörkelter als Ergunds und hatte einen kurzen Kamm aus Pferdehaar. »Er ist zu stur, um sich würdevoll zurückzuziehen. Das sieht doch jeder.«

»Es muss kein …«

»Doch, es muss, Ergund.« Ershals ruhige Stimme unter einer der anderen Kapuzen. Er demaskierte sich nicht. »Alrag hat recht. Es wird keine halben Sachen geben.«

Egar unterdrückte seine Überraschung sowie einen leichten, unerwarteten Schmerz.

»Hallo, kleiner Bruder! Hätte nicht erwartet, dich hier zu sehen. Ich hatte besser von dir gedacht.«

»Tja, wir alle hatten auch besser von dir gedacht«, fauchte Ershal. »Es gab einmal eine Zeit, da sah es nicht so aus, als hättest du es verdienst. Sieben Jahre haben wir dir gegeben, Egar. Sieben beschissene Jahre! Und was hast du mit unserer Treue getan? Du hast darauf geschissen, Mann! Hast uns zum Gespött der Majak gemacht, hast unsere Familie zum Gespött des Klans gemacht. Du bist als Herrscher nicht geeignet. Das ist die Wahrheit, und alle wissen es.«

»Alle, hm? Was ist also mit Gant passiert? Hat er sich beim Aufsteigen das Bein gebrochen? Oder hat er sich nicht so viel Mut angetrunken wie ihr?«

Ershal schob die Kapuze zurück. Von den drei Brüdern war er der Einzige, der es vorzog, barhäuptig zu reiten.

»Wir sind nicht betrunken«, sagte er ruhig. »Und Gant wird sich nicht einmischen, wird das Ergebnis jedoch billigen. Er weiß ebenso wie alle anderen, dass die Herrschaft in bessere Hände übergehen muss.«

Egar starrte ihn reglos an.

»Ihr wisst, dass ihr mich töten müsst«, sagte er.

»Das liegt ganz bei dir.« Ershal hielt seinem Blick stand. »Aber du hast uns keine andere Wahl gelassen. Der Schamane hat recht. Wenn wir nicht handeln, wirst du das Verderben des Grauen über uns alle bringen.«

»Der Schamane, hm? Habt auf diesen vertrockneten alten Bussard gehört, was? Ihr *dämlichen,* beschissenen …«

»Uns wurde eine Vision gewährt!«, rief Ergund. »Du entweihst die Namen der Himmelsbewohner vor aller Ohren. Du fährst den geachteten Männern des Klans über den Mund, als ob es Tagelöhner wären, damit du rasch zu deiner Jurte zurück kannst, um deinen Schwanz in die junge Schlampe reinschieben zu können, auf die du gerade scharf bist. Du machst dir kaum die Mühe, die Rituale zu ehren, stattdessen trinkst du und sitzt allein herum, oder du vergisst dich und stolperst die ganze Nacht durch die Gegend und erzählst jedem, wie verdammt toll es im Süden war, wie sehr du ihn vermisst, wie sehr *wir* uns ändern und mehr wie die vom Reich sein müssen, *zivilisierter.* Du hast keine ehrbaren Nachkommen gezeugt, auch unseren jungen Männern kein gutes Beispiel gegeben, dem sie folgen könnten, außer sich vor ihren Pflichten zu drücken und in den Süden auf Abenteuer zu gehen. Oh, und alle billigen Milchmädchen zu ficken, denen sie den Rock runterziehen können.«

»Ganz schön neidisch, was, Ergund?«

»Ach, *fick dich!*«

Egar sah zu Alrag hinüber. Ihre Blicke trafen sich.

»Und du, Bruder? Bekomme ich deine Litanei ebenfalls zu hören? Gibt es auch bei dir irgendeine geheiligte Grenze, die ich überschritten habe, ja?«

Alrag zuckte mit den Schultern. »Mir egal, wen du fickst. Du bist mir im Weg.«

Die Maskerade war beendet: Jetzt zeigte sich die Wahrheit und grinste sie alle wie ein Totenschädel an. Es wurde nicht mehr um den heißen Brei herumgeredet, auch diese Maske wurde heruntergerissen, und es blieb nur Schweigen und das Warten, auf das, was getan werden musste.

Ergund musste es stärker als die anderen gespürt haben.

»Hör zu, Egar! Es muss nicht so kommen. Du kannst gehen. Gib einfach deine Waffen und dein Pferd ab! Schwöre beim Grab unseres Vaters, dass du nicht zurückkehren wirst. Sie werden dich bis zu den Bergen bringen und dich dann freilassen.«

Das wäre fast zum Lachen gewesen – Egar ließ es bei einem dünnen Grinsen bewenden. »Haben sie dir das eingeredet, Ergund? Haben sie dich so in den Sattel bekommen?«

»Es ist die *Wahrheit.*«

»Es ist 'ne verdammte Lüge. Es ist nicht mal 'ne besonders beeindruckende Lüge.« Egar nickte zu den schweigenden Schwertträgern mit ihren Kapuzen hinüber. »Diese Männer? Sie würden mir die Kehle durchschneiden, sobald ihr hinter dem Horizont verschwunden seid, einfach um sich den Ritt zu sparen. Ich bin überrascht, dass sie überhaupt kommen wollten, bevor ihr mich entwaffnet habt. Hoffentlich habt ihr sie nicht im Voraus bezahlt.«

Was den Söldnern ein paar geknurrte Flüche entlockte – einer von ihnen löste sein Schwert aus den Riemen und hielt Egar die Klinge einhändig entgegen. Aber sein Reittier scheute bei der Bewegung ein paar Schritte zur Seite und verdarb dadurch die Geste. Die Stimme des Mannes klang jung und angespannt.

»Du hältst deinen verdammten Mund!«

»Ich werde wohl abwarten, bis ihr rüberkommt und ihn mir schließt.« Der Klanherr und sein yheltethisches Streitross standen still wie eine Statue. Das Schwert des Söldners zitterte. Er hatte wohl alle Mühe, die schwere Waffe gerade zu halten. Egar sah die Spitze schwanken und grinste in den ausdruckslosen Schatten unter der Kapuze hinein. »Mein Sohn, man hat dich falsch unterrichtet. Haben sie dir nicht gesagt, wer ich bin?«

Der junge Krieger warf seine Kapuze zurück und nutzte die Bewegung, um das Schwert zu senken und so zu halten, dass es nicht mehr allzu schwer in der Hand lag. Unter der Kapuze kam ein primitiver Metallhelm zum Vorschein, an Schultern und Kehle trug der Mann jedoch bloß Leder, dazu bestenfalls eine Art dünnen Kürass aus Holzlamellen. Kein schützender Stahl. Das Gesicht über dem Kragen passte zur Stimme – flaumiger Bart, Aknenarben, blasse Züge. Herkunft irgendwo aus den freien Städten oder irgendwo in der Nähe. Kaum älter als achtzehn oder neunzehn Jahre. Den Mund weit aufgerissen, um die ganze jugendliche Rage hinauszulassen.

»Ich weiß, dass du ein toter Mann bist!«, schrie er.

»Das sind wir alle, früher oder später. Aber ich denke, du wirst vor mir auf der Himmelsstraße sein. Ich habe meinen Lebensunterhalt verdient, in dem ich *Drachen* getötet habe, mein Sohn. Dich werde ich als Zahnstocher benutzen.«

»Wir werden dich *ausweiden,* verdammt!«

»In den Träumen deiner syphilitischen Hurenmutter.«

Und dann ging es natürlich los.

Er hörte Alrag schreien und wusste nicht genau, ob es der Versuch war, den Ausbruch eines Kampfs zu verhindern, oder einfach nur Ungeduld. Es spielte auch keine Rolle – der junge Söldner hatte seinem Pferd bereits die Sporen gegeben und stürmte vorwärts, mit verzerrtem Gesicht. Ein weiterer Söldner war an seiner Seite und zog sein Schwert im Reiten. Die Kapuze fiel ihm in die Augen. Er rief etwas. Vielleicht das Wort *Sohn* – in der Hitze des Augenblicks ließ es sich nur schwer sagen.

Verfluchte Amateure!

Egar griff die beiden Männer frontal an. Er stach mit der Lanze zu, riss dem Pferd des jüngeren Mannes die Kehle auf, so dass es voller Panik und Qual an ihm vorüberraste. Blut spritzte von der Lanzenklinge durch die Luft, dazu ertönten das Gebrüll des sterbenden Tiers und der wilde Schrei des Reiters, der abgeworfen wurde. Egars Pferd tänzelte beiseite, als würde es auf dem *Boulevard der Gnade* der Kutsche einer Dame ausweichen. Der zweite Söldner zog fest die Zügel und wollte dem Durcheinander vor ihm ausweichen, alle Gedanken an einen Angriff offenbar vergessen. Egar beugte sich hinüber und hieb ihm mit einem wilden Aufwärtshieb die Kapuze sowie den größten Teil des Gesichts entzwei. Der Mann schrie und schlug blindlings mit seinem Schwert um sich. Sein Helm war verschwunden, herabgefallen wie ein Krug von einem Kneipentisch. In seinem Gesicht hingen bloß noch rohe Hautlappen und Fleischfetzen, die ihm die Sicht verwehrten, wie es zuvor die Kapuze getan haben musste. Sein entsetztes Reittier drehte sich unter ihm rasend schnell im Kreis, wieherte und warf ihn dann ab. Mit einem Pfiff trieb Egar sein Streitross an. Es stampfte los und stieß die stählern beschlagenen Hufe direkt durch den Brustkorb des gefallenen Freibeuters, mit ebenso geübter Eleganz, wie es zuvor beiseitegetänzelt war. Egar vernahm das Knirschen, spürte es durch das Pferd bis in seine eigenen Lenden hinauf. Dann warf er den Kopf zurück und brüllte.

Und dann kam Alrag herangerast, die Zähne gebleckt, die Lanze einhändig hoch gehalten und bereit zum Zustoßen. Dieser Vorstoß ließ sich nicht so leicht blocken.

Aber …

Wieder tänzelte Elgar auf seinem yheltethischen Streitross zur Seite und geriet dadurch auf Alrags unbewaffnete Flanke. Sein Bruder durchschaute sein Vorhaben, konnte die Lanze jedoch nicht mehr rechtzeitig in die andere Hand nehmen und musste sich mit einem beidhändigen ungeschickten Block zufriedengeben. Egar packte daraufhin die eigene Lanze mit beiden Händen wie einen Stab. Die beiden Waffen streiften einander, und dann war Alrag vorüber, lenkte sein Reittier eng herum und jagte von der anderen Seite heran. Egar kannte das Tier aus dem Lager; es war gut ausgebildet und feurig, und sein ältester Bruder war ein vollendeter Reiter. Ihm blieb nicht viel Zeit.

Die beiden verbliebenen Söldner hatten ihre Reittiere dicht zusammengedrängt, als wollten sie Trost beieinander suchen. Einer schwang sein Schwert, der andere hielt eine kleine Reiterarmbrust in Händen und versuchte verzweifelt, sie zu spannen. Egar spornte sein Pferd zum Galopp an, direkt auf die beiden zu, und stieß dabei einen weiteren langen Schrei aus.

Wie er gehofft hatte, gerieten ihre Pferde in Panik und stoben auseinander. Er ignorierte den Mann mit dem Schwert und jagte auf den Armbrustkünstler zu, bevor dieser das Pferd wieder wenden und die Waffe in Anschlag bringen konnte. Die Lanzenklinge traf den Rücken des Söldners mit solcher Wucht, dass es ihn aus dem Sattel hob. Zudem musste sie durch die dünne Lattenpanzerung gedrungen sein, wenn er denn überhaupt eine trug, und das Rückgrat darunter durchtrennt haben. Egar riss sie rasch mit einem Ruck zurück, um sie nicht zu verlieren. Die Klinge kam frei, und der erschlaffte Leib des Mannes fiel seitlich vom Pferd. Das Ende des Sturzes sah Egar nicht mehr – er lenkte bereits sein Reittier herum.

Alrag war unmittelbar hinter ihm.

Aufbrüllend stach Egar mit seiner Lanze auf seinen Bruder ein. Alrag fuhr zurück, und beide Lanzen verfehlten ihr Ziel beträchtlich. Erneut passierten die beiden Pferde einander in der Dämmerung. Der Klanherr sammelte sich, warf Blicke auf die Steppe links und rechts und sah die beiden letzten Söldner in wilder Flucht davonjagen. Sie gaben ihren Pferden die Sporen, als ob Dämonen hinter ihnen her wären. Er lächelte grimmig.

»Jetzt also bloß noch die Familie«, schrie er gegen den dunkel werdenden Himmel an. »Traulich, was?«

Etwas sauste zischend durch die Luft. Das yheltethische Streitross wieherte auf und bockte unter ihm. Ein schwarzer, gefiederter Pfeil steckte in der Schulter des Pferdes. Egar fuhr herum und entdeckte Ershal, der, den Bogen in der Hand, gerade den Arm nach dem nächsten Pfeil in der Satteltasche ausstreckte. Zu spät fiel ihm ein, welch meisterliche Fähigkeiten sein jüngerer Bruder schon in der Kindheit gezeigt hatte.

»Du kleiner *Scheißkerl!*«

Er trieb das Streitross mit den Schenkeln an. Es taumelte beim Versuch zu gehorchen. Ein zweiter Pfeil traf es tief in die Flanke. Blut quoll hervor. Wieder wieherte das Pferd auf und stolperte verzweifelt und mit gesenktem Kopf ein halbes Dutzend Schritte weiter. Egar brüllte zusammen mit ihm, hob seine Lanze und brachte sein Pferd unter Aufbietung aller Willenskraft näher an seinen Bruder heran.

»Dafür reiße ich dir das Herz aus, Ershal, du Arschloch!«

Der dritte Pfeil nahm dem Tier das Auge. Es drehte durch, stieg auf die Hinterbeine und stürzte, wobei es Egar abwarf. Er fiel zu Boden und überschlug sich, behielt irgendwie die Lanze in der Hand, und irgendwie gelang es ihm sogar, sich nicht darauf aufzuspießen, und blieb schließlich im Gras liegen, den Schaft umklammernd. Hinter sich hörte er, wie sein Pferd zu Boden ging, sich herumwälzte und versuchte, wieder hochzukommen, und gleich wieder zurückfiel. Die endlosen, herzzerreißenden Schreie, die es im Todeskampf ausstieß.

Benommen kam er auf alles viere. Ein leises, pulsierendes Knurren tief in der Kehle. *Steh auf, verdammt, steh auf, Majak!* Erneut kreischte das Pferd. Egar sah sich in der hereinbrechenden Dunkelheit um, entdeckte Ergund und Ershal ein Dutzend Schritte entfernt, vom Bandlicht umrissen, und Alrag weiter draußen. Er kam jedoch, aufrecht im Sattel sitzend, auf sie zugetrabt, sehr zufrieden mit sich. Keiner von ihnen war nahe genug für einen Messerwurf.

Links stolperte der junge Söldner stöhnend umher, fiel plötzlich hin und war im Gras nicht mehr zu sehen. Er schien beim Abwurf einen Schlag auf den Kopf erhalten zu haben. Er kam nicht wieder hoch.

Ershal schoss einen weiteren Pfeil in das schwer verwundete Streitross. Wieder schrie es auf, jedoch nur noch schwach.

»Um Uranns willen, verflucht und verdammt, *töte* es, ja?«

Ergund – sein Leben lang hatte er es nicht ausstehen können, Tiere leiden zu sehen. Egar erinnerte sich, als er zehn gewesen war und …

Das Zischen, der Aufprall eines weiteren Pfeils. Das Pferd schnaubte und wurde immer leiser. Egar kroch tief gebückt wie ein Räuber durchs Gras. Die Fingerknöchel auf dem Schaft seiner Lanze waren weiß, und Wut pulsierte in seinem Kopf. Was auch noch geschehen mochte, er würde Ershal in Stücke reißen, bevor er starb.

»Das ist weit genug, Egar.«

Die Stimme seines Bruders, gleichgültig gegenüber den Qualen des Streitrosses. Egar sah vom Gras hoch, das sich in der nächtlichen Brise wiegte, und sah Ershal aufrecht im Sattel sitzen, den Bogen in weniger als zehn Metern Entfernung auf ihn gerichtet. Kaltes Entsetzen, während er mit sinkendem Mut auf den Aufprall wartete – sein Bruder würde auf diese Entfernung nicht danebenschießen, und der Pfeil würde ihn niederstrecken.

»Das reicht. Hoch, damit ich dich sehen kann.«

Egar richtete sich auf. Ein bitteres Lächeln spielte um seinen

Mund. Er hörte das Schnauben, als sein Pferd starb. Vielleicht konnte er mit dem Messer von hier aus treffen. Er ließ die Lanze fallen.

»Dann mach weiter. Du mieser kleiner Verräter. Bring's hinter dich.«

»Du hast jede Chance bekommen zu …«

»Ach, *leck mich!*«

Alrag ritt heran, zügelte sein Pferd unnötig heftig und maß den Weg, den der Pfeil nehmen würde, mit dem Blick.

»Worauf wartest du, verdammt?«, fragte er ätzend.

Ershal warf Alrag einen Blick zu, dann Ergund. Seine Aufmerksamkeit galt jedoch nur auf dem Pfeil, mit dem er auf Egar zielte.

»Dann sind wir alle einverstanden?«

Egar tastete nach seinem Messer.

Ershal ließ den Pfeil fliegen.

Die Welt wurde dunkel.

Nein, *nicht dunkel,* begriff er.

Hatte die *Zeit* zu begreifen.

Der Pfeil hatte ihn nicht getroffen.

Nicht dunkel, nur dämmrig, wie wenn man zu lange in die Sonne geblickt hatte, bevor man in einer Jurte verschwand. Wie beim jähen Einsetzen der Dunkelheit in einem yheltethischen Theater, bevor der Vorhang sich hob.

Der Wind, der über die Steppe wehte, schien den Atem anzuhalten.

Aus dem Nirgendwo hatte sich jemand Ershals Pfeil in den Weg gestellt. Eine Gestalt im Ledermantel, das Gesicht unter dem Schatten der weichen Krempe eines Huts verborgen. Sie hob die Hand und pflückte den Pfeil aus der Luft, und so mühelos wie ein Mann, der einen Lanzenwimpel in der Brise ergreift. Die Finger schienen sich zu verlängern – Egar kniff fest die Augen zusammen – und sich an Stellen zu biegen, wo eine menschliche Hand sich nie hätte biegen können. Eine Stimme flüsterte ihnen zwischen den Windstößen etwas zu, fern und nah zugleich.

»Leider kann ich das nicht zulassen.«

Und da frischte der Wind plötzlich erneut auf, und Egar erhaschte wieder den Hauch eines chemischen Brandgeruchs Die Pferde seiner Brüder rochen es ebenfalls – sie wieherten entsetzt und wollten sich aufbäumen. Fluchend ließ Ershal den Bogen fallen und bemühte sich verzweifelt, sein Reittier wieder unter Kontrolle zu bekommen.

»Harjalath!«, fauchte Alrag.

»Nicht als solcher, nein.« Die Erscheinung senkte den Arm, zerbrach den Pfeil geschickt mit einer Hand in zwei Hälften und ließ die Stücke fallen. »Harjalath ist ... anders, wenn er sich die Mühe einer Manifestation gibt. Obwohl der Unterschied für euch letzten Endes zu vernachlässigen ist.«

Ergund, der immer noch dabei war, sein Pferd zu beruhigen, hob hastig eine Hand zu einer beschwichtigenden Geste. »Wir sind im Auftrag von Kelgris hier, Dämon. Du darfst uns nicht daran hindern.«

»So einfach ist das nicht«, flüsterte das Ding. »Seht her!«

Mit der Hand, die den Pfeil entzweigebrochen hatte, fuhr es über das Gras, als ob es die Oberfläche von Wasser aufwühlen wollte. Von den Fingerspitzen breiteten sich rasend schnell und scheinbar zufällig Wellen aus, die jedoch der vorherrschenden Brise aus dem Norden zum Trotz in die entgegengesetzte Richtung liefen. Das Gras neigte sich, zitterte, die Halme peitschten. Hügel formten sich, wie die dahinjagenden Rücken von Meereswesen knapp unter der Wasseroberfläche.

»*Seht* ihr?«

Rund um die Gestalt standen die Hügel auf einmal still, erhoben sich lautlos und nahmen Gestalt an. Ein halbes Dutzend Formen, vielleicht mehr. Egar stockte der Atem, als er begriff, was er da vor sich sah. Die Kreatur in dem Ledermantel hatte sich abrupt mit Männern umgeben – jedoch mit Männern, die aus dem Gras selbst gewebt waren und sich rastlos auf der Oberfläche bewegten wie Badende in einem Fluss.

»Kein Winkel der Steppe«, murmelte die Gestalt, und es klang seltsam zerstreut, fast schläfrig, »in dem nicht das Blut von Männern geflossen ist und sie fruchtbar gemacht hat. Hin und wieder kann man die Steppe dazu bringen, sich daran zu erinnern. Tötet sie!«

Und die Grasmänner stürmten vor.

Sie hatten keinerlei Waffen, nichts als ihre missgestalteten Rankenhände, aber sie überschwemmten die entsetzten Pferde wie böswillige Wellen, und wo sie zupackten, sah Egar Blut aus der Haut der Tiere spritzen. Er sah, wie sie Ergunds Reittier zu Boden zogen. Es schlug mit allen vieren um sich und verdrehte die Augen. Ergund hielt sich kurz noch auf den Beinen, taumelte dann und fuchtelte wild, schrie gellend Kelgris' Namen, bis ihn die Männer ebenfalls aufs Gras herabgezogen hatten und sein Gekreisch zu einem Gurgeln erstickte. Er sah Alrag mit seiner Lanze um sich stechen, hörte ihn brüllen und fluchen. Er sah Ershal, der sein umzingeltes Pferd inmitten des Chaos im Kreis herumzog, das Gesicht eine Maske des Entsetzens …

Für mehr blieb kaum Zeit – zwei der Grasdinger kamen auch auf Egar zu, und er wollte eilig seine Lanze aufheben. Doch die Grashalme wickelten sich um den Schaft, umklammerten ihn und versuchten, die Lanze niederzuhalten. Einen wahnsinnigen Augenblick lang war es wie ein Tauziehen mit einem überraschend zähen Kleinkind. Dann hatte Egar sich losgerissen und schwang die Lanze, um sich gegen einen langen, dünnen, zuschlagenden Arm und die leeren Augenhöhlen des Kopfs aus Gras zu verteidigen. Er schnitt den Arm etwa in Höhe des Ellbogengelenks ab, und sofort glitten weitere Grashalme an seine Stelle, und der Arm bildete sich neu. Ein aufgerissener Spalt öffnete sich im Kopf des Dings, wo bei einem Mann ein Mund gewesen wäre. Ein Rascheln, ein Klageton kam heraus, bei dem ihm das Blut in den Adern gerann.

»Ihn nicht.«

Die Gestalt im Ledermantel sagte es, ohne sich umzudrehen. Es war ein zorniges Zischen, und sie vollführte eine rasche, peitschenartige Bewegung über die Schulter, die einem normalen Mann das Gelenk ausgerenkt hätte. Die beiden Gestalten sackten wie Wellen an einem Strand zusammen und waren verschwunden. Zerfließende Bewegungen im Gras und ein verirrter Windstoß, und dann war da nichts mehr. Egar holte heftig Luft und sah, als er sich umdrehte, gerade noch Alrag, der immer noch mit der Lanze um sich stach, ins Gras gezogen wurde und brüllend starb. Ershal trieb sein Pferd zum Galopp, wobei er wild mit dem Messer hinter sich stach, am Rumpf seines Reittiers auf die leere Luft einhackte wie ein geistig Verwirrter. Die heraufbeschworenen Gestalten wogten noch kurz hin und her, vielleicht auf der Suche nach weiteren Opfern, und sanken dann ebenfalls zurück ins Gras, das sie hervorgebracht hatte. Egar stand keuchend da, allein mit dem Ding im Ledermantel.

Es wandte sich langsam zu ihm um. Dass sich unter der Hutkrempe nur normale menschliche Gesichtszüge zeigten, erschien nun geradezu unmöglich. Die dröhnende Stimme im Innern seines Schädels traf ihn wie der Pulsschlag eines heftigen Katers.

»Du hättest davonlaufen sollen, Drachentöter. Das ist der Sinn einer Warnung.«

»Wer …« Egar kämpfte darum, wieder gleichmäßig zu atmen. »… bist … du, verdammt?«

Die Augen unter dem Hut glitzerten, und in dem Glitzern lag eine weitere Warnung. »Das ist kompliziert.«

»Na, es sind alle tot, verdammt! Wir haben Zeit.«

»Nicht so viel, wie du glaubst. Du hast gehört, dass dein Bruder Ergund Kelgris angerufen hat? Sie ist erwacht und irgendwo da draußen. Poltar, der Schamane, erfreut sich ihrer Gunst. Ich habe den Sturm nur etwas zurückgehalten.«

Egar merkte, dass seine Wut nach wie vor stärker war als seine Furcht. Er umklammerte seine Lanze und holte durch die zusammengebissenen Zähne Luft. Sein Gesicht verzerrte sich.

»Hör mal. Glaub nicht, dass ich dir nicht dankbar wäre. Du hast mir das Leben gerettet. Ob durch Magie oder nicht, auf jeden Fall stehe ich dir gegenüber jetzt in einer Blutschuld, und ich werde kein Geizhals sein, der sie nicht zurückzahlt. Aber ich brauche einen Namen für meine Schuld, sonst ist sie nicht ehrenhaft.«

In dem schwachen Licht war es schwer zu erkennen, aber die Gestalt die Augen schien die Augen zu verdrehen. Einen Moment wandte sie sich von ihm ab. Anscheinend hatte sie über die Steppe geschaut, oder auch nur zu der dünnen Rauchwolke, die aus Egars Feuer stieg.

»Ist es denn schon so weit gekommen?«, brummelte sie. »Verhandeln mit einem verdammten Viehhirten – weißt du, manchmal ist das … hör zu, ich war einmal der Dieb des *Feuers,* du ziegenfickender Bandit. Begreifst du das? Habe verdammtes Unheil über Könige gebracht!« Einen Arm verzweifelt hochgeworfen. »Damals, als die Erde noch jung war, damals, als es noch einen *Mond* am verdammten Himmel gab, bin ich in jede Haut geschlüpft, wie es gerade nötig war, und habe Bischöfe und Könige auf der ganzen verdammten Dreckswelt in Angst und Schrecken versetzt. Auch auf einem Dutzend ähnlicher Welten. Ich nahm die Gestalt eines Geistes an und schritt über zahllose … ah, *verdammt,* schon gut. Also schön, ein Name. Du *kennst* meinen Namen.«

Und auf einmal wusste er ihn.

Es war, als ob ihm jemand eine Binde von den Augen genommen, als ob er plötzlich die Benommenheit eines Fiebers abgeschüttelt hätte. Er sah den Mantel eines Kapitäns zur See wie zum ersten Mal, erinnerte sich an Geschichten und Zusammenhänge in einem Leben voller majakischer Mythen. Ein Reisender, übers Land und noch öfter übers Meer, eine Gewalt, wenn losgelassen, ein verschrobener Nutzer der menschlichen Gestalt.

Der am wenigsten vorhersagbare, der launischste aller Himmelsbewohner.

Eine Eiseskälte durchfuhr ihn.

»Takavach«, flüsterte er.

Das von der Hutkrempe beschattete Gesicht neigte sich. Vielleicht war da sogar das schwache Aufleuchten eines kalten Lächelns. »Gut. Bist du jetzt glücklich und zufrieden mit deinem Namen, deinem *Wissen?*«

»Was?« Egar schluckte. Die Stimme nach wie vor ein Flüstern. »Was hast du mit mir vor?«

»Das ist schon besser. Zunächst einmal halt den Mund und hör zu. Dein Bruder Ershal ist entkommen. In wenigen Stunden wird er das ganze Lager geweckt haben und ihnen erzählen, dass du von Dämonen besessen bist.«

»Dämonen? Es ist verdammt noch mal unmöglich, dass sie …«

»Wenn du mich das nächste Mal unterbrichst, nähe ich dir die verdammten Lippen mit Grashalmen zu! Und das ist keine leere Drohung.« Die Gestalt holte tief Luft. »Jetzt *hör mir zu*! Ershal wird behaupten, dass er und deine anderen Brüder hinausgeritten sind, um dich auf deiner Wache zu begrüßen. Vielleicht betrunken – was ihr unangemessenes Verhalten erklären würde. Dann wärest du in Wut geraten, hättest dämonische Kräfte heraufbeschworen und Alrag und Ergund getötet, und er selbst wäre kaum mit dem Leben davongekommen. Poltar wird seine Geschichte mit dem üblichen abergläubischen Bockmist unterstützen, dass dein südländisches Verhalten deine majakische Reinheit befleckt habe – was er übrigens schon seit einiger Zeit über dich verbreitet. Und zur Morgendämmerung werden sie alle hier herkommen und es mit eigenen Augen sehen. Möchtest du dir gern genauer ansehen, wie deine Brüder gestorben sind?«

Die Frage war offenbar rhetorisch. Takavach trieb bereits durch das Gras zu der Stelle, wo Alrag gestürzt war. Egar folgte ihm, den Mund in Erwartung dessen, was er zu sehen bekäme, fest zusammengepresst. Zuerst erreichten sie den alles verdeckenden, blutüberströmten Körper des getöteten Pferds, das zur Seite gefallen und mit Grashalmen übersät war. Egar ging um das Hinterteil herum und sah zwischen den Innereien des Tiers das Gemetzel.

Alrag lag in einem flach gedrückten, blutgetränkten Grasflecken. Halme und Ranken hatten sich um sämtliche Gelenke der Gliedmaßen und den Rumpf geschlungen und ihn so zusammengeschnürt, dass sie sich an Handgelenken und Hals durch die Haut ins Fleisch geschnitten hatten. Sie hatten sich in seine Augen, Nase und Ohren gebohrt und dabei die Augen selbst in einen blutigen Brei verwandelt. Ihm Kopf und Hals zur Seite verdreht, den Mund zu Boden gedrückt und zugleich so weit aufgestemmt, dass die Kinnlade ausgerenkt war. Hatten sich in seiner Kehle zu einem Grasseil verdreht, das so dick wie Egars Unterarm und glitschig vom Blut war.

Im Bandlicht sah das alles unwirklich aus, wie ein Kupferstich. Egar zwang sich zum Hinsehen, ohne zu blinzeln, bis seine Augen schmerzten.

Brudermörder.

Er wusste nicht genau, wen die Stimme in seinem Kopf dieses Verbrechens beschuldigte.

Takavach warf ihm einen neugierigen Blick zu und kauerte sich dann neben Alrags Kopf. Sein Ledermantel legte sich so um ihn, dass er verwachsen und völlig unmenschlich erschien. Egar musste an einen Geier denken, der sich zum Schmausen niederließ. Der Himmelsbewohner blickte über die Schulter zum Klanherrn zurück.

»Möchtest du auch Ergund sehen?«

»Nein«, hörte Egar sich dumpf sagen. »Das wird nicht nötig sein.«

»Vermutlich nicht.« Takavach packte das gewebte Seil, das aus Alrags gebrochener Kinnlade ragte, und zupfte versuchsweise daran. Es bewegte sich nur wenig. »Nun, du bist vermutlich mit mir einer Meinung, dass sich so was nur schwer anders als mit Magie erklären lässt, nicht?«

»Erklären?« Egar ließ den Anblick seines ältesten Bruders einen weiteren Augenblick auf sich wirken und machte dann auf dem Absatz kehrt. Er legte die Lanze über eine Schulter, warf einen Blick zum Himmel und überlegte, wie er geradewegs zum Lager käme. »Ich werd's erklären, verdammt! Ich werde Ershal diesen Bogen *ganz genauso* in die Kehle stopfen.«

»Und der ... Wohin gehst du?« Takavachs Worte eilten ihm hinterher. »Und der *Schamane? Kelgris?*«

Egar sah sich nicht um und blieb auch nicht stehen. »Ich werde dieses dürre Arschloch ausweiden, wie ich es schon vor Monaten hätte tun sollen, und ihn dann noch immer lebendig für die Bussarde pfählen! Und falls Kelgris zu seiner Unterstützung auftaucht, werde ich mit ihr dasselbe machen, verdammt!«

Ein schwaches Donnergrollen ertönte am Horizont. Das Innere der Wolken erhellte sich kurz in einem bösartigen malvenfarbenen Schein.

»So, so.« Takavach war plötzlich an seiner Seite. »Jetzt bist du schon Egar, der verdammte Göttertöter, hm? Meinst du nicht, dass du dich hier ein wenig übernimmst, Viehhirte? Kelgris ist eine Himmelsbewohnerin. Du weißt nicht, wie man sie töten kann, du wüsstest nicht mal, wo du damit anfangen müsstest.«

Egar schritt weiter. »Dann sag's mir.«

Kurzes Schweigen. Takavach hielt mit ihm Schritt. »Das steht mir nicht zu. Gewisse ... Vorschriften müssen eingehalten werden. Übereinkünfte, wenn du so willst. Schwüre und feste Bündnisse.«

»Schön. Dann sag's mir eben nicht. Du hast bereits genug getan.«

»Und was soll *das* heißen?«

»Nichts«, sagte Egar heftig. »Es bedeutet *nichts.* Zwei meiner Brüder liegen tot da hinten, und ich bin unterwegs, um die Sache zu Ende zu bringen. Das ist alles. Wirst du jetzt also *damit aufhören, mir zu folgen, verdammt?«*

Zu seiner Überraschung tat der Himmelsbewohner genau das. Er blieb im Gras stehen und sah dem Klanherrn nach. Wieder grollte der Donner, und hätte Egar sich umgesehen, hätte er mitbekommen, dass es Takavach schauderte.

»Schön. Dann geh in deinen verdammten Tod, wenn du das so haben willst! Kelgris wird eine Legion Steppenghule zwischen dich und das Lager stellen, eine Legion rasender verdammter Wölfe, vielleicht sogar eine flatternde Erscheinung oder drei, wenn ihr nach etwas Abwechslung ist. Und du bist *unberitten!«*

Egar überhörte es. Das Bild von Alrags Tod tanzte in seinem Kopf.

»Aha«, rief ihm der Himmelsbewohner wütend nach, »das bedeutet es also, wenn ein skaranakischer Klanherr jemandem zu Dank und einer Blutschuld verpflichtet ist, stimmt's?«

Das brachte ihn wie ein Armbrustbolzen zum Stehenbleiben. Einen Augenblick lang senkte er den Kopf und holte tief Luft. Nickte in sich hinein und wandte sich der Gestalt im Mantel zu, die hinter ihm stand.

»Was willst du von mir, Takavach?«

»Im Augenblick möchte ich dir dabei helfen, am Leben zu bleiben. Wäre das so schrecklich?«

Seine Brüder lagen tot im Gras, nur wenige Meter vom Grab ihres Vaters entfernt, und wurden allmählich kalt. Wieder kamen ihm Marnaks Worte in den Sinn. *Du fragst dich vielleicht, weshalb du es bis zum Ende des Tages geschafft hast, weshalb du immer noch lebst, wo das Feld doch verklumpt vom Blut anderer Männer und Leichen ist. Weshalb die Himmelsbewohner gerettet haben, was die himmlische Wohnstatt mit dir im Sinn hat.*

Donner rüttelte an den mit Ketten verschlossenen Toren der Welt.

Egars Gesicht zuckte, als er es hörte. Näher jetzt, und über der

Steppe ballten sich die Wolken zusammen. Er spürte die eigene Zukunft nahen und ihn mit einer kalten Hand im Nacken berühren. Was die himmlische Wohnstatt mit jemandem im Sinn hatte, nützte nur selten denen, die ihr als Instrument dienten, den Helden am allerwenigsten. Man musste bloß einen Blick auf die Legenden werfen.

Er spie ins Gras.

Kehrte zu dem Gott im Mantel zurück, der auf ihn wartete. Er blickte in die glitzernden Augen unter der Hutkrempe und entdeckte, dass in dem seltsamen Sturm, der jetzt durch sein Herz fegte, kein Platz mehr war für Furcht.

»Na gut«, sagte er.

23

Das Erwachen war wie ein Ritt auf den riesigen eisernen Bojen im Kanal des Hafens von Yhelteth. Der Geschmack von Rost im Mund, ein kaltes, schwarzes, wässriges Rauschen und ein wabernder Lichtfleck an der dunklen Decke oben. Er spürte einen scharfen Schmerz in Schulter und Brust, was ihn nicht sonderlich überraschte. Aber er konnte sich nicht ganz an die Ursache erinnern. Noch nicht ganz bei Bewusstsein glaubte er, eine dunkle Gestalt zu erkennen.

Kapierst du's denn nicht, Paps? Nuschelnd, da die Kinnlade seltsam schmerzte. *Alles 'ne verdammte Lüge, der ganze stinkende Bau vom Sumpf auf…*

Ringil erwachte.

Er lag auf glattem, kaltem Stein. Tröpfeln von Wasser auf Kalk irgendwo in der Düsternis. Ein blasses Licht tanzte über die raue Wölbung der Felsdecke. Die dunkle Gestalt stand vor einer behauenen Steinmauer links.

»Warum hast du das getan?«

Aber die Stimme kam von rechts. Verblüfft stemmte Ringil sich auf einen zittrigen Ellbogen. Schmerz schoss von sener Kinnlade aus durch die rechte Seite des Kopfs. Die Erinnerung kehrte zurück. Der Kampf – der Dwenda – die erlittene Verletzung. Er sah sich um, konnte jedoch nur außer den vage überhängenden Felsen und den Stalaktiten nur wenig erkennen.

»Was getan?«, fragte er erschöpft.

Schatten regten sich auf dem Steinboden, auf dem er lag. Es waren Pflastersteine, merkte er, wie die der Mauer links von ich,. Er kniff die Augen zusammen und erkannte eine Gestalt, die im

Schneidersitz knapp außerhalb des Lichtscheins saß. Wer es auch sein mochte, schaute auf seine hohlen Hände.

»Warum hast du für sie gekämpft?« Die Stimme war von einer gewissen Musikalität, einer tiefen, melodiösen Resonanz, obwohl die Worte selbst ganz leise durch die Dunkelheit drangen. Er sprach Naomisch, jedoch durchsetzt mit archaischen Ausdrücken des alten Myrlisch sowie seltsamen grammatikalischen Schnörkeln. »Sie hätten dich wegen deiner Bettpartners gepfählt und es Gerechtigkeit genannt; sie hätten deiner Hinrichtung beigewohnt, auf deine Qualen angestoßen, Lieder gesungen und sie ihren idiotischen Göttern gewidmet. Sie sind brutal, schwachsinnig, sie haben das ethische Bewusstsein von Affen und zeigen die Initiative von Schafen. Und dennoch bist du für sie gegen die Reptilien ins Feld gezogen. Warum?«

Ringil setzte sich mühsam auf. Versuchte zu sprechen, hustete stattdessen. Schaffte es schließlich, sich zusammenzureißen und brachte ein schwächliches Schulterzucken zustande.

»Weiß nicht«, krächzte er. »Alle haben es getan. Wollte bloß beliebt sein.«

Dürres Gelächter, das durch die Höhle schallte. Aber im nachfolgenden Schweigen hing die Frage immer noch in der Luft, und die Gestalt rührte sich nicht. Eine Antwort war vonnöten, eine richtige.

»Na gut.« Ringil nahm seine Kinnlade zwischen Daumen und Zeigefinger, bewegte sie hin und her und verzog das Gesicht. Räusperte sich. »Nach all der Zeit würde ich keinen Eid mehr darauf schwören. Aber im Rückblick glaube ich, dass es wahrscheinlich die Kinder waren. Ich habe ein paar Städte gesehen, die zuvor von ihnen überfallen worden waren. Das schuppige Volk neigt dazu, seine Gefangenen aufzufressen. Und für Kinder, nun ja, muss das der schlimmste Albtraum sein, nicht wahr? Gefressen zu werden. Angekettet zu sein, zuzusehen, zu wissen, dass sie die Nächsten sind.«

»Verstehe. Für die Kinder.« Die sitzende Gestalt neigte den Kopf. Die Stimme blieb sanft und seidig, doch darunter lag die Zähigkeit eines kiriathischen Hautpanzers. »Kinder, die aller Wahrscheinlichkeit nach so groß und so ignorant, brutal und destruktiv werden wie ihre Erzeuger.«

Ringil presste die Finger gegen seinen pochenden Schädel. »Ja, wahrscheinlich. So ausgedrückt, hört es sich töricht an. Was ist mit deinem Volk? Fresst ihr eure Gefangenen?«

Die Gestalt erhob sich geschmeidig. Selbst in der Düsternis erkannte Ringil körperliche Kraft und Anmut, die in der Bewegung lag. Der Sprecher trat vor ins Licht.

Einen Augenblick lang vergaß Ringil zu atmen.

Pochender Schmerz in Kinnlade und Kopf, die brennende Wunde in Schulter und Brust, das Gefühl, sein Gewissen so beschmutzt zu haben wie seine Kleidung, und hinter allem eine vage Furcht – und trotzdem spürte Ringil, wie mit sich Lust in ihm regte. Die Worte Milacars von Gottes Gnaden fielen ihm ein.

Er ist wunderschön, Gil. Das sagen sie. Dass man seine Schönheit mit Worten nicht fassen kann.

Mochte die Quelle, die Milacar das zugetragen hatte, auch noch so zweifelhaft sein, ihre Beobachtungsgabe ließ sich nicht in Abrede stellen.

Der Dwenda war über sechs Fuß groß, schlank fast bis zur Knabenhaftigkeit in Hüften und Gliedmaßen, jedoch mit einer plötzlichen Breite und Kraft in Brustkasten und Schultern, sodass sein Oberkörper eher wie ein stilisierter Kürass denn lebendig wirkte. Er – angesichts der Beule in der lockeren schwarzen Hose sowie des flachen Brustkastens war davon auszugehen, dass er männlich war – stand mit eben jener Leichtigkeit da, die er beim Aufstehen gezeigt hatte. Lange, spitz zulaufende, bleiche Hände hingen leicht gekrümmt an seiner Seite, als könnten sie sich eines falkenhaften früheren Lebens als Krallen erinnerten. Jeder einzelne Fingernagel warf einen winzigen Regenbogen.

Das Gesicht, die Krönung des Ganzen, war alles, was Shalaks Aldrain-Anhänger sich wünschen konnten – schneeweiß, beweglich und intelligent, lange Lippen und gerade fleischig genug um Kinn und Nase, um ein Gegengewicht zu den hohen, hervortretenden Wangenknochen und der breiten, flachen Stirn zu bilden. Langes, schwarzes Haar fiel zu beiden Seiten auf die breiten Schultern und übergoss sie wie dunkles Wasser. Die Augen ...

Die Augen waren pechschwarze Gruben, wie es in den Legenden hieß, aber sogar in dem schwachen Licht erkannte Ringil, dass in ihnen derselbe zarte Regenbogenglanz schimmerte wie auf den Fingernägeln des Dwendas. Er wusste auf einmal mit schlafwandlerischer Sicherheit, dass bei Tageslicht der gesamte Augapfel wie ein Sonnenaufgang über dem Haus Trell blitzen würde.

Der Dwenda neigte sich leicht über ihn. Die Geste war eine Ehrerbietung und hatte zugleich etwas Räuberisches an sich.

»*Möchtest* du gern von mir gefressen werden?«, fragte er.

Reiß dich zusammen, Gil! Das ist dein Feind, du hättest ihn letzte Nacht fast getötet ...

War es immer noch dieselbe Nacht? Irgendein Teil seiner selbst musste es aus irgendeinem Grund wissen.

... und noch könnte es dir gelingen.

Stattdessen gelang ihm ein ironisches Räuspern und ein aufgesetzt leichter Tonfall, der das Prickeln Lügen strafte, das seine Arme entlang hinab in sein Geschlechtsteil lief.

»Vielleicht später. Im Augenblick habe ich so verfluchte Kopfschmerzen!«

»Ja.« Wieder neigte der Dwenda den Kopf. Lichtblitze tanzten über die tintenschwarzen Augen. »Entschuldige bitte die Schmerzen. Du bist allerdings nicht schwer verwundet, und hier werden die Verletzungen weitaus schneller heilen als in deiner Welt. Aber sogar hier ist ein körperlicher Preis zu zahlen. Und es war für mich das einzige Mittel, um dem Kampf ein Ende zu bereiten, ohne dich zu töten.«

»Dann sollte ich dir vermutlich dankbar sein.«

Der Dwenda grinste unerwartet. Zeigte die Zähne. Es war kein sonderlich beruhigender Anblick. »Das solltest du vermutlich.«

»Danke.«

Abrupt ging der Dwenda in die Hocke, rascher, als Ringil reagieren konnte, und eine Hand legte sich an sein Gesicht. Die langen Finger glitten in sein Haar hinauf, packten einige Strähnen und zogen den Kopf nach vorn.

»Leider will ich mehr von dir, Ringil Eskiath.«

Seine Lippen waren kühl und fest, und Ringils Lippen teilten sich unter dem sanften Druck, noch bevor ihm recht klargeworden wäre, dass er es wollte, und eine, zuckende Zunge stieß gegen die seine. Auf sein Kinn drückten plötzlich Stoppeln, die so weich waren, dass es sich fast wie Samt anfühlte. Das Kitzeln in seinem Unterleib flammte auf wie ein Freudenfeuer. Er spürte, wie er hart wurde.

Der Dwenda wich zurück.

»Du bist noch nicht gesund«, murmelte er.

Ringil fletschte die Zähne. »Ich fühle mich schon viel besser.«

Aber der Dwenda war bereits wieder auf den Beinen, ebenso rasch wie vorhin, er hielt Ringil nicht mehr gepackt, und sein Griff wurde rasch zur Erinnerung; er spürte immer noch die Fingerspitzen auf seinem Schädel, die Zunge in seinem Mund, wie ein Versprechen von mehr. Die schlanke Gestalt wandte sich von ihm ab, ziemlich eilig, dachte er. Wie ein Zurückzucken.

»Das kann ich besser beurteilen«, sagte er hart.

Bei diesem Stimmungswechsel hob Ringil eine Braue. »Na ja, wir sind hier bei dir.«

»Nicht ganz.« Ein Blick über die Schulter, den er nicht einordnen konnte. »Aber fast. Du tätest gut daran, dich hier an mich zu halten.«

»Na gut.« Ringil stand mit erheblich weniger Anmut auf, als sein Gastgeber gezeigt hatte. Er blieb hinter dem Dwenda stehen, nahe genug, um seinen Geruch wahrzunehmen. Das hier war nicht völlig neu für ihn, er hatte das schon reichlich oft erlebt; die plötzliche Panik eines neuen Partners, der nicht recht wusste, was er wirklich wollte; von der Pike auf – *sozusagen, Gil* – hatte er von Milacar neben Geduld auch gelernt, wann Nachdruck geboten war und wann er sich zurückhalten und abwarten musste.

Er wartete ab.

Schweigen. Genügend lange, um zu merken, dass der Dwenda einen schwachen Moschusduft verströmte, dessen Bestandteile er – trotz einer quälenden Vertrautheit – nicht ganz zuordnen konnte.

»Wo sind wir?«, fragte er. »Unter der Stadt?«

»In gewisser Weise.« Der Dwenda schien etwas von seiner Selbstsicherheit wiedererlangt zu haben. Er entfernte sich einige Schritte und drehte sich in einer Distanz zu ihm um, die er wohl als sicher einschätzte. »Obwohl es eine Version von Trelayne ist, die du nicht wiedererkennen würdest, denke ich. In deiner Version wird der Fluss Millionen von Jahren benötigen, die Sedimente abzuscheiden, die diesen Fels hier bilden.«

»Dann haben wir eine Abkürzung genommen? Sind wie die Kiriath durch das dichte Gestein unter der Erde gereist?«

»Nein.« Ein dünnes Lächeln. »Das schwarze Volk ist ein Volk der Ingenieure. Es nimmt stets einen Umweg, um sein Ziel zu erreichen. Eigentlich fast wie die Menschen. Ihr werdet ihm bald ähnlicher sein, als euch klar ist.«

»Was ein paar majakische Puristen, die ich kenne, verstören wird.«

Der Dwenda zuckte mit den Schultern. »Sie werden es nicht mehr erleben. Als Kultur oder als Individuen. Im Übrigen gilt das auch für dich, die Ligastädte oder das Reich.«

»Das hört sich ziemlich überheblich an.« Ringil lächelte seinerseits. »Wenn es dir nichts ausmacht, dass ich es so ausdrücke.«

»Warum denn? Die Überlegenheit ist augenscheinlich.«

»Dann ist es also wahr. Die ganzen Geschichten, die in Umlauf sind, das ganze Wissen um die Aldrainer. Du bist unsterblich.«

Ein weiteres Schulterzucken. »In gewisser Hinsicht.«

Ringil lachte laut heraus. Er konnte nicht anders. »Genauso wie dieser bellende schwarze Hund, hm? Woher sollte irgendwer so etwas *wissen?*«

Die Echos wurden von der Decke zurückgeworfen und jagten einander durch die Dunkelheit. Der Dwenda runzelte die Stirn. »Schwarzer Hund?«

»Schon gut. Nur etwas, das ich neulich gehört habe.« Ringil ließ den Blick in dem Dämmerlicht umherschweifen, wühlte nach Erinnerungen an die Abende, die er bei Shalak mit sinnlosen Debatten verbracht hatte. Wilde Spekulationen bei Käse und Wein und behaglicher Gesellschaft. »Also, dieser Ort hier. Das muss ein Teil der aldrainischen Sümpfe sein. Der Ort dazwischen, *wo die Grenzen der Zeit nicht zu spüren sind.* Die zeitlose Sphäre.«

»So wird sie genannt, ja. Unter anderem.«

»Und wie hast du mich hergebracht? Mit Magie?«

»Wenn du so willst. Einfacher könnte man sagen, ich habe dich getragen. Wenn der Sturm der Beziehungen, das Malstromtor der Möglichkeiten, heraufbeschworen wird, setzt es alles innerhalb seines Radius über. Als er sich um mich gelegt hat, hat er dich ebenfalls hergebracht.«

»Netter Trick. Kannst du ihn mir auch beibringen?«

»Nein. Vorher müsstest du dich ... *entwickeln.*«

Ringils Blick fiel auf die schwarze Gestalt an der Wand. Jetzt sah er, dass es sich um eine Art Rüstung handelte, die hoch oben am Felsen hing. Die Art der Befestigung war ihm allerdings ein Rätsel. Er trat näher und musterte die glatten, ovalen Rundungen eines Helms, der überhaupt keine äußere Verzierung aufwies und tatsächlich an nichts so sehr gemahnte wie an den Kopf eines schlanken Meeressäugers, der zum Luftholen an die Oberfläche kam.

»Das ist deiner?«, fragte er.

»Ja.«

Ringil berührte den Anzug an der Hüfte. Das Material war kühl und glatt, eher wie Leder und nicht wie ein Kettenpanzer. Es würde sich dem Träger vermutlich wie eine zweite Haut anschmiegen. Und das Visier – er erkannte es erst jetzt – war ein einziges gläsernes, geschwungenes Teil, so schwarz wie der übrige Anzug, so präzise in den Helm eingesetzt, wie er es zuvor lediglich bei den feinsten Arbeiten der kiriathischen Ingenieure gesehen hatte.

Er spürte den Dwenda hinter sich, hob eines der schlaffen Beine der Rüstung an und ließ es sanft gegen die Wand fallen.

»Als du zu mir gekommen bist, hast du das nicht getragen.«

»Nein. Ich hatte keine Zeit.« Ringil meinte, Ironie herauszuhören. »Letztlich war's auch nicht unbedingt nötig.«

Es war wie eine Berührung, eine weiche Berührung im Nacken. Er wandte sich in der dunklen, tröpfelnden Feuchtigkeit der Luft um und sah, dass er seinem Gefährten Auge in Auge gegenüberstand. Diesmal loderte das Freudenfeuer in seinem Unterleib sogleich auf, eine brüllende, alles umfassende Hitze, die nach oben schoss und an der Unterseite seiner Rippen leckte.

»Du hast Glück gehabt«, sagte Ringil zittrig.

Der Dwenda trat ein Stück heran, einen einzigen geschmeidigen Schritt. Sein gewaltiger Oberkörper berührte Ringils Brustkasten. »Ach ja?«

Und Ringil – Ringil war jetzt hilflos. Ein schlüpfriges Lächeln lag ihm wie verschmiertes Fett um die Lippen und wollte nicht wieder herunter. Er holte tiefer Luft, sein Pulsschlag tropfte wie heißes Wachs an den Innenseiten der Arme und den Oberschenkeln herab. Sein Schwanz war ein heißer Eisenstab, den die plötzlich so enge Hose an seinen Unterleib presste. Der Dwenda hob sich, eine hauchzarte, liebkosende Bewegung, die Ringil, bebend, eindringlich spürte, obwohl die Hände des Dings ihn überhaupt nicht berührt hatten.

»Wie viel Zeit ist verstrichen?«, fragte er gepresst.

Die Frage kam aus dem Nichts, er konnte keinen Grund dafür erkennen, verstand sie nicht im Geringsten, außer dass sie sich wie das letzte Rudern eines Ertrinkenden anfühlte.

Der Dwenda rückte noch näher an ihn heran, das Gesicht im Schatten. Der Kerzenschein seiner Augen, oh, ihr Götter, der Druck eines gewaltigen erigierten eisenharten Schwanzes, genau wie der eigene, an seinem Oberschenkel, und jetzt die Hände des Dwendas auf ihm.

»Überhaupt keine Zeit«, antwortete ihm die Stimme flüsternd. »Ich bin hier die Zeit; ich bin alle Zeit, die du brauchst.«

Und dann drückte er seinen kühlen Mund auf den von Ringil, drückte ihm erneut die Lippen auseinander, Rauten aus Licht und Dunkelheit schienen über ihn hinwegzugleiten, durch ihn hindurch, und dann kippte die ganze Welt funkelnd zur Seite, wie ein Tischkandelaber, umgestürzt inmitten der überladenen Platten eines Festschmauses, in der Düsternis verlassen und darauf wartend, dass jemand hereinkäme und sie plünderte.

Wenn die feuchte Luft kühl war, so bemerkte er es nicht, als seine Kleider fielen, als die hitzigen Küsse des Dwendas seinen Hals hinab und über die nackte Brust glitten, als ungeduldige Hände seine Hose über Stiefelschäfte zerrten, als sie Unterwäsche zerrissen, als der Dwenda sich hinkniete und die Eichel von Ringils Schwanz in den Mund nahm.

Auf einmal war alles so heiß, dass er aufkeuchte und sich anspannte, und dann, als Zähne und Zunge ihre Wirkung entfalteten, packte er den Dwenda bei den Schultern, vergrub die Finger in seinem Haar. Ein langes Stöhnen entrang sich seinem Mund, ein Kontrapunkt zu den kleinen Grunzlauten, die der Dwenda ausstieß, während er mit den Lippen auf und ab glitt. Eine kühle Hand umfasste seine Eier, und dann spreizte sich ein langer Finger ab und drückte sich in die Windung seines Anus. Von irgendwoher hatte der Dwenda die Feuchtigkeit von Speichel oder etwas

Ähnlichem auf die Fingerspitze heraufbeschworen, und Ringil spürte, wie er geöffnet und sanft und mit einer zurückhaltenden, beherrschten Könnerschaft gepfählt wurde, bis sein Herz Purzelbäume schlug.

Die Stalljungen in Galgenwasser waren niemals so gewesen.

Und dann legte ihn der Dwenda irgendwie zu Boden, und wenn der Stein unter ihnen kalt war, so bemerkte Ringil es ebenfalls nicht. Er hob den Kopf und starrte an seinem Leib herab. Die Hose, völlig verheddert, die Stiefel immer noch an den Füßen, die dunkle Gestalt zusammengekauert über seinen Beinen und Hüften, den Kopf gesenkt wie ein fressendes Tier, und irgendwo, scheinbar außerhalb seiner Sichtweite, die ekstatischen Bewegungen des auf- und abfahrenden Mundes, der bohrende Finger, der sich hinein- und wieder hinausdrehte. Der Duft des Dwenda-Leibs, diese Mischung aus Kräutern, die einen schier in den Wahnsinn trieb, und irgendwo ein hauchzarter Duft nach Scheiße aus seinem geöffneten Anus. Und der Mund und die Finger, die immer wieder in ihn eindrangen, ihn vorantrieben, Zoll um Zoll, dem Höhepunkt entgegen ...

Und ihn hinabwarfen.

Er kam im saugenden Mund des Dwenda, es durchzuckte ihn, warf ihn nach hinten und brach ihm schier das Rückgrat. Es zog ihn hoch und warf ihn dann auf den Stein, und dort schlug er um sich, zuckte und – er begriff es mit einem jähen, eiskalten Schock – lachte und sprudelte Worte hinaus: *oh, nein, nein, nein ...*

Tränen traten ihm in die Augen, die ersten Tränen seit seiner Jugendzeit, seit er sich erinnern konnte, seit den Nachwehen des ersten Gemetzels auf dem Schlachtfeld.

Als er nicht mehr konnte, als er leer und schlaff dalag, völlig reglos, spürte er, wie der Dwenda sich von ihm löste, nach oben glitt und sich breitbeinig auf seine Brust setzte. Er packte den eigenen geschwollenen Schwanz am Schaft und rieb ihm die Eichel grob über die Wange und übers Gesicht. Zugleich stieg ihm der Duft der

Kräutermischung in die Nase, berauschend konzentriert. Ringil folgte den weichen Schlägen des Schwanzes mit sanften Schnappbewegungen der Lippen. Der Dwenda kauerte sich ein wenig tiefer über ihn. Ringil glaubte, ihn in dem Dämmerlicht lächeln zu sehen, als er ihm die Eichel in den Mund schob, aber so genau konnte er es nicht erkennen.

Er griff ungeschickt an dem Leib auf seinem Brustkasten vorbei, fand die dünne Samthaut des Schafts und ersetzte vorsichtig die Finger des Dwendas durch die eigenen. Versuchte, in die dunklen, sanft schimmernden Augen über sich zu sehen. Saugte und schnappte und wollte gerade ernsthaft ans Werk gehen, aber da sagte der Dwenda etwas in einer Sprache, die er noch nie zuvor gehört hatte, und löste sich dann von Ringil.

»Aber ich möchte …«

Er zog sich zurück, vielleicht immer noch grinsend.

Spreizte ihm mit beiden Händen die Beine, drückte sie heftig nach oben, winkelte ihm die Knie an. Tat etwas an der Verbindung dazwischen, ein leises Spuckgeräusch, und dann drückte es wieder auf seinen Schließmuskel, jetzt jedoch heftiger, dicker, drängender als zuvor der Finger. Der Dwenda richtete sich über Ringils gespreizten und angewinkelten Beinen auf und schob sich Zoll um Zoll gnadenlos in ihn hinein, wobei seine Kinnlade arbeitete – Ringil sah es in dem Dämmerlicht – und er in derselben Sprache mit dem seltsamen Tonfall redete wie zuvor. Und Ringil half, er umklammerte den Leib des Dwendas mit den Beinen, um Platz zu schaffen, er warf die Hüfte hoch, und die eigene Kinnlade war straff gespannt unter dem wiederholten *Ja, Ja, Ja, Ja …*

Und der Dwenda fiel auf ihn herab, brachte sein Gesicht bis auf wenige Zoll an ihn heran, packte seinen Kopf mit beiden Händen und öffnete ihm den Mund mit einem weiteren Kuss. Das Stoßen wurde heftiger, gewann eine hungrige, verschlingende Dynamik, und damit einhergehend, spürte Ringil, dass sein Schwanz erneut steinhart wurde, und er sah, dass es der Dwenda gleichfalls spürte, er sah ein Grinsen glitzern und wusste plötzlich ohne jeden Zweifel, dass das, was der Dwenda zu ihm gesagt hatte, der Wahrheit entsprach, dass es hier keine Zeit gab, dass es keine geben musste, keine, die etwas bedeutete, das über die Hingabe an das hier hinausging, an das Stoßen, das Pumpen, das Ficken und die zusammengebissenen Zähne: *Ja, o ja, oh, fick mich, ja, ja, ja …*

Und das Feuer, das jetzt in beiden loderte, das jetzt beide einhüllte, ließ seine Haut vor Erregung glühen und machte die Haut unerträglich empfindsam, bis zum Zerreißen gespannt …

Und sie waren verloren für die Zeit und alles, was andernorts zählte, was nicht im Hier und Jetzt war.

Verloren.

Diesmal erwachte Ringil vom diesigen Licht der Morgendämmerung, das durch schmale Fenster fiel, und von den kleinen Lauten aus dem Garten dahinter. Er lag auf seidenen Laken, seine Eier und die Muskeln am ganzen Leib schmerzten angenehm, und in den alkalischen Duft seiner eigenen Körpersäfte mischte sich etwas Würzigeres, das am Rand seines Bewusstseins kratzte und ihm ein schwaches Lächeln auf die Lippen zauberte. Er lächelte zum Fensterbogen hinauf und atmete die Gartenluft ein. In allem lag eine sanfte Vertrautheit; es fühlte sich an wie eine Rückkehr in die Jugend. Er durchlebte einen langen Augenblick völligen Friedens, der zu tief war, um einem bewussten Gedanken Zugang zu gewähren.

Er lächelte erneut, breiter, und drehte sich um.

Morgendämmerung.

Bei der Erinnerung schnellte er aus den Laken hoch.

Morgendämmerung. Verdammt!

Und dann war alles weg, der Frieden und der gedankenlose gesegnete Zustand, ihm entrissen wie Jelim, wie das Zuhause, wie der Sieg, den sie einstmals errungen zu haben glaubten.

Er trat die Seide weg, die ihn einhüllte, und suchte auf dem Fußboden des Zimmers nach seiner Kleidung.

Fand sie stattdessen gereinigt und sorgfältig zusammengefaltet auf einer hölzernen Truhe unter dem Fenster.

Der Rabenfreund stand an der Wand daneben in seiner Scheide.

Er starrte ihn mit offenem Mund an. Draußen vor den Fenstern gaben die Vögel stumpfsinnige frühmorgendliche Laute von sich, um der jähen Stille etwas entgegenzusetzen. Auf irgendeine schmerzhafte Weise war ihm, als würde er den Raum, in dem er sich befand, bereits kennen.

Was zum Teufel ...?

»Du dachtest, du müsstest dich hinauskämpfen, nicht wahr?«

Er fuhr herum und tastete mit einer Hand nach der Waffe hinter sich. Der Dwenda lehnte in einem Türbogen auf der anderen Seite der Kammer. Er war angekleidet und grinste. Das Haar hatte er sich aus dem Gesicht gekämmt und zusammengebunden, die Arme hielt er über einer Weste aus schwarzem und saphirblauen Stoff verschränkt. Seine Füße steckten in dazu passenden Stiefeln, die Hose war ebenfalls aus dunklem Stoff und lag eng an den Beinen an. Er war unbewaffnet.

Wenn man die ausdruckslosen schwarzen Augen außer Acht ließ, hätte er fast ein Mensch sein können.

Ringil wandte sich bewusst von dem leeren Blick ab, nahm seine Kleider und entfaltete sie.

»Ich muss gehen«, sagte er, ohne Überzeugung.

»Nein, musst du nicht.«

Ringil kämpfte sich in sein Hemd. »Das verstehst du nicht. Ich habe einen Termin. Ich werde zu spät kommen.«

»Ah, ja, genau wie die Prinzessin im Märchen.« Ein peitschenartiges Fingerschnippen hinter ihm, um einem Gedächtnis auf die Sprünge zu helfen, das, wie Shalak zu sagen pflegte, Tausende und Abertausende von Jahren zurückreichen musste. »Na, wie heißt sie doch gleich? Du weißt schon, die, die beim Ball das Gefühl für die Zeit verliert, die ganze Nacht aufbleibt und tanzt, bis die Nacht sich verflüchtigt wie die Sohlen ihrer Schuhe, und dann entdeckt sie ...«

»Hm.« Unterwäsche, Hose. Sich herabbeugen, um sie hochzuziehen, Atem anhalten. »Ich könnte wahrscheinlich im Augenblick ganz gut ohne dieses verdammte Märchengeschwätz auskommen.«

»Na schön.« Und die Stimme plötzlich so nahe, ein Schock wie kaltes Wasser über den Nacken. Unmittelbar hinter ihm. Er fuhr herum und entdeckte, dass der Dwenda im Licht des Fensters zwei Fuß entfernt vor ihm stand. »Was hältst du davon? Du wirst nirgendwohin gehen.«

»Versuch doch, mich daran zu hindern!«

»Das habe ich bereits getan. Wie spät haben wir es denn deiner Ansicht nach wirklich?«

Ringil begegnete dem aldrainischen Blick, und wie er genau gewusst hatte, glühten in den Augen die ausgewaschenen rosigen Schattierungen des nahenden Sonnenaufgangs. Er spürte den Stich im Herzen, er spürte, wie er in sich zusammensackte, als ihn die Erkenntnis traf. Der Dwenda nickte.

»Die Dämmerung selbst ist sozusagen gekommen und gegangen, während du geschlafen hast. Du befindest dich außerhalb der Zeit. Sie haben auf den Feldern des Brillin-Hügels eine halbe Stunde gewartet, wie es heutzutage offensichtlich Brauch ist. Dann ist dein Sekundant, ein Mann namens Darby, für dich eingesprungen und wurde ordnungsgemäß von deinem Gegner getötet. Anscheinend hat er sich wacker geschlagen, war jedoch mit dem Hofschwert einfach nicht versiert genug.«

Ringil schloss die Augen und biss sich auf die Lippe, bis er Blut schmeckte. Hinter dem zugezogenen Vorhang vor seinen Augen sah er die Szene: Die kleine Versammlung von Männern auf dem offenen Gelände unten bei den Fischteichen. Graue, skizzenhafte Gestalten, noch nicht ausreichend Licht, um ihnen Farbe zu verleihen. Und die beiden Männer dazwischen, das Hin und Her des Duells. Er vernahm das erbärmliche metallische Klirren in der kühlen Luft, das Kratzen der Klingen. Sah Darby, wie er nach vorn gelockt wurde, auf der falschen Seite, einer Finte aufsaß. Riposte – die kratzende Klinge trifft. Ein leuchtendes Karminrot auf der grauen Farbpalette eines Tages, den Darby jetzt nicht mehr sehen und erleben würde.

Wie lange hatte Iscon Kaad gebraucht? War Darby nüchtern gewesen, hatte er sich so viel Mühe für den Mann gegeben, der einstmals vielleicht sein Kommandant gewesen war?

Ringil öffnete die Augen. Was der Dwenda sah, gefiel ihm nicht sonderlich. Er zog sich ein wenig zurück.

»Schon gut, schon gut.«

»Du hast es gewusst. Du hast es verdammt noch mal gewusst.«

Der Dwenda nickte. »Genau wie du. Aber du hast dir gestattet, es zu vergessen.«

Ringil glättete sein Hemd. »Du bringst mich zurück. Zurück in die aldrainischen Sümpfe, zurück, bevor es geschieht. Du …«

»Leider geht das nicht.«

Da sagte Ringil durch die zusammengebissenen Zähne: »Du bringst mich jetzt zurück, verdammt, oder …«

»Oder was?« Abrupt schnellte die Hand des Dwendas vor. Packte Ringil am Hemd und riss ihn zu sich. Eine flache Handfläche kam wie ein Stein auf ihn zu, schlug ihn auf die Stirn, und plötzlich lag er auf dem Boden, und Arme und Beine waren auf einmal völlig bewegungsunfähig. Er drehte und wand sich wie ein Fisch an Land.

Der Dwenda stand mit verschränkten Armen über ihm.

»Zeitlose Sphäre ist eine falsche Bezeichnung, verstehst du?«, sagte er finster. »Wir können zu den Untiefen schwimmen, ja; mit Übung können wir Orte betreten, wo die Zeit sich zu einem Kriechtempo verlangsamt, fast bis zum Stillstand, sogar spiralförmig um sich selbst tanzt. Es geht darum, dass der Gradient relativ zu … schon gut, das verstehst du sowieso nicht. Aber wie langsam wir auch kriechen, wir können die Zeit tatsächlich nicht *anhalten*, auch können wir sie nicht umkehren. Was geschehen ist, kann nicht ungeschehen gemacht werden. Das wirst du akzeptieren müssen.«

Ringil brachte es fertig, sich auf den Bauch zu drehen und die Knie mit aller Kraft unter sich zu ziehen. Der Raum schwankte um ihn herum, seine Gliedmaßen waren eiskalt. Er bemühte sich nach Kräften, wieder hochzukommen.

Er hörte den Dwenda seufzen.

»Ich habe befürchtet, dass es so weit kommen würde, Ringil Eskiath, aber nicht so bald. Keiner von uns ist nach so langer Zeit an den Umgang mit Menschen gewöhnt. Es ist eine beständige Lernerfahrung.«

Ein gestiefelter Fuß wurde ausgestreckt und drückte ihn sanft in die Seitenlage. Aufstehen verblasste zu einem fernen Traum. Ringil beschwor herauf, was ihm noch an Atem geblieben war.

»Wer hat dich geschickt?«, fragte er, nach Luft schnappend.

»Ich wurde nicht geschickt, wie du es ausdrückst.« Der Dwenda kniete neben ihn. »Aber Bittsteller, die sich bei mir für dich einsetzen, gibt es durchaus. Offenbar wollen manche Leute nicht, dass dein grimmiges, jedoch immer noch ziemlich hübsches Gesicht wegen einem kleinlichen Ehrenhandel zerfetzt wird.«

Erneut hob er die Hand, die Handfläche nach unten, die Finger leicht gebeugt. Die Geste hielt das Licht von Ringils Augen ab.

»Warte, *warte!*«

Erst nach einem Augenblick begriff Ringil, dass der Dwenda seiner Aufforderung gefolgt war. Er konnte das jähe Durcheinander an Gefühlen nicht verstehen, das über das unmenschliche Gesicht huschte. Er glaubte, Ungeduld zu erkennen, aber mit wem, war schwer zu sagen.

»Nun?«

»Bitte.« Schwach. Ringils Stimme war fast leer, kaum kräftiger als seine Gliedmaßen. »Eine Sache muss ich wissen. Sie ist wichtig.«

Die Handfläche schwebte über ihm. »Ja?«

»Wie heißt du? Wir haben die ganze Nacht lang gefickt, und ich habe nicht mal gefragt.«

Ein weiteres Zögern, das jedoch am Ende einem neugierigen Lächeln wich. »Na schön. Du kannst mich Seethlaw nennen, wenn dir damit gedient ist.«

»Oh, ja, bestimmt.« Und jetzt lächelte Ringil ebenfalls. »Bestimmt.«

Schweigen sickerte zwischen sie. Die Handfläche des Dwendas blieb, wo sie war.

»Würdest du mir verraten, warum du jetzt plötzlich meinen Namen wissen willst?«, fragte er schließlich.

Ringil nickte schwach. Schnappte mühsam nach Luft und brachte seine Lippen dazu, sich zu bewegen.

»Ganz einfach«, flüsterte er. »Ein billiger Fick braucht keinen Namen. Aber ich möchte gern wissen, wie ich den Mann nennen soll, den ich töten werde.«

Da kam die Hand des Dwendas herab, berührte ihn am Gesicht und hob sich wieder. Anscheinend nahm sie zugleich das Bewusstsein von ihm wie eine zerbrechliche Maske, von der er erst jetzt merkte, dass er sie getragen hatte.

Als Letztes, bevor ihm schwarz vor Augen wurde, sah er den Blick des Dwendas, als er den Kopf zum Fenster hob; die konturlosen. leeren Augen, jetzt blutrot von der aufsteigenden Sonne.

24

Beim ersten Tageslicht begab sie sich zum Palast.

Ein früheres Erscheinen hätte geradezu eine Gefängnisstrafe provoziert. Während die niederen Tätigkeiten im Palast – das Anzünden der Öfen, das Reinigen unendlich großer Marmorfußböden – schon lange vor der Morgendämmerung in Angriff genommen wurden, stellten sich die Höflinge nicht vor dem Frühstück ein. Das war eine Faustregel mit langer Tradition. Vor zwei Jahren hatte ein Provinzgouverneur den Fehler begangen, Jhiral seine Sorgen vorzutragen, während der Imperator noch im Bett lag. Grund war ein lokaler Aufstand umgesiedelter Nomaden aus dem Osten gewesen, die aus ihren Reservaten ausgebrochen waren und sich wieder der Plünderung von Handelskarawanen gewidmet hatten. Also war die Eile in gewisser Hinsicht gerechtfertigt gewesen, zumindest in den Augen des Sonderbotschafters des Gouverneurs, der an der Spitze einer Kavallerieschwadron bei Sonnenaufgang zum Haupttor eingeritten war und den Imperator sogleich lautstark um sofortige Aufmerksamkeit ersucht hatte.

Er hatte sie erhalten. Jhiral hatte ihn zusammen mit seinen Männern für eine Woche ins Gefängnis werfen lassen, eine Kollektivbestrafung; Grund: mangelnder Respekt vor dem imperialen Thron. Proteste gestandener Ratgeber bei Hofe waren vergebens, an der Strafe war nicht zu rütteln. Als der Mann vor den Imperator geführt und offiziell gemaßregelt wurde, war der Aufstand mehr oder weniger in sich zusammengebrochen und die Sache obsolet geworden. Das bewies, bemerkte Jhiral trocken, dass man sich von vornherein jegliche Aufregung hätte sparen können. Um seine Aussage zu unterstreichen, schloss er den ganzen Thronsaal in seine Gesten ein und schraubte seine Stimme effekthascherisch in die Höhe, sodass sie von der Gewölbedecke widerhallte und den Raum erfüllte. *Die Tage der Regentschaft meines Vaters sind vorüber, meine Freunde. Ebenso die Tage der Kriege und Entbehrungen, wie sehr es sich eine Vielzahl der getreuen Freunde meines Vaters und seiner Ratgeber in diesem Kampf aus unerklärlichen Gründen auch anders wünschen mag. Lasst es auf sich beruhen, meine Herren! Wir sind nicht mehr im Krieg, wir haben es nicht mehr mit unversöhnlichen Feinden oder unmenschlichen Bedrohungen zu tun. Vor Morgendämmerung müssen keine hektischen Beratungen mehr anberaumt und keine brachialen Entscheidungen getroffen werden. Unser Reich wächst und gedeiht und lebt in Frieden. Unsere Probleme in diesen Zeiten sind klein und undramatisch, was entsprechend Lösungen in kleinerem Maßstab erfordert, die, obwohl sie nur wenig Ruhm einbringen mögen, trotzdem effektiv sein sollten. Ich zum Beispiel begrüße diese Veränderung. Uns ist es gegeben, das Erbe all jener zu* genießen, *die sich für uns geopfert haben – nicht, ihrem Opfer nachzueifern. Darum bin ich froh und dankbar, und ebenso bin ich dankbar um ihre Opfer, und ich hätte* geglaubt, *dass diejenigen unter euch, die mit meiner Familie die Schrecken des Krieges erfahren haben, ebenso dieser Ansicht wären.*

Ist hier jemand nicht *dieser Ansicht?*

Beredsames Schweigen unter den versammelten Höflingen. Irgendwo weit rechts räusperte sich jemand, überlegte sich die Sache dann jedoch anders und ergriff doch nicht das Wort. Das Geräusch verwandelte sich wie durch Magie in ein Husten. Jhiral vernahm es, wusste, was es zu bedeuten hatte, und lächelte. Er wartete, bis es still wurde, und klatschte dann in die Hände.

Ausgezeichnet! Ich stehe, wie immer, in eurer Schuld für eure getreue Unterstützung. Nun – nächster Punkt der Tagesordnung, und sagt mir bitte, dass es bloß um das Budget für das Abwassersystem der Stadt geht.

Das Gelächter war größtenteils kriecherisch gewesen, aber Archeth hatte sich dabei ertappt, wie sie den Mund verzogen und gleichfalls eingestimmt hatte. Insgeheim hatte sie gedacht, dass etwas an Jhirals Worten dran war, obwohl sie durchaus Verständnis für einige ihrer Freunde von der alten Garde aufbrachte. Sie kannte den Provinzgouverneur, der den Sonderbotschafter geschickt hatte, und hielt nicht allzu viel von ihm. Ziemlich offensichtlich hatte er in einer Situation überreagiert, die ein klügerer Mann geregelt hätte, ohne sich vom Schreibtisch zu erheben. Die Revolte hätte man wahrscheinlich ohne großes Brimborium niederschlagen können – mit etwas intelligenter Voraussicht vielleicht sogar völlig verhindern. Man hielt seinen Finger am Puls des Geschehens, man nahm die Alarmsignale wahr, lange bevor die Sache ihren Siedepunkt erreichte. Man statuierte ein paar Exempel, man machte ein paar Konzessionen, und in neun von zehn Fällen zahlte sich eine solche Vorgehensweise aus. Sie selbst hatte das in der Vergangenheit, als Akal noch auf dem Thron gesessen hatte, oft genug getan.

Panik und Überreaktion – die verspätete Antwort von Dummköpfen.

Nun, da sie in einem Vorzimmer darauf wartete, dass Jhiral sich aus dem Bett erhob, und noch einmal durchging, was der Steuermann ihr gesagt hatte, wusste sie nicht genau, ob sie nicht – übernächtigt und aufgekratzt vom Krin – einem ähnlich närrischen Impuls nachgab.

Die Dwendas sind verschwunden, Archeth. Vor Tausenden von Jahren. Sie sind aus dieser Welt geflohen, nachdem sie uns nicht schlagen konnten.

Offenbar sind sie zurückgekehrt.

Eine der entnervenden Schweigeminuten des Steuermanns. Dann, ernst:

Das ist überhaupt nicht komisch. Über die Dwendas reißt man keine Witze, Tochter des Flaradnam.

Ich will nicht komisch sein, Angfal. Ich habe Besseres zu tun, als hier herunterzukommen und dir Witze zu erzählen.

Ganz bestimmt. Für den Anfang – wenn du recht hast und die Dwendas jetzt, nach dem Verschwinden der Kiriath, wirklich zurückgekehrt sind – musst du Gräber ausheben. Etwa einhunderttausend sollten genügen – vielleicht fängst du schon mal an, bevor es richtig losgeht.

»Der Imperator wünscht Euch jetzt zu empfangen.«

Sie sah auf und entdeckte das höhnische Grinsen auf dem Gesicht des Kammerherrn. Vermutlich erhielten nicht viele Höflinge eine Audienz in Jhirals Schlafzimmer. Die Sache warf offensichtliche Fragen auf, und bis zum Mittagessen würde der Hofklatsch zweifelsohne ein Dutzend obszöner Antworten parat haben.

»Du kannst dir das verdammten Grinsen sparen«, sagte sie zu ihm, als sie aufstand. »Oder ich komme zurück und schneide es dir aus dem Gesicht.«

Das höhnische Grinsen verschwand, als hätte es jemand dem Mann aus dem Gesicht gerissen. Er wich vor ihr zurück, als sie vorüberging. Das Krin munterte sie auf.

Du zügelst dich besser, Archidi. Seine Lichtgestalt Jhiral Khimran II. wird sich nicht so leicht einschüchtern lassen wie seine Diener.

Sie betrat ein Zimmer, in dem es nach Sex roch.

Das königliche Schlafgemach war von klugen Baumeistern mit nach Osten ausgerichteten Fenstern, die vom Boden bis zur Decke reichten, ausgestattet worden und gewährte eine herrliche Aussicht. Sonnenlicht flutete herein, fiel tief bis in die hinterste Ecke und färbte alles golden, was es berührte – die Vorhänge an dem riesigen Himmelbett, die zerknüllten Oberbetten und die drei zerzausten schlafenden Gestalten darin. Archeth sah die Kurven und sah bewusst in eine andere Richtung.

»Archeth! Einen guten Morgen!« Jhiral stand in dem vertäfelten Bereich auf der anderen Seite des Raums. Er trug einen langen seidenen Morgenmantel und wählte gerade etwas von dem extravaganten Frühstücksbüfett, das auf drei Tische verteilt war. Er wandte sich ihr zu, steckte sich ein Wachtelei in den Mund und kaute. Hob drohend einen Finger. »Als ich sagte, ich würde dich beim Wort nehmen, dass du auch ja rasche Fortschritte machst, hatte ich nicht gemeint, dass du *so* schnell sein solltest. Heute Nachmittag hätte auch genügt.«

Sie verneigte sich. »Ich muss mich dafür entschuldigen, Eure Ruhe so früh am Tag gestört zu haben, Mylord, aber ...«

Immer noch kauend, tat Jhiral die Worte mit einem Wink ab. »Nein, schon gut. Eine lehrreiche Erfahrung.« Er schluckte und deutete auf das Frühstücksbüfett. »Einiges von dem Zeug habe ich dadurch heute zum ersten Mal gekostet, als es noch heiß war. Nun, welche Neuigkeiten gibt es? Hast du mit meinem kleinen Geschenk eine schöne Nacht verbracht?«

»Eure Großzügigkeit ... ist überwältigend, Mylord. Ich bin eigentlich noch gar nicht im Bett gewesen.«

»Wie schade!« Jhiral nahm einen Apfel und biss hinein. Über die Frucht hinweg sah er ihr in die Augen, und sein Gesichtsausdruck war auf einmal hart und raubtierhaft. Er riss mit den Zähnen ein Stück aus dem Apfel, kaute es, schluckte und wischte sich mit dem Handrücken den Mund. »Eigentlich hatte ich gehofft, dass wir ein paar Vergleiche anstellen könnten. Vielleicht sogar die Ausbildung der jungen Ishgrim miteinander besprechen.«

»Mylord, die Reaktion der Steuermänner auf meine Nachricht vom Eindringen der Dwendas war ... verstörend.«

»Ja. Nun, du siehst gewiss verstört aus.« Jhiral sah für einen Moment auf den angebissenen Apfel hinab und warf ihn dann zwischen die Platten auf dem mittleren Tisch zurück. »Na schön. Du kommst besser mit.«

Er drückte die Schiebetüren der Trennwand auseinander und betrat das Zimmer dahinter. Auch hier gab es ein Übermaß an Sonnenlicht, obwohl etwas gedämpft und unterschiedlich gefärbt durch die Buntglasscheiben in den unteren Hälften sämtlicher Fenster, die Szenen historischer Triumphe aus der Geschichte des Reichs zeigten. Sie warfen kleine bunte Tupfer aus Rosa und Blau auf den Holzfußboden, die vertäfelten Wände und die grüne

Lederoberfläche des großen Schreibtischs in einer Ecke. Um einen niedrigen Tisch im Hintergrund des Raums standen einige Sessel.

»Setz dich!« Jhiral winkte sie zu einem der Sessel und nahm gegenüber Platz. Er hielt sich die Hand vor den Mund, gähnte löwenhaft, ließ sich zurücksinken, stellte einen Fuß im Pantoffel auf die Kante des niedrigen Tischs und legte die Fingerspitzen aneinander. Der Morgenmantel klaffte auf, sodass sie einen kurzen Blick auf einen beeindruckenden – wenn man so etwas mochte – Schwanz und ebensolche Eier erhielt. Sie wusste nicht, ob Absicht dahintersteckte. »Also – verstörend. In welcher Hinsicht?«

Archeth zögerte. »Ich glaube, die Steuermänner haben Angst, Mylord.«

»Angst.« Jhiral hustete ein Gelächter hervor, es klang unsicher. Er setzte sich zurecht und glättete seinen Morgenmantel. »Nun komm schon! Von Dingen wie Angst verstehen sie nichts. Du hast mir selbst gesagt, dass sie nicht im Geringsten wie Menschen sind. Wie dem auch sei, du sprichst auf einmal im Plural? Mit wie vielen Steuermännern hast du tatsächlich gesprochen?«

»Mit zweien, Mylord. Angfal, der im Arbeitszimmer meines Hauses installiert ist, und Kalaman im Feuerschiff *Zur Kerze der bewahrten Nachtwache* im kiriathischen Museum. Ihre Haltungen unterscheiden sich etwas voneinander – Kalaman ist eher pragmatisch, weniger zur Dramatik geneigt –, aber ihre Antworten sind im Wesentlichen dieselben. Beide warnen ausdrücklich davor, wozu die Dwendas imstande sind, beide sind der Meinung, dass das Ergebnis, sollten diese Kreaturen in diese Welt zurückkehren, eine Katastrophe sein wird.«

»Hm.« Jhiral strich sich über das Kinn. Seit dem Vorabend schien er sich ebenfalls Gedanken gemacht zu haben. »Eine Katastrophe für *wen?* Nach allem, was du sagst, ist das etwas Nordisches, dieser Dwenda-Mythos. Ist es möglich, dass diese Kreaturen sich bei ihren Raubzügen auf diesen Teil der Welt beschränken?«

»Sie sind nach Khangset gekommen, Mylord.«

»Ja, entweder wegen der Gebete und Götzenverehrung eines Nordländers oder wegen eines Gesteins, das nur im Norden zu finden ist.«

»*Zumeist* im Norden zu finden ist, Mylord.« Sie hielt ein erschrockenes Beben zurück, als sie erkannte, worauf die Sache hinauslief. »Glirsht kommt auch in verschiedenen anderen Teilen des Reichs vor.«

Jhiral sah sie scharf an. »Aber du glaubst doch nicht wirklich daran, dass es wegen des Glirshts ist, oder, Archeth? Wenn die Dwendas dieses Zeug als Leuchtfeuer verwenden, müsste es eine bestimmte Form haben, für diesen Zweck bearbeitet sein. So wie unsere kleine Freundin aus Khangset ihr Götzenbild formte.«

»Ich glaube nicht, dass …«

»Unterbrich deinen Imperator nicht, wenn er laut denkt, Archeth! Das ist unhöflich.«

Sie schluckte. »Entschuldigung.«

»Gut, angenommen. Angenommen.« Eine schlaffe Geste. »Nun hör zu: Unsere Handelsschiffe fahren nicht einfach so die Küste hinab und richten sich dabei nach irgendeinem alten Feuer, das sie zufällig auf einer Felsspitze sehen, nach irgendeinem grellen Abfall, der im Wasser treibt. Sie halten nach Leuchttürmen und Bojen Ausschau. Die Dwendas werden ähnlich vorgehen – sie werden eine bestimmte Form dieses Steins suchen, etwas Gestaltetes. Etwas, das ihre Jünger vorbereitet haben, ihre Verehrer.«

Du musst das gleich im Keim ersticken, Archidi! Er wird es tun, dieses kleine Arschloch, er wird versuchen, in die Fußstapfen seines Vaters zu treten. Er wird einen Erlass unterzeichnen, ohne zu überlegen. Und dann wirst du wieder die Kolonnen der Flüchtlinge vom einen Ende des Horizonts zum anderen ziehen sehen …

»Die Dwendas sind seit mehreren Tausend Jahren verschwunden, Mylord.« Die Worte so sanft, wie es der Schlafmangel und das Krinzanz zuließen. »Ich glaube, sicher sagen zu können, dass sämtliche *Jünger,* die es einmal unter den Menschen gegeben haben mochte, mittlerweile tot sind. Und diese Frau, diese Elith, hat das Götzenbild in ihrem Besitz gewiss nicht selbst hergestellt. Sie spricht davon als Erbe ihres Klans, und es sieht wie etwas aus, das viele Jahrhunderte alt ist.«

»Aber, Archeth«, sagte der Imperator leise, »vielleicht ist Elith selbst auch viele Jahrhunderte alt. Je daran gedacht? Vielleicht ist sie, als Gegenleistung für ihre Dienste, durch die Magie ihrer Dwenda-Herren am Leben erhalten, mit der ewigen Jugend beschenkt worden. Vielleicht ist sie eine Hexe. Oder sogar eine aus Stein gefertigte Kreatur, die ihr Leben durch Zauberkraft erhält.«

Archeth saß da, als würde sie auf dem Rand des An-Monal-Kraters balancieren. Vor ihrem geistigen Auge sah sie Lebensgeschichten, abhängig von einem Gleichgewicht, auf dessen Mechanismus sie so gut wie keinen Einfluss hatte. Sie sah eine Elith, die sich auf dem Streckbrett oder von Zangen zerrissen die Lunge aus dem Hals schrie, die mit glühend rotem Stahl penetriert wurde. Tausende wie sie, aus ihrer Heimat vertrieben, mit gerade so viel Nahrung und Wasser, wie sie tragen konnten, auf den Straßen verhungerten, durch die Soldateska, die sie eigentlich bewachen sollte, brutal und gewaltsam der geringen Habe beraubt, die sie noch besaßen.

Sie war daran gewöhnt, Jhirals Miene zu deuten, konnte sich jedoch auf den nichtssagenden Ausdruck, den er jetzt zeigte, keinen Reim machen.

»Glaubt *Ihr* daran, Mylord?«, fragte sie mit äußerster Vorsicht. »Dass diese Frau eine ... eine Hexe ist? Oder sogar eine Art Golem?«

Der Imperator musterte seine Hände, betrachtete die manikürten Fingernägel kritisch und erwiderte dann erst Archeths Blick. Er seufzte.

»Ach, eigentlich nicht. Nein, wirklich nicht.«

»Dann ...«

Ein jäh auf sie gerichteter Finger. »Aber ... und ich habe dir vorhin schon einmal gesagt, dass du mich nicht unterbrechen sollst, *verdammt, Archeth* ... was ich allmählich glaube, ist, dass die Wiederansiedlungspolitik meines Vaters nach dem Krieg ein Fehler war. Es wäre nicht der erste Fehler, den er begangen hat, nicht wahr? Du erinnerst dich an den gottverdammten Schlamassel in Vanbyr. Meiner Ansicht nach leben unter uns Zehntausende dieser Leute, die nicht konvertieren wollen, zumindest die meisten davon, und die nichts von den Wohltaten der Zivilisation des Reiches wissen wollen, die mit ihrer Götzenanbeterei und wer weiß was noch fortfahren. Ich möchte nicht wie dieser kleine Mistkerl Menkarak klingen, aber wenn die religiöse Freiheit, die wir erlauben, uns einen jahrtausendealten Fluch beschert, nun ja, dann müssen wir unsere Werte vielleicht überdenken. Und vielleicht möchten wir dann diese Leute nicht innerhalb unserer Grenzen haben.«

Wartend saß sie da.

»Nun?«, blaffte er.

»Habe ich die Erlaubnis zu sprechen, Eure Majestät?«

»Oh, bei der Mutter der verdammten Offenbarung, Archeth, nun sei nicht *eingeschnappt!* Ja, sprich! Sprich! Dafür bezahle ich dich doch, oder?«

Sie wählte ihre Worte sehr sorgfältig. Sie war mit der erklärten Absicht zum Palast gekommen, Jhiral in Angst und Schrecken zu versetzen. Inzwischen wusste sie nicht mehr genau, ob das eine so gute Idee war.

»Mylord, den Steuermännern zufolge waren die Dwendas eine Rasse, die die Welten parallel zu der unseren beherrschte, Welten, die in gewisser Hinsicht fast denselben Platz einnehmen wie unsere, die nicht weiter von uns entfernt sind als Euer Schlafgemach von der Stelle, wo wir jetzt sitzen. Ich kann nicht sagen, dass ich verstehe, wie das funktionieren soll, aber es entspricht einigen der aldrainischen Legenden des Nordens, in denen behauptet wird, dass sie dem menschlichen Auge verborgen sind. Zu gewissen Nachtstunden oder bei heftigem Gewitter wird eine einzelne Bergspitze zum Märchenschloss; man kann an eine Eiche im Wald klopfen, und sie wird sich wie ein Tor öffnen, aber nur in gewissen Nächten; und so weiter. Ich entdecke in diesen Geschichten ein Echo der kiriathischen Erzählungen von Reisen aus einer anderen Welt in die unsere, weswegen ich geneigt bin, sie ernst zu nehmen, aber es besteht ein größerer Unterschied. Mein Volk war gezwungen, die tiefsten, heißesten, am heftigsten unter Druck stehenden Orte in den Eingeweiden der Erde aufzusuchen, bevor es einen Weg zwischen den Welten fand.« Sie hielt inne und suchte erneut nach den richtigen Worten, bevor sie fortfuhr: »Die Dwendas können ihren Weg anscheinend nach Belieben überallhin lenken. Sie können diese Welt willentlich betreten, an jedem beliebigen Punkt.«

Ihre Worte schienen in der Stille zu verdunsten. Leise, häusliche Geräusche drangen von irgendwoher aus dem Palast: Knallen von Türen, Stimmen, die Anweisungen erteilten. Hinter der Wand gurgelte Wasser in Rohren. Erneut sah der Imperator auf seine Hände.

»Du willst also sagen, dass das nicht nur ein Problem des Nordens ist«, brummelte er.

»Ich will sagen, Mylord, dass die Geographie, wie wir sie verstehen, weitgehend ohne Bedeutung ist, bis wir eine klare Vorstellung von den Absichten der Dwendas haben. Diese Wesen können überall auftauchen, in den Wüsten Demlarashans ebenso wie in den Palastgärten hier in Yhelteth. Wir wissen es einfach nicht.«

Jhiral grunzte. »Und dieses steinerne Götzenbild? Letzte Nacht schienst du verdammt überzeugt zu sein, dass es der Schlüssel für den Einfall war. Eine plötzliche Meinungsänderung?«

»Nein, Mylord, ich halte es nach wie vor für bedeutend. Aber es ist nicht das erste seiner Art, das mir zu Gesicht gekommen ist.« *Obgleich Angfal wie auch Kalaman es nach meiner Beschreibung erkannt und sich vor Angst fast in die Hose geschissen haben. Aber das müsst Ihr im Augenblick nicht wissen, Mylord.* »Elith hat es bei ihrer

Umsiedlung mitgenommen, aber sie war damals bereits eine zutiefst verstörte Frau. Es ist schwer, unförmig und nicht gerade ansehnlich. Ich bin mir ziemlich sicher, dass so etwas im Volk der Naomic nicht zum Allgemeingut gehörte, weder hier noch im Norden. Ein paar wenige mögen existieren, hier oder dort, aber …«

»Wir könnten jederzeit eine Durchsuchung ansetzen. Von Haus zu Haus, in den Einwanderervierteln des ganzen Reichs.«

Bei Hoirans verdammten Eiern! »Wir *könnten* das tun, Mylord, aber meiner Überzeugung nach wäre das kein effektiver Einsatz unserer Leute. Mir schwebt ein gleichermaßen direkter Plan vor. Ein Plan im kleineren Maßstab, den Mylord vielleicht …«

»Ja, schon gut.« Jhiral winkte erschöpft. »Mach mir nicht ewig den Mund wässrig. Ich habe mir bereits gedacht, dass du nicht den ganzen Weg heraufgekommen bist, und noch dazu so früh, wenn du nicht etwas wolltest. Also schieß los mit deiner prächtigen Idee!«

Es war ein Gefühl, als würde sie von einem schwankenden Boot auf eine schlüpfrige, jedoch feste Mole treten. Archeth gab sich alle Mühe, sich ihre Erleichterung nicht anmerken zu lassen. Sehr vorsichtig sagte sie:

»Die Frau Elith und das Götzenbild, das sie mitgebracht hat, stammen ursprünglich aus Ennishmin, genauer gesagt, aus den östlichen Ausläufern dieser Provinz.«

Die Lippen des Imperators kräuselten sich. »Ja, das ist eine gottverlassene Ecke. Man sollte meinen, sie wäre froh gewesen, nach Süden und in etwas angenehmeres Klima zu kommen.«

»Äh – ja, Mylord.«

»Das war ein Witz, Archeth.«

»Ja, Mylord.« Sie brachte ein Lächeln zustande. »Ennishmin ist nicht mit idealem Klima gesegnet.«

Der Ausdruck in Jhirals Augen verhärtete sich. »Verdammt, reize mich nicht, Frau! Meinst du wirklich, ich hätte mir deine drogengetränkte Aufsässigkeit und arrogante Haltung so lange gefallen lassen, wenn ich dich nicht wegen etwas anderem als Speichelleckerei zu schätzen wüsste? Die Offenbarung weiß, dass ich davon ausreichend vom übrigen Hof bekomme! Dir, Archeth, traue ich zu, dass du mir die Wahrheit sagst, selbst wenn sie mich aus der Fassung bringt. Also nur zu! Bring mich aus der Fassung, wenn du das wirklich vorhast. Was ist mit Ennishmin?«

»Ja, Mylord.« Das Krin weckte in ihr ein schrilles Verlangen, ihm ins Gesicht zu schreien. Sie unterdrückte es, allerdings nur mit äußerster Mühe. »Als ich den Steuermännern gegenüber die Herkunft des Götzenbilds erwähnte, schlossen beide unabhängig voneinander, dass es sich beim Einfall in Khangset wahrscheinlich um einen Navigationsfehler aufseiten der Dwendas handelte. Dass sie im Osten Ennishmins hatten eintreffen wollen und dass die Mitnahme des Götzenbilds sie vom Weg abbrachte. Stellt Euch vor, Ihr wollt einer Karte folgen, die Tausende von Jahren alt ist. Da wäre es nur allzu leicht, Fehler zu begehen.«

»Dann sind diese Kreaturen also nicht vollkommen. Keine fleischgewordenen engelsgleichen Wesen, wie es die Offenbarung verspricht. Vermutlich eine Erleichterung.«

»Sie sind alles andere als vollkommen, Mylord. Was die Steuermänner mir sagten, deutet auf eine wilde, impulsive Natur hin, kaum gebändigt von der Weisheit, die sie über eine Million oder mehr Jahre unveränderter Existenz hinweg angesammelt haben müssen. Und …« Sie zögerte, weil ihr allein schon der Gedanke an dieses nächste Teilchen des Puzzles einen Schauer über den Rücken jagte. »… Angfal zufolge sind sie womöglich nicht einmal geistig gesund, zumindest nicht nach unserem Verständnis.«

Jhiral runzelte die Stirn. »Das habe ich schon früher von Ausländern und Feinden sagen hören, und im Allgemeinen traue ich solchen Aussagen nicht über den Weg. Es ist einfach allzu bequem, es ist die rascheste und einfachste Art und Weise, mit Unterschieden umzugehen. *Oh, sie sind nicht wie wir, sie sind verrückt.* Es erspart einem allzu viel Nachdenken. Es hieß, die Majak wären verrückt, als wir zum ersten Mal auf sie stießen, es hieß, sie wären halb-menschliche Tiere, die heulten und Menschenfleisch fräßen, und wie sich herausstellte, waren sie einfach nur ein ganzes Stück zäher als wir auf dem Schlachtfeld. Komm schon, Archeth, ich habe hin und wieder sagen hören, dass *dein* Volk nach menschlichen Maßstäben verrückt war.«

»Ja, Mylord. Das war genau Angfals Argument. Die mentalen … Veränderungen …, die die Kiriath während ihrer Fahrt hierher erlebt haben, scheinen das Ergebnis einer einzigen Reise durch die Räume zwischen den Welten zu sein. Die Dwendas *leben* anscheinend in diesen Räumen, bewohnen sie ganz selbstverständlich. Ich möchte gar nicht darüber nachdenken, was das für ihre geistige Gesundheit bedeutet. Ich bin mir ziemlich sicher, dass ein Mensch so etwas nicht unbeschadet überstehen könnte.«

Jhiral saß da und sann eine Weile über ihre Worte nach. Er stützte einen Arm auf die Sessellehne, legte das Kinn auf die locker zur Faust geballte Hand und starrte Archeth an, als hegte er die Hoffnung, sie würde verschwinden. Dann seufzte er.

»Also willst du mir sagen – du glaubst das ernsthaft, Archeth –, dass außerordentlich mächtige, möglicherweise wahnsinnige Wesen ein spezielles Interesse an Ennishmin haben.« Erneut dieses Gelächter, das wie ein Husten klang, erneut die wegwerfende Geste. »Na ja, ich meine, sie *müssen* wahnsinnig sein, nicht wahr? Eine beschissene nördliche Provinz, die für ihren Lebensunterhalt Rüben anbaut und Sumpfschlangen jagt und kaum ihre jährliche Steuer aufbringt. Welchen Nutzen könnte so etwas für sie *haben?*«

»Die Steuermänner haben eine Art Erklärung dafür, Mylord. Anscheinend war das, was heutzutage das östliche Ennishmin ist, einst Schauplatz einer entscheidenden Schlacht gegen die Dwendas. Die Sümpfe am östlichen Ende der Provinz sind offenbar nicht völlig natürlichen Ursprungs. Angfal zufolge wurden sie erst von einer verheerenden Waffe erschaffen, die die Kiriath dort eingesetzt hatten. Ich frage mich, ob diese Waffe nicht einen

Effekt auf die Grenzen zwischen den Welten hatte, vielleicht dafür sorgte, dass sie dort leichter als anderswo zu überwinden sind. In der einheimischen Kultur tauchen immer wieder Geschichten von Geistern und Erscheinungen auf, und es existiert ein Handel mit sogenannten aldrainischen Kunstwerken, Dingen, die aus den Sümpfen geborgen werden und angeblich magische Kräfte besitzen.«

Jhiral schnaubte. Archeth stimmte ihm verhalten zu.

»Ja, es ist unwahrscheinlich, das finde ich auch. In Wirklichkeit sind diese Kunstwerke wahrscheinlich größtenteils Dinge, die die kiriathischen Armeen zurückgelassen haben. Aber in den Geschichten könnte ebenso gut auch ein Körnchen Wahrheit stecken. Auf den Märkten und in den Spezialgeschäften in Trelayne, wo aldrainisches Wissen unter den Wohlhabenden hoch im Kurs steht, habe ich oft Objekte gesehen, die keiner menschlichen Werkstatt entstammten, jedoch auch an nichts erinnerten, was mein Volk gefertigt hat.«

»Du willst also sagen, dass die Dwendas zu einem alten Ort zurückgekehrt sind, an dem sie eine Niederlage erlitten haben. Wozu? Rache?« Jhiral schüttelte den Kopf. Er lächelte sogar, aber sie glaubte, einen Hauch Bitterkeit darin zu erkennen. »Na ja, dazu kommen sie etwas spät. Vielleicht sollte jemand dort hinaufgehen und ihnen sagen, dass sie ihre uralten Feinde auf dem Weg die Tür hinaus bei An-Monal verpasst haben. Vielleicht lassen sie uns dann in Ruhe.«

»Oder auch nicht, Mylord. Der Krieg gegen die Dwendas war anscheinend ein Bündnis zwischen Kiriath und Menschen, und zwar ganz ähnlich wie der Krieg gegen das schuppige Volk. Wenn Euer Feind geflohen ist, seine Hunde jedoch geblieben sind, um den Herd zu bewachen – was fangt Ihr dann mit den Hunden an?«

Jhiral nickte. Es war eine Logik, die er verstand.

»Also möchtest du nach Ennishmin. Ist es das?«

»Ich halte es für ratsam, ein Expeditionskorps dorthin zu führen. Sagen wir, eintausend Mann, unterstützt von Pionieren, könnten …«

»Eintausend Mann?« Jhiral wirkte aufrichtig entgeistert. »Glaubst du etwa, ich könnte einfach mit den Fingern schnippen und eintausend Mann herbeischaffen? Woher denn? Es sind keine Kriegszeiten, wie du weißt.«

»Nein, Mylord. Soll heißen, noch nicht.«

»Oh, das ist doch lächerlich!« Der Imperator sprang auf, stürmte zum Fenster und starrte hinaus. Kehrte zurück. »Und … sieh mal … selbst im gegenteiligen Fall, Archeth, selbst wenn dies das Vorspiel zu einem Konflikt sein sollte – der Angriff erfolgte von Khangset, von Westen und vom Ozean her. Du willst, dass ich eine größere Streitmacht zwölfhundert Meilen weit weg an eine völlig andere Grenze verlege, und das bloß wegen irgendwelchen Gemurmels seniler Maschinen und einer Theorie, die du noch nicht überschlafen hast.«

»Mylord, ich verstehe …«

»Nun, ich glaube kaum, dass du das verstehst, Archeth.« Seine Stimme schnitt ihr das Wort ab. »Ich glaube nicht, dass dir in deinem drogengenährten Selbstmitleid und deiner Besessenheit aufgefallen ist, dass wir hier versuchen, ein Reich zu führen. Gegenwärtig stampft die trelaynische Liga unisono mit dem Fuß auf und äußert sich lautstark und wütend zu den Handelsbeschränkungen – diese Armleuchter haben wohl schon vergessen, wer sie während des Kriegs am Leben erhalten hat –, diplomatische Noten gehen hin und her, und den Berichten zufolge bauen sie zu allem Überfluss auch noch eine neue Marine auf. An der südlichen Küste grassiert die Piraterie, und in Demlarashan gibt es irgendeine beschissene religiöse Abspaltung, sodass vor Ende des Jahres dort einige Aufstände zu unterdrücken sein werden. Und zu allem Überfluss kommen jeden verdammten Monat Provinzgouverneure in meinen Thronsaal und jammern mir über Versorgungslinien, Banditenunwesen und Krisen der öffentlichen Gesundheit die Ohren voll, aber kein einziger will je seine Steuern zahlen, die wir zur Lösung solcher Probleme benötigen. Kurz und gut, Archeth, ich kann dir deine beschissenen tausend Mann nicht geben, weil ich sie verdammt noch mal nicht erübrigen kann.«

Und das war's.

Archeth holte ihr Pferd und ritt den gewundenen Weg zurück in die Stadt, wobei sie in sich hineinmurmelte und mit den Zähnen knirschte; deutliche Anzeichen – *als ob ich die noch bräuchte, verdammt* –, dass sie es mit dem Krinzanz übertrieben hatte. Die stärker werdende vormittägliche Sonne stach ihr in die Augen und überzog ihre Schultern mit der Hitze, die dieser Tag versprach. Am schlimmsten war das Wissen, das Jhirals Argumente durchaus etwas für sich hatten. Das Reich verfügte über keine militärischen Überkapazitäten. Die Zahl der Kriegstoten bewegte sich in Bereichen von Zehntausenden, und die vom schuppigen Volk angerichtete Verwüstung war beträchtlich. Im ganzen Reichsgebiet kam die Bevölkerung gerade erst wieder auf die Beine. Die meisten Bauernhöfe und Fabriken suchten nach wie vor verzweifelt nach Arbeitskräften. Die Rekrutierungen waren eingeschränkt worden, sobald ein funktionierender Friede geschlossen und eine stabile Grenze zu Trelayne errichtet werden konnte – nicht weil das Reich durch den Krieg am Boden lag, sondern weil Akals ökonomische Ratgeber ihm unverblümt gesagt hatten, dass seine Ernten, sollte er die Nachfrage nach Soldaten nicht bald herabsetzen, auf den Feldern verrotten und seine Untertanen verhungern würden. Unter anderem deshalb waren die imperialen Ambitionen im Nordwesten zu einem abrupten, versöhnlichen Ende gekommen.

Bring mir einen Beweis, hatte Jhiral zu ihr gesagt, als sie ging. *Etwas Handfestes. Ich werde die Armee wieder auf Kriegsstärke bringen, wenn es sein muss, aber ich werde es nicht auf Grund von Gerüchten, Mutmaßungen und ein paar alten Bechern tun, die du in einem Schaufenster in Trelayne gesehen hast.*

Dann gebt mir eine kleinere Streitmacht, hatte sie gebettelt. *Ein paar Hundert. Lasst mich …*

Nein. Tut mir leid, Archeth. Es schien ihm ernst zu sein. *Abgesehen von allem anderen benötige ich dich hier. Im Falle einer Krise muss ich in der Lage sein, dich schnell darauf anzusetzen, und das kann ich nicht, wenn du auf dem Weg ans falsche Ende des Reichs bist.*

Vielleicht hatte er sogar recht. Degenerierter Lebensstil hin oder her, er war kein Dummkopf.

Unvermittelt stellte sie sich Ishgrims blasse Rundungen vor, stellte sich vor, sie so zu besitzen, wie Jhiral es getan hatte, wie er jetzt die drei schlafenden Mädchen in seinem Bett besaß. Sie stellte sich vor, so wie er zu glauben, nein, nicht mal das, zu *wissen,* dass sie dieses Fleisch mit allem Fug und Recht wie sämtlichen anderen erworbenen Besitz nutzen konnte, den sie im Haus haben mochte. Wie das Fleisch der Frucht, die du in der Speisekammer aufbewahrst, das Leder eines Wamses, das du gerne trägst.

Vielleicht bist du die Dumme, Archidi. Je daran gedacht?

Sie stieg in der sonnenhellen Stille des Innenhofs ab, heimgesucht von ihren eigenen kreisenden Gedanken. Keine Spur vom Stalljungen. Nun ja, er war nicht gerade der Allerhellste, trotzdem hätte er Idrashans Hufe auf dem Pflaster hören sollen. Sie warf einen säuerlichen Blick zu den Ställen hinüber, spürte den Stachel krinbefeuerten Ärgers und schob ihn nachdrücklich beiseite. *Du lässt es nicht an den Dienern aus,* hatte ihr Flaradnam gesagt, als sie etwa sechs Jahre alt gewesen war, und das hatte sich ihr eingeprägt. Sie führte Idrashan zum Holm bei den Ställen, schlang die Zügel darum und machte sich auf die Suche nach Kefanin.

Sie fand ihn.

Blutüberströmt und auf allen vieren, gleich hinter dem Haupteingang. Er hatte sie hereinkommen hören und versuchte gerade aufzustehen. Auf der einen Seite hatte das Blut aus seinem Haar eine dunkle, klebrige Masse gemacht. Es tropfte von seinem

Gesicht auf die Fliesen und zog eine Spur, wo er entlanggekrochen war.

Sie blieb wie angewurzelt stehen, starr vor Entsetzen.

»Kef? *Kef?*«

Kefanin sah zu ihr auf. Sein Mund bewegte sich, öffnete und schloss sich wiederholt wie bei einem Fisch am Haken. Sie fiel neben ihm auf die Knie, zog ihn zu sich hoch und brachte seinen Mund nahe an ihr Ohr. Sie spürte das schmierige Blut auf ihrer Wange.

»Tut mir leid, Mylady«, brachte er atemlos und kaum hörbar hervor. »Wir wollten sie daran hindern. Aber sie haben sie mitgenommen.«

25

Für Ringil waren die folgenden Tage wie ein Fiebertraum nach einer Verwundung auf dem Schlachtfeld, die nicht heilen wollte.

Er wusste nicht genau zu sagen, wie viel davon auf Seethlaw zurückzuführen war, der diesen Zustand für seine eigenen Zwecke herbeiführte, und wie viel bloß die normale menschliche Reaktion auf die Zeit in den aldrainischen Sümpfen war. So oder so war es ziemlich entsetzlich. Landschaften und Innenräume, die er für wirklich hielt, schmolzen jäh und ohne Vorwarnung dahin, brachen zusammen wie Wände aus Kerzenwachs, die sich der Flamme zuneigten; noch schlimmer war, dass dahinter eine Strahlung kalt schimmerte wie das Bandlicht auf fernem Wasser, und ein Gefühl von Leere weckte in ihm das Verlangen, sich zusammenzurollen und zu weinen. Gestalten, die unmöglich dort sein konnten, kamen und gingen, beugten sich zu ihm vor und ließen ihm kryptische Fragmente von Wissen zuteil werden, zischten sie ihm mit der eisigen Nähe von Schlangen ins Ohr. Einige waren ihm vertraut, andere nur halb, auf albtraumhafte Weise, als ob er sie kennen *sollte,* vielleicht gekannt *hätte,* wäre sein Leben nur um eine Winzigkeit anders verlaufen. Sie ihrerseits taten auf jeden Fall so, als würden sie ihn kennen, und die Traumlogik ihrer Behauptungen fürchtete er schließlich am meisten, weil er einigermaßen sicher zu spüren glaubte, wie als Reaktion darauf einige Aspekte seiner selbst sich verflüchtigten oder veränderten.

Wenn es wahr ist, hatte Shalak an einem warmen Frühlingsabend im Garten hinter dem Laden gepredigt, *wenn es wirklich wahr ist, dass die aldrainischen Sphären außerhalb der Zeit stehen, oder zumindest in der seichten Brandung an den Ufern der Zeit, dann werden die*

Beschränkungen der Zeit nichts von dem berühren, was dort geschieht. Denkt darüber einen Augenblick nach! Vergesst diesen ganzen alten Sumpf-Blödsinn von jungen Männern, die von aldrainischen Mädchen verführt wurden, eine einzige Nacht mit ihnen verbrachten und bei ihrer Heimkehr am folgenden Tag entdeckten, dass in Wahrheit vierzig Jahre vergangen waren. Das ist bloß Beiwerk. Das Fehlen von Zeit setzt voraus, dass zu jedem gegebenen Zeitpunkt ebenso gut unzählige andere Dinge geschehen könnten. *Ihr lebt innerhalb von Millionen verschiedener Möglichkeiten gleichzeitig. Stellt euch vor, welchen Willen es erfordern würde, so etwas zu überleben! Der durchschnittliche menschliche Bauerntölpel würde schlicht wahnsinnig darüber werden.*

Denkt mal darüber nach, wiederholte er, beugte sich näher heran und flüsterte: *Gib uns einen Kuss, Gil!*

Ringil zuckte zurück. Shalak waberte und verschwand. Ebenso wie ein großer Teil des Gartens hinter ihm. Flaradnam trat durch den verschwommenen Raum, den er hinterließ, und setzte sich Ringil gegenüber, als ob dies das Natürlichste auf der Welt sei.

Die Sache ist die, Gil: Wenn ich mich in der Galgenschlucht so verhalten hätte, wo wären wir jetzt? Ich wäre niemals heil und gesund zurückgekehrt.

Wie verhalten? Ringil schüttelte benommen den Kopf und starrte die zerfurchten, anthrazitschwarzen Züge an. *Du bist* nicht *zurückgekehrt, 'Nam. Du bist gar nicht bis zur Galgenschlucht gekommen. Du bist auf dem Tisch des Chirurgen gestorben.*

Flaradnam schnitt ein Gesicht, als wäre ihm gerade ein äußerst geschmackloser Witz erzählt worden. *Oh, nun komm schon! Wer hat denn den Angriff in der Schlucht angeführt, wenn nicht ich?*

Ich.

Du?

Ja! Ich! Jetzt schreiend. *Du warst tot, verdammt, 'Nam! Wir haben deinen Leichnam für die Echsen zurückgelassen.*

Gil, was ist los mit dir? Dir geht's nicht gut.

Und so weiter.

»Hast du dich jemals daran gewöhnt?«, fragte er Seethlaw über ein leise prasselndes Lagerfeuer in einem Wald hinweg. Er konnte sich nicht erinnern, diesen Wald betreten zu haben. In den schweren Duft der Tannennadeln mischte sich Rauchgeruch. Er zitterte, aber nicht vor Kälte. »Wie lang braucht man dazu?«

Der Dwenda neigte den Kopf. »An was gewöhnt?«

»Was meinst du denn? Die Geister, die Besucher, die ich bekomme. Und erzähl mir nicht, verdammt, dass du sie nicht siehst!«

Seethlaw nickte, eher in sich selbst hinein als dem Menschen vor ihm zu. »Ja, du hast recht. Ich sehe sie. Aber nicht wie du. Es sind nicht meine Möglichkeiten, sie bedeuten mir nichts. Ich sehe eine schwache Bewegung um dich herum, mehr nicht. Wie einen Nebel. Das ist bei Menschen immer so.«

»Ja, nun gut, um dich liegt kein blöder Nebel«, blaffte Ringil. »Wie lange dauert's, bis ich das lerne?«

»Vermutlich länger, als du Zeit hast.« Der Dwenda starrte ins Feuer, und seine Augen glühten in dessen Schein. »Meines Wissens ist es keinem Menschen gelungen, außer vielleicht ... na ja, aber er war sowieso kein richtiger Mensch.«

»Wer war kein richtiger Mensch?«

»Es spielt keine Rolle mehr.« Seethlaw blickte auf und lächelte traurig. »Du fragst, wie lange. Ganz ehrlich, ich weiß es nicht. Ich wurde mit dieser Fähigkeit geboren, wir alle wurden es. Unsere Kleinen können die grauen Orte von Geburt an betreten und wieder verlassen.«

Später gingen sie hintereinander über einen ausgetretenen Pfad durch die Bäume entlang und die Flanke eines Bergs hinauf. Ringil folgte dem breitschultrigen Dwenda, ohne Fragen zu stellen, und irgendetwas kam ihm falsch daran vor, doch auf merkwürdige Art konnte er es nicht fassen. Ein blasser, aber stärker werdender Lichtschein drang zwischen den Baumstämmen mit der rissigen Borke hindurch, sodass der Boden immer deutlicher zu erkennen war; allerdings wurde es nie so richtig hell.

»Wohin gehen wir?«, fragte er Seethlaws Rücken.

»Wohin du willst.« Die Stimme wehte über die Schulter des Dwendas zu ihm zurück. Seethlaw wandte sich nicht um und verlangsamte auch nicht seinen Schritt. »Ich werde deine Pflichten für dich erfüllen.«

»Und warum solltest du das tun?«

Ein lüsternes Gekicher, das ein Stechen durch den süßen Schmerz in Ringils Geschlecht sandte. »Du hast ein kurzes Gedächtnis, Ringil Engelauge.«

»Zum Glück habe ich überhaupt ein Gedächtnis«, brummelte Ringil. »An so einem Ort.«

Und wiederum fröstelte er.

Zurück im Garten. Dort stand ein ergrauter Soldat in einer Uniform der Reichskavallerie, der behauptete, ihn zu kennen, und unablässig über Schlachten in der Wüste sprach, an denen Ringil nie teilgenommen hatte.

Is ja nich so, als hätten wir den alten Ershnar Kar nich davor gewarnt, genau dann die Felsen zu verlassen, oder? Verdammter Scheißkerl von der Küste, der hatte keine Ahnung, wie man in der Wüste kämpfen muss. Nicht sonderlich überraschend, dass ihn die Schuppengesichter auseinandergenommen haben, bevor wir zurückgekehrt sind. Erinnerst du dich, was die mit Kals Rippen angestellt haben, wie sie ihn zurückgelassen haben?

Nein. Leicht verzweifelt, weil das Entsetzen über das schreiende, sonnenverbrannte Abbild von jemandem, den er nie gesehen hatte, nach und nach zu ihm durchdrang. *Wie gesagt, ich war nie da.*

Hab monatelang danach noch Albträume gehabt. Der Reichssoldat überhörte seinen Widerspruch offenbar. Aber vielleicht musste er das, vielleicht mussten sie es alle, ebenso, wie Ringil jeder falschen Annahme einer Erscheinung über sich selbst widersprechen musste, um überhaupt weiterexistieren zu können. *Krieg ich manchmal noch in einem heißen Sommer 'n Rappel deswegen, dann wach ich schwitzend und kreischend auf, weil ich von den Schuppengesichtern geträumt hab, die sich überall aus dem Sand auf uns stürzen. Hast du mal solche Träume gehabt?*

Das Schuppenvolk kam aus dem Meer, sagte Ringil fest zu ihm. *Es ist niemals in der Wüste gewesen. Es kam aus dem westlichen Ozean, und wir haben es wieder hineingeworfen. Daran erinnere ich mich, das ist passiert, verflucht! Und ich weiß auch nicht, wer du bist, du Blödmann.*

Überraschung und Schmerz in den Augen des Soldaten. Ringil musste an Darbys Gesicht denken, als er ihm das Geld angeboten hatte, musste daran denken, wie er ausgesehen hatte, als Iscon Kaad ihn aufgespießt hatte. Beschämt senkte er den Blick.

»Du musst dranbleiben, Gil«, sagte Mil unbehaglich. Der unbekannte Soldat war verschwunden, der Garten jedoch geblieben. »Ist am besten so.«

»Ja?«, nuschelte Ringil. »Für wen ist es denn so am besten?«

»Niemand möchte dir wehtun.«

»Verdammter Scheißdreck. Du mit deinem Haus in den Niederungen.«

»Oh, verstehe. Die sind für die Eskiaths dieser Welt reserviert, nicht wahr? Vermutlich sollte ich weiter hier in den Slums ein interessantes Leben führen, nur für dich.«

Ringil setzte ein höhnisches Lächeln auf. »Was ist los, Mil? Du möchtest wie ich sein? Das wäre viel zu anstrengend für dich!«

Milacar wandte sich ab. Ringil wartete darauf, dass er sich genauso auflöste wie der Soldat, und entdeckte dann, dass er ihn zurückhaben wollte.

»Tut mir leid wegen Girsh!«, rief er. »Aber ich glaube, Eril hatte Zeit, zu verschwinden. Ich glaube, er hat's geschafft.«

Mil winkte ungeduldig – eine rasche, ärgerliche Bewegung, das Gesicht immer noch abgewandt. Er wollte sich nicht umsehen oder Ringils Blick begegnen.

Sie verließen die höhlenartige Dunkelheit und suchten sich ihren Weg über eine Unzahl massiver Granitfelsen im glatten, weißen Sand. Ringil hätte nicht sagen können, wie lange sie gegangen waren. Der Garten war das Letzte, woran er sich deutlich erinnerte, und etwas weniger deutlich an den Waldweg davor. Jetzt bildete das raue, ansteigende Dach der Grotte, aus der sie gerade heraustraten, einen zerklüfteten Rahmen für den Blick auf den Strand und die Brandung. Der Himmel über dem Meer zeigte eine Hand voll Sterne und …

Ringil blieb wie angewurzelt stehen. »Was *zum Teufel* ist das denn?«

Seethlaw blieb zwischen zwei Felsbrocken stehen und warf einen kurzen Blick zur Seite. »Das ist der Mond.«

Ringil starrte die sanft glühende, schmutziggelbe fette Scheibe an, die knapp über dem Horizont schwebte. Die dunkleren Flecken waren wie Unreinheiten auf der strahlenden Helle.

»Er ist wie die Sonne«, murmelte er. »Aber er ist so *alt,* sieh doch nur! Als wäre er fast verbraucht. Ist das Licht hier deshalb so schwach?«

»Nein.«

»Ist das die himmlische Wohnstatt, von der die Majak sprechen?«

Ein Hauch von Ungeduld kroch in die Stimme des Dwendas. »Nein, ist sie nicht. Jetzt halt dich bei mir. Wir sind hier nicht so ganz auf unserem Terrain.«

»Was meinst du …« Ringil verschlug es die Sprache.

In der Brandung stand jemand.

Zuerst hielt er sie für Statuen oder Felsbrocken von annähernd menschlicher Gestalt, da sie sich so wenig rührten. Aber dann bewegten sie sich doch, und Ringil lief angesichts der plötzlichen Veränderung ein kalter Schauer über den Rücken. Sie waren gut zwanzig Meter entfernt, und das Licht war schwach, aber er glaubte, Brüste, riesige glänzende Augen und kreisrunde Mäuler zu erkennen, die denen von Neunaugen ähnelten.

»Könnte vielleicht hilfreich sein, wenn ich eine Waffe hätte«, zischte er in Seethlaws Rücken.

»Hast du doch«, erwiderte der Dwenda abwesend. »Dein Schwert ist auf deinem Rücken, und dieser gemeine kleine Reptilzahn, den du so geschickt führst, steckt in deinem Gürtel. Sie werden sehr nützlich sein, wenn hier etwas schiefgeht.«

Ringil schlug sich auf die Schulter und entdeckte den Riemen der Scheide und den Knauf des Rabenfreunds in Reichweite. Er hätte schwören können, dass er noch kurz zuvor das Gewicht nicht gespürt hatte.

»Finger davon lassen!« In Seethlaws Tonfall lag eine ernste Warnung. »Lächle die Akyia einfach nur an, halte dich vom Wasser fern und geh weiter. Die Chancen stehen gut, dass sie uns in Ruhe lassen.«

Er ging um einen umgestürzten Haufen Granitblöcke herum. Der glatte helle Sand war jetzt klitschnass und die Brandung näher gekommen. Die Gestalten im Wasser bewegten sich hin und her, und eine oder zwei verschwanden unter den Wellen. Ansonsten waren sie jedoch anscheinend zufrieden, ihre Besucher einfach nur im Auge zu behalten.

»Sie sind nicht bewaffnet«, gab Ringil zu bedenken.

»Nein. Müssen sie auch nicht sein.«

Weiter ging es den sanft abfallenden Strand entlang, immer wieder durch Felder von halb vergrabenen Felsbrocken und umgekippten Steinen. Im Licht der schwach leuchtenden Phantomsonne waren die Felsen schwarze Silhouetten vor dem Sand. Jetzt erkannte Ringil, dass die – er suchte nach dem Namen, den Seethlaw ihnen gegeben hatte –, *die Akyia* Schritt mit ihnen hielten, indem sie abwechselnd untertauchten, immer ein paar gleichzeitig, und zwanzig oder dreißig Meter weiter vorn wieder hochkamen und warteten, bis die übrigen Gefährten sie eingeholt hatten. Ein zwitscherndes, schlürfendes Geräusch schien schwach mit dem Wind zu kommen und zu gehen, zwischen dem Rauschen der Wellen herübergeweht zu werden.

Seethlaw blieb stehen und neigte lauschend den Kopf. Ringil glaubte zu sehen, wie sich seine Mundwinkel zu einem Lächeln verzogen.

»Was ist so komisch?«

»Sie reden über dich.«

»Ja, bestimmt.«

Jetzt führte ihr Weg sie wieder von der Küstenlinie fort. Das überhängende Dach der Grotte war Abschnitten gewichen, wo die Felsen völlig zu Hügeln aus gigantischem Geröll herabgestürzt waren. Seethlaw führte ihn mitten hinein, durch eine enge Schlucht zwischen Felsbrocken, die schief dalagen, als wären sie betrunken, und ein jeder war so groß wie eine umgedrehte Kutsche. Sie stiegen hinauf und entfernten sich weiter vom Meer. Ringil berührte noch einmal kurz den Knauf des Rabenfreunds.

»Wann hast du mir das Schwert zurückgegeben?«

»Du hattest es die ganze Zeit. Du warst dir dieser Tatsache schlicht nur nicht bewusst. Es ist ein ganz einfacher Kniff. Den *könnte* ich dir beibringen.«

»Ich hatte das Ding die ganze Zeit bei mir? Selbst im Wald, als wir gelagert haben?«

Seethlaw schaute sich zu ihm um, den Mund erneut spöttisch verzogen. »Wir haben den Wald noch gar nicht erreicht.«

Ringil hatte das Gefühl, als würde die Kraft aus seinen Beinen herausrinnen wie Wasser. Die Felswand links von ihm schien sich plötzlich über ihn zu neigen.

»Dann …«

»Still!«

Seethlaw war in dem schmalen Spalt vor ihm stehen geblieben, eine geschlossene Faust gehoben, als Zeichen, still zu sein. Vorsichtig, ohne einen anderen Teil seines Körpers zu bewegen, nickte er nach oben. Ringil folgte seiner Blickrichtung, und ihm verschlug es den Atem.

Verdammt!

Einem der Akyia hatte es nicht genügt, im Meer zu bleiben und ihren Weggang zu beobachten. Sie kauerte auf dem Felsblock rechter Hand zwei Meter über ihren Köpfen, wie eine Echse auf weit gespreizten Armen. Kraftvoll aussehende Hände krallten sich wie Klauen in die Spalten des Granits.

Ringils Hand flog zum Knauf des Rabenfreunds. Der Kopf der Akyia ging hoch, und lampengleiche Augen richteten sich auf die Bewegung.

»Ich habe gesagt, nicht anrühren, verdammt!«

Zum ersten Mal seitdem er den Dwenda kennengelernt hatte, glaubte Ringil echte Furcht in Seethlaws lieblicher Stimme zu vernehmen. Er ließ die Hand sinken. Die Akyia bewegte erneut den Kopf und sah ihm direkt in die Augen, was sich anfühlte wie ein Schlag.

»Nichts Dummes tun«, sagte Seethlaw sehr leise. »Nicht rühren, überhaupt keine jähe Bewegung machen.«

Ringil schluckte und dachte wieder daran zu atmen. Er hielt dem Blick der Kreatur stand und starrte sie an, während er in Gedanken nach Vergleichen suchte.

Die Akyia sah aus wie die Frauen im Albtraum eines Luden aus dem Hafenviertel. Wie etwas, von dem man in den Dünsten einer Flandrijnpfeife und während des beständigen, verborgenen Schlagens von Wasser gegen die Pfähle unter dem Kai träumte. Sie war langhaarig und vollbusig, bleich im Licht der verbrauchten Sonne, und das Leben im Wasser hatte ihre Muskeln geschmeidig gemacht. Aber das Haar wucherte aus einem so seltsam geformten Schädel, dass man hätte schreien mögen. Die Augen waren faustgroß, und obwohl Ringil eine wilde Intelligenz in ihrem Blick spürte, lagen sie in Höhlen, die mehr mit dem Schädel einer Echse gemein hatten als mit irgendetwas Menschlichem. Wangenknochen mit dicken Wülsten drückten sie nach oben und trennten die obere Gesichtshälfte von einer kinnlosen unteren Hälfte, die wie ein Greiforgan wirkte und im Augenblick den kreisrunden Neunaugenmund wie ein weiteres gewaltiges Auge auf die Eindringlinge gerichtet hielt.

Sie erhob sich auf dem Felsbrocken und huschte ein paar Fuß herab, sodass sie fast mit dem Kopf nach unten an der Wand über ihnen hing. Ringil sah fasziniert zu, wie sich zwei lange, flossenähnliche Gliedmaßen als dunkle Silhouetten hinter ihrem Kopf entrollten. Er hörte das Kratzen, als sie oben auf dem Felsen nach Halt suchten.

Er räusperte sich.

»Bleib einfach, wo du bist!«, murmelte Seethlaw. »Wenn sie dir was antun wollte, hätte sie es schon getan.«

Die Akyia kroch an der Felswand hinunter, bis sie tatsächlich kopfüber herabhing und fast Ringils Kopf berühren konnte. Gleichzeitig roch er den salzigen Duft ihres Leibes, den frischen Hauch von Meerwasser, übertüncht von wohlriechenderen Elementen, die merkwürdigerweise Seethlaws Duft ähnelten. Das Haar hing ihr in die Augen wie die Stränge eines zerrissenen Fischernetzes, bis sie mit einer überraschend weiblichen Bewegung eine Hand vom Fels wegnahm und sich die Strähnen hinter das Ohr zurückschob. Eine Nickhaut legte sich über das linke Auge, und die Muskeln der kreisrunden Lippen des Mundes dehnten sich und zogen sich zusammen wie eine Iris, und Ringil, der vom Hinaufstarren allmählich einen steifen Hals bekam, sah konzentrische Kreise aus Zähnen, die sich in der Mundhöhle kurz aufrichteten und dann wieder zurücksanken. Er schluckte heftig und kämpfte gegen das entsetzliche Gefühl von Verwundbarkeit an, das ihm über Gesicht und Kopfhaut kroch. Es war keine Übertreibung, dass die Akyia ihm das Haupt so leicht abbeißen könnte, wie die Machete eines yheltethischen Fischers eine Kokosnuss köpfte.

Tief aus der Kehle des Dings kam das klebrige Gezwitscher, das er zuvor schon gehört hatte. Sie drehte den Kopf zwischen Mensch und Dwenda hin und her, als würde die Gegenüberstellung sie verwirren.

Aus dem Augenwinkel glaubte Ringil Seethlaw nicken zu sehen.

Dann schoss die Akyia flink wie eine fliehende Echse um den Felsbrocken herum und war verschwunden, mit einem kurzen Zucken der bleichen Rundungen und sich windenden Hinterbeinen zurück über den Gipfel gehuscht. Zuletzt hörte Ringil sie irgendwo über ihnen davoneilen.

Erleichtert sackte er in sich zusammen. Das Herz pochte in seiner Brust wie ein Schmiedehammer.

Hätte er nur eine Waffe getragen.

Sie fickten irgendwo, auf kühlem, taufeuchtem Gras in einem Kreis dunstverschleierter Menhire, unter Sternen, die er nicht wiedererkannte. Das Ganze hatte einen Beigeschmack, eine rohe Zügellosigkeit, die ihn schmerzte wie ein Schlag auf den Mund – Seethlaw, nackt und elfenbeinweiß auf Händen und Knien vor ihm, hechelte und knurrte wie ein Hund, während Ringil hinter ihm hockte, in ihn eindrang, sich mit den Händen an seine Hüfte klammerte und wild daran zerrte. Das schaudernde Gefühl der Blöße durchlief ihn und verschwand wieder, als ob die Menhire schweigende, jedoch gespannte und erregte Zuschauer wären, die dafür bezahlt hatten, ihnen beizuwohnen. Ringil, fiebernd vor Lust, fasste nach dem Schwanz des Dwendas und fand ihn steinhart und pulsierend an der Schwelle zum Höhepunkt vor.

Dieses Gefühl löste die letzten Zügel seiner eigenen Selbstbeherrschung; jetzt hörte er sich knurren, sah sich wie von weit oben über den Menhiren, wie er wahnsinnig gegen die gespaltenen Arschbacken Seethlaws hämmerte und den Schaft in seinen Händen drückte und quetschte, bis er sich unter seinem Griff aufbäumte und der Dwenda aufheulte und sich ins Gras krallte und Ringil wie zur Antwort nach ihm kam.

Er sackte zusammen und fiel nach vorn wie ein brennendes Gebäude, das in den Fluss stürzte. Eine Hand war unter dem Leib des Dwendas, als sie zu Boden gingen, und melkte nach wie vor wie wild Seethlaws Schwanz in das nasse Gras. Das Gesicht hatte er fest zwischen die breiten bleichen Schultern gedrückt, und er lachte, schluchzte, und seine Tränen waren eisig dieses Mal und ergossen sich auf die Haut des Dwendas.

Über die niedrigen Berge führte unter einem Himmel, der dicht mit Sternen besetzt war, eine Straße aus schwarzem Stein, die für Riesen gebaut zu sein schien. Ihr Belag war zerbrochen und vom Unkraut überwuchert, aber sie war volle fünfzehn oder zwanzig Meter breit. Während sie darüber hinwegschritten, kamen sie gelegentlich unter bleichen steinernen Brücken hindurch, die höher als das Osttor in Trelayne waren. Rechts, in der Ferne, stand eine Vielzahl von Türmen dicht beieinander auf den Flanken der Berge, wie steinerne Wächter. Ringils Blick glitt immer wieder zu ihnen hinauf. Etwas stimmte nicht mit der Architektur. Die Türme hatten keinerlei Details, wirkten so rudimentär und flach wie die Zeichnungen eines kleinen Kindes, nur höher, so hoch, dass sie sich über die menschlich brauchbaren Dimensionen zu dehnen schienen.

»Lebt da jemand?«, fragte er Seethlaw.

Der Dwenda warf den Türmen einen langen Blick zu. »Nicht, wenn es eine andere Möglichkeit gibt«, erwiderte er rätselhaft. »Nicht aus freien Stücken.«

»Du willst damit sagen, es sind Gefängnisse?«

»So könnte man sie nennen, ja.«

Eine Weile lang ging Jelim mit ihnen die Straße hinab, aber es war ein Jelim, den Ringil nie gekannt hatte. Das trübsinnige, jedoch ansehnliche Erscheinungsbild hatte sich verändert, war verwittert, sodass Jelim jetzt älter und weiser aussah, als es ihm je vergönnt war zu werden. Er sah aus, dachte Ringil unbestimmt, wie ein erfolgreicher junger Schiffseigner, weit genug gereist, um weise geworden zu sein, noch nicht alt genug, um erschöpft zu wirken.

Er plapperte mit der Großspurigkeit eines Kaffeehausbesuchers, lächelte oft und berührte Ringil mit einer offenen Vertraulichkeit, die zu einem Fantasiegemälde gepasst hätte, das Mil für seine Schlafzimmerdecke in Auftrag gab.

Und was macht dein Vater?

Ringil starrte ihn an. *Du willst mich doch verarschen.*

Hab ihn vor ein paar Monaten auf der Straße getroffen. Jelim runzelte die Stirn und suchte nach der falsch abgelegten Erinnerung. *Drüben in Tervinala, glaube ich. Aber du weißt ja, wie das ist, wir hatten beide keine Zeit, stehen zu bleiben und zu reden. Grüße ihn von mir, ja? Richte ihm aus, dass ich unsere Streitgespräche am Kamin vermisse.*

Natürlich. Werd ich.

An irgendeinem Punkt, an den er sich nicht mehr deutlich erinnern konnte, hatte Ringil es aufgeben, sich mit Geistern zu streiten.

Wie dem auch sein mochte, dieses Mal fühlte sich der Boden unter seinen Füßen etwas fester an. Das zarte Bild fröhlicher Abende um den Kamin mit Gingren mochte in seinem Kopf aufsteigen, hatte jedoch nicht die geringste Aussicht, dort wirklich hängen zu bleiben.

Dennoch, als Jelim sich herüberbeugte und ihm das Haar verwuschelte, ihn beiläufig auf den Hals küsste, wie es der andere Jelim immer getan hatte – es schmerzte. Und als ihn diese ungelebte Möglichkeit verließ, ohne Abschied, einfach nur langsam verblasste und dabei ausrief: *Kommt schon, Jungs, ein bisschen schneller!*, lachte und zunächst zu etwas Durchsichtigem wurde und dann zu Nichts – da schmerzte es so heftig wie damals, als er dem Dwenda und dem blauen Sturm, in den sich hüllte, zum ersten Mal begegnet war.

Später kampierten sie unter einer der gewaltigen bleichen Brücken, und Seethlaw zauberte ein Feuer aus einer verzierten Flasche mit breitem Boden hervor, die er bei sich trug. Was sich auch in dem Gefäß befinden mochte, es brannte mit unheimlicher, grüner Flamme, strahlte jedoch eine behagliche Wärme aus, die in keinem Verhältnis zur Größe des Dings stand. Ringil saß da und sah zu, wie hinter dem Dwenda die Schatten auf dem blassen steinernen Stützpfeiler spielten.

»Wenn du den Sturm herbeirufst«, fragte er langsam, »wie fühlt sich das an?«

»Fühlen?« Seethlaw schien bereits gedöst zu haben. »Warum sollte es sich irgendwie anfühlen? Es ist Macht, es ist einfach … Macht. Potenzial und der Wille, es zu gebrauchen. Letztlich besteht darin die Magie, weißt du.«

»Ich habe gedacht, der Magie liegen Regeln zugrunde.«

»Wirklich?« Der lange Mund verzog sich zu einem schiefen Lächeln. »Wer hat das gesagt? Jemand unten am Strov-Markt?«

Ringil übersah das höhnische Grinsen. »Er tut dir nichts? Der Sturm?«

»Nein.« Allmählich dämmerte es ihm. »Ah, das! Das Bedauern, sprichst du davon? Das Gefühl des Verlusts? Ja, darüber hat er auch immer gesprochen. Es ist eine Sache der Sterblichen, soweit ich weiß. Die Erscheinung ›Sturm‹ ist eine Krümmung in der Struktur jedes möglichen Ergebnisses, welches das Universum zulassen will. Es nimmt die Möglichkeiten auf wie eine Braut, die ihr Kleid aufnimmt. Für einen Sterblichen sind diese Möglichkeiten zumeist Wege, die sie nie einschlagen, Dinge, die sie nie tun werden. Auf irgendeiner Ebene weiß der Organismus das anscheinend.«

Er?

Aber die Neugier verflüchtigte sich schnell. Es gab zu viel anderes. Die Traurigkeit, die Jelim zurückgelassen hatte, haftete immer noch in Ringils Herz.

»Aber für dich ist es nicht so«, sagte er bitter. »Du bist unsterblich, nicht wahr?«

Seethlaw lächelte freundlich. »Bislang.«

Und dann glitt sein Blick nach links, und er kniff die Augen zusammen. Ringil vernahm Schritte auf der schwarzen, steinernen Straße hinter sich.

»... Seethlaw ...«

Es war eine weibliche Stimme, fließend und melodiös, jedoch leicht gedämpft; der Name des Dwendas war das einzige Wort, das Ringil heraushören konnte, und selbst der war gedehnt und verzerrt, sodass er ihn kaum erkannte. Er drehte den Kopf und sah im Feuerschein eine Gestalt hinter sich stehen. Sie war in Schwarz gekleidet, trug ein Langschwert auf dem Rücken, und ihr Kopf war glatt und kugelförmig. Erst nach einigen Sekunden begriff er, dass er jemanden in Anzug und Helm vor sich hatte. Es war der gleiche Helm wie der, den ihm Seethlaw unter der Stadt gezeigt hatte. Dann hob die Gestalt eine Hand zu der konturlosen Kugel auf dem Kopf und schob das gläserne Visier zurück. Dahinter erschien ein vom Helm eingerahmtes Dwenda-Gesicht mit leerem Blick.

Ein Schauder kroch Ringil langsam über den Rücken – er konnte nichts dagegen tun. Nur einen einzigen Moment lang schien das konturlose Schwarze im Auge des Neuankömmlings in dem unheimlichen, unsteten Feuerschein unter der Brücke mit dem Schwarz des Helms zu verschmelzen, und die kalkweißen Züge nahmen das Aussehen einer dünnen Maske mit leeren Augenhöhlen an, eines Helm innerhalb eines Helms, auf die Schultern eines gepanzerten Anzugs gesetzt, der, wie sein Instinkt ihm sagte, lediglich dieselbe Leere barg, die hinter den Augen lag.

Seethlaw erhob sich und schlenderte hinüber, um den Neuankömmling zu begrüßen. Sie reichten sich die Hände locker auf Hüfthöhe. Merkwürdig sah das aus, wie zwei Kinder, die gleich Ringelreihen spielen wollten. Ein paar Sekunden lang wechselten sie Worte in einer Sprache, die offenbar eben die war, die der Neuankömmling benutzt hatte, aber dann winkte Seethlaw Ringil zu und benutzte wieder den uralten naomischen Dialekt, den er zuvor gesprochen hatte.

»… mein Gast«, sagte er. »Wenn du so freundlich wärst.«

Die Dwenda musterte Ringil einen Moment, wobei sie so viel Gefühl zeigte wie die Maske, die sie eben noch zuvor scheinbar getragen hatte. Dann verzog sich ihr Mund zu einem schiefen Lächeln, und Ringil glaubte, sie etwas murmeln zu hören. Sie setzte den glatten schwarzen Helm ab – was sehr langsam vonstattenging, als ob er äußerst fest säße –, schüttelte ihr langes, seidiges Haar, das nicht ganz so dunkel war wie Seethlaws, und ließ den Kopf kreisen, um die Nackenmuskeln zu lockern. Ringil hörte die Sehnen knacken. Dann nahm die Dwenda den Helm unter den Arm und kam auf ihn zu, die freie Hand lustlos ausgestreckt für die Hälfte der Begrüßungszeremonie, die sie mit Seethlaw durchgeführt hatte.

»Mein Respekt für die deines Blutes.« Ihr Naomisch war nicht nur veraltet, sondern auch reichlich eingerostet. »Ich bin meines Namens Risgillen von Ilwrack und Schwester des dir bereits bekannten Seethlaw hier. Wie wirst du genannt?«

Ringil nahm die dargebotene Hand, wie er es bei Seethlaw gesehen hatte, und überlegte, ob er mit dieser beiläufigen, einarmigen Variante unterschwellig brüskiert wurde.

»Ringil«, erwiderte er. »Ich habe viel von dir gehört.«

Risgillen warf ihrem Bruder einen kurzen Blick zu, der knapp den Kopf schüttelte und ein paar Worte in der anderen Sprache sagte. Die Dwenda fletschte die Lippen zu etwas wie einem Lächeln und ließ Ringils Hand los.

»Du bist auf unerwarteten Wegen gekommen, deshalb diese falsche, nein, unvollständige Zeremonie. Ich bedaure.«

»Auf dem Küstenweg sind wir auf einige Akyia gestoßen«, sagte Seethlaw zu ihr. »Hier erschien es sicherer.«

»Die Merroigai?« Risgillen runzelte die Stirn. »Wenn ihr respektvoll wart, sollten sie euch nicht belästigt haben.«

»Nun ja, haben sie auch nicht.«

»Ein solches Ereignis gefällt mir nicht. Und jetzt auch noch diese anderen Sachen. Etwas rührt sich, Seethlaw, und das sind nicht wir.«

»Du machst dir zu viele Sorgen. Bist du allein?«

Risgillen winkte in die Richtung zurück, aus der sie gekommen war. »Ashgrin und Pelmarag, irgendwo da hinten. Aber sie suchen dich in anderen Gegenden, weniger Möglichkeiten als hier. Niemand erwartete dich so weit abgetrieben. Ich selbst, ich bin nur durch den Geruch auf dich gestoßen.«

»Ich rufe sie.«

Seethlaw trat unter der Brücke hervor und verschwand in der Düsternis. Risgillen sah ihm hinterher und ließ sich dann mit aldrainischer Eleganz am Feuer nieder. Eine Weile lang starrte sie in die merkwürdig gefärbten Flammen. Vielleicht suchte sie nach den richtigen Worten.

»Du bist nicht der Erste«, sagte sie leise, immer noch ins Feuer blickend. »Dies haben wir zuvor gesehen. Dies habe ich selbst getan, mit sterblichen Männern und Frauen. Aber ich verliere mich nicht, wie es mein Bruder kann. Ich sehe klar.«

»Das freut mich für dich.«

»Ja. Also sage ich dir dies.« Risgillen sah auf und fixierte ihn mit ihrem leeren Blick. »Zweifele nicht daran: Wenn du meinem Bruder etwas antust oder ihn verletzt, werde ich dich umbringen.«

Etwas später ertönte Geheul in der Dunkelheit.

Ringil sah im grünlichen Schein der Flammen zu Risgillen hinüber, in die perfekte Geometrie ihrer Züge, und sah keinerlei Reaktion außer einem hauchfeinen Lächeln. Die Erkenntnis traf ihn wie ein Schwall eisiges Wasser.

Das Geheul war Seethlaw, der nach denen seiner Art rief.

Risgillen blickte nicht auf, aber ihr Lächeln wurde breiter. Sie wusste, dass er sie beobachtete, wusste, dass er plötzlich verstand, wo er wirklich war.

Eine Schlacht naht, ein Kampf von Mächten, wie du sie noch nicht erlebt hast.

Die Worte der Wahrsagerin am Osttor wallten in seinem Kopf empor wie eisiges Flusswasser. Die Gewissheit in ihrer Stimme.

Ein dunkler Herr wird sich erheben.

26

Wir haben versucht, sie daran zu hindern. Aber sie haben sie mitgenommen.

Lange Augenblicke waren ihr die Worte ein völliges Rätsel. Ishgrim war ein Geschenk des Imperators, und ein Diebstahl zog die Gefahr eines sehr langsamen und unangenehmen Todes nach sich, wenn die Königsfänger einen schnappten – und das würden sie unausweichlich tun, weil Jhiral sie andernfalls streng bestrafen würde. Gewiss, sie hatte lange Gliedmaßen und war wunderschön, aber das traf auch auf viele andere der Sklavenmädchen aus dem Norden zu. Wenn man unbedingt eine haben wollte, konnte man sie heutzutage unten in der Auktionshalle am Hafen billiger bekommen als ein anständiges Pferd samt Steuern dafür.

Schon gut. In ihrem vom Krin berauschten Hirn kreischten die Gedanken. *Woher haben sie das überhaupt gewusst, verdammt? Der Imperator hat mir erst* gestern *Ishgrim zum Geschenk gemacht. Niemand wusste, dass sie hier war.* Nicht einmal du selbst wusstest es, *hast es erst in den frühen Morgenstunden erfahren.*

Besorgt, weil das alles so unmöglich war, klammerte sie sich an Kefanin. »Wer? Wer, Kef? Wer hat sie mitgenommen?«

Der Hausverwalter stieß ein kehliges Knurren aus. Eine rasche, auf dem Schlachtfeld erprobte Untersuchung verriet ihr, dass seine Verletzung nicht tödlich war, aber der Schlag war heftig gewesen und hatte ihn betäubt. Sie wusste nicht, wie viel Sinnvolles er in diesem Zustand herausbringen würde.

»Livree ... Zitadelle.«

Und dann fügten sich alle Teile zusammen, wie bei einer Zirkusnummer, die ein Dutzend albern bemalter grinsender Clowns vorführte.

Nicht Ishgrim – *schlag dir die helle Haut aus dem Kopf, Archidi, reiß dich zusammen!* –, überhaupt nicht das Geschenk des Imperators.

Elith.

Menkarak: *Sie ist eine ungläubige, eine heidnische, Steine anbetende Nordländerin, die sich nicht bekehren lassen wollte, als ihr die Hand der Offenbarung in Freundschaft gereicht wurde, und die in den Grenzen unseres Reichs auf ihrem starrsinnigen Unglauben beharrt. Die Beweislage ist eindeutig – sie hat sogar das Kartagh aus ihrem Gewand herausgerissen, um die Augen der Gläubigen zu blenden, unter denen sie lebt. Sie stinkt nach Täuschung!*

Die Mischung aus hysterischer Anklage und scheinbarer Rechtmäßigkeit dröhnte in Archeths Schädel wie eine herumrollende Metallkugel. Es gab wenig Zweifel daran, was Elith erwartete, sobald sie im Innern der Zitadelle verschwunden wäre.

»Wie lange?«, flüsterte sie.

Aber Kefanin hatte wieder das Bewusstsein verloren.

Schritte, draußen. Sie fuhr herum, sprang auf, hielt wie durch Magie ein Messer in der Hand. Der benommene Stalljunge stand zögernd auf der Schwelle, von hinten angestrahlt durch die grelle Morgensonne.

»Mylady, sie …«

»Wie lange?«, kreischte sie ihn an.

»Ich …« Jetzt, als er eintrat, sah sie den blauen Fleck unter seinem linken Auge und Blasen aus frischem Blut in der Nasenhöhle auf derselben Seite. »Keine halbe Stunde, Mylady. Weniger.«

Vor ihrem geistigen Auge flammte eine Karte des Straßenlabyrinths der Südstadt auf. Das Krinzanz vereinigte sich mit der Wut in ihren Adern und färbte die Zitadelle und den Weg, den sie wahrscheinlich dorthin zurück nehmen würden, mit einem pulsierenden Rot.

»Wie viele?«, fragte sie jetzt etwas ruhiger.

»Es waren sechs, glaube ich, Mylady. In der Livree der ...«

»Ja, ich weiß.« Sie steckte das Messer in die Scheide zurück, spürte einen Muskel in ihrer Wange zucken. »Hol den Arzt! Sage ihm, wenn Kefanin überlebt, verdopple ich sein Honorar. Wenn er stirbt, lasse ich ihn aus der verdammten Stadt jagen!«

Dann rannte sie davon.

Sechs Männer. In der Livree der Zitadelle.

Auf den Straßen herrschte dichter Verkehr. Unmöglich hätte man ein Pferd rascher als im langsamen Schritt reiten können. Sie trug keine Uniform, hatte keinen Knüppel, keine Trillerpfeife und keinen stumpfen Säbel, um sich den Weg zu bahnen. Und zu Pferd würde man sie sowieso aus einhundert Metern Entfernung sehen.

Sie wandte sich nach links in eine Gasse, in einen ihr bekannten, wenig benutzten Abzweig hinein und rannte los, sobald sie genügend Platz hatte. Jähe Erleichterung, weil die Hitze der Sonne in den schmalen, verwinkelten Gassen nicht mehr so zu spüren war. Ein paar Hühner stoben panikerfüllt und wild gackernd davon, als sie um die Ecke jagte, aber sonst kam ihr nichts in die Quere. Sie erreichte die vor Menschen wimmelnde Querstraße, die Allee der siegreichen Reiter – auf der man jetzt, verfluchte Scheiße, nicht mal ein Pferd *benutzen* konnte, wenn es nicht irgendwelche Waren zog –, schob sich mit der Schulter durch die Menge und kam zu der gekalkten Steintreppe, die auf das Dach der Gaststätte »Zum Echsenkopf« führte. Dort oben könnte sie sich neu orientieren, einen Abgleich mit der Karte in ihrem Kopf vornehmen. Dann über die Gasse springen und so auf das Dach des Basars mit seinen Zwiebeltürmen gelangen.

»He, du kannst da nicht rauf ...«

Sie schob den fetten Gastwirt in seinen Liegestuhl zurück, als er aufstehen wollte. Tänzelte vorüber, eilte geduckt unter Wäscheleinen hindurch, wich ihnen aus. Erhaschte einen Blick durch das blendend helle Weiß aufgehängter Bettlaken auf die Dächer dahinter. *Genau, Archidi. Denk nach!* Basar. Tuchmacherstraße. Die kerzengerade, schmale Hustraystraße. Wenn sie den kürzesten Weg zur Zitadelle genommen hatten, wären sie inzwischen die Straße zur Wüstenweisheit hinauf und von der Hauptstraße abgebogen. Um ihnen den Weg abzuschneiden …

Sie rannte am Rand des Dachs entlang, beugte die Beine zum Sprung, hob ab und landete auf dem Flachdach des Basars. Ein Schmerz schoss ihr beide Knie hinauf, aber sie blieb auf den Beinen und rannte weiter. *Keine Zeit, keine Zeit.* Um den ersten Zwiebelturm herum, und *Scheiße, Scheiße,* direkt auf ein breites Oberlicht aus Buntglas. Sie …

Stolperte, warf sich vor, vollführte einen ungelenken Satz, schlug mit Armen und Beinen um sich.

Erhaschte einen bruchstückhaften Blick auf Käufer, die sich wie Fische durch eine rot und blau gefärbte Menge unten bewegten, sah sich schon auf sie herabstürzen …

Schaffte es stattdessen auf die andere Seite, verfehlte das Glas um wenige Zoll, landete ungeschickt, taumelte nach hinten, ruderte verzweifelt mit den Armen, um das Gleichgewicht zurück zu gewinnen, und …

Stand aufrecht. Schlängelte sich in vollem Lauf zwischen den Zwiebeltürmen entlang, ungefähr nach Südosten.

Es war wie eine Jagd über das Dach der Welt. Geräusche der Stadt unter ihr ganz fern, das glitzernde Schwert aus Sonnenlicht sowie eine kühlende Brise aus Westen. Die hohen Häuserreihen an der Straße zur Wüstenweisheit kamen von vorne links, immer dichter.

Die Markthalle unter ihr war eine der größten der Stadt – nicht ganz von der Großartigkeit des imperialen Basars nördlich des Flusses, aber sie umfasste trotzdem noch mehrere Blocks. Sie nutzte ihre Dächer, um Entfernungen in Minuten zurückzulegen, für die sie unten auf Straße eine gute halbe Stunde benötigt hätte.

Erreichte den östlichen Rand, trabte schnell an der Regenrinne entlang, bis sie den Getreidekarren entdeckte, der unten parkte, und sprang hinein. Überraschte Flüche und der Schmerz des Aufpralls an Hintern, Rücken und einem Oberschenkel. Sie wälzte sich herum und stand unsicher auf, bis zu den Knöcheln im Getreide. Gesichter sahen zu ihr hinein.

»Verdammt, was sollte das?«

»Hör mal, du Hure, das ist mein …«

»Oooh, nein, aber sieh sie dir mal an, Perg, sie is schwarz wie 'n verbranntes Brötchen. Das is 'ne verdammte Kieriass, ich sag's dir.«

»Kiriath«, knurrte sie und sprang zwischen ihnen herab. Schob sie mit den Ellbogen beiseite und trabte rasch die kaum benutzte Lieferantenzufahrt und die Gassen mit den Vorratshäusern entlang, die die Enge bildeten. Huschte zwischen Händlern einher, die mit Tabletts voller Waren beladen waren, lief vorüber an am Boden hockenden Arbeitern, die Brot miteinander teilten. *Sechs Männer, in der Livree der Zitadelle.* Wenn Menkarak sein Spiel erwartungsgemäß spielte, bedeutete das: Der Oberste Hüter, der für die gesetzesgemäße Durchführung zu sorgen hätte – er wäre ein älterer Mann –, und dazu fünf Bewaffnete.

Im Elan des Krin kamen ihr die Chancen gar nicht so schlecht vor.

Die Enge verlief sich an mehreren Punkten entlang einer krummen Straße, die der Saumpfad genannt wurde. Er war gesäumt von billigen Schmuckgeschäften und Ramschläden und belebt von Bürgern, die zwischen den vergitterten Schaufenstern herumstöberten. Archeth huschte hindurch, drängelte und fluchte, wurde mit wütenden Blicken bedacht, bis man ihre Hautfarbe wahrnahm, und dann sahen die Leute weg und vollführten hier und da Gesten gegen das Böse.

Drei Blocks weiter, wilde Stöße mit den Ellbogen, schieben mit der flachen Hand, *komm schon, komm schon, Archidi, mach schneller, verdammt,* und direkt in den Segeltuchhof. Ein paar Näherinnen-Stände in den Ecken, ansonsten Ruhe. Sie spurtete auf dem kürzesten Weg hinüber, prallte gegen das Geländer am Ende und starrte heftig keuchend einen Hang aus lockerer Erde hinab auf eine Kurve in der Straße der Wüstenweisheit.

Livree der Zitadelle, Livree der Zitadelle, Liv...

Da!

Auf der Wüstenweisheit war es noch voller als auf dem Saumpfad oder der Hauptstraße. Sie waren sogar noch weniger weit gekommen, als sie gedacht hatte. Zuerst entdeckte sie das Gewand des Obersten Hüters, schwarz und golden, dazu die graue Seidenkapuze, Zeichen seiner rechtmäßigen Stellung. Dann die Bewaffneten und eine erschöpfte, weiß gekleidete Gestalt, die zwischen ihnen dahintrottete, den Kopf gesenkt, die Arme auf dem Rücken gefesselt. Wenn sie in Eile waren, ließen sie es sich nicht anmerken.

Archeth holte schluchzend Luft und setzte über das Geländer.

Sechs Fuß darunter trafen ihre Füße auf den Abhang und sanken leicht in den Boden ein, sodass sie vornüberzukippen drohte. Sie befreite sich und lief mit langen, Schritten im Zickzack weiter, um nicht aufs Gesicht zu fallen. Sie kam mit so viel Tempo in der Straße der Wüstenweisheit an, dass sie Fußgänger zu Boden warf, fing sich jedoch schnell wieder. Sie schlängelte sich durch das Durcheinander, das sie verursacht hatte, und lief in die Menge hinein. Höchstens noch ein paar Hundert Meter.

»Aus dem Palast, aus dem Palast!« Sie rief es, so laut sie eben noch konnte. »Platz da! Aus dem Weg, verdammt!«

Zuerst ging es nur langsam – der Ruf traf lediglich auf höhnische Bemerkungen und teilnahmslose Rücken. Aber dann sahen sich die Leute um, auf die sie zuraste, sahen, was sie war, und sie fielen fast übereinander in ihrem Eifer, zu gehorchen und eine Gasse für sie zu öffnen. Das Gedränge setzte sich durch die Menge weiter vorn fort wie eine Welle auf dem Wasser. Weitere einhundert Meter, und sie musste kaum noch drängeln.

»Aus dem Palast, aus dem …«

Zwei der Bewaffneten hatten sich umgedreht und versperrten ihr jetzt massig den Weg. Sie sah wölfisches Grinsen, ein gezogenes Kurzschwert, eine gehobene Keule, und griff mit weniger Überlegung, als für ein Blinzeln nötig war, nach ihren Messern. In der Menge neben ihr kreischte jemand. Panik überall, das Geschrei fand einen Genossen und dann noch einen. Die Menge glitt auseinander, zerstreute sich wie ein Schwarm erschrockener Fische.

Archeth warf linkshändig, das Messer traf den Schwertträger ins rechte Auge. Es trug den Namen Bandschimmer, war schmaler als die übrigen, begierig und weiß tänzelnd in der Sonne. Es fuhr bis zum Griff hinein. Der Mann stolperte rückwärts, jammerte wie ein verbrühtes Kleinkind, ließ das Schwert fallen und fuchtelte an seinem Gesicht herum, suchte das abgenutzte Metallding, das jetzt dort herausragte. Archeth folgte dem Wurf schreiend und hielt dabei Lachendes Mädchen tief in der rechten Hand. Der zweite Bewaffnete von der Zitadelle zuckte bei ihrem Wutgeschrei sichtlich zusammen, geriet wie alle anderen in Panik und schwang heftig seinen Knüppel, verfehlte sie und schlug seinen kreischenden Gefährten nieder. Archeth nutzte seinen Schwung aus, sprang in den Mann hinein, packte zu, riss ihn zu Boden und schnitt ihm die Kehle durch, bevor er wieder bei Sinnen war.

Sie richtete sich halb auf. Sah den Obersten Hüter etwa fünfzehn Meter entfernt inmitten fliehender und umherstolpernder Zuschauer. Eine Hand hatte er um Eliths Oberarm geschlossen und starrte ungläubig die Leichen seiner Männer sowie die blutbespritzte schwarze Frau über ihnen an.

Die verbliebenen drei Bewaffneten sperrten die Straße ab und bildeten eine Art Kordon um ihren Herrn und dessen Opfer. Zwei Schwerter, eine weitere Keule. Der Keulenschwinger hatte eine Armbrust dabei, aber sie hing ihm über den Rücken. Der Mann, in dessen Auge Bandschimmer steckte, hatte sich im Schmutz zusammengerollt und kreischte.

Linkshändig, reflexartig, zog Archeth Gnadenlos aus der Scheide am Rücken. Sie trat vor, Lachendes Mädchen hoch erhoben, die Spitze zeigte nach vorn.

»Das ist mein Gast, den ihr da habt«, rief sie. »Ob ihr am Leben bleibt oder nicht – ihr *werdet* sie mir zurückgeben.«

Sie hatten jetzt viel Platz um sich herum – kaum zu fassen, dass die Straße gerade noch so belebt gewesen war! Archeth ging näher heran, unter ihren Stiefeln knirschte Schutt. Sie hob Gnadenlos, der im Sonnenlicht blitzte. Die Bewaffneten sahen einander voller Unbehagen an.

»Bist du *wahnsinnig?*« Der Oberste Hüter hatte seine Stimme wiedergefunden, wenn auch kein tiefes Timbre. Rot vor Wut schrie er: »Wie kannst du es *wagen,* das heilige Werk der Offenbarung zu behindern?«

Sie beachtete ihn gar nicht, sondern zwang stattdessen die anderen drei Bewaffneten, den Blick zu senken.

»Heilig?«, fragte sie voller Ekel. »Unter den sieben Stämmen ist ein Gast heilig. So viel müsst ihr wissen, oder zumindest wussten es eure Vorväter. Wer von euch möchte als Erster sterben?«

»Verpiss dich, du Hure!«, sagte derjenige mit der Keule unsicher.

»Mama!«, kreischte der Mann auf dem Boden auf einmal. »Es tut weh, ich kann nichts *sehen.* Wo bist du?«

Archeths Lächeln war wie Wintereis.

»Möchtet ihr euch ihm anschließen?«, fragte sie.

»Diese kiriathische Hure ist ein Gräuel, eine Beleidigung der Offenbarung«, brüllte der Oberste Hüter, inzwischen nicht mehr gar so schrill. »Es ist eure heilige Pflicht, sie an Ort und Stelle niederzumetzeln; es ist eine heilige Tat, ihr das beschissene Leben zu nehmen.«

Der Verwundete stieß einen unartikulierten, schluchzenden Ruf aus, der zu leisem, hoffnungslosen Weinen wurde. Archeth wartete. Der Schwertkämpfer rechts stürmte als Erster los. Warf sich vor, kreischte gurgelnd etwas aus vollem Hals.

Lachendes Mädchen erwischte ihn beim zweiten Schritt, ein Stich in die Kehle. Würgend ging er zu Boden und hustete Blut. Archeth hielt Geisterschlächter in der rechten Hand, bevor der Bewaffnete das Pflaster berührt hätte. Der Keulenschwinger, der hinter seinem Kameraden heranstürmte, blieb beim Anblick des neuen Messers wie angewurzelt stehen. Vielleicht hatte er auch den Griff von Gefallener Engel entdeckt, der nach wie vor in der Scheide in ihrem Stiefel steckte. Oder beides. Archeth sah ihm in die Augen und zeigte ihm wieder das Lächeln. Er löste sich aus seiner Starre und rannte davon.

Der letzte Bewaffnete zögerte kurz und floh dann mit seinem Freund in die dicht gedrängten Reihen der Zuschauer.

Archeth holte lang und tief Luft. Vorbei.

Der Oberste Hüter stand mit Elith da, die neben ihm zusammengebrochen war, und schrie Archeth, die Zuschauer und offensichtlich jedermann sonst in dieser Stadt von Sündern an, *auf die Knie zu fallen,* sich vor der Majestät der Offenbarung zu demütigen, zu bereuen, *verdammt noch mal* zu bereuen, bevor es …

Archeth schritt zu ihm hin und schlitzte ihm mit Gnadenlos die Kehle auf.

Er stolperte ein paar Schritte nach hinten und fiel in die Arme der Menge hinter ihm. Blut quoll aus dem Schnitts, spritzte an ihm herab und tränkte seine Gewänder. Sein Mund bewegte sich, kaute wohl am Rest der unvollendeten Predigt, aber kein Laut kam heraus. Archeth kniete neben Elith hin und überzeugte sich davon, dass sie nur mit etwas Harmlosen betäubt worden war. Ihre Atmung ging leicht. Sie warf dem Obersten Hüter einen letzten Blick zu. Die Menge sammelte sich jetzt um ihn, während er um sich schlagend verblutete. Archeth wandte sich wieder dem Bewaffneten mit Bandschimmer im Auge zu. Er war noch am Leben, und als sie sich neben ihn hockte und nach dem Messer griff, legte er seine Hände sanft auf die ihren und wimmerte leicht. Sie legte ihm ihrerseits eine Hand auf die Stirn, um sich abzustützen, und er lächelte wie ein Baby bei der Berührung.

Als sie Bandschimmer herauszog, starb er.

»Verflucht, Archeth, da hast du ja vielleicht was angerichtet! Ich bin nicht sehr erfreut darüber.«

»Ich ebenso wenig, Mylord.« Sie zitterte, ihr war übel, aber sie konnte sich nirgendwo hinsetzen, und die Etikette erlaubte es nicht, um eine Sitzgelegenheit zu bitten. »Ich habe keine Ahnung, weshalb die Zitadelle sich so verhalten hat.«

»Ach, wirklich nicht?« Jhiral tigerte im geräumten Thronsaal auf und ab. Er hatte in aufgesetzter, heller imperialer Wut alle hinausgeworfen, und jetzt stand Archeth allein vor ihm. Sie war immer noch voller Blut, in ihr pochte und summte es von der Jagd und dem Kampf, und von dem vielen Krin war ihr eiskalt im Magen. »Komm schon, Frau, gib dich nicht so verdammt naiv! Das ist ein Machtspiel, und du weißt das.«

»Wenn das so ist, Mylord, dann ein bemerkenswert dreistes.«

»Nein.« Er blieb stehen und kam mit einem drohend erhobenen Zeigefinger auf sie zu. »Was *du* getan hast, war dreist. Hättest du diese kleine Mannschaft aus Übereifrigen nicht vor den Augen der *halben verfluchten Stadt* verfolgt, erwischt und niedergemetzelt, hätten wir es nicht mit dieser Krise zu tun.«

»Nein. Sondern mit einer anderen.«

»Exakt.« Er wandte sich ab, stieg wieder die Stufen zum Thron mit den blank polierten Lehnen hinauf und ließ sich hineinfallen. Starrte düster in die Ferne. »Wir hätten es mit einer politisch teilnahmslosen Zitadelle zu tum, und alle, ob es ihnen nun gefiele oder nicht, würden die Reihen um eine Clique schließen, an deren Spitze dieses kleine Arschloch Menkarak steht, der eifrig leugnet, sich je mit deinem Gast davongemacht zu haben, während er gleichzeitig laut und halböffentlich darauf besteht, dass den säkularen Mächten des Reichs offenbar bloß die Willenskraft fehlt, die Gläubigen vor den bösen Kräften von außerhalb zu beschützen.«

»Was jetzt wahrscheinlich nach wie vor seine Strategie ist.«

»Ja. Das wird mal wieder so was wie diese verdammte Bruderschaft zur Erinnerung an den Neunten Stamm.« Jhiral warf ihr einen nachdenklichen Blick zu. »Du erinnerst dich an die Kerle, nicht? Ich meine, damals warst du hier.«

»Ja. Euer Großvater hat sie samt und sonders exekutieren lassen.«

»Bring mich nicht in Versuchung, verdammt!«

Es war viel Lärm um nichts, und sie beide wussten es. Jene Tage waren vorüber. Akal hatte sich vor langer Zeit an die Zitadelle verpfändet, damit sie seine Eroberungskriege unterstützte – Lehen und Segenssprüche und eine feste, hilfreiche Hand seitens der Gebetstürme und Kanzeln, um unter den Massen der Eifrigen zusätzliche Verstärkung für die Truppen zu gewinnen. Yhelteth marschierte unter Akal dem Großen zu Eroberungszügen, bei denen ein volles Drittel der Soldaten sich für heilige Krieger hielt. Für Archeths Geschmack kamen dabei nicht annähernd genügend von ihnen ums Leben, nicht einmal beim Auftauchen des schuppigen Volks. Es gab nach wie vor viel zu viele heißblütige junge Männer da draußen, die im Krieg unter Vorspiegelung falscher Tatsachen ausgebildet und abgehärtet wurden, die den Kampf jedoch unbedingt weiterführen wollten. Dabei war es ihnen gleichgültig, gegen wen es ginge.

Jhiral hatte sie alle geerbt, zusammen mit den Schulden und der feierlich vereinbarten Vereinigung säkularer und spiritueller Autorität bei Hofe.

»Auf wie viele Mitglieder der Zitadellenleitung könnt Ihr zählen?«, fragte sie ruhig.

»In einer solchen Situation?« Er zuckte mit den Schultern. »Nicht viele. Archeth, du hast einem Obersten Hüter die Kehle durchgeschnitten. Am helllichten Tag, verdammt, auf einer belebten Straße. Was *sollen* sie denn dazu sagen?«

»Wie viele, Mylord?« Eine Schärfe im Tonfall. Allmählich nahm sie auf die Thronsaal-Etikette keine Rücksicht mehr.

Jhiral stieß mutlos die Luft aus. »Diejenigen, die wir bestechen können, diejenigen, die wir erpressen können? Ich weiß es nicht, vielleicht fünfzehn oder zwanzig. Hinzu kommen ein paar wenige alte Freunde meines Vaters, Männer, die die Gefahr erkennen, falls uns die Dinge entgleiten. Höchstens ein halbes Dutzend.«

»Also – sagen wir, fünfundzwanzig?«

»Wenn wir viel Druck ausüben und wenn wir viel Glück haben, ja.«

»Kaum eine Mehrheit.«

Jhiral verzog das Gesicht. »Was du nicht sagst.«

»Also gut.« Das flaue Gefühl im Magen hatte jetzt eine neue Ursache. Sie streckte die Hände vor und starrte sie an, spreizte die Finger und unterdrückte das Zittern. »Sehen wir mal. Sie werden abstimmen, zu einer Entscheidung gelangen, und ihre Minimalforderung wird lauten, mich in die Zitadelle zu beordern, damit ich mich dort der Inquisition stelle. Sie werden Elith ebenfalls mit hineinziehen, wenn auch nur als Zeugin. Die Chancen stehen gut, dass sie die gewünschten Antworten nicht erhalten, und das bedeutet weitere Befragung. Danach …«

»Mach dir deswegen keine Sorgen, verdammt.« Die jähe, grimmige Heftigkeit in seiner Stimme ließ sie aufblicken. »Ich habe meinem Vater auf dem Sterbebett etwas versprochen, und ich habe die Absicht, das Versprechen zu halten. Ich werde dich unter keinen beschissenen Umständen diesem Abschaum ausliefern.«

Schreck und Dankbarkeit trieben ihr die Tränen in die Augen. Es war, als würde ein anderer Mann sprechen, ein anderer Mann dort auf dem Thron sitzen. Ehe sie sich einer Befragung überantwortet hätte, wäre sie aus der Stadt geflohen war auf irgendeiner Ebene gedanklich bereits dabei, die ersten zögerlichen Pläne dafür auszuarbeiten. Aber *das …?*

»Ich … danke Euch, Mylord. Mir fehlen die Worte, um …«

»Ja, schon gut.« Er tat es mit einem Wink ab. »Ich glaube, wir können das als selbstverständlich voraussetzen, nicht? Ich würde mich auch nicht gerne den niederträchtigen kleinen Inquisitoren der Zitadelle und ihren Spielzeugen stellen. Die genaue Frage lautet doch: Wie kommen wir da raus, ohne die Truppen in Stellung bringen zu müssen? Am Ende des Monats ist der verdammte Geburtstag des Propheten. Wird schon so genügend Hysterie und Sich-an-die-Brust-Schlagen geben. Ich kann da nicht auch noch einen Mob brauchen, der zum Palast marschiert.«

»Vom rechtlichen Standpunkt aus gesehen …«

Er schüttelte den Kopf. »Vergiss das Gesetz! Das ist keine Hilfe. Sie zitieren es, wenn es ihnen passt, und ignorieren es sonst. Sie sind *Geistliche,* Archeth. Sie verbringen ihr ganzes beschissenes Leben damit, ausgewählte Texte zu ihrem Vorteil zu interpretieren. Wir müssen sie handlungsunfähig machen, bevor sie loslegen.« Er legte die Hände zusammen und grübelte. »Vor allem, Archeth, musst du eine Weile lang verschwinden.«

»Und Elith auch.«

»Oh, ja, stimmt. Auch deine Hexe aus dem Norden. Ist vermutlich sowieso besser. Wenn ihr beide über alle Berge seid, bricht das Fundament für ihre Anklage zusammen.« Er nickte langsam, aber zunehmend heftiger. »Ja, so müsste es gehen. Wir schaffen dich vor Einbruch der Nacht heimlich aus der Stadt. Ich lasse Faileh Rakan eine Eskorte dafür zusammenstellen. Inzwischen erkläre ich mich mit einer Dringlichkeitssitzung der Zitadellenoberen einverstanden und nehme ihnen damit den Wind aus den Segeln. Wir schicken nach dir, du bist nirgendwo zu finden. Wiederholte Aufforderung, kein Ergebnis. Ein paar Ausflüchte – und die verfluchte heilige Mutter weiß, dass der Hof darin spitze ist –, und schon ist es früher Abend. Bis dahin ist klar, dass du geflohen bist. Es ist dunkel, und du könntest überall sein. Ich übernehme es, zur Abenddämmerung die Miliz auszusenden, die die Straßen nach dir absuchen soll. Wenn sie dich nicht finden, sagen wir, dass wir auch die Königsfänger ausgeschickt haben. Vielleicht reicht es sogar, ein paar, denen ich vertrauen kann, an den falschen Stellen suchen zu lassen und das nicht an die große Glocke zu hängen. Wie dem auch sei: Es wird Gerüchte geben, dass du dich in Richtung Nordwesten nach Trelayne fortbegeben hast, oder vielleicht sogar in die Wüste. Wir tun alles, was wir können, meine Herren, vielen Dank für Eure Zeit. Wir halten Euch auf dem Laufenden.« Er hob den Zeigefinger. »Inzwischen verstecken wir dich … wo? Irgendeine Vorstellung, wohin du gehen wirst?«

Und etwas bewegte sich in ihrem Kopf wie die geölten Teile des Lukenmechanismus bei einem Feuerschiff. Alles verrutschte und setzte sich neu zusammen. Sie hörte fast das Klirren, mit dem es geschah. Neue Erregung verdrängte die Wirkung des Krins beiseite und bemächtigte sich ihres Pulsschlag. Sie räusperte sich.

»Ich hatte an Ennishmin gedacht, Mylord.«

27

Sie tauchten in das diffuse, grünlich graue Licht unter den winterlichen Bäumen ein. Eine milde Brise trug den schwachen Geruch von Moder mit sich.

Anfangs nahm Ringil die Veränderung mit kaum mehr als erschöpftem Misstrauen zur Kenntnis. In den aldrainischen Sümpfen hatte er weitaus Schlimmeres zu sehen bekommen, und der Wechsel war nicht ohne Vorwarnungen eingetreten. Die prächtige schwarze Straße, auf der sie Risgillen und die anderen getroffen hatten, verfiel jetzt schon seit einiger Zeit. Entweder alterte sie in irrsinnigem Tempo, während sie auf ihr gingen, oder verrottete von unten, während sie neues Gebiet erreichten, das ihre Existenz nicht erlaubte. Gezackte Risse tauchten auf, einige so breit und tief, um bei einem unvorsichtigen Schritt hineinzurutschen und sich den Knöchel zu brechen. In regelmäßigen Abständen meinte Ringil, menschliche Schädel darin zu erkennen, aber das mochte auch eine weitere Halluzination des Sumpflands sein, und er stumpfte allmählich dagegen ab.

Na ja, zumindest gegen die meisten.

Jelim kehrt noch einmal zu ihm zurück. Vielleicht in einem Traum, während sie an der Straße lagern, vielleicht auch nicht; in den Sümpfen lässt sich das schwer beurteilen. Diesmal überragt Ringil ihn, den Rabenfreund auf dem Rücken, wenn auch auf der falschen Seite, nämlich den Knauf über der rechten Schulter. Es ist ein bizarres Gefühl, unangenehm. Jelim bleibt dicht vor ihm stehen und blickt wortlos auf. Das Gesicht ist dasselbe, doch tränenverschmiert, und er ist weitaus vornehmer gekleidet als der echte Jelim, der sich als Sohn eines kleinen Kaufmanns so etwas nie hätte leisten können. Er starrt zu Ringil hoch, sieht ihm in die Augen, und wieder rollen ihm Tränen über die Wangen. Ringil erfüllt der Anblick mit tiefem Schmerz. Er möchte reden, aber die Worte bleiben ihm in der Kehle stecken.

Es tut mir leid, weint Jelim. *Gil, es tut mir leid.*

Und jetzt lässt sich der Schmerz in Ringils Brust nicht mehr aushalten. Er zerreißt, bis in die Muskeln der Schultern, bis hinab zu …

Es tut mir leid, Gil, es tut mir so leid. Jelim scheint es endlos zu flüstern, während er entsetzt und fasziniert zu Ringil hinaufstarrt. *Es hätte mich treffen sollen.*

Und das Ding, das aus seiner rechten Schulter ragt, ist nicht der Knauf des Rabenfreunds auf seinem Rücken, es ist das Ende des Pfahls. Sie haben die letzten neun Zoll hineingetrieben und den Mechanismus am Fuß des Käfigs arretiert, und der Schmerz sitzt nicht im Herzen, es ist eine allumfassende, sengende Qual, die zwischen seinen Beinen entspringt, sich durch die Eingeweide und die Brust zieht und geschickt sein Herz umgeht, sodass er noch tagelang nicht sterben muss …

Es tut mir leid, es tut mir so leid.

Und dann brüllt er, als er begreift, wo er ist, er schreit um Gnade, er fleht kreischend Hoiran an, seinen Vater, seine Mutter, jeden oder alles, was herkommen und dem Schmerz ein Ende bereiten könnte. Er schreit so laut, dass ihm die Adern platzen müssten, dass sein Schädel bersten müsste, bis das Blut aus der Masse sickert.

Aber er weiß, dass das nicht geschehen wird.

Und er weiß, dass niemand kommen wird, dass es in der langsamen Agonie, die ihm bevorsteht, keinerlei Rettung geben wird.

Er drückte die Erinnerung weg, gebadet in jähen Schweiß und mit wild pochendem Herzen. Stattdessen konzentrierte er sich auf seine Umgebung.

Winterliche Bäume. Stille.

Er stand da und starrte zu den kahlen Ästen auf. Wartete, dass der Schweiß auf seiner Haut abkühlte, dass sein panischer Herzschlag wieder langsamer wurde. Er holte tief Luft wie ein Mann, der knapp dem Ertrinken entronnen war.

Es ist nicht echt, es ist nicht echt. Sein Puls schlug im Rhythmus der Worte.

Nicht echter als die Tausende anderer Phänomene, die ihn durch die aldrainischen Sümpfe verfolgt hatten. Er war nicht gestorben.

Jelim war gestorben.

Jemand schlug ihm auf den Rücken. Einen entsetzten Augenblick lang schoss sein Puls wieder in die Höhe, beruhigte sich allerdings, als er begriff, wer ihn berührt hatte. Seethlaws Hand glitt nach oben, drückte auf intime Weise einen Nacken.

Es war ein unangenehmes Gefühl, als würde jemand Besitz von ihm ergreifen.

»Bestimmt nett, wieder in der realen Welt zu sein«, murmelte der Dwenda und schritt über den buschbestandenen morastigen Grund an ihm vorüber. Bei jedem seiner Schritte drang leises Quietschen durch die Stille. Ringil sah Wasser in den hinterlassenen Stiefelabdrücken emporquellen.

Die anderen Mitglieder der Gesellschaft folgten, Risgillen mit gerümpfter Nase und einem säuerlichen Blick über die Bäume, Ashgrin so wachsam und ungerührt wie stets seit seiner ersten Begegnung mit Ringil. Nur Pelmarag nahm den Menschen zur Kenntnis. Er drehte sich ihm im Vorübergehen um und zwinkerte ihm zu.

»Wo sind wir?«, fragte Ringil

»Am Ende der Reise«, erwiderte Pelmarag. »Hannais M'hen die Verfluchte. Schau!«

Er zeigte nach links, und wieder beschleunigte sich Ringils Puls, als er eine verkümmerte schwarze Gestalt erblickte. Erst einen Moment später begriff er, dass es eine Statue war, und wieder einen weiteren Moment später – *wie?* –, dass sie sich anders als die Akyia in der Brandung nicht plötzlich regen und zu lautlosem, helläugigem Leben erwachen würde.

»Ich werd dir eine komische Geschichte erzählen«, sagte Pelmarag und ging, ohne eine Spur von Heiterkeit, zu der Statue hinüber. Schulterzuckend folgte ihm Ringil.

Sie steckte schief in dem schlammigen Grund und schien sie zu erwarten. Die stämmigen Arme hielt sie in Schulterhöhe erhoben, wie ein winziger Prediger vor seiner Gemeinde oder wie ein Kind, das hochgenommen werden will. Im Näherkommen sah Ringil, dass das Ding gänzlich aus schwarzem Glirsht geschlagen und so grob behauen war, dass der Leib keine sichtbare Kleidung trug und das Gesicht lediglich eine grobe, geschlechtslose Annäherung an menschliche Züge darstellte. Die flach ausgehöhlten Facetten, die als Augen dienten, waren poliert, sodass der Kristall darin glitzerte, aber es war schwer zu sagen, ob der Effekt bewusst herbeigeführt oder durch Zufall entstanden war.

Pelmarag starrte mit gerunzelter Stirn darauf hinab, als hätte sie ihm eine schwierige Frage gestellt.

»Komische Geschichte?«, erinnerte ihn Ringil.

Der Dwenda nickte. »Ja. Vor etwa anderthalb Monaten, wie ihr das ausdrücken würdet, suchte Ashgrins Bruder Tarnval diesen Ort. Er war ebenfalls gut ausgerüstet, mit allem Drum und Dran. Hat sich nie um Seethlaws Strategie der Heimlichkeit gekümmert, war stets der Ansicht, dass wir alle viel zu langsam vorgingen.«

Pelmarags Naomisch, der seine Sprache von Anfang an besser als Risgillen oder Ashgrin gesprochen hatte, hatte während seiner Gespräche mit Ringil eindeutig fließender zu sprechen gelernt. Er war der bei Weitem Geselligste der Gruppe. Tatsächlich hatte er eine Vielzahl von Ringils bevorzugten Ausdrücken und Phrasierungen übernommen, und den Menschen mutete es seltsam an, seine verbalen Marotten von jemand anderem zu hören. Er fragte sich, wie viel Zeit die Reise durch die aldrainischen Sümpfe wirklich benötigte. Ob Lernen und Erfahrung vielleicht auch ohne festen zeitlichen Bezugspunkt funktionieren konnten?

»Ja, war immer für den direkten Angriff, der Tarnval.« Pelmarag schnitt ein Gesicht wegen etwas, das offenbar nur er sehen konnte. »Und er hat seine Sache auch gut vertreten. Gut genug, um die nötige Unterstützung zu erhalten. Also hatte er etwa drei Dutzend von uns hinter sich, darunter einige geachtete Sturmrufer. Alle bereit, Hannais M'hen die Verfluchte zurückzuholen, die Uhren zurückzudrehen und den Schaden zu beheben, den das schwarze Volk hier angerichtet hatte. Wir entfesselten die Klauen der Sonne mithilfe des Aspektsturms, bevor wir ausschwärmten und uns einen Weg bahnten, und jagten ihnen hinterher. Und weißt du was? Am Ende landeten wir mehr als eintausend Meilen südwestlich von hier, hüfthoch im Meerwasser und am Ufer irgendeines beschissenen kleinen Reichshafens. Und alles nur, weil ein verdammter menschlicher Idiot das Leuchtfeuer versetzt hatte.«

Unsicher, ob er nun lachen sollte, gab Ringil einen unverbindlichen Laut von sich. Pelmarag verzog wiederum den Mund bei der Erinnerung.

»Mussten uns den Weg von diesem Strand freikämpfen«, sagte er leise. »Dabei verloren wir sechs oder sieben Dwendas. Durch die Stadt und den Hügel rauf, überall verfluchte Menschen, die im Dunkeln herumliefen und kreischten wie verlorene Affenseelen, man schlägt einen nieder, und dahinter steht gleich der nächste. Wir verloren fünf weitere Männer, und Tarnval selbst erlitt eine Brustwunde. Wir durchsuchten die ganze beschissene Stadt, nahmen sie buchstäblich auseinander, bis wir schließlich unser Leuchtfeuer fanden. Und anschließend entdeckten, dass sie das verdammte Ding fortgeschafft hatten und wir uns auch nicht annähernd dort befanden, wo wir hätten sein sollen. Kein Hannais M'hen, verflucht oder sonst wie. Wir waren im Süden, weit im Süden. Und bei *dieser* Sonne, die in wenigen Stunden aufgehen würde, na ja … da blieb nichts anderes übrig, als die Toten und Verwundeten einzusammeln und uns von den Sturmrufern da rausbringen zu lassen. Tarnval ist im Sturm auf dem Rückweg gestorben, wie auch einige der anderen. Und danach?« Pelmarag zuckte mit den Schultern. »Haben wir alle wieder auf Seethlaw gehört.«

»Sprichst du wieder von mir?«

Seethlaw war hinter ihnen aufgetaucht. Seine Miene, als er Pelmarag ansah, war undurchdringlich.

»Nur ein paar Gedanken über Strategie.«

»Ja?« Seethlaw legte Ringil eine Hand auf die Schulter. Etwas Eisiges floss zwischen den beiden Dwendas. »Gil gehört nicht zu unserer Strategie, Pel. Er muss nichts davon erfahren.«

Pelmarag hielt dem Blick des anderen Dwendas stand. Er sagte etwas, das sich knapp und bitter anhörte, und zwar in der Sprache, die sie benutzten, wenn Ringil nicht am Gespräch teilhaben sollte. Dann wandte er sich ab und kehrte zu den anderen zurück. Seethlaw grunzte und nickte ihm hinterher, eine rasche Geste mit erhobenem Kinn, an der nichts Freundliches war.

»Worum geht es denn?«, fragte Ringil.

»Um nichts, was dich betrifft.« Seethlaw packte seine Schulter etwas fester. »Komm! Wir sind noch nicht da.«

Sie gingen zwischen den winterlichen Bäumen entlang und über Pfade durch den Sumpf, die die Dwendas entweder in- und auswendig kannten oder ohne große Mühe erspüren konnten. An einem Punkt wich Ringil absichtlich vom Weg ab, ging um einen fauligen Baumstumpf herum und steckte auf einmal bis zu den Schienbeinen in schwarzem Morast. Eine graue Wassersuppe füllte rasch die Löcher, die er hinterließ, und ein Gestank nach Tod begleitete sie. Er quälte sich wieder hinaus, die Stiefel voller Schlamm. Niemand sagte etwas, aber er meinte, Risgillen bei einem höhnischen Grinsen zu ertappen. Danach achtete er darauf, hinter den anderen zu gehen.

Abgesehen von ihren quietschenden Schritten, war es völlig still.

Am Ende verriet ihm das, wo sie waren. Mit Sumpfgebieten kannte er sich aus. Schließlich war er in einer Stadt aufgewachsen, die ein Sumpf umgab, und vermisste allmählich die dort üblichen Geräusche. Kein Vogel war zu hören, weder einer, den er kannte, noch ein fremder, und es raschelte auch nichts am Boden, wenn sie vorübergingen. Hier und dort sahen sie Teiche und stehende Gewässer, über denen moosüberwachsenen umgestürzten Baumstämmen lagen und die an den Ufern von kleinen Mangroven bewachsen waren, aber auch dort rührte sich kein Leben; nicht einmal Insekten schwebten über der bleiernen Oberfläche.

Er hatte nur von einem Sumpf gehört, der so bar jeden Lebens war. Hatte den Ort sogar einmal gesehen, aus sicherer Entfernung von Westen.

Hannais M'hen die Verfluchte, hatte Pelmarag ihn genannt.

Hannais M'hen.

Ennishmin.

Also traf »verflucht« zu. Vergiss die Bauernlegenden und Geistergeschichten, die so gern um diesen Ort gesponnen wurden. Er hatte das wenige an Glauben, das ihm geblieben war, in Ennishmin verloren, aus dem banalsten aller Gründe. Hatte auch fast sein Leben verloren. *Hätte* es wahrscheinlich verloren, wenn ihn Archeth nicht gleich verarztet und – wie er argwöhnte – bei den Machthabern im Lager ein gutes Wort eingelegt hätte. *Lass dich nie mit einem imperialen Kommandeur auf einen Nahkampf ein, wenn du ihn am Leben lassen willst,* waren die ersten Worte eines Kapitels in diesem Traktat über Scharmützel gewesen, das nie in den Druck gegangen war, das Kapitel mit der Überschrift *Diplomatie.*

»Pscht!«

Vor ihm war Seethlaw stehen geblieben. Er gab ihnen ein Zeichen, sich zu ducken, und ging geschmeidig in die Hocke. Die anderen Dwendas erstarrten ebenfalls und folgten seinem Beispiel, und Ringil gab als Mensch sein Bestes, es ihnen gleichzutun. Seethlaws deutete schweigend durch die Bäume. Dort verbreiterte sich ein rötlich gefärbter Strom – sie waren fast an seinem Ufer entlang gegangen –, und etwas plätscherte, als würde es über das Wasser auf sie zukommen.

Seethlaws Hand bewegte sich erneut.

Genau die richtige Beschreibung, dachte Ringil später, für das Geschehen. Die Hand des Dwendas bewegte sich, aber nicht so, als ob ihr Besitzer die Bewegung irgendwie hätte kontrollieren können. Es war, als hätten Finger und Handfläche einen bösartigen, wenn auch nicht ganz koordinierten eigenen Willen angenommen. Das Handgelenk verbog sich in einem unmöglichen Winkel, die Hand vollführte wiederholt eine merkwürdige, krallende Geste mit drei Fingern, und Seethlaw zischte etwas. Ringil verstand nur eine halbe Silbe oder auch zwei, aber bei den Lauten überlief ihn eine Gänsehaut.

Dann geschah etwas mit dem Licht.

Im selben Augenblick glitt auf dem Fluss ein langes, arg lädiertes Kanu heran. Fünf Männer saßen darin, bärtig und nachlässig gekleidet, aber alle bis an die Zähne bewaffnet. Ringil entdeckte Breitschwerter und Äxte, locker gespannte Bögen sowie auf einem Rücken eine gewaltige Armbrust. Zwei der Männer bedienten die Paddel, tauchten sie ein und lenkten das Boot mit einer geübter Leichtigkeit. Nahezu lautlos zerteilten die Blätter das Wasser und trieben das Kanu fast ohne Wellenschlag voran. Die anderen drei waren offenbar die Späher. Ihre Köpfe gingen hin und her, die Augen über den bärtigen Wangen waren angespannt und wachsam. Die ganze Zeit über sprach keiner von ihnen ein Wort.

Sie kamen weniger als fünf Fuß entfernt an der Stelle vorüber, wo die Dwendas kauerten, und sahen sie offenbar nicht.

Seethlaw wartete eine Zeitspanne ab, die Ringil sehr lang erschien, dann löste sich die Klauenhand wie von selbst, das Licht veränderte sich wieder, und er begann wieder zu atmen, was der

Dwenda, wie Ringil klar wurde, nicht mehr getan hatte, seit er am Ufer erstarrt war.

»Wer waren die?«

Seethlaw zuckte mit den Schultern. »Lumpensammler. Sie durchforsten den Sumpf nach Weinkelchen des schwarzen Volks und verkaufen sie weiter nördlich als aldrainische Antiquitäten. Größtenteils arme Hunde, aber sie kennen das Sumpfland gut. Sie unterhalten Lager draußen an den Grenzen. Man geht ihnen besser aus dem Weg.«

»Aus dem Weg?« Ringil runzelte die Stirn und spürte eine seltsame Mischung aus Ausgelassenheit und Enttäuschung in sich aufsteigen. Sein Mund zuckte. »Meinst du das ernst? Die verdammt mächtigen Dwendas drücken sich in die Büsche und verstecken sich vor Sumpfratten? Bei Hoirans verdrehtem Schwanz, Seethlaw, es sind bloß Menschen!«

»Ja, aber einige von uns«, sagte ihm Risgillen plötzlich wortgewandt ins linke Ohr, als sie an ihm vorbeischlüpfte, »sind überhaupt nicht scharf auf Menschen. Unter anderem, weil sie sich nicht allzu häufig waschen.«

Seethlaw warf ihr einen warnenden Blick zu, und sie verstummte.

»Hier entlang«, sagte er, und sie gingen auf einem Weg parallel zum Strom weiter. Der Fluss wurde immer breiter, und eine Anzahl Nebenarme verzweigte sich am anderen Ufer. Hin und wieder trieb auf dem rötlichen Wasser schlauchartiges, wirres Gras dahin, und ein gelegentlicher Windstoß wühlte die Wasseroberfläche auf. Der faulige Geruch ließ etwas nach. Sie sahen keinen weiteren Verkehr auf dem Wasser und auch sonst nichts Lebendiges, bis der Fluss eine scharfe Wendung nach rechts nahm und plötzlich eine schwarz gekleidete Gestalt mit glattem Schädel vor ihnen stand, ein Schwert auf dem Rücken. Ringil, inzwischen an die glatten Helme und den schmucklosen Panzer der Aldrain gewöhnt, hatte kaum einen Blick für den neuen Dwenda. In erster Linie beschäftigte ihn das Ding, das hinter ihm aufragte.

Es war eine Brücke, so viel war klar, aber der Ausdruck »Brücke« schien Ringil eine armselige Beschreibung für das, was da den Strom überspannte. Mit gleichem Recht hätte man den imperialen Basar in Yhelteth einen Markt nennen können. Es war zwar richtig, aber ...

Die Brücke ruhte auf Pfeilern, die so hoch wie Trelaynes Osttor waren, und schien größtenteils aus Draht und Licht erbaut zu sein. Zu beiden Enden konnte er Wendeltreppen erkennen, außerdem einen flachen Stützbogen von einer Seite zur anderen sowie ein Spinnwebmuster darunter. Die gesamte Konstruktion wirkte derart filigran, dass Ringil dachte, wenn die Sonne nur stark genug hindurchschiene, dann könnte das ganze Ding vielleicht verschwinden.

Seethlaw war sein ehrfürchtiges Staunen offenbar aufgefallen. Der Dwenda beobachtete ihn aufmerksam, fast als hätte er gerade eine Prüfung bestanden.

»Gefällt sie dir?«

»Sie ist sehr schön«, gab Ringil zu. »Die Lumpensammler sehen sie nicht?«

»Sie sehen etwas.« Seethlaw trat näher, hauchte auf seine Fingerspitzen und drückte sie dann sanft auf Ringils Augen. »Sieh hin!«

Die Brücke war verschwunden.

Oder ... genauer gesagt, nicht *verschwunden.* Die Stützpfeiler waren noch da, bestanden jetzt allerdings aus blassem Granit, gegenüberliegende Klippen, rissig und mit Moos und dünnen Linien gelblichen Grases bewachsen, hier und da zersplittert, aber sie boten keinen erkennbaren Weg nach oben. Und wo sich die eigentliche Brücke befunden hatte, wuchsen sich zwei schlanke, umgestürzte Bäume entgegen, deren Äste immer dünner und dünner wurden und sich zu Zweigen teilten, die sich nahe kamen, ohne sich zu berühren.

Ringil blinzelte erneut, heftig. Rieb sich die Augen.

Die Brücke war wieder da.

»Legenden gibt es natürlich«, sagte Seethlaw. »Der Junge, der in der Dämmerung am Padrow-Abend oder in der Nacht eines anderes Festes über diesen Ort stolpert und anstelle der Felsen und Bäume eine fantastische, märchenhafte Brücke sieht. Aber nur wenige deiner Art können sie länger als eine Sekunde richtig erkennen.« Ein sarkastisches Lächeln. »Wie du sagst, es sind bloß Menschen.«

Sie verließen den Dwenda mit dem Panzer und dem Helm nach einem kurzen Wortwechsel, der sich in Ringils Ohren formell anhörte, obwohl er nichts von dem verstand, was gesprochen wurde. Dann führte Seethlaw sie die Wendeltreppe hinauf auf die Brücke. Ringil, dicht hinter ihm, machte zögernd ein paar Schritte auf das hauchzarte Gewebe und verharrte dann. Er konnte nicht anders – es war, als würde man auf der Luft selbst gehen. Lange Augenblicke war ihm übel, weil er entsetzliche Angst hatte hinunterzufallen. Der Wind strich mit einem flötengleichen Laut über die Fäden; das dunkle Wasser unten kräuselte sich einladend. Die Wolken am Himmel rissen auf, und wo das stärker werdende Licht die Brücke berührte, verwandelte sich die Struktur in den perlenbesetzten Glanz eines taugetränkten Spinnengewebes.

Er bemerkte die Blicke, die ihm Risgillen zuwarf. Schluckte, hielt den Blick nach vorn gerichtet und ging weiter. Es half nur wenig, dass die Brücke bei jedem Schritt leicht nachgab, dem schwammigen Grund nicht unähnlich, den sie auf ihrem Weg durch den Sumpf gegangen waren. Und wenn sie nachgab, schienen die Fäden am oberen Ende von Ringils Hörbereich ganz leise zu summen. Es war kein angenehmes Gefühl, und er war froh, als sie auf der anderen Seite die Wendeltreppe hinabstiegen.

Unten angekommen, wurden sie von zwei weiteren Dwendas in Schutzkleidung erwartet. Einer setzte den Helm ab und starrte

Ringil lüstern an, bis ihn Seethlaw anfauchte. Das Gespräch ging längere Zeit hin und her, und dann zuckte der Dwenda mit den Schultern und setzte den Helm wieder auf. Für Ringil hatte er keinen Blick mehr übrig.

»Ich erfreue mich hier in der Gegend keiner sonderlichen Beliebtheit, nicht wahr?«

»Das ist es nicht«, erwiderte Seethlaw geistesabwesend. »Sie sind bloß besorgt und suchen nach etwas, woran sie ihre Sorge festmachen können.«

»Besorgt *worüber?* Diese Typen in den Kanus?«

Der Dwenda betrachtete ihn abschätzend. »Nein, über die nicht. Es geht das Gerücht, das schwarze Volk wäre immer noch hier. Einer unserer Kundschafter hat sich in ein hiesiges Lager begeben, geschützt von ausreichend Zauber, dass man ihn bediente und er unerkannt in der Kneipe sitzen konnte. Er hatte Männer über einen schwarzhäutigen Krieger in einer der Ortschaften im Westen reden hören.«

»Ach, komm schon! Das wird bloß ein Söldner aus dem Süden sein, vielleicht aus den Wüsten. Die Leute werden ganz schön dunkel, sobald man sich südlich von Demlarashan bewegt. Da kann man sich leicht irren.«

»Vielleicht.«

»Kein Vielleicht. Die Kiriath sind *verschwunden,* Seethlaw. Ich habe es mit eigenen Augen gesehen. Ich habe in An-Monal zugesehen, bis das letzte Feuerschiff abgetaucht ist. Wohin sie auch gegangen sind, sie werden nicht zurückkehren.«

»Ja, das habe ich in Trelayne gehört. Aber ich habe auch erfahren, dass die Menschenzungen nicht sehr um Genauigkeit oder Wahrheit bemüht sind. Anscheinend fällt deiner Rasse das Lügen leicht. Sie lügen ihre Führer an, ihre Gatten und Genossen, wie nahe sie ihnen auch stehen mögen, sogar sich selbst, wenn das die Welt ringsumher erträglicher macht. Hier ist es schwer zu beurteilen, was man glauben soll.«

Etwas an der Erschöpfung in seiner Stimme reizte Ringil, sich wütend zu verteidigen.

»Komisch, genau das habe ich immer von deinem Volk gehört. Dass die Dwendas Meister der Täuschung und Trickserei seien.«

»Wirklich?«, fragte Ashgrin lakonisch und ernst neben ihm. Ringil hatte seine Stimme so selten gehört, dass es jetzt ein Schock war. »Und von welchem viertausend Jahre alten Experten in aldrainischer Lehre hast du das?«

Risgillen räusperte sich vernehmlich.

»Gehen wir nun weiter, Bruder? Mir scheint, wir haben größere Sorgen als das Geschwätz von ...«

Seethlaw fuhr zu ihr herum. Seine Stimme klang gefährlich tief.

»Möchtest du vorangehen, Risgillen?«

Sie gab keine Antwort. Der andere Dwenda hörte neugierig zu.

»Ich habe dir eine Frage gestellt, Schwester. Möchtest du diese Expedition anführen? Möchtest du die Annehmlichkeiten und die Behaglichkeit unserer Sphäre aufgeben und erdgebunden werden wie ich? Wirst du dich in den brodelnden Schmutz der menschlichen Gesellschaft begeben, um unsere Ziele zu verfolgen?«

Immer noch keine Antwort.

»Ich verlange eine Antwort, Schwester, bitte. Oder ich nehme dein Schweigen als das *Nein,* das es immer war. Ist es ein *Nein? Dann halte deine verdammte Klappe!«*

Risgillen wollte etwas sagen, in ihrer eigenen Sprache, aber Seethlaw schnitt ihr mit einer scharfen Handbewegung das Wort ab. Langsam drehte er sich und ließ dabei die leeren Augen von einem Gesicht zum anderen wandern.

»Immerzu beklagt ihr euch«, fauchte er sie an, immer noch auf Naomisch. Vermutlich, um sie zu brüskieren, sie vor dem Menschen zu beschämen. »Ihr alle! Immer und immer wieder stöhnt ihr über das, was ihr hier erdulden müsst, die wochenlangen Reisen und Wanderungen unter den Menschen, gebunden an Zeit und Ereignis. Ich habe *drei verdammte Jahre* an die Zeit gebunden verbracht, damit wir einen Weg nach Trelayne anlegen konnten. Ich habe diese Welt so lange auf meiner Zunge geschmeckt, dass ich mich kaum noch daran erinnern kann, wie es war, nicht von ihren Beschränkungen befleckt zu sein. Ich habe es hingenommen, Tag um Tag, und mir war übel von der brutalen, tierischen Dummheit, nur um ihre Bedingungen und Möglichkeiten kennenzulernen, damit wir irgendwann wieder in Besitz nehmen können, was unser ist. Ich habe das alles freiwillig auf mich genommen, und ich würde es wieder tun. Und als Gegenleistung bitte ich nur um eure Ergebenheit und euer Vertrauen. Ist das zu viel verlangt?«

Schweigen. Ganz leise summte und wimmerte die aldrainische Brücke im Wind über ihnen. Seethlaw nickte grimmig.

»Sehr schön. Du wirst mir nicht mehr widersprechen, Risgillen. Ist das klar?«

Eine halbe Silbe auf Aldrainisch war die Antwort. Risgillen senkte den Kopf.

»Gut. Dann wartet hier.« Seethlaw nickte Ringil zu. »Gil, du kommst mit. Du musst dir unbedingt etwas ansehen.«

28

Wenige Hundert Meter hinter der aldrainischen Brücke steckte, wie eine wilde architektonische Riposte, ein gewaltiges Bauwerk mit mehreren schwarzen eisernen Plattformen einem sinkenden Schiff gleich mitten im Sumpf. Die Plattformen maßen von einer Seite zur anderen gut und gern einhundert Fuß. Im Näherkommen legte Ringil den Kopf in den Nacken und zählte sechs gewaltige Ebenen. Die oberste war mit Stacheln und einer Konstruktion aus Drahtgewebe gekrönt, was ein bisschen nach Fischernetzen aussah, die zum Trocknen aufgehängt waren. Das ganze Ding ragte in den schlammfarbenen Himmel wie eine Klinge, die in einer Wunde steckte und dann abgebrochen war. In dem drückenden Schweigen lag eine starke Spannung, wie vor einem gewaltigen Sturm.

»Da siehst du«, sagte Seethlaw grimmig, »was deine Verbündeten hier angerichtet haben.«

Es fiel nicht schwer, die Verbindung herzustellen – das Bauwerk konnte nur einen Ursprung haben.

»Du sprichst von den Kiriath?«

»Vom schwarzen Volk, ja. Sieh dich um, Ringil Eskiath! Hier stand einmal die prächtigste aldrainische Stadt auf dem Kontinent. Sie hieß Enheed-idrishnir, Wohnort der fröhlichen Winde. Du hast die Brücke gesehen. Stell dir Straßen und Türme vor, die ebenso gebaut waren und sich bis zum Horizont erstreckten. Künstliche Flüsse, deren Wasser so leicht aus der richtigen Welt hinaus- und in sie hineinströmten, wie ein Kanal in Trelayne aus einem Tunnel hervorkommt oder unter einer Zollstation fließt. Bäume und baumähnliche Konstruktionen, zur Anbetung ihrer

Gestalt, um die Brise am Himmel einzufangen und zu singen. Ich habe Enheed-idrishnir zum letzten Mal als Kind gesehen. Das war, bevor das schwarze Volk kam.«

Er zeigte wieder zu den Plattformen hinauf.

»Sie ist vom Himmel gefallen. Es heißt, sie habe dabei geschrien. Du siehst die sechs Ebenen? Unterirdisch gibt es siebenundzwanzig weitere, durch den Sumpf ins Gestein darunter getrieben. An der Spitze befand sich ein Apparat, der die Wirklichkeit entzweiriss. Fünfzigtausend starben oder wurden weggefegt, hinaus in den größeren Sumpf. Manchmal finden wir noch heute ihre Überreste. Einige leben sogar noch, mehr schlecht als recht.«

»Nichts ändert sich jemals, hm?«, sagte Ringil ruhig und dachte an Grashgals Vision eines Museums für Schwerter. Kinder, verwirrt von einer Vergangenheit aus stählernen Klingen, die hinter Glas weggeschlossen war.

Es hatte sich immer wie unwahrscheinliches Wunschdenken angehört.

»Nein, alles wird sich ändern.« Seethlaw wandte sich um und fixierte ihn mit den dunklen, leeren Augen. Seine Stimme hob sich leicht in der Stille des Sumpfs, und etwas von der Leidenschaft lag darin, die Ringil bisher nur bei ihm erlebt hatte, wenn sie fickten. »Die Aldrainer kehren zurück, Ringil. Diese Welt ist unser. Wir haben sie jahrtausendelang beherrscht, bevor das, was du als menschliche Geschichte verstehst, auch nur begonnen hat. Wir wurden vertrieben, aber sie bleibt unsere angestammte Heimat, unser Geburtskanal. Sie gehört uns nach dem Recht von Blut, Klinge und Ursprung. Wir werden sie uns zurückholen.«

»Wie wollt ihr das anstellen?« Irgendwie enttäuschte ihn diese neue Seite Seethlaws auf merkwürdige Weise. »So viele von euch scheint es nicht mehr zu geben.«

»Nein, noch nicht. Die Aldrainer sind von Natur aus Wanderer, Einzelgänger, stets am glücklichsten am Rand unseres Territoriums, und sie drängen hinaus, um zu sehen, was dahinter liegen mag. Aber jeder von uns bewahrt sich ein schmerzliches Verlangen nach dieser Welt, nach einer Einheit, einem bestimmten Ort, den man im Herzen hat und zu dem man am Ende der Reise zurückkehren kann. Wenn die Tore hier wieder offen stehen, wird mein Volk aus jeder Ecke und jedem Winkel der Sümpfe hervorkommen. Sie werden sich hier sammeln wie Krähen am Abend.«

»Soll mich das etwa aufmuntern?«

Der leere Blick legte sich wieder auf ihn. »Habe ich dich so schlecht behandelt?«

»Oh, nein. Ich habe Sklaven gesehen, die schlimmer behandelt wurden.«

Seethlaws Gesicht drehte sich ruckartig weg, als wäre er geschlagen worden. Er starrte an Ringil vorbei auf die halb versunkenen Plattformen. Seine Stimme wurde tonlos.

»Ich hätte dich töten können, Ringil Eskiath. Ich hätte mich mit dir amüsieren, mich an dir wie an einem Putzlappen abwischen und dich dann wegwerfen können. Hätte dich an den grauen Orten verdorren lassen oder unser Duell so beenden können, wie es anfing, mit einem Schwert. *Du* bist in *mein* Territorium eingedrungen, du hast deine Klinge, deine Drohungen und deinen Stolz darauf mitgebracht, dass dich weder Schönheit noch Magie am Töten hindern können. Du hast in meinen Angelegenheiten in Etterkal herumgewühlt, hast nützliche Diener getötet und verstümmelt, hast mich gezwungen, bei völlig unpassenden Gelegenheiten dazwischenzugehen. Noch einmal: Habe ich dich so schlecht behandelt?«

Da es auf diese Frage nur eine einzige gerechte Antwort gab, ignorierte Ringil sie.

»Sag mir bloß eines«, fragte er stattdessen, »ich verstehe, was du davon hast. Du bekommst dein heiliges, uraltes ... beschissenes ... Blutrecht ... *was auch immer* ..., dein verdammtes gelobtes Land zurück. Das verstehe ich, es ist auch nicht gerade etwas völlig Neues. Aber was hat die Verschwörung davon? Nach meinem

Eindruck tanzt das Kanzleramt so oder so nach deiner Pfeife. Was hast du ihnen versprochen, verdammt?«

Der Dwenda lächelte ihn matt an. »Was glaubst du denn? Du siehst, wo wir sind, du weißt, was Ennishmin für die Liga bedeutet.«

Das Wissen musste bereits da gewesen sein, in irgendeiner Form. Es war keine echte Überraschung, nur ein eisiges Gefühl in der Magengrube.

»Du hast ihnen gesagt, du würdest es für sie zurückholen?«

»Ja, mehr oder weniger.«

»Du wirst *auf imperiales Territorium* vordringen? Die Verträge brechen?«

Seethlaw zuckte mit den Schultern. »Ich habe keinen Vertrag unterzeichnet. Auch mein Volk nicht. Es ist ein Dienst, den ich meinen Gastgebern in Trelayne erweise.«

»Aber …« Jetzt schwoll der Eisklumpen in seinen Eingeweiden an und füllte ihn ganz aus. »Da wird das Reich nicht stillhalten, Seethlaw. So, wie die Dinge gerade stehen, ganz bestimmt nicht. Sie werden in den Krieg ziehen. Es wird *wieder einen verdammten Krieg* geben. Das musst du doch wissen.«

»Ja.« Ein weiteres ausdrucksloses Schulterzucken. »Was soll's? Die Liga und das Reich werden Krieg führen, weil die eine so scheinheilig wie das andere ist, und ich lege die Hand auf Trelaynes Seite der Waagschale, damit die Chancen auf beiden Seiten gleich groß sind. Ich könnte mir vorstellen, dass sie jahrelang kämpfen. Sie werden ihre Kraft vergeuden und einander niederringen, und dann, wenn sie des Gemetzels überdrüssig sind, wenn sie müde und gebrochen sind, danach wird mein Volk durch die Ruinen schreiten und wieder seinen rechtmäßigen Platz in dieser Welt einnehmen.« Seethlaws Stimme wurde merkwürdig sanft und drängend. »Du solltest nicht dagegen ankämpfen, Gil. Es wird eine viel bessere Welt sein. Kein hysterischer Hass und kein Blutvergießen mehr. Keine Scheinheiligkeit, um Machtmissbrauch zu tarnen, keine Lügen.«

»Nein, das ist wahr. Nur die Herrschaft der Aldrainer. Ich kann mir schon ganz gut vorstellen, wie das sein wird.«

»Du redest dummes Zeug.« Ein Anflug von Ärger in der Stimme des Dwendas, der ebenso rasch wieder verschwand. »Es gibt keinen Grund, weshalb Menschen und Dwendas nicht nebeneinander existieren könnten, wie es schon einmal der Fall war. Unsere Chroniken sind voll von Kriegern deiner Rasse, die aus Mitleid oder Liebe bei uns aufgenommen wurden und unter uns groß geworden sind. Ich selbst ...«

Er hielt inne. Machte eine kleine Handbewegung.

»Schon gut. Ich bin kein Marktschreier in Strov, der seine Waren anpreist, auch kein Mitglied des Kanzleramts, das leere Reden schwingt, um mehr Mittel und eine Handvoll Macht über seine Mitmenschen zu bekommen. Wenn dein Verstand und deine Erfahrung dich nicht überzeugen, werde ich dich zu nichts überreden.« Brüsk wandte er sich ab. »Komm, wir haben hier etwas anderes zu erledigen.«

Sie suchten sich vorsichtig ihren Weg über den morastigen Grund, vorbei an dem gewaltigen eisernen Bauwerk vorbei und gelangten zu einer Art teilüberdachtem Pferch an der niedrigsten sichtbaren Ebene. Umgeben war er von einem Zaun aus einem Material, das den Drähten auf der aldrainischen Brücke ähnelte, jedoch nicht annähernd so fein verarbeitet war. Das Gewebe war dichter und bildete drei lange, niedrige Bauten, so etwas wie Ställe an der eisernen Konstruktion. Der Boden innerhalb des Pferchs war fest und sah trocken aus, vielleicht durch dasselbe aldrainische Baumaterial verstärkt, wie alles Übrige, aber außerhalb des Zauns sammelte sich das Sumpfwasser zu stehenden, grauen Lachen. Der trügerische Weg wand sich hindurch und endete an einem Tor mit vorgelegter Kette.

Um den Pferch herum, etwa einen Meter vom Zaun entfernt, ragten mehrere, stumpfe Gegenstände aus dem Wasser. Ringil hielt sie für verrottete Baumstümpfe, bis sie fast am Tor angekommen waren und einer der Auswüchse in nächster Nähe ein nasses Schmatzen von sich gab. Er sah ihn sich etwas genauer an.

Und fuhr zurück.

Verdammt!

Das Ding war ein menschlicher Kopf, der am Hals aus dem Baumstumpf wuchs, für den er ihn anfangs gehalten hatte. Der Kopf einer jungen Frau, deren langes, zu dünnen Zöpfen geflochtenes Haar in der grauen Wassersuppe trieb. Als er sie anstarrte, verdrehte sich der Hals, und die Frau sah ihn mit ihrem blassen, schlammbeschmierten Gesicht an. Ihr Mund verzerrte sich und formte lautlos ein Wort.

... bitte ...

Schlagartig fiel ihm Mils Geschichte ein.

Ich habe nicht gesagt, dass die Männer tot waren. Ich habe gesagt, dass bloß ihre Köpfe zurückgekehrt sind. Immer noch lebendig, jeder von ihnen auf einen Baumstumpf von sieben Zoll Länge gepfropft.

Sumpfwassertränen rannen der Frau aus den Augen, liefen ihr in schmutzigen Streifen übers Gesicht.

Ringils Blick schoss über das Sumpfwasser und die anderen Auswüchse, die aus dem Wasser ragten. Überall derselbe entsetzliche Anblick: lebendige menschliche Köpfe, die nach innen in den Pferch starrten.

Er hatte Drachenfeuer und die verkohlten Leichen von Kindern auf Pfählen über Feuergruben gesehen. Er hatte geglaubt, mittlerweile ziemlich abgestumpft zu sein.

Ein Irrtum.

»Was ist das, *verdammt,* Seethlaw?«

Der Dwenda war mit der Kette am Tor beschäftigt. Er hatte die Hände daraufgelegt und murmelte leise Worte. Zerstreut blickte er auf.

»Was?« Er sah, wohin Ringil starrte. »Ach, das sind die Ausbrecher. Das muss ich dir lassen, ihr Menschen seid eine ganz schön dickköpfige Bande! Wir haben ihnen gesagt, wo sie sich befinden, haben ihnen gesagt, es gäbe keinen einfachen Weg aus dem Sumpf, haben ihnen gesagt, der Versuch wäre gefährlich. Wir haben ihnen gesagt, wenn sie blieben, würden sie zu essen bekommen und gut behandelt werden. Sie haben es trotzdem versucht. Also haben wir mit denen da so was wie ein Exempel statuiert. Seitdem haben wir nicht mehr so viele Fluchtversuche. Die meisten bleiben sogar drin und halten sich vom Zaun fern.«

Ringils Blick ging zu dem stallartigen Bau im Schatten des kiriathischen Stahls hinüber. Er presste die Zunge fest gegen den Gaumen.

»Das sind die Sumpfblut-Sklaven? Ihr haltet sie hier gefangen.«

»Ja.« Seethlaw zog die plötzlich gelöste Kette heraus und stieß das Tor auf. Er schien Ringils Gesichtsausdruck zum ersten Mal zu bemerken. »Also? Was ist los?«

»Ihr …« Es war, als ob er auf einmal nicht richtig Luft holen könnte. »Habt … ihnen … das … angetan. Nur als Warnung. Für die anderen?«

»Ja. Ein Exempel, wie gesagt.«

»Wie lange werden sie so weiterleben?«

»Na ja.« Seethlaw runzelte die Stirn. »Unendlich lange, wenn die Wurzeln gegossen werden. Warum?«

»Ihr Schweine!« Ringil schüttelte unwillkürlich den Kopf. »Ahhh, ihr verdammten Arschgesichter! Ihr Säue! Kein Grund, weshalb Menschen und Dwendas nicht zusammenleben können? *Wie nennst du das? Welche Art von verdammtem Zusammenleben ist das?«*

Seethlaw blieb stehen und starrte ihn an.

»Ist das denn schlimmer«, fragte er sanft, »als die Käfige am Osttor in Trelayne, wo eure Gesetzesbrecher tagelang voller Qual hängen, als Abschreckung für die Massen? Das hier ist nicht im Geringsten schmerzhaft.«

Ringil verdrängte die Erinnerung an die Qualen, die er nie erlitten hatte. »Nicht schmerzhaft? Würdest du dir das freiwillig antun, du Arsch?«

»Nein. Eindeutig nein.« Der Dwenda schien aufrichtig verwirrt über der Frage. »Aber ihr Weg ist nicht der meine, auch wäre ich ihn nicht so gegangen wie sie. Das ist wirklich eine Kleinigkeit, Ringil. Du bauschst das viel zu sehr auf.«

In diesem Augenblick hätte Ringil seine Seele dafür hergegeben, um das Gewicht des Rabenfreunds auf dem Rücken zu spüren, den Drachenzahndolch in seinem Ärmel. Stattdessen schluckte er heftig, schluckte seinen Hass hinunter, blickte von dem schlammbespritzten Gesicht der Frau weg und sah durch das offene Tor des Pferchs.

»Warum?«, brachte er mit zittriger Stimme heraus. »Warum habt ihr sie hierher gebracht? Was hat das für einen Sinn?«

Seethlaw musterte ihn einen langen Augenblick.

»Ich weiß nicht genau, ob du es verstehst«, antwortete er. »Du bist im Moment sehr begriffsstutzig.«

Ringil bleckte die Zähne. »Versuch's trotzdem.«

»Sehr schön. Sie sollen geehrt werden.«

»Oh, *das* klingt aber entzückend! Das ist besser als die *reinigende inquisitorische Liebe* der Offenbarung, allerdings.«

»Wie gesagt, ich erwarte nicht von dir, dass du es verstehst. Die Sumpfbewohner in der Ebene von Naom sind in dieser Welt die nächsten Verwandten der Aldrainer. Vor Tausenden von Jahren waren ihre Klans bevorzugte Gefolgsleute der Dwendas, so bevorzugt, dass wir unser Blut mit dem ihren mischten. Ihre Nachfolger entstammen, in welcher abgeschwächten Form auch immer, unserer Blutlinie.«

»Das ist ein verdammter Mythos«, sagte Ringil angewidert. »Das ist die Lüge, die sie einem unten am Markt von Strov verkaufen, damit sie dir doppelt so viel abknöpfen können, um deine Zukunft zu lesen. Erzähl mir nicht, dass du auch an diesen Scheiß glaubst. Drei verdammte Jahre der Politik in Trelayne, Umgang mit den besten Lügnern und Dieben der Liga, und du kannst einen einfachen Zaubertrick immer noch nicht erkennen, wenn du ihn vor dir hast?«

Seethlaw lächelte. »Nein. Der Mythos basiert, wie die meisten seiner Art, auf der Wahrheit oder zumindest auf einer Deutung der Wahrheit. Er lässt sich durchaus bestätigen. Wie stark das Erbe der Dwendas bei den Sumpfklans hervortritt, variiert gewaltig. Aber wenn ein Mädchen geboren wird, das außerstande ist, beim Geschlechtsverkehr zu empfangen, dann ist die Blutlinie stark. Bei Männern lässt sich das schwerer sagen, aber etwas Ähnliches gibt es auch dort.«

»Also hast du sie aus ganz Etterkal geholt und hierher gebracht. Deine Vettern hundertsten Grades. Komm schon, was bedeutet das *wirklich, geehrt werden?«*

Ihm war bewusst, dass auf seinem Gesicht immer noch das wilde Grinsen lag. Er sah Seethlaws Blick, und es war wie ein winziger Verlust. Er wurde einer weiteren Prüfung unterzogen, wie beim Anblick der aldrainischen Brücke, und jetzt versagte er.

»Ich glaube, du weißt, was es bedeutet«, sagte der Dwenda ruhig.

Aus Ringils Kehle stieg abgehacktes, fast lautloses höhnisches Gelächter. »Ihr werdet sie opfern.«

»Wenn du es so nennen willst.« Seethlaw zuckte mit den Schultern. »Ja.«

»Das ist prächtig. Weißt du, ich bin bloß ein verdammter, beschissener Mensch. Ich habe kaum drei Jahrzehnte gelebt, und selbst ich weiß, dass es da draußen keine Götter gibt, die diese Bezeichnung verdienen. Woran glaubst du also so verflucht verzweifelt, dass es ein Blutritual erfordert?«

Der Dwenda wirkte schmerzlich berührt. »Willst du wirklich eine Antwort auf diese Tirade?«

»He, wir reden miteinander, verdammt, oder etwa nicht?«

Ein weiteres Schulterzucken. »Also gut. Es ist weniger eine Frage der Götter als der Mechanismen, der Art, wie die Dinge miteinander verbunden sind und aufeinander einwirken. Des Rituals, wenn du so willst. Du könntest ebenso gut fragen, weshalb Menschen ihre Toten begraben, wenn es doch sinnvoller wäre, sie aufzuessen. Es *gibt* Mächte, Dinge, die so etwas beeinflussen, obwohl die Aldrain sich nur sehr schwach an sie gebunden fühlen. Aber es gibt ebenso die Etikette, die Einhaltung geheiligter Regeln, und dafür ist Blut stets der Weg gewesen. Du denkst vielleicht an die Unterzeichnung der Verträge zwischen deinen Völkern – obwohl wir uns wenigstens an unsere Vereinbarungen halten. Wenn Blut erforderlich ist, geben wir es her. Das Blut der Geburt, das Blut des Todes, das Blut von Tieren, wenn eine kleinere Veränderung des Schicksals erforderlich ist, das Blut des eigenen Volks, wenn etwas Größeres gewünscht wird. In unserer Geschichte sind diejenigen, die für diese Ehre auserwählt wurden, immer freiwillig in den Tod gegangen, wie ein Krieger, der freiwillig in die Schlacht zieht, weil er weiß, was sein Opfer wert ist.«

»Ich denke, das ist bei deinen fernen Vettern hier wohl kaum der Fall.«

»Nein«, stimmte Seethlaw zu. »Es ist nicht ideal. Aber es wird reichen müssen. Am Ende wird die Tatsache, dass *wir* gewillt sind, Blut zu vergießen, das unser eigenes ist, nun ja, als Opfer ausreichen.«

»Oh, *schön.* Freut mich, dass ihr euch das alles so zurechtgelegt habt.«

Der Dwenda seufzte. »Weißt du, Gil, ich hatte geglaubt, dass gerade du es verstehen könntest. So, wie ich dich kenne …«

»Du kennst mich nicht«, sagte er mit zusammengebissenen Zähnen. *»Überhaupt nicht.* Du hast mich gefickt, mehr nicht. Na ja, und vor dem Loch stehen sie Schlange, mein Liebling. Und wir Menschen, wir sind eine verlogene, heuchlerische Bande, vergiss das nicht! Zahlt sich nicht aus, uns im Bett mehr zu vertrauen als sonst wo.«

»Du irrst dich, Gil. Ich kenne dich besser als du dich selbst.«

»Ach, *Scheißdreck!*«

»Ich habe dich in den Sümpfen gesehen, Gil. Ich habe gesehen, wie du dich dort geschlagen hast.« Seethlaw beugte sich herüber und packte ihn an den Schultern. *»Ich sehe, was die Akyia sah, Gil.* Ich sehe, was du werden könntest, wenn du es nur zuließest.«

Ringil hob die Arme, befreite sich mit seiner waffenlosen Kampftechnik aus dem Griff des Dwendas und schüttelte ihn ab. Eine seltsame Ruhe kam über ihn.

»Ich habe alles, was ich in diesem Leben werden will, bereits hinter mir. Ich habe genug gesehen, um zu wissen, wohin das alles führt. Du hast mir ein verdammtes Versprechen gegeben. Wirst du es halten? Oder wirst du mir mein Schwert zurückgeben, und wir beenden das hier, wie es begonnen hat?«

Sie starrten einander an. Ringil war, als würde er in die leeren Augen des Dwendas hineinfallen. Er unterdrückte das Gefühl und starrte ihn weiter an.

»Nun?«

»Ich halte meine Versprechen«, sagte Seethlaw.

»Gut. Dann lass uns weitermachen.«

Ringil wandte sich brüsk ab und schob sich an ihm vorüber in den Pferch. Seethlaw starrte ihm einen langen Augenblick hinterher, sein Gesicht war undurchdringlich. Dann folgte er ihm.

29

Sherin erkannte ihn nicht.

Was man ihr vermutlich kaum verdenken konnte, überlegte Ringil. Es war lange her, und wahrscheinlich war nicht mehr viel von dem kleinen Jungen geblieben, der in den Gärten von Lanatray nicht mit ihr hatte spielen wollen. Gewiss war in der Frau, die zusammengesackt vor ihm saß, auch nicht viel von dem blassen, kleinen Mädchen übrig, das *er* in Erinnerung hatte. In den Niederungen wäre er höchstwahrscheinlich an ihr vorübergegangen, ohne sie zu erkennen, hätte er nicht in den letzten paar Wochen ein Loch in Ishils Kohleskizze gestarrt. Tatsächlich ähnelte ihr selbst die Skizze jetzt nicht sonderlich. Das entbehrungsreiche Leben hatte Sherins Fleisch aus dem Gesicht weggeschmolzen, sodass die Augen tief in den Höhlen lagen. Zudem hatte es ihr eine Last an Jahren aufgebürdet, die sie noch nicht gelebt hatte. Ihr wirres Haar zeigte graue Strähnen, und um Mund und Augen lagen tiefe Furchen, die bei einer doppelt so alten, schwer schuftenden Arbeiterin aus dem Hafenviertel nicht fehl am Platz gewesen wären.

Bei ihrem Anblick überlegte er kurz, welche Spuren die Zeit mit dem Dwenda auf seinem eigenen Gesicht hinterlassen hatten. Seit der Nacht seines Aufbruchs aus den Niederungen nach Etterkal hatte er nicht mehr in den Spiegel geblickt, und jetzt, plötzlich, bereitete ihm der Gedanke daran einiges Unbehagen.

»Sherin?«, fragte er sehr sanft. Er kniete sich neben sie. »Ich bin's, dein Vetter Ringil. Ich will dich nach Hause holen.«

Sie sah ihn nicht an. Ihr Blick ging über seine Schulter und war auf Seethlaw fixiert, und sie kauerte sich in die Ecke des Stalls, als könnte das Perlmuttgewebe der Wände sie in sich aufnehmen. Als

Ringil sie am Arm berührte, zuckte sie heftig zusammen, und ihre Hände legten sich schützend um ihren Hals. Minutenlang wiegte sie sich in der Ecke hin und her und wimmerte hoch und schrill, ein Laut, der so wenig mit einer menschlichen Stimme gemein hatte, dass Ringil anfangs nicht so recht wusste, ob er wirklich aus ihrer Kehle kam.

Ringil drehte sich um und sah hoch in Seethlaws blasse, aldrainische Züge.

»Würdest du bitte verschwinden, verdammt?«, fauchte er. »Mich eine Weile mit ihr allein lassen?«

Der Blick des Dwendas glitt von seinem Gesicht zu Sherin hinüber und wieder zurück. Er hob kaum merklich die Schultern, drehte sich um und glitt wie Rauch durch die halb offene Tür ins Freie.

»Hör zu, Sherin, er wird dir nichts tun. Er ist …« Ringil wägte die Worte sorgfältig ab. »Ein Freund. Er gestattet, dass ich dich mit nach Hause nehme. Wirklich. Da ist kein Trick im Spiel, keine Magie. Ich habe dich … eine ganze Weile gesucht. Kannst du dich nicht an mich erinnern, an Lanatray? Ich wollte nie mit dir im Garten spielen, erinnerst du dich, selbst wenn Ishil es mir befohlen hatte.«

Das wirkte anscheinend. Zoll um Zoll drehte sich ihr Gesicht herum. Das Wimmern brach ab, wurde zu einem abgehackten Schnaufen, versickerte dann in der Stille wie Wasser in ausgedörrter Erde. Sie sah ihn zitternd aus dem Augenwinkel an; beide Hände umklammerten nach wie vor ihren Hals. Ihre Stimme quietschte wie eine rostige Türangel.

»Ri-Ringil?«

Er brachte eine Art Lächeln zustande. »Ja.«

»Bist du's wirklich?«

»Ja. Ishil hat mich geschickt.« Erneut versuchte er sich in dem Lächeln. »Du weißt, was das bedeutet. Ishil. Wie sie ist. Ich *musste* dich einfach finden, verdammt, nicht wahr?«

»Ringil. Ringil!«

Und dann warf sie sich ihm in die Arme, brach an seinem Hals, seinen Schultern zusammen, weinte, klammerte sich an ihn und schrie, als wäre sie von tausend Dämonen besessen, die jetzt, endlich, zum Entschluss gekommen wären, dass sie zu lange in ihr gesteckt hätten, dass sie hinauswollten und dass es an der Zeit war, sie loszulassen.

Er hielt sie fest, bis es vorbei war, wiegte sie sanft, murmelte Plattitüden und streichelte ihr über das zerzauste Haar. Die Schreie verebbten zu einem Schluchzen, dann zu bebendem Atem und schließlich zu Stille. Er sah ihr ins Gesicht, wischte die Tränen ab, so gut er es mit seinem Hemdsärmel konnte, hob sie dann hoch und trug sie hinaus. An dem schlichten, schlammbeschmierten Hemd, das sie trug, haftete noch Stroh vom Stallboden.

Zufrieden, Mutter? Reicht das jetzt?

Draußen war der Himmel in Bewegung, dicke Wolken wälzten sich bedrohlich schnell dahin. Das Licht hatte sich verändert, es war trüber und schmutziger geworden und näherte sich dem Dämmer am Ende eines Tages, und die Luft roch nach einem nahenden Gewitter. Aus den anderen Ställen oder den Boxen in dieser kam kein Laut; wenn ihre Bewohner wach waren, ließ das Entsetzen oder die Apathie sie schweigen. Ringil merkte, dass er froh darüber war – es war einfacher, so zu tun, als würde hier niemand gefangen gehalten außer der Frau, die er in den Armen hielt.

Seethlaw hatte der Stallwand den Rücken zugekehrt, stand mit verschränkten Armen da und sah vor sich hin. Ringil ging wortlos an ihm vorüber und blieb ein paar Schritte weiter mit Sherin in den Armen stehen. Sie vergrub das Gesicht an seinem Hals und stöhnte.

»Also«, sagte der Dwenda hinter ihm. »Zufrieden? Hast du jetzt, was du willst?«

Ringil sah sich nicht um. »Du setzt uns beide auf ein gutes Pferd, du zeigst mir die Richtung zur Straße nach Trelayne, und du gibst mir einen vollen Tagesritt Vorsprung aus diesem Dreckloch. Dann können wir vielleicht über gehaltene Versprechen reden.«

»Natürlich.« Er hörte, wie Seethlaw sich von der Wand abstieß, sich aufrichtete und hinter ihn glitt. Seine Stimme war düster und kalt, sodass sich die feinen Härchen in Ringils Nacken aufrichteten. »Warum nicht? Hier gibt es schließlich nichts mehr für dich, nicht wahr?«

»Du sagst es.«

Im Gewitterlicht ging er auf das Tor zu, etwas langsamer als sonst, weil Sherin schwerer war, als er beim ersten Anheben erwartet hatte. Irgendein auf ewig unbekümmerter Teil seiner selbst erinnerte sich an eine Zeit, da er den ganzen Tag lang in schwerer Rüstung kämpfen und sich bei Anbruch der Nacht immer noch auf den Beinen halten und die Energie aufbringen konnte, unter die Männer im Lager zu gehen und sie für den Kampf am folgenden Tag wieder aufzumuntern, einen Sieg herbeizureden, an den er nicht glaubte, und an ihren brutalen, grausamen Witzen über Geld, Ficken und Gewalt teilzuhaben, als ob er sie komisch fände.

Warst du damals ein besserer Mann, Gil? Oder bloß ein besserer Lügner?

Vielleicht war es ja genug, für sie und für dich.

Er schritt durch das Tor, verbissen darauf bedacht, nicht zu den Köpfen im Wasser hinzusehen. Fast wäre es ihm gelungen. Einmal nur glitt sein Blick beiseite, und aus dem Augenwinkel erkannte er die schlammbeschmierten Züge der Frau gleich neben dem Tor. Er wandte sich rasch ab, bevor er mehr als die tränenüberströmte Wange und den verzweifelt murmelnden Mund erfassen konnte. In die Augen sah er ihr nicht.

Weiter durch den Sumpf und das schwindende Licht, und Sherin wog immer schwerer in seinen Armen, und Seethlaw blieb kalt und unnahbar schön an seiner Seite, und alle drei waren wie symbolische Charaktere aus einem irritierend pompösen, moralinsauren Schauspiel, dessen ursprüngliche Moral irgendwie durcheinandergeraten, korrumpiert und verloren gegangen und jetzt, für Publikum wie Mitspieler gleichermaßen, ein völliges Rätsel geworden war.

In den südwestlichen Ausläufern des Sumpfs wurde das Land allmählich immer weniger menschenfeindlich und erwies sich auch gegenüber Lebewesen anderer Art freundlicher. Es fing an mit einem gelegentlichen Moskitostich und den spärlichen Wolken von Fliegen, die um ihre Stiefel aufstiegen, als sie durch die sumpfigeren Teile des Wegs platschten. Dann sickerte langsam Vogelgesang in das Schweigen, und kurz darauf entdeckte Ringil die Vögel selbst, die gut sichtbar auf Ästen und umgestürzten Baumstümpfen hockten oder darauf herumhüpften. Immer weiter gab das bisher so unberechenbare Wasser seinen Anspruch auf die Erde auf und sickerte nicht mehr bei jedem Schritt aus dem Boden, sondern beschränkte sich mehr und mehr auf Bäche und schmale Wasserläufe. Der Weg, den sie gingen, wurde fester, der allgegenwärtige Gestank der stehenden Tümpel wich unregelmäßigen Duftwolken. Der Boden stieg an und wurde hügelig; das Plätschern fließenden Wassers über Felsen kündete von Flüssen. Selbst der Himmel schien heller zu werden, als das bedrohliche Gewitter sich eine Weile lang anderswohin verzog.

Wie bei so vielen anderen Dingen in Ringils Leben war ihm die bedrückende Stille im Herzen des Sumpfs erst in dem Augenblick besonders unerträglich erschienen, als er sie verließ.

Sie folgten einem der Bäche, der sich allmählich in einen Fluss verwandelte, und machten regelmäßig am Ufer Pause. Nach einer Weile war Sherin imstande, selbst zu gehen, obwohl sie sich nach wie vor eng an Ringil drückte, wenn einer der Dwendas herantrat oder den leeren Blick auf sie richtete. Sie sprach kein Wort und verhielt sich im Wesentlichen so, als könnte sich das Erlebnis jeden Augenblick als Halluzination oder Traum erweisen.

Ringil konnte es ihr nachfühlen.

Seethlaw war fast genauso schweigsam. Er führte die Gruppe mit einem Minimum verbaler und nonverbaler Anweisungen und sprach mit Ringil nicht mehr als seine aldrainischen Genossen. Falls er einen der anderen Dwendas erwählt hatte, die sie begleiteten, so hatte Ringil es nicht mitbekommen. Pelmarag und Ashgrin waren einfach bei der Überquerung der aldrainischen Brücke neben ihnen aufgetaucht, und zwei weitere, ihm unbekannte Dwendas erwarteten sie auf der anderen Seite. Kurze Gesprächsfetzen gingen während des Marschs zwischen ihnen hin und her, aber Seethlaw war daran nicht beteiligt, und es war ihm anscheinend auch gleichgültig.

In der Dämmerung erreichten sie ein Lumpensammlerlager neben dem Bach.

»Hier führt eine Fähre hinüber«, erklärte Seethlaw, als sie am Rand der kleinen Ansammlung von Hütten und Lagerhäusern standen. »Und von dort aus biegt die Straße nach Nordwesten ab. Wir sind so weit nach Süden gegangen, um den schlimmsten Teil des Sumpfs zu umgehen, aber von jetzt an ist der Weg wesentlich leichter. Ein paar Tagesmärsche nach Pranderghal, einer ziemlich großen Ortschaft. Dort bekommen wir Pferde.«

Ringil kannte Pranderghal. Er hatte zugesehen, wie die ursprünglichen Bewohner aus ihren Häusern nach Süden vertrieben worden waren. Damals hatte der Ort noch Iprinigil geheißen. Er nickte.

»Und heute Abend?«

»Wir bleiben hier. Die Fähre verkehrt erst morgen früh wieder.« Seethlaw grinste unangenehm. »Es sei denn, ich soll den Aspektsturm herbeischaffen und einen Weg durch die Sümpfe suchen.«

Ringil unterdrückte einen Schauder. Er warf Sherin einen Blick zu. »Nein, danke. Ich glaube, dazu hat keiner von uns beiden Lust.«

»Ganz bestimmt nicht?« Das Grinsen blieb. »Überleg's dir! Du könntest in wenigen Tagen wieder in Trelayne sein, statt in einigen

Wochen. Und es würde sich nicht einmal wie Tage anfühlen, sondern wie überhaupt keine Zeit.«

»Ja. Ich weiß, wie es sich anfühlt. Hör einfach damit auf, verdammt, ja?«

Sie betraten das einzige Gasthaus im Lager. Dessen Fußboden bestand aus gestampfter Erde, auf die man Stroh gestreut hatte, und im Innern gab es ein Dutzend aufgebockter Tische sowie eine lange, hölzerne Bar zu ebener Erde. An der gegenüberliegenden Wand führte eine Treppe zu einer Empore mit Geländer, von der mehrere Türen abgingen. Die Gruppe drängte sich durch den Lärm und die dichte Menge der bärtigen, ungewaschen riechenden Männer zur Bar hinüber und nahm Zimmer für die Nacht. Ringil erkannte keine offensichtliche Veränderung in Seethlaw oder den anderen Dwendas, aber sie schienen eine Art Schutzmantel übergeworfen zu haben, denn niemand nahm von ihrem Aussehen oder ihrer fremden Kleidung Notiz. Der Wirt, ein untersetzter, dunkelhäutiger Kerl, der kaum von seinen Gästen zu unterscheiden war, nahm mit einem knappen Nicken eine Münze von Pelmarag entgegen, biss hinein und steckte sie in seine Tasche. Dann winkte er zu einem aufgebockten Tisch in einer Nische neben einem Fenster hinüber. Sie nahmen Platz, und kurz darauf servierte man ihnen Schweinerippen und Krüge schäumenden Biers. Alles erwies sich als überraschend genießbar, zumindest für Ringils Magen, obwohl er mitbekam, dass die Dwendas beim Essen einander spöttische Blicke zuwarfen.

Auf einmal konnte er sich nicht mehr so recht daran erinnern, was sie in den aldrainischen Sümpfen gegessen hatten. Nur dass Seethlaw die Mahlzeit serviert, auf magische Weise von irgendwoher geholt hatte und das Essen ihm wie die zartesten Filetstücke auf der Zunge zergangen war. Die Getränke waren wie die edelsten Jahrgänge aus den Kellern der Niederungen gewesen. Darüber hinaus …

Selbst das …

Alles verblasste jetzt, merkte er, verblasste rasch, die Sümpfe und alles, was er dort gesehen und getan hatte. Es verblasste wie die Fragmente eines letzten Traums vor dem Erwachen, Teile seines Ichs bei sinnlosen Handlungen, quälende Bilder ohne Zusammenhang sowie ein Wirrwarr von Ereignissen, die losgelöst von Zeit oder Reihenfolge existierten …

Abrupt hörte er auf zu kauen, und nur für diesen Augenblick schmeckte das Essen der Gastwirtschaft wie Sägespane und Schmiere, und er brachte es einfach nicht herunter. Die Hitze, das Licht der Lampen und der Lärm, alles schwoll zu einem ohrenbetäubenden, unerträglichen Pandämonium an. Er starrte zu Seethlaw hinüber, der ihm direkt gegenübersaß. Der Dwenda beobachtete ihn.

»Es schwindet …«, sagte er durch den Klumpen in seinem Mund. »Ich kann mich nicht …«

Seethlaw nickte. »Ja. Das war zu erwarten. Du bist in die definierte Welt zurückgekehrt, du bist wieder an Zeit und Gegebenheiten gebunden. Deine geistige Gesundheit wird leiden, wenn du dich zu deutlich an alles erinnerst, wenn die Möglichkeiten allzu wirklich erscheinen.«

Ringil schluckte hinab, was er im Mund hatte. Es fiel ihm schwer.

»Es ist, als würde alles zu einem Traum werden«, sagte er benommen.

Der Dwenda lächelte ein dürres, kleines Lächeln und beugte sich leicht vor. »Ich habe sagen hören, dass Träume die einzige Möglichkeit sind, wie deine Art ihren Weg in die grauen Orte finden kann. Und dass nur die Wahnsinnigen oder unmenschlich Willensstarken dort bleiben können.«

»Ich …«

Jemand stieß von hinten gegen Ringil, rüttelte seine Gedanken durch, bevor er sie richtig in Worte kleiden konnte. Er verlor sie wie Münzen, die über die Straße in einen Gulli rollten, noch ein schwaches Aufblitzen von Bedeutsamkeit, dann war alles verschwunden.

Wütend fuhr er auf seiner Bank herum.

»Warum passt du nicht auf, wo du hintrittst, du Trottel?«

»Huch, entschuldige, Bürger, tut mir leid. Sieh mal, ich komme für jeden Schaden auf, wenn was verschüttet wurde ... Gil? Der verdammte *Ringil?*«

Egar, der Drachentöter.

Er trat aus dem Lichterschein und dem Gewühl der Kneipe wie eine legendäre Gestalt aus dem Dunst eines Schlachtfelds. Breit, hochgewachsen und zerzaust, das Haar eine wilde, verknotete Mähne, in der kleine Schmuckstücke, eiserne Talismane, hingen. Über seiner Schulter ragte die lederumhüllte Klinge seiner Stablanze hervor, an seinem Gürtel hingen eine Axt mit kurzem Griff sowie ein dazu passender Dolch mit breiter Klinge. Er roch nach Sumpf und Kälte und war augenscheinlich gerade zur Tür hereingekommen. Auf seinem zernarbten, bärtigen Gesicht lag ein gewaltiges Grinsen. Er ließ die Hände heftig auf Ringils Schultern fallen und zog ihn so mühelos hoch wie ein Vater, der seinen kleinen Sohn hochhebt.

»Bei Uranns verdammten Eiern, lass dich ansehen!«, brüllte er. »Was in aller Welt tust *du* in diesem beschissenen Loch? *Du* bist das Gesicht aus der Vergangenheit, das ich wiedererkennen und retten soll? *Du* bist derjenige, von dem das Arschloch mit dem Mantel dauernd geredet hat?«

Und dann ging alles schief.

Für Ringil war es, als würde er auf einmal in einen Aspekt der Sümpfe zurückkehren. Die Zeit schien beinahe stillzustehen. Sie verstrich so langsam, als würde man sich durch Schlamm bewegen. Seine Wahrnehmungen dehnten sich aus, verschwammen, und er sah die Ereignisse wie durch andere, stark gedämpfte Sinne.

Seethlaw fuhr hoch, die Augen weit aufgerissen.

Egar, der mit dem Sinn eines Kriegers die plötzliche Anspannung spürte, ließ die Hand sofort auf den breiten Dolch an seiner Hüfte fallen.

An den Nachbartischen drehten sich Köpfe.

Ashgrin, der auf Seethlaws Seite saß, griff unter sich nach etwas.

Ein schwacher Schimmer in der Luft. Eine Verdunkelung.

»Ich glaube, Ihr irrt Euch, Sir«, sagte Seethlaw, hob seine Hand ein paar Zoll vom Tisch neben sich und spreizte locker die Hände, sodass sie wie Spinnen aussahen. Eine Welle schien sie zu durchlaufen, als ob sie plötzlich knochenlos wären. »Das ist nicht Euer Freund.«

Egar schnaubte. »Hör mal, mein Alter, ich kenne diesen Burschen seit …«

Er runzelte die Stirn.

»Ein Irrtum«, wiederholte der Dwenda schmeichelnd. »Kann leicht passieren.«

»Ihr müsst sehr müde sein«, pflichtete Ashgrin bei.

Egar gähnte breit. »Ja, wenn das nicht die verdammte Wahrheit ist. Komisch, ich hätte schwören können …«

Ohne dass er später genau hätte sagen können, warum, schrie Ringil auf und wischte heftig mit dem Arm über den Tisch. Taktik bei einer Kneipenschlägerei, aus irgendeiner dunklen, selten genutzten Ecke seines Bewusstseins. Die Lampe in der Mitte kippte um, Öl spritzte heraus. Es fing Feuer und zog eine Linie zwischen den Tellern und umgestürzten Krügen. Ringil sprang auf, schob beide Handballen unter den Tisch und kippte ihn zu Seethlaw um.

»Ich bin's, Eg!«, schrie er. »Ich bin's, verflucht. *Schnapp dir das Mädchen!*«

Später würden ihm Tränen in die Augen treten, wenn er sich an die Reaktion des Majakers erinnerte. Egars Lippen verzogen sich zu einem Knurren, und er warf sich neben Ringil. Der Dolch kam heraus, ein breites, dunkles Aufblitzen in dem tanzenden Licht der Flammen, die jetzt das Stroh des Fußbodens erfasst hatten. Er bedrohte damit den stolpernden Dwenda.

»Recht hast du, Gil«, brüllte er. »Wer möchte den in seinen beschissenen Arsch geschoben kriegen? Verdammte alte Zauberkröten!«

Seine andere Hand war bereits nach vorn geschossen, hatte Sherin am Arm gepackt und sie von der Bank gezogen. Als Pelmarag versuchte, ihn daran zu hindern, schnellte der Dolch vor. Pelmarags Arm geriet in den Weg, die Klinge schlitzte die Haut auf, und Blut färbte den Ärmel des Dwendas dunkel. Pelmarag stieß seinerseits ein wölfisches Knurren aus und sprang Egar an. Die Augen des Steppennomaden weiteten sich vor Entsetzen. Was er in Pelmarag auch zuvor gesehen, welche Tarnung seine Wahrnehmung auch beeinträchtigt haben mochte, jetzt war sie verschwunden.

»Gespenster!«, brüllte er. »Geister! *Sumpfgeister!*«

Dann stürzte er zu Boden, Pelmarag über ihm.

Eine Waffe, eine Waffe, tönte es unermüdlich in Ringils Kopf. F*ür eine Waffe würde ich Hoiran meine verdammte Seele verkaufen!*

Er fuhr herum und warf sich auf Pelmarags Rücken. Wusste, dass es nur eine Sache von Sekunden war, bis ihn die anderen Dwendas am Tisch zu packen bekamen. Tat es dennoch. Egar hing in der Umklammerung seines Gegners, er wehrte sich und versuchte, seine Klinge gegen Pelmarags Griff einzusetzen. Dwenda und Mensch kickten auf dem irdenen Boden heftig um sich, suchten nach Halt. Ringil krallte die Finger der rechten Hand ins Auge des Dwendas und riss sie zurück. Pelmarag heulte auf und schlug um sich. Egar befreite sich aus dem Griff des Dwendas und stach ihm den Dolch seitlich in den Hals. Blut spritzte. Es roch, würde Ringil später aufgehen, bittersüß und stark, ganz anders als Blut aus menschlichen Adern.

Inzwischen wirbelte er bereits herum, duckte sich und schrie, hielt im Rauch Ausschau nach den anderen. Ihm blieb ein Moment, seinen Blick in den von Seethlaw zu bohren, der gerade auf den umgestürzten Tisch springen wollte und dessen Züge sich in eine grässliche Maske aus leeren Augen und wütendem Knurren verwandelt hatten. Dann schob sich eine Menschenmenge zwischen sie.

»Sumpfgeister! Sumpfgeister! Holt euch die Scheißkerle!«

Wie aus dem Nichts war auf einmal ein schreckliches, blaues, blitzendes Langschwert in Ashgrins Hand aufgetaucht. Die ersten Menschen, die ihn erreichten, gingen zu Boden, in Stücke gemetzelt. Das Gedränge wurde chaotisch und von schrillen Schreien begleitet, die einen wollten sich vor dem urplötzlich aufgetauchten Stahl in Sicherheit bringen, die anderen, die bewaffnet waren, brüllten, weil sie Platz haben und zur Kampflinie gelangen wollten.

»Ringil!«, schrie ihm Egar ins Ohr. »Verschwinden wir hier, und zwar sofort!«

Er schnappte nach Luft. »Gern. Bring das Mädchen …«

»Hab sie! Bloß *raus* hier!«

Die Hand des Majakers hielt Sherins Arm wieder fest gepackt, knapp oberhalb des Ellbogens. Ringil wusste, dass sie am folgenden Tag blaue Flecken haben würde.

Wenn wir so lange leben.

Irgendwie schafften sie es zur Tür, mit den Ellbogen stoßend und dabei anderen auf die Füße tretend, die dieselbe Idee gehabt hatten. Ringil trat die Tür auf, taumelte hinaus in Kälte und Dunkelheit. Er hatte viel zu viel Schwung und stürzte, weil der Gasthof auf einer kleinen Erhebung stand und der Grund abschüssig war.

Klirren von Glas. Ein Dwenda sprang kreischend wie eine verlorene Seele durch das Fenster, landete wie eine Katze und stolzierte auf sie zu, grinsend, die Klinge in der Hand.

Egar ließ Sherins Arm los.

»Hinter mich, Mädel!«, knurrte er.

Er holte seine kleine Axt heraus, umfasste sie mit der linken Hand und behielt den Dolch in der rechten. Keine Zeit für die Lanze, so willkommen ihm auch die zusätzliche Reichweite gewesen wäre. Er beäugte das Schwert der Kreatur mit professioneller

Ruhe. Die leeren, unmenschlichen Augen waren beim ersten Mal ein Schock gewesen, aber jetzt kochte sein Blut, und er regte sich nicht mehr unnötig auf. Nicht schlimmer als ein Steppenghul, dachte er. Das starre Grinsen des Kämpfers lag ihm auf den Lippen.

»Verdammt, wohin glotzt du?«, blaffte er.

Die Kreatur rannte schrill kreischend auf ihn zu. Entsetzlich schnell, aber auch das hatte Egar schon mehrfach erlebt. Er schleuderte ihr den Dolch ins Gesicht. Das Langschwert schoss hervor und sollte den Dolch abwehren, aber es war eine ungeschickte Bewegung. Der Drachentöter rannte hinter seiner Waffe her und schlug beidhändig mit der Axt zu. Der Sumpfgeist heulte auf und sprang beiseite. Daraufhin ließ Egar die gebogene Rückseite der Axt auf die Klinge knallen und riss sie mit der Linken weg, während er seinem Gegner zugleich die zur Faust geballte Rechte ins Gesicht rammte. Taumelnd wich der Sumpfgeist zurück, und Egar folgte ihm. Ein weiterer Hieb, wieder ins Gesicht – *kümmere dich nicht um den Körper, vermutlich befindet sich eine Art Panzerung unter dem merkwürdigen schwarzen Ledergewand* –, und da spürte er die Nase mit einem handfesten Knirschen brechen. Der Geist schrie auf und versuchte, mit der geblockten Klinge zurückzuschlagen. Schnell war er zwar, aber er hatte nicht die brutale Kraft, die nötig gewesen wäre. Egar grinste, hakte einen Arm unter einen Schenkel seines Gegners und zog ihn hoch, woraufhin die Kreatur auf den Rücken fiel. Der Drachentöter setzte ihr unter Einsatz seines ganzen Gewichts ein Knie auf die Brust. Etwas quietschte und knackte. Wieder schrie der Sumpfgeist, aber bloß noch schwach. Egar bekam seine Axt frei und rammte ihm, da ihm keine Zeit blieb, sie umzudrehen, den eisernen Schaft mit voller Wucht in das leeräugige Gesicht. Er durchbohrte ein Auge und zerschmetterte einen Wangenknochen. Zerschlug den Mund und die bereits gebrochene Nase.

Hinter sich eine Bewegung.

Er fuhr herum und sah Ringil in dem schwachen Licht schwanken. Stieß heftig einen erleichterten Seufzer aus und lockerte den Griff um die Axt.

»Steh auf«, sagte der trelaynische Ritter heiser. »Wir müssen hier weg. Bevor die anderen rauskommen.«

Egar warf einen Blick zur Kneipe hinüber. Aus dem zerbrochenen Fenster ertönte der Lärm der Gewalttätigkeiten, und auch aus der Tür, wo sich eine Rotte Männer zusammenscharte, hin- und hergerissen zwischen der Faszination des Zuschauens und dem Entsetzen über das Gesehene. Rauch quoll hervor, und Flammen beleuchteten flackernd die Umgebung. Noch schien niemand die drei hier unten in der Dunkelheit bemerkt zu haben. Alle Aufmerksamkeit galt dem Gebäude.

»Da drin müssen mehr als sechzig Männer sein«, sagte er zu Ringil, schwer atmend vom Kampf. »Selbst wenn nur zwei Drittel davon sie aufmischen wollen, würden sie diese Arschlöcher leicht fertigmachen.«

»Nein, werden sie *nicht.*« Ringils Stimme schwoll an und wurde drängend. »Glaub mir, uns bleiben bestenfalls noch Minuten.«

Man folgte keinem Mann durch die sengende Hitze eines Bergpasses in den fast sicheren Tod, ohne ihn zuvor richtig kennengelernt zu haben. Ohne gelernt zu haben, dem zu vertrauen, was er im Bruchteil eines Augenblicks sagte, selbst wenn er ein verdammter Schwuler war. Egar stand auf und sah sich um.

»Gut. Wir nehmen die Fähre.«

»Was?« Ringil runzelte die Stirn. »Haben diese Pissnelken nicht die Riemen weggeschlossen?«

»Ja, verdammt, wer gibt denn in solchen Zeiten was um *Riemen!* Die Strömung des Idrikarn ist so weit außerhalb des Sumpfs sehr stark; sie wird uns rascher nach Süden tragen, als du laufen kannst, Kumpel.«

Das Ding zu Egars Füßen rührte sich stöhnend. Überrascht sah der Majak hinab.

»Zäher Scheißkerl, was?«, fragte er fast bewundernd.

Dann drehte er die Axt in den Händen um, trat heran und schlug mit der Schneide zu. Der Kopf des Sumpfgeists rollte in einem schmutzigen Schwall von Blut davon. Egar wischte sich einen Teil aus dem Gesicht, schnüffelte neugierig daran und hob die Schultern. Er sah sich suchend um, entdeckte seinen Dolch, hob ihn auf und schlug Ringil auf die Schulter.

»Dann mal los«, sagte er. »Arsch in den Sattel.«

»Warte, gib mir sein Schwert!«

»Wozu willst du sein verdammtes Schwert? Was stimmt mit dem auf deinem Rücken nicht?«

Ringil starrte ihn an, als würde er auf einmal vor sich hinplappern wie ein Mystiker aus Demlarashan. Egar hielt mitten in der Drehung inne und spreizte die blutbeschmierten Hände.

»Was?«

Ringil hob die rechte Hand, als würde sie ihn schmerzen, legte sie langsam und tastend auf seine Schulter und berührte den Knauf seines Schwerts, als würde er, nun ja, jemandem den Schwanz liebkosen, um ehrlich zu sein. Egar trat unbehaglich von einem Fuß auf den anderen und spielte mit seiner Axt.

»Du bist ein verdammter Verrückter, Gil. Wie eh und je. Also *komm!*«

Im Eilmarsch hinab zur Anlegestelle, Sherin stolpernd zwischen ihnen. Es stimmte: Selbst in der Uferbucht des Flusses herrschte eine lebhafte Strömung. Winzige Blätter und andere Flecken – sonstiger Müll auf dem Fluss – trieben in Schrittgeschwindigkeit vorüber. In der Mitte des Stroms war ein heftiger Wirbel auf dem unruhigen, vom Bandlicht erhellten Wasser zu sehen. Die Fähre, ein breites, kleines, entmastetes Fischerboot von kaum vier Metern Länge, zerrte am Ende seines Befestigungstaus, als wäre sie in Eile und wollte weg.

»He! Ihr!« Man hatte sie entdeckt. »Wartet, da – Diebe – hier! He, haltet sie, das ist mein verdammtes *Boot …*«

Sie sprangen hinein. Egar hackte die Taue entzwei und stieß sie mit dem Stiefel von den Pfeilern der Anlegestelle ab. Hinter ihnen stürzte eine Schar dunkler Gestalten schreiend und gestikulierend, Waffen und Fäuste schwingend, auf die Anlegestelle zu. Das Boot trieb vom Ufer weg, zunächst quälend langsam. Dann wurde es von der Strömung erfasst und schwang sich kühn hinaus auf den Fluss. Sich mittschiffs im Gleichgewicht haltend, über die zusammengesunkene, schluchzende Sherin gebeugt, grinste Egar Ringil an.

»Hab das schon 'ne Weile lang nicht mehr gemacht.«

»Du setzt dich besser hin«, wies ihn Ringil an. »Sie werden gleich anfangen zu schießen.«

»Nö. In dem ganzen Gewimmel werden sie keinen gespannten Bogen bei sich haben. Das sind keine Soldaten, Gil.« Aber er bückte sich trotzdem und hielt sich an einer der Bankstreben fest. Dann verrenkte er den Hals und sah sich um. »Das ist bloß Radresh. Der ist stinksauer, weil wir seine Fähre geklaut haben.«

»Was durchaus verständlich ist.«

»Ja, ja, schon gut. Fand ihn sowieso immer viel zu teuer.«

Die beiden blickten schweigend zurück, während die Menge an der Anlegestelle über ihre eigene Machtlosigkeit in Wut geriet. Etwas Schweres klatschte hinter ihnen ins Wasser, aber viel zu weit flussaufwärts, um Anlass zur Sorge zu bieten. Niemand sprang ins Wasser, so viel war sicher. Ein paar Verfolger mit etwas Geistesgegenwart versuchten, am Ufer Schritt zu halten. Ringil beobachtete sie ein paar Sekunden lang genau, sah sie am Rand des Lagers ins dichter werdende Unterholz laufen und stehen bleiben. Ihm wurde leichter ums Herz.

Bis …

Oben auf dem Hügelchen loderten die Flammen fröhlich in den Fenstern und der offenen Tür des Gasthofs. Auf die wachsende Entfernung war es schwer zu sagen, aber er glaubte, eine einzelne, hochgewachsene, dunkle Gestalt im Eingang zu sehen, die ihnen, ungerührt vom Feuer in ihrem Rücken, mit lichtlosen Augen hinterhersah.

Lauf weg, wenn du magst, flüsterte eine Stimme in seinem Kopf. *Ich zähle bis hundert.*

Er schauderte.

Das Boot fuhr weiter flussabwärts auf dem dunklen, wirbelnden Wasser.

30

Ich hatte an Ennishmin gedacht, Mylord.

Archeth wiederholte in Gedanken wütend ihre eigenen Worte, während sie aus dem Fenster sah. Der Bergfried von Beksanara war niedrig, kaum zwei Stockwerke höher als das übrige Fort, und die Aussicht vom obersten Raum war dieselbe wie überall sonst in diesem verfluchten Landstrich. Sumpfland und kahle Bäume unter einem Himmel von der Farbe hervorquellender Gehirnmasse. Aus diesem Winkel hatte man nicht einmal einen Blick auf den Fluss. Und ganz bestimmt war keine Spur der Morgensonne zu erkennen.

Ihr hatte das ganze verdammte Reich zur Verfügung gestanden.

Sie hätte jetzt irgendwo in Hanliahg am Strand liegen können, die bloßen Füße im Sand und einen Krug Kokosbier neben sich, und sie hätte zusehen können, wie der Morgen den Himmel über der Bucht mit Licht überflutete. Sie hätte auf dem Balkon einer Hütte der Wache oben hinter dem Dhashara-Pass sitzen und sich von heißem Kaffee und einer Bergluft wecken lassen können, die ihr in den Lungen schmerzte, und dabei die Schneeadler beobachten können, wie sie bei ihrer Balz lärmend auf und nieder jagten.

Aber nein, nein, du musstest deinem verdammten Bauchgefühl in diese Gegend am Arsch der Welt folgen. Du musstest Elith in ihre Vergangenheit und in sämtliche Erinnerungen zurückholen, die eigentlich zu schmerzlich waren, um sich ihnen zu stellen. Nicht umsonst hat Elith sie zurückgelassen. Aber du konntest der Versuchung einfach nicht widerstehen, stimmt's? Archeth Indamaninarmal kehrt im Triumph heim, mit der Antwort auf die rätselhaften Leiden des Reichs.

Sie hatte nichts gefunden. Zwei Wochen war sie kreuz und quer durch die Siedlungen in den Ausläufern der Sümpfe von Ennishmin gefahren, zwei Wochen hatte sie gelangweilte und gereizte imperiale Offiziere befragt, die sowieso schon genervt von ihrem Pech waren, hier stationiert zu sein. Zwei Wochen das kaum verhohlene höhnische Grinsen und mürrische Schweigen bei der Befragung der Lumpensammler, auf deren patriotische Hilfe sie – vergebens – gepocht hatte. Zwei *beschissene* Wochen mit Geschichten alter Weiber und Gerüchten und Ausflügen in den Sumpf, um einen Blick auf ein paar seltsam geformte Felsen oder Auswüchse ohne Bedeutung zu werfen. Der größte Triumph bislang war die Ausgrabung eines weiteren Glirshtsteins gewesen, ähnlich dem, den Elith nach Khangset geschleppt hatte. Sie hatten ihn sechs Meilen entfernt von Jeshtak mitten im Sumpf gefunden, wo er umgefallen war und anscheinend schon seit Jahrhunderten mit dem Gesicht nach unten lag. Moosüberwuchert und verwittert vom Alter war er gewesen, und einer seiner ausgebreiteten Arme war abgebrochen. Schweißbedeckt und schlammbespritzt ließen sie ihn an Ort und Stelle liegen und schleppten sich nach Jeshtak zurück.

Sie sah die Blicke, die Faileh Rakan und seine Männer ihr zuwarfen, wenn sie glaubten, sie würde es nicht bemerken, und konnte es ihnen kaum verübeln.

Sie jagte Phantomen hinterher, und das Ergebnis entsprach dem, was zu erwarten war.

Und jetzt das! Sabotage oder zufällige Gemeinheit: Auf jeden Fall hatte Idrashan in den Ställen etwas gefressen, das ihn aus rätselhaften Gründen in die Knie gezwungen hatte, sodass sie über Nacht bleiben und abwarten mussten, ob er überleben würde oder nicht. In Beksanara gab es keinen Veterinär, der diese Bezeichnung verdient hätte, und auch keine richtigen Gesetzeshüter. Rakan schüchterte den Ortsvorsteher so weit ein, dass er ein paar mögliche Verdächtige einkassierte, und die Männer vom Ewigen Thron verprügelten sie abwechselnd in den Zellen des Forts. Abgesehen von der körperlichen Ertüchtigung, kam nichts auch nur annähernd Nützliches dabei heraus. Man beschuldigte sich gegenseitig, wie es in solchen Situationen üblich war – Verschwörungen und örtliche Familienfehden, kleinere kriminelle Taten kamen ans Licht und offen unplausible Geständnisse wurden abgelegt, alles durchsetzt mit dem üblichen Mist aus den Sümpfen: eine mysteriöse Pest in der Luft, die die Pferde befiel, wenn der Wind aus Nordwesten wehte; Banditen, barbarische Reste vertriebener Familien, die sich im Sumpf verbargen und langsam in etwas nicht mehr ganz Menschliches verwandelten; eine hochgewachsene Gestalt mit breitkrempigem Lederhut und Mantel, vor Kurzem gesichtet, wie sie des Nachts durch die Straßen schlich, als würde sie den Ort in bösartiger Absicht absuchen; schattenhafte, kindgroße Gestalten, die in der Dämmerung gezwitschert und ein unheimliches Wimmern ausgestoßen hatten. Nach sechs Stunden ordnete Archeth an, Rakan solle sie alle wieder laufen lassen.

Also weiter abwarten, ob Idrashan durchkommen würde.

Sie biss die Zähne zusammen. *Bei der heiligen verdammten Mutter, wenn dieses Pferd stirbt …*

Schritte auf der Treppe.

Sie wandte sich vom Fenster ab, durchquerte den kleinen, quadratischen Raum und trat ins Treppenhaus. Faileh Rakan kam die Stufen herauf und sah zu ihr hoch, die Augen leicht trüb, weil er die ganze Nacht wach gewesen war. Seit einer der zäheren Verdächtigen unklugerweise eine Schlägerei angezettelt hatte, hatte er an seiner Schläfe winzige Kratzer,. Bei ihrem Anblick blieb er unvermittelt stehen.

»Mylady«, sagte er und neigte den Kopf. Es war eine unwillkürliche Geste der Ehrerbietung, jedoch eine, dachte sie, die sich allmählich ziemlich abnutzte.

»Wie geht's meinem Pferd?«

»Ihm, äh – unverändert, Mylady. Tut mir sehr leid. Deswegen komme ich nicht. Es hat eine neue Entwicklung gegeben.«

»Ah, ja. Und zwar?«

»Na ja, der Ortsvorsteher hat mir mitgeteilt, dass seine Bürgerwehr ein paar Bootsdiebe festgenommen hat. Sie fanden sie schlafend und auf Grund gelaufen unterhalb des Orts in der Flussbiegung. Das Boot hat keine Riemen, also wie üblich.«

Archeth rutschte ungeduldig hin und her. Der Ortsvorsteher mit Namen Janshith war ein erbärmlicher Dickwanst, dessen Unfähigkeit nur vom Umfang seines Bauchs und seiner Wichtigtuerei übertroffen wurde.

»Ja? Und weshalb sollte uns das interessieren?«

Rakan räusperte sich. »Na ja, anscheinend behaupten diese Bootsdiebe auch, dass sie vor, äh, magischen Wesen geflohen wären, die im Sumpf leben. Und einer von ihnen hat eine kiriathische Klinge dabei.«

Schwachsinn.

Sie murmelte das Wort ein paarmal vor sich hin, als sie die Treppe hinabstiegen und auf die Straße traten. In ihrer Brust pochte es unerklärlich, was ihr überhaupt nicht gefiel, und sie wusste nicht, wovor sie sich mehr fürchten sollte – sich zu irren und wieder mal eine Enttäuschung zu erleben, oder in ihren Ängsten bestätigt zu werden.

Schwachsinn, eine verdammte kiriathische Klinge! Wird eine halbe eiserne Gerüststrebe sein, zurechtgeschliffen zu einer groben Schneide und am einen Ende mit Tuch umwickelt für einen Griff. Hab das schon häufig genug gesehen.

Aber es war nicht so.

Sie erreichten den Bootsschuppen mit der Lagerhütte am anderen Ende des Orts, wo die Diebe festgehalten wurden. Im Näherkommen sah sie die konfiszierten Waffen. Sie waren zwischen zwei ungekämmten Männern der Bürgerwehr gestapelt, die zur Bewachung der Tür abkommandiert waren, und da pochte es noch stärker in ihrer Brust: Dolch, Handaxt, eine majakische Stablanze sowie ein zeremonieller Drachenzahndolch, und dort, achtlos auf alles andere geworfen, der Schimmer einer Kampfscheide aus An-Monal sowie der gewebte Griff des Breitschwerts, das sie liebevoll umhüllte.

Sie blieb wie angewurzelt stehen und starrte die Waffe an, die strahlte wie ein alter und etwas selbstgefälliger Freund, den sie zum ersten Mal seit Jahren traf und der plötzlich über alle Erwartung hinaus alles wettmachte.

Und dann die schleppende Stimme aus dem Innern, nur schwach vernehmbar durch das Holz der Tür, jedoch unmissverständlich. Der eher weiche, leicht abwesende Tonfall und die empörende Respektlosigkeit, die er den dicht nacheinander gesprochenen Silben des von ihm gesprochenen Tethannischen entlockte.

»He, Sergeant, du solltest in den nächsten paar Stunden deines Lebens eigentlich was Besseres zu tun haben, als mich anzustarren. Wie wär's zum Beispiel mit einer Rasur? Oder schreib doch vielleicht einfach deinen letzten Willen. Du kannst doch schreiben, oder?«

Beinahe hätte sie die Tür aus den Angeln gerissen. Sie knallte dumpf gegen die Mauer, prallte zurück, und Archeth musste sie mit den Unterarmen abwehren, was wehtat.

»Ringil?«

»Na, na!« Aber hinter den wohlgesetzten Silben sah sie den Schrecken in seinen Augen. Er lehnte sich leicht auf dem umgedrehten Ruderboot zurück, auf dem er saß. Innehalten, sich wieder fassen, alles innerhalb einer Sekunde. »Archeth Indamaninarmal. Dramatischer Auftritt, mitten auf der Bühne. Die Mächtigen kriegen langsam, scheint's, wirklich die Kurve.«

»Hab's dir gesagt«, knurrte der Mann an Ringils Seite, und jetzt erkannte sie ihn ebenfalls. »Wolltest mir nicht glauben, oder?«

»Drachentöter! Du auch hier?«

»Hallo, Archeth.« Der Majak grinste sie an. »Warum so förmlich? Niemand nennt mich mehr so.«

»Tja, jetzt weißt du, wie ich mich damals gefühlt habe«, brummelte Ringil.

Im Raum standen vier mit Hellebarden bewaffnete Männer der Bürgerwehr, die jetzt die Waffen senkten und dem unverständlichen Wortwechsel zwischen der kiriathischen Edeldame und den drei Bootsdieben, die sie gerade in eine Ecke gepfercht hatten, mit offenem Mund lauschten. Faileh Rakan sprach es für sie alle aus:

»Ihr *kennt* diese Leute, Mylady?«

»Ja, natürlich. Nun gut, diese junge Frau nicht, aber …«

»Sherin Herlirig Mernas«, warf Ringil mit einer höfischen Geste ein, während die hohläugige Frau an seiner Seite verwundert und schweigend vor sich hinstarrte. »Und *dies* ist Egar, Sohn von Erkan, vom majakischen Klan der Skaranak, in eurem Teil der Welt vielleicht etwas hochtrabend als der Drachentöter bekannt.«

Archeth beobachtete, wie Rakans Gesichtsausdruck sich veränderte. Im ganzen Reich gab es vielleicht zwanzig Männer, die mit dem Titel eines Drachentöters geehrt worden waren. Die meisten hatten es nicht überlebt. Der Hauptmann des Ewigen Throns trat einen knappen Schritt vor, legte eine Faust an die rechte Schulter und neigte kurz den Kopf vor dem majakischen Krieger.

»Es ist mir eine Ehre«, sagte er. »Ich bin Faileh Rakan, Kommandeur vom Ewigen Thron.«

»Rakan.« Egar runzelte die Stirn und kratzte sich am Ohr. »Du bist der Rakan, der damals, anno '47, auf den Feldern von Shenshenath diesen Vorstoß die Flanke hinunter angeführt hat, als sie Akal aus dem Graben holen mussten?«

»Es war mir eine Ehre, diese Aktion anzuführen, ja.«

Der Mund des Majak verzog sich zu einem Grinsen. Er schüttelte den Kopf. »Dann bist du ein verdammter Wahnsinniger, Faileh Rakan! Das war das Verrückteste, was ich je gesehen habe. Kein Soldat unter hundert, die ich kenne, wäre das Risiko eingegangen.«

Rakans Mund zuckte peinlich berührt, aber man konnte ihm ansehen, dass er erfreut war.

»Nicht ein Soldat unter tausend wird für die Garde des Imperators auserwählt«, stellte er fest, als würde er den Satz rezitieren. »Es war meine Pflicht, weiter nichts. Der Thron von Yhelteth ist ewig, das Leben in seinen Diensten muss diese Ewigkeit ehrenhaft widerspiegeln. Der Tod ist ein Preis, der manchmal zu zahlen ist, wie jede andere Ehrenschuld.«

»Freut mich, das zu hören«, sagte Ringil heiter. »Sehr erhebend. Bleib bei dieser Haltung, du wirst sie brauchen.«

Rakan richtete einen eisigen Blick auf ihn. »Wir haben Euren Namen noch nicht vernommen, Sir.«

»Ach, ich?« Ringil hob die Hand und unterdrückte ein gewaltiges Gähnen. »Ich bin Ringil von den Feldern Eskiaths, aus Trelayne. Du wirst von mir vielleicht ebenfalls schon gehört haben.«

Erneut veränderte sich Rakans Miene. Mit einem Mal wirkte sie ungerührt.

»Ja, ich habe von Euch gehört«, sagte er knapp.

Ringil nickte. »Galgenschlucht, zweifelsohne.«

Aber der Kommandeur vom Ewigen Thron schüttelte den Kopf. »Nein. Dieser Name sagt mir gar nichts. Was ich gehört habe, ist, dass Ringil Eskiath in den nördlichen Provinzen ein Verräter am Reichsfrieden war, ein Verderber der Jugend und ein Schwuler.«

Egar stieß sich von dem Boden des umgedrehten Boots ab, und sein Gesicht lief rot an. Archeth sah, wie Ringils Hand sich auf seinen Arm legte, und war jäh erleichtert. Die Verteilung der Waffen in diesem Raum gestattete keine Rauferei.

»*Faszinierend,* Eg.« Ringils Stimme war entspannt und leise. Nur jemand, der ihn gut kannte, hätte die stählerne Schärfe darin erkannt. »Findest du nicht? Was muss heutzutage nicht alles in den Lehrbüchern unten im Süden stehen! Ich wette, wir finden heraus, dass das Reich den Krieg gegen das schuppige Volk ganz allein gewonnen hat. Und dass die guten Leute in Ennishmin und Naral aus lauter Dankbarkeit spontan ihre Häuser verließen, um Platz für die imperialen Siedler zu schaffen.«

Rakan hob einen Finger. »Ich werde mir nicht anhören, wie Ihr …«

»Das reicht, Rakan!« Archeth trat zwischen den Kommandeur vom Ewigen Thron und die anderen. »Gil, Egar, ihr habt der Bürgerwehr erzählt, ihr wärt vor den Dwendas geflüchtet, stimmt das?«

Ringil und Egar wechselten einen Blick. Ringil sah grimmig drein.

»So sehr bin ich eigentlich gar nicht ins Detail gegangen«, erwiderte er ruhig. »Was weißt du von den Dwendas, Archidi?«

Das Pochen in ihrer Brust schien nachzulassen, zu etwas Kälterem und Geduldigerem zu werden, das sie aus Kriegszeiten kannte.

»Ich weiß, dass sie hier sind«, entgegnete sie. »In Ennishmin, in den Sümpfen.«

Ringil zeigte ihr ein hartes, kleines Lächeln.

»Das ist nicht einmal die Hälfte der Wahrheit. Bis heute Abend werden sie hier in Ibiksinri sein, die Hauptstraße entlanggehen und an die Türen klopfen.«

Sie hielten Kriegsrat im Fort, fern von neugierigen Blicken. Sinnlos, die örtlichen Behörden zu alarmieren, sagte Faileh Rakan. *Ja*, stimmte Ringil zu, *sie würden bloß ihre Kinder an die Hand nehmen und um ihr Leben laufen. Das können wir nicht zulassen, oder? Nicht in einer Grenzprovinz.* Der Kommandeur vom Ewigen Thron bedachte ihn mit einem hasserfüllten Blick, aber inzwischen hatte Ringil den Rabenfreund und sein Drachenmesser zurück, hatte herzhaft gefrühstückt und trug ein provozierendes Lächeln zur Schau, das Rakan ganz gut zu lesen verstand.

Wieder war es Archeth, die den Brand löschte und die beiden auseinanderhielt. Sie brachte Sherin und Elith unten in einer unverschlossenen Zelle unter, eine von denen, die der Ortsvorsteher auf ihr sanftes Drängen hin mit ein paar Annehmlichkeiten ausgestattet hatte, als Archeth und ihre Männer in der Nacht zuvor bleiben mussten. Sie trugen dem Vorsteher und seinen Männern ein paar einfache Aufgaben auf, sagten ihnen, sie müssten sich keine großartigen Sorgen machen, wirklich nicht, und schlossen sich im Turmzimmer ein. Sie konzentrierten sich auf das Wesentliche und berichteten einander, welche verschiedenen Wege sie nach Ennishmin geführt hatten, was allein schon einige Zeit in Anspruch nahm – und seine peinlichen Augenblicke mit sich brachte.

»Unmöglich! Das ist Häresie!« Halgan, einer der beiden Lieutenants vom Ewigen Thron, die Faileh Rakan zu Beisitzern abkommandiert hatte, kam mit Egars Geschichte von seiner Begegnung mit Takavach so gar nicht zurecht. »Es gibt keinen Gott außer dem einen Gott, und er hat sich uns in der einen wahren Offenbarung gezeigt.«

Ringil verdrehte die Augen. Aber Darash, der andere Lieutenant, nickte zustimmend, und selbst Rakan hatte sein gewöhnlich ausdrucksloses Gesicht stirnrunzelnd dem Majak zugewandt. Archeth war das alles ziemlich egal, sie ließ die Sache laufen. Sie starrte aus dem Fenster und überlegte, warum ihr Takavachs Lederhut und Mantel so bekannt vorkamen. Egar schenkte sich einstweilen noch grinsend Kaffee nach. Er war an so etwas gewöhnt, hatte tatsächlich schon immer, noch in Yhelteth, ein ziemlich kindisches Vergnügen daraus gezogen, die Reichssoldaten in Empörung zu versetzen. Er hielt Halgan eine schwielige Hand entgegen.

»Sieh mal, Kumpel, ich habe gesehen, wie dieser Takavach einen Armbrustbolzen mit bloßen Händen mitten im Flug aus der Luft gepflückt hat. Genau so. Er hatte eine Armee von Dämonen aus dem Steppengras beschworen, wie du Kinder vom Spielen hereinrufen würdest, und er hat mich den größten Teil der siebenhundert Meilen in den Südwesten nach Ennishmin in einer Zeit transportiert, die du für ein verdammtes Fingerschnippen brauchen würdest. Also – wenn das kein Gott ist, dann ist es eine ziemlich gute Imitation.«

»Ja, eine Imitation«, beharrte Darash. »Ein böser Geist. Ein Trick, um deine Gefolgschaft zu gewinnen.«

»Ja, ja, mag sein.« Egar schlürfte seinen Kaffee, stellte ihn ab und grinste. »Burschen, ihr kapiert es nicht, oder? Takavach hat mir da draußen in der Steppe den Arsch gerettet. Er hat meine Feinde für mich abgeschlachtet, anschließend ein Tor aus Luft und Dunkelheit für mich geschaffen und es an einen Ast des Begräbnisbaums meines Vaters gehängt, sodass ich entkommen konnte. Weißt du, dafür – dafür *hat* er meine Gefolgschaft.«

»Aber das ist ein *Dämon,* Drachentöter.« Halgan war bestürzt. Fast flehend sagte er zu Egar: »Das musst du doch einsehen! Das ist ein Teufel, der versucht, dir deine Seele zu stehlen.«

Der Majak schnaubte. »Meine Seele wird *sowieso* die Himmelsstraße hinaufschreiten, ganz egal, was mir hier auf Erden zustößt. So etwas lässt sich nicht einfach stehlen wie die Unterwäsche irgendeiner Dame. Ich habe einen verdammten *Drachen* getötet, Mann. Meine Vorfahren haben seither meinen Platz in der himmlischen Wohnstatt für mich poliert und wahrscheinlich dabei gegrinst wie die Idioten. Mein Vater muss die Himmelsbewohner bis zur Erschöpfung mit den Geschichten meiner kühnen Taten gelangweilt haben.«

»Das ist Aberglaube«, sagte Rakan abwertend. »Das ist nicht … die Wahrheit.«

»Du nennst mich einen Lügner?«

Ringil rieb sich mit den Händen übers Gesicht. »Vielleicht, Rakan, ist deine Offenbarung der Aberglaube. Je darüber nachgedacht? Vielleicht haben die Majak letztlich das richtige Ende der Armbrust erwischt. Hat sich der eine, wahre Gott in letzter Zeit gezeigt, um einem von euch die Haut zu retten? Ist er einem von euch erschienen?«

»Wie du weißt, manifestiert sich Gott nicht selbst«, rief Halgan. »Das ist gleichfalls Häresie! Die Offenbarung ist nicht dinglich. Das weißt du. Warum beharrst du trotzdem auf dieser perversen Rede?«

»Ich bin gern pervers. Wärst du vielleicht auch, wenn du es dir einmal gestatten würdest.«

»Lass meine Männer in Ruhe!«, sagte Rakan kalt. »Degenerierter!«

Ringil warf ihm ein Kusshändchen zu. Wie aus dem Nichts stieß Rakan einen Fluch aus und war schon halb auf den Beinen, bevor Archeth aus ihrem Tagtraum erwachte. Sie packte ihn am Arm und riss ihn auf seinen Stuhl zurück.

»Das reicht. Ihr könnt eure religiösen Differenzen austragen, wenn es nichts Wichtigeres zu tun gibt. Im Augenblick möchte ich wissen, *Ringil*, warum du dir so sicher bist, dass sie dich verfolgen?«

Ringil wechselte einen Blick mit Egar.

»Möchtest du es ihr sagen?«, fragte er den Majak.

Egar zuckte mit den Schultern. »Wir haben sie am Ufer gesehen. Zweimal, in der Nacht. Blaues Feuer, darin eine dunkle Gestalt, die uns im Vorüberfahren beobachtet hat.«

»Hätte das nicht jemand anders sein können?«, fragte Halgan. Er wollte daran nicht mehr glauben als an Takavach. »Reflektiertes Licht im Dunst um einen Lumpensammler, der in den Fluss gepinkelt hat? Oder irgendein Effekt des Sumpfgases. Die Einheimischen sagen …«

»Die Einheimischen reden jede Menge Scheißdreck«, unterbrach ihn Egar ausdruckslos. »Ich arbeite jetzt seit gut einem Monat in den Sümpfen, und ich habe nie zuvor so etwas gesehen wie letzte Nacht. Und, Archeth, es passt auch zu dem, was du uns über Khangset berichtet hast. Blaues, flackerndes Licht, schattenhafte Gestalten.«

»So sind sie aus den grauen Orten hereingekommen, den aldrainischen Sümpfen.« Ringil rieb sich müde ein Auge. Zwar hatte er in dem dahintreibenden Boot geschlafen, trotzdem war er steif und unausgeruht. »Soweit ich es mir erklären kann, gibt es Orte, die sie ohne diesen Aspektsturm erreichen können, aber anscheinend nicht allzu viele. Offenbar das Herz des Sumpfs, nahe der Stelle, wo diese kiriathische Waffe vergraben ist. Oder es hat vielleicht ewas mit diesen Glirshtschnitzereien zu tun, von denen du redest. Ich weiß es nicht. Ich kann euch bloß mit absoluter Sicherheit sagen, dass Seethlaw in Terip Hales Keller so mühelos aufgetaucht ist, als ob er gerade eine Tür in der Mauer geöffnet hätte.«

»Aber das war in der Nacht.«

»Ja. Und ich würde sagen, dass die Legenden insofern ebenfalls zutreffen. Die Dwendas mögen das Sonnenlicht nicht sonderlich. Die meiste Zeit, die ich in den aldrainischen Sümpfen verbrachte, herrschte Dunkelheit oder Dämmerung, Zwielicht. An einer Stelle stand so etwas wie eine Sonne am Himmel, aber sie war fast erloschen. Wie ein bleiches Gerippe ihrer selbst. Von dort stammen die Dwendas ursprünglich, was vielleicht erklärt, warum sie helles Licht nicht vertragen. Und dieser Piratenüberfall auf Khangset, von dem du gesprochen hast – ich glaube, ich habe einen der Dwendas getroffen, der da mitgemacht hatte, einen namens Pelmarag. Er hat mir erzählt, dass sie einige Zeit vor Tagesanbruch abgezogen sind, weil die Sonneneinstrahlung zu stark für sie geworden wäre. *Bei einer* solchen *Sonne, die in ein paar Stunden aufgehen würde,* hat er gesagt.«

»Dann muss ihnen Ennishmin verdammt gut gefallen«, knurrte Egar. »Seitdem ich hier bin, habe ich die Sonne kaum mehr als zweimal gesehen.«

Die Imperialen brachen unerwartet in ein schallendes Gelächter aus. Die starke Spannung am Tisch lockerte sich etwas. Ein paar verzweifelte Bemerkungen über Regen und Nebel gingen hin und her. Darash grinste, formte eine Hand locker zur Faust und ließ sie mehrmals in die andere Hand fallen, eine Geste, die unter den weltgewandten Yheltethern für einen guten Witz, Sinn für Humor stand. Egar gab seinerseits ein paar bescheidene Kommentare von sich.

»Können wir sie aufhalten?«, fragte Archeth ruhig, und die Ausgelassenheit verschwand fast ebenso rasch, wie sie gekommen war. Die Blicke rings um den Tisch hefteten sich wieder auf sie. »In

Khangset, so hieß es, haben sie Pfeile abgeschossen, die das blaue Feuer glatt durchschlugen. Die Dwendas blieben unversehrt.«

Ringil nickte düster. »Ja. Eril hat mir gesagt, das wäre bei Girshs Armbrustbolzen auch so gewesen, als er versuchte, Seethlaw aufzuhalten. Ich glaube, es ist vielleicht so: Wenn der Aspektsturm durchkommt, sind die Dwendas noch nicht vollständig vorhanden, und sie sind so was wie Geister. Aber eure Burschen in Khangset waren nicht so ineffektiv, wie sie dachten. Pelmarag hat gesagt, der Erkundungstrupp, an dem er teilnahm, habe Männer verloren. Sechs oder sieben allein am Strand. Nun, das muss vor irgendwelchen Nahkämpfen gewesen sein; wir sprechen von dem Augenblick, als die Garnison in Khangset begriff, dass sie Besuch bekam. Also müssen einige dieser Pfeile getroffen haben. Wenn ich raten sollte, würde ich sagen, dass dieser Geist-Aspekt kurzlebig ist. Der Dwenda muss zu irgendeinem Zeitpunkt loslassen, muss fest und stofflich in dieser Welt werden. Wenn sie das tun …« Er schlug sich mit der Faust in die Handfläche. »… dann hast du sie. Pelmarag sagte mir, sie hätten Krieger bei den Kämpfen in der Stadt ein weiteres halbes Dutzend verloren. Eure Marinesoldaten haben sie erwischt, sie hatten einfach nur zu viel Schiss und waren zu demoralisiert, um das zu begreifen. Diesen Fehler müssen wir nicht wiederholen. Ich habe die Klinge mit Seethlaw gekreuzt. Ich habe den Kontakt gespürt, selbst als der Aspektsturm noch um ihn war. Es ist möglich.«

»Ja, sie lassen sich ganz einfach töten«, polterte Egar. »Ich habe letzte Nacht zwei umgelegt. Dem einen das Messer in die Kehle gerammt, Fäuste und Axt für den anderen. Da besteht kein Unterschied zu Menschen.«

»Und die Schäden, die wir in Khangset gesehen haben?«, fragte Archeth. »Die kiriathischen Verteidigungsanlagen waren glatt durchgeschmolzen. Es sah nach Drachenfeuer aus.«

Ringil runzelte die Stirn und kramte nach Erinnerungen, die bereits unwirklich und wirr geworden waren. Er legte die Hände zusammen, die Fingerspitzen aneinander, und presste sie nachdenklich gegen die Lippen. Die kleine, geschnitzte Figur im Sumpf, das Gespräch mit Pelmarag. *Ich werd dir eine komische Geschichte erzählen.*

»Er hat etwas über die *Krallen der Sonne* erzählt. Etwas, das sie durch den Aspektsturm loslassen, bevor sie selbst hindurchgehen. Wie ein Pfeilregen vor einem Angriff oder so.«

»Das waren keine Pfeilspuren«, sagte Rakan ironisch.

»Ich glaube, hier im Sumpf haben sie diese Sonnenkrallen nicht.« Ringil starrte mit leerem Blick in eine vage Erinnerung. Dort nistete ein seltsamer Schmerz, der ihm ganz und gar nicht gefiel. »Es war eine andere Taktik, ein Dwenda-Kommandeur, der mit Seethlaws Vorgehensweise nicht einverstanden war. Er wollte einen Frontalangriff. Das will Seethlaw hier nicht.«

»Das weißt du sicher?« Archeths Stimme klang skeptisch. »Die Dwendas wollen aus dem Hinterhalt angreifen?«

»Ich ...« Ringil seufzte. »So einfach ist es nicht, Archidi. Das ist keine Neuauflage des schuppigen Volks. Es ist keine gewaltige Emigration über einen Ozean auf der Flucht aus einem sterbenden Land, eine ganze Rasse in Bewegung, eine Invasion von Leuten, die entweder erobern oder sterben müssen. Die Dwendas sind nicht vereinigt, nicht mal annähernd. Es gibt Fraktionen, Unstimmigkeiten über die Strategie, ständige individuelle Streitereien. Im Augenblick scheint es nicht einmal allzu viele von ihnen zu geben, und selbst diejenigen, die Handvoll, die ich getroffen habe, haben sich die halbe Zeit über gestritten.«

»Die Steuermänner sagen, sie seien impulsiv und krank«, sagte Archeth langsam. »Möglicherweise sogar geisteskrank. Würde das passen?«

Wieder dachte Ringil an die aldrainischen Sümpfe. Ihn schauderte. »Ja, würde es«, erwiderte er. »Das würde sogar ausgesprochen gut passen. Seethlaw war ...«

Er brach ab.

»War was?«, fragte Rakan.

Ringil schüttelte den Kopf. »Schon gut. Nicht so wichtig.«

»Für dich vielleicht, Degenerierter«, sagte Halgan wütend. »Aber für meine Männer und mich ist es wichtig. Du bittest uns, auf dein Wort hin zu kämpfen und vielleicht zu sterben. Unter diesen Umständen bist du uns wohl den höchsten Grad an Klarheit und Wahrhaftigkeit schuldig.«

»Das stimmt«, sagte Rakan. »Wie zum Beispiel eine genauere Erklärung, wie du eigentlich dieser Kreatur nahe bist, dass du ihr Vertrauen gewonnen hast. Wie es dazu kam, dass du frei mit ihr durch diese infernalischen Sphären gereist bist; wie es kam, dass sie dir gestattete, deine Sklavenkusine herauszuholen.«

Ringil lächelte dünn. »Du hättest diese Erklärung gern mit dem höchsten Grad an Klarheit, ja?«

»Ja. Wir alle.«

»Oh, na gut, ist ziemlich einfach.« Ringil beugte sich über den Tisch zum Kommandeur vom Ewigen Thron hinüber. »Ich habe ihn gefickt. In den Arsch, in den Mund. Oft.«

Die Stille krachte auf den Tisch herab wie eine Palette Ziegelsteine aus großer Höhe. Die beiden Lieutenants vom Ewigen Thron sahen einander an, und Halgan spuckte leise, jedoch deutlich vernehmbar aus.

»Du bist widerwärtig, Eskiath«, sagte Rakan leise.

»Na ja.« Ringil lächelte dem Kommandeur vom Ewigen Thron ein weiteres Mal hart und ausdruckslos an. »Weißt du, die Sache beim Ficken ist die, dass der Verschleiß dabei wesentlich geringer ist als beim Versuch, einander mit Stahl um die Ecke zu bringen. Und wenn man es richtig anstellt, lassen sich jede Menge Vertrauen und Gunstbeweise herausschlagen. Frag eine beliebige Frau, sie wird es dir bestätigen. Es sei denn natürlich, deine Erfahrungen in dieser Hinsicht sind beschränkt, in deinem Fall also, wenn ich es mir recht überlege, wohl auf Hurerei und Vergewaltigung.«

Diesmal war es Halgan, der mit einem Fluch auf den Lippen und einer Hand auf dem Griff seines Schwerts aufsprang. Ringil lehnte sich ein wenig zurück und sah dem anderen Mann unverwandt ins Auge.

»Wenn du diese Klinge ziehst, erledige ich dich damit.«

Der Augenblick zog sich, schien sich ewig auszudehnen.

»Er meint es ernst«, sagte Archeth ruhig. »Ich an deiner Stelle würde mich hinsetzen, Halgan.«

Faileh Rakan machte eine knappe Geste, und sein Lieutenant ließ sich Zoll um Zoll auf seinen Stuhl zurücksinken. Archeth rieb sich seufzend die Augen.

»Du willst damit sagen, dass du dir die Zuneigung dieses Seethlaws erschlichen hast, um deine Kusine zurückzubekommen?«

»Ja, so ist es.« Der winzige, verblassende Schmerz der Erinnerung, wie ein kleines, stumpfes Messer, das sich in seiner Brust drehte. Er wusste nicht, wie viel Wahrheit in den Worten lag. Er konnte sich nicht mehr daran erinnern. »Genau das will ich sagen.«

»Und du glaubst, Seethlaw will dich in die Finger bekommen, weil er sich, nun ja, hintergangen fühlt? Weil er stinksauer ist, dass du ihn fallengelassen hast?«

»Nein.« Ringil holte tief Luft. »Seethlaw will mich in die Finger bekommen – und dich, und *dich,* Rakan, und *euch beide,* und alle anderen in diesem beschissenen Ort –, weil er es sich nicht leisten kann, dass seine Pläne ans Licht kommen. Es steht zu viel auf dem Spiel, es gibt zu viele Unwägbarkeiten. Das musst du verstehen, Archidi, du musst es aus Sicht des Dwendas sehen. Es ist Tausende von Jahren her, seit sie mit uns zu tun hatten. Sie sind eingerostet, sie können uns nicht mehr einschätzen. Seethlaw hatte drei Jahre, um in Trelayne etwas über die heutige Politik zu erfahren, und das war's auch schon. Drei erbärmliche, beschissene Jahre. Er hat sich ganz gut gehalten, er hat eine geheime Machtbasis errichtet, aber die muss naturgemäß sehr beschränkt sein. Und sonst agiert er nahezu blind. Er kennt das Reich überhaupt nicht, außer durch die Brille des Nordens, und er ist schlau genug zu wissen, dass man

Meinungen nicht weiter trauen kann als einer Hure mit seinem Hausschlüssel. Er kann *unmöglich* wissen, wie Yhelteth reagieren würde, wenn bekannt wird, dass der Angriff auf Ennishmin ein Ablenkungsmanöver ist. Schlimmer als das, er kann wahrscheinlich nicht sagen, was die Teile des trelaynischen Kanzleramts, die er nicht korrumpieren konnte, anstellen werden, oder auch die anderen Städte der Liga. Soweit Seethlaw weiß, werden die Liga und das Reich ein Bündnis schließen, wie sie es schon gegen das schuppige Volk getan haben. Dieses Risiko kann er nicht eingehen. Jeder Mensch, der über seine kleine Verschwörung hinaus von dieser Sache weiß, muss sterben.«

»Er wollte dich am Leben lassen«, gab Darash zu bedenken. »Er wollte dich heimkehren lassen. Bist du dir sicher, dass das nicht bloß eine Kabbelei unter Geliebten ist, mit der wir es hier zu tun haben? Ein Streit unter Schwulen?«

Ringil warf ihm einen erschöpften Blick zu. »Oh, du bist vielleicht ein echt beschissener Witzbold, Darash! Ja, Seethlaw wollte mich heimkehren lassen. Er wollte mich gehen lassen, weil er glaubte, er könnte mich kontrollieren, und er glaubte, ich würde einen Scheißdreck auf die ganze Sache geben, auf das Reich oder die Liga. Und weißt du was, er hatte recht, ich *gebe einen Scheißdreck darauf!«* Die Wut war jäh und freudig in seiner Stimme zu hören. »Ich halte euren geliebten Jhiral Khimran für einen Emporkömmling, einen kleinen Scheißer, der sich als Anführer der Menschen aufspielt, und ich glaube, sein geliebter Vater war nicht sehr viel besser. Und ich glaube, die Männer, die Trelayne beherrschen, sind aus genau derselben heftig stinkenden Scheiße geformt. Sie waren bloß im Norden nicht ganz so erfolgreich damit, sie dem Rest von uns in den Mund zu stopfen, das ist alles.«

»Dafür wirst du geradestehen müssen, Eskiath.« Rakan vollführte keine dramatischen Gesten, aber sein Gesicht war eine Maske kalter Zielstrebigkeit. »Kein Mann, Reichsbürger oder nicht, spricht so von meinem Imperator und bleibt am Leben. Das

Gesetz Yhelteths verbietet es, und ich habe auf dieses Gesetz einen Eid geschworen.«

»Oje, Rakan.« Egar wies mit dem Kinn auf den Kommandanten vom Ewigen Thron. »Da wirst du erst an mir vorbeimüssen. Behalte das im Hinterkopf, ja?«

»Außerdem wird er zunächst die Nacht überleben müssen«, sagte Ringil grimmig. »Wenn wir Seethlaw nicht aufhalten, kann keiner von uns seine Zuflucht beim Gesetz nehmen, sei er vom Reich oder sonst woher.«

»Oder wir ziehen uns zurück«, sagte Archeth. »Wir fliehen mit unserem Wissen nach Süden. Wenn wir flott sind, können wir es in drei Tagen bis Khartaghnal schaffen. Dort liegt eine Garnison, mindestens vierhundert Bewaffnete, und sie haben königliche Meldestationen zu den Städten in der Ebene. Innerhalb von weiteren zwei Tagen können wir eine Botschaft zu einem Militärgouverneur im Kernland schicken.«

»Klingt vernünftig«, stimmte Halgan zu.

»Nein«, sagte Ringil.

Archeth seufzte. »Es ist vernünftig, Gil. Sieh mal …«

»Ich habe Nein gesagt. Das werden wir nicht tun.« Ringil sah sich am Tisch um, sah jedem Einzelnen so in die Augen, wie er es bei den Kommandanten in der Galgenschlucht getan hatte. »Wir werden sie hier aufhalten.«

»Gil, ich habe siebzehn Männer, mit den dreien, die jetzt hier sitzen. Mit euch beiden und mir sind das zwanzig. Die Bürgerwehr wird beim ersten Anzeichen von Problemen das Weite suchen, das weißt du.«

»Wie wir auch, meinst du?«, fragte Egar grinsend.

Darash fuhr zornig auf. »Wir sprechen hier von einem taktischen Rückzug, Drachentöter.«

»Wirklich?« Egar schüttelte den Kopf. »Na ja, weißt du, für Zeiten wie diese hier gibt es bei den Skaranak ein Sprichwort: *Rennst du davon, wird dein Arsch bloß eine größere Zielscheibe abgeben.*

Wenn uns die Dwendas durch die Sümpfe folgen können wie letzte Nacht, können sie uns auch über das Hochland folgen, bevor wir Khartaghnal erreichen. Drei Tage bedeuten drei Nächte, vielleicht auch vier. Seid ihr bereit, so lange wach zu bleiben, bereit, völlig erschöpft und vielleicht irgendwo an einer Stelle zu kämpfen, die sie für sich ausgewählt haben? In meinen Ohren klingt das nach einer verdammt blöden Idee.«

»Egar, es ist, wie ich zu Gil gesagt habe.« Archeth spreizte die Hände und wies auf die versammelte Gesellschaft. »Wir sind zwanzig gegen etwas, das wir nicht messen können, etwas, das meinem Volk vor viertausend Jahren eine Heidenangst eingejagt hat und die Steuermänner auch jetzt noch in Angst und Schrecken versetzt.«

Der Majak zuckte mit den Schultern. »Geistergeschichten. Wenn's hart auf hart kommt, kann das nicht schlimmer als ein Drache sein, oder? Sieh mal, ich habe letzte Nacht zwei von diesen verdammten Dwenda-Dingern getötet, und wie gesagt, sie bluten und sterben genau wie Menschen. Und wir alle wissen, wie man Menschen tötet, nicht wahr?«

»Jeder fürchtet sich vor dem, was er nicht versteht«, sagte Ringil ruhig. »Vergiss das bitte nicht, Archidi! Die Dwendas wissen ebenso wenig von uns wie wir von ihnen. Sie haben weniger Grund dazu, aber das wissen sie nicht, und es ist sowieso keine Sache des Verstandes. Weißt du, was Pelmarag über deine arme, in Angst und Schrecken versetzte, mutlose Garnison in Khangset gesagt hat? *Überall verfluchte Menschen,* hat er gesagt. *Überall verfluchte Menschen, die im Dunkeln herumliefen und kreischten wie verlorene Affenseelen, man schlägt einen nieder, und dahinter steht gleich der Nächste.* Wie klingt das in euren Ohren?«

Die anderen sahen ihn schweigend an. Niemand antwortete.

»Und du, Archeth? Sieh dich an, sieh dir an, was du für sie darstellst! Unter ihnen kursieren Legenden über das schwarze Volk wie bei uns über sie. Horrorgeschichten darüber, wie ihr ihre Städte vernichtet und sie in die grauen Orte vertrieben habt. Sie sprechen von euch wie von Dämonen. So haben wir über das schuppige Volk gesprochen, bevor wir es verstanden haben. So sprechen eure beschissenen Geschichtsbücher des Reichs wahrscheinlich *immer noch* über sie. Als Seethlaw und ich im Sumpf eintrafen, gab es gerade eine kleinere Panik, weil einer der Kundschafter der Dwendas irgendwelche Lumpensammler von einem schwarzhäutigen Krieger irgendwo in der Nähe sprechen hörte. Vermutlich warst *du* das, wenn ich jetzt darüber nachdenke, aber darum geht es nicht. Selbst das, selbst das *Gerücht* über dein Auftauchen, war ihnen Grund genug zur Sorge.«

Er legte die Arme auf den Tisch und kniff kurz die Augen zusammen. Als er wieder aufblickte, fing Archeth seinen Blick auf, und ein Schauder lief ihr über den Rücken bis zum Nacken. Ganz kurz war es, als wäre ein Fremder in Ringil Eskiaths Haut gestiegen und hätte ihm die Augen gestohlen.

»Bei meiner Ausbildung in der Akademie«, sagte er tonlos, »hat man mir gesagt, dass man auf dieser Welt nichts mehr fürchten muss als einen Mann, der dich töten will und es auch kann. Wir können uns ihnen hier stellen, und wir können die Dwendas diese Wahrheit lehren. Wir können sie aufhalten, wir können sie zurück in die grauen Orte schicken, damit sie es sich dort noch einmal überlegen, ob sie diese Welt erobern wollen.«

Wieder herrschte Schweigen.

Der Augenblick verging, als Rakan sich räusperte.

»Warum tust du das?«, fragte er. »Vor fünf Minuten hast du uns erzählt, dass du einen Scheißdreck auf den Imperator und die Liga gibst. Jetzt möchtest du plötzlich hier Stellung beziehen, völlig anders handeln. Warum das alles?«

Ringil sah ihn kalt an.

»Warum das alles, Faileh Rakan? Es geht um den beschissenen Krieg. Du hast recht, ich gebe einen Scheißdreck auf deinen Imperator, und noch gleichgültiger ist mir dieser Abschaum, der in

Trelayne und der Liga herumläuft. Aber ich will nicht zusehen müssen, wie sie wieder in den Krieg ziehen. Ich bin in den Krieg gezogen, um die Zivilisation vor den Reptilienhorden zu retten. Ich habe dafür geblutet, ich habe gesehen, wie Freunde und andere Männer dafür gestorben sind. Und dann habe ich Männer wie dich beobachtet, die auf sie geschissen haben, auf die Zivilisation, die wir gerettet hatten. Ich habe Streitereien um ein paar Hundert Quadratmeilen Territorium erlebt, Streitereien darum, welche Sprache die Leute dort sprechen sollen, welche Farbe Haut und Haare haben sollen und welchen religiösen Blödsinn man ihnen in den Hals stopfen soll. Ich habe Männer hier gesehen, genau hier in dem beschissenen Ennishmin, die für die menschliche Gemeinschaft kämpften, einige, die Gliedmaßen oder Augen oder ihre geistige Gesundheit verloren und dann zusammen mit ihren Familien aus ihren Häusern vertrieben, auf die Straße getrieben wurden, wo sie marschieren oder sterben sollten, und das alles wegen irgendwelcher schmutziger, beschissener politischer Erwägungen, damit Akal, der sogenannte Große, und seine ehemaligen Verbündeten das Gesicht wahren konnten. Halt dein *beschissenes* Maul, Rakan, ich bin noch nicht fertig!«

Ringil glitzerten, als er den Kommandeur vom Ewigen Thron anstarrte.

»Ich habe Männer gesehen, die alles gaben und deren Frau und Kind bei ihrer Rückkehr nach Trelayne in die Sklaverei verkauft waren, um Schulden zu begleichen, von deren Existenz sie nichts wussten, weil sie zu der Zeit fort waren, um zu kämpfen. Ich habe gesehen, wie diese Sklaven nach Süden verschifft wurden, um die Bordelle, die Fabriken und Häuser der Adeligen deines verdammten Imperators zu füllen, und ich sah andere Männer, die *nichts* im Krieg gegeben haben und die reich bei diesem Handel und durch das Opfer dieser Männer, Frauen und Kinder wurden. *Und ich will nicht zusehen, wie so was wieder passiert.*«

Abrupt stand er auf. Er holte tief und abgehackt Luft. Seine Stimme wurde tief und kratzig, fast die eines anderen Mannes.

»Im Gegensatz zu mir kennt Seethlaw das Reich nicht. Wenn wir nach Süden reiten und es bis dahin schaffen, dann wird Jhiral seine gewaltige Armee schicken, und Seethlaw wird die Dwendas herbeirufen, und ihm werden die privaten Armeen folgen, die diese wahnsinnige Verschwörung im Norden zusammentrommeln konnte, und alles wird *von vorn* anfangen. Und das werde ich nicht zulassen, verdammt, nicht noch einmal. Wir halten sie hier auf. Es endet hier, und wenn wir dabei draufgehen, ist das zumindest mir ziemlich egal. Ihr haltet entweder mit mir die Stellung, oder euer ganzes Gerede von Ehre und Pflicht und notwendigem Tod ist bloß die aufgeblasene Lüge eines Höflings. Wir halten sie hier auf, gemeinsam. Wenn ich irgendwen dabei erwische, der zwischen jetzt und heute Nacht davonlaufen will, werde ich dem Pferd des Betreffenden die Achillessehnen durchschneiden und ihm selbst die Beine brechen, und ich *werde ihn für die Dwendas draußen auf der Straße liegen lassen.* Es wird keine weitere beschissene Debatte mehr geben, es wird kein weiteres Gerede von strategischen Rückzug mehr geben. *Wir halten sie hier auf!*«

Er holte nochmals tief Luft. Starrte sie alle an. Senkte die Stimme und klang plötzlich wieder ruhig und gelassen.

»Wir halten sie hier auf.«

Er ging hinaus. Stieß die Tür auf und ließ sie offen stehen, während die anderen schweigend dasaßen. Sie hörten, wie seine Schritte auf der Treppe verklangen.

Egar sah sich unter den Gesichtern am Tisch um und zuckte mit den Schultern.

»Ich stimme dem Schwulen zu«, sagte er.

31

In der kalten Stunde kurz vor dem Morgengrauen kamen die Dwendas, endlich, mit blauem Feuer und schrecklicher, unmenschlicher Gewalt.

Unter den Überlebenden dieses Zusammenstoßes wurde viel darüber spekuliert, ob es so geplant gewesen war. Ob die Dwendas genügend von den Menschen verstanden, um zu wissen, dass dies die beste Zeit zum Schlagen ihrer Beute war, dass der menschliche Kampfgeist dann auf seinem Tiefpunkt sein würde. Oder ob sie vielleicht nur ihrerseits wussten, dass eine lange, durchwachte, jedoch ereignislose Nacht des Wartens jeden Feind mürbe machte.

Oder sie warteten selbst. Sammelten sich zum Angriff in der Sicherheit der grauen Orte oder nahmen an einem jahrtausendealten Ritual teil, das es einzuhalten galt, bevor sie in die Schlacht zogen. Seethlaw hatte jedenfalls angedeutet – zumindest laut Ringils ziemlich von Erschöpfung geprägtem, lückenhaftem Zeugnis –, dass das Ritual unter den Aldrainern von hoher kultureller Bedeutung war. Bevor mit der Invasion Ennishmins begonnen werden konnte, waren wohl Blutopfer darzubringen, zudem vielleicht, selbst bei einer so kleinen Sache, vor Beginn der Schlacht einige feierliche Details zu beachten.

Die Spekulationen gingen endlos hin und her, wurden aus Mangel an handfesten Beweisen in der einen oder anderen Richtung wieder und wieder gedreht und gewendet, bis sie sich schließlich in den eigenen Schwanz bissen. Vielleicht dies, vielleicht jenes. Für die Menschen, kurzlebig und ein Leben lang von den grauen

Orten abgeschnitten, ist Unsicherheit schwer zu ertragen. Wenn sie nicht haben können, was gewesen sein *könnte, sollte* und – vielleicht das Schrecklichste – *hätte gewesen sein sollen,* erträumen sie es sich stattdessen, formen es im Geiste zu einer verzerrten oder wunderschönen, ihnen gefälligen Gestalt, und dann legen sie ihre Artgenossen zu Tausenden und Millionen in Ketten, damit sie gemeinsam so tun, dass es *so ist.* Die Kiriath hätten sie im Lauf der Zeit vielleicht davor bewahren können, hatten es vielleicht sogar bereits ein- oder zweimal versucht. Aber sie waren von vornherein zu angeschlagen in diese Welt gekommen und wurden daher am Ende wieder vertrieben. Daher holten sich die Menschen weiterhin eine blutige Nase, wenn sie gegen die Begrenzungen ihrer Gewissheiten anrannten, wie wahnsinnige Häftlinge, die eine lebenslängliche Strafe in einer Zelle verbüßten, deren Tür sie eigenhändig abgeschlossen hatten.

Man muss drüber lachen, hätte Ringil wahrscheinlich gesagt.

Nein, man muss diese verdammte Tür entriegeln, hätte Archeth vielleicht erwidert. Aber natürlich war der Schlüssel inzwischen längst verloren gegangen.

Vielleicht verspäteten sich die Dwendas jedoch – *sieh es mal von dieser Warte; wenn du es dir recht überlegst, Mann, so ist da echt was dran* – aus Gründen schlichter Notwendigkeit. Vielleicht war die Navigation an den grauen Orten nicht ganz so einfach, wie Seethlaw es dargestellt hatte. Vielleicht mussten die Dwendas, einmal in den aldrainischen Sümpfen, wie Wölfe nach der Spur suchen, die Ringil und sein mörderischer neuer Freund aus der Steppe hinterlassen hatten. Vielleicht mussten sie im schwachen, kühlen Duft des Flusses mit akribischer Sorgfalt nach dem Ort suchen, wo ihr Opfer ausgestiegen war. Und als sie das Ziel gefunden hatten, mussten die Sturmrufer der Dwendas vielleicht sogar um die Position kämpfen wie ein Schwimmer, der gegen eine Strömung ankämpft, damit er seine Stellung halten kann.

Möglich. Die glücklichen Überlebenden der Schlacht würden nicken und mit den Schultern zucken, alte Wunden berühren und erschauern. *Wer weiß das schon, verdammt? Ja, möglich ist es.*

Oder – und diese Vorstellung hätte Ringil gefallen –, Zwistigkeiten hatten sie aufgehalten, die unbotmäßige Uneinigkeit, die er unter den Dwendas erlebt hatte. Vielleicht hatte Seethlaw eine Weile gebraucht, seine aldrainischen Genossen zu überzeugen, dass hieran einfach kein Weg vorbeiführte.

Oder es war andersherum. Vielleicht war es Seethlaw, der überzeugt werden oder sich zumindest selbst überzeugen musste.

Und so ging es sinn- und zwecklos weiter und weiter, das Theoretisieren, das Kopfschütteln und das Gerede unter den Überlebenden des Zusammenstoßes mit den Dwendas bei Beksanara – oder Ibiksinri, um jenen Namen zu verwenden, unter dem die Gründer den Ort gekannt hatten, die es politischer Bequemlichkeit und einem Verrat verdankten, dass sie in Kälte und Hunger vertrieben oder einfach auf der Straße abgeschlachtet worden waren. Nicht einer von hundert unter ihnen verfügte über genügend Bildung, um darüber zu lesen.

Ibiksinri also. Wiederum ein Ort, an dem Klingen gezogen, Blut vergossen und Schreie durch eine mörderischen Nacht klangen. *Komisch,* hätte Ringil vielleicht gesagt, *dass sich nie etwas ändert, verdammt!*

Die Dwendas kamen in der kalten Stunde kurz vor dem Morgengrauen.

Doch zuvor:

Kurz nach Mittag zeigte sich die Sonne.

Die Einheimischen, die solche Augenblicke zu schätzen wussten, verließen sofort ihre Häuser und genossen die Wärme. Sie holten Bettlaken hervor und hingen sie zum Auslüften auf, sie stellten Esstische auf die Straße und in die kleinen Gärten der Häuser. Unten am Fluss zogen sich die Dorfbewohner bis auf die Unterwäsche aus und warfen sich, zur großen Erheiterung von Rakan und einiger seiner Männer, in das nach wie vor ziemlich kalte Wasser und plantschten herum wie Kinder. Wenn die Anwesenheit der schwarzen kiriathischen Frau und ihrer Soldaten die Ausgelassenheit irgendwie beeinträchtigte, so war davon nicht viel zu bemerken.

Die Soldaten waren selbst nicht immun gegen die Veränderung. Unter ihnen ihnen hieß es, dass dies vielleicht ein gutes Omen sei, und sie nahmen die Gelegenheit wahr und aalten sich ein wenig in der Sonne. Aber da sie nur wenige Wochen zuvor aus der staubigen Hitze der Hauptstadt hergekommen waren, zeigten sie sich weder besonders erfreut noch sonderlich beeindruckt, sondern einfach bloß etwas dankbar.

Sich zu sonnen und über die Omen nachzudenken – *mein Bruder, mein Onkel, ein Freund von mir hat mal gesehen* ... und so weiter – half auch, die Zeit totzuschlagen, und das war in gewisser Hinsicht ein Segen, weil es sonst nicht viel zu tun gab. Die Vorbereitungen für die Schlacht waren minimal und größtenteils symbolischer Natur. Man kann keine Barrikaden gegen einen Feind errichten, der nach Belieben in Erscheinung treten kann, und die Taktik der Dwendas war nach wie vor ein Geheimnis, das noch gelüftet werden musste. Gewisse Pläne wurden geschmiedet, aber unter der Voraussetzung, dass sie flexibel sein mussten; am Ende liefen sie auf nicht wesentlich mehr hinaus, als dass für die Bewohner nach Anbruch der Nacht eine Ausgangssperre verhängt werden sollte und regelmäßige Patrouillen um den Ort angesetzt wurden.

Archeth regte Ringil an, Rakans Männer einen kurzen Überblick über das zu verschaffen, was er von den Dwendas wusste. Er erledigte das mit einem Geschick, das sie in Erstaunen versetzte. Die ironische Haltung des Aristokraten aus den Niederungen, die sie so gut kannte, blätterte von ihm ab wie der Schorf von einer geheilten Wunde, übrig blieb trockener Soldatenhumor sowie lockere, natürliche Kameraderie. Die Männer waren von der ersten

Sekunde an für ihn eingenommen. Er drohte nicht mehr wie zuvor, obwohl seine Prognose der Lage insgesamt nicht sonderlich hoffnungsvoll klang und er auch keinen Sieg versprechen konnte.

Am Ende, begriff sie, hatte er Erfolg gehabt mit seiner Einladung, in den Tod zu gehen, und zwar nur durch sein Versprechen, sie auf diesem Weg zu begleiten.

Mehr konnte man von einem Kommandanten nicht verlangen.

»Ja, so war er in der Galgenschlucht«, sagte Egar zu ihr, während sie sich auf den Eingangsstufen zum Fort in der Sonne fläzten und mit aller Kraft sämtliche Gedanken daran beiseiteschoben, wie lange sie wohl noch zu leben hätten. »Ähnliche Situation, vermute ich. Uns allen war klar: Sollten wir den Pass nicht halten können, würden die Echsen herabfegen und alles auf ihrem Weg vernichten. Und sie würden uns töten, ob wir nun die Stellung halten oder davonrennen würden. Gil musste den Leuten zeigen, dass das eine unserer Stärken war, keine Schwäche. Dass es alles lediglich vereinfachte. Wir standen nicht vor der Wahl, zu leben oder zu sterben, davonzulaufen oder zu kämpfen, sondern vor der Entscheidung, dem Tod ins Gesicht zu sehen oder ihn von hinten herankommen zu hören wie einen Bluthund, der einen beim Kragen packt und schüttelt, bis man zerfetzt ist.« Er grinste in seinen Bart hinein. »Keine allzu schwere Wahl, stimmt's?«

»Vermutlich ja.«

Sie dachte an die Menschen und Dinge, die ihr nach wie vor etwas bedeuteten – es war keine lange Liste –, und fragte sich, wie aufrichtig sie war, wie ehrlich sich selbst gegenüber, ganz zu schweigen gegenüber dem Majak an ihrer Seite. Sie vermisste ihr Zuhause beinahe schmerzlich, jetzt, vielleicht nie mehr wiedersehen würde. Sie vermisste die erbarmungslose Sonne und den harten, blauen Himmel über Yhelteth, die Geschäftigkeit und den Staub auf den Straßen; die kühlen, grauen Pflastersteine ihres Innenhofs im ersten Licht, die ersten Kochdüfte aus der Küche; Kefanins trübsinnige Zuverlässigkeit und Zurückhaltung, Angfals trockene, gelehrte, halb wahnsinnige Ausfälle in dem unaufgeräumten Arbeitszimmer. Den langen, majestätischen Schwung des Treppenhauses, den spektakulären Ausblick über die Stadt von den oberen Räumen. Das große Himmelbett und das Sonnenlicht, das sich am Morgen darüber ergoss, und vielleicht eines Tages Ishgrims geschmeidige, blasse Flanken unter – *hör auf damit, du Schlampe!* Na ja, dann eben Idrashans warmen, kraftvollen Leib unter ihr im Galopp. Den ungestümen Zwei-Tage-Ritt hinaus nach An-Monal und die melancholische Leere der verlassenen Gebäude dort, das sanfte, tröstliche Gemurmel des gezähmten Vulkans durch die Gemäuer. Idrashan mit einem Apfel vom Baum unter Grashgals altem Arbeitszimmerfenster füttern und dem Streitross etwas zumurmeln, wenn sie wieder heimwärts trabte.

Plötzlich kam ihr der Gedanke, dass sie sich vielleicht zum Teil nur deswegen nicht gegen Ringil stellte, weil sie Idrashan nicht im Stich lassen wollte. Ihr Pferd lag nach wie vor im Stall des Forts auf der Seite und wollte nicht aufstehen.

»An diesem Nachmittag habe ich Männer mit einem Lächeln auf dem Gesicht sterben sehen.« Egar schüttelte den Kopf, immer noch in die Erinnerungen an die Galgenschlucht versunken. Sonnenlicht glänzte auf seinem Gesicht. »Ich habe Männer *lachen* sehen, als sie fielen. Das war Gil, er hat sie dazu gebracht. Er war dort, mitten drin, schrie den Echsen Schimpfworte und schlechte Witze zu, von Kopf bis Fuß mit ihrem Blut besudelt. Ich schwöre, Archeth, dass er damals glücklicher war, als ich ihn zuvor oder seitdem je erlebt habe.«

»Großartig.«

Ihr Tonfall veranlasste ihn, sich zu ihr umzudrehen.

»Wir tun das Richtige, Archeth«, sagte er sanft. »Was heute Nacht auch geschehen wird, er hat richtig gehandelt.«

Sie seufzte tief, drückte die Hände auf ihre Schenkel und wiegte sich leicht auf den Stufen hin und her.

»Hoffen wir es, hm?«

Jemand trat hinter ihnen aus der Tür des Forts. Beide drehten sich um und sahen Ringil dort stehen. Er hatte sich einen Kürass erschnorrt, aus dem Vorratslager der Bürgerwehr, dem leicht schmuddeligen Aussehen nach zu schließen, dazu ein Paar verbeulte Beinschienen sowie weitere zusammengewürfelte Rüstungsteile. Nichts passte zusammen, aber alles schien halbwegs in Ordnung. Über seiner Schulter hing ein Schild vom Ewigen Thron. Einen Augenblick lang stand er da und sah sie schweigend an, und Archeth fragte sich, ob er gehört hatte, was Egar über ihn gesagt hatte. Sie blickte ihm ins Gesicht und dachte: Ja, wahrscheinlich schon.

»Dürfte nicht mehr lange dauern«, sagte er barsch. »Hör zu, Archidi, vermutlich nimmst du zur Zeit kein Krinzanz mehr, oder?«

Sie drehte sich nach vorn, um in einer engen Innentasche wühlen zu können, zog einen in Tuch gewickelten Brocken hervor, den sie noch nicht angebrochen hatte, und reichte ihn Ringil über die Schulter hinweg. »Alle meine Laster sind noch vorhanden, Gil. Enttäuscht?«

»Ganz und gar nicht! Mir hätte es überhaupt nicht gefallen, wenn du dich genau wie alles andere verändert hättest.« Er nahm den Brocken, wog ihn in der Handfläche und runzelte kritisch die Stirn. »Wie ich deinen Männern da drin gesagt habe, sind die Scheißkerle schnell. Und ich war niemals schneller als auf einem Viertelpfund von diesem Zeug hier. Vielleicht fragst du mal bei Rakan nach, ob noch jemand ein oder zwei Stücke haben möchte.«

Archeth schnaubte. »Nein, das Thema werde ich lieber nicht anschneiden. Lies deine Offenbarung! Es ist eine Sünde erster Ordnung, eine Beschmutzung des fleischlichen Tempels sowie eine Entfremdung des Bewusstseins vom spirituellen Selbst. Diese Burschen verlieren sowieso schon schnell genug den Respekt vor mir. Der Versuch, ihnen verbotene, sündhafte Substanzen unterzujubeln, würde der Sache nur den Rest geben.«

»Soll ich fragen? Muss mir sowieso einen Helm von Rakan beschaffen, und mein Ruf ist als Schwuler inzwischen bestimmt so ruiniert, dass es nicht mehr drauf ankommt.«

»Wie du willst. Obwohl es nicht gut ankommen wird, das sage ich dir. Das sind fromme Männer, die ein reines Leben führen und den Tempel ihres eigenen Leibs anbeten.«

»Hmm. Klingt ziemlich erotisch.«

»Hör endlich auf damit, Gil!« Sie sah sich mit zusammengekniffenen Augen um, ob ihnen jemand zuhörte. »Du wirst noch den guten Eindruck verderben, den du gerade bei den Soldaten hinterlassen hast.«

»Ja, schon gut. Stimmt natürlich.« Ringil warf Egar einen Blick zu. »Was ist mit dir?«

Der Majak grinste. »Zu spät, bei mir einen guten Eindruck zu schinden, Gil. Ich kenne dich.«

»Das Krin. Ich spreche vom Krin.«

Egar schüttelte den Kopf. »Behindert mich beim Atmen. Ich hab mir im Sommer '49 die Birne damit vollgehauen, und mir ist echt übel davon geworden. 'n paar Freunde von Imrana haben über einen Bekannten bei Hofe richtig reines Zeug gekriegt, und ich hab 'ne Überdosis genommen, weil mir das nicht klar war. Verdammter Albtraum! Vertrag nicht mal mehr den Geschmack.«

»Na gut.« Ringil wandte sich ab, um hineinzugehen. »Ich werde Rakan trotzdem fragen. Könnte vielleicht einigen das Leben retten, wenn ich ihn überzeugen kann.«

Archeth sah zu ihm auf. »Hübschen Schild, den er dir gegeben hat.«

»Der hier? Ja, der ist anscheinend sein Ersatzschild.« Ein flüchtiges Lächeln ging über Ringils Gesicht. »Ich glaube, ihm hat die Ansprache auch gefallen. Vielleicht ist bei mir doch nicht Hopfen und Malz verloren, auch wenn ich ein Degenerierter bin.«

»Gut.« Sie suchte nach Worten, um sich abzulenken. Allmählich wurde ihr leicht übel, trotz des besseren Wetters. »Es war eine ziemlich gute Ansprache.«

Egar grunzte. »Ja, nicht schlecht für einen verdammten Schwulen.«

Und sie alle lachten lang und herzlich im Sonnenschein, solange dazu noch Zeit war.

32

Die kalten Stunden vor der Morgendämmerung.

Ringil saß auf einer niedrigen Mauer in der Nähe des Flusses und spürte das Krin durch seine Adern rauschen. Von der Außenwelt nahm er kaum etwas wahr. Er hatte schon zu lange gewartet. Die pochende Erwartung in den ersten paar Stunden der Dunkelheit war einige Zeit nach Mitternacht in sich zusammengefallen; ein erfahrener Kämpfer konnte so etwas nicht über längere Zeit aufrechterhalten. Diese Anspannung, dieser Reiz des bevorstehenden Kampfes, sogar die Furcht selbst stumpften nach einer Weile ab. Er ließ sich vom Krin davontragen, kümmerte sich nicht darum, was es mit seinem Körper anstellte, und legte alle paar Stunden nach, indem er sich ein weiteres Stückchen abzwickte und ins Zahnfleisch rieb. Allmählich fragte er sich, ob er nicht einen Fehler begangen hatte.

»Blaues Feuer! Blaues Feuer! Sie kommen!«

Mit einem Ruck war er wieder ganz da. Er sprang von der Mauer– was mehr Anstrengung erforderte als erwartet; er hatte vergessen, dass er die Rüstung trug –, schnappte sich seinen Schild und hängte ihn sich über die Schulter, packte seinen Helm und setzte ihn auf, während er zur Hauptstraße hinaufrannte. Zog den Rabenfreund heraus, dass es klirrte, als sich die Scheide teilte, und grinste bei dem Geräusch. Die nächtliche Brise vom Fluss schien ihn vor sich herzuschieben. Der Alarmschrei war vom Bootshaus her gekommen.

»Blaues Feuer! Blaues Feu . . .«

Der Ruf endete in einem Gurgeln. Er fluchte, jagte um die Ecke des Bootshauses und rannte direkt in den ersten Dwenda hinein. Sie prallten auseinander, stolperten und wären fast gestürzt. Der Soldat vom Ewigen Thron, der den Warnschrei ausgestoßen hatte, kniete mit gesenktem Kopf auf der Straße. Blut strömte zwischen seinen Fingern hervor, die vergebens eine Halswunde umklammerten. Sein Gefährte, die andere Hälfte der Patrouille, lag in einer großen Lache seines eigenen Bluts hinter ihm. Alles leuchtete in einem blauen Licht, das die Soldaten in melancholische Silhouetten verwandelte und die Blutlache in eine feste, polierte Platte. Der gleiche Glanz klebte an der großen, schwarz gekleideten Gestalt, die sie getötet hatte, sodass es aussah, als trüge sie eine magische Rüstung.

Der Rabenfreund hob sich zu einer Parade, und eine Sekunde später sah Ringil das sausende blaue Glitzern der aldrainischen Klinge. Ein Block, ein Klirren. Sein Körper erbebte unter dem Aufprall. Er holte mit seinem Schwert aus und wechselte den Stand. Der Dwenda griff erneut an, aus einer tiefen Deckung heraus. Ringil schlug nach unten, wich zurück und überließ sich dem Krin, das seine Eindrücke verschwimmen ließ. Der Dwenda nickte mit dem Kopf, auf dem ein glatter Helm saß, und äußerte etwas Unverständliches. Ringil fragte sich kurz, ob er ihn kannte.

»Na los, du Scheißkerl. Zeig, was du *draufhast!*«

Er setzte nach, hielt den Rabenfreund hoch, schwang ihn und trat gleichzeitig hart und fest zu. Kaum überraschend prallte das Schwert klirrend ab, denn wegen seiner fehlenden Standfestigkeit war aus dem Hieb eine langsame, unelegante Bewegung geworden. Aber der Stiefel hatte sein Ziel getroffen, entweder Schienbein oder Knie. Der Dwenda taumelte. Ringil rückte vor, schwang seinen Schild vor und zurück, um die Hiebe abzuwehren, und suchte nach einer Lücke. Der Schlagabtausch ging hin und her. Ringil erkannte seine Chance, führte den Rabenfreund unter die andere Klinge und fegte beide Waffen beiseite. Er kam nahe genug heran, um den Dwenda mit seinem Schild zurückzutreiben, und versuchte mit einer yheltethischen Kampftechnik, die Kreatur ins

Straucheln zu bringen. Es funktionierte nicht so ganz; die ungewohnt schwere Rüstung machte ihn unbeholfen, und der Dwenda ging nicht zu Boden. Aber er war aus dem Gleichgewicht geraten. Ringil schrie in das ausdruckslose Visier hinein und führte in rasender Geschwindigkeit eine Reihe von Angriffen aus. Die Gegenangriffe mit dem Schwert erfolgten ebenso schnell. Ein Hieb seines Gegners kam durch und prallte von seinem Helm ab, ein weiterer glitt quietschend über seinen Kürass. Er überstand alles unverletzt und trieb den Dwenda weiter zurück. Das Krin verschaffte ihm einen Vorteil, den er bei Seethlaw nicht gehabt hatte, und die Gewöhnung hatte ihm jegliche Furcht genommen, die die blau glühende Gestalt einmal in ihm erregt haben mochte.

Er tötete den Dwenda.

Es kam aus dem Nichts; es war wie ein Geschenk dunkler Mächte. Die schwarz gekleidete Gestalt wich fast bis zu den Brettern der Hüttenwand zurück und sprang ihn dann abrupt an. Vom Boden hoch, nicht ganz mit der schwebenden Eleganz, mit der Seethlaw ihn in Terip Hales Innenhof niedergeworfen hatte, nicht ganz so hoch und schnell, oder vielleicht war es bloß wieder das Krin, das alles erleichterte. Ringil wich zur Seite aus und hieb mit dem Rabenfreund auf den Dwenda ein, der daraufhin unter seinem Helm aufschrie. Die Schneide war tief in einen Schenkel eingedrungen, direkt durch das schwarze, hautenge Gewand, das als Panzerung diente. Er spürte, wie sie auf den Knochen traf, und drehte sich instinktiv weg, um sie wieder herauszuziehen. Der Dwenda fiel aus der Luft herab und prallte schwer auf dem Boden auf. Er versuchte, mit seinem verwundeten Bein aufzustehen, und fiel wieder hin. Ringil pirschte sich heran und versetzte dem Dwenda einen Hieb gegen die rechte Schulter. Ein weiterer gedämpfter Aufschrei, wieder war die kiriathische Klinge tief eingedrungen. Der Dwenda wand sich und schlug um sich. Das Langschwert hatte er irgendwo fallen lassen. Ringil streckte ihn mit einem Tritt nieder, stellte ein Bein auf seine Brust und stieß seinem Gegner den Rabenfreund durch die Kehle. Der Dwenda zappelte wie ein aufgespießtes Insekt und stieß verzweifelte Würgegeräusche aus. Ringil hielt ihn weiter mit dem Stiefel unten, drehte die Klinge hin und her, um der Sache ein Ende zu machen, und riss sie dann wieder heraus. Blut spritzte unter dem Rand des seltsamen glatten Helms hervor. Der Dwenda zuckte noch einmal und regte sich nicht mehr.

Ringil warf den Kopf in den Nacken und heulte.

Vom anderen Ende der Straße kam eine schwache Antwort, aber er wusste nicht, von wem oder was.

Egar begegnete seinem ersten Angreifer im Fackelschein auf den Stufen zum Fort. Das blaue Licht verwirrte ihn zunächst einige Sekunden lang, aber er hatte, genau wie alle anderen, Ringils Lektion gehört. Er hielt unbeirrt die Stellung, suchte nach der Gestalt in der Mitte des Sturms und stach mit der Stablanze in Kniehöhe zu. Sie traf etwas, jedoch nicht mit dem festen, dumpfen Geräusch, an das er gewöhnt war. Es war eher, als würde er die Lanze durch tiefes Wasser ziehen. Der Dwenda im Herzen des Scheins schien zu kichern.

Eine lange, schlanke Klinge zuckte vor.

Er blockte sie ab, schwang mit der Bewegung herum und stach fest mit der Lanze nach. Der Dwenda wich zurück und wartete anscheinend auf etwas.

Nur das blaue Licht von oben warnte ihn.

Aus dem Augenwinkel sah er das Spiegelbild in der Pfütze in einem Pflasterstein zu seinen Füßen. Ein kalter Schimmer, nicht vom Schein der Fackeln an den Wänden des Forts. Intuitiv begriff er augenblicklich, was das zu bedeuten hatte, und fuhr herum, als der zweite Dwenda ihn vom Dach des Forts ansprang. Gerade noch rechtzeitig brachte er den Lanzenstab auf Brusthöhe, fing seinen Angreifer damit auf und warf ihn zur Seite auf den Boden. Der Aufprall war so heftig, dass er ein paar Stufen zurückfiel, sich aber gerade noch auf den Beinen halten konnte. Der Dwenda erholte sich, wälzte sich herum und kam hoch, nach wie vor unscharf in dem blauen Schein des Sturms, und Egar wusste, dass der andere von links auf ihn zustürmen würde. Sah es aus dem Augenwinkel. Keine Zeit für bewusste Überlegungen – reflexartig gab er seine Haltung auf, riss die Lanze hoch und hielt sie quer mit beiden Händen. Das rechte Ende schickte den zweiten Dwenda stolpernd zu Boden, vielleicht verletzt, vielleicht auch nicht, das linke zeigte mit der brutalen Spitze nach hinten über Egars Schulter.

Der erste Dwenda rannte direkt hinein.

Egar spürte den Aufprall und wusste es, ohne sich umzusehen. Er grunzte und verdrehte den Schaft der Lanze – der Dwenda brüllte. Jetzt blickte er sich um, sah die Verletzung, grinste und riss die Lanze heraus. Der verwundete Dwenda sackte rücklings in sich zusammen. Das Schwert hatte er fallen gelassen und hielt die Lanzenwunde mit beiden Händen umklammert. Egar stieß ein wildes Geheul aus und fuhr zum zweiten Dwenda herum, der sich gerade, das Schwert in beiden Händen, auf ihn stürzen wollte. Die letzten Spuren des blauen Sturms flackerten um seine Gliedmaßen und erloschen.

»Jetzt du«, sagte Egar grimmig und warf sich nach vorn.

Aus dem Innern des Forts drangen Schreie.

Archeth kämpfte in einem Wirbel aus Messerklingen und Krin.

Geisterschlächter hatte sie verloren. Er steckte bis zum Heft im Rücken eines Dwendas, und sie hatte keine Zeit gehabt, ihn wieder herauszuziehen, bevor sie sich wieder bewegen, herumtänzeln, ducken und aufrichten musste. Lachendes Mädchen lag schwach glänzend in einer Ecke, danebengeworfen, verschwendet. Sie führte Bandschimmer in der rechten und Gefallenen Engel in der linken Hand, und sie hatte immer noch Gnadenlos in der Scheide auf ihrem Rücken. Ihr Gesicht war blutig vom Hieb eines Langschwerts, aus ihrer Kehle drang ein schriller kiriathischer Kampfschrei, und überall um sie her bewegten sich Gestalten.

»Indamaninarmal!« Die Silben auf Hochkiriath flossen ihr über die Lippen wie ein ätzender, aufgewühlter Strom. *»Haus meines Vaters! Indamaninarmal!«*

Die Dwendas waren innerhalb des Forts aufgetaucht, blau brennende Geister; genau wie Ringil sie gewarnt hatte. Sie hatte sich im Turmzimmer aufgehalten, als es geschah, hatte panikerfüllte Schreie von unten vernommen und war die Treppe hinabgerannt. Bei der ersten Biegung war sie auf einen Dwenda gestoßen, der heraufkam und ganz aus blauem Feuer zu bestehen schien, in dessen Herzen sie eine diffuse, dunklere Bewegung erkannte. Sie jagte in das Ding hinein, raste *hindurch,* spürte genau, wie es an ihr zerrte, kam jedoch unversehrt auf der anderen Seite wieder heraus. *Keine Zeit, keine Zeit, verdammt!* Taumelnd ging es die restlichen Stufen hinunter, und sie konnte sich kaum noch auf den Beinen halten, als sie in den Hauptraum des Forts stürmte. Vor ihr das reinste Chaos: Zwei der Soldaten vom Ewigen Thron lagen bereits auf den Fliesen, tot oder sterbend, ein dritter stand mit dem Rücken zur Wand und verteidigte sich nur noch schwach mit einer Streitaxt. Ohne Helm. Er hatte ihn wohl früher in der Nacht abgesetzt – sein Gesicht war blutig und sein Ausdruck grimmig, da er seine Chancen kannte. Drei Dwendas trieben ihn an der Wand entlang und waren dabei, ihn einzukesseln. Noch eine Sekunde, dann würde er tot sein. Archeth sprang brüllend vor. Zwei der drei Gestalten fuhren herum; schwarz gekleidete Körper und ausdruckslose eiförmige Köpfe, umhüllt von flackerndem blauem Licht, die Langschwerter wie zur Mahnung erhoben. Aber sie hatte das Gefühl – *genau, das schwarze Volk ist also doch hier, ihr Scheißkerle!* –, dass sie völlig verblüfft waren.

Sie hielt Lachendes Mädchen in der rechten Hand.

Weit entfernt von einer bewussten Entscheidung, schleuderte sie das Messer auf die am nächsten stehende Gestalt. Der Dwenda duckte sich, und das Messer wirbelte in einem schimmernden Bogen an seinem Helm vorbei. Fluchend zog sie Geisterschlächter heraus, während sie den Raum durchquerte, und dazu noch Gefallenen Engel. Ein Langschwert schoss hervor, sie war nicht mehr dort. *Fast* nicht mehr dort – sie spürte den Streich wie einen heißen Draht, der eine Linie über ihre Schläfe zog, als sie sich duckte. Sie ließ sich vom Schreck antreiben, kam hinter dem Dwenda hoch und trieb ihm Geisterschlächter auf Höhe der Nieren tief in den Leib. Der kiriathische Stahl durchdrang das, was der Dwenda am Leib trug, die Kreatur stieß einen schrillen Schrei aus, bäumte sich auf und löste sich stolpernd von ihr. Sie musste das Messer loslassen, es in ihm stecken lassen. Sie füllte die leere Hand mit Bandschimmer.

Der zweite Dwenda kam auf sie zugerannt, das Schwert schwingend. Sie ging beiseite, erwischte die Waffe mit der Spitze mit der Klinge von Gefallener Engel und schob sie von sich weg. Bandschimmer blitzte auf und stieß zu, aber der Dwenda war schneller und wich zurück. Der letzte verbliebene Soldat vom Ewigen Thron in der Ecke war fast erledigt. Er war an einem Bein verwundet und konnte sich kaum noch aufrecht halten. Blut strömte aus dem Scharnier der Rüstung an seinem Oberschenkel herab. Sein Angreifer schob sich noch näher heran, gönnte ihm weder Raum noch eine Atempause. Sie wagte keinen weiteren Wurf; es war nicht sicher, ob die kiriathische Klinge die Kleidung des Dwendas durchdringen würde, ohne dass sie kräftig mit der Hand nachdrückte.

»Halt durch!«, schrie sie und sprang gerade rechtzeitig zurück, um einem weiteren Hieb ihres Gegners zu entgehen.

Die Bewegung brachte sie zur Tür zum Turm hinüber, und sie erkannte den Fehler, sobald sie sprang. Sie wusste – das Krinzanz wusste es –, dass der Dwenda, dem sie auf den Stufen begegnet war, dort sein würde, auf dem Weg nach unten, nachdem er oben niemanden zum Abschlachten gefunden hatte. Er hätte die Klinge gezogen und …

Sie ließ sich zu Boden fallen, hörte das Schwert dort vorbeizischen, wo sie eben noch gestanden hatte, und wälzte sich verzweifelt herum, um etwas Platz zu bekommen. Ein umgestürzter Stuhl stand ihr im Weg. Der Dwenda aus dem Turm folgte ihr. Ausdrucksloser, glatter Helm, aufrecht, das Langschwert beidhändig vor sich, auf der Suche nach dem entscheidenden Augenblick. Es war, als würde sich etwas Mechanisches anschleichen, als wären unter dem Helm bloß Luft und ein Geist von nackter Bösartigkeit.

»Dwenda!«

Es war fast ein Freudenschrei.

Es war Elith.

Aus den Zellen im Keller, offenbar nur halb wach, einen tranceartigen, verwunderten Ausdruck auf dem Gesicht, bekleidet nur mit einem grauen Nachtgewand, das Archeth ihr geschenkt hatte, kam sie die Treppe herauf. Wenige Stunden zuvor hatte sie friedlich unter einer Decke neben Sherin geschlafen. Die beiden Frauen hatten sich, vielleicht unbewusst, auf der Suche nach Wärme aneinandergeschmiegt. Jetzt bewegte sie sich wie eine Schlafwandlerin, und ihre Stimme klang wie die einer Frau, die nach Jahren der Trennung ihre wahre Liebe wiedersieht.

»Dwenda!«

Die Gestalt in der Rüstung hielt inne. Der konturlose Helm hob sich. Vielleicht in Erwartung von Magie; Elith war unbewaffnet, aber das Haar umgab ihren Kopf wie eine wirre, graue Masse und schien das schwindende blaue Flackern des Dwendas einzufangen, ihr Gesicht war eine verwitterte Maske des Alters und Leidens, und sie streckte wie ein stummes Abbild der Glirshtzeichen die Arme vor. Auf ihrem Gesicht lag keinerlei Furcht, ihre ganze Haltung widersprach der Annahme, dass sie Furcht empfinden könnte, und sie näherte sich, als könnte ihr nicht das Geringste geschehen.

Sie war die perfekteste Verkörperung einer Hexe, die Archeth jemals gesehen hatte.

»Du kommst zu spät, Dwenda«, deklamierte sie. »Sie sind alle verschwunden, das Land ist geraubt, die Wächter sind besiegt, die Erinnerung verblasst. Ich bin die Letzte.«

Der Dwenda traf eine Entscheidung, die jeder Krieger an seiner Haltung hätte ablesen können. Archeth öffnete den Mund zu einem Schrei. Elith ging weiter, die Arme ausgestreckt. Lächelnd.

»Bring mich nach Hau…«

Der Dwenda schlug zu. Das Schwert traf Eliths ungeschützte Seite, schnitt tief in ihre Taille und kam wieder heraus. Archeth glaubte, aus dem glatten Helm ein verächtliches Schnauben zu vernehmen, oder vielleicht auch nur der Erleichterung. Blut tränkte das Nachtgewand. Elith stieß einen Laut aus, der sich eher nach ungestümer Freude als nach Schmerz anhörte, fiel jedoch nicht hin. Archeth spürte Tränen in ihren Augen brennen. Der Dwenda kam näher und hackte ungeduldig weiter auf sie ein. Die Lehne des Stuhls, in dem Archeth sich verfangen hatte, versperrte ihr den Blick auf das, was als Nächstes geschah, aber Elith schlug drei Fuß von ihr entfernt auf den Boden, und ihre Augen starrten blicklos ins Nichts.

Der Dwenda wandte sich um und entdeckte Archeth, die wieder auf den Beinen war, acht Zoll entfernt, das Gesicht blutverschmiert und zu einem Knurren verzerrt.

Schrill kreischend stach sie mit beiden Messern gleichzeitig zu, Bandschimmer unter dem Rand des Helms, Gefallener Engel in den Bauch. Sie drehte die Klingen mit jeder Unze kringenährter Wut, die ihr zur Verfügung stand. Der Dwenda schrie auf sie ein, versuchte, sie mit der Glocke und dem Griff des Langschwerts zu treffen, aber sie stand viel zu nahe, als dass dies etwas genutzt hätte. Sie hielt den Hieben stand, schob ihren Gegner mit den Messern zurück, riss sie nach oben und drehte sie wild. Erneut schrie der Dwenda, ließ sein Schwert fallen und wollte sie mit beiden Händen von sich wegdrücken. Sie knurrte, hielt dieses Mal die Messer fest, und schüttelte grinsend den Kopf. Die Klingen blieben, wo sie waren – der Dwenda hätte sich acht Zoll vom Boden erheben müssen, um sich zu befreien. Sie wusste, es war Wahnsinn, sie wusste, dass die anderen beiden Aldrainer den Soldaten vom ewigen Thron endgültig fertigmachen und sich dann umdrehen und auf sie stürzen würden, aber sie konnte nicht loslassen.

»Indamaninarmal!«, knurrte sie durch die zusammengebissenen Zähne. *»Haus meines Vaters! Indamaninarmal!«*

Was etwas in ihr zu lösen schien. Sie rammte dem Dwenda die Schulter gegen die Brust, drückte ihn weg und zog die Messer heraus. Drehte sich gerade rechtzeitig um, um den Soldaten vom Ewigen Thron auf dem Fußboden in der karminroten Lache seines eigenen Bluts liegen zu sehen, stöhnend und sterbend. Die Axt war ihm aus den tauben Fingern geglitten, und die beiden verbliebenen Dwendas kamen, bespritzt mit menschlichem Blut, auf sie zu, traten das umgestürzte Mobiliar beiseite. Aber soweit sie erkennen konnte, war keiner von beiden verletzt.

Sie atmete tief durch, straffte sich und hob die Messer.

»Also gut«, sagte sie.

Ringil rannte die dunkle, von Schreien erfüllte Straße entlang.

Hier und da kam er an Leichen vorüber, sowohl Einheimische als auch Mitglieder des Ewigen Throns. In einigen Häusern standen die Türen sperrangelweit offen, und auf einer Schwelle sah er den Leichnam einer Frau liegen. Die Dwendas waren anscheinend wahllos in den Häusern und auf den offenen Plätzen von Ibiksinri aufgetaucht und hatten alles getötet, was sich ihnen in den Weg gestellt hatte. Noch während er sich umsah, flog eine weitere Haustür auf, und ein Junge von etwa acht Jahren kam kreischend auf ihn zugerannt. Hinter ihm, in der Düsternis des Hauses, erkannte er das blaue Geflacker unter dem Türsturz und dann die alte, vertraute Gestalt, die geduckt herauskam. Der Junge schoss auf Hüfthöhe in ihn hinein, und er streckte fast geistesabwesend eine Hand aus, um ihn zu halten.

»Sie, meine Mutter, es …«, plapperte der Junge durch einen Strom von Tränen.

Der Dwenda trat auf die Straße. Er trug eine spezielle Axt in einer Hand und ein Kurzschwert in der anderen. Ringil neigte leicht den Kopf und hörte sein Genick knacken.

»Du bleibst besser hinter mir«, sagte er und schob den Jungen sanft hinter sich. »Es ist sinnlos, vor diesen Dingern wegrennen zu wollen.«

Er ließ den Dwenda auf sich zukommen, hob eine Hand und zeigte auf das eigene Gesicht. Er hatte die Finger in das Blut des letzten Dwendas getaucht, den er getötet hatte, und sein Gesicht absichtlich damit beschmiert, bis ihm der bittersüße Geruch schwer in Nase und Kehle hing. Er wusste nicht, ob die Dwendas einen ausgeprägten Geruchssinn besaßen, insbesondere unter ihren glatten, gesichtslosen Helmen, aber es war einen Versuch wert.

»Siehst du das?«, rief er langsam und schleppend auf Naomisch. »Das stammt von einem deiner Freunde. Aber es trocknet bereits, und ich brauche frisches. *Komm her, du Scheißkerl!«*

Er legte die letzten beiden Meter mit einem Sprung zurück und schwang dabei den Rabenfreund wie eine Sichel. Nie würde er erfahren, ob der Trick mit dem Blut etwas genutzt hatte oder nicht; der Dwenda blockte den Schlag mit dem Schaft der Axt, tänzelte zur Seite und stach mit dem Kurzschwert zu. Ringil fing den Stoß mit dem Schild ab, knurrte bei dem heftigen Aufprall, ging in die Knie, um sein Schwert von der Axt freizubekommen, und schwang es erneut wild auf Höhe des Schienbeins. Er traf etwas, der Dwenda stolperte, aber die Klinge hatte anscheinend nichts durchschnitten.

Scheiße.

Die Axt pfiff herab. Er warf sich ungelenk zur Seite, stolperte, fiel auf die Straße und wälzte sich herum. Verlor den Rabenfreund im Schlamm. Der Dwenda folgte ihm und stieß mehrmals ein schrilles Bellen aus, das Ringil überhaupt nicht gefiel. Im letzten Augenblick trat er mit dem Stiefel zu. Der Dwenda jaulte auf und taumelte. Die Axt zitterte, das Schwert sank herab. Ringil kam auf die Beine, ließ seinen Schild fallen, warf sich brüllend nach vorn und griff nach den Waffen des Dwendas. Er bekam den Schaft der Axt zu fassen, das Gelenk der Schwerthand, stand Brust an Brust vor der Kreatur und knallte seinen Kopf wild gegen den Helm.

Das war pures Krinzanz, der schwarze, kichernde Wille zur Zerstörung war vom Zügel gelassen und erhob sich aus den tiefsten Tiefen seines Herzens, ohne einen Gedanken an die Konsequenzen. Die Wucht des Aufpralls ließ ihn zurückstolpern. Sein Helm hing schief, und ihm dröhnte der Kopf, aber seine Hand hielt den Schaft der Axt fest gepackt, und er bekam sie unter Kontrolle. Der Dwenda schüttelte benommen den Kopf und schien nicht so recht zu wissen, wo er war. Ringil schwang die Axt mit beiden Händen in weitem Bogen, ein Hieb, an dem der Drachentöter seine Freude gehabt hätte. Die Axt fuhr dem Dwenda direkt in die Brust, und er schrie auf. Ringil riss sie los und hackte erneut zu, wie in einen Baum. Aldrainisches Blut floss in der Dunkelheit, er fing den frischen Geruch auf. Mit wildem Gebrüll holte er nochmals weit aus und ließ die Schneide auf den Kopf des Dwendas sausen.

Der Helm zerbrach, die Axt fuhr in den Riss und grub sich eine Handbreit hinein. Ringil ließ los und sah zu, wie der Dwenda drei schwankende Schritte zur Seite tat, wie verwundert nach seinem Kopf fasste und dann mit einem langen Ächzen zusammenbrach. Ringil wartete keuchend und schwankend ab, ob er sich noch einmal rührte. Da nichts weiter geschah, sah er sich um, entdeckte den Rabenfreund und seinen Schild im Schlamm und hob beides auf. Allmählich setzte der Schmerz im Kopf ein, als die anfängliche Taubheit nach dem Schlag nachließ. Er versuchte, sich den Helm etwas gerader auf den Kopf zu setzen, und bemerkte, dass der Nasenschutz verbogen war und ihn jetzt gegen die untere Hälfte der Wange stieß.

Der Junge – den er während des Zweikampfs völlig vergessen hatte – schaute ihm zu, zehn Schritte entfernt. Stocksteif stand er da, die Augen weit aufgerissen in einem Entsetzen, das kaum geringer war als das vor dem Dwenda. Ringil schüttelte den Kopf und ertappte sich bei einem Lachen, einem wahnsinnigen, abgehackten kleinen Kichern.

»Der Drachentöter hat recht«, sagte er unbestimmt. »Sie sterben genau wie Menschen.«

Der Blick des Jungen glitt nach links über Ringils Schulter, und er schoss davon wie ein verschrecktes Reh. Ringil fuhr herum und fand sich Auge in Auge mit einem von Rakans Soldaten wieder. Erleichterung durchfuhr ihn.

»Ah! Wie geht's dir?«

Der Mann stieß einen Laut aus. Er war über und über mit Wunden bedeckt, allerdings sah keine der Verletzungen allzu schlimm aus. Er besaß nach wie vor seinen Schild, aber der war zerbeult und beschädigt, und er hatte außer einem Messer keine Waffe mehr. Ringil drehte sich um und zeigte, immer noch schwer atmend, mit dem Finger auf die Axt.

»Siehst du die? Wenn du sie aus dem Kopf des Scheißkerls rauskriegst, gehört sie dir. Dann sehen wir nach, was im Fort los ist. In Ordnung?«

Der Soldat vom Ewigen Thron starrte ihn an. »Sie, sie …« Er winkte wild über seine Schulter hinweg. »Sie sind überall, Mann!«

»Ich weiß. Und sie schimmern im Dunkeln.« Ringil schlug ihm auf die Schulter. »Das macht die Sache doch einfacher, hm?«

Egar stürmte durch die Tür des Forts, an beiden Klingen der Stablanze noch immer Teile von Dwenda-Gedärmen. Genau in diesem Augenblick ging Archeth zu Boden. Die Wut schoss in ihm hoch wie ein plötzliches hohes Fieber. Er kreischte wie ein Berserker, schrill und laut, und sprang die beiden Dwendas an, ohne nachzudenken. Der erste drehte sich um und bekam sofort die Lanze durch den Bauch. Der zweite stolperte einen Schritt nach hinten, wie von einem harten Schlag getroffen, und drang dann, das Schwert schwingend, auf ihn ein. Egar trieb den aufgespießten Dwenda gnadenlos zurück, bis dieser über Archeths Körper stolperte. Er fing den Schlag des anderen Dwenda mit dem Lanzenschaft ab und trat ihm die Füße unter dem Leib weg. Dann stützte er sich schwer auf das Ende der Lanze, die im Bauch des Verwundeten steckte, und drehte den Schaft hin und her. Der Dwenda schrie in seinem Helm und schlug um sich. Egar schätzte die Verletzung als genügend schwer ein, riss die Lanze heraus, duckte sich und fuhr zu dem anderen Dwenda herum, der gerade wieder auf die Beine kam.

»Du möchtest auch sterben? Dann komm her, du *Scheißkerl!*«

Der Dwenda reagierte blitzschnell. Brüllend setzte er hoch über die Lanze hinweg und trat im Flug Egar mit einem Fuß voll ins Gesicht. Der Drachentöter wankte, ging jedoch nicht zu Boden. Er spürte Blut im Mund, dazu so etwas wie einen abgebrochenen Zahn, aber …

Der Dwenda war nur wenig Schritte entfernt gelandet, wollte sich umdrehen und sein Langschwert ins Spiel bringen. Egar raste heran, schlug der Kreatur den Lanzenschaft gegen die Brust und schob sie rückwärts durch den Raum, bis sie beide zwischen den Leichen und zerbrochenen Stühlen stürzten. Der Dwenda ließ sein Schwert fallen. Verzweifelt rammte Egar den Lanzenschaft unter den Rand des Helms und kam auf die Knie. Der Dwenda hatte von irgendwoher ein langes, schmales Messer hervorgeholt und wollte damit zustechen, aber der Lanzenschaft drückte seine Arme nach unten, sodass er nicht richtig an seinen Gegner herankam. Erneut hob Egar den Schaft kurz an und drückte ihn mit seinem ganzen Gewicht gegen den Hals des Dwendas. Der Dwenda stieß ein Gurgeln aus. Das schmale Messer schoss wieder hervor, drang Egar in die Seite und glitt von einer Rippe ab. Er knurrte und ließ die Lanze los, ergriff den glatten Helm und knallte ihn auf den Fliesenboden. Das Messer traf ihn ein weiteres Mal, und es fühlte sich an, als wäre es dieses Mal durchgekommen. Keuchend kämpfte er darum, den Helm fest in den Griff zu bekommen, verspürte einen weiteren feurigen Schmerz entlang der Rippen und streckte ein Knie vor, um den Arm mit dem Messer abzuwehren. Er umklammerte den Helm und drehte mit aller Kraft, die ihm noch geblieben war. Der Dwenda schlug um sich und jaulte. Egar bleckte die Zähne zu einem schrecklichen Grinsen und drehte weiter. Seine Worte entrangen sich krächzend seiner Kehle.

»Ja, ja, ich höre dich. Fast ... fertig ... bloß noch ...«

Wieder das Messer, er bemerkte es kaum durch den aufsteigenden roten Nebel, seine Worte kamen vor Anstrengung schwach und angespannt heraus ...

»... noch ein bisschen ...«

Jetzt kreischte das Ding, schlug mit dem Messer und einer geballten Faust auf ihn ein, trat um sich ... spielt keine Rolle, spielt keine Rolle, achte nicht auf den Scheiß ...

»... noch bisschen ...«

Knack.

Auf einmal drehte sich der Kopf des Dwendas lose in seinen Händen. Die Arme der Kreatur sanken neben ihr herab. Das Messer fiel klirrend auf den Steinboden.

»Das wär's«, zischte er. »Jetzt bist du still.«

Japsend holte er Luft und stöhnte sogleich bei dem brennenden Schmerz in seinen Rippen. Tränen traten ihm in die Augen, und er blies die Luft durch die gespitzten Lippen aus, als ob er gerade etwas allzu Heißes verschluckt hätte.

»Oh, verdammte Scheiße, tut das weh!«

»Was du nicht sagst.«

Er wandte sich um und entdeckte Archeth. Sie stand wieder auf den Beinen und humpelte auf ihn zu, wobei sie sich eine Schulter umklammerte. Aber auf der verletzten Seite hielt sie ein blutiges Messer der Hand, was ihr keine Mühe zu bereiten schien. Er hustete ein Lachen heraus und wünschte sich dann, er hätte es nicht getan.

»He, du lebst.«

»Fürs Erste.« Sie nickte hinter sich. »Hab deinen anderen Kumpel für dich erledigt.«

Er schob sich vom Leichnam des Dwendas hoch, sah unter seinem linken Arm auf das Blut und verzog das Gesicht.

»Das war nett von dir. Ich dachte eigentlich, er wäre ziemlich am Ende. Hab auf jeden Fall seine Eingeweide rauskommen sehen.«

»Na ja.« Sie hob die Schultern und zuckte zusammen. »Aldrainische Magie. Am besten, man erledigt sie richtig. Wie sieht's bei dir so aus?«

Egar holte mehrmals tief und prüfend Luft, biss die Zähne zusammen und stöhnte verdrossen. Bückte sich, um seine Lanze aufzuheben.

»Weiß nicht. Diese Scheißkerle kommen überall aus dem Dunkeln, wohin man auch schaut. Hab mindestens fünf deiner Jungs vom Ewigen Thron auf der Straße liegen gesehen, keine Ahnung, ob sie irgendeinen von den bösen Buben mitgenommen haben. Sieht nicht gut aus.«

Archeth suchte den Fußboden nach ihren anderen Messern ab. Sie entdeckte Geisterschlächter, bückte sich mühsam und hob ihn auf.

»Dann verschwinden wir besser von hier«, sagte sie.

»Ja, hab befürchtet, dass du das sagen …«

Da hörten sie es, und das Gesicht des Majak hellte sich auf, als ob jemand gerade auf magische Weise seinen Schmerz von ihm abgewischt hätte.

Ringils Stimme, heiser brüllend, jedoch kristallklar auf Tethannisch, draußen auf der Straße:

»Stellung halten! Stellung halten, verdammt und verflucht! *Sie sterben genau wie Menschen! Haltet mit mir die Stellung! STELLUNG HALTEN!*«

Faileh Rakan lag tot auf der Straße, der Kopf von einer aldrainischen Axt gespalten. Er hatte zwei Dwendas erledigt – sie lagen ihm zu Füßen –, aber der dritte war zu schnell gewesen. Ringil, der mit einer übel zugerichteten Schar Überlebender so schnell wie möglich auf das Fort zurannte, sah es geschehen, kam jedoch zu spät, um es noch verhindern zu können.

Beim Geräusch seiner Schritte fuhr der Dwenda, der Rakan erledigt hatte, herum. Ringil jagte heran. Er hob den Schild, um die Axt zu blocken, sie beiseitezuschieben. Mit dem Rabenfreund schlug er nach dem Oberschenkel. In der letzten verzweifelten Viertelstunde hatte er gelernt, dass die Panzerung der Aldrainer unterhalb des Knies stark war, als wäre unter dem Anzug eine Art Beinschiene eingearbeitet. Oberhalb des Knies war das schwarze Beingewebe flexibler und weniger stabil. Menschlicher Stahl drang vielleicht nicht so leicht hindurch, aber die kiriathische Klinge zerfetzte es wie verrottetes Segeltuch. Er hackte eine Handbreit in das Bein des Dwendas hinein, zog die Klinge heraus und trat zurück. Sah die Kreatur in die Knie gehen und spießte sie dann durch den Helm auf.

Allmählich bekam er wohl Übung.

Grimmig sah er sich um. Was von Rakans Patrouille noch übrig war, hatte sich wie vorgesehen zum Fort zurückgezogen, wurde jedoch auf allen Seiten heftig von den sich sammelnden Dwendas attackiert. Er zählte vier Männer – nein, drei, denn einer fiel gerade in den Schlamm, von der Klinge eines Dwendas getroffen, und Blut spritzte ihm aus dem halb durchtrennten Hals –, und Ringil hatte vier weitere Männer hinter sich, von denen keiner allzu gut in Form war.

Die restlichen Dwendas kamen von überall. Nach wie vor zogen sie bei der Bewegung winzige blaue Flammen hinter sich her. Das Krin hämmerte in seinem Kopf und schrieb ihm die Antwort in Flammenschrift vor das innere Auge.

Er setzte einen Stiefel auf den Helm des toten Dwendas, kippte ihn zurück und schlug mit dem Rabenfreund zu. Drei verzweifelte, brutale Streiche benötigte er, aber dann war der Kopf herunter. Er beugte sich hinab – ein merkwürdiges, verzerrtes Lächeln um den Mund – und steckte die linke Hand in die schleimige Masse an der Helmöffnung. Fleisch, Röhren und das raue Gewirr des durchtrennten Rückgrats. Er packte das zerfetzte Ende des Knochens, hob Kopf und Helm auf und schritt zur Treppe des Forts.

Hielt den Kopf im Licht der Fackeln hoch. Füllte seine Lungen und schrie:

»Stellung halten! Stellung halten, verdammt und verflucht! *Sie sterben genau wie Menschen! Haltet mit mir die Stellung! STELLUNG HALTEN!*«

Einen Augenblick lang schien alles stillzustehen. Selbst die Dwendas hielten in ihrem Angriff inne. In einem grellen Gelb flimmerte das Licht der Fackeln auf der schwarzen Wölbung des aldrainischen Helms. Blut lief Ringil an Hand und Unterarm herab.

Irgendwo ein langer, leiser Jubelschrei, und die anderen nahmen ihn auf.

Er wurde zu einem Kampfgebrüll.

Ein Dwenda rannte heulend über die Straße auf ihn zu, die Klinge erhoben. Ringil schwang den Helm, schleuderte ihn seinem Angreifer entgegen und rannte hinterher.

Und wusste bereits irgendwie, dass es Seethlaw war.

Der Rest war ein albtraumhafter Schleier aus Blut, Stahl und Schnelligkeit. Seethlaw war schnell, so schnell, wie in Ringils Erinnerung an den Innenhof bei Terip Hale, vielleicht noch schneller, und jetzt hemmte ihn nicht mehr das, was ihn beim ersten Mal daran gehindert hatte, Ringil zu töten. Er wirbelte umher und sprang, schlug zu, als ob das Langschwert nicht schwerer wäre als die Zierwaffe eines Höflings. Er hatte keinen Schild, der seine Bewegungen verlangsamt hätte, und er raste vor Wut – Ringil spürte, wie sie in Wellen von der schwarz gekleideten Gestalt abstrahlte –, raste vor Hass.

Ein dunkler Herr wird sich erheben.

Ringil überließ sich dem Krinzanz und der Erinnerung an den lebendigen Kopf einer jungen Frau an einem Baumstumpf, der lautlos Tränen aus Sumpfwasser weinte.

Mehr war ihm nicht geblieben.

»Komm schon, du Scheißkerl!«, hörte er sich fast ununterbrochen schreien. *»Komm schon!«*

Seethlaw riss ihm das Gesicht an der Kinnlade entlang auf, ein Hieb, bei dem Ringil nicht schnell genug den Kopf wegziehen konnte. Seethlaw stach ihn durch einen Spalt in den schlecht gefügten Platten am rechten Arm. Seethlaw schlitzte ihn oben am Oberschenkel auf. Seethlaw verletzte ihn am Hals, wo der Kürass endete, zerschmetterte einen bereits beschädigten Abschnitt der Panzerung an der rechten Schulter und riss die Haut darunter auf. Seethlaw …

Für Ringil war das wie nichts. Überhaupt nichts.

Er watete durch den Schmerz. Er grinste.

Und später, viel später, würde einer der Überlebenden vom Ewigen Thron Stein und Bein schwören, dass er in der Dunkelheit ein flackerndes blaues Licht um Ringils Gliedmaßen gesehen habe.

Seethlaw schlug auf seinen zitternden Schild ein. Durch den Hieb entstand ein langer Riss in dem zerbeulten Metall und der hölzernen Schutzschicht dahinter, sodass sie beim nächsten Schlag nutzlos sein würde.

Aber die Klinge blieb stecken.

Ringil ließ die Riemen los. Seethlaw wollte seine Waffe zurückziehen, aber das Gewicht des Schilds zog sein Schwert nach unten. Ringil sprang heran, schwang seine eigene Waffe und schlug wild und brüllend zu.

Der Rabenfreund fand die Schulter des Dwendas und drang tief ein.

Seethlaw heulte auf. Bekam sein Schwert immer noch nicht los. Ringil ächzte, holte tief Luft, fasste das Schwert mit beiden Händen und hieb erneut zu. Der Arm erschlaffte, hing halb durchtrennt herab. Seethlaw fiel durch den Aufprall auf die Knie.

Wieder schien alles den Atem anzuhalten.

Der Dwenda ließ sein nutzloses Schwert los und zerrte an seinem Helm. Ringil ließ ihn in einem jähen, benommenen Schwebezustand gewähren. Der Helm kam herunter, und er sah ein letztes Mal Seethlaws wunderschönes Dwenda-Gesicht, verzerrt vor Schmerz und Wut. Funkelnd blickte er zu Ringil auf. Er biss die Zähne zusammen.

»Was«, fauchte er, keuchend, auf Naomisch, »hast du getan? Gil, wir … wir hatten …«

Ringil starrte finster auf ihn hinab.

»Sogar besoffen in einer Gasse in Yhelteth hatte ich Bessere als dich«, sagte er kalt und spaltete Seethlaw mit einem Hieb des Rabenfreunds Kopf und Gesicht.

Zog die Klinge zurück, hielt sie hoch in die Luft und brüllte.

Ein dunkler Herr wird sich erheben.

Ja, genau.

Dann setzte er dem sterbenden Dwenda den Stiefel auf die Brust und schob ihn beiseite, ging auf plötzlich wackeligen Beinen zwei Schritte auf die letzten Kämpfenden zu. Die Männer brüllten unentwegt weiter; anscheinend fielen die Dwendas zurück. Ringil blinzelte, bis er wieder klar erkennen konnte, was plötzlich unerklärlicherweise verschwommen gewesen war. Er sah sich um.

»Wer ist der nächste Scheißer?«, rief er.

Und brach blutend im Schlamm zusammen.

33

Die nordwestlich aus Pranderghal führende Straße stieg langsam in Serpentinen den Berg hinan, schrumpfte schließlich zu einer dünnen, blassgrauen Linie und verschwand über dem Sattel zwischen zwei Gipfeln. An einem klaren Tag – wie heute – sah man Reiter gut zwei oder drei Stunden, bevor sie die Stadt erreichten.

Oder man sah sie davonreiten.

Archeth und Egar saßen im Garten des Gasthauses »Zum Sumpfhund«, tranken Ale aus Krügen und konnten immer noch nicht recht glauben, dass die Wärme und das gute Wetter so lange anhielten. Hin und wieder fegte eine raue Brise von Norden herein, die der Sonne ein wenig von ihrer Behaglichkeit raubte, aber das war noch lange kein Grund, sich zu beklagen. In erster Linie waren beide einfach froh, am Leben zu sein, während so viele ihrer Bekannten tot waren. Egar dachte, dass es wahrscheinlich das Gefühl war, das Marnak gemeint hatte, als er sagte: *Du fragst dich, wie du den Tag überlebt hast, warum du immer noch auf den Beinen stehst, wenn doch das Schlachtfeld voll ist mit dem Blut und den Leichen anderer Männer. Warum die Himmelsbewohner dich am Leben halten, was die himmlische Wohnstatt mit dir vorhat* – jedoch abgemildert zu einer benommenen Glückseligkeit, ohne sich zu sorgen oder nach dem Warum zu fragen.

»Sumpfhund«, sagte Archeth und tippte müßig auf das erhabene Emblem auf ihrem Krug. Es war eine primitive Nachbildung des gemalten Schildes, das auf der Straßenseite an der Gastwirtschaft hing und einen monströsen Hund mit Stachelhalsband zeigte, der bis zum Bauch im Sumpfwasser steckte und eine tote Schlange zwischen den Kieferknochen hielt. »Ist mir immer ein Rätsel gewesen. Das Erste, was Elith zu mir gesagt hat – *zwischen einen Sumpfhund und seine Beute geraten …* ich hatte keine Ahnung, was sie damit meinte.«

Egar schnaubte. »Ich find's ziemlich offensichtlich.«

»Ja, aber du warst hier draußen monatelang als Lumpensammler unterwegs und hattest wahrscheinlich täglich mit Sumpfhunden zu tun.«

»Ich habe *einen* Monat hier gearbeitet, bevor du aufgetaucht bist, einen einzigen Monat, und das auch nur, weil Takavach mich das geheißen hatte. Ist nicht so, als hätte ich mich dem Handel verschrieben. Und überhaupt und sowieso.« Er spreizte die Hände und zeigte auf ihren Krug. »Sumpf. Hund. Ist doch irgendwie selbsterklärend, findest du nicht?«

»Ach, verdammt, leck mich doch!«

»Ja, das versprichst du mir schon ewig. Ich warte schon ewig darauf.«

Sie trat ihn unter dem Tisch. Aber ihr Grinsen verschwand fast sogleich, und sie wurde wieder ernst.

»Dieser Takavach. Du sagst, er hätte einen Ledermantel und einen breitkrempigen Hut getragen.«

»Ja. Tut er immer, in allen Geschichten. Er stammt aus, äh …« Stirnrunzelnd suchte Egar nach einer angemessenen Übersetzung aus dem Majakischen. *»Aus allen Orten, an denen der Ozean unentwegt zu hören ist.* So in etwa. Tanzt in der Brandung mit Meerjungfrauen herum und so. Mantel und Hut sind wie ein Symbol dafür; ist wie die Aufmachung des Kapitäns eines Schiffes aus dem Norden.« Egar richtete sich leicht in seinem Stuhl auf und musterte sie kritisch. »Warum?«

Archeth schüttelte den Kopf. »Nur so.«

»Komm schon! Warum?«

Sie seufzte. »Ich weiß nicht. An dem Tag, als es Idrashan wieder besser ging, als er wieder auf die Beine kam, hat einer der Stalljungen Stein und Bein geschworen, dass er einen Burschen mit einem solchen Hut und Mantel gesehen hat. Er soll sich zu Idrashan hinübergebeugt und in einer merkwürdigen fremden Sprache auf ihn eingeredet haben. Und ich erinnere mich jetzt, dass es am Abend unserer Ankunft in Beksanara einiges Gerede darüber gab, dass eben diese Gestalt über die Straße gegangen wäre. Hab es damals für den üblichen Blödsinn aus dem Sumpf gehalten.«

Einige Augenblicke sahen sie einander schweigend an. Archeth zumindest schien es, als hätte sich eine Brise genau diesen Moment ausgesucht, um die Luft abzukühlen und eine Wolke vor die Sonne zu schieben. Aber Egar zuckte bloß mit den Schultern.

»Natürlich, kann schon sein.«

»Kann was sein? Blödsinn?«

»Nein, dieser Scheißkerl Takavach.«

Archeth war verblüfft. »Du glaubst daran?«

Egar beugte sich leicht vor. »Sieh mal, wenn er sich die Mühe gemacht hat, mir den Arsch zu retten und mich mit Magie bis nach Ennishmin hinabzubringen, nur um mich dort mit unserem alten Kumpel Engelauge für die Schlacht von Beksanara zu verkuppeln ...« Ein Schulterzucken. »Na ja, dann würde er bestimmt nicht davor zurückschrecken, dein Pferd mit ein paar faulen Äpfeln zu füttern, um dich aus demselben Grund dort festzunageln, oder? Oder willst du mir erzählen, dass du nicht an Götter, Dämonen und Dwendas glaubst?«

»Ich weißt nicht mehr, woran ich glauben soll«, brummelte sie.

»Glaube alles, wenn es nur grausam, ungerecht und brutal den Schwachen gegenüber ist«, sagte eine düstere Stimme hinter ihr. »Dann wirst du nicht allzu weit danebenliegen.«

Beide wandten sich zu ihm um, und Archeth musste sich immer noch alle Mühe geben, bei dem Anblick nicht die Luft anzuhalten. Er stand im knietiefen Gras des Gartens, größtenteils in Schwarz, wodurch sogar seine südlich getönte Haut gelblich-blass erschien. Den rechten Arm trug er in einer grauen Schlinge, in der Wunde entlang seines Kieferknochens waren immer noch die schwarzen

Baumwollfäden zu sehen, und die anderen blauen Flecken und Kratzer auf seinem Gesicht waren auch noch nicht völlig verblasst. Aber es waren hauptsächlich seine Augen, deren Ausdruck sie darauf brachte, dass Ringil Eskiath letztlich die Begegnung mit den Dwendas in Beksanara nicht so unversehrt überlebt hatte wie sie und Egar.

Der Knauf des Rabenfreunds ragte über seine rechte Schulter wie ein Pfahl, den jemand in ihn hineingetrieben hatte.

»Alles erledigt?«, fragte sie mit einer Heiterkeit, die sie nicht so recht empfand.

»Ja. Sherin ist bei den Pferden. Offenbar kann sie recht gut mit ihnen umgehen. Haben anscheinend einen Stall unterhalten, damals, bevor Bilgrest ihr ganzes Geld verjubelt hat.«

»Du ...« Archeth hielt sich gerade noch zurück. »Sie wird wieder in Ordnung kommen?«

Er zuckte mit den Schultern. »Weiß ich nicht.«

»Der Arzt sagt, sie hätte körperlich keinen Schaden genommen, zumindest nicht in der unmittelbaren Vergangenheit. Er ist ein guter Mann, Gil, ich kenne ihn. Ich habe speziell ihn angefordert, als wir in Khartaghnal waren. Wenn er sagt, sie hat keinen Schaden genommen ...«

»Er ist an den Umgang mit Soldaten gewöhnt.« In Ringils Stimme lag eine gewisse Leere, als ob das alles mehr oder minder gleichgültig wäre. »Mit Männern, die einfach dankbar sind, dass sie auf beiden Beinen sein Zelt verlassen können. Spielt keine Rolle, wie gut der Mann ist, seine Meinung ist genauso viel wert wie die eines Quacksalbers aus dem Hafenviertel. Sherin schreit im Schlaf, immerzu. Sie zuckt zusammen, wenn der Name der Roten Xanthippe fällt, also könnte ich mir vorstellen, dass es die Leute der Xanthippe waren, die sie im Auktionshaus des Kanzleramts erworben haben. Sie war eine *Sklavin*, Archeth. Ich weiß, für euch Leute vom Reich ist das keine so große Sache, aber ...«

»He!«, wehrte sie sich. »Du sprichst mit *mir*, Gil!«

Die Konfrontation dauerte einige Augenblicke länger als nötig. Sie spürte ein leises Frösteln im Nacken, als sie ihrem Freund in die Augen starrte. Dann sah er beiseite, an ihr vorbei auf die Straße und die Berge, in die sie führte.

»Tut mir leid«, sagte er ruhig. »Du hast natürlich recht. Du bist nicht wie die anderen.«

Aber Ishgrims üppige, blasse Gestalt ging ihr durch den Kopf, und Archeth fürchtete plötzlich, dass Ringil ihre Gedanken lesen konnte.

»Ich glaube auch nicht, dass ihr die Zeit im Sumpf besonders gutgetan hat«, polterte Egar. Für seine Verhältnisse war das eine merkwürdig geschickte Diplomatie. »Saß da draußen mit den Dwendas und den ganzen kaputten Gestalten fest und war Tag und Nacht von den verfluchten Köpfen umgeben.«

»Das hat sicherlich nicht geholfen«, stimmte Ringil ruhig zu.

Sie hörte ihm an, wie sehr ihm diese Sache zugesetzt hatte.

Die Köpfe waren für die meisten von ihnen zu viel gewesen. Die wenigen Mitglieder des Ewigen Throns, die die Begegnung in Beksanara überlebt hatten, die kriegserfahrene Verstärkung aus Khartaghnal oder die zähen Lumpensammler aus Ennishmin, die sie als Führer angeheuert hatten, sogar Egar – es machte keinen Unterschied. Nach wenigen Sekunden hatten sie begriffen, womit sie es zu tun hatten, und die Männer waren davongestolpert, zitternd und grün im Gesicht. Eine ganze Weile war die Stille des Sumpfs durchsetzt mit den Würgegeräuschen der Mitglieder von Archeths Streitkräften, die sich übergaben.

Ringil stand reglos da und sah hin.

»Risgillen.« Mehr sagte er nicht.

Das Schlimmste war jetzt nicht mehr der Kreis aus Flüchtlingen jenseits des Zauns, die geschnappt worden waren. Die Dwendas hatten sich zurückgezogen, und ob als Warnung, Ritual oder Rache – sie hatten nichts zurückgelassen, was man hätte retten können. Das stallähnliche Gebäude hatte sich durch irgendeinen

Vorgang, den niemand richtig verstand, in grauen, nassen Mulch verwandelt, und draußen auf der anderen Seite der Tümpel und im nassen Boden des Sumpfs steckten mehr als einhundert lebendige Köpfe, mehr oder minder gleichmäßig verteilt, in einer Wassertiefe, die sie offenbar bei Bewusstsein hielt.

Während Archeths Männer sich gegen umgestürzte Bäume oder Felsen lehnten und je nach Veranlagung zitterten, fluchten oder weinten, ging Ringil still umher, hob jeden einzelnen Kopf aus dem Wasser und setzte ihn sanft auf erhöhten Grund, wo die Wurzeln der verhexten Bäume keine Nahrung mehr bekamen. Sein Gesichtsausdruck ließ sich hinter den dicken Verbänden nur schwer erkennen. Gelegentlich verzog er das Gesicht, aber das mochte auch an den Schmerzen in seinem verletzten Arm liegen.

Nach einer Weile gewannen einige der anderen Männer ihre Fassung so weit zurück, um ihm zu helfen.

Als die Köpfe so trocken waren, dass das Leben sie verlassen zu haben schien, als die Augen sich geschlossen hatten und die Tränen getrocknet waren, und als sie die Umgebung abgesucht hatten und sicher waren, dass ihnen *unmöglich* einer entgangen sein konnte, hatte Archeth den Streitaxtmännern aus der Kompanie befohlen, jeden einzelnen Schädel zu spalten.

Was ziemlich lange dauerte.

Anschließend sammelten sie allen trockenem Brennstoff, den sie finden konnten, und errichteten einen Scheiterhaufen, in den sie einige der neuen Ölwachskerzen warfen, die die Kompanie zum Entfachen von Lagerfeuern mitführte. Archeth zündete ihn an, und sie standen schweigend davor, bis er vollständig Feuer gefangen hatte. Da Ringil darauf bestand, schlugen sie unten am Bach ein Lager auf und warteten dort, bis der Scheiterhaufen niedergebrannt war. Archeth suchte nach Aufgaben, um ihre Männer beschäftigt zu halten, aber der beißende Gestank drang durch die winterlichen Bäume zu ihnen, und die Männer hielten in ihrer

Tätigkeit inne und schluckten heftig oder spuckten aus, wenn sie den Geruch in die Nase bekamen.

Später an diesem Nachmittag vermisste Archeth Ringil und spürte ihn, einer nicht besonders inspirierten Ahnung folgend, am Scheiterhaufen auf, der mittlerweile zu Asche und Knochenfragmenten heruntergebrannt war. Ringil stand starr und schweigsam davor, doch als unter ihrem Fuß ein verrotteter Zweig zerbrach, fuhr er unnatürlich schnell herum.

Da hatte sie es zum ersten Mal gesehen – das in seinen Augen, was ihr selbst jetzt noch eine Gänsehaut verursachte.

»Immer noch Schlimmeres«, hatte er gemurmelt, als sie näher gekommen war. »Vielleicht sterben sie nicht bloß wie Menschen, vielleicht *sind* sie Menschen. Oder waren es einmal.«

Sie stellte sich neben ihn und blickte in die qualmende Asche. Sie legte ihm eine Hand auf den Arm, und er wandte sich ihr zu, und für einen Augenblick war es, als wäre sie eine Fremde für ihn.

Dann lächelte er und war wieder der Ringil, den sie kannte.

»Meinst du, sie kehren zurück?«, fragte sie ihn.

Eine Weile lang schwieg er, so lange, dass sie dachte, er habe sie nicht verstanden. Sie wollte die Frage schon wiederholen, da ergriff er das Wort.

»Ich weiß es nicht. Vielleicht haben wir sie verscheucht, ja.«

»Wir können sie aufhalten«, zitierte sie ihn. *»Wir können sie zurück in die grauen Orte schicken, damit sie es sich dort noch einmal überlegen, ob sie diese Welt erobern wollen.«*

Sein Lächeln kehrte zurück, blass und verzerrt. »Ja. Welcher Idiot hat das gesagt? Hört sich irgendwie geschwollen an, nicht?«

»Selbst Idioten haben von Zeit zu Zeit recht.«

»Ja.« Aber sie sah ihm an, dass er tief in seinem Innern nicht genug daran glaubte, um sich länger damit aufzuhalten. Stattdessen wandte er sich ab und zeigte auf die große im Boden steckende kiriathische Waffe. »Wie dem auch sei, sieh dir das verdammte Ding da an! Es hat eine ganze Stadt umgebracht und den Rest in Sumpf verwandelt. Wenn das nicht abschreckt, was dann?«

»Mir jagt das Angst ein«, stimmte sie zu.

Aber aus anderen Gründen, als er vermutet hätte.

Nachdem sie den Ort endlich gefunden hatten – und selbst mit der Führung durch die Lumpensammler und Ringils Hilfe benötigten sie länger, als sie gedacht hätten –, hatten die meisten Menschen der Gesellschaft den schwarzen Eisendorn genauso wenig erkennen können wie die aldrainische Brücke, die zu ihm hinführte. Sie wusste nicht, ob es ein Werk der Dwendas war, irgendein Tarnzauber, der die Lumpensammler fernhalten sollte, oder ein Werk ihres eigenen Volks, nachdem es die Waffe zusammengebaut und verwendet hatte. Sie konnte die Brücke deutlich sehen, genau wie Ringil. Ein paar andere schafften es ein paar Sekunden lang, wenn sie genügend lange stehen blieben und mit zusammengekniffenen Augen hinstarrten, was den meisten die Mühe nicht wert war. Die Mehrzahl behauptete, nur eine undurchdringliche Masse toter Mangroven zu erkennen, ein Gewirr giftgrüner Vegetation oder einfach nur leeren Raum, bei dem ihnen ihr Instinkt verbot, sich ihm zu nähern.

»Ein böser Ort, das hier«, hörte sie einen ergrauten Korporal brummeln.

So konnte man das natürlich auch sehen, und daraus ergab sich logischerweise, dass das Böse auf die Dwendas zurückging, entweder auf ihre längst vergangene, mythische Stadt oder ihre zeitlich nicht so weit zurückliegende Invasion. Aber Archeth *musste* sich einfach fragen, sich unaufhörlich fragen, ob dieses Gefühl von Bösartigkeit nicht von der Waffe selbst herrührte, von irgendeinem schwelenden Rest der entsetzlichen Macht, die sich in der Spitze selbst verbarg, und ob es nicht das war, was aus dem umliegenden Sumpf aufstieg wie ein uraltes Phantom in schwarzen, verrottenden Gewändern.

So lange war sie von der kiriathischen Zivilisation überzeugt gewesen, von der moralischen Überlegenheit, die sie und ihr ganzes Volk von der Brutalität der menschlichen Welt abhob. Aber jetzt musste sie daran denken, wie nachdenklich Grashgal und ihr Vater oft geworden waren, an ihre unverständlichen Ausführungen über die Vergangenheit und das, was sie ausmachte, und sie fragte sich, ob sie mit dem Wissen gelebt hatten, im Besitz von Waffen zu sein, die ganze Städte ausradieren konnten, und es ihr aus Scham verschwiegen hatten.

Diese verfluchten Menschen, Archidi, hatte Grashgal ihr gesagt und war erschauert. *Diese verfluchten Menschen, Archidi. Wenn wir bleiben, werden sie uns in sämtliche ihrer erbärmlichen Auseinandersetzungen mit hineinziehen und etwas aus uns machen, das wir niemals waren.*

Aber was, Archidi, was, wenn das gar nicht der wahre Grund für den Ekel in seiner Stimme gewesen war? Was, wenn die Ängste Grashgals in Wahrheit darauf zurückgingen, dass *diese verfluchten Menschen uns* wieder *in etwas verwandeln würden, was wir eine lange, lange Zeit nicht mehr gewesen waren?*

Sie wollte nicht darüber nachdenken und begrub diese Überlegungen unter dem Alltagsgeschäft des Aufräumens, der Einsetzung der neuen Garnisonen in Beksanara und Pranderghal sowie einem halben Dutzend anderer strategisch günstig gelegener Orte rings um den Sumpf. Es war ihre Aufgabe, dafür zu sorgen, dass das Reich entsprechend gerüstet war und die Dwendas, falls sie zurückkehrten, mit einer gewaltigen Streitmacht zurückschlagen könnte. Das war alles, was jetzt zählte.

Doch trotz alledem wollte das Wissen nicht weichen.

Sogar hier und jetzt, unter der Sonne im Biergarten von Pranderghal, steckte der große schwarze eiserne Stachel in ihrem Geist, genauso wie er sich in den Sumpf gebohrt hatte, und sie wusste, dass sie ihn nie mehr loswerden würde. Begriff unvermittelt, beim Anblick von Ringils langsam heilendem Gesicht und der genähten Wunde, die unausweichlich eine Narbe zurücklassen würde, dass er nicht der Einzige wäre, dem die Begegnung mit den Dwendas unwiderruflichen Schaden zugefügt hätte.

Er merkte, dass sie ihn ansah, und schenkte ihr ein Grinsen, sein altes Grinsen.

»Trinkt euer Bier aus, ja?«, sagte er. »Und kommt mit, um euch zu verabschieden.«

Also gingen sie alle hinaus zum Anfang der Straße und sagten einander Lebewohl. Archeth hatte Ringil und Sherin gute yheltethische Reittiere geschenkt – und sie glaubte, einen ganz schwachen Funken in Sherins Augen erkannt zu haben, als die Frau das Pferd gesehen und verstanden hatte, dass es ihr gehörte und sie es behalten konnte. Es war bloß eine Kleinigkeit, der Anflug eines guten Gefühls in Archeth, aber es musste wohl genügen.

»Was wirst du nach deiner Rückkehr tun?«, fragte sie Ringil, während sie neben den Pferden standen.

Er runzelte die Stirn. »Na ja, Ishil schuldet mir Geld. Diesen Hafen werde ich also als ersten anlaufen, sobald ich Sherin heimgebracht habe.«

»Und danach?«

»Ich weiß es nicht. Ich habe getan, was man von mir verlangt hat. Einen Plan für danach hatte ich nicht. Und um ehrlich zu sein, ich habe so meine Zweifel, dass ich in Trelayne gerade sehr willkommen bin. Ich habe mich und den Namen Eskiath entehrt, weil ich nicht zu einem Duell erschienen bin. Ich habe ein ehrbares Mitglied der Sklavengenossenschaft von Etterkal zum Krüppel gemacht und die meisten seiner Männer getötet. Die Pläne der Verschwörung zu einem neuen Krieg durchkreuzt. Da sollte ich besser wieder aus der Stadt verschwinden, sobald ich mein Geld eingestrichen habe.«

Egar grinste und versetzte ihm einen Stoß. »He, da gibt's immer noch Yhelteth. Die werden einen Scheißdreck drum geben, was du getan hast, solange du eine Klinge führen kannst.«

»Die Möglichkeit besteht immer«, sagte Ringil ernst.

Er nahm den Arm aus der Schlinge, um sein Pferd zu besteigen, und zuckte leicht zusammen, als er sich hochschwang. Einmal im Sattel, winkelte er den Arm mehrmals und verzog das Gesicht, legte die Schlinge jedoch nicht wieder um.

»Bis dann«, sagte er. »Irgendwann.«

»Irgendwann«, echote Archeth. »Na ja, du weißt, wo ich zu finden bin.«

»Gleichfalls«, sagte der Majak. »Bleib trotzdem nicht allzu lange weg. Wir hier sind keine halbunsterblichen Mischlinge.«

Erneutes Gelächter in der warmen Sonne. Sie reichten sich die Hände, und dann stieß Ringil sein Pferd in die Weichen, damit es sich in Bewegung setzte, und Sherin, blass und still, ritt neben ihm. Archeth und Egar standen da und sahen ihnen nach. Fünfzig Meter weiter hob Ringil eine Hand gerade in die Luft, grüßend, aber das war alles. Er blickte sich nicht um.

Fünf Minuten später wurde es langsam albern, den winzigen Gestalten immer noch nachzusehen. Egar stieß Archeth in die Rippen.

»Komm, ich spendiere dir noch ein Bier. Wir können vom Garten aus zusehen, wie sie über den Berg verschwinden.«

Archeth regte sich, als hätte er sie aus dem Schlaf gerissen. »Was? Oh, ja, natürlich. Ja.«

Und dann, auf dem Rückweg zur Gaststätte, fügte sie hinzu: »Also, habe ich recht gehört? Du wirst mit mir zurück nach Yhelteth gehen?«

Der Majak zuckte übertrieben mit den Schultern.

»Hab dran gedacht, ja. Wie Gil bin auch ich zu Hause gerade nicht sonderlich willkommen. Und ich könnte etwas Sonne brauchen. Und aus dem, was du von der Zitadelle erzählt hast, schließe ich, dass *du* bewaffneten Schutz ums Haus brauchen könntest.«

»Nö.« Sie schüttelte den Kopf. »Ich bin jetzt 'ne verdammte Heldin. Jetzt können sie mir nichts mehr tun.«

»Ja, öffentlich vielleicht nicht.«

»Na gut, na gut. Du bist eingeladen. Bleib, so lang du willst.«

»Danke.« Egar zögerte und räusperte sich. »Du, äh, hast du dieser Tage vielleicht mal Imrana gesehen?«

Archeth grinste. »Ja, natürlich. Bei Hofe, hin und wieder. Warum?«

»Weiß nicht. Hab mich nur gefragt. Vermutlich hat sie inzwischen geheiratet.«

»Einige Male, mindestens«, bestätigte ihm Archeth. »Aber ich glaube, das hält sie nicht von dem ab, was ihr wirklich wichtig ist.«

»Wirklich?«

»Wirklich.«

EPILOG

Milacar von Gottes Gnaden fuhr aus dem Schlaf hoch.

Einen Augenblick lang hatte er vergessen, wo er war; er hatte von der Vergangenheit geträumt, vom Haus an der Straße der schweren Lasten, und das Zimmer, in dem er jetzt erwachte, fühlte sich irgendwie falsch an. Er sah verblüfft zu den bodenlangen Balkonfenstern und den Musselinvorhängen hinüber, musterte das polierte Dekor und den Raum um sich herum, und in diesem ersten wachen Moment erschien ihm alles absolut fremd, als ob ihm das Zimmer nicht gehörte, oder schlimmer, als ob er nicht dazugehörte.

Blindlings griff er neben sich. »Gil?«

Aber das Bett war leer.

Da fiel ihm ein, wo er war, wie er hierhergekommen war. Die Jahre fielen ihm ein, die er dazu benötigt hatte, und ganz zuletzt fiel ihm ein, dass er alt geworden war.

Er sackte ins Bett zurück. Starrte zu den Deckengemälden auf, zu der Orgie, deren Details in der Dunkelheit nicht zu erkennen waren.

»Ahhh, verdammte Scheiße!«

Der Fetzen des Traums kehrte plötzlich in seinen Kopf zurück, etwas, das nicht zu den nostalgischen Gefühlen, zu den Erinnerungen an das alte Haus und zu allem anderen passte. Er hatte draußen im Sumpfland gestanden, ziemlich weit außerhalb der Stadtmauern, und es wurde allmählich dunkel. Die untergehende Sonne zeigte sich durch zerrissene schwarze und indigofarbene Wolken am Horizont. Sie sah aus wie ein Ei, das jemand in den Matsch geschleudert hatte. Er roch die salzige Brise und vernahm ein paar merkwürdige Geräusche im Unterholz, auf die er wirklich gut und gern hätte verzichten können. Im Nacken verspürte er ein Frösteln.

Inmitten des Sumpfgrases vor ihm stand ein junges Mädchen, das einen Becher Tee zwischen den Händen hielt. Der Wind zupfte an ihrem schlichten, graubeigen Kleid. Anfangs dachte er, sie wolle ihm den Becher anbieten, aber als er die Hände ausstreckte, schüttelte sie den Kopf und wandte sich wortlos ab. Sie ging in die Düsternis des Sumpflands davon, und eine jähe, unerwartete Furcht ergriff ihn, als sie ihn verließ.

Er rief ihr nach:

Wohin gehst du?

Ich habe noch andere Eisen im Feuer, erwiderte sie rätselhaft. *Ich muss nicht zusehen, bis das hier endlich erlischt.*

Dann wandte sie sich zu ihm um, und auf einmal war sie eine Wölfin mit roter Zunge und weißen Fängen, die aufrecht auf den Hinterbeinen stand und ihn angrinste.

Er fuhr zusammen und schrie entsetzt auf – das war es vermutlich, was ihn geweckt hatte –, aber sie kehrte ihm bloß wieder den Rücken zu und ging ins Sumpfgras davon, nach wie vor elegant auf den Hinterbeinen balancierend.

Wieder setzte er sich in dem großen Bett auf. Unter den seidenen Laken war er schweißnass, und die Haare an seinen Beinen klebten an der Haut. Er schluckte und sah sich im Zimmer um. Das Gefühl, es zu besitzen, war wieder da, das Gefühl, dazuzugehören. Er spürte, wie seine Haut abkühlte, rieb sich mit den Händen übers Gesicht und seufzte.

»Kannst du nicht schlafen, Mil?«, fragte eine schattenhafte Gestalt am Fenster.

Diesmal traf es ihn mitten ins Herz. Er war wach, er *wusste,* dass er jetzt wach war, das hier war kein verdammter Traum.

Und außer in einem Traum konnte niemand hier hereinkommen, den er nicht eingeladen hatte.

Eine kühle Brise wehte durch das Zimmer. Er registrierte sie zum ersten Mal, er spürte sie auf der Haut. Sah, wie sich die Musselinvorhänge am offenen Fenster blähten.

Er hatte es geschlossen, bevor er zu Bett gegangen war. Daran erinnerte er sich genau.

Die Gestalt trat aus den Schatten am Fensterflügel. Bandlicht kroch vom Balkon herein und streckte sich nach dem Gesicht aus.

»See...«, setzte er an und schloss dann fest den Mund.

Die Gestalt schüttelte den Kopf. »Nein. Nicht Seethlaw. Ihn wirst du nie mehr wiedersehen.«

»Gil?«

Ein feierliches Neigen des beschatteten Kopfs. Jetzt erkannte er vage die Züge, die zu der Stimme gehörten.

»Gil. Wie bist du hier reingekommen?«

»Das war leicht.« Eine Geste zum Balkon zurück. »Du musst allmählich deine Jungs mal nach ihren Fähigkeiten auswählen, nicht nach ihrem Aussehen, Mil. An drei von denen bin ich im Garten einfach vorbeispaziert. Ich hätte ebenso gut unsichtbar sein können. Musste sie nicht mal töten oder so. Und dann, na ja, verziertes Mauerwerk ist nie eine gute Wahl, wenn Fassadenkletterer die Wände nicht hochkommen sollen. Wie gesagt – leicht.«

Milacar schluckte. »Wir alle haben gedacht, du wärest ... verschwunden.«

»Ich war verschwunden, Mil. In den grauen Orten. Dafür hast du gesorgt.«

Ringil trat näher ans Bett. Jetzt stand er voll im Bandlicht, dessen bleicher Schein über sein Gesicht fiel. Milacar zuckte zusammen, als er die Narbe entlang der Kinnlinie sah.

»Wovon redest du ...«

»Nicht.« In dem einzelnen Wort lag eine entsetzliche Nüchternheit. »Lass es einfach, Mil. Es hat keinen Sinn. Ich sehe dich noch im Garten vor mir. *Vermutlich sollte ich weiter hier in den Slums ein interessantes Leben führen, nur für dich.* Das hast du gesagt. *Hier* in den Slums. Weil wir dort waren, nicht wahr? Der Garten bei der alten Wohnung, drüben am anderen Flussufer auf der Straße der schweren Lasten.«

»Gil, hör zu …«

»Nein, du hörst mir zu!« In Ringils Worten lag etwas Kaltes, Hypnotisierendes, das Milacar zuvor nicht gekannt hatte. »Dort bin ich am Morgen nach der Nacht mit Seethlaw aufgewacht. Straße der schweren Lasten. Damals kam sie mir vertraut vor, aber ich habe die Verbindung nicht hergestellt. Dumm von mir, wirklich – du hast mir in jener ersten Nacht, als ich dich hier besuchen kam, sogar *gesagt*, dass du deine alte Adresse behalten hast. Ich brauchte einige Zeit, bis ich alles sortiert hatte, Mil, und zwei und zwei zusammenzählen konnte, entscheiden, was wirklich war und was nicht. Aber siehst du, letzten Endes habe ich die nötige Zeit dafür bekommen. Die Reise zurück hierher war lang und bequem, und ich konnte unterwegs über alles nachdenken. Und du, der Garten und die alte Wohnung, das war wirklich. Es fühlte sich anders als alles andere an. Daran erinnere ich mich jetzt. Nur eines habe ich nicht herausbekommen, und das war, ob es Seethlaws Idee war oder ob du ihm die Sache vorgeschlagen hast. Möchtest du es mir sagen?«

Er sah Mil in die Augen. Der fiel seufzend auf die Ellbogen zurück. Wandte den Blick ab.

»Ich habe keine …« Er schüttelte erschöpft den Kopf. »… Entscheidungen getroffen, was Seethlaw anging. Er ist zu mir gekommen. Er nimmt sich, was er möchte.«

»Ist doch bestimmt aufregend für dich, hm?«

»Tut mir leid, Gil. Dir sollte nichts geschehen, das ist alles.«

Ringils Stimme wurde härter. »Nein, das ist nicht alles. Du wolltest mich nicht in Etterkal haben, genau wie alle anderen. Oder wenn ich doch hingegangen wäre – weil du verdammt gut wusstest, dass sie mich nicht daran hindern könnten –, sollte es Seethlaw wissen und sich darum kümmern. Du hast mich an ihn verkauft, Mil, du hast ihm gesagt, wo ich zu finden war. Du musst es gewesen sein, denn sonst wusste niemand, dass ich zu Hale gegangen war.«

Milacar von Gottes Gnaden schwieg.

»Bevor ich ihn töten musste, hatte mich Seethlaw beschuldigt, ich hätte mich in seine Angelegenheiten eingemischt, und was er da sagte, war ziemlich konkret. *Du hast deine Klinge und deine Drohungen mitgebracht,* sagte er, *und deinen Stolz darauf, dass dich weder Schönheit noch Magie am Töten hindern können.* Er hat draußen auf dem Balkon mitbekommen, wie ich das zu dir gesagt habe, in jener ersten Nacht hier. Er war hier in deinem Haus, nicht wahr? Und dann, später, ist er mir nach Hause gefolgt, zusammen mit einigen deiner unfähigen Machetenjungen. Sie konnte ich nur allzu leicht verscheuchen, aber Seethlaw ist geblieben und hat mich ausgelacht. Ich kann ihm das nicht übel nehmen – ihr seid beide von Anfang an hinter mir her gewesen. Ein eingeschworenes Team, und beide habt ihr gelacht. Steckst du in der Verschwörung mit drin, Mil?«

Milacar kicherte und schüttelte erneut den Kopf. Diesmal etwas energischer.

»Amüsiert dich etwas?«

»Ja. Du kapierst es nicht, Gil. Die Verschwörung betrifft uns alle, dazu musst du nicht *mit drin* sein. Die Verschwörung sind Findrich und Xanthippe und ein paar weitere in Etterkal, eine Hand voll im Kanzleramt, ein paar weitere oben in der Akademie. Aber das ist bloß das Zentrum. Abgesehen davon, haben alle und jeder in dieser Stadt mit einer Unze Macht ihre Finger im Schlamm der Verschwörung mit drin. Der Unterschied besteht bloß darin, wie tief du dich einlässt, wie viel du willst und wie viel du wissen willst. Ich, Murmin, Kaad, sogar dein eigener verdammter Vater. So oder so, wir sind ihr alle verpflichtet. Die Verschwörung nimmt sich, was sie braucht.«

Ringil nickte. »Ihr brauchtet einen Verräter in der Bruderschaft des Sumpfs, nicht wahr? Möchtest du hören, was mit Girsh passiert ist?«

»Ich weiß es.« Ein langer Seufzer. »Ich halte mich in der Mitte, Gil. Ich versuche, mich auf keine Seite allzu sehr einzulassen, versuche, mich nicht zu sehr verpflichten oder vereinnahmen zu lassen. Das ist Politik. Man gewöhnt sich daran.«

»Seethlaw war jedoch keine Politik, oder?«

»Seethlaw.« Milacar von Gottes Gnaden schluckte. »Seethlaw war …«

»Wunderschön. Ja, ich weiß, das hast du mir erzählt. Natürlich hast du mir auch erzählt, das sei Wissen aus zweiter Hand, aber das war bloß eine Lüge, eine Tarnung. Du konntest mir gegenüber ja nicht zugeben, dass du den fabelhaften Dwenda in Etterkal fickst, das hätte alles zum Einsturz gebracht. Ich frage mich bloß, warum du dir überhaupt die Mühe gemacht hast, ihn zu erwähnen.«

Milacar senkte den Kopf. »Ich dachte, das würde dich abschrecken.«

»Ja? Oder hast du gedacht, ich könnte ein Konkurrent sein, auf den du gut verzichten könntest?«

»Dir sollte bloß nichts *zustoßen,* Gil.«

»Du wiederholst dich. Sieh mir ins Gesicht, Mil! Mir ist etwas zugestoßen.«

»Ja, nun, tut mir *leid.«* Plötzlich aufflammender Ärger. »Wenn du dich da rausgehalten hättest, verdammt, wie ich es dir gesagt habe, hättest du jetzt vielleicht nicht diese hässliche Narbe.«

»Vielleicht nicht.«

Schweigen, wie eine zwischen ihnen geteilte Pfeife Flandrijn. In der Stille formte sich allmählich das, was kommen würde.

»Er hat dich zu den grauen Orten mitgenommen«, sagte Milacar schließlich bitter.

»O ja.« Und obwohl er, nur durch einen Blick in Mils Augen, die Antwort bereits kannte, stellte Ringil die Frage trotzdem. »Und dich?«

Milacar starrte durch das Zimmer in die dunkle Ecke, aus der Ringil getreten war. »Nein. Er hat davon gesprochen, aber … ich weiß nicht. Nie die rechte Zeit, vermute ich mal.«

»Lass dir deswegen keine grauen Haare wachsen. Du weißt gar nicht, wie viel verdammtes Glück du hattest.« Ringil beugte sich vor und tippte auf die Narbe an seiner Kinnlinie. »Du hältst die für hässlich? Du solltest sehen, wie es in mir drin aussieht.«

»Meinst du etwa, das kann ich nicht?« Erneut sah ihn Milacar an, und jetzt lächelte er traurig. »Du solltest mal einen Blick in den Spiegel werfen, Gil. Wie hast du ihn denn getötet? Den prächtigen Seethlaw?«

»Mit dem Rabenfreund. Ich habe ihm das wunderhübsche Gesicht in zwei Hälften zerteilt.«

»Na ja.« Ein Schulterzucken. »Du hast gesagt, das würde dich nicht daran hindern. Das bist du, Gil, wie du leibst und lebst. Wenn du etwas anfängst, hörst du erst auf, wenn es vollbracht ist. Bist du hergekommen, um auch mich zu töten?«

Er brauchte einen Moment, das Wort über die Lippen zu bringen. »Ja.«

»Tut mir wirklich leid, Gil.«

»Mir auch.« Ringil nickte zu dem Glockenzug auf der anderen Seite des Betts hinüber. »Möchtest du jetzt deine Machetenjungen rufen?«

»Würde das etwas nützen?«

»Nein. Es sei denn, du möchtest Gesellschaft beim Sterben.«

Milacar von Gottes Gnaden machte eine herrschaftliche Handbewegung. Wenn er Angst vor dem Kommenden hatte, so verbarg er sie gut.

»Dann wäre es eine ziemliche Verschwendung, oder? Alle diese jungen Körper? Ich werde wohl bloß …«

Und er war aus dem Bett, sehr rasch für sein Alter. Keinerlei Waffe außer seinem eigenen Gewicht und einer lebenslangen Tüchtigkeit im Straßenkampf. Ringil ließ ihn kommen, es erschien ihm nur fair.

Er ließ die Hände an seinen Seiten herabhängen, ließ es so aussehen, als hätte Milacar tatsächlich eine Chance, ließ ihn ganz nahe herankommen. Dann jedoch ließ er das Drachenmesser aus dem Ärmel gleiten und zog es Mil über eine Seite des Halses. Die andere Hand packte die andere Seite und drückte ihn gegen das Messer.

So hielt er Mil fest, Auge in Auge, als ob er ihn küssen wollte Blut aus der durchtrennten Arterie strömte heraus, am Drachenzahn herab und über seine rechte Hand. Er hörte es auf den Teppich unter ihren Füßen plätschern.

»Ohh«, stöhnte Mil. »Bei Hoirans ... verdrehtem ... Schwanz Das ... *tut weh,* Gil.«

Ringil hielt ihn fest, während er starb, und sah ihm dabei die ganze Zeit über in die Augen, bis sie erloschen waren. Dann riss er das Messer heraus, ließ Milacars Hals los und sah zu, wie der Mann wie ein Mehlsack zu Boden plumpste.

Ein blaues Flackern.

Er wirbelte herum, sein Herz pochte.

Sah sich selbst in dem großen Spiegel gegenüber vom Bett.

Seufzend wartete er darauf, dass die Erleichterung ihn überkäme, dass der Stachel der Furcht sich zurückzöge und sein Puls wieder normal schlüge. Er wartete. Aber der Augenblick verstrich, und er wartete noch immer, und die Erleichterung stellte sich nicht ein. Er sah die blutbefleckten Hände, das hagere, vernarbte Gesicht und die Augen, die glitzernden Augen, die sich in dem dunklen Glas spiegelten. Den Knauf des Rabenfreunds, den treuen, tödlichen Stahl auf seinem Rücken. Die gezackte Rundung des Drachenzahns in seiner rechten Hand.

Du solltest mal einen Blick in den Spiegel werfen, Gil.

Jetzt warf er einen Blick hinein. Seethlaws Worte, gesprochen im Sumpf, kamen ihm wieder in den Sinn, verzweifelt in ihrer Intensität.

Ich sehe, was die Akyia sah, Gil. Ich sehe, was du werden könntest, wenn du es nur zuließest.

Er erinnerte sich an den Strand, an die Kreaturen in der Brandung und an die Laute, die sie von sich gaben.

Sie reden von dir.

Und wie ein endgültiger Hammerschlag, wie eine Klinge, die traf, erinnerte er sich an die Wahrsagerin am Osttor. Die Worte, die er in Ibiksinri nur zum Teil geglaubt hatte, als er gegen die Dwendas gekämpft und Seethlaw blutig niedergerungen hatte.

Ein Kampf steht bevor, eine Schlacht mit Mächten, wie du sie bisher noch nicht gesehen hast. Eine Schlacht, die dich vernichten, die dich in Stücke reißen wird.«.

Die kühle, nächtliche Brise wehte vom offenen Fenster herein. Sie führte einen schwachen Hauch von Salz mit sich.

Ein dunkler Herr wird sich erheben, und er kommt auf dem Wind der Sümpfe.

Er starrte sein Bild an.

Ein dunkler Herr wird sich erheben.

»So ist das also, ja?«, flüsterte er.

Die Musselinvorhänge blähten sich. Er wischte sich die Hände und das Drachenmesser an Mils Seidenlaken ab und steckte die Waffe wieder in seinen Ärmel. Er rückte den Rabenfreund auf seinem Rücken zurecht und verschob den Knauf um den Bruchteil eines Zolls, um ihn besser ziehen zu können.

Dann betrachtete er sich nochmals im Spiegel und entdeckte, dass er sich nicht mehr vor dem fürchtete, was ihn da ansah.

Geduldig wartete er darauf, dass sich das blau flackernde Feuer wieder zeigte, und alles, was damit verbunden sein mochte.

Lesen Sie weiter in:

DAS ZEITALTER DER HELDEN

2

IMPERIUM

DANKSAGUNG

Damit nicht unklar bleibt, wer mich damals, vor langer Zeit, zu diesem Roman inspiriert hat und welche Einflüsse ihm zugrunde liegen, danke ich:

Michael Moorcook für Hawkmoon, Elric und Corum;

Karl Edward Wagner (im Gedenken) für Kane;

Poul Anderson (im Gedenken) für *Das Zerbrochene Schwert* sowie *Die Tänzerin von Atlantis.*

In *Glühender Stahl* sind viele, viele kleine Bruchstücke der Realität eingebettet, und dafür, dass einige davon möglich wurden, bin ich Robert Low, Autor von *The Whale Road,* und Jon Weir großen Dank schuldig. Dankbar bin ich gleichfalls Alan Beatts dafür, dass er mit seinen Bemerkungen über geistige Gesundheit einen Samen gesät hat, sowie Gillian Redfearn für seine kritischen Überlegungen zu den Ausmaßen von Stocklanzen.

Ansonsten gilt meine unendliche Wertschätzung wieder einmal meinen Lektoren Simon Spanton und Chris Schluep, dafür, dass sie mir damals – buchstäblich – die Idee abkauften, und dafür, dass sie mit den zerhackten und verstümmelten Leibern der Deadlines zurande kamen, als es wesentlich länger dauerte, alles in die Form zu bringen, die mir vorschwebte. Mein Dank gilt außerdem meiner Agentin Carolyn Whitaker, die stets ein wachsames Auge auf mich hatte und mich durchweg unterstützte.

Und schließlich geht mein größter Dank an Virginia, die meine exzessive Grübelei und die soziale Vernachlässigung durch Morgan den Barbaren ertrug, bis das Werk vollendet war.

BRANDON SANDERSON
HEYNE
DER WEG DER KÖNIGE
ROMAN